龙凤歌

胡学文 著

The Ode of
Loong and Phoenix

江苏凤凰文艺出版社

图书在版编目 (CIP) 数据

龙凤歌 / 胡学文著. -- 南京：江苏凤凰文艺出版社, 2025. 4. -- ISBN 978-7-5594-9207-4

Ⅰ．I247.5

中国国家版本馆 CIP 数据核字第 2025SV2954 号

龙凤歌

胡学文　著

出 版 人	张在健
图书策划	贾梦玮
出版统筹	李　黎
责任编辑	孙建兵　李珊珊　胡　泊
责任印制	杨　丹
出版发行	江苏凤凰文艺出版社
	南京市中央路 165 号，邮编：210009
网　　址	http://www.jswenyi.com
印　　刷	苏州市越洋印刷有限公司
开　　本	880 毫米 × 1230 毫米　1/32
印　　张	21.125
字　　数	430 千字
版　　次	2025 年 4 月第 1 版
印　　次	2025 年 4 月第 1 次印刷
书　　号	ISBN 978-7-5594-9207-4
定　　价	88.00 元

江苏凤凰文艺版图书凡印刷、装订错误，可向出版社调换，联系电话：025-83280257

《龙凤歌》人物关系图谱

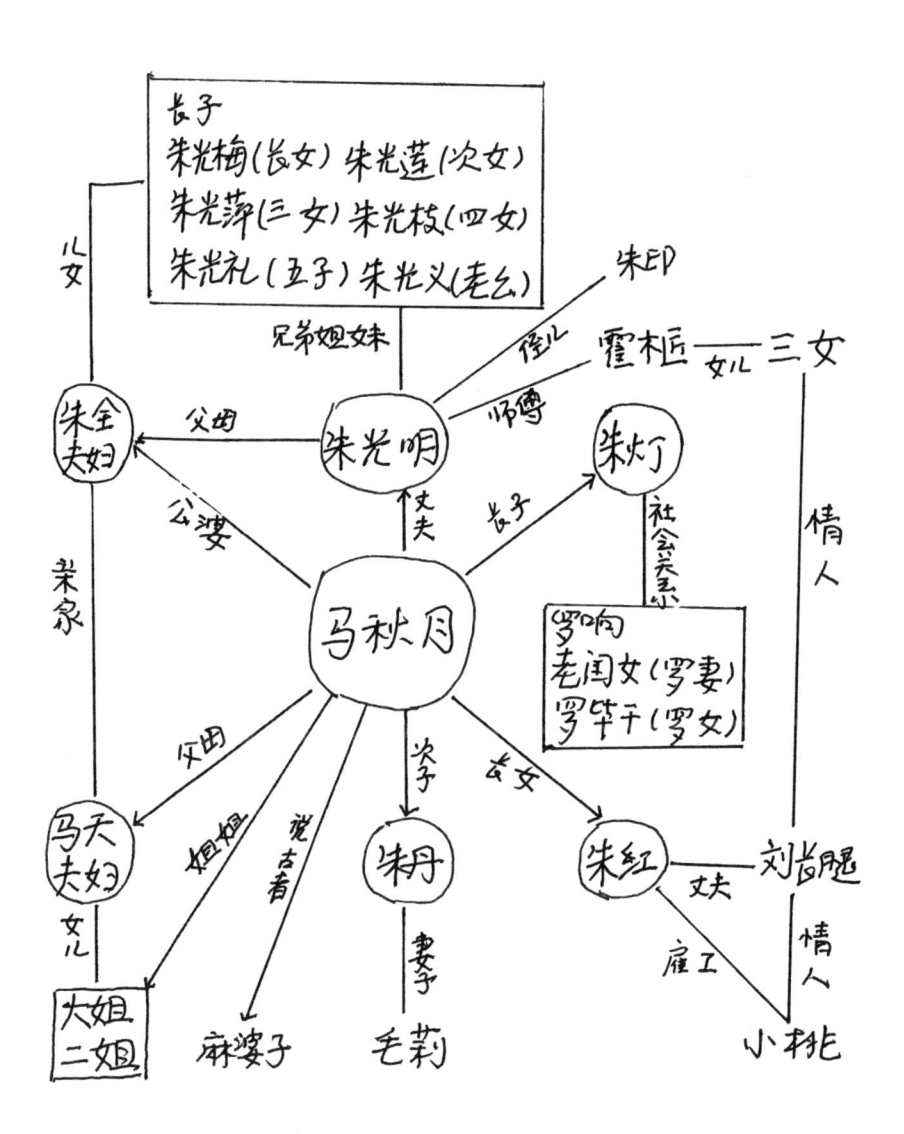

```
                长子
                朱光梅(长女) 朱光莲(次女)
                朱光萍(三女) 朱光枝(四女)
                朱光礼(五子) 朱光义(老幺)
                                              朱印
                        兄弟姐妹          徒儿
                                    霍柜匠 —女儿— 三女
       儿女                         师傅
   朱全 ←—父母— 朱光明
   夫妇                   ↓      长子
         公婆            丈夫         → 朱灯
                                          社会关系
   亲家                                   ┌──────────┐
                                         │ 罗响       │
                                         │ 老闺女(罗妻)│
         父母             马秋月           │ 罗竿子(罗女)│
   马天 ←                                 └──────────┘
   夫妇      姐姐  觉古者  ↓次子  长女
         女儿            ↓      ↓                  情人
   ┌────┐            朱丹    朱红 —丈夫— 刘拐腿
   │大姐 │                         雇工        情人
   │二姐 │         麻婆子   毛莉              小桃
   └────┘          妻子
```

目 录

上 卷

第一章　　　　/ 003

第二章　　　　/ 029

第三章　　　　/ 058

第四章　　　　/ 087

第五章　　　　/ 118

第六章　　　　/ 153

第七章　　　　/ 194

第八章　　　　/ 241

第九章　　　　/ 322

下　卷

第一章　　　　/ 333

第二章　　　　/ 366

第三章　　　　/ 401

第四章　　　　/ 438

第五章　　　　/ 482

第六章　　　　/ 527

第七章　　　　/ 557

第八章　　　　/ 612

第九章　　　　/ 654

上卷

第一章

1

那无疑是马秋月生命中最重要的一天，甚于新婚，可在那个喜庆的夜晚，马秋月竟然又梦游了。她是冲着什么去的，但出屋就忘记了，木然站着，目探星空，似乎秘密隐在半蓝半紫的天幕。缺月在她的凝望中奇异地鼓胀，如临盆在即，并悄然转亮。

声音突起，在墙外，八九步远，清清楚楚。她猛然有了记忆，是它在召唤。她急奔过去。木栅门拴了铁链，链头吊着大锁。这难不住她，一跳一扒，人就翻到了院外。那个声音却远去了。

马秋月没有任何迟疑，紧紧追随。她身姿轻灵，穿街过巷。满地银白，她身着红睡衣，如炽燃的火。宿鸟惊飞，薄凉的空气拨弦般颤了颤，复归沉寂。

追至村口，马秋月立住。呼唤声绝灭，似乎突然间钻入地下。她环顾追寻，终于在淡雾中捕捉到那个身影，抿抿嘴，径直向前。

左侧是麦田，右侧是林带。林带的那边是豆地，豌豆蚕豆芸豆还有毛豆。白日，麦与豆各有地界，安安分分，由风夹带着它们的气息，起起落落。夜晚，麦与豆就格外放肆张扬，比赛似的弥漫着香味，你在我的上空舞，我在你的头顶飘。雾如轻纱，那满世界的香气却黏稠厚重。马秋月被缠裹，不像在村街上那么轻盈，半醉似的摇晃。

林带尽头，麦田与豆地间是草野。撕架的豆麦被草香隔开，青草低矮，地野显空。一只纯白的兔子翩翩起舞，没因马秋月的到来而惊离，仿佛就是为了表演给她看。

我知道就是你！

马秋月惊喜中带着责怪，猛然立定。凝望了一会儿，她不自觉地摇身张臂。可能是怪她模仿，也可能是嫌她笨拙，当然更可能是为了逗她，它突然转身，窜进麦田。马秋月尾随其后。那是一块莜麦地，半人高，籽尚如浆，但花穗已沉，密密实实，白兔如鱼入海，早就没了踪影。马秋月拨拨走走，轻呼浅唤，目光忽高忽低，仿佛白兔随时长出羽翅飞向夜空。

马秋月没寻见白兔，却看见一团朦胧的红光。似乎是向着她来的，她甚是纳闷，痴了痴，好奇鼓胀，迎着红光，步履犹疑。

那是寻找马秋月的朱光明和朱灯。朱光明走在前面，左手拎着豆青裤子，右手举着自制的灯笼。尾随的朱灯握着手电筒。电筒暗着，没有光，就是一件普通的器物。曾经的一个夜晚，朱光明打着手电寻找梦游的马秋月，她被刺目的光亮惊着，满地疯跑。虽说没酿大祸，但也让朱光明后背发凉。自此改用灯笼，手电筒不过是备用。

两人走得极快，脚步却是轻的。没有对话，更不呼喊，距离适中，后一个仿佛是前一个的影子，在奇幻的夜晚，影子以独特的方式竖立在旷野。朱灯不是第一次随父亲寻找母亲了，但每次都很紧张，甚至恐惧，哪怕他已满十八岁。他的惧不是因为暗夜，不是因为只穿着睡衣夜行的母亲，自然也不是因为父亲。他不清楚那是什么，只知道与年龄无关。如漫飘的雾，感觉被笼罩，却永远抓不到。

朦胧的光晕在地头停驻，马秋月移至近前，看清了灯笼，也看到了灯笼下的两个人。认出丈夫和儿子，她更诧异了，你们这是去哪儿？随即压低声，诡秘中带着警告，玉兔下凡了，在莜麦地里呢，可不准惊着它！

朱光明比她声音更低，对暗语似的，枣红马！

如闪电划过夜空，混沌的马秋月突然清醒。她哎呀一声，双手急掩，浑身抖颤。摸到打了补丁的棉布睡衣，她知道自己没有光裸，暗吁一口气，可仍旧慌乱着，频频往四下瞟。这情形也不止一次。田野寂暗，什么也没瞅见。没瞅见不等于没有，也许躲在某个角落。那一张张脸连同他们的名字在脑海里快速闪过，六指、石匠、结巴、杨家父子、偷情的黄全与陆枝……有意无意，总归瞥见了她的裸身。若他们捂在肚里，捂透捂烂，就什么也没有，可到底不是宝贝，他们半捂半露。马秋月裸身梦游便成了公开的秘密。有那么一段，马秋月夜里和衣而眠，极不舒服。预防没有起效。她云里雾里地游走，衣服一件一件地乱丢。有时扔到路上，有时弃到地头。待清醒过来，她撞墙的心都有。自己脱的，还是被扒掉的？没听到闲言，她自己一次次追问。疑团如雪球般翻滚，肥壮，炸裂，碎块未能消隐，重新聚起。横竖一样，马秋月不再穿衣睡了，冬夏贴身背心，直到朱红给她缝制了睡裙。

　　朱光明清楚马秋月担心什么，橘粉的光晕中，她的脸如熏烤过度，半黑半红，烟气腾腾。朱光明被蜇似的疼。疼一会儿便缓解或适应了。针还在肉里，不过成了身体的一部分。疼的减弱也让他生出那么一点点欣慰来。梦游是病，也是药，马秋月发作一次，半月之内不会再犯了。朱光明头脑活络，齿利嘴巧，不要说朱家数十口里，就算整个豆庄，也是出类拔萃，可对妻子的梦游却束手无策。去过医院，寻了不止一个医生，药也吃了几箩筐。其实他也想过不少办法，屋门的木插销改成铁链，夜夜上锁，还挂了铃铛。可马秋月改从窗户跳。这也是朱光明想不通的地方，她沉浸梦乡，本是不清醒的，却有着出奇的智力，也可能冥冥中有神力相助。朱光明查漏补缺，给窗户也安了锁，几乎将土屋打造成监狱。某个夜晚，朱光明被惊醒，发现马秋月挥刀劈砍铁链，跳过去抢夺。那时还是煤油灯，被朱光明惶急间踢翻。幸好灯灭了，灶坑处堆着白日没燃尽的柴，不然就出大祸了。马秋月也醒过神儿，没有再砍。在梦里，她不但神巧，双目也出奇地明亮。祸灾虽然避免，马秋月却大病一场。两害相权，还不如由着马秋月梦游，虽然也让他闹心。门窗又改回先前的样子。街门是上着锁的，这一点朱光明也费了心思。院子敞阔，马秋月没准在院里就可把药吃完。万一不成，翻墙而出，跳下去可能就跌醒了。所以，院墙既不高也不矮，是为马秋月量身定制的。就这，朱光明还担心她摔着，院外垫了浮土。如朱光明推演的那样，马秋月在院里游荡过，更多时候她会翻墙而出。

朱光明正要把褂子递给她，马秋月一把抢过，快速套上身。她再往四周瞅瞅，尔后窘窘地，又连累你们了。朱光明问没崴着吧，欲蹲下查看，马秋月往后退退，轻烟般地说没。朱光明嗓门便亮了，那就好！马秋月不安地说，怕人听不见呀！朱光明无奈地笑笑，脸变得够快，这就怪上我了。马秋月哼了哼，谁让你不看好我，不怪你怪谁？！朱光明说，倒是想把你绑我身上，你不干呀。

始终哑着的朱灯说，天要亮了。

朱光明和马秋月这才息了口水仗，反身往村里走。朱光明仍旧在前，灯笼拎提，而不是高举。手电筒无须开，朱灯倒握着，仍旧不吭。星月当头，灯笼与人影剪纸般款款地摇摆。

马秋月和朱灯并排。与儿子在一起，马秋月多半是享受的，但在这个夜晚，那感觉弃她而去。梦游是老毛病了，可在朱灯的中榜日发作，着实不该。要是连累朱灯，那就是罪过了。不安与自责再度袭来，马秋月突然间头重脚轻。朱灯寡言，马秋月习以为常，此时她却发觉朱灯心有不快，所以才紧闭嘴巴。她想找些话，又不知说什么合适。老天庇佑，但愿没人偷窥、跟随，这一夜就藏起来了，连朱红也不会知道。父子俩应该不会告诉朱红。但她想试探，于是拐着弯儿说，没叫朱红吧？她声音低，本是问朱灯，不等朱灯回答，朱光明先说了，又不是坐轿子，叫她干什么？！朱光明话硬，反让马秋月踏实，说那就好，她忙了一整日，明儿也不许告诉她。朱光明说，没偷没抢，自己闺女，有啥不能说的？马秋月来气了，叫你别告诉就别告诉！朱光明说，不告诉就不告诉，就怕你自己憋不住。

马秋月没接他的话。她说不过他。纵使这样，朱光明还是补充道，晚间她喝了酒，这一觉怕要睡到中午了。马秋月咬住嘴唇。忆及那个场面，马秋月既喜又痛。朱红从未有过的疯。朱灯收到录取通知书，朱红自然是高兴的，再怎么闹再怎么疯都不为过，就算过头也没什么，何况她是节制的，有分寸的，不就多和人碰了几杯吗？是喜酒不是毒药，村里酒量最大的女人喝三斤酒照样下地干活，朱红喝那么点算什么？所以，没有谁感觉朱红反常。但马秋月最清楚，因为明白，越发愧疚，这份愧和疚也让她生出气恼。气恼是虚的，不能显露，只能压在心底。

这定然是梦游的缘由了，马秋月突然想。她并未轻松，心更加沉重。也许没人在意、追究她什么时候缘何梦游，可马秋月在意。不管以往，祈愿这个夜晚成为秘密。这么想着，马秋月再次瞅瞅四周。

2

马秋月睁开眼，朱光明的被窝已经空了。不知他几时起的，夜游一遭，她便睡得跟石头似的。炕的另一端，朱灯和朱丹仍在熟睡。朱灯裹着脚，脑袋缩躲，几乎不沾枕，枕头更像堡垒，这使他的身子总是蜷曲着，而朱丹头臂敞露，脚腿斜蹬，不管不顾，时刻准备打架的样子。性子能掺和一下就好了，马秋月不止一次这么想。听外屋有声音，知道朱红回来了。朱红与祖母住一起，吃饭干活还是回来。昨夜那一幕闪出来，心便跳响如鼓，她躁躁地爬起。

朱红刚刚掏完灶灰，正要端了去倒。昨晚烧火多，灰烬满满一簸箕。她与朱灯齐高，看上去比朱灯结实得多。马秋月说我来吧，猪圈门口要垫一下。朱红便递给马秋月，自去抱柴。待马秋月进屋，朱红正从水缸往锅里舀水。烧水做饭一向由马秋月和朱红包揽，两人从无分工，但配合默契。马秋月从风箱板上摸了火柴，瞄瞄朱红，昨儿个喝那么多酒，倒起得更早了。她是笑着说的，不无讨好。朱红说，老叔喝得更多，摸黑就起了，听说野驴河冒鲫鱼，笊篱就捞得上。马秋月说，你老叔就爱干这种事。还想说的，见朱红脸色不好，便闭了口。朱红一边盖锅，一边问，夜里出去了？她没看马秋月，漫不经心，闲扯似的。

彼时，马秋月取出火柴，正欲划擦，闻言定住，急问，你咋知道？意识到不打自招，越发慌乱，目光反平稳了，牢牢焊接在朱红脸上。

朱红瞟瞟马秋月，往柜上努努嘴。马秋月扭头，柜上立着灯笼。灯笼平时挂在墙上，春节之外，只有马秋月梦游，灯笼才挪窝。墙壁上的钉镢或长或短，唯有挂灯笼处空着，长钉锋突，格外触目。

马秋月暗骂朱光明，又怪自己没早起，没有及时收拾"罪证"。

好在朱红不是从他人嘴里听说。马秋月到底不踏实，悄声问，没听外边说啥吧？

朱红和马秋月对视在一起，随即跳开，话音不高，谁大清早乱嚼？乱担心！

马秋月羞怯地笑笑，我就是怕……

朱红没好气，又不是杀人放火，有什么怕的？

马秋月仍是不安，这破毛病……

朱红直截了当，你是怕影响我哥吧？心都操到天上了！

马秋月说，有这么个疯娘……

朱红说，行啦，烧你的水吧，再磨蹭中午了。

马秋月这才低头擦火柴，终究有些抖，两次才燃着。她拉风箱，朱红将昨日的剩菜端出，往盘里分拨，再将盆里的炸糕和馒头各捡一半，放在蒸屉上。朱光明在邻村干木匠活，做饭不算他的，但另一个人是算的，哪怕她不来，这已成为惯例。马秋月讲想和朱灯去五台，问她有没有什么要买的。朱红说没有。马秋月解释，你哥要上师范了，得给他做身衣裳。朱红说，别忘了买鞋，自家的布鞋，结实是结实，到底没有买的好看。朱红的声音没有任何异样，但马秋月还是盯住她。朱红面墙站着，马秋月只看到她的背影。多热些菜，马秋月说，万一麻婆子来。朱红甚不耐烦，知道，还用你说？咋多是个多？来了尽她吃！就你拿她当个神！马秋月不再吱声，风箱呼啦呼啦地响。

马秋月烧开水，朱灯和朱丹先后爬起。脸盆只有一个，毛巾只有一条，香皂也是一块。"公共"用品的使用没有差别，先起先用。要说特殊，也就是朱红有自己的专用搽脸油。

饭菜刚端出锅，还没来得及摆放桌上，门口亮起声音：好香！话音未落，人已到院里，正是麻婆子。俗话说赶得早不如赶得巧，麻婆子似乎就在院外候着。

麻婆子并不姓麻，脸上也无麻坑，叫麻婆子是因为爱嗑麻籽，且技术超群，边嗑边说话，互不影响。她不在乎别人叫她什么，名字如衣服，穿上是自己的，脱掉就和自己没关系了。在麻婆子的讲述中，她还叫过牡丹、宝钗、玉仙、桂花、小红等，这是雅的；俗的也有，比如白肉、长舌，每个名字都能讲出故事，不止一段，是几段几十段。

据麻婆子讲，她十五岁就当妓女了，在这个行当二十载，解放后被政府改造教育过六个月，然后嫁了在城里拉车的孟响，随孟响回到豆庄。麻婆子一生未育，也没有抱养孩子。她从不下田干活，孟响力气大，早先在队里，能干两人的活，自然挣的工分也多。

麻婆子装了一肚子故事，且愈讲愈多。她的屋里常聚着人，和赶庙会差不多，这个来了，那个走了。麻婆子的日子没有白天和黑夜的界限，只论讲与不讲。她讲的故事很杂，一类是历史故事，水浒三国、隋唐五代、岳家军杨家将等，至于正史野史，没人懂得，更不计较；另一类是神话故事、鬼怪传说，从玉皇大帝、王母娘娘到阴间的阎王小鬼，连同他们的神力法术，谁和谁有瓜葛，她都说得上来；第三类与她曾经的职业有关，既有发生在她和嫖客之间的，也有客人的身世故事，由此又能扯出其他传闻。这故事多半是长客的，短客的不多。不多，未必就不精彩。比如讲某天她接待一个肥肉颤坠几乎能掐出油的汉子，长相阔，却吝啬，反复讨价还价。她不耐烦，应了他，自然也应付他。他在她身上忙活，她则自顾嗑麻籽，当他不存在。肥汉不悦，说他花了钱，她哼都不哼一声。她呛他，就你这点钱还想哼哼，你翻倍，我还给你唱曲呢。一屋子人几乎笑翻。麻婆子从不避讳，每次讲述都绘声绘色。偶有人问她，她坦然而干脆，为了活命，有啥不光彩的？

只有一样，麻婆子从来不讲，即她的家庭身世，有人问，她只说不记得了。平平静静，没有丝毫悲伤哀怨，成了豆庄一个谜。有一点是肯定的，她与家庭断绝了关系，因为从未有家人亲戚来豆庄看望她，她也从不到豆庄之外的地方。孟响在豆庄也是孤户，两年前孟响离世，麻婆子便成了彻底的光杆。

麻婆子照吃照喝，不同的是，她自个儿极少做饭，大半在别人家蹭吃。她在街上游走，闻哪家饭菜味道好，推门就进。有乐意的，像马秋月，也有厌烦的，说她活成了老不要脸，但她从不在意。有人说麻婆子这辈子值了，年轻时下头痛快，老了上头痛快。反对者说千人骑万人压的，有什么痛快。也有人说麻婆想得开，辣椒水也能喝出甜味。认为麻婆子痛快的占了上风，但上头与下头，究竟哪样才是真正的痛快，又有争议。于是以二斤猪肉做赌注，找麻婆子裁断。麻婆子听说有肉吃，脸上放光，说都错了。问她缘何，麻婆子戳着自个儿心窝，这儿痛快才是真正的痛快，这儿不痛快上下都不会痛快。结果麻婆子得了四斤肉，正反方各二斤……

算起来，麻婆子在豆庄讲了三十五年故事，几乎没有重复的，除非听得上瘾，让她再讲，比如马秋月就单独找过麻婆子，只为听那一段不只影响她，也关系到朱灯和朱红命运的传说。

其实麻婆子的年龄也是谜，如果嫁给孟响那会儿是三十五岁，那么她现在已是七十的人了，脸上虽有皱纹，可腿脚硬朗，牙齿坚固，饭量惊人，有些五十岁的妇女也比不过她。有人问麻婆子具体的生日，麻婆子说你问我，我去问谁。追问她既然不记得生日，怎会记得年岁。麻婆子哈哈大笑，说那是临时哄孟响的，在她那个行当里，她一直都是十五岁。这样麻婆子便成了豆庄唯一没有明确年龄的人。

在马秋月家,麻婆子有固定的位置。土炕傍着窗户,灶火先经过那一侧热度高,称炕头,也叫前炕,另一侧称炕尾,也叫后炕。麻婆子喜欢坐在后炕沿,她不来,那个位置是朱红的。不同的是,朱红习惯半跨,而麻婆子盘腿坐着。

麻婆子圆脸,弯眉,嘴角不再上翘,但也没有耷拉。头发大半是黑的,白丝间见,梳得溜光。衣服旧了些,但干干净净。加之神闲气定,好像不是蹭饭,倒像是贵客。装扮举止是很正形的,甚至可以说端庄,但话就没那么正了,有点儿蹬鼻子上脸。这么好的菜,没酒太可惜了。她扭头乱瞅,昨儿喝完了?

马秋月忙说,你不提,我倒忘了,好像还剩了些。她给朱红示意,朱红便从外屋拎进一个塑料桶。朱红不冷不热,婆子你看好了,所有的酒都在这里,全倒给你。麻婆子哎哟着,别呀,好歹给你爹留点儿。马秋月说,你别惦记他,他有吃有喝。麻婆子说,那倒是,千有万有,不如一技在手。

全倒出来,也就半碗。朱红冲麻婆子摇晃,婆子,你可看清了,半滴不剩。麻婆子没有丝毫不安和羞惭,朗声道,有多喝多,有少喝少,都是老天赏的。朱红笑笑,等老天赏,你该坐空地候着。马秋月瞪朱红,朱红装看不见。麻婆子充耳不闻,冲朱灯说,朱家风水好啊,豆庄还没出过状元呢。朱灯解释所考学校,与状元风马牛不相及。麻婆子说,豆庄第一个考上的,那就是状元。响当当的,你娘不敢说,我敢!

马秋月听得高兴,将盘子移了移,生怕麻婆子够不着。其实根本不用,麻婆子从不把自己当客。剩菜里有两个肉丸子,朱丹手快,先夹一个放碗里,再夹,正好与麻婆子的筷子碰在一起。麻婆子没有避让,几个回合,结果被朱丹夹起。马秋月沉了脸,叫朱丹让给麻婆子。朱丹已塞进嘴巴,故意嚼出很大声,甚为得意。马秋月歉意地,惯坏了,不懂事。麻婆子没有丝毫尴尬,说我不过试试他机灵不,可以啊。朱丹闻言,把碗里的肉丸夹成两半,说如果麻婆子讲个故事,就分一半给她。麻婆子不在意朱丹的戏弄,笑道,考婆子呀,没问题。

朱红训斥朱丹,还去不去学校了?

麻婆子说,耽误不了,一分钟的事儿。猫和狗打架,狗咬掉猫的耳朵,一旁的母猪号啕大哭,你说为啥?

朱丹想了想说,吓的?

麻婆子喝一口酒,错了。母猪没睡醒,眼花,以为狗咬了自己的娃。

朱丹笑喷。马秋月和朱灯也跟着笑了。朱红没笑,催朱丹痛快点吃。朱丹将碗里的丸子全倒给麻婆子。麻婆子摇头晃脑,娃虽小,却守信用!朱红嘲讽,婆子真是厉害!麻婆子一本正经,厉害不敢当,脸厚是真的。朱红反不好再说什么,转移话题,说母亲和哥一会儿要去五台。麻婆子说,去五台呀,那要趁凉上路,说着端起碗。

马秋月忙说,不急的,你慢慢喝。

麻婆子喝糖水似的一饮而尽。末了说，馋没办法，真是改不了，不过再馋也不能耽误别人正事。

马秋月问麻婆子有没有捎的，麻婆子笑笑，我喜欢啥，还用说呀！

3

豆庄东南西北皆有出村的大路，穿越田埂、林带间的小路就更多了。所谓的大路不过是牛马车走得多一点儿，因而碾压瓷实。车辙之外的隆起部分，依旧松软，野草花朵杂生。春有黄色的蒲公英，夏有蓝紫两色的马兰，秋天菊花和大蓟各不相让。大蓟高，菊花矮，但菊花比大蓟稠密，气势就占了上风。拉车的牛都戴着用篾条编织的笼兜，马则戴着铁嚼，以防它们乱啃耽误行程。所以，虽然长在危险的地方，花草却是放肆的，或者说，正因为时有被踩压的危险，花草才不顾一切，有时被牛马踏断腰，过一夜就竖直了。这是晴日，坑洼虽多，也就是看起来路不那么平而已。阴雨天，坑洼积了水，便凶险许多，车负过重，若车倌经验缺乏，车辂辘就会被坑咬住，而且越陷越深。再怎么抽打牛马都没用，牛马的每一次拉拽都有可能起反力。解决的办法唯有卸了车上的货物，出坑再装。

步行不用担心这些，处处是路。几天前下了场大雨，小洼仅有湿痕，略大的坑里还残存着没蒸发干净的水，短短数日，便会生出许多指甲大小的红蝌蚪。与那些会长出腿最终变成青蛙的黑蝌蚪不同，红蝌蚪永远变不成蛙，水消失，它们就死掉了，干壳轻飘飘的，风吹即散，但一旦下了雨，它们又生出来，欢天喜地地在小世界里畅游。它们的轮回始终在泥水里，却也逍遥。

五台在豆庄的东南，马秋月和朱灯迎着太阳，满脸金光。家中唯一的飞鸽牌自行车，基本是朱光明专用，早晚急赶，还要驮工具，离不了那两个轱辘。也不是彻底离不了，亲戚有更急的事借用，不能不借，只是，来回朱光明要吃苦头。不过去趟五台，马秋月不会为此让丈夫让出自行车，哪怕一天。步行虽慢，却有慢的好。应该说慢了才好。

雾霭早已消散，天地澄明清透，视野开阔。但盯得久了，遥远处便浪翻涌似的，波光粼粼，又像庄稼秆、树叶间镶嵌了碎镜，日光怎么扑上去，又怎么弹起来，凭空织出数不清的网。好天气，又和儿子走在一起，马秋月本该浑身舒爽，但朱灯的表现让马秋月略微扫兴。没错，她喜欢慢，可朱灯比慢还慢，这就有点那个了。坑洼虽多，不那么好走，但跟在马秋月身后，也让他有了"作弊"机会。相差倒也没多远，六七步的样子，摆明是故意的。

穿过一片低矮的草滩，地势渐高。两侧是田野，路如窜游的蛇。马秋月驻了脚，回过头。朱灯见状，紧赶几步，冲马秋月笑笑，眼里带了慌。他走神了，这是藏着心事呢？

没出豆庄地界呢，脚倒疲了，昨儿没睡好吧？马秋月歉意地，犯一次疯，折腾一回家人。

朱灯带了些恼火，咋又来了？老说这个！没人怪你！

马秋月说，你们是不嫌，这疯病……唉！

朱灯掩了火气，无奈地笑笑，娘，咱不去五台了？

马秋月也笑，去呀，谁说不去了！

朱灯确实走神了。从豆庄到五台，这条路最近，来来回回，朱灯走了四年。从自家院子到五台中学校门，闭着眼也走不错。不但不错，还能说出每截的标识和图景。

像刚才穿过的草滩，在七股八叉的土路边上，卧着数个坟丘，那是武家的祖坟。三十年后，朱灯从五台回豆庄，仍行经于此，还会听父亲讲述武家的故事。武家三兄弟，虽没有武松捶死老虎的神力和豪勇，但个个剽悍壮实，尤其武二。他是豆庄第一车倌，无论多野的马，不出三天，准被他驯得服服帖帖，他咳嗽一声，马都会哆嗦一下。邻村驯不了的马，也会请他，虽说没有多大油水，但少不了吃香喝辣。武三多年当队长，级别谈不上，权力却不小，分派活儿队长说了算，有轻有重，有脏有净，和武三关系好的，自然干轻活，关系差的就是重活，同样干一天，挣十个工分，轻活也就膀酸而已，重活则不然，没肉裹着，人就散架了。最差的，不但累，还脏。若论地位，武大在三兄弟里最牛气，吃着半碗公家饭，是五台粮库的守夜人。之所以说是半碗，因为他的户口还在豆庄，老婆孩子也住在豆庄。

这样的三个人，却拿不住他们的妻子。所谓的拿，即管教，意味更丰富。管教是表面的，形式上的，拿却是从心理到行动的震慑。三妯娌不是从一个地方嫁过来的,性格不同,皆风流成性,像一个模子脱出来的。

三妯娌招蜂引蝶与武家兄弟拿不住其实没有直接关系,拿不住女人的男人多了去了,女人当家的多得是,日子虽不是风平浪静,但绝无男女传闻,更别说实证了。武家兄弟豪横是真的,他们的女人红杏出墙也是真的,拿不住不过是一个说法,是表面的缘由,根儿还在女人身上。她们并非不怵丈夫,但身上战胜怵惧的东西更多。和她们相好的男人难道不怕吗?也怕,但最终诱惑占了上风。况且,这机密之事哪那么容易暴露,一旦开头,就止不住了,胆子也越来越大,不但在外野合,而且登堂入室。

四个男人被武家三兄弟当场捕捉过,豆庄三人,外村一人。挂彩是肯定的,四个男人都为此坐牢,其中一人坐了两次。他有家有室,妻子说不上俊美,但与武家三妯娌比,也差不到哪儿去。他缘何弃家不顾,愿冒坐牢的风险?说法很多,多半指向武家三妯娌。她们是主犯,男人们不过是从犯。

三妯娌都挨过丈夫的打,武二揍老婆最狠,剥光衣服,用蘸水的鞭子抽,女人哀号求饶,赌咒发誓,但没等身上的伤痊愈,又犯了。又抽又发誓,循环往复。

武三到底是队长,有些见识,打是肯定的,不然怎么出这口气?但更懂防患于未然。武三还酝酿了其他的报复手段,只是野男人在别的队,他鞭长莫及,只能严防。武大武二在家时候少,所以武三不但要看守自己的女人,还得替两位兄长防护。武三常开半截会，因为开到一半，会蓦然烦躁起来，烦躁就没了心思。先前还丢出"散会"两个字，后来话都懒得说，他起身，别人就晓得啥意思。

看守自己的女人容易，自家门，踢开就进，看守两个嫂子有些困难。白日还好，夜晚不能说进就进，逮着了还好，若逮不着，就说不清楚了。所以只能在外边巡查。好在三兄弟住处不远，不然腿要跑断了。熬红眼是难免的，好在他是队长，派完活儿，大白天也能抽空睡觉。

虽严防死守，还是被女人钻了空子。武三恼羞成怒，学武二皮鞭伺候，女人哭爹喊娘，说再也不敢了。武三作罢。女人泪水未干，一瘸一拐地去大队部告发，武三如何与保管员勾结，又如何将库房里的大豆豌豆黑豆小麦莜麦偷运回家。不但家人吃的，连喂鸡喂猪的饲料也是从库房搞出来的。武三最终栽在自己女人身上。

十八岁前，朱灯也听说过，杂七杂八的。在他近天命之年，父亲将再提及。父亲的重点并非武家的艳事，而是对根由的追寻。那也并非父亲因果溯源，不过是转述别人的话。某风水先生第一次途经豆庄，看见武家坟墓的方位，就说这家门风不好。若是豆庄人说，自然后知后觉，但风水先生是路过，这就让人在恍然大悟的同时叹服了。究竟有没有这样一位风水先生，其实也没那么重要，重要的是豆庄人相信。父亲说他过去是不信的，渐渐也认可了这个说法。根由不在武家三兄弟，也不在他们的妻子，而是坟丘的位置。朱灯一时哑然，他自是不信，又不知如何反驳父亲。更让他惊异的还不是说法本身，而是这个说法强劲的传播力。

那么，这算什么？为何如此强劲？荒诞的玄学，还是可以纳入古代风水说的范畴？那时，朱灯将会发出这样的疑问。

在和母亲往五台前，朱灯也听过扎坟的故事，但没有具体的涉指，那些传说从麻婆子嘴里流出，有宋元的，有明清的。比如其一是宋朝的事，某甲因战乱携家眷从北方逃到江南，落脚后当即请风水先生扎坟。其年迈父亲一路颠簸，又惊吓过度，卧病不起，油尽灯枯。黄土处处可埋人，但埋在哪儿是有讲究的，皇帝相信，平民也信。不同的是，皇家豪华，百姓简陋，只求选一块好地，泽荫子孙后代。风水师有些名气，甲倾其所有。风水师选了地，甲问后代可有为官之人。风水师说有。甲问多少，风水师说这要看你家造化。入黑，风水师带甲到野外，藏卧在石头后，甲不明所以，但也不敢多问。夜半风起，远远见一队黑衣人，行至前方，依次钻入地下。一人拿着刀，其余持着扇子。甲目瞪口呆。风水师嘱咐过甲千万不要出声，但风灌喉咙，喘气困难，加之鼻痒，没控制住，打了个喷嚏。没钻入地下的黑衣人受到惊吓，突然消失。甲家后辈出了许多官员，武官一，其余皆是文官。若非甲那一个喷嚏，甲家会出更多的官员。其二发生在元代，某乙多疑，找了两位风水师，怕风水师哄骗他，选扎两个，有个比较，他自己裁断。两位风水师在野外察看，突然风起，风的中心有东西在滚，两人拔腿便追。风息之时，风水师甩出手中器具，一个是铜钱，另一个是箭。后者从地上拔出箭，箭尖刺着一枚铜钱，正是前者所抛。两位风水师选的是同样的地，乙大喜不疑，将祖坟扎在此地。

从豆庄到五台，走东南路，要经过两个村庄，庄名都与食物有关。离豆庄近的叫馒头庄，远的叫饼庄。饼庄东南角那户人家，朱灯不知其姓，有一哑女，比朱灯年龄小一些。几乎每个周六周日，朱灯途经于此，都会看见哑女立于门口，似乎专门等他。她目光羞怯不安，却又有着掩饰不住的好奇和渴望，因而又赤裸大胆。朱灯难以描述。也许别人经过，她也是这副神情，他不过是路人中的一员。朱灯不敢直视，匆匆一瞥便扭转头。但相遇毕竟太多，她给他留下极深的印象，以至于经过她家时，他能听见心跳的声响，血液似乎也加快许多。

朱灯没麻婆子的口才，不然，这一路的图景也够讲三天两夜的。

朱灯走神与这些无关。有些话他想问母亲，又不知如何开口，当然不是无关紧要的话，早就想问。涉及母亲的秘密，他不敢。若是传言还好，若……那不仅是戳母亲的伤痕了。也许这是个机会，他收到录取通知书，不日离家，趁母亲高兴，可大逆冒犯。有些疯狂，朱灯拼命压制。

4

五台没多大，却是数百年龄的老镇了。最繁闹时有驿站、客栈、戏院、寺庙、烟馆、妓院、酒肆、茶肆、醋坊、染坊、铁匠铺、棺材铺、剃头铺、皮货庄等。《五台杂记》记录了各行当的传奇和发生在五台的异事，曾有人将此书与《世说新语》比较，《五台杂记》的字数是《世说新语》的两倍多。

牙齿脱落，就再长不出新的。镶得再好，也是假的。五台的牙却是掉了又长，怎么看都好。

牙齿新陈更替，过去的样子就被渐次忘掉。有形之物表面坚固，却是最不可靠的。没有什么能与岁月抗衡。反倒是那俗那节的，没有形状却以自己的方式存活下来。比如赛羊节，比如听房。前者敞开，后者私密。因为私密，难免有意外。男女花烛之夜，屋外须有听者，听则多子多孙，无听则人丁难旺。不能安排，一切顺应"天意"。也有作弊的，男家的父母过于心切，会暗示甥侄。某后生系远房亲戚，本是坐席的，喝了酒，加之归途远，打算住一夜。夜间无事，喜好热闹，前去听房。只听得如雷鼾声，知道新郎灌多了酒，后生索然，正待离开，脑里突然被疯狂的念头占据。试着敲敲窗户，报上自己的姓名，门竟然开了。事后，他交代只想和新娘聊天，并没有邪念，不知怎么失控了。

这不是麻婆子讲的，确有其事。发生在朱灯念第一个初二那年，学校组织观看了公捕大会。

朱灯念了两个初二，是留级生。虽然考上师范，也高兴，却不像母亲那么外露。他不是多么超群，他有自知之明。和《五台杂记》中的能人奇人比，更是差得远。喜悦之外，更多沉甸甸的不安，就像不是考上的，而是作了弊，或是偷抢来的。别人看不见偷盗的痕迹，他看得很清晰。母亲在豆庄夸说就罢了，朱灯怕她在五台也讲，因而，望见五台的轮廓，他嘱咐母亲，不要乱讲。

马秋月开玩笑，怕给你介绍对象呀。

朱灯皱眉，还没到呢，你就胡扯了！

马秋月瞧出朱灯气恼掩饰的羞涩，就像夜幕中飞掠树梢的鸟。那轻巧而闪躲的暗影反唤起她深藏的甜蜜。她呵呵一笑，瞧我这嘴。

马秋月的玩笑是有指向的。朱灯的姑父赶了三十里路参加昨天的喜宴，顺便提亲。也不是非要提，是受女方父母托付，他与女方也是沾亲带故的。女方和朱灯同龄，虽没考上学，但家境好，所以不要任何彩礼，还可给朱灯买块手表。姑父是靠谱的人，既要完成女方所托，又不能太过正式，所以有着闲话的意味。结果另一亲戚也要提，真真假假地让朱灯选择。朱灯假装干活，直到他们转移话题。正式也好，闲聊也罢，在马秋月都是沉醉的。

阴影、歉疚以及埋藏其下如石头沉重又如镰斧锋利的一切，在嗅见五台的气息那一刻烟消云散。这些还会再来，但此时马秋月是轻松的，似乎整个天空的阳光都汇聚到她身上。

马秋月和朱灯先到食品商店买了二斤麻籽，以往买一斤，或是半斤，她紧紧盯着秤杆和秤砣，就像她是检察官，严苛而细心，似乎目光箍得牢，就不会有丝毫的谬误和差错，一旦售货员做手脚，可以立即制止并予以纠正。售货员叫不出马秋月的名字，却熟悉这张脸和那螺丝刀般的目光，每次称好，一手撤离，另一手拎拽秤提绳，让秤盘秤杆秤砣在空中静停数十秒，直到马秋月的目光变得松弛，而他嘴角会飘出一丝冷笑。

今天，马秋月没盯，左顾右盼，心不在焉的样子。售货员却没有马虎，在他，面对马秋月，已经不是称重那么简单，更像特定的仪式。他的手刚刚撤离，马秋月便点头说好。他诧异地看着敷衍的马秋月，还是让秤砣秤杆秤盘凝在空中，只是没有那么久。

马秋月将麻籽装进书包，就要离开。朱灯提醒，答应给朱丹买糖的。马秋月说，这个馋猫，来一回要一回，我是不想惯他。朱灯明白母亲并没忘记，但提醒还是必要的。母亲冲未及冷笑的售货员笑笑，再买半斤糖。

马秋月的主要目的是为朱灯置办衣装，所以在百货店花的时间久一些。进门时，朱灯说给朱红也扯一块吧。不是临时想起，母亲说到五台，他就想着了。朱红从不向马秋月提，哪怕在她小的时候，哪怕一粒糖。总是朱灯替她讲，似乎他是她的代理人。那时马秋月就会说，还用你说？但今日马秋月似乎没听见。

布匹有竖卷在货架上的，有横摆在柜台上的，马秋月说给朱灯做衣服，女售货员便挑了几样，供马秋月选。她伶俐热情，向马秋月介绍的间隙，问这是考上中专了吧？目光来回扫着，像问马秋月,又像问朱灯。马秋月和朱灯对视在一起。马秋月笑笑,朱灯咬了下嘴,纠正,不是中专,是师范。中专分数高,朱灯没上录取线。女售货员脆笑着,那也是考上了呀,听说全五台就三个人,有两个还是外地转来的,一个是本地人,就是你呀。仿佛朱灯是文曲星转世,女售货员眼睛越发亮了。朱灯心虚,指着一匹蓝色的确良说,就这个颜色吧。

女售货员在布端剪了小口,朱灯再次提醒母亲,给朱红也扯一块。哧拉的扯布声将朱灯的话撕断了。女售货员包好,马秋月这才唔唔,说要朱红自己来选。见朱灯迟疑,进而道,扯不合适,没法退。朱灯没说话。马秋月说,钱备着呢,收了秋,我和她一道来。不像解释,更像发誓。马秋月的心哗啦一响,立刻归于寂静,笑意从她脸上生长,蓬勃、夸张。朱灯没听见那声响,但从母亲的神情感觉到,有什么刺痛了母亲。他赶紧点点头,但笑得没那么自然,怕母亲察觉,先迈步离开。马秋月叫住他,还没买鞋呢。

从裁缝铺出来,差不多中午了,日光倾泻,无论褪了色的红瓦房,还是白皮翠冠的老杨树,都残缩了阴影,像原本属于它们的身体被切掉大半,骤然小了许多。

马秋月说,领娘逛逛吧。朱灯没反应过来,偏过头,正好迎住她的目光。马秋月笑着,领娘逛逛五台。这不在她的计划内,临时起意的。朱灯明白了,却又陷入另一种懵懂。这个要求太过简单,以至于有些可笑。朱灯读了四年初中,对五台确实如自己的皮肤一样熟悉，可母亲来过也不止一趟，并不陌生，再说五台有什么可逛的。旋即，他意识到，准是女售货员那几句话引发的。母亲来过多次，今儿到底是不一样，似乎这倾泻的光不够醒目，她还要披挂更多。朱灯皱眉，这么热，有什么好逛的？马秋月依旧笑着，但笑容没有遮住她的失望。朱灯的心弦颤了颤，说你要不累，那就走走。马秋月立即道，走十个来回我也不累。

朱灯在前，马秋月在后，向东一直到医院、道班，折返回来，去了趟前街，再转至后街。行至红星饭店，马秋月说，长这么大，还没下过饭馆呢。朱灯也没下过，所以，不知母亲指的是她还是他。朱灯朝敞着门的饭馆窥了窥，立即缩回。马秋月说，等你挣了钱，领娘下次饭馆。她口气随便，朱灯也就漫不经心，说好啊。马秋月却站住了。朱灯走了几步，转身，见马秋月立在饭馆正对的街边，朝里张望。朱灯问，怎么了？马秋月冲朱灯扮了个鬼脸，小声说，不如就今天吧，身上的钱该够。朱灯更加惊愕，不知是当真还是开玩笑，无论哪样，母亲都有些反常。朱灯差点就说了，但马秋月抢在他前面说，还是算了，有这钱，不如买几个麻饼。那几乎是他想说的，她心知肚明。

那时，朱灯尚不清楚五台之行，难以言说的琐屑与细碎，对他意味着什么。

进食品店买了五个麻饼五个混糖饼，两人折返。出五台两公里左右，拐进紧傍着路的林带，顿时凉快了许多。林带间蜿蜒着尺余宽的小路，瓷实的路面生着<u>一丛丛</u>披碱草，长出来就被踩倒了,但倒了也长,贴着地面往各个方向爬伸。走了一段,两人坐下歇息。马秋月掏出一个混糖饼给朱灯,然后把水瓶竖在中央,再掏出她自己的干粮。是从家里带的面饼。朱灯要和她换,她不肯,在朱灯的坚持下,她分一半给朱灯,朱灯也将混糖饼掰了给她。

没有一丝风,也无鸟欢虫鸣,只有两人咀嚼和吞咽的轻微声响。阳光从枝叶间漏下来,竟也凝固了,不再游移。静谧,温馨,祥和。

或许是太过安静了,被朱灯按压下去,一度消隐的疑问又蠢蠢欲动。这让他不安,也让他恼火。他避开母亲的目光,盯住草叶上一动不动的七星瓢虫。它像是睡着了,但也许在静候什么,橘红鞘翅上的北斗星黑而亮,如少女的深眸。

马秋月说,你是有话想问我吧?

朱灯费了很大的劲儿,才将目光缓慢挪转。他看着马秋月,既紧张,又期待。

马秋月倒是镇定的,像早就预备了答案。她的声音似乎为答案的不确切而摇摆,也可能那一刻有风吹过。

从枣红马说起吧。

第二章

1

枣红马走失的那个春日清早，马天去饲养房的路上听见了喜鹊的叽喳声。不是每个凌晨都有喜鹊在枝头，但只要听见，马天的心便有水花翻滚。喜鹊是报喜鸟，他喜欢听，尽管忙碌的一天下来，除了困乏，并没有喜事降临，而且时有麻烦。但他还是爱听，听见便脚底生风。

其实就算走得慢，也总是最早到，另外两个饲养员比他晚至少半小时。马天负责饲马，他们管喂牛羊，有分工也有合作，比如铡草，一个人不行。马天原本就起得早，枣红马成为他辖下的一员后，就更早了。女人抱怨，问饲养房是不是有勾魂的女鬼。马天嘿嘿笑。女鬼没有，但魂确实被勾了。

马天养马二十多年，什么样的马没见过？俊美的丑陋的勤快的懒惰的凶野的温驯的，有杂色也有纯色，红马就好几匹呢。比较起来，枣红马并无什么特别，不过毛色更纯，体态略雄健一些。就是这样一匹说不上多么出色的马,马天第一次看见,心便被掏了。

马天还记得两年前的情景,还不到牲畜归来的时候,他抬头,看见立在饲养院门口的它。马天愣了一下。他就在院里站着,没听见任何动静,它好像从地下钻出来的。不是他饲养的马,因而马天没动,只是好奇地打量着。撞上它的目光,他差点叫出声。他看到极其熟悉而亲切的东西,就像失散多年的兄弟意外相遇,这么说似乎还不够准确,如看见前世的自己,身形不同,眼底深处的藏埋一模一样。就这样凝望着,好一会儿,他才走过去。

马的臀部均有烫印标记,各村不同,枣红马却没有任何印记,但也不是野马,被骗过的。该是烫印前跑掉的。马天收留了枣红马,有人寻找,自然要归还。但两年了,常有寻马的人,没有一个是找枣红马的。枣红马是队里的公产,却是马天的私密朋友。

马天先从库房用料篓装了豆渣,再进圈棚牵了枣红马。这就是马天的私心了,单独给枣红马开小灶。怕别的马记恨他更记恨它,以前没这么干过,对所有的马一视同仁。所以这小灶绝不能让它们看见。春播即将开始,枣红马颈肩处的疤痕又将被轭磨破,可能再次化脓。马天心疼,但不能不让枣红马拉犁驾车,即使他是队长,也不能阻止。马天能做的,就是让枣红马吃得好些。来得早,也是为了让枣红马吃得饱。

其他马吃的是青草和铡成段的莜麦秆。一个冬天过去，青草所剩无几，零星掺在莜麦秆里，就如熬菜撒些作料，要的是气息和味道。有与没有是不一样的，有，马的咀嚼声便大，马天闭着眼也听得出。枣红马所在的槽位空着，马天还是撒了些。左右的马看他，马天便说，昨天它不老实，拉出去罚站了，甭瞅，再瞅，你们也得罚站。左右的马便低头吃了，好像听懂了马天的警告。马有灵性，未必相信他的话，但看不见枣红马，就不会生出仇来。他为自己的私欲不安，转而一想，枣红马终究是客，它们该礼让三分，谁家来客不是好吃好喝？这么想着，便舒坦许多。

马天撒完草料，走出圈棚，如往常那样朝枣红马的位置望去。目光突然间坠入陷阱，骤然断裂，人往前倾，差点栽倒。以为自己患了黑眼症，定了定，再瞅。只有料篓孤零零地立着。马天唤了两声，没有回应。有人捉弄他，故意牵走了它？马天立即想到他的同行，那是有可能的。其中一人爱开玩笑，和丈母娘也闹，丈母娘没恼，岳丈却火了，一碗扣其头上，若稀粥滚烫些，脸皮就翻花了，就这，半条眉毛被烫掉，缺了眉毛的拦护，眼睛随时要离开似的，格外地凸。正失魂地乱猜，半条眉饲养员哈欠连天地走进院，马天立即问他把枣红马藏哪儿了。半条眉没醒过来，反问，藏啥？马天跺脚，枣红马不见了！半条眉啊哈一声，还以为老嫂子不见了，你急成这样！马天盯着半条眉的鼓眼，真不是你？半条眉嘿嘿着，我拉去给二疙蛋日了，那孙子看见墙洞都要掏家伙。马天叫，说正经的，真不是你……半条眉这才肃了脸，老哥，你不会怀疑我宰了它吧？马天说，刚刚还在院里，转个身就不见了。半条眉说，这样啊，我说过的吧，这走丢的牲畜脑袋都进了糨糊，一旦记起回家的路，没有不跑的。半条眉的话如锋利的钢针，刺穿马天，又带着声响远去。尖锐的疼痛弥漫开，马天定在那里。

另一个饲养员进院，说看见一匹红马往村南去了，马天醒过神儿，拔腿去追。

出村马天便捕捉到枣红马的身影。村边是草滩，瓦刀河豁破滩的肚皮，蜿蜒东去，数公里后汇入马蹄淖。滩过去是田野，田野尽头是状如馒头的山丘。枣红马正穿越田野，往山丘方向去。草刚冒头，土地还瘪着肚子，枣红马显然不是为了觅食。什么能有豆渣香呢？更不是干渴，不然它会立在河边，水虽细瘦，也足够喝的。枣红马肯定是冲着什么目的去的，马天想起半条眉的话，又一阵痛。不过，要是记起归家的路，对它也是好事。就怕半道又忘记了，那是极有可能的，如此将再次迷失。得追上它，不拦阻它回家，但必须跟随其后。如果它中途犯迷糊——马天相信自己会有准确的判断，就把它牵回来。枣红马并不是严格意义上的队产，它离去，马天也无须负责，但……只有马天清楚它对他意味着什么。

马天半走半跑，到底是五十多岁的人了，没一会儿便气喘吁吁。距离越拉越大。待他上到山丘顶端，枣红马已变成一个点。马天步入田野那阵儿，太阳刚刚露头，此时突然蹿到半空。金光澄澄，马天很担心那个点被化掉。

马天快一会儿，慢一会儿，但始终没有停歇。黑点没有彻底消失，也许知道马天在身后，有意等他；也许某一刻犯了迷糊，迟缓不前，待记忆回归，继续前行。不管因为什么，马天没被甩离。他暗自庆幸，待四野风起，也没有意识到危险在逼近。登上山丘时马天便饿了。走得早，肚里没塞任何东西。这一程走下来，饥饿越发凶猛，如怪兽不但一截截啃噬他的肠子，还故意弄出很大的声响。喉咙火苗流窜，几乎能闻到烟烤的煳味。马天后悔没在瓦刀河掬一捧水润润口。现在只能喝风了。

太阳西移，风已不是刮，而是撞了。马天这才感到不妙，目光如锥子扎着那个没甩掉他，但也没被他追上的若有若无的黑点。担心刚起，风沙便劈头盖脸地砸过来。风裹着沙，沙携着风，互为羽翼，黑点被吞掉了。但马天知道就在前方，看不到，看不清，只能凭着感觉靠近。或是因为焦急，反不怎么饿了，怪兽吞掉肠子，放过他了。喉咙仍有火苗蹿起。

行进变得艰难，马天双脚弓缩，趾尖和后跟弯至弧形，如双股叉一样挠着大地，以防自己被纸片样吹起，头肩则掘洞般向前垦挖。眼睛半眯，有时不得不闭上，靠感觉辨识方向。眼睛几次开合后，天地由混沌而昏暗。马天暗叫糟糕，根据经验，狂风消停，天就黑透了，他得在夜色覆盖前找家车马大店。身上没钱没证明，不能住宿，缩在哪个角落也行。但他清楚这很渺茫。四野模糊黏稠，挪不了多远，怕是要在野外度过了。衣服湿了干干了湿，此时硬僵僵地裹着，"铠甲"覆盖了厚厚的沙尘，也是保暖的，但无论如何也抵挡不住夜晚的春寒。

马天不知等待他的是什么，只能继续前行，凭行走抵御寒冷。想着是朝枣红马的方向走的，终于生出一丝慰藉。只是未来得及和妻女说，她们要担心了。这么一走神，感觉突然变得混乱，似乎脑袋裂了缝隙，黏稠趁机涌入，马天彻底迷失了方向。

2

朱全常臂挎柳条筐、手拎粪钗在野外游荡，不只拾粪，也为其他。这要据季节定。冬日捡过冻死的半翅，夏日捡过野鸭和野鸟蛋。在那个春日的午后，他在去年的土豆田里寻黑土豆。虽然起挖翻耕过，但总有淘气的土豆藏埋于泥土，经冻而化，它们便失去先前黄白的颜色，通体黑不溜秋，又皱又干。但在朱全这里如同宝贝。将黑土豆清洗晾晒，再碾磨成粉，可如莜面那样蒸煮。豆庄谓之黑山药面。虽无莜面那样抵饿，到底是食物呢。

每次刮风，都有黑土豆被唤出来。朱全从不等风歇停，那样拾捡更容易，但人也多，所以他是起风便动身。那个午后捡了九颗黑土豆，其中三颗快有拳头大了。若非夜幕将落，他还会在沙尘中捕捞。

出地头没多远，朱全便看见一个躬缩的身影，那人忽而往左忽而往右，犹豫不决的样子。停停，又朝另一方向走，没几步好像后悔了，转身向后。不用问，朱全就知道这个人迷了路，落入了"鬼打墙"。没有指点，他将不停地撞，直至力气耗竭。

后来马天不止一次对马秋月讲，是朱全救了他。他没有夸张渲染，确实如此。朱全不但把他从迷魂阵里解救出来，问清缘由，还将马天带回家过夜。

晚饭极普通，菜叶、面疙瘩、豆粉掺混一起熬的稀饭，在疲惫不堪又饥又渴的马天印象中，特别是给马秋月的讲述中，没有任何美味可与之媲美。喝第二碗的时候，马天才有力气说话，也是这时，他发现自己的饭与朱家人的差别。他的要比他们的稠。这让他不安，也让他心底泛热。他不过是陌生人，并非贵客。他停下来，目光挨个望过去，没看到哪怕半毫冷厌。朱全笑笑，大兄弟吃不惯吧，实在是没有更好的了。马天也笑笑，比朱全脸上的歉意更浓，我没吃过这么香的饭，只是……我出来匆忙，身上除了土，什么都没带。朱全责怪，这话就不对了，领你回来可不是图啥，谁还不碰点难事？马天赶紧说，我知道，就是不大好意思。朱全劝，赶紧吃吧，一会儿凉了。马天端起碗，慢了许多。没等喝完最后一口汤，朱全便让把碗递给他。马天知道这是要再盛，摁住碗说吃饱了。朱全说清汤寡水的，两碗哪吃得饱，何况一天没吃东西。朱全妻子也劝，似乎不给马天再盛一碗，就失了多大礼。

争执之际，没上炕而是坐在风箱板上的朱全四儿子插话，要是一天没吃东西，两碗可以了，早上吃过倒可以再吃一碗。朱全妻子瞪他，又胡说！朱全也说别听他的。四儿子原是随意说的，父母斥责后，从风箱板上站起，神态郑重，文火炖肉，冷水化柿，人饿极了，绝不能吃多，你们不懂科学，经验总有吧？人冻木了，咋处理？礼数要讲，但要看在什么时候。煤油灯光昏黄暗淡，但他的脸尤其眼睛却有着与整个屋子不相称的亮度，仿佛不是煤油灯而是他的双目在起照明作用。他的脖子梗着，显然还有话，这不过是开场白。朱全自然更清楚四儿子还有长篇宏论，制止道，住嘴吧你，还没完了！

马天特想听听，被他的口才迷住了。俗话说，好马出在腿上，好汉出在嘴上，从这屋子的简陋程度和被垛的高矮推断，朱全家境还不如自己，可在这暗仄的土屋，竟藏着这样一位铁嘴钢牙的后生，不能不令马天惊讶。见朱全有些生气，马天怕父子俩因他吵起来，赶紧说，大侄子说得对着呢，凡事有度，弓拉得满，也会绷断。朱全不再和马天争夺，歉意道，我哪能不懂呢？若是干饭，你要也不会给你，只是这清汤寡水的……怕你饿着呀。马天说，当真饱了，水也是饭呢，马渴极了也不能急饮，不然就炸肺了，我当二十多年饲养员，啥都见过。立即意识到话题不妥，忙转移方向，盯住后生，这么有文化，当老师的吧？朱全瞟瞟讲演中止、些许失落的四儿子，语气轻飘而又疼惜，哪呀，初中没念完就回家了，不过是多读了几本闲书。马天问，这是为啥？朱全叹口气，说来话长。但没往下讲，显然不愿意说。马天识趣，但好奇心越发重了，便望仍立在地上的四儿子。四儿子却失了演讲的架式和气势，双目的光芒弱了，但未黯淡失神，脸上也似有笑意,长话短说,不能念了。又坐到风箱板上。言简意赅,可伸可缩,马天暗暗赞叹。

饭后,马天讲述自己和枣红马的缘分,想到可能再也见不到了,不由伤感,声音摇颤,泪眼婆娑。朱全安慰,马天意识到失态,忙说,算了,不提了!并强装欢颜,好像跑了一整天,就为了把枣红马从心里抠出去,现在终于如愿以偿。朱全看看四儿子,有求救的意思。四儿子站起来,叔,你要不嫌,我拉一曲给你解解闷。马天不是很明白,朱全笑着解释。马天呀了一声,说那敢情好!四儿子去外屋取二胡,马天问了四儿子的官名,不由把朱光明和他眼里夺人的光亮联系起来,暗忖,这倒是应了。

那是一把极不起眼的二胡,琴筒乌紫,琴杆略黄,很不协调,就像临时组装起来的;琴壳说不清楚什么颜色,似乎不同的蛇皮缝合的;弦杆倒是亮,因亮而显出几分不甘,但离开这陈旧乌暗的身架,就什么也不是了,只得无奈屈就。将二胡搁在腿上的朱光明,差不多就是这副神情,混杂凌乱,难以描述。

曲调声起,马天不由喝彩。如流云刮进心里,要把他带飞。以往听的二胡曲都是乞丐拉,比黄连还苦。朱光明的曲不但没有仇苦,反欢喜得要蹦跳起来。再瞧朱光明,混杂的神色不见了,纯净如洗。他的眼睛再度放亮,像阳光下的湖水,本就清澈,吸纳了缕缕金丝,又倾力吐出,那亮便有了厚度。

马天不懂朱光明拉的曲目,但听得出马在嘶鸣,蹄在疾驰,似乎千万匹马正朝他奔来。他想躲闪又痴恋地定住。

二胡曲止，朱光明说，见笑了。马天醒过神，连连说好，并说朱光明完全可以登台表演。朱全说，登什么台呀，自个儿寻个乐子。马天想起自己的小女儿马秋月，朱光明"演讲"时，那个念头便冒出来，不过驱散了，毕竟是生客，彼此了解不多，不敢冒失。在这一曲之后，想法杵出来，而且急不可待。他问朱光明年龄，又问说亲没有，后一个问题是朱全代答的。马天竟舒了口气。他提及马秋月，女儿属猪，朱光明属鸡，她小他两岁。她也读过初中，关键是她会画画。画花画草画树，画蝴蝶画家燕，最会画的是喜鹊，安个魂就可以飞起来。和朱光明一样，她也没正式拜过师，自个儿学的。

马天从未这么滔滔不绝，也从未这么夸过自己的任何一个儿女。好像马秋月嫁不出去，他急于涂金描粉。当他停下来，方意识到大约把朱光明父子惊着了，他们的目光凝在半空，仿佛他是什么怪物。马天抱歉地笑笑，仍担心没说透，直截了当，我想把小女嫁给光明。末了又冲着朱光明，极其严肃，绝对配得上你！他的目光一节节收紧，甚至含有警告的意味，非逼朱光明就范不可。

朱光明凝重的脸漾出笑，目光火焰般跳闪着，仅仅数下便暗下去，可我未必配得上她呀。他没说配不上，而说未必。话是多向的，可以理解为婉拒，也有以退为进的意思。虽然在马天听来后面的意思更浓，但更令他急躁，你啥意思？

朱全及时插话，大兄弟，你是好意，可有些情况，你还不知道，光明学上了一半，是有原因的……却又停住，顿了顿，又为难道，早年我闲不住……

马天立刻明白了，打断朱全，你不用细讲，我看好光明，别的都不重要，你家要是皇亲国戚，我还高攀不起呢。

朱全问，你真不在乎？咋也得问问闺女的意思吧。

马天笃定地，我同意，小女就同意，择个日子，你们去提亲，习俗和规矩按你们的来，总之这过场不能免了。

朱全忙不迭地点头，听大兄弟的。

马天再次盯住朱光明，光明，你还有啥意见？

朱光明回答得比先前直接，我听叔的，就是……你女儿……毕竟是新时代了，她有权做出选择，不然，委委屈屈别别扭扭，对谁都不好。

马天笑，这个闲心你不用操，自个儿闺女自个儿知道！

一直说到深夜。次日，朱全和朱光明送马天一直到村口，虽然没寻见枣红马，但误打误撞结了门亲，有失有得，马天心情舒畅，话就多了些，昨夜没说够似的。马天让父子俩止步，朱全立住，让朱光明再陪马天走一段。马天摆手，朱光明说村北尽是岔路，他送到路口即返。马天边走边说，光明啊，不是我夸，小女是几个女儿中最俊的。朱光明说，我相信。马天突然惊叫一声。朱光明被吓着，问他怎么了。马天脸上并无恐惧，而如霞光迸射。朱光明顺着马天的目光望去，前方的林带里一匹红色的马正在蹭树，似挠痒又似嬉戏。在灰白的树木间，那红格外耀眼。再瞅马天，他的脸竟也被几十步外的那团火照红，喜悦腾漫，声音灼烫，它才是真正的媒人呢！

3

父亲骑着枣红马归来时，马秋月感觉自己的双脚要碎裂了。本可以坐下来等，但想到站立望得更远，她便强行让自己竖在山冈上。好在风没昨日大，不然早刮飞了。从清早到日落，每有黑点从天际跳跃出，她便瞪大双眼，驱赶着目光朝黑点飞奔，恨不得抽几皮鞭，令它们跑得更快些。黑点终于现出轮廓，身形让马秋月失望，眼底那一勾火苗不是被吹，而是受到重击，熄灭得突然而彻底，仿佛砸出深坑，她虽有准备，还是坠入其中。直到再有黑点现出，她的心才能爬出坑洞，双眸再燃。

第二十一个点在余晖里浮现，粉艳如染。太阳沉没，越来越大的点没有变黑，反似滚动的火团，将大地划出红色的裂口。马秋月呼吸急促，眼中的火粒噼啪作响，她没有任何迟疑，迅疾迎扑过去。拔腿的瞬间，倒伏在地。摔得很惨，身子在一个地方，脚丢在另一个地方，不再是她自己的。恐慌袭来，她翻转身体，急忙去抓，似乎动作慢些，碎裂的双脚就会彻底变成尘土。没够到，然后她扭转一下方向，肩颈移至高处，与此同时，发现脚的位置也变了，蓦然明白，双脚还和腿连在一起。涩麻的疼痛减缓，她再度跃起。跑下山冈，父亲和枣红马正好赶到。仿佛与父亲别离了几个世纪，马秋月胸腔扑腾扑腾撞，却说不出话。

跑这么远！我这么大个人还能丢了？！父亲责备着从马背上下来。马秋月压住委屈，堵塞的喉咙终于通畅，爹饿坏了吧？父亲哈哈大笑，马秋月被弄愣，吃惊地望着他。没错，是她的父亲呢。好一阵儿，父亲说，你爹我哪能饿着？回去说！不然把你的牙掉在野地里，捡都捡不着了。

父亲让马秋月骑到枣红马背上，马秋月不肯。她从未骑过马，也从未有过骑马的念头。但父亲执意让她骑，闺女，你试试嘛。马秋月还是不肯，僵持数十秒，父亲略有些遗憾，不骑就不骑吧，你心疼它也对着呢。

两人行至村口，父亲拐往饲养房，马秋月回家向母亲报告。被愁怨浸泡太久，以至于皮肤松垮而浮肿的母亲闻讯大喜，突然做出一个重大决定：擀白面条。那时，母亲准备的混饼还在锅圈里贴着。所谓的混饼是麸皮面、高粱面、玉米面、干菜叶、麻糁混杂而烙的饼，其中干菜叶又有数种：灰灰菜、白菜叶、甜菜叶。麻糁是胡麻榨油后的残渣，队里用来喂牛马的。父亲虽有饲养员的便利，但从未往家里带东西，这些麻糁是母亲从饲养房偷拿的。每次去饲养房她都有不同的借口，但不是每次都可以得手，要趁父亲不注意，还要避开另两个饲养员。被马秋月发现后，母亲说如果父亲知道会把她的手打成麻糁。母亲羞惭中夹着警告，马秋月能掂出其中的分量，她守住了这个秘密。这个秘密让她和母亲亲近的同时，又有陌生的东西隔在中间，成为彼此不能碰触的区域，尤其是母亲将麻糁块用擀杖捣成粉状时——自然这也要背过父亲，如果被马秋月撞见，她准会说，你以为我想拿呀，要不是因为你们，我才不呢！好像马秋月的目光含着责备，她不得不辩解。马秋月自认没有，多年后忆及那个场面，意识到自己是有些怪母亲的，紧张的眼睛暴露了一切。她不想母亲的手被父亲敲成麻糁。

或许是有着近于淬炼的过程，混饼瓷实、坚硬，哪怕新出锅的，味道也是混杂的，酸甜苦辣，没有任何一种味道可以形容。但混饼一向是饭桌主食，馒头面条只有年节或来客才能吃到。混饼就要出锅，母亲突然改擀白面条，自然与父亲归来有关。马秋月和两个弟弟由惊愕而欢欣。

父亲进门，母亲已将白面条擀好，整整齐齐躺在案板上，香气跳荡。马秋月和两个弟弟一样饿极难耐，各吞一个混饼，胃里有了东西，并不能阻挡诱惑，反让目光在等待中粗壮。

父亲也很意外，问今儿啥日子。母亲掩藏了喜悦，埋怨道，你说啥日子？你没让饿狼掏了，头不残脚不缺地回来了！父亲咧了嘴，急着追马，没顾上跟你们说。母亲哼了哼，就知道你会这么说！父亲说，这马——母亲打断他，马重要，也得顾自个儿的命呀！母亲极少这么强硬，除非对形势有准确的估料。父亲没有半毫的不耐，反因母亲的数落浮现出受用的神色，但也没把话咽回去，强调，枣红马可是咱家的功臣。母亲往门口瞅瞅，声音放低，你没发烧吧？父亲对母亲的警示不予理睬，笑说，我可没糊涂，就算是风刮来的，也是队产，不过，确实是咱家的功臣。母亲迅疾扫了儿女们一圈,你们的爹……脑袋怕是让马踢了。这话是放肆的,父亲却没有生气,乐呵呵的,先吃饭,一会儿细说!

风卷残云。马秋月正要收拾碗筷,父亲止住她,目光在她脸上停了停,不像进门时那般随和,又如平时那般严肃,但又和以往不同,眼睛深处间或有光闪耀,马秋月捕捉到了。

我给你们讲讲枣红马。显然,父亲迫不及待,但又不想显出急躁,好像没吃饱,把每个字都故意拉长,变成面条。马秋月的二弟响亮地嗝了一声,他捂嘴的同时,炸出一个更响的嗝。父亲皱皱眉,马上又舒展了。

昨儿清早一出门,我就听见喜鹊脆生生地叫。

母亲不满但极谨慎地插话,你这话可够长的。

父亲没发火,脸却更加严肃,必须从喜鹊说起!

便都竖直了耳朵。

马秋月听得最认真,不仅因为对父亲隐秘的兴奋十分好奇,还在于她爱听故事,一夜未归的父亲定然有什么险遇。父亲的兴奋多半与奇险经历有关,马秋月脑里甚至勾画出一些片断。她不知道她是这个故事的重要角色,父亲讲到朱光明的不凡时,她也没和自己联系起来。痴迷故事的她常常胡思乱想,毫不相关的东西,也能轻易地扯上关系,有着惊人的想象力,但某些时候,又迟钝得如同石头,直到父亲抛出结果,她才明白,同时却又懵怔住。太突然了,她毫无准备。

你是说,过几天要来提亲?母亲小心翼翼,似乎面对的是珍

043

贵而薄脆的器皿，说错半个字，都有可能把那个东西击碎。

父亲没理会母亲的话，兴奋不再藏闪在眼底，而如河流在脸上奔腾。母亲再次追问，父亲才说，也就走个过场，婚事就这么定了！

母亲惊出声，你借住一晚，就把闺女许配给人家了？

父亲皱眉，这和借住没关系，是我看中了朱光明，他和秋月合适。

母亲被塞住，定了一会儿才开口，大女二女都是你说了算，轮到秋月——

父亲截断母亲，是枣红马牵线！这叫天定姻缘，错不了的！

母亲嘟囔，天知道什么？

父亲反问，天知道什么？天什么不知道？！

……

两人你来我往，父亲声音渐高，而母亲语气渐弱。都是为了马秋月，但谁也没有问她的态度。马秋月并不责怪他们，甚至委屈也只那么一小缕。她还没完全醒过神儿，觉得父亲在拿她讲故事。她曾向往成为故事的角色，当然那是选择性的，而想象中的故事不是这个样子，这让她失望和难过。被这样的情绪浸泡着，她垂着头，一言不发。

我也不是不同意，母亲败下阵来，咋也得让秋月相相吧，万一她看不上……不顺心，日子没个过头。

父亲说，我了解自个儿闺女，会看上的。

母亲叹口气，但愿吧。

父亲不满地，干吗吊着脸？喜事临门，高兴才对。

母亲装不出高兴的样子，又不能板着面孔，挪下炕洗涮碗筷，两个兄弟先后离开。马秋月抬起头，想说什么，并非深思熟虑，而是不得不说点什么。遇见父亲的目光，嘴唇突然间像被胶黏合，怎么努力都张不开。父亲好像猜到马秋月要说什么，又像马秋月都不知要说什么他却先知道了，他笑笑，立即收敛，严肃而庄重，绝对仁义之家，相信爹，爹已应了人家，说话就得算数！他的话连同他的口气，钢钉铁索般，好像不是嫁女，而是嫁与承诺。

4

马秋月离家出走在朱光明父子及充任媒人的朱光明姐夫冯世友登门两天前，马天寻回枣红马的第七个日子。

马秋月性格里没有叛逆二字，影子都没有。大姐二姐好歹有几根逆刺，尤其二姐。马秋月就像面团，怎么揉捏都可以。乖顺，如果换个说法，就是没有主见。跨出这一步，连她自己都很吃惊。

想象中的婚嫁是什么样子？马秋月并不能具体而清晰地描述，虽然无数次想象，但抓不住，就像一团黏稠、变幻的雾，每次的形状都不相同。她清楚的是，父亲口中的天定姻缘不是她想象中的。她的失落，她的不如意与男人的家境、长相、才华，与明确的一切都没关系。她在意的是梦幻图景。

母亲见马秋月闷闷不乐,劝她往好里想。借住一夜就把女儿许配给人家,听起来不大靠谱,但也许真是注定,就如她和丈夫。母亲已接受了"事实",站在父亲一边。没把马秋月的愁眉舒展,又给马秋月出主意,要是看不上,到时狠狠要彩礼,把男方吓跑。母亲声音不高,却透着一股子好笑的凶狠,又因揶掇而紧张不安,仿佛给了马秋月一把杀人的钢刀。马秋月抿抿嘴,几天来仅有的一次。

或许是受了母亲的启发开导,马秋月不再坐等,次日清早,咬着父亲的脚,来到饲养院。马天正牵了枣红马外出,怔了怔,秋月,你跟来干啥?马秋月小声说,我来……看看。马天笑笑,招招手,示意马秋月靠前。马秋月迟疑着,心怦怦跳。马天说,来呀!马秋月几乎是挪过去的。马天抓起马秋月的手,放在低头吃料的枣红马脊下处。温舒的感觉从手指弥至全身,马秋月是摸过马的,但如此神奇的体验从未有过,父亲说你早该来看看它。父亲离去好一会儿,她的掌心仍然贴着马身,由抚而摸,有那么一会儿她忘记了目的,仿佛就为了这种神奇的体验,直到枣红马毫无征兆地拉出黑色的粪球,她才骤然缩回。马秋月并不厌弃牛马粪,漫长的冬日主要靠它们驱寒,可在那样一个忘我的时刻,那几粒粪实在杀风景。马秋月被拉回现实,僵僵地立着。如果枣红马不是向南而是朝北,那么也会在某个村庄停歇,父亲也可能借宿,她的婚事可能就是另一番样貌。往南去不过是偶然,父亲夸大其辞，当然，也可能……仅仅是可能。如果枣红马开口说话，它怎么说她都信。她相信那是真正的神示。可它不会说，和别的马一样，吃喝屙尿，就是一匹普通的马。

马天返回，马秋月将思量许久的话抛出，爹，枣红马不过是误跑误撞。马天的脸立刻严肃起来，它不是普通的马，相信爹，它跑定然是有缘故的。马秋月没有躲避父亲的目光，柔软但拼力顶住了。马天说，就算这媒不是它保的，可朱光明这个人是真的呀。马秋月说，我和他不见得合适。马天反问，哪不合适？马秋月说不上来，她难以向父亲描述那团黏稠的雾。马天说，爹相中的人，错不了，还有……马天眼里又闪出兴奋，这几天我越琢磨越觉这亲……停顿了一下，想不出准确的词，单拿名字来说，一个属阴一个属阳，合在一起就是圆满的意思。马秋月觉得好笑，只听过属相克或配，哪有用名字生拉硬扯的？马天说，你姓马，偏偏又是马提亲，哪会这么巧？大姐二姐找婆家时，父亲好像不是特别在意这些，轮到自己，父亲反复强调，他不担心马秋月违拗，似乎是怕马秋月难以悟透禅意。马秋月提醒父亲，我可是属猪的。马天呀一声，咋把这茬忘了？你属猪，他姓朱，难碰啊！马秋月呆住。她本想说服父亲，没想反封了自己的嘴。父亲愿意朝那个方面想，她是不能控制的。马秋月退后一步，说如果到时候她认为不合适……不等她话音落下，父亲就掐断，肯定合适！感觉严厉不够，程度太轻，又重声强调，爹答应了人家，不能说话不算话！

也许，这才是他看中的，他所说的神奇不过是幌子。那个晚上马秋月只是错愕，在这个鼓足了勇气的早上，怨愤和委屈腾然而起。

马秋月低了头，缓缓转过身。她并不指望父亲叫住她，改变主意，而是不想让父亲看出她的不满。她的怨愤不是雷霆万钧似的，仍在乖顺的袍里罩着。远非巨浪，不过是水花。因为极少翻涌，那水花便显得突兀。

她以为是往家的方向走，待行至村口，才意识到脑昏了。土路向北，几公里外可达大路，往左通往县城，往右连接着另一个县。马秋月并没有明确的目的地，只想朝着与枣红马相反的方向，一直走下去。模糊的反抗于她已是非常罕见。没经过哪怕半小时的酝酿，完全是突发式的，如父亲将她许配给那个未见面的人一样。

上了大路，左拐前行，也是下意识的选择。太阳升起，山尖、树梢红粉如染，她朦胧的念头被光照着，暖暖的，且弥漫着香气，像刚从火盆灰烬里扒出的土豆。那双细长的眼连同因嘴角上翘而总像含着笑的脸渐渐浮起。起初只是一张脸，继而整个人跳进脑海。马秋月终于有了目的地。他和她同班，平时极少说话，彼此都如影子。某次劳动归来，她突然腹痛。她不想惊扰别人，没有停，但脚步迟缓，落在最后。本想与同学拉开距离，再蹲坐歇息。可他折了回来，问她怎么了。她摇摇头，又羞恼又感激。他瞧出她不舒服，不由分说夺过她手里的铁锹。没了倚靠，她站立不住，缩在地上。他显然吓坏了，退后半步又急上前。瘫坐下去，疼痛减缓，她并不需要搀扶，但也没有抗拒。那是父亲兄弟之外，她第一次与异性的身体接触。很特别的感觉。她没有沉浸其中，几乎与别致的享受同时，慌乱升腾而起，后者的成分似乎更多。也因此，她没有久坐。她立起，他也没有松开，直到确信她可以行走。又如过去那样，她和他几乎不说话，但短暂的"交往"，铭刻于心，她开始有意无意地注意他，一直持续到她上学生涯结束。而那绺影子半年后才渐渐消隐。她和他再没任何关系。可在她离家出走途中，他不但再次闪现，而且成为前行的动力。她相信他在县城的高中就读。那团黏稠的雾在她的想象中熠熠生辉。

马秋月步调轻快，与黏稠的雾汇在一起，成为雾的一部分。因此感觉不到鞋底与砂土的接触和摩擦，更像在飘。如果从远处看，她柔软的身姿确如流云。如果不是风夹带沙粒扑到脸上，钻进毫无防护的眼睛，她会一鼓作气飘进县城。眯了眼，她不得不停下来，揉了揉，闭住左眼急唾三口，再合了右眼连唾三口。近乎念咒的方式是母亲教的，屡试不爽。唾过，眼睛仍有些涩，但可以睁开了。那团黏稠的雾被风吹散，难以聚拢，她感到身体的重量。饥饿袭来，如扛了麻包，她不能再飘，行走变得吃力。但没有停下。

临近中午，她行至陡而长的山坡下，双腿失了骨头似的，几乎站立不住。饥饿和疲惫其实是次要的，主要是那团黏稠的雾正在消散，这让她恐慌。她左右张望，盼着奇迹出现。春意刚露头，远处的绿若有若无，近处仍被灰褐覆盖。目之所及，皆非想象中的样子，更不要说奇迹了。

但马秋月没有退缩，"到了坡顶再说"，也许就要到县城了。坡有一二百米长，马秋月几乎是凿着地面将笨重的身子拽到顶上。当高耸的烟囱和如鳞的红瓦收于眼底，她惊喜地喊出来。几乎同时，她瘫坐下去。喜悦未能持续，就像一个气泡，炸裂便不复存在，她惊惧而又恼怒，像看到不该看的真相。好一会儿才感到被梦幻甩掉的疼痛，而痛也让她变得冷静。没有任何可能，想都不该想的。庆幸的是，她终止了，至于主动还是被动，没那么重要。

醒悟了，马秋月并不能及时站起，毅然返回。失却了骨头的身体如同烂泥。风再次刮来，她的脑袋终于凭借风势，而非自己的力气扭转方向。她望着来时的路，就像被丢弃的孩子遥望、想象母亲朦胧的身影。

爹已答应了人家，说话就得算数！

父亲的话长了腿，一直跟着她，她佯装不知，现在再不能无视。她既不惊诧意外，也无抱怨和委屈。那是她熟知的父亲，所有的事情都如此，他的脑里似乎嵌了指令。

父亲去公社买马夹板，售货员多找了一角钱，返回村庄方发现，次日他再赶二十里路，准备退给售货员。售货员咬定没找错，坚决不收。父亲没有知难而退，若售货员没找错，怎会凭空多出一角？两人争执不下，吵到主任那儿，主任乐呵呵地接过去，父亲才罢休。

许多方面，父亲近乎迂执。如他撞见了偷情的男女，在两人的央求下，父亲答应保密。他确实守口如瓶，仿佛那是他自己的秘密。后来女人的丈夫发现并从女人口中审出，曾被父亲撞见，责怪父亲没有及时告诉他，因为攀起来，他和父亲是一家，都姓马。父亲承认不对，但这不对是不该答应，既然答应保守秘密，泄密就是再错。女人的丈夫冷笑，问如果他撞见杀人，是不是也要保密。父亲没有任何迟疑，说他不会包庇杀人犯，不过如果应了，自然有应的道理，哪怕受连累坐牢也不会乱讲。女人的丈夫辩不过父亲，从此不再和父亲说话。

桩桩件件如河流汇集，马秋月明明坐在坡上，可感觉浸在了水中。水温冰冷，身体开始收缩，反有形有力了。

她终于站起。

5

马秋月因马天的诺言嫁与朱光明，说起来荒唐好笑，但事实如此，那就是她婚姻的种子。

说媒和定亲是有顺序的，不可画等号。说媒可能成也可能不成，成功的概率有多大？没人说得准。男女同意才可把婚事定下来，也叫下帖，并商量彩礼等事宜。婚约不属于法律范畴，在婚姻这棵树上，连一片树叶都算不上，但就双方认可、就身份的确定、就礼数之多细节之繁，远超前者。因马天有言在先，提、定合在一天。马天规矩得就像木柜的板子，经过锯拉、斧劈、刨推、榫合，从此固定。但许多事情，他又不守戒律。

朱光明初次登门并未给马秋月留下特别的印象。他个子中等，相貌普通，衣服似乎是借来的，干净却不合身，上衣宽大，裤子略短，显然不是和同一人借的。二胡未带，不能展露才艺，整个过程说了没几句话。不是结巴，这倒可以确定。

多半是朱光明的姐夫冯世友在说，他显然是那种眼观八方口吐莲花的人，句句踏着父亲的心窝子。虽然第一次见面，和父亲有着年龄的差距，但他说前世和父亲就认识，他的姓氏拆开就是二马，与父亲的姓合起来是三马，择初三这个日子也有寓意，马有龙相，三羊开泰，三马就是龙舞，吉利。父亲眉开眼笑，再讲枣红马的出走传奇。

门原是敞开的，冯世友让马秋月把门关住，他要讲讲关住门才可说的自家话。他脸上的笑如盛开的花朵突然闭合，透着神秘。马秋月关门，母亲跟出来，忧心忡忡地说，这人能忽悠呢，你爹让他这一通吹，恐怕连彩礼也不要了。见马秋月不吭声，母亲说，他不要，你要！马秋月转身，想听听冯世友能讲出什么来，说实话，她也好奇呢。

1960年闹饥荒，冯世友一家把能搜罗到的、能吃的都塞进肚子，甚至不能吃的也想办法往嘴里填。这不稀奇，马秋月也经历过，有什么好讲的？冯世友可能觉察到马秋月在想什么，强调，不是亲见，打死他也不信。马秋月再次被勾住。

还是饿！怎么办？那时，冯世友还未分家，与父母、祖母共住，一大家人挖空脑袋想什么可以吃，又去哪里才能弄到。个个面黄肌瘦，头晕眼花，想也需要力气，所以说是想，其实是空想，目光也是空的。就在这时，老黄猫叫了一声。猫是祖母养的，和人一样，也是瘦骨嶙峋。没打过老黄猫的主意，都把它当成家庭成员，哪有自家吃自家的道理？可它迟不叫早不叫，偏在这时候叫，奤拉的目光突然竹竿一样竖起，齐刷刷盯住它。冯世友祖母八十挂零，却不糊涂，显然明白家人的用意，将老黄猫搂紧，说要吃它，先把我吃了！似乎觉得不够，补充，谁要是偷吃了它，我就把谁吃了，不信试试！她垂垮的眼皮折起，双目透着寒光。老黄猫躲过了劫难。可不敢吃不代表不想吃，因为除了老黄猫，实在没有什么可以充饥。祖母和老黄猫似乎都清楚家人没绝了念头，她日夜搂着，它躲在她怀里，超常地乖顺。艰难地熬了两日，第三日清早，家人醒来，看见锅台躺了一只死鸟，尔后又发现老黄猫溺死于水桶。冯世友父亲又惊又怒，以为是某个家人乘母亲睡着将老黄猫溺死的，还想审问，这时冯世友祖母说话，没有一点悲伤，平静得难以置信。她说老黄猫逮了鸟回来，自个儿跳进水桶的。家人以为老祖母说胡话，可她的眼神又不是失常的。不管老黄猫咋死的，既然死了，吃也就理所应当。他们把猫和鸟放在一起，熬了半锅汤。老祖母让家人先吃，她先睡一会儿，结果再未醒来。给她留的那碗汤被冯世友的妻子，即朱光明的大姐喝了。他们一家能度过荒年,老黄猫和它逮回的鸟起了至关重要的作用,不然,等不到上面拨的救济粮,命就没了。

冯世友扯得远,但一句话就转回到正事上,说凡事讲个缘字,朱光明和马秋月显然是有缘的,而且不是普通缘分。果如母亲所料,父亲被"关起门的话"迷惑,提及彩礼,他摆摆手,说有那么个意思就行。冯世友一一列来,显然是盘算好的。布料、袜子、头巾、鞋、点心、砖茶……听起来队伍浩长,但没有贵重物件,更不要说礼金了。就这,父亲还几度制止,没必要说得这么清楚具体。

母亲频频给马秋月使眼色,马秋月佯装不见。整个村庄,再找不到比她更喜欢听故事的人,别人听过则过,她常陷于其中,特别是那些打动她的故事,在脑里盘桓不去,如觅食的鸟。冯世友讲的故事算不上新奇,她还是被吸引住。她没如以往那样费力才走出来,冯世友讲完,就随他的话回到现场。母亲的揎掇是起效的,马秋月想要一件心仪的东西,可冯世友反复说缘分,马秋月难为情,怎么也说不出口。

母亲见马秋月成了闷葫芦,急了,说让秋月说说,她想要啥。冯世友才想起似的,叫马秋月尽管提,父亲瞪母亲,也想警示马秋月的,马秋月感觉到了。他的铡刀落下前,她突然生出胆量,也可能因为紧张控制不住,她抢道,我想要台缝纫机!那确实是她最想要的,扔出那个雷,她就再不吱声了。

父亲不悦,冯世友也没有马上表态。他先看朱全,显然这不在计划之内。朱全点了头，冯世友便顺水推舟，应了下来。

七八天后，朱光明二次登门。

刚吃过早饭，马天正在分派活计，汗腾腾的朱光明挎着深黄色书包，立于门口。马天吃惊地，光明呀，你咋来啦？朱光明笑笑，我来看看。马天问，这么早，咋来的？朝朱光明身后望望，似乎想看到朱光明的坐骑。朱光明解释，图个凉快，半夜上路。马天的狐疑更重了，问是不是有要紧事，同时下意识地瞄瞄马秋月。马秋月也猜朱光明大清早赶来是有事情的，而且多半与自己相关。但猜不中是什么，那团黏稠的雾扑进脑子，如鱼游摆。马秋月感觉自己沉入深沟险壑，她屏住呼吸，紧盯着他，仿佛身家性命都挂在他的嘴巴上。

朱光明看看马秋月，含着他不能言明只可意会的歉意，轻飘飘地丢出答案。他不过是找个借口，马秋月如是想。马天这才笑笑，歇歇，吃了饭再说。朱光明说吃过了，洗把脸就行。马天说，你不是赶了夜路吗？哪儿有饭给你吃？朱光明说带着干粮，进村前才吃的。马天沉了脸，你这就不对了，把自己当外人了？朱光明小心翼翼地赔着笑，目光却大大方方，不闪不躲，就是因为没把自己当外人，才提前开饭的，也没想着先进门让让爹和娘，干粮没多好，敬长辈也是应该的，想自家人也不用搞虚头巴脑，就先吃了。马天摆摆手，行啦，都让你绕糊涂了，你说咋就咋吧。

那是马秋月第一次见识朱光明的口才。如果说冯世友的嘴巴涂抹了油，朱光明肚里就是装了油葫芦。想及他初次哑口，也许怕遮掩姐夫的光芒，也许没有诡辩的机会。

马秋月没去干活，留下来给朱光明打下手，看着他从包里掏出锤子、斧子、麻绳、鸡毛，看着他将风箱取下、拆开。这是他此行的目的：拾掇拾掇风箱。好端端的风箱转眼支离破碎。马秋月既担心又纳闷，说风箱并没坏。他上次来也拉过的。她没往下说，但意思很明白。朱光明笑笑，说一会儿你就知道了。眼里透着自信和得意，都有些放肆了。不过没什么过分的动作，目光烫热却不轻佻。她又问，这些工具是你的？朱光明说，借来的。

基本是朱光明在忙活，偶尔，让她递个东西。她立着，像个呆头呆脑的监工。多久能弄好？她问。他说，用不了多久，耽误不了做饭。他很专注，但能感觉到她研究、揣度的目光，抬头一笑，自然又突然，马秋月便慌慌地缩回，好像猎物看见瞄向自己的枪口，急欲逃离。她假装倒水，待心平稳了，又借着监工的名义琢磨这个将成为自己丈夫的男人。

朱光明将风箱的拉杆和箱板安好，装于锅台侧位，让马秋月点火试试。马秋月惊喜地发现，原来风箱沉得快赶上磨了，她得两手拉，经朱光明一拾掇，轻了许多。更重要的是，原先只推杆有风，拉出来就是半管气，现在推拉都呼呼响。

你还有这一手呀！马秋月情不自禁地赞许，心想他上次帮忙烧水真是对了。又问，咋就轻了？

朱光明透着一丝狡黠，怕她偷艺似的，说我重新给安了翅膀。

等于没回答。也许想等她接着问，她偏不问，看他如何。却见朱光明从挎包掏出钉子和镢子，纳闷他又有什么花样。朱光明再冲她笑笑，仍是待会儿你就知道的神情。

朱光明把钉子和镢子分别钉在堂屋西墙和北墙。他举锤，她就明白了，但又不是彻底明白，钉这干吗？她没问，因为这不像是个问题。于是站着看他逐个钉，最终把不是问题的问题抛出。朱光明指着堆在柜板、窗台、墙角的杂物说，将这些挂起来，省地方也容易找。她没动，钉镢突兀、锋利，似乎不是被朱光明钉上去的，而是毫无防备地从墙里长出，而且还不停生长，随时会扎到她。她下意识地摇了摇，但脚仍然定着。然后，看着朱光明将水瓢、雨衣、面笸、筛子、没有光泽的算盘、团着的绳子等杂物一一系挂到墙上。确实整洁、方便了许多。刺扎的感觉减弱，但并没有消失。更不可思议的是，她急于摆脱的同时，又试图追赶，就像那感觉包裹着未解的谜团，她不能任由其离开。因此，当自以为是的朱光明问她怎么样时，她差点就让他取下来，重新悬挂。她及时刹住，语气平淡，你像是摆阵的。

第三章

1

朱光明带回的相框宽约一尺，长约二尺，刷了红漆，没干透，摸上去弹软，但并不黏手。背面扣抵住玻璃的薄板平整、光滑，四角各有钉子卡着。马秋月问，真是你做的？朱光明轻蹙一下眉，她的双眸没有他期待的星火四溅，反笼了厚厚的云，这让他扫兴。但他马上漾出笑，好像转瞬从她的怀疑里获得勇气，言语朗朗，相框没什么技术含量，长个脑子就会。她听出他的意思，问，你还会做什么？朱光明说，会的不多，不过早晚有一天什么都会，你等着看，不是夸口，我说到做到，你最想要什么？可以先说出来，我可以写保证书！马秋月眼底燃起火苗，她没想泼冷水，确实怀着渴盼，我想要台缝纫机！

就像狂奔的马突然撞到大树，朱光明的目光被弹飞，翻转数遭方稳住。马秋月的火苗熄灭，嘲讽道，咋不吭声了？你让我说的呀？朱光明说，我是让你说了，不过你跑题了。马秋月问,跑……题?朱光明又像刚才一样自信了,眼睛闪亮,神情倨傲,三百六十行,行行出状元,铁匠干铁匠的活,木匠干木匠的活,鲁班是木匠的祖师爷,你让他给马钉掌,他未必行。马秋月说,你倒是能绕,做不出来,就说做不出来。朱光明摇头,不是你说的这样,如果我学的是那个行当,肯定能造出来,缝纫机算什么?造脱粒机也行。问题是我没学,你让我怎么造?马秋月意识到被朱光明拽到网里,明白以她的嘴巴定如以往那样,不可能挣脱,但又不甘心,故意激他,你去学呀!造缝纫机多牛气,当木匠屈才了!朱光明不上当,淡淡一笑,这话就孩子气了,你明知这不可能,啥环境说啥话,就像你会画,也只能自己在家画,我相信条件允许,你是可以成为画家的,但现在不行呀,你硬逼自己有啥意义?马秋月沉下脸,说你呢,少往我身上扯。朱光明笑意更浓,不是说你,不过是借你说理。马秋月哼一声,生拉硬扯!朱光明说,不是硬扯,将心比心,你才知道什么能做什么不能做,再说了,行当没高下,咋能说造缝纫机的就牛,木匠就贱?这住的、用的大半要靠木匠。

就像麦子遇见镰刀,纠缠越久倒伏越多。马秋月知道再说下去她只会更加晕头转向,当然她有自己的法宝,可以使性子。不管你造也好买也好,我就想要台缝纫机!这不过分吧?朱光明收敛起笑容,底气没那么足了,不过分。马秋月强调,答应了我的。朱光明说,是答应了你,不过……慢慢来,你想要的,都会有的。马秋月说,这可是你说的……朱光明声音响亮,天塌了,我也不会赖。

马秋月没再就这个问题往大了撕扯，因为即便她把口子撕得再大，哪怕撕成碎片，他也没能力给她买回缝纫机，她清楚的，起码现在，就如让他登天一样难。另一重原因，她是温水性格，再使性也是浪花翻涌，而无沸腾的可能，就这，也是嫁给朱光明后才有的，部分是他惯的，部分也是被逼的。讲不过他就不讲。她懂得适可而止。

马秋月让朱光明卸下细钉，她把保存的三张拼起来也不够一个巴掌大的照片放进相框。一张是她的半身照，梳着长辫子，一张是她与几个同学的合影，另一张是她和朱光明的半身合影。朱光明问她挂在哪里，她指指后墙。朱光明从挎包掏出长钉，那种刺扎感再度袭来，好像他不是把照片钉在土墙上，而是钉于她的皮肤。朱光明将相框挂于钉上，那感觉才淡去。怎么样？朱光明笑得灿烂，好像那是他变出的魔术。马秋月受他感染，当然也有相框本身的映照，抿着嘴说，挺好的。

嫁至豆庄一个月零六天，马秋月已是甘苦尽尝。每有坠至谷底的感觉，朱光明都会靠着嘴巴将她拽上来，当然也基于她心底的逻辑和态度：不可回头，只能往前拼拱。那通红的霞光是朱光明指给她的，她其实看不到，只停留在想象中，但好歹有虚幻的景供她沉湎、慰藉。否则日子没开始她就被压垮了。

最初是缝纫机，她唯一要的贵重物品，朱家未能兑现。村里的女孩找婆家，谁不要个三两大件？马秋月只要了一件，并非像母亲教的那样，"把男方吓跑"，她确实喜欢，常常想象踏着缝纫机的情景。她并不了解他，不过是为着父亲的承诺应了这门亲。父亲说到做到，朱家却食言了。买不来缝纫机，绝不嫁他，马秋月没这份坚决和定性。一方面，父亲劝说，嫁的是人，又不是缝纫机；但凡可能，定会买给你，我估摸实在是没办法了，就算东凑西借，背一堆债，你咋忍心？母亲疼惜马秋月，委婉了些，却也是劝的，说日子过得下去，最好能捏住男人的短，没这台缝纫机，等于握住了朱光明的短。并且第一次透露，她就是因为捉了父亲的短，一些事情父亲才听她的，否则他的耳朵要比现在硬十倍。母亲将父亲的短偷偷告诉马秋月，并嘱咐千万别说出去，不然丈夫会揭了她的皮。马秋月笑出了声。

另一方面，马秋月也在自我说服，努力想着朱光明的好，虽说是父亲做主，但父亲确实没看错。朱光明嘴利、手巧、脑瓜灵秀，心细也善。他陪马秋月到滩里割草，马秋月见到黄鼠狼的窝洞，躲着绕开，告诉他有一次差点被咬。已经走过去了，朱光明瞅见一块石头，搬到黄鼠狼窝旁边，说下次见了石头可远远躲开。相处时候不多，但就有限的接触，她觉得他是靠得住的。他的二胡曲，她也听过，不像他那样陶醉，但也是享受的。一见钟情，怦然心动，电光石火，马秋月和朱光明之间没有这些，但他身上有吸引她的东西。他像包着厚厚浆皮的磁石，缓慢、耐心，一点点释放着他的引力。她非金枝玉叶，能找什么人呢？她不奢望多么高远的目标。父亲是对的，嫁的是人；母亲说得也没错，她太老实，拿不起放不下，需要一个有主见的靠。而且，极重要的，朱光明向她作了保证，那不仅仅是他的许诺，背后站着他的家庭。

马秋月知道朱光明下面有两个弟弟，三个妹妹，及至嫁过来，才意识到朱光明的保证是没谱的。他的五弟已到了婚龄，朱家捉襟见肘，根本顾不上她。她说朱光明骗她，朱光明说绝对没有，不过需要时间。这倒罢了。婚后数日，摆放在屋里的桌子、凳子，她出个院的工夫就不见了，两口缸竟然也少了一口。细问之下，知是借的，已经还了。更让马秋月吃惊的是，她和朱光明所住的半堵院墙都没有的土屋，也是借债盖的，需要她和朱光明偿还。哪里是嫁人，分明嫁了一堆债务。那个晚上，马秋月抹眼泪，朱光明试着拉二胡取悦她，她以罕见的蛮横喝止，叫他别再用他的讨吃调烦她。他没再拉，却没让嘴巴闲着，你听我说啊，绝对没想骗你。她没制止，倒要听听他能说出什么道理来。他的话像河流很快将她淹没，她一次次反问，不但没让他词穷，反让他更加滔滔不绝。她怄了两天气，最终作罢，还能怎么办呢？欠债总要还的，他和她已经捆绑在一起。硬让公婆还债，他的两个弟弟打了光棍呢？就是她的罪过了。何况两个弟弟婚后也要还债，从这一点讲，兄弟间是平等的。她不知不觉地拿朱光明的话来说服自己。

几日后，风波再起，那天马秋月听到钟声，忽然想去瞅瞅。她原先生活的村庄，所谓的钟其实是犁铧，声音单薄，而豆庄的钟响浑厚、震颤，久久回荡。那可能是真正的钟，她如是猜测。循着钟声传来的方向，转过两个街角，撞见戴着高帽正在扫大街的公公朱全。她没有马上认出，及至看清，距公公也就两三步。公公原本低着头，突然停止的脚如同号令，他卑笑着抬起。四目相接，皱缩的脸顿时僵硬。马秋月吓坏了，几乎魂飞魄散。公公说了什么，马秋月没听清，拔腿就跑。逃回家中，仍浑身发抖。不再仅仅是惊惧，还有被欺瞒的愤怒和委屈。

朱光明进屋，马秋月便兴师问罪。朱光明轻描淡写，老丈人知道的，根本没有欺瞒她的必要，因为不可能瞒得住。如果不信，可以回去向父亲证实。马秋月质问他为什么不亲自告诉她，朱光明说这不算多么大的问题，自然也不会成为他和她之间的障碍，所以没提。马秋月说，我不是三岁孩子，你别哄我！不重要？你敢说不重要？朱光明轻轻一晃，便又稳稳定住，我没说不重要，我是说并不是多么大的问题。在马秋月的认知中，这就是一回事，但朱光明硬要掰扯开讲，不过是花言狡辩。马秋月气出眼泪，你这是欺负人！朱光明说，我长这么大，没欺负过任何人，咋会欺负你呢？马秋月叫，你就是欺负我！朱光明叹息，你非要这么认为，我也没办法，但我要说——马秋月打断他，我不想听！朱光明说，你可以骂我打我，砍我我也不会躲，只要你能出气开心，你想咋样就咋样，你就是胡搅蛮缠的人，也不能封我的嘴，再说你不是，咋也得让我说话呀！马秋月没吭声。朱光明不慌不忙，不紧不慢，似乎肚里装着辽阔的草原，每根茎上都挂着话，繁密茂盛，他不费力气不费脑子，轻轻拉扯，就是长长的一串。

马秋月闷声听着。她看清了，也想清了，那不由他，更不由她，纠结于心，只能自个儿遭罪。转天，公公向马秋月道歉，说爹连累你们了，马秋月反生出内疚。

花言也好，狡辩也罢，也幸亏朱光明的锋牙利齿，马秋月承受住了意外的重击，还被他哄着遥望看不到的前景。相较不称意，惊喜少而又少，但终究是有的，比如这相框。他没告诉她，他正在拜师学艺，那天偶尔有人戏叫他朱木匠，才知道他已经迈了半个脚进去。朱光明说还差得远呢，所以没说。他不大自在，她以为那是谦逊，较他动辄骄傲的神态，判若两人。数月后，她将获真相。

就在这期间，准确地说，在相框悬于墙壁——那里不再仅仅是朱光明视若珍宝的二胡——第二十九天，马秋月结识了麻婆子。

2

引马秋月去见麻婆子的是朱光明的三妹朱光萍。

朱光明的三个妹妹长相都蛮好，心地也善，但个性各不相同。二妹朱光莲最为俊俏，活泼伶俐，笑如摇铃。生了一副好嗓子，身体却是虚的，干不了重活，轻活还常常晕倒。因而受到的照顾最多，宠是谈不上，不过是对弱身子的保护。四妹朱光枝脾倔性直，心直口快，也最能吃苦，干活不挑，粗活重活脏活累活，指派什么干什么，甚至有些逞能，抢着干不属于她那个年龄该干的活。三妹朱光萍羞涩腼腆，极少大声说话。她有耐心，喜欢做女工，更擅长做饭。搓莜面鱼，马秋月只会搓两股，还总是断，朱光萍搓四股，拉拉拽拽，粗细均匀，看不出接头。马秋月冬月出嫁，适逢新年，朱光萍常跑过来看马秋月画画剪纸，一待就是半天，还求马秋月教她。怎奈搓鱼的手拿不了笔，画猫类犬，画水如山，横竖不成。剪还上路，只是细处把握不好，草断根，花掉瓣。马秋月还没笑呢，她的脸已涨成鸡冠。

三姐妹对马秋月的态度也不同。朱光莲常和马秋月开玩笑，朱光枝不冷不热，见面喊声四嫂，再无二话。朱光萍看马秋月的目光是仰敬的，好像马秋月多了不起，但从不当面夸马秋月。倒是朱光莲常在脆笑中赞誉她。

马秋月和朱光萍在一起的时间最久，也有话说，两人其实是不同的。马秋月依然沉浸于想象和幻想，好像脑里养了一匹枣红马，常带着她腾云驾雾；而朱光萍实际得很，看天是天，看地是地。但到底气息相近，相处更自在。

朱光明被派随车队买木材，来回要半个月。有时候三套马车，有时候四套马车，车倌之外，每套车有两个跟车的。豆庄树木虽多，除了少许榆树，多为杨树，其他树木，如桦、松等须从外地买。

朱光明说出远门，马秋月马上想到朱光萍。我和光萍说了，让她和你做伴。朱光明没和马秋月商量，便作主了。自然清楚谁最对马秋月脾性。马秋月问跟的是哪个车倌。之前和朱光萍闲聊，朱光萍说起武二，讲了他一堆事，马秋月印象甚深。朱光明猜到她的心思，说我不跟武二。马秋月说，才不管你跟谁呢，就是问问。不知怎的，竟有些脸热。朱光明说，问问好呀，长嘴就是说话的，如果只为了吃喝，嘴就白长了，至少是亏了。马秋月反讽，那哑巴呢，还不活了？朱光明叫，问得好！马秋月以为朱光明没话讲了，不料朱光明像被砸了窟窿的酒缸，响声未落，喷涌而出。不只哑巴，还有一类人，生来就不爱说，一辈子也讲不了几句话，也要活人，活得未必不好，不出声并不代表不说话。有人和别人说，有人和自己说，有人既和别人说又和自己说，和自己说的话不见得少，你听不见罢了。马秋月皱眉，又来绕我。朱光明笑笑，那就拉一曲吧，这半个月摸不着了。

那日傍晚，马秋月和朱光萍聊了些别的，各自闭嘴。无话，但并不尴尬，这就是自在的好。和朱光莲在一起，长时间的沉默会让马秋月不适。

过了好一会儿，朱光萍问马秋月喜不喜欢听故事。马秋月正打算点灯，闻言摸火柴的手突然一抖，像朱光萍道出了什么惊天的秘密。她盯住朱光萍，喜欢呀！你会？不等朱光萍回答，便迫不及待地，似乎晚一点儿朱光萍就会赖账，那可太好了，说一个听听！朱光萍哧哧笑，你这性急得，都不认识你了。马秋月也笑，谁让你深藏不露呢，别吊我胃口了，快讲！朱光萍说，再安颗脑袋我也不会，我说的是麻婆子。马秋月问，麻婆子是谁？朱光萍说，孟响老婆。马秋月问，孟响是谁？朱光萍说，麻婆子男人呀。马秋月急道，跟你哥一个样，摆迷魂阵呀。朱光萍说，别催，你这一催，我不知先说哪句后说哪句。马秋月坐回原处，你慢慢说。

朱光萍便就自己所听所见讲给马秋月。马秋月几次欲插话，又几次紧咬嘴唇。朱光萍话音未落，马秋月当即道，你带我去！朱光萍迟疑着，现在怕是不行了。马秋月飞快地问，为啥？朱光萍说听故事的人多，去晚就没地儿了，外屋怕也挤不进去。马秋月说，去看看才知道呀。朱光萍问，当真要去？马秋月扯她一把，别磨蹭了！

天已黑透，房屋、树木、街道模糊朦胧，像从另一个世界移过来的，陌生怪异。在黑暗的角落里，在某个白日马秋月可能见过也可能没见过的土屋，藏着一束勾魂的光亮。还没出正月，寒气如针，想到那束光亮，马秋月既不觉得冷，也不害怕。她咬着朱光萍的脚步，几次踢到朱光萍后跟。朱光萍嘟囔，再急也得一步步走。马秋月说，没让你飞，好歹痛快点。朱光萍说，不知道的还以为去分粮呢，快也没用，肯定挤不进去了。马秋月差点就推她了。

麻婆子家在豆庄西南角，无院无墙，也不见树木的暗影，只有蹲伏的孤零零的土屋。确如朱光萍所言，她们来晚了。正屋挂着窗帘，还是能看到挤坐在窗台的人影，油灯的微光从缝隙流出，在窗与暗夜间洇出扫帚样的影带。外屋没灯，自然也无光亮，却也塞得满满当当。朱光萍试着推门，还没动手，屋内便有人说，进不来了！

朱光萍转过身，马秋月看不清她的脸，但能猜到她的神情。马秋月不死心，贴近窗户，朱光萍拽她，说变成锥子也扎不进去了。马秋月这才怏怏地随朱光萍返回。

马秋月埋怨朱光萍不早告诉她，朱光萍说，我哪知道你是个痴子呀。又讲听故事的多半是男人，几乎没有不抽烟的，天暖还好，门缝能散些。像这样的冷天，烟散不出，有些人听几次就不去了，受不了烟呛。马秋月问，婆子任由他们抽吗？朱光萍哈一声，她抽得最凶！马秋月说你那会儿说她爱嗑麻籽。朱光萍说对呀，她的嘴是不得闲的，要么抽要么嗑要么讲，抽嗑都不影响讲。好比碾台放油，越放转得越欢。马秋月忽然想起朱光明那些让她晕头的话，麻婆子只讲给别人，还是也给自己讲呢？

马秋月犹不甘心，叫朱光萍把听过的故事拣几个讲给她听。朱光萍直摇头，听是听过，要么有头没尾，要么有尾没头，就算完整的，也记不住。马秋月问，半点记不住？朱光萍央求，四嫂，你别逼我。马秋月垂了头，好吧，想说啥就说啥吧。朱光萍受了启发，眼睛突然发亮，说马秋月这么爱听，肚里定然装了故事，让马秋月讲一个给她听。马秋月说，讲就讲，反正也是闲着。刚开头便顿住，我没心思讲，魂儿让麻婆子勾走了。朱光萍乐道，没听就让勾魂了，听了咋办？还住她家里？回头四哥要揍我了。马秋月说，我打小就爱听故事，有时真恨不得住在故事里。朱光萍好笑地，你还真是个痴子，明儿不领你去了。马秋月说，吓唬谁呢？我找得见！朱光萍说，好没良心呢。马秋月笑说，要不，给你画张画吧。朱光萍好奇，画什么？画故事？马秋月诡秘地，待会儿你就知道了，当即翻出铅笔和折成方块的白麻纸。她埋头作画，朱光萍凑过来，片刻，抓了油灯，举至合适的高度，让那亮既便于马秋月挥笔，又让她看得更清楚。看是看清了，却又是眼花缭乱的，只见马秋月神情专注，忽而左弯忽而右钩，忽而上挑忽而下探，若不是知道她在作画，还以为在变戏法。

草成，马秋月把纸片挪移方向，神秘中夹着调皮。

这是……啥？朱光萍小心翼翼地。

马秋月目光灼灼，这就是传说中的龙和凤。

3

次日，马秋月和朱光萍往麻婆子家时，太阳尚未西沉，斜晖弥漫，炊烟游走。冬日两餐，晚饭不晚，多半人家天黑前就吃过了。也有拖至夜里吃的，因为吃得过早，没等睡觉肚子就空了。朱光萍和马秋月作伴，只是睡觉的伴，吃饭还在自家。朱光明和马秋月分门另过，食粮没有多余。无论两人说得多热络，到了饭点儿，朱光萍便自觉离开。马秋月挽留过，但并不强留。那个日子，马秋月早早喊了朱光萍，两人同做同吃，搁下碗便出门。朱光萍说麻婆子不会这么早吃饭，马秋月不管，一定要赶在别人前头。朱光萍嘟囔，马秋月痴还不算，把她也变成痴傻。

昨夜马秋月让朱光萍描述麻婆子的相貌，朱光萍不解，你想听故事，又不是相亲，好奇这个干吗，但还是简略说了。马秋月在脑里勾画麻婆子的大致模样。她认为麻婆子本人就是一团故事，麻婆子对自己的言说，他人对麻婆子的了解恐怕只是故事的几分之一，是冰山一角，她丈夫也未必知道多少。如此，麻婆子就是一个谜。于豆庄人而言，长相就是长相，可对麻婆子来讲，尽管她在此生活了二十多年，已是彻头彻尾的豆庄人，但到底有过不一样的经历，她的相貌可能就是谜团的一部分，所以马秋月好奇。

见了麻婆子，马秋月便知她的勾画走板了。倒不是朱光萍描述有误，而是没说出麻婆子相貌的关键。麻婆子比马秋月想象中白净，而且就外貌而言，也就四十岁，脖颈处也看不到皱纹。眼睛沉静而不失灵动，那不是浅溪，而是深潭。神情不像泥窝里滚爬过，更不像遭遇过地狱的油烹火烤，没有一丝从事过那个行当的卑屈、愧悔、悲伤，当然也无享尽春风的得意和怡然，自然更无心如死灰的呆滞与落寞。那是混杂了太多东西、年深日久已彻底融为一体没有任何杂质因而显得素净的神色，却又如森林般望不到底，充满活力。她盘腿坐着，黑棉裤，暗紫色对襟棉袄，盘扣齐整，既没抽烟也没嗑麻籽，所谓的嘴不得闲显然不实，在传说中被放大了。马秋月有些恍惚，有些痴呆。

新媳妇来了，炕上坐！麻婆子的声音不柔嫩娇虚，也不显得苍老粗哑。说了那么多话，嗓音依然清脆，并富有韧劲和弹性。

马秋月醒过神儿，感觉脸颊发热。摇摇头，说站着就好。朱光萍推她，小声说一会儿来人就没地儿了。马秋月越发退到墙角，急使眼色。朱光萍没领悟，麻婆子先瞧出了，自在点好，想站就站想坐就坐，别拘自己。朱光萍问她，我四嫂头次来，婆子咋知是新媳妇？麻婆子说，我耳不聋眼不花，谁家来客我都知道，何况多口人。朱光萍半真半假，还是婆子厉害！马秋月仍显不安，说来得早了，打搅婆子吃饭。麻婆子笑笑，只要不跟我抢饭吃，就不是打搅，我又不是皇后娘娘，抢也不怕，就怕你俩合起来也抢不过我呢。麻婆子随意，马秋月不知不觉放松。不像第一次登门，倒像相识已久。

麻婆子问还要多久，灶间答应，快了。停了停，似乎觉得不够，补充，稍等一下就好了。粗声粗气，却没有不耐烦，反含着些许的歉疚。

直到此时，马秋月才注意到在灶旁忙活的孟响，似乎他原本是隐形的，麻婆子问话才现身，因而像突然间钻出来的。孟响脸膛紫褐，身材壮实，两只耳朵比常人的大些。孟响不让麻婆子干外面的苦重活，屋里的零碎活计也不让麻婆子动手，里外全包。缝缝补补，麻婆子要自个儿来的，如果孟响能做出那样的盘扣，怕也不让麻婆子费神。就力气和对女人的疼爱，豆庄没有哪个男人可与孟响相比。他生就的大耳，豆庄人说孟响是猪八戒转世，

071

而麻婆子是高小姐再生,前世猪八戒不如意,现在终于称心,咋疼也不够。

夜色渐浓,陆续有人来,朱光萍拉着马秋月坐在风箱板上。孟响点燃煤油灯,灯如谷仓,上尖下圆,细长的灯芯向上斜翘,如豆的火苗便在空中盛开。灯的另一侧焊有弧形握柄,那些抽烟的人轮流拿着,卷烟吸燃,再转至下一人。一圈下来,油灯再次回到孟响手上,他踮脚放至墙壁充当灯台的木板上。麻婆子也卷一支,没像别人用嘴抿湿烟纸,捋一捋,纸就黏合住了。别人卷的是喇叭形,她卷的是筒状,若非卷烟纸上有字,跟盒装烟一模一样。

众人小声聊着闲话,坐麻婆子对面的中年妇女说昨儿听了女皇武则天的故事,一宿没睡好。有人调侃,眼红了?妇女撇嘴,有什么好?八抬大轿抬我也不去。有人起哄,当不上你就说当不上,什么好?多了去了,穿的不说,就说吃,哪天不是油炸糕,猪肉炖粉条?想吃多少吃多少!有人嘲笑,瞧你那点出息,当一回皇帝,放啥粉条?大块炖肉,块块带肥膘。中年妇女说,天天吃肉是好,要是搭上儿女的性命,我宁可饿着!人活啥呢,不就是活儿女?武则天有本事不假,心也太狠了,绝不学她!再有人说,只怕真到那个分上,就不这么说了。皇家和百姓脖子安的都是人头,但想法天上地下。

争执不下,让麻婆子裁断。瞬间安静,都望着麻婆子。麻婆子吞云吐雾,如在世外,这些人的争论和她没有任何关系。目光聚过来，烟正好燃尽，她的思绪也从遥远的天外回到土屋。但她没有下定论，说假设没有意义，昨天讲了皇帝，今儿讲个民间的。

自古以来无情的人不少，我活二百岁也讲不完，但有情有义的更多。无情有无情的好，不尝无情的滋味，咋知有情的好？年有四季，各季有各季的用，不可代替，上天如此安排，自有其道理。这有情的我活三百岁也说不尽，不过论起来，轻重有别。梁山伯祝英台是排上号的，生不能在一起，死后化蝶，双宿双飞。有个叫曹雪芹的人，写了本奇书《红楼梦》，那里面的两个人贾宝玉林黛玉也是排上号的。林黛玉原本是天上的一棵绛珠草，天上也是雨旱不均的，那绛珠草生的地方不对，石头边上，吸不上水，就要渴死了，天宫里当差的神瑛侍者怜惜它，每天用露水浇灌，那绛珠草便活了。后来神瑛侍者奉命下凡，投胎贾家，成为贾家的命根贾宝玉，绛珠草一直心心念念要报答神瑛侍者，可有心无力，听说侍者下凡，求告上仙，下凡为人，就是林黛玉。她舍不得神瑛侍者，这不假，但她主要是报恩的。神瑛侍者用甘露浇灌，林黛玉用泪珠还恩。林黛玉是古今第一爱哭的女子，没有一天不哭，直到把泪哭干。为啥被传被颂，就在于重情重义知恩图报。

这是能说清的，还有很多人很多事，难以界定，说不清楚。

清雍正年间，江南的金陵城有对青年男女，男的叫梁尚谷，女的叫江心莲。两家相距不远，父亲都在金陵的长干里做生意，两人青梅竹马。梁尚谷家的生意原本就不及江心莲家，梁尚谷十六岁那年，梁父误信伙伴，原想做笔大买卖，结果被骗，蚀了本欠了债。婚姻讲究门当户对，此时梁家和江家一个在地一个在天，梁父知道指望不大，还是托人提亲，江家回绝。梁尚谷和江心莲铁了心，既然活着做不成夫妻就殉情。两个相约到长江边的燕子矶，手抓着手，从崖石跳落。谁知坠崖时出了差，梁尚谷被崖畔的树杈卡住，眼见江心莲落水沉没，他奋力挣扎，欲追江心莲，树杈恰好在腰，上不能拽下不能蹬，直到家人寻到将其救下。梁尚谷哭喊负了江心莲，仍要去追。家人强行摁住，日夜看管。

梁尚谷不能死了，不只因为家人看管严，也因江家的诉状。江心莲家告梁尚谷诱骗民女，告梁父纵容犯罪。梁尚谷可以死，但不愿背着这样的罪去死，再说又连累父母，他必须洗脱罪名。审案的是个好官，不徇私不糊涂，判定梁尚谷无罪。

梁尚谷父母有防备，看管之外，找亲友劝说，劝说可不是动动嘴皮那么简单，须说到要害处。亲友抛出一个简单却很重要的问题，梁尚谷死是可以，谁来照顾年迈的父母？两个姐姐远嫁外地，也没能力。就算梁尚谷弃父母不管执意离去，父母遭受打击恐怕也活不久。梁尚谷不孝已是大罪，若父母因痛而亡，梁尚谷就是更大的罪。

梁尚谷两难了，若苟活，就负了江心莲，若寻死，就背负更多的罪名。起初殉情没想那么多，或者说可以装，现在不得不正视。

孝重要,还是情义重要?

讲到这里,麻婆子将这个问题拎出来,巡视一圈,好像考在场的人。没人应,顿了顿,麻婆子继续。

要说都重要,就怕两个冲突,必须选一个就难了。梁尚谷思谋良久,暂时放弃寻死的念头,打算父母百年之后再去履约。

其实江心莲也没死成,被打渔的父子俩救了。已经出了金陵地界。江心莲满脸悲戚,和心爱的人一起死,就这么个愿望竟然未能实现。父子俩喂她吃她就吃,喂她喝她就喝。过了七八日,能支撑起来了,就想再次投江。那船家揣摩这个始终不说话的女子还是想不开,一直尾随,没费周折就把她救上来,江心莲又没死成,这才哭出来。船家说你两次跳江两次得生,说明老天不让你死,人可以和自己较劲,不能和老天较劲。江心莲说自己不死,就是背信弃义。船家说你再跳说明你有情有义,不过情义再重也重不过天理,情义是世间的,天理是上天的,若一个人只重情义不顾天理,那就是糊涂蛋,就是死了也不可能和相爱的人在一起,见面都难。对方可以投胎转世,她绝不可以。上苍不会允许违天理的人再生。江心莲问她什么时候可以死,船家说到时候你自然就明白了。

江心莲罢了念头。船家欲送她回家,她不回,说没脸再见梁家人,只当原先的江心莲死了。她嫁与船家的儿子,生下一个女儿。她认可了船家的理,却始终怀着愧疚,常暗自流泪,将身子哭坏了。女儿十三岁时，江心莲自觉寿尽，反倒不哭了，将女儿叫到床前，讲了过往，并说这是她早就等待的一天，不必为她难过。又求告丈夫不要埋她，将她投入江水。

梁尚谷呢？发奋读书，中了举，吃上了官饭，娶妻生子。他没忘誓约，可不孝有三，无后为大。他打算父母归去即跳江。父母入土，新的问题又来了，他死了不要紧，谁来照顾妻儿？弃妻儿不顾，也是失德。他是官家之身，即使留书说明，恐怕也会引人猜疑。他本为心安，这么多的后顾，又怎能安心？梁尚谷心事重重，活了一日又一日，难觅两全之法。

那年他调往某县当县官，这已是乾隆朝了。说是康乾盛世，但不是处处太平，梁尚谷到任的第二天就审了一桩命案。

告状的是江心莲的女儿，她的新婚丈夫被打死。她和丈夫去集市，有个叫赵苟的地头蛇看见貌美的江心莲女儿，当街调戏。丈夫护妻，被赵苟和手下一顿暴打。光天化日，痞子们横行惯了，没有一点顾忌。

梁尚谷又震又怒，问少妇是否已安葬其夫，少妇答丈夫眼睛合不上，她不敢葬。梁尚谷听得少妇声音耳熟，心下诧异，命抬起头来。少妇仰脸，梁尚谷大惊。江心莲女儿与其母就如一个模子刻出来的。梁尚谷呆愣好久，问了少妇名字，万分狐疑。

梁尚谷带人去少妇家查验，那丈夫果然睁着眼睛，应了那句话，死不瞑目。查验完，梁尚谷说定会秉公办案严惩恶人，那丈夫的眼睛慢慢合上。梁尚谷又询问少妇籍贯父母等情况，什么都明白了。

赵苟和手下被拘捕入狱。案子审结，梁尚谷却长吁短叹，满心满脸的羞愧。他负了江心莲，确凿无疑，繁忙的公干让他暂时忘却，而这桩案子又将他投入沸水。

朋友见他如此，问清缘由，问了两个问题。第一个，如果他先于江心莲而死，谁替江心莲的女儿伸冤雪恨？也许她能碰上像他这样的好官，但万一碰不到呢？第二个，如果他现在追随江心莲，别的什么都可以不考虑，若江心莲女儿再有类似的遭遇怎么办？

梁尚谷答不上来。朋友说既然欠了江心莲，就要偿还，偿还的方式很多，未必一定要死。死能还清也可以，就怕死也还不清。不如活着，当是还债。

梁尚谷最终也没殉情。活着不容易，死也没那么简单，不由人啊。梁尚谷年迈辞世，临终遗言，让儿子把他埋在江边。活着没投江，死后更不能了，他不配，能守着滚滚长江，也知足了。

4

连着数日，马秋月和朱光萍都是第一拨到麻婆子家。沉浸于故事，感觉十分奇妙。有时在淅沥的春雨中行走，天地朦胧，却没有绝望凄苦；有时在烈日下独步，只有她的脚步和心跳，整个人都有些恍惚；有时长风万里，秋雁鸣空；有时寒冷刺骨，大雪飘舞。有时数分钟甚至几秒内历经春夏秋冬，风霜雨雪。时间如弹簧，伸缩间循环往复，生生不息。

马秋月并不清楚这对她最终意味着什么。

朱光明归来那天，马秋月没去听。本想去的，到了那个钟点儿，心就发痒。但丢下朱光明，只身前往不合适。朱光明瞧出马秋月心不在焉，问她，马秋月承认自己着了迷。朱光明问，没听够？马秋月没正面回答，说我就爱听个故事。朱光明没皱眉，语气却生了锈，你不是爱画画吗？马秋月说，又不犯冲，我喜好多着呢。朱光明说，多了好，都说技不压身，喜好也不压的，我也爱听，也常去。马秋月惊喜道，那咱去？朱光明说，我也装了半肚呢，没必要舍近求远。马秋月说，又哄我！朱光明笑道，上不哄天，下不哄地。马秋月说，这不是哄？听着就是胡扯。朱光明说，你认为哄也可以，哄不见得就坏，主要看出发点是什么。马秋月说，话都让你说了。朱光明说，不对付的人，用改锥撬我也不说，跟你说还不领情？眼见错过了钟点，马秋月熄了念头。

朱光明睡前讲了一个故事，牛郎和织女，马秋月听过，但没打断他。虽是听过，马秋月还是有些许伤感。朱光明调侃，你操的哪门子心？听听罢了，每年能见上一面，有盼头呢。马秋月说，那也不如天天在一起呀。朱光明笑，你是织女，怕要愁死了，谁不想天天在一起？问题不行呀，那就按不行的来，只要不愁死，终能见面。我出车，你没愁吧？马秋月脸热，美得你！

熄灯后，朱光明给马秋月讲一路见闻。他们多半住车马大店，有时天黑前赶不到，便就近寻村庄借住。某晚借住一对老夫妻家，老女人始终在炕上用破被子围着，以为她有什么病，后来才知两口子就一条裤子，男人穿了，她就没的穿。马秋月吃惊，这么穷？朱光明说，没想到吧？马秋月说，定有什么缘故，你没问？朱光明说，问了，儿子娶媳妇，负债太多。马秋月捶他，又让你绕进去了，你这指桑骂槐的功夫，跟谁学的？朱光明嘻嘻笑，哪舍得骂你？那家的儿媳有你一半好，老夫妻也不至于落到这个份上。马秋月问，你说的是真的？朱光明又笑，较这个真干吗？当故事听好了，不过这么一比，咱家就跟挂在半天一样。马秋月嘘一声，你倒知足。朱光明说，知足常乐，没啥不好。

马秋月转而提起麻婆子，没想到豆庄藏着这么一个奇人。朱光明也说麻婆子不一般，肯定读过相当多的书，而且记性极好。马秋月说，那她家一定很有钱，她怎么会……朱光明说，她前半生活在乱世，今天一个样明天一个样，哪有什么准儿？由不得个人，河里的木头，顺水漂流。

马秋月感慨，麻婆子是吃过大苦头的，好在碰到孟响这么个人，也是她的后福了。朱光明说，有后福不假，要说她原先遭罪……你瞅麻婆子像吃过大苦头的人吗？马秋月反问，不是你说她前半生活在乱世吗？朱光明说，是呀！可你看看，麻婆子哪里像从乱坟岗爬出来的？她倒像孙猴子，火炉一炼，百毒不侵了。她从不避讳在窑子里待过，像说一棵树一根草，别人有秘密，守还怕守不住呢，她倒好，撕开让人随便瞅。马秋月说，她不是啥都讲呀。朱光明说，这很正常，别人觉得不光彩的事，她不在乎,而再正常不过的,她恰恰不露半点儿,说到底,各人对秘密的看法不同,那或许是她的死结。

麻婆子像个大泥窝,两人你一言我一语,越扯越远,越陷越深。终于,朱光明打起哈欠,不提她了,再扯天要亮了。马秋月意犹未尽,但还是咬住嘴唇。朱光明很快进入梦乡。估摸后半夜了,村里的狗都不叫了,马秋月依然大睁着眼,满脑乱云。

次日傍晚,马秋月瘾症又犯,朱光明没再用他的半肚故事哄她,叫她喊上光萍,别回得太晚,马秋月轻快地应了。听了一会儿,朱光萍扯她,马秋月就回了。又一日,朱光萍拽她,马秋月没动,那个断腿喜鹊报恩故事像结实的链条,不知不觉中,马秋月被绑缠住。等了一会儿,朱光萍又拽,马秋月仍然定着。朱光萍第三次拽,马秋月拨开,叫她先走。朱光萍就走了。朱光明来寻,正好散场,马秋月有些不安,不过朱光明并没说什么,只叫她注意脚底,别崴着。想着他忙了一天,入黑不得闲,跑来接她,不由生出几许歉疚。

再往后,马秋月多半独自去。有时早回有时晚归,晚归时,朱光明定来接她。这期间,马秋月结识了大有媳妇。大有媳妇晚她半月嫁至豆庄,不像马秋月每天去,但次数也多,白天相遇,两人还会交流。看法未必一致,但因这共同的话题,关系近了许多。

那段日子是享受的,饮食寡淡,比自己原先的家还差,但麻婆子的故事如同美食。尤其马秋月这样的痴子,如果能听故事,宁可饿着肚子。所以马秋月很知足。

在漫长的日子里,她将会知道,每吃一口蜜,都有蜂螫的可能。甚至针刺之痛也会偷袭。

5

怀孕后,马秋月更喜欢往麻婆子那儿跑了。

有时大有媳妇来约,两人就一起去。大有媳妇也是个能说的人,和麻婆子不同的是,麻婆子说古,大有媳妇讲的全是豆庄明明暗暗的事,比朱光萍说的要详细许多。张家和李家有什么仇怨,从哪一代、因为什么结了梁子;赵家某个闺女嫁了什么重要人物;郝家男人娶妻半年就当了父亲,孩子其实是谁的,等等。马秋月很奇怪,大有媳妇比她嫁到豆庄还晚些,怎会知道这么多这么清楚?即便土生土长的豆庄人,也未必有她知道得多。大有媳妇笑说打听呀,她最擅长这个。又讲她娘家馒头庄紧挨豆庄,有些事老早就知道。再讲她如何铁了心嫁给大有,并在数个闺女中胜出,除了对大有父亲、祖父知根知底,还在于见过几面便摸透了大有的脾性。然后咬着马秋月耳朵,却没有半毫私房话的隐秘,声音略低,言语赤裸。像说的不是自个儿,而是马秋月。马秋月的脸猛然间火烫。

麻婆子讲杨令公和萧太后恩怨的那个夜晚,马秋月与大有媳妇一道去的。麻婆子似乎感冒了,不停咳嗽。孟响叫大家别抽烟了,他平时寡言,像不存在,猛张嘴,显然是急了,褐皱的脸僵硬寒冷。麻婆子摆摆手，说不要紧，和抽烟没关系。然而几个抽烟的还是掐灭。麻婆子并没因此停止咳嗽，似乎咳得更厉害了。孟响心疼麻婆子，说今儿就算了吧。麻婆子也厌烦自己的咳，说算就算了。又感觉对不住众人，让你们白跑腿了，改天……

圆月悬空，街上如泼了水，又白又亮，房屋、树木一半在亮中，一半罩了头巾，乌蒙蒙的。马秋月与大有媳妇相跟到了街角，大有媳妇该往前行，再有几十步就是她家，而马秋月则要左拐。从麻婆子家出来，大有媳妇就开始说了，陈芝麻烂谷子，马秋月没像往常那样在大有媳妇停歇的间隙问询。她没听进去，还沉浸在麻婆子讲了一半的故事里。麻婆子讲的故事不同，马秋月的心境也不同，有时敬佩、有时迷茫、有时感动、有时震惊、有时纳罕、有时气愤，而那个夜晚，马秋月则有说不出来的惧怕。并不是一个恐怖的故事，马秋月不知为何有这种感觉。大有媳妇或是察觉到了，突然问，你没事吧？马秋月说，没有啊。大有媳妇咬定马秋月有事。马秋月有些慌，摇头说没有。大有媳妇追根究底的，和朱光明吵架了？马秋月说，没呀。大有媳妇再猜，和婆婆……要不就是和哪个小姑子闹别扭了？马秋月说，别乱猜了，没这些事。她急欲离开，大有媳妇跟在身后，问题还是一连串。马秋月意识到，她不说明白，大有媳妇怕是要追到家里，便停住。

马秋月自己一头雾水，根本说不明白，能做的就是回答没有或不是。后来马秋月回想那一幕，她之所以不厌其烦，除了和大有媳妇有关系，除了难以脱身，也因为她自己也想知道究竟是怎么回事，仿佛缘由藏得太深，她抓不到，须借助大有媳妇嘴巴上的钩子。两人似乎忘了彼此是有孕之身，不该在冷清的寒夜久留。

大有媳妇没问出什么，悻悻而不甘地，你咋像个葫芦？马秋月笑笑，你倒像个锤子。大有媳妇也笑了，你要真是葫芦，我早把你砸烂了，不信掏不出你的话。突然间灵光闪现，她笃定地，我知道了，是为朱光明学木匠的事闹心吧，要说这赖不着他，只能赖他父亲，若是换个家庭，自然没问题。话说回来，若朱光明的父亲不是朱全，朱光明只怕还念着书呢，他未必看得上你。你人景子虽好，可人景好的多得是，朱光明肯定要挑。

马秋月隐约听出什么，却又不是很明白。追问，学木匠能有什么事？大有媳妇反问，你不知道？你真的不知道？马秋月木然摇头。大有媳妇说，都是我嘴长，不过这也不是秘密，整个豆庄都知道。

豆庄有几个木匠师傅，都不肯收朱光明当徒弟。朱光明不甘心，逮住机会就去帮忙，活是干了，却没有徒弟的待遇。所以他的木匠身份是假的，至少是掺了水分的。难怪他说迈了半个脚进去，马秋月以为他自谦，没想根由在此。公公家的状况，马秋月已经知道，她是朱光明的妻子，能怎么办呢？

不过，你家光明脑瓜活，没人肯教，怕也能学成呢。昨天光明去供销社赊了把斧头，若拐子当值，怕要碰钉子。大有说光明

083

只等他当值的时候去,估料大有会答应。就这份脑子,学啥不成呢？大有虽说站柜台,眼馋的人多,其实是没心的,不过是沾他二叔的光。突然一转,知道大有的二叔吧？

马秋月摇头,不知道。

大有媳妇正欲讲,街那端传来朱光明的声音。大有媳妇感叹,懂得疼人,比大有强多了,我先走了啊。

马秋月迎着黑影走过去,至近前,朱光明没好气,以为你要住街上呢。马秋月没回应,步子却迈大了,朱光明叫她慢点,马秋月没听。朱光明追上去,抓住马秋月的胳膊,问她冷不冷,又说这街不平整,一个不注意就崴脚了。

和大有媳妇说话,马秋月并不感到冷,和朱光明一起往回走,马秋月仍然不冷,迈进屋,寒冷突然袭来,仿佛寒气藏在墙角门后,像饿极的怪兽,就等着吞食她。马秋月本要往炕上去,腿骤然僵硬,抬不起来。朱光明将她扶至炕沿,扯过被子披她身上,又倒了半碗开水递给她。马秋月捧住,手却不稳。朱光明攥了她的手腕。她欲喝,朱光明说不行,刚倒出来,烫着呢。她何尝不知,可就是想喝。朱光明紧紧握着,眼神疼爱中隐着责备。

寒冷终于退去,马秋月不再瑟抖。待喝掉那半碗水,脸色已恢复正常。朱光明吁了口气,让你吓了一大跳,刚才咋回事？马秋月说,我也不知道,忽然就冷得不行了。

朱光明上上下下打量马秋月一会儿,说,身子重了,晚上别再出去了。

马秋月急了，还早着呢，不影响。

朱光明皱眉，刚才站都站不住了，还说不影响。

马秋月说，刚才是急的。

朱光明疑惑地，急什么？

马秋月怔了怔，怕你当不成木匠呀。

朱光明忽然笑了，我当是什么事，原来为这个呀，大有媳妇年纪轻轻，舌头够长的。我想学木匠，师傅不收，谁都知道，缘由就不用说了，在那儿摆着。我没说透，是不想让你操心，也想给你一个惊喜，没人愿意教，我偷着学，不信学不成。不但要学成，还要练就别的木匠没有的本事。鲁班是木匠的祖师爷，鲁班的师傅谁又清楚呢？没准就是自个儿琢磨的。我没有鲁班的才能，不过养家糊口肯定没问题，你等着吧。

朱光明再次将金粒子铺撒在马秋月眼前，那是不存在的存在，但画饼的架式实实在在。她又一次相信了他，并被他的激情感染，双眸闪亮。可想到买一把斧头都要赊欠，又替他犯愁。一样一样的家伙准备齐全，得老大一笔钱呢。朱光明猜到她在想什么，说办法总会有的。马秋月反问，啥办法？朱光明说，办法是逼出来的，到时候自然会有。马秋月嘘一声，你就半截半截哄我吧。朱光明目光炯炯，你等着瞧好了。他显然意犹未尽，顿了顿说，我没哄你，做不到，只能说明能力不够，没那个本事，再往深里说，命里没有，求不到。马秋月说，话都让你说了。朱光明神色显出几分郑重，哄有好有坏，也对也错，在你怎么看了。麻婆子讲的那堆故事，谁见证了？多半是编出来哄人的，就算书上有记载，不见得就是真的，就算是真的，听的人不相信，她照样有哄的嫌疑。为啥麻婆子家天天满员儿？因为没有谁认为麻婆子是在哄，就算认为那是泡泡，经不起推敲，听的人照样过瘾，今儿觉得假，明儿可能就不去听了。

马秋月摸摸脑门，让你塞了一堆石头，头疼。朱光明说，不扯了，睡觉！马秋月却没动。朱光明说，还真成石头了，想啥呢？马秋月没回答，如果说刚才满脑石头，此时却大脑空白，如秋后的田野。一匹烈马在苍茫的大地上奔驰，马背上卧着人，像她，又不像她。她竭力辨认，但怎么也看不清。

第四章

1

雁阵齐整，鸣叫声却长长短短，如丝垂落，在忽紧忽慢的秋风中游来荡去。黑点渐渐远去，直到彻底融化，深蓝的天空只剩块状的白云时，鸣声仍在耳边萦绕。初听，鸣叫声没什么区别，细辨是不同的，有的凄凉，有的平静。雁性如人，千差万别。就如同样是拉二胡，别人拉出的是悲调，朱光明奏的是欢曲。这不是演技问题，在于心境不同。

朱光明是那种总往好处想的人。把他扔进深坑，马上想着怎么爬，并相信自己能爬出去，而不是自哀自怜，更不绝望等待。不像马秋月，常活在遐想中，忘了现实。朱光明只有拉二胡时会短暂进入另一个世界，指停声止，马上回到现实，清楚自己在坑里还是在平地。

要说不顺，朱光明有一大把。远的不说，单豆庄人，从天上摔下来的多了去了，双手打算盘的邰天南，会说几国话的米进周，包括他父亲、叔伯，与他们比，朱光明的遭遇实在算不上啥。所以朱光明从不抱怨。就算他们的加在一起，全压在他身上，他相信自己也不会垮。他不是百炼成钢，刀枪不入，许多时候也憋屈，但更多时候是自我激励。不能正式拜师，那就偷学，不但要学到，还要超过别人。再如前几日去队里借牛车，他说了两遍帮丈母娘伺候马秋月月子，武三才抬起头。他心里窝了愤怒，依然摆出满脸的笑，绝不任由愤怒发酵，那毫无意义。门堵了，窗可能会开；今日不开，明日或许就开了。武三到底也没答应，朱光明又追到家中。朱光明能言善辩，这本事在武三面前施展不开，武三说别以为自个长了钢牙，搬来诸葛亮也没用。朱光明能做的就是不顾脸面咬住武三。没想武三女人会表态，她名声不怎么样，却明理。朱光明终于借到了车，虽然是一头羸瘦的牛，但强过没有。丈母娘是小脚，没车代步，走到豆庄是难以想象的。

天上有啥？丈母娘问，你这么使劲地瞅！

朱光明缩回目光，扭脸笑笑，啥都有。

丈母娘声音略重，够不着，有啥也没用。

朱光明本是随口说说，闻言郑重道，娘，这话不尽对啊，你看这太阳，是够不着，可有用啊，没太阳照着，咱就得摸黑赶路，躲不开坑洼，娘的腰可要受罪了。

丈母娘噎了噎，笑了。你有理，我说不过你，可别光顾看天，好好赶车，这么走，天黑也到不了。

朱光明说，娘放心吧，天黑前准到，比来时快多了。

丈母娘说，也不借头壮的，这老得要掉渣了。

朱光明不会把借车的经过告诉丈母娘，笑笑说，正是秋忙季。

丈母娘就不吱声了。

朱光明预估得没错，日头尚未西沉，牛车便停在几年后才垒就院墙的土屋门口。朱光明没想到的是，一个时辰前，马秋月已经分娩。更没想到的是，马秋月生的是龙凤胎。因而，门头两侧都挂了红布条。红布条是马秋月备好的，只备了一条。现在布条被剪成两半，细窄如筷，却耀眼夺目。

接生婆叮嘱过朱光明母亲和朱光萍，正待离开，朱光明和丈母娘进屋，她又交代了一番。她生就的菩萨脸，祥和，慈善。丈母娘说，生了俩，奶水咋够？接生婆微微一笑，没事，各有各福。

朱光明没想这个，或者说，来不及想这些。他自然是欢喜的，可来得过于突然，他似乎被撞晕了，不但走路摇晃，言语也迟滞了许多。送走接生婆，朱光明去还车，怎么也抓不牢缰绳，不时从他手指间逃逸。好在老牛识得饲养房，急于吃草，没有乱跑。返回时，晕得更厉害了。闻及婴儿的啼哭，才想起该向武三报告，又掉转方向。步态不稳，但也没用多长时间。他知道武三是什么人，简短回了便是，因为眩晕，多说了一句，紧赶慢赶，女人还是生了。武三斜他，咋？嫌牛老？朱光明连忙摇头，说牛脚不慢，不过女人生得急了些。武三女人插话，问男娃女娃。听说是龙凤胎，武三女人说好事啊。武三不冷不热地，你倒日能！那个日字仿佛有神奇的魔力，朱光明的眩晕哗地退去，他终于站稳，脸上仍悬着浓稠的笑。喉咙里伏着数枚利箭，但没有射出。他和武三没有深仇大恨，武三也不是多么坏的人，不过因为队长身份，性情有些走样。朱光明不敢也不愿和他计较，许多事情还要求着武三。再说他是当父亲的人了，还是两个孩子的父亲。想到这些，朱光明笑着说多谢武队长关照，转身离开。

天已黑了。朱光明心头悬挂着明月，身轻步疾。还没顾得上抱抱孩子呢，也没顾得上和马秋月说话。欢喜没有减弱，但不再摇晃，身轻却沉稳。与此同时，他又有不大对劲的感觉，说不清也抓不住，隐隐约约，若有若无。也许和武三有关，他想。

回到家中，和靠坐的马秋月正式对视，朱光明蓦地明白那感觉来自哪里。作为母亲，马秋月本该如他一样满脸欢喜，但她没有。准确地讲，喜是有的，但眼底藏了忧愁，那喜便兑了水，稀薄，清淡。怎么回事？朱光明目光里满是询问。

马秋月说，我有点儿累，随后合目假寐。朱光明没有目睹马秋月生产的过程，但知分娩不易，有的能忍，有的忍不住，比如武三的堂嫂。每回生娃，整个村庄都能听见她的叫喊。即便忍得住疼，也难免精疲力竭，或者说，因为强忍，更加耗神费力。马秋月生两胎，累是肯定的。但朱光明觉得她眼底的忧愁不是因累所致。那是为什么？朱光明盯着马秋月，脑里波浪翻滚，直到孩娃啼哭起来。丈母娘抱起一个，朱光明赶紧抱起另一个。马秋月睁开眼，张开双臂。她的脸上疼爱、怜惜、急切、渴盼……混杂在一起，黏稠却又有着佳酿的香醇。那是朱光明从未见过的马秋月。

2

即便朱丹出生，马秋月仍能忆起且不止一次回味初次胎动的感觉。有时轻，如柳枝飘拂；有时重，近似蹬踹。她后来认定，前者是朱灯，后者是朱红。那不是寻常的胎动，在她肚子里，兄妹便就开始争了。

朱灯自然没争过朱红，出生即是宣告。朱灯脸肌皱巴，眼睛浮肿，肤色暗黄，瘦如稻草。朱红脸庞紧致，眼珠灵动，是结实的肉团。两人相差足有二斤。哭声的差别就更大了，朱红响亮，显然铆足了劲儿，朱灯轻微，断断续续，透着胆怯。朱灯啼几声就睡了，朱红不停地哭。

马秋月本该好好睡一觉，然而那个夜晚，她失眠了。并非因为朱红不停啼哭，这只是一小部分原因，她不过以此搪塞母亲和朱光明，更多更重要的缘由，只有她自己清楚。

兄妹差别如此之大，马秋月猛就想起麻婆子讲的故事，还想起那个夜晚和大有女人站在街上说话，她的瑟冷躁乱。确实，从那一刻起，不安就如贼一样潜进身体。只不过一切停留在想象中，她不是特别在意。在虚幻的世界，她坐过八抬大轿，也曾流落街头,她的身份变来换去,那要看麻婆子讲了什么。沉湎其中没什么不可以,终究有着十万八千里的距离,她进得去出得来。然那日麻婆子讲的不同,就像一个套子在马秋月头顶悬着。现在套子落下来,没有丝毫差错地套住马秋月,实在太诡异了。马秋月心惊肉跳。

娘家的村庄有对双胞胎兄弟,与父亲年龄相当,哥哥叫赵文,弟弟叫赵武,身高长相几乎一模一样,连声音都没有差异。马秋月分不清哪个是兄哪个是弟,不只马秋月,村里至少一半人常把两人搞混。两人的妻子是分得清的,但也有弄错的时候,闹出过笑话。赵文在外闯了祸,不敢直接回家,先到赵武那儿,然后打发弟弟看看老婆气消了没。赵武进门,被气头上的嫂子迎头泼了盆冷水。正是数九天,赵武返回家,全身都挂了冰。因为只有一件棉衣,赵武三天后才出门。

豆庄也有对双胞胎,是姐妹,彼此有着奇异的感应,姐姐感冒,妹妹定然发烧。妹妹割破手,姐姐的手也莫名地疼。好像她们不是两个人,而是一个人分成了两半。姐姐嫁到馒头庄,妹妹嫁到米庄,一个在豆庄东南,一个在豆庄正西。两人相貌一样,个性却不同。姐姐善,妹妹蛮。姐姐的丈夫脾气不好,动辄打骂。但每次动手不久,妹妹就会杀上门,找姐夫算账,因为她也疼了。大有媳妇描述得绘声绘色,马秋月半信半疑,直到有一天两姐妹不约而同回娘家,马秋月跟着大有媳妇去瞧,才彻底相信。

马秋月没见过龙凤胎,但也听说过。那天和大有媳妇聊天,大有媳妇说饼庄有这么一对,七八岁的样子。大有媳妇没讲那对姐弟的特别之处,倒是说了他们的父母。父亲打小不喜欢洗脸,偶尔洗一次,老天要么落雨要么飞雪,人送外号龙王爷。某年大旱,村里人围住他,逼着他洗,果然后半晌便雷声隆隆。也许是巧合,再逢旱日,他也洗了脸,却没那么灵验。但绰号传开,连公社的干部都这么称他。那母亲腿如麻秆,走路须借助双拐,上半身却是正常的,丰胸,圆脸,人也漂亮。她自幼喜欢水,可能在水中会忘记自己的残腿。她家傍临池塘,入水方便,久而久之,练就超凡的本领,可在水面游也可潜入深处。就有人戏说她前世是鱼,背后叫她鱼精。饼庄有口几亩大的井,每年都有人不慎坠入。逢此,准有人将她背至井边,而她也大显身手,不过有的虽然救上来,因溺水太久已无呼吸。彼时她捶胸号哭,怪自己没长好腿,不能奔跑,误了救人。就有人劝,人不得全,长了好腿,怕就和我们一样是旱鸭子了。

马秋月没问大有媳妇,他们的儿女是否有奇异之处。她没讲,多半是没有的。但也可能有,只不过没像父母那般显露。有与没有,和马秋月都没什么关系。但现在不同,马秋月急于知道。如果麻婆子所讲系预言,那么龙王和鱼精的儿女可能会提供佐证。

马秋月胡思乱想,那一夜沉重而漫长。晨曦爬上窗棂,她终于困了。朱光明和丈母娘醒一阵睡一阵,黎明来临之际,各自沉入酣梦。突然的啼哭打破寂静,三个人同时惊醒。不用睁眼就知道是谁发出的。

马秋月终于有奶了。准确地说,是被吮吸出的。彼时,朱灯吸左奶,朱红吮右奶。同样柔软的唇,力度是不一样的。朱灯试探犹疑,小心翼翼,朱红则长了牙齿般,咬得很紧,仿佛装着满腔的愤怒。朱灯只是唇在动,朱红头脸颈同时用力,分明是在拱、掘、凿。马秋月疼得脸都青了。母亲见状,欲把朱红抱开,说还不到时候。马秋月确实坚持不住了。突然间,清溪畅流。温暖、惊喜的感觉顿时漫过全身。母亲知道了,从她的脸色和眼神,更从朱红吞咽的声响,咕咚咕咚,如石投泉。

朱灯不知妹妹掘出了清泉,正在狂饮。他依然不紧不慢地舔着,若说是饥饿的本能,不如说更像本能的仪式。

朱灯和朱红被调换了位置,不是多难的动作,却费了老大的劲。朱红咬着不放,乳房被拽成漏斗状,马秋月和母亲合力才得以完成。不能说马秋月那个时候就偏了心,手心手背呀。不能让朱灯饿着,另外想让朱红把左乳的奶水吸出来,她有这个本事嘛。但也可能,她的下意识里含有确定的讯息。

朱红咬住左乳,小手却抓握住右边,天晓得怎么会如此准确。当然不能任由朱红这么霸道,马秋月强行抓住朱红的手,朱灯才舔住。朱红已然有了经验,很快便掘挖成功。马秋月总算松了口气,但随即感觉不对。朱红酣吮,右奶已经断流,朱灯不过在吞咽奶的余香。母亲的忧虑成为现实,马秋月奶水不足,一个娃都喂不饱，何况两个。如果任由朱红，留给朱灯的肯定是空空的粮仓。马秋月必须干预，老天在上，她并非偏袒朱灯，而是被迫的选择。

马秋月示意母亲把朱红抱开。朱红咬着，马秋月的乳房像弹性十足的皮筋，一点点拉伸，难以想象地变长。母亲变了脸色，不再用力，说不清心疼女儿还是怜惜外孙。也许被惊着了。马秋月腾出一只手，先是握住乳头的根部，试图争夺，但未能成功，便将拇指和食指拢成环状，撑住朱红的嘴角。朱红终于松开。当然不甘心，咧嘴大哭。乳汁长了她的力气，她哭得更响更猛。

朱灯在妹妹的啼哭中舔吸。右乳空了，左乳也所剩无几，他依然是吞咽着残留的奶香，若非马秋月助力，恐怕这点儿也吃不上。他自是没吃够，朱红也未饱，但远比他吃得多。稍后，朱红再次回到马秋月怀中。乳房已空，朱红没有停止，她更加用力，马秋月疼得阵阵抽缩。乳房痛，心里更痛。都是身上掉下的肉。母亲张张嘴，大约想提醒马秋月，但终是没有说出。待朱红松脱开，她才说，女娃急点儿好，长大不受欺负，吃不了亏，跟你大姐倒有些像。马秋月笑笑，算是回应。如果只生朱红一个，马秋月绝不会担心。如果朱红和别人争，马秋月也无须忧虑，就怕她只和朱灯抢夺。若果真如此，两人就是冤家。按照麻婆子的说法，并非所有的龙凤彼此有碍，大多平安无虞，但千万对中，总有那么一对，命运悬殊。

如果马秋月没听过麻婆子的故事，就不会如此忧心忡忡。她

095

听了，而且烙在心中。本就爱胡思乱想，从一个角色变换到另一个角色。现在，无须借助虚幻，她成了故事的组成部分，再无逃逸的可能。

3

坐月子是有讲究的，要吃得好，睡得香，捂得严。吃睡自不必说，捂也藏着学问。不能受了风，不然会落下病，长了这病根，可能生出其他病。豆庄的焦兰没娘，由丈夫伺候月子。男人在铁匠炉拉风箱，膀大腰圆，以为坐月子跟打铁一样，火猛了才不亏，炕烧得热了，娃哭了半夜，他抱着在地上走，也没试炕的温度。女人睡得死沉，烫坏了脖子，自此脖子扯来扭去，不说话还好些，说话扭的幅度更大。都说焦兰被愣货男人害了。那男人也是满肚子委屈和痛悔，每有人提及，都会给自己两个嘴巴。

还有，生人不能进门，尤其晚上，防止带来不干净的东西。所谓的"不干净"不是指尘土和细菌，不用细究，村里人都懂。门头悬挂红布条，既是宣告也是警示。

大有女人晚马秋月半月生了男娃，基本和马秋月同时坐月子。同样是月子，有着十万八千里的差距。大有女人猪蹄就炖了十一个。马秋月只能喝小米粥、红糖水，鸡蛋都难得吃。但马秋月挺知足的。大有什么身份？朱光明什么身份？没有可比性。就连一干人上门搜查，马秋月也不是多在乎，一点不在乎是不可能的，毕竟外人在月子里闯入，翻箱倒柜地寻找物证，惊到了她和两个娃。

这要从朱光明的五弟朱光礼说起，是他闯的祸。其实不全怪他，也与杨疙瘩的指控有关。这话有些绕。如果追溯杨疙瘩与朱家的过往，那就更绕了，半部书也说不尽，因为还涉及杨疙瘩的父亲。往简单说，就因为一个犁铧。

那日中午，犁地的杨疙瘩卸了套，牵了耕牛往回走，在村口与朱光礼碰上。杨疙瘩四十多，朱光礼还未成家，年龄及身份悬殊，杨疙瘩从不把朱光礼放在眼里。两人没话可说，擦肩而过的同时，朱光礼吐了口痰。杨疙瘩立马火了，喊住朱光礼，质问为啥唾他。朱光礼否认，说我没唾啊。杨疙瘩说我又不是傻子，你就是唾了！并指着路边，说他赖不了的。那里遍是倒伏的枯草和断茎的蒿子，夹杂着石子。朱光礼说我是吐了，可并不是唾你。杨疙瘩说早不吐晚不吐，偏偏这会儿吐，你就是故意的。朱光礼发誓绝不是故意，正巧想吐了，如果杨疙瘩不经过，他也要吐的。杨疙瘩说朱光礼嘴叉的毛刚褪尽，牙骨倒够硬的，不过他有雅量，不和朱光礼计较，只要朱光礼认个错，这事就算过去了。诸兄弟中，朱光礼脾气最暴，闻言火起，说我凭什么要给你认错？你算老几？杨疙瘩气得发抖，就算朱全也不敢这么和他说话，见了他先要低头的。不只朱全怕他，杨疙瘩有蛮横的资本。杨疙瘩最擅长的不是犁地，而是绾疙瘩，活结死结单结双结，可绾数十种。朱光礼如此放肆，他怎么受得了？他指戳着朱光礼，没等骂出来，朱光礼已转向离开。

097

杨疙瘩受此奇耻大辱，当然不会罢休。朱光礼惹了他，这账要算到朱全身上。他没有立马找朱全，有的是机会。午后他去翻地，发现犁仍在地头，但犁铧不见了。杨疙瘩纳闷了一会儿，忽就想到朱光礼。往常犁也在地头放着，没丢过，偏偏今儿和朱光礼吵了嘴，犁铧就丢了，傻子都能想明白。他杨疙瘩不是傻子，心脑透亮，知道算账的机会来了。来得真是时候！

杨疙瘩转身找武三告状。武三说没有真凭实据，难以断定就是朱光礼偷了。杨疙瘩说犁每天中午在地头搁着，从没丢过，今儿和朱光礼拌嘴，偏就丢了，不是他能是谁？武三说就算他偷的，可他不承认，就不大好办，抓贼抓赃捉奸捉双。大约想起什么，脸色突然变青，声音冷硬，想赖也赖不掉，送他狗日的坐大狱！你现在没证据，光靠嘴咋行？杨疙瘩急了，你不管了？武三说，我没说不管。杨疙瘩说，没了犁铧，地是耕不成了，这天就要上冻了，到时候可别怪我。敢这么放肆和武三说话的没几个，杨疙瘩是其中之一。他常替武三干活，有公也有私。犁铧丢了可以买新的，误不了耕地，杨疙瘩不过是借此出气，武三当然明白。那么这口气就得让杨疙瘩出了。出了气，杨疙瘩会更听他的。至于朱光礼，算根屁毛。想到这儿，他问，若朱光礼偷了犁铧，会藏在哪里？杨疙瘩说，肯定是他家啊，藏别处不白偷了？武三挥一下手，你去喊几个人。

武三带人上门，朱全才知朱光礼闯了祸。朱光礼大嚷自己没偷，是杨疙瘩故意找茬。朱全喝止了他，赔着笑脸。武三并不凶，但也没有虚绕，说搜过才能证明朱光礼到底偷没偷。这其实是为朱光礼好。

能搜的地方都搜了，没找见。秋日天短，一通下来已近黄昏。武三本要收兵，杨疙瘩说了话，指向朱光明的土屋。朱光礼未必藏在自己家，完全可以藏在兄嫂那儿！这样的推理也有道理，武三说那就顺便搜搜吧。朱全想拦，说儿媳正在月子里，不能见生。武三笑笑说新社会了，你这老思想要不得。又说搜搜对谁都好。

母亲没见过这个场面，脸色不停地变幻。似乎屋里埋了炸弹，随时有引爆的可能。一队人离去好一会儿，才惊问马秋月吓着没有，若是由此憋回奶，很难再下来了。马秋月当然吓了一跳，并心生不满，这不满既针对武三那些人，也指向丈夫家人。可面对惊慌的母亲，勉强挤出笑脸，叫母亲别担心。母亲依然不放心，边洗尿布边祈祷。

也是巧了，朱光明比往常回来晚，没赶上，但半道遇见去寻他的五弟，已知道经过。他心急火燎，进门却没发现任何异常。丈母娘抢在马秋月前陈诉那些人的不是，如何横如何凶如何无礼。朱光明没有插话，丈母娘显然窝了气，得让她泄出来。但他并没用心听，心全在马秋月身上。他清楚坐月子的禁忌，更清楚马秋月的性格及可能的后果。如果马秋月像丈母娘这般宣泄，那倒简单了。可马秋月不会，她的嘴有闸，那不是他可以控制的，甚至不由她自己。现在，闸合着，脸肃着。这不好，很不好。她的闸不由他控制，自己的嘴巴是由他的。他相信那会起作用，多大姑且不论，哪怕移掉她胸口的一根稻草，也值得尝试。可他又清楚，必须先听丈母娘痛斥，她畅通了，他才可能化解突如其来的事件带给马秋月的种种风险。

丈母娘由痛斥改成数落，朱光明知道他可以说话了。他说，娘，你喝口水，润润嗓子，让秋月也喝点儿，她也渴了。丈母娘醒过神儿，瞧我都气晕了。朱光明已倒了水，马秋月说我不渴。只要开口说话，就不会太糟糕。朱光明说，秋月生我气呢，娘端给她。丈母娘便接过去，马秋月仍说不渴。丈母娘说不渴也得喝，奶水奶水，喝够水才有奶。马秋月接过水杯。丈母娘说，有再大的委屈，咱也不能作践自个儿身子。朱光明附和，说得对，说得好！丈母娘并不买账，我说得对有啥用？朱光明说，当然有用，你说对，我和秋月才能做对，这就跟指路一样，你指错方向，走一百天也到不了。丈母娘说，你嘴皮耍得好，关键时候见不到人影，咋回来这么晚？朱光明说，本来能早一点，正巧有个人说起故事，就多待了一会儿，不是我想听，是为了讲给秋月听。朱光明边说边瞅着马秋月，马秋月的眼睛果然闪了一下。丈母娘轻哼，说来说去是没影儿的事。朱光明说，可不，但秋月就好这个。丈母娘制止，打住吧，你倒有闲心。马秋月再次张嘴，让他讲！朱光明笑笑，娘有气，待会儿抽我，先让我讲。

朱光明讲完，马秋月笑了，丈母娘也抿了嘴，说一对活宝贝。朱光明看出丈母娘气消得差不多了，至少，她的情绪不会影响到马秋月。她到底是不经事的，应该背了马秋月对他讲才对。但他不好阻拦，说到底她是心疼闺女。好在马秋月笑了，朱光明松了一口气。幸亏过去没讲过，临时扯来救急。马秋月能在这个时候笑出来，显见怨愤不是那么重，不然他就是有麻婆子的本事也未必能逗笑她。或也可以说，正因为他急中生智，没等她冻僵，就把她焐过来。笑过，马秋月脸上的乌云便碎散开，只是眼底还游弋着阴影。那不是今日才有的，搬回丈母娘那日他便察觉了。会弄明白的，他不是特别担心。

炸弹拆除，气氛缓和，至深夜又凝重了。朱红不停地啼哭，又响又猛，往常夜深，她好歹睡一会儿，那晚片刻不停。朱灯也哼哼唧唧的。丈母娘咬定那几个人带进了不干净的东西，让朱光明配合她送走。朱光明只好照办，好在不是多难。后半夜，两娃不再哭闹，安稳睡去。或许丈母娘的"送"起了作用，或许是心理上的慰藉，两娃哭累了，所以进入梦乡。要的是这个结果，没必要追究原因。朱光明也困了，脑袋昏沉。

马秋月没把真正的忧虑和母亲及朱光明说。她不是要深埋心底，而是生怕说出来，应验成真，不再有更改的可能。也许是自己乱担心，朱红生来就强，朱灯生来就弱。每个人都是不同的，就如她与大姐二姐，与两个弟弟，相貌与性格有相似有不同，因为他们是不同的人。朱红与朱灯为什么不能有差别？

但麻婆子的故事套住了她。儿女醒时凝视，睡时端详，没一刻不想。朱红与朱灯的表现尤其让她忧心。每次吃奶，朱红都如第一次那样，速度快力度大，还要抢夺另一个奶。如果马秋月不阻止，她会把两个奶吸得干干净净。即便马秋月拦着，她也不放弃，两手乱抓，双腿踢踹。每天如此，每次如此。如果这就是朱红生就的性子，或懵懂无知，自然生发，也就罢了。就怕没这么简单。

4

终于熬盼到满月。吃过早饭，马秋月便对母亲讲，要出去一趟。母亲说阴沉沉的，风又大，最好别乱跑。马秋月说有事呢，母亲说有事让光明去呀。马秋月一边穿鞋一边说，他还有他忙的。母亲嘟囔，当了娘，倒变得使性子了。马秋月不还嘴，掂量用哪块头巾。她倒想听娘的话，待在家里多自在，可不行呀。但这些没法和娘说。她抓起蓝灰色的厚头巾，母亲让她穿上棉袄，免得受风。头巾裹住耳朵和两腮，在下颌绾了结。母亲说这样不行，必须把前额拢住。马秋月解开，重新绾结。然后用另一块薄些的粉头巾包了五颗鸡蛋。母亲吃惊地，还拿鸡蛋？给谁？马秋月说，你不认识。母亲哼她，自己舍不得吃，原来留着送人呢，总共这么几颗，你倒大方。马秋月说，我不是舍不得，吃鸡蛋就恶心。母亲说，得了吧，我还没糊涂呢。马秋月抿抿嘴，跨出门。

风从四个方向卷过来，马秋月几乎飘离。似乎风就在院门外蛰伏，专门等着她。还好马秋月虽三十日未出屋，但到底在风里吹大的，微风狂风，白毛风黄毛风，什么没经见过？所以，她稍稍倾斜，便调整好身姿，同时护着头巾和鸡蛋。

母亲让她穿棉袄是对的，秋日的尾梢，阴冷如针，穿皮入骨。尤其像她这样毛孔还开张的哺乳女人，很容易落下病患。她心情迫切，想走得快些。怎奈风实在太猛了。其实风只是一部分原因，她知道劳力还在田野干活，包括她的丈夫朱光明。另一部分原因是她身子太轻了。原本没这么轻的，难道一个月的哺乳，让她变成了纸片？再瘦也不至于缩了骨架啊，何以轻薄如此？脑里闪过疑问，她没有多想，更重要的问题在脑里盘桓着呢。

马秋月是常客，上午来还是第一次。她知麻婆子在家，至门口，还是叫了声婆子。门没上插销，忽开忽闭。里面应声，马秋月踏进去。仿佛不是风，而是某种神秘的力量把她推进去的。她下意识地收拢双臂，以防鸡蛋被磕碰。

麻婆子仍参禅似的坐着，神色安详，目光平静。你这急慌慌的，偷跑出来的吧？马秋月忙道，没有呢，我娘同意的。麻婆子便笑，真是老实人。马秋月跟着笑笑，瞅见柜上有空碗，便解开绾结的头巾，将鸡蛋小心翼翼地放进去。麻婆子眼睛亮了亮，鸡蛋呀，好久没吃了呢，连味道都忘了。马秋月说，我就知道。麻婆子说，难为你坐月子还惦记着我。马秋月说，我听你讲那么多故事，几个鸡蛋，应该的。麻婆子说，还是拿回去吧，月子里得补呢，瞧你都瘦成竹竿了。马秋月说，婆子莫嫌少。麻婆子说，若你吃不了，给多少我都留，你还不够吃呢；若你不奶娃，省下来给我，我也收，谁叫我馋呢？你现在奶两个娃，叫我咋往下咽？等娃不吃奶了，我上门要着吃，到时候怕你攥不走呢。马秋月说，我打小吃鸡蛋就恶心，就当婆子帮忙了。麻婆子说，好吧，算我没出息，你要是有闲，我讲个故事给你。马秋月说，正要和婆子说呢，你讲过的，我想再听听。麻婆子不解，讲过的？马秋月提醒，麻婆子说，这呀，好说！讲了半截，突然盯住马秋月，你有心事呢，说说？马秋月犹豫着，仿佛揣的是鸡蛋，一旦拎出，就彻底碎裂了。

麻婆子催促，说呀！

马秋月斟酌着，有些语无伦次。

麻婆子半是吃惊半是好笑，你咋这么想，不过是个故事，没根没据，逗乐解闷罢了，哪能当真？

马秋月说，婆子还说过自个儿呢，难道也是假的？

麻婆子说，这个嘛……有真有假，真真假假，时间久记不清了，乱扯，管它真假，图个嘴瘾，至于别的那些……闲书这么写，我就这么讲。

马秋月琢磨着麻婆子的话，说到底，不全是假的。

麻婆子沉吟着，就算真的发生过，你也没见，那就是水里的月亮，凭你长三头六臂也捞不上来。捞不上来就是假的。故事是啥？就是个虚影子。

马秋月说，也未见得全是虚影。

麻婆子盯住马秋月，目光既有探寻的好奇，又有难以描述的忧虑，仿佛马秋月是妖怪变的，她想让马秋月显出原形却束手无策，并为此困惑。

马秋月不由发毛，叫声婆子。

麻婆子脸上漾起笑，很快如烟雾消散。你这个痴子呀，叫我说什么好呢？我乱讲，你瞎听就是，别相信，更不要往自个儿身上套。

马秋月不无委屈，不是我要套，由不得啊，自打生了，我没一天不想，要是那个说法是真的呢？都是身上掉的肉，我不偏谁向谁，盼着两个都平安，他们好了，我吃多大苦遭多大罪都乐意，可就怕……婆子，你说过的，什么事都有解决办法。

麻婆子说，这是我的罪孽啊！

马秋月忙道，不怪婆子，是我！

麻婆子问，你干吗找我？

马秋月说，想听婆子——

麻婆子打断她，不光是为了再听我胡诌，主要是想听听我的看法，对不对？

马秋月点头。

麻婆子说，那我明明白白告诉你，生了龙凤胎是你的福气，好生喂养，别饿着娃。

马秋月舒了口气，婆子这么说，我就放心了。

等了一个月，或许就为等麻婆子这句话。马秋月反复追问，既因疑惑，也为排除杂草、填埋暗沟，让路尽可能畅通。那是儿

105

女的路,每一寸都寄托着她的心愿。

马秋月本打算彻底忘掉那个说法。确实,有那么一段,她忘记了,偶尔闪现,她立马驱离。不存在,自然就不必和朱光明说。奶水仍然不足,只能用米糊面糊代替。朱灯和朱红身体渐长,食量渐大。糊糊面不需要争抢,都能吃饱。只是长和长不同,朱红壮实,仿佛每一滴都没浪费,而朱灯仍旧羸弱,似乎大半的营养没有吸收。

次年春天,发生了一件事。

趁朱灯和朱红睡觉,马秋月洗了几件衣服,又熬糯糊,用废旧布块粘了几张铺衬。铺衬不能一次粘好,一层干透,再粘一层,然后照鞋样剪好,用麻绳缝纳,要勒得足够紧,如铆钉般,布、浆、绳成为浑然的整体。如此鞋底便制成了。布鞋是否结实,首先考量鞋底是否耐磨,若底子差,鞋再好看也是样子货。所以,粘铺衬是基础,马虎不得。

母亲伺候完月子就回去了,马秋月独自养两娃,多半时候都是手忙脚乱。若不出工,朱光萍会过来帮忙,但天气转暖,她没有空闲,而朱光明既要完成队里的差事,又要挤空偷艺,更是忙得脚打后脑勺。所以,马秋月只能靠自己,那一堆活没有一样可以省却,只要儿女睡着,她便马不停蹄。

马秋月粘完,摆放在窗台。晾晒在绳上的衣服被吹落,她出院捡拾,重新悬挂。风像独脚鸡,一跳一跳地扑撞着她。马秋月将衣袖绾结,防止再掉落。

朱灯和朱红或许在她出屋时就醒了，可就算如此，时间也很短，就这么个工夫，那一切发生了。马秋月进屋，看到朱灯仰躺，朱红爬卧。朱红胳膊前伸，手里抓着什么，而朱灯正在吮，满脸欢愉。马秋月愣怔数秒才扑过去。原来朱红抓的、朱灯吮的，是一枚铁钉。马秋月头皮阵阵发麻，她没有马上抢夺，怕两娃受到惊吓，一个松手，另一个将铁钉吞咽。终于捏住，她小心而决然地夺过来，紧紧攥住。仿佛那是一粒子弹，随时有可能飞离。朱灯和朱红同时啼哭，马秋月充耳不闻。抑或飘进耳里，却未落至心中，她如石雕凝固，好一会儿才将攥成疙瘩的手松开，凝望着湿漉漉的铁钉，寸把长，覆盖着锈迹，但依旧尖锐。

朱红手里怎么会有铁钉？她在干什么？玩游戏？还是……马秋月满脑疑团。朱光明衣兜里常装有铁钉，有的是从旧车、旧农具上拔下来的，有的是从木工现场捡拾的。他做了一个木箱，专用来放铁钉。他没掏尽，铁钉因此遗落在墙角，这是有可能的。朱红半月前就会爬了，这是她又一个优于朱灯的地方。她可捡起炕上的任何东西，这不奇怪。第一个疑团，马秋月弄清楚了，但第二个百思不解。朱红什么都不懂呢，自然不能说揣了什么心思，那一切多半出于本能和自然，可这本能是怎么生发出来的？如果只是和朱灯玩游戏，可以用手指。她会爬之后从没玩过类似的游戏，为什么抓到铁钉，就……自然？冥冥？马秋月不寒而栗。幸亏进屋及时，没酿出大祸。也许是想多了，她又劝慰自己。

马秋月想把这一幕撕掉,但撕了又长,越撕越长。本是孤木,经她反复撕扯,竟长成密不透风的森林。马秋月不想把这一切与那个故事联系起来,那个故事却顽固地、一遍遍地跳进脑海。

傍晚,朱光明归家,马秋月简略讲了。朱光明连说怪他,并保证以后进屋先掏兜。后见马秋月脸仍阴着,抓了笤帚给她,说负荆请罪。马秋月没理他,朱光明说,你出了气,我给你讲请罪的故事。马秋月瞄瞄他,目光又垂下去。朱光明说,咋?麻婆子讲过?你再听一遍,兴许和她讲的不一样呢!

马秋月说不想听故事,让他讲讲属相的说法。朱光明奇怪地,咋想起这个?马秋月冷着脸,你不知道就说不知道!朱光明说,这有啥难?和二十四节气歌一样,我十几岁就知道。自古白马犯青牛,羊鼠相逢一旦休,蛇遇猛虎如刀错,龙兔相交泪长流,金鸡最怕玉犬叫,猪与猿猴不到头。这是旧时的说法,当不得真。马秋月问,你不信?朱光明笑,我当然不信,不过是算命先生编的,混饭吃,总得有个说道。人合不合,关键看性格,像你和我,属啥都合得来。马秋月白他,你倒会给自己贴金。朱光明笑出声,实话实说。马秋月问,若没半点儿根据,为啥有人……比如我娘就信。朱光明说,老脑筋么,也不妨谁碍谁,由她信去。他再追问马秋月为什么问这个,马秋月便讲了那个故事,忧心忡忡地说朱灯和朱红与故事太像了。

朱光明大感意外,早就感觉你有心事,原来就是这个?

马秋月说，比天还大，能不担心？

朱光明瞅着马秋月，目光里满是疼惜，你有点走火入魔呢，都是让故事害了！这麻婆子……也怪不得人家，是你硬往里头钻。

马秋月说，不是我硬钻，是咱娃……

朱光明叫，你自讨苦吃。

马秋月说，两娃平安，我不怕苦。

朱光明瞪她，别乱讲！你属猪，还是属乌鸦？

马秋月咬了嘴。

朱光明缓了语气，别胡思乱想，杞人忧天。龙凤胎，是两娃的福气，也是你的本事和福气，不知多少人羡慕呢。

马秋月咕哝，人前是这么说。

朱光明反问，这还不够？难道别人被窝里的话你也要听？

马秋月脸有些热，就怕可能……万一……

朱光明断然道，如果想着可能的不测，没法活了！吃饭可能噎住，喝水可能呛住，走路可能栽跟头，睡觉也可能醒不来，你说咋办？难道不吃饭不喝水不走路不睡觉？人活在世，什么可能都有的，走路可能捡钱睡觉可能做美梦，你得往好想呀。

马秋月叹息，我倒也想。

朱光明说，一趟趟往麻婆子家跑，本以为你听故事，谁知道上赶着结疙瘩，还是大铁疙瘩。朱光明自信能说服马秋月，先前都是屡试不爽。没想这么个假想的虚影，却遭遇失败，至少暂时没效果。稍一垂头又仰起脸，世上没有解不开的疙瘩，先别想了，睡觉吧，明天还要干活呢。

可能朱光明关于疙瘩的话提醒了马秋月。毒药有解，魔咒有解，这也不是死结。但她不敢看朱光明，更不敢看自己的骨肉，她的目光散乱，有些茫然地盯着窗外，说解是解得开，不过……朱光明追问，不过什么？马秋月犹豫着，她说不出来，那个念头闪现，锋利的刀便穿透她的身体。

5

次日，朱光明再问，马秋月仍难以出口，每个字都系了重石，上了锁链。朱光明说，你要是头牛，憋在肚里，没准能憋成牛黄，你又不是牛，别当宝藏着，和我有啥不能说的？马秋月心一横，豁出去的样子，结果突然改向，不提了！我也是乱想。朱光明见马秋月不再纠结，赞许道，这就对了嘛，当然是乱想，你这叫自寻烦恼。马秋月没好气，不想脑袋不成木头了？朱光明说，那要往正想，往好想，没有根据的瞎想还不如木头，是石头，是土坷垃！往你头上丢粒籽，兴许能结出瓜来。马秋月笑了，你倒会作践人。朱光明说，我哪舍得，不是逗你开心么。马秋月说，就会嘴上抹油。朱光明说，要不把斧头拿给你？马秋月没反应过来，干啥？朱光明指指胸，劈开啊，劈开看得清楚！吃都可以。马秋月说，才不呢，留着自个儿吃吧。随即抿嘴笑了。朱光明满意地，你笑的时候最好看。马秋月触及心事，叹息，我也想天天笑呢。朱光明说，说难也难说易也易，就看你咋想。马秋月说，我想吃罐头，有呀？朱光明说，这倒是没有，不过……这么想，方向是对的，今儿没有，不代表明儿没有，明儿没有不代表后天没有，吃不上，想想那滋味也是好的，望梅能止渴，想罐头的滋味也能解馋，所以你尽可想，兴许有一天可以敞开吃，兴许嫌罐头没滋没味，到时候呀——朱红朱灯相继啼哭，朱光明这才打住。

朱光明以为马秋月的心结解了，她眼里不再有阴云。再结，他再解就是。只要有足够的时间和耐心，他相信自己。

马秋月暂被放到次要的位置，当下朱光明揣了件顶顶重要的事。

这要从霍木匠说起。

霍木匠出生于木匠世家，从小跟父亲学艺，原系蔚县人，1940年随父母逃荒至口外，后落户豆庄，也算传奇人物。别的木匠只会做屋檩、农具、门窗、家具之类，霍木匠大可修造庙宇、殿堂，小可做雕花妆奁、带耳木盆，木料在他手里如同棉布，可任意裁剪。朱光明虽然偷艺，但心气高。另外几个木匠师傅不经学，横竖那几招，他看过几次，稍加琢磨就会了。甭说不收他，就是收，他也不屑拜师。但霍木匠不同，每看一次都有收获，而且霍木匠不藏，紧要处也当着面做。这气度当然也夹着傲，不怕饭碗被夺。霍木匠因为嘴刁吃过大亏，渐渐寡言。那些跟他学艺的都没坚持多久，因为他根本不教，看懂就看，看不懂拉倒。

去年修礼堂门窗，朱光明给霍木匠当助手，而不再是旁观。也是那一次，朱光明和霍木匠结了缘。霍木匠可能走神了，一脚踏空，从窗台摔落，朱光明疾蹿过去，及时托举，好在窗台不是很高，不然朱光明就被砸倒了。没砸倒，却因重力挪闪半步，踩到了旧木上的钉子。钉子刺穿鞋底，扎进脚心。收工时，霍木匠说，我知道你的心思，你也有吃这行饭的脑子，只是没有村里允许，我不能收你当徒弟。不过那名分也不重要，这样吧，以后你多过来几趟。朱光明大喜，当然明白霍木匠的话意味着什么。他拔出那枚沾了血迹的钉子，回家的路上紧紧握着，毫不在意脚心的刺痛。

自此，朱光明只要有时间就往霍木匠那儿跑。豆庄七个自然村，呈北斗状，朱光明住勺头，霍木匠住勺柄，相距数里，去一趟并不容易，但有磁石吸引，朱光明乐此不疲。霍木匠仍是不教，但绝活巧活从不避开。没有师徒名分，论交情却是超过师徒的。霍木匠的嘴巴没那么紧了，时不时讲些什么，朱光明进而知道了霍木匠的家事。

霍木匠老母近年常梦见死去的丈夫，霍父于1958年去世，葬于村西北的土坡。梦里霍父仍穿着生前的衣服，胡子拉碴的。若只是梦见也就罢了，关键他每次都冲她嚷，要回老家，声音恳切又迫切。霍父曾留过话，想躺在祖坟，霍母也承诺过。她盘算着自个儿闭了眼，由霍木匠把她和丈夫的尸骨一起运回，也为儿子省点事。可丈夫一趟趟托梦，她认为丈夫等不及了，便向霍木匠提出迁坟。霍木匠劝她乱梦不能当真，他自己还做梦当皇帝呢，若当了真，别人还不把他当疯子？奈何怎么劝都不成，霍母就是不松口。母亲身体本就不好，霍木匠担心照此下去她就彻底垮了，便说迁也得老家所在的村许可，他得回趟蔚县。霍木匠并非敷衍母亲，的确每一步都要落实。

霍木匠尚未动身，他妻子提出反对意见。霍妻说迁坟再重要也没过日子重要，日子本就紧巴巴的，若有大开销，就没法过了。她掰着指头给霍木匠算，他来回跑误工不说，还要搭上路费。再有起旧坟打新墓都要花钱，从哪儿出？就算霍木匠借得出来，摊这么大的饥荒，何年何月才能还清？霍木匠有两个姐姐，大的在逃荒前嫁了，二的在逃荒路上病亡。这大大小小的费用都要霍木匠一人承担。霍妻一向有主见，霍木匠都是听她的。

一边是眼泪吧嗒着魔般的老母，一边是言语犀利不退让的妻子。霍木匠身怀绝技，面对家事却束手无策。

朱光明明白了霍木匠为何会从礼堂窗台摔落，缘由在这儿呢。霍木匠没向朱光明求助，但既然毫无保留地讲了，朱光明自然不能袖手旁观。他说你甭愁，这事交给我。霍木匠问朱光明有什么好主意。朱光明说我没什么高招，但办法总能想出来。霍木匠叹气，也就是你了，换了别人，我绝不说的。我得罪的人多，想看我笑话的人也多，弄不好还会惹出麻烦。朱光明自嘲话多，但只说该说的，极有分寸。他委婉地作了保证。可以讲，他做到了，没向任何人说过。但多年后，他给朱灯讲了。并非不守承诺，而是说清前因，才能解释后来的一切。

朱光明的要紧事就是这个。霍木匠于他有恩，他要替霍木匠化解这个难题。霍木匠是当事人，都没有头绪，他一个旁人就更难了。但再难也要试试。

朱光明单独和霍妻聊了两次，两人相差十几岁，依豆庄的习惯，该称她嫂子，因霍木匠的关系，他又叫她婶子。今儿称嫂子，明儿称婶子。霍妻说你叫甚都行，只叫一样，换来换去，都让你搞糊涂了。朱光明笑笑，说他不是乱叫，有礼数的。一通道理说下来，霍妻也笑了，说朱光明是诸葛亮转世，不过还是叫一个吧，什么都行。朱光明说那就叫嫂子婶。霍妻说更别扭了。自此朱光明就叫她嫂子婶，这事也让朱光明领教了她的干脆和果断。第一次聊，没什么成效，霍妻将理由一一列出，说如果男人执意迁坟，她和他的日子就过到头了。朱光明转移话题，问询她和霍木匠的过往，一为缓和气氛，二也确实好奇。霍木匠是不会讲的。霍妻的话匣就打开了。霍木匠虽说是能工巧匠，但跟了他也没享过什么福，诉了些苦，又说她也没指望大富大贵，她不喜欢笨里笨气的，就喜欢脑子活络手脚利落的，她看上霍木匠的正是这个。朱光明偶尔插话，也为引导她讲。她讲出来，他才能摸透她，才知道从哪儿使劲。她说完，朱光明总结，没个会过日子的女人，霍师傅也就毁了，他离不开你。虽然没成效，但看到了转机。所以第二次聊，朱光明单刀直入，问解决了迁坟费用，她是否同意。霍妻警惕地，问咋解决。朱光明说这个你不用操心，也不用霍师傅操心。霍妻更加紧张，你的意思是你……朱光明点点头，霍师傅帮了我，我该帮霍师傅的。霍妻目光尖锐，就算你有这份心，恐怕也没这个能力吧，你自家啥情况，我多少也知道一些。朱光明笑笑，没错，我自家也是紧日子，连木匠工具都置办不齐，还欠一屁股债。我说的帮不是我出钱。霍妻问，谁出？公家出？这不可能！朱光明说，嫂子婶若同意，余下的事交给我。霍妻神色变暗，思忖一会儿，道出另一番话。她不同意迁，还有另一个原因。公公的坟迁回老家，婆婆肯定要埋回去，自然日后霍木匠也要躺到父母脚底，就是说将来她也要躺到那个地方。而且霍木匠恐怕等不到老就要回到蔚县。她祖辈在口外，不想和他回到那里。她还说人和草籽一样，刮到哪里就在哪里长，在哪里长哪里就是根。当初霍木匠父母在那边活不下去才逃到口外，那么口外就是霍家的根。干吗要拔了这根插到那边去？就是现在比这地儿好，她也不乐意。

这才是症结所在，费用也是问题，但不是主要的。摸清霍妻真正的心思，朱光明反而更沉重了。她绾的是死结，这就难解了。

和霍母聊可没那么容易，她有喘病，话不顺畅，每句话都如深井打水，而绳索承受不了重力，随时要断的样子，朱光明时不时提醒她小心。好在她的话并不复杂，来回就那么几句。朱光明和她唠了不下十次，才探到她念头背后真正的忧虑。她原先想着殁后，霍木匠把她和丈夫一起弄回老家，但担心霍木匠不依她的嘱咐办,把她就地埋葬。所以想乘着还能出半口气,逼霍木匠先把丈夫迁回,待她殁了,自然会和丈夫埋在一起。至于梦到丈夫,也不全是假话,不过丈夫没冲她嚷,但他什么意思,她是清楚的,他和她同样担心。

朱光明嘴巴厉害,不是因为能说,而是会说,能说出道理,且直指人心,获得认可。若人家不认可,讲得天花乱坠也没用。霍妻和霍母各揣心思,没有对错,朱光明知硬劝没用,费力不讨好。只能顺着两人的心路来。仍是先和霍妻谈,嫂子婶叫了无数,说他愿意帮她,不过需要她配合,然后讲了他的主意。霍木匠心安,她才能如意。而要霍木匠心安,就不能不顾老母。霍妻连连点头,说手头紧是紧,但在这事上她不抠。霍母那边,朱光明让霍木匠亲自上阵,霍木匠答应老母迁坟,但要先回老家联系。霍母没有异议,两日后霍木匠便上路了。返回豆庄,霍木匠告诉老母,迁是可以,但现在不行。说完缘由,老母叹口气,没有再逼。朱光明只说编个理由,这分寸要霍木匠把握。这不是和霍木匠合起来欺骗老母,不过是往后拖拖,拖拖或许轻易就解决了。也正因此,霍木匠才同意,若存心要骗,朱光明也说不出口。

霍木匠事后告诉朱光明,他本来想了个由头,但回到老家,发现根本不用编,现成的,明摆着,只能过几年再说。霍木匠先前多少有些不安,这样一来,就彻底卸了负担。朱光明也松了口气,他哪能想到呢,算是撞着的。

霍母不再闹了，霍妻也不再紧绷着脸。霍木匠特意从供销社打了半斤酒，留朱光明吃晚饭。以后如何，谁能预料呢？至少暂时相安无事，他尽可向霍木匠求艺。要说朱光明有私心，这便是了。不过，就是没这层关系，霍木匠的难，他也会帮忙化解的。

　　霍木匠爱喝几口，又没钱买，馋了就喝辣椒水。一次打半斤酒，在他已是破天荒。朱光明浅尝慢饮，想让霍木匠多喝些。那个晚上，往回走的时候，却有晕醉的感觉。从知道霍木匠的心事到解决，三个多月。时间足够久，没有走不通的……路。想到马秋月，想到他的儿女，大片的霞光在脑里铺展、绵延。

　　多年后，朱光明对朱灯说，时间确实能解决不少麻烦，今天觉得天塌地陷，没准儿明天就是风淡云轻。但时间会悄悄留下印痕，冷不丁一记闷棍，防范不住。

第五章

1

那一千个日子，马秋月常常处在悬空的感觉中，不知等待她的是什么。她也如朱光明那般往好想，期待火红的绸缎铺在脚底，但想着想着便闪偏了，仿佛不是行走在结实的大地，而是在光滑的冰面急奔，不留神就移转了方向，甚至摔倒。假如……假如呢？一闪而过的可能令马秋月战栗恐惧。她为此惩罚自己，掐头、咬唇，强迫脑袋转向，哪怕空空荡荡。

她也曾问麻婆子，麻婆子说别急，你急坏，遭罪的是娃。麻婆子给马秋月讲了一个故事，末了说命运自有安排，就如一朵花，今儿不开明儿不开，那是不到时候，到了点儿自个儿就开了。马秋月发愁地，要是永远不开呢？麻婆子说不开自有不开的缘由，急也没用，也许不开就是一种开法，而且还是不同凡响的开，只不过与别的花不同罢了。马秋月明白了一些，但也不是很明白，不过阴云没那么重了，倒也能心安一阵。但也就半月二十天,之后又腾云驾雾了。如此循环往复。

马秋月的忧虑自然是因为朱灯。三岁了,他的嘴巴依然锈着。要么不张,张嘴也只能出一个音。而就这一个音,也仿佛被铁链子拴着,另一端系了重石,每次拖拽都异常吃力。马秋月不能从他嘴巴里掏,只能暗暗用劲,她几乎能听见自己的骨响。也不敢催促,心焦,脸上却挂着笑。朱灯的胆儿怕是如蛋壳般薄脆,她怕吓着他。即便这样,朱灯从她的眼神和架式感觉到压力,因为紧张,更显吃力。

朱红十一个月就能说简单的字词了,现在已可把目睹的事讲得清清楚楚。兄妹相比,天上地下,马秋月怎能不急?甭说与朱红比,就是与大有的儿子万金比,也有二百里的差距。有娃牵拽,马秋月听故事没那么方便了,就算逮着空闲,朱光明在家,或朱光萍替她带娃,她也不喊大有女人一起去。怕耽误时间,也怕大有女人把问了上千遍的话再问,她似乎比马秋月还惦记朱灯的"金口"。好在不是一个生产队,除了修水渠、平整田地之类的会战,平时不在一起干活,不然要天天回复大有女人。但同在一村,相距不远,躲开大有女人没有可能。大有女人常来串门,有时抱着万金,有时独自一人。马秋月当然不会冷着脸,大有女人能探听到豆庄及豆庄之外的消息,大的小的长的短的,马秋月也想听呢。马秋月也说也笑,只是大有女人问到朱灯或目光在朱灯脸上停驻时,她便有突然被咬的感觉,心里阵阵抽缩。

八月初的一天下午,收工早了些,马秋月想去草野上揪些野韭菜。转了一遭,没瞅见半根,往回走的时候,意外地发现了几株巧瓜瓜。巧瓜瓜是一种野瓜,拇指大小,中间粗两端细,脆而甜。常长在地头路边,往往等不到成熟就被摘了。这几株巧瓜瓜与苍耳混在一起,没被发现,个个长得滚圆饱满。马秋月因为激动,摘的时候手竟然有些抖,似乎担心它们长了翅膀突然间飞走。又担心有人抢夺,回了好几次头。摘完,马秋月没有马上离开,感激而又怜惜地看着仍盈盈蓬勃的瓜秧。巧瓜瓜和蘑菇一样,今年长在哪儿,明年还在哪儿,不挪窝的。它们藏在苍耳中间,似乎就是在等待马秋月。马秋月暗记在心,若没人发现,就永远是她的。

两个衣兜几乎塞满,兜没盖没扣,她生怕它们跳出来,双手护着。这么圆的巧瓜瓜,还是第一次见。她本想尝一个,摸了几次,又放弃了。她是吃过的,朱灯朱红还没吃过呢。要让两娃吃个够,她如是想。走了一程,又改了主意。要藏起来,每日分发,这样能吃好几天呢。马秋月揣着巧瓜瓜,像揣着梦幻,脚步轻欢。

马秋月一路想着朱灯朱红争吃巧瓜瓜的样子,悄悄笑了几次。看见家门时,大有女人忽然闪进脑子。不知怎么就想起大有女人,没有防备,好像猛被绊了一下,她趔了趔,放慢脚步。大有女人抱着万金串门,万金要么含着糖,要么抓着苹果、枣子、柿饼,朱灯朱红都蹭吃过,特别是朱灯。万金手也松,有时没等大有女人说话,他就给了。至今马秋月没给过万金什么。这么想着,马秋月越发惭愧,咋就忘了这个呢?万金未必欢喜,可这份心是不该少的。马秋月责备着自己,拐往大有家。

大有女人正张罗做饭,万金在炕上玩耍。马秋月一边说着一边往外掏,大有女人惊乍乍的,哎哟,你眼睛可真亮。马秋月掏出半兜。万金已吃掉一个,马秋月问好吃不,万金顾不得说话,连连点头。大有女人说,别看他嘴没空过,这东西还是第一次吃呢。闻言,马秋月将余下的半兜又掏出来。大有女人笑着说够了够了,他吃不了的。谁知万金大喊,吃得了,我还要。乌溜溜的眼睛盯住马秋月另一个衣兜,马秋月竟有些腿软。大有女人沉了脸,但没吓住万金。大有女人气恼,佯举胳膊,马秋月忙拉住她,说不就几个巧瓜瓜吗?又掏出一半。还要掏的,这次大有女人摁住她,说别听他乱嚷嚷。马秋月笑笑,夸万金机灵。大有女人说,机灵啥?不过是嘴尖了些。马秋月顺口道,娃么,尖了好。大有女人突然想起,你家朱灯近日咋样?马秋月神色暗下去,说还那样。大有女人说,你别犯愁,没准哪天就利落了。马秋月说,盼是这么盼,哪能不愁呢?大有女人说,你看你家光明,斧砍不倒,天天捡钱。马秋月说,他呀——一时无话,闭了嘴。

大有女人问马秋月今儿没见武三女人吧,马秋月想了想,摇摇头。大有女人压低声音,说昨夜让武三打了,如何如何。马秋月不知她咋打听到的,好像村庄每个角落都有她的探子。马秋月本想送了就走,但大有女人讲完武三家的秘密,又讲别的。马秋月不好拔腿,几次往门口瞅。大有女人终于停下,马秋月立即道,我得回去了。大有女人让她等一下。马秋月以为她还要讲,回头却见她揭柜,待转过身,手上多了半个月饼。她笑着递给马秋月。马秋月没接,似乎被这半个月饼惊木了。大有女人说拿着呀,马秋月这才小心翼翼掬捧住。离中秋还有四十多天,大有家就吃上月饼了,别家,就拿马秋月来说,能在中秋日吃上就不错了。大有女人如此大方,自然也因马秋月送了巧瓜瓜。还为掏空兜有点儿心疼呢,马秋月脸隐隐发热,倒不好意思马上离开,好在大有女人抓了围裙系上,马秋月当即告辞。

马秋月回家放了东西,去婆婆家接朱灯和朱红。平时干活,朱灯和朱红由婆婆带着。马秋月先给兄妹俩分发巧瓜瓜,两人欢天喜地的。马秋月问话,朱红答了一串,朱灯仍旧一个音,还是费力挤出来的。然后,马秋月把半个月饼切成两份,刚拿起,朱灯突然喊:月饼!马秋月被惊着,身摇臂晃,月饼差点掉落。她盯住朱灯,刚才说啥来着,再说一遍!朱灯说,月饼!我要吃月饼!老天,何止是两个字,是完整的话呀!马秋月几乎是扑过去的,她没有抱他,半攥着月饼的双手压住他的肩膀,又问了一遍。朱灯偏着头,我要吃月饼。马秋月连连说,好,好,吃月饼。朱灯和朱红吃,马秋月转过脸,悄悄擦掉腮边的泪珠。

朱光明进屋,马秋月便双目放光地告诉他。朱光明却没有马秋月想象中那样兴奋,平淡地回应,是吗?马秋月不悦,说你不像亲爹呢!朱光明笑,我不是亲爹,那亲爹是谁?说过多少次了，让你往好想，这不，说个顺溜话还不容易，你堵都堵不住。马秋月说，你又不是诸葛亮转世，就会胡扯，你说什么我都信呀？朱光明问，那现在呢？总该信了吧。喜悦再次从马秋月眼里溢出，灯好了，我遭些罪也该的。朱光明正色道，这叫什么话，他要好，你也不能遭罪！马秋月说，我倒盼呢。

入夜，马秋月详述事情的经过。说真是奇呢，碰巧撞上巧瓜瓜，若她两手空空，绝不会去大有家，就算去了，大有女人未必舍得半个月饼，而朱灯看到月饼，嘴巴就像水瓶拔掉塞子，止不住地流淌。朱光明说，去年他吃过么，心里记得。马秋月反问，他吃过的东西多着呢，为啥只看见月饼话就顺畅了？朱光明说，赶巧么，就像你碰见巧瓜瓜。马秋月说，不管巧不巧，这是月饼带给咱的。朱光明听出马秋月话里有话，哈，看不出来呢，会绕弯子了，有话直说嘛。马秋月捶他一下，我说了，你可不许反对啊。

2

在马秋月二十余年的人生中，她极少做决断，并不是没有任何主见，她也有的，只是不那么强硬，不那么尖锐，不是石头钢条，而是柔软的草，轻轻一折就弯倒了。一方面是性善耳软，另一方面是她总是压制，甚至忽略自己的感受，为别人着想。从小到大听父母，不是觉得他们什么都对，而是怕他们伤心生气；出嫁之后顺从朱光明，绝不仅仅是朱光明能说会道，常常使她词穷。若她一味拗着来,他又能如何?再多的话也是一堆唾沫。他确实能说服她,或者被他绕得头大而丢盔弃甲。但相当一部分原因,是她让着朱光明。他是这个家的舵手,方向就该由他掌控。他从未这么说过,她怎么就有了这样的意识?怎么植入脑里的?她说不清楚,能说清的是她的任何一个念头,付诸行动必须要过朱光明一关。她是柔软的花瓣,须朱光明这根茎支撑,才能绽放。

朱灯顺畅说话的日子,马秋月闪出念头的同时,暗暗发誓,她将不顾朱光明的反对、阻拦,非做不可。当然,朱光明赞同更好,有他支持,做成的可能更大。

并不是什么宏愿,不过是想打一锅月饼。多年后,不,数年后回想起来,马秋月自己都觉得好笑,好像要上天似的。但在彼时,就困难而言,堪比登天。

或许是马秋月不容置疑的语气起了作用,朱光明没有明确反对,但也没有附和。他破天荒地静默数秒,笑了笑,问马秋月见没见过罗锅背碌碡。马秋月说,我不管什么罗锅不罗锅,我就要打!打定了!朱光明说,月饼是好,日后啊——马秋月打断他,你甭给我空许诺,今儿这个明儿那个,我都撑着了。别的我不想了,缝纫机也不指望了,就一锅月饼,我要让两娃敞开吃!朱光明说,我也想呢,问题是咱家目前的状况,不可能呀,你听我说。马秋月见朱光明摆开阵势,不由发慌,她怕陷入他的迷魂阵。她想捂他的嘴,没想捂了鼻子。朱光明叫,你得让我出气呀。马秋月松开手,几乎是央求,你别说了。朱光明说,今儿就不说了。马秋月说,明儿也不准说,我做主了!朱光明试探着,你要我做些啥?马秋月赌气地,不用你,我自己来!朱光明说,离中秋还有四十多天,早着呢,慢慢来。

朱家许多年没打过月饼了,原因自不必说,马秋月和朱光明分门另过,更没有能力。没月饼,中秋敬月的程序却不能马虎,曾伺候马秋月月子的母亲见证过那一过程。朱光明切了一根胡萝卜,几片煮熟的甜菜,抓了一把麦粒,放置到带了豁口的白瓷盘里,端至窗台。圆月升高,再将瓷盘端回,一家人分食盘中的"供品"。母亲说供月亮要供月饼,萝卜甜菜有啥供的。朱光明自有说辞,什么供的是心意,东西并不重要,什么玉兔、嫦娥没准吃腻了月饼,正想换换口味。母亲自然说不过他。自此,每年中秋,母亲都会打发弟弟给马秋月送两个月饼。若不是母亲,朱灯和朱红哪知月饼是什么。若不知月饼的滋味,朱灯又如何把话说完整?

马秋月因缝纫机落空等诸如此类的事埋怨过朱光明,但没因中秋没月饼吃而抱怨。嫁至朱家,就要过朱家的日子。这个即将到来的中秋,若朱灯依然一字一字地蹦,马秋月会如以往那样,等待弟弟送月饼。可喜悦来得突然,马秋月必须对得起这个惊喜。月饼是吉祥物,那就让吉祥更多一些,彻底而干净地把心中的阴霾驱散,她的儿女从此平安。所以,马秋月打月饼可不只是为了"让两娃敞开吃"。

马秋月没有慢慢来,第二日就行动了。打月饼所需的三样重要材料,面、糖、油,面倒是够的,油不到半斤,而这半斤油有大用途,做莜面窝窝,须在推砖上抹点油,不然推不起来,蒸笼上也须抹一点。就算不推窝窝,这半斤油也差得太多,糖更是一点没有。所以需要想办法置备糖和油。供销社有糖,有钱随时可买,马秋月拿不出钱,只能赊。她盘算了大半夜,想到一个可以帮她的人。她和朱光明年年还债,至今大半还了,有一些仍欠着,其中就有朱光明从供销社赊的。前账未还,又赊后账,难以张口,就是张口也未必能赊出来。若大有女人说句话,大有该不会驳回。傍晚收工,马秋月径直去了大有家,说明来意。大有女人极痛快,说包在她身上。她虽然这么说了,马秋月还是忐忑,万一大有不肯呢?毕竟欠着人家的。马秋月心里捣鼓了一夜。第三日她刚进屋,大有女人便登门告知,和大有说妥了,随时可以到供销社拿糖。马秋月竟有些愣怔,太快太容易了,她不敢相信。迟疑了好一阵,你不是说笑吧?大有女人打趣,你这人,咋跟司马懿一样多疑了?我啥时诓过你?马秋月这才喜上眉梢,你可帮大忙了!大有女人摆摆手,赊给你的,又不是白送。马秋月感激地,赊也是大忙呀。大有女人说,不说这个了,然后略略压低声音,讲了些别的。马秋月目光粘着大有女人的脸,极感兴趣的样子,其实根本没听进去,脑里全飘荡着月饼。

再一个晌午,马秋月赶到供销社,称了二斤红糖。大有摘下账簿,翻开其中一页,让马秋月签字。那一页全是朱光明赊欠的，不同的日期，不同的东西，后面如砖头垒着他的名字，打钩是已还的，空白的自然还欠着，有六七项。马秋月胆怯而犹豫，仿佛卧在纸上的是一条条蛇，随时会跳起来扑咬。大有提醒，可写她的名字，也可写朱光明。马秋月咬咬牙，"马秋月"三个字写得歪歪扭扭。大有合上账簿，说你家光明写得一手好字呀。马秋月脸就烫了，拎了红糖包，低头离开。拐过墙角，她长舒一口气，但那一条条蛇仍在眼前晃荡。

面、糖俱备，只欠麻油。这比赊糖要难，麻油需要借。首先考虑人家有没有，就算有，还要思量肯不肯借，可不可以开口，有没有把握。她在脑里反复拨拉、比较、推敲。公婆那儿肯定不行，她清楚得很。她和朱光明尚且有半斤麻油，公婆的油瓶早就见底了。朱光明的五弟朱光礼去年刚刚成家，也是一屁股债。朱光莲找了婆家，是米庄的，据说家境不错，该是有油的。可朱光莲还没嫁过去，通过朱光莲的关系向她未来的公婆借？可能性是有的，但朱光莲未必肯，就算她肯，公公那一关也过不了。朱光明几个堂叔就更不可能了，她心里有数。那么向亲戚外的邻居借？在豆庄，和马秋月关系最近的两个人，一个是大有女人，一个是麻婆子。刚赊了红糖，尽管是公家，终归是大有女人的面子，再向人家借麻油，马秋月的脸还没厚到那份上。至于麻婆子，除非把她榨了。

如同竹篮捞水，盛上来多少，又漏下去多少。马秋月开始翻检豆庄之外的亲戚，如朱光明大姐，成家多年，底子至少比朱光明朱光礼兄弟俩厚些,想到冯世友讲过的老黄猫故事,又觉得指望不上,去也是白跑。

最后的选项只剩娘家这边了。之所以现在才想起,是因为如果娘家这边走不通,就彻底没路了。娘家是最后的希望,当然要留到最后。

真正盘算起来,希望也是飘摆的,如刚冒出烟囱的烟,遥远而又渺茫。马秋月不打算向母亲张口,至于二姐,也不可能,两口子宁可露腚也不苦嘴,又懒,甭说油了,缸里的水都常常见底。唯一的选项和可能是大姐。母亲常说大姐是精猴子,长了两百个心眼。马秋月和二姐若黑夜回得晚,母亲会惦记,尤其二姐,母亲说就她那馋嘴,半颗糖就哄走了。但大姐回得再晚母亲都不操心。用母亲的话讲,就算碰上鬼,也得被大姐领进井里。大姐生了四个儿子,四张嘴四个窟窿,日子却比同村人过得好。马秋月估摸大姐家有油,但也知道大姐抠门。能不能借上,并没有把握。不管结果如何,必须试试。

借一两斤油而已,马秋月没想到会生出那么多波折。

去大姐家可不是说走就走,正是秋收季,忙得首尾难顾。大姐二姐与马秋月娘家的村庄都靠近马蹄淖,去哪家都得走一整天,来回需要两日。请一天假还有可能,两天就有点悬。但……还是决定试试。马秋月盘算着怎么说武三才肯点头,若他不批,她又该如何请求,是先找武三女人通融,还是直接找武三。为此时常走神,左手割破两次,右脚割伤一次。朱光明问咋能把右脚大姐问,知道别人背后怎么说我吗?马秋月摇头。说我睡觉前,要用笤帚扫牙缝。大姐笑笑,放心,大姐不扫你的。马秋月自然听出意思,大姐这是怕伤着她呢。马秋月既不安又难过,但怪异的是,那句话再次跳出。可能想让老天听到,或许是老天替她说的。她的脑袋有些涨。大姐按按马秋月的肩,借油干啥?说来听听。马秋月几乎不过脑子,打月饼!大姐笑笑,哪来这么硬的腰杆子?!马秋月往边挪了挪,想看着大姐的眼睛,但没等调转头,话如泥石流翻滚,裹混着杂草、树枝、眼泪……她想停止,至少放缓一些,可她无能为力,任凭洪流奔涌。

3

朱光明问了几次,马秋月只一句话,那是我大姐呀!她嘴巴咬得紧,并非和大姐有什么秘密。纵是如此,哪经住朱光明撬?因为她自己记不起了。嘴巴不受控制,那一刻,她被神灵附体。

打了月饼的夜晚,朱光明又问。马秋月恼恼,你烦不烦?甭管咋借的,反正借上了,是我大姐,不是你大姐。朱光明正色道,这句话你说错了,你大姐就是我大姐,我大姐也是你大姐。马秋月不买账,借油的是我大姐!你不谢就算了,翻葫芦倒马勺地问!朱光明笑,谢当然要谢的,就是有点好奇,你大姐……噢,咱姐过日子没比的,如果能把脚印捡起,她也会拾回当柴烧了。你这拿糕粘了的嘴,咋就说动她了?马秋月笑笑,你嘴才让拿糕粘了呢,还嫌我笨?!朱光明说,你可不笨,豆庄谁有你手巧？嘴么……不赶趟有不赶趟的好。马秋月说，你实在想知道，自己找大姐问。朱光明嘻了嘻，跟你没什么不能说的，对吧？跟你说话还要思前想后，那得累死了！不提这事了，商量商量这月饼咋分吧。

马秋月早有准备，且在心里不止一次盘算了，但话从朱光明嘴里出来，她仍有被切割的感觉。她冷了脸，竭力装出凶蛮的样子，我是给孩子打的。朱光明说，我知道。马秋月说，糖是我赊的，油是我借的。朱光明点头，我知道。马秋月说，我白天想夜里盼。朱光明说，我知道。马秋月叫，那凭啥让我分？谁都不给！她转过身，甩给朱光明一个决然僵硬的背影。

朱光明说，你问凭啥，这问题好。若是脑袋进油的糊涂人，绝不会这么问，像二勺他娘那样的，咬住谁都不给就行了，管什么理由外由。可你不是糊涂人。马秋月叫，少给我戴高帽子。

朱光明说，有一说一有二说二，这是戴高帽吗？你不高，戴顶高帽有什么用呢？你本就是明白人，哪里用戴？就是你想装糊涂，也只能装个样子，心里是装不了的。

马秋月更没好气，少来绕我！

朱光明说，你是什么人，这就不用说了。我说为啥分，准确地讲，应该是送。首先我要检讨自己，没帮你半丝半毫，让你一个人东奔西跑，舍下脸求人。我不是不想打，是怕添债呀。有些债不得不欠，有的……就说月饼，少吃一口又能咋的？你呢，不管不顾的，我怕你伤心，就没拦你，由你折腾，说实话，我认为你也就折腾一下，没想到竟然打成了。虽说赊欠要还，能赊出来能借得到，也是本事呀。功劳是你的，论理我没发言权，不该多嘴。不过，是对是错，你要听我说完嘛。

马秋月反问，捂你嘴了？

朱光明说，你是明理人，当然不会，我是怕你生闷气。气是可以生，千万别憋着。先从打月饼的由头说起，灯的舌头能转弯了，你这当娘的高兴。他舌头转弯是因为你带回了月饼，你带回月饼是因为你去了大有家，大有女人给你月饼是因为你给万金送了巧瓜瓜，这都对吧？你为啥要给万金送巧瓜瓜？为啥让两娃少吃也要给万金送？急匆匆地连家也顾不上回就去了？原因你清楚，你认为欠人家的。这不是多重要的债，你把巧瓜瓜带回家，大有女人咋会知道？知道了也不会把你怎样。你先去大有家，是因为你知道什么是礼数，知道什么叫有来有往，情分就是这么变厚的，来而不往，甭说情分了，交道都难打。你懂得，我不多说了，咱讲月饼，讲为啥要送。你若不打，什么事都没有，你打了，甭管费多大劲儿，总归是打了。整个豆庄打得起月饼的没几家，朱家就咱一户，藏不住蒙不住。就算谁都不知道，知道了也不能咋的，可咱要活人呀。

马秋月何尝不明白？只不过她不能像他那样从叶捋到根，再从根追到叶。她一遍一遍地盘算，就是琢磨咋送啊。她自是不舍得，多送一个，朱灯和朱红就少吃一个。可不舍也要送。朱光明的迫不及待让她心疼，她冲他嚷不过是让疼变得轻一些。朱光明那一通说是奏效的，马秋月回转身时，想装凶都不可能了。她说，你这急得，过了这夜，月饼也不会飞了。朱光明瞧着略显疲惫的马秋月，笑笑，我怕自个儿忍不住，半夜起来偷吃，有了主，就不敢惦记了。马秋月哼一声，主在炕上睡着呢。朱光明说，别使性了，再使下去天要亮了，明儿还要干活呢。

熄了灯，两人商量着怎么分送月饼。公婆家人多，至少要三个。朱光礼分门另户，也要一个。朱光明三个亲叔一个亲姑都在豆庄，一家一个。堂叔也有几个，马秋月气恼又乞求地，这么多亲戚，分个远近好不好？朱光明没坚持，说那就不送吧。大有女人帮了忙，武三给了假，各送一个。马秋月掐着指头算，这下十个出去了，总共打了二十个，再给看炉灶的一个，只剩九个。马秋月怕自己算错，让朱光明再算一遍。朱光明说我盘算着呢，没错！马秋月幽幽地，我还以为……没错就好，还有麻婆子呢！朱光明斟酌着，麻婆子可送可不送，平时你常给她带东西。马秋月说，没送她月饼呢，要我自个儿盘算，第一个该送的是她！朱光明笑，你这口气，好像认干娘了。马秋月撞撞他，这你甭管，铁定要送。朱光明说，我又没拦你，送就送么，也该送，再减一个，还剩八个。马秋月说，麻婆子两个。朱光明说，一个吧，意思意思得了，等咱好过了，送几个都成。马秋月坚持两个。朱光明忙道，三个都成，只要你开心。马秋月问，还剩几个？朱光明说，七个，你脑子不转过儿了？马秋月又一阵疼痛，真是不经送呀。朱光明说，还有一个人，不能不送。他声音轻，仿佛怕惊着马秋月。马秋月还是吓了一跳，猛往后撤，似乎这样就可逃离。朱光明抓了她的胳膊，又拽了拽，笑说，炕就这么大，你往哪躲？马秋月紧张地，你是说笑的吧？朱光明说，我知道这比割你的肉还疼，疼也得忍着，这好比——马秋月打断他，少扯吧，我不听了，就是皇帝来也不送了！朱光明恭维，你是明理人，这可不是你的做派。马秋月要拉被子蒙头，无奈朱光明搵得死死的。马秋月气呼呼的，你跟强盗有一拼了，到底谁呀！朱光明说，霍木匠。马秋月吁口气，你的艺不是偷的吗？跟他有什么关系？朱光明说，别的木匠那里是偷的，霍木匠那儿算不上偷，虽说没师徒名分，可论关系，比师徒近百倍。马秋月说，听说霍木匠隔三差五喝酒，哪在乎你一个半个月饼？朱光明说，他家什么日子我比你清楚，喝的不过是辣椒水。马秋月讥讽，你这意思，没你的月饼，他这个十五就过不去了？朱光明说，别这么伤人，霍木匠从没挑过理，就算知道咱打了月饼不送他，也不会说什么。再跟你透个底，霍木匠的招招式式，我都学到手了，从求艺这一点讲，再用不着他。马秋月问，那你还往他家跑？！朱光明说，这个问题好！为啥没用了还往他家跑？因为情谊，因为能说到一处，你说这不重要吗？马秋月声音弱下去，重要也不用非送月饼呀。朱光明说，说得是，如果你不打，自然不用送，咱分明打了，还能装糊涂？马秋月说，那倒是我的不对了？朱光明说，别生气，你打月饼是没错的，我没帮上忙，可也没反对是不？打了就按打了的来。马秋月不甘心，非给不可？朱光明说，麻婆子在你心里有多重，霍木匠在我心里就有多重，你记挂麻婆子，我惦念霍木匠，说到底，咱俩都是有心人，不是一家人不进一家门。马秋月说，拉倒吧，唱啥高调，送一个，两个？朱光明说，当然是两个。马秋月责怪，你低点声！朱光明忙说，好好，我生就高嗓门。马秋月问，还剩几个？我算不过来了。朱光明也算不清似的，顿了顿，说，五个。马秋月问，算对了？朱光明带了歉意，熬夜费心的，饿了吧，要不要掰块月饼给你？马秋月问，我问你算对没？朱光明说，算不错。灯能顺顺溜溜说话，这是大喜，大喜就不能捂着，捂着就不是大喜了。你打月饼图啥？不就图个喜吗？你说呢？

朱光明这一拐弯，马秋月蓄积的酸苦突然决堤，顷刻喷涌而出，心骤然开阔明亮，足可装下一百个太阳。

窗帘的边缘由暗转白，天已经亮了。

4

二姐挺着肚子登门，距中秋还有五天。马秋月刚把朱灯和朱红接回，正要抱柴烧饭，转过身，人高马大的二姐已杵在院里。说是院，其实不过是草皮砌成的轮廓，墙高也就尺半，真正垒就不知猴年马月。

马秋月双手发抖，柴火散落。脑里猛然闪出大姐看见她的那个瞬间。马秋月可没大姐那么镇定，有一点惊喜，更多的是慌张，二姐，你咋来了？二姐蒙了灰尘的大脸盘紧一紧，或是想绷的，但没绷住，突又舒展，似乎马秋月问了多么好笑的问题，咋，我不能来呀！马秋月意识到说错话了，忙道，我是说……显怀了，跑这么远的路……二姐满不在乎，二姐腿长，这算啥？比这远的走上百趟了。马秋月和大姐都是中等个，唯独二姐，用母亲的话说跟骆驼似的，不但高，还壮实。马秋月问，就你自己？二姐笑，嫌人少？你二姐夫要陪，让我拦住了。杵着干啥？等喝西北风呀！马秋月这才低头抱柴，二姐已先她进屋。

马秋月让两娃喊二姨，朱红嘴快，朱灯慢了些，但没因陌生的面孔卡壳。二姐摸摸朱红的头，又捏捏朱灯的脸，粗声道，跟豆芽似的，不知道的，还以为差着岁数呢。马秋月不接二姐的茬，叫二姐歇着，她烧水做饭。二姐说，饿得前胸贴后背的，先切个月饼吧。好像二姐吐出的是一枚长钉，马秋月没提防，整个人被定住，足有十几秒才回过神儿。马秋月很不好意思地冲二姐笑笑，二姐没有丝毫的不安，好像她是主人，马秋月是客人。

马秋月一面暗暗责怪自己，一面摸柜钥匙。钥匙藏在朱光明放铁钉的匣子里，匣子在墙角。以往挺好找的，那日钥匙像水里的鱼，摸了几次才抓到。马秋月未能让两娃吃个够，这几天，朱灯和朱红仅分吃了一个，尚余的四个打算留到中秋日。没想二姐登门，更没想二姐屁股没坐稳就要吃月饼。再吃一个，只剩三个了。

马秋月将月饼切成四份，朱灯、朱红、二姐各一牙儿，另一牙儿想留给朱光萍。虽说给婆家送了，但她和朱光萍交好。朱光萍常过来，还没请她吃过。二姐提醒，我是两个人呢。生怕马秋月不懂，指指自个儿的肚子。马秋月歉疚一笑，给了二姐。

二姐在里屋逗朱灯朱红玩，马秋月在外屋忙活。心里乱得很，像几百只兔子在踢腾。二姐显然有备而来，似乎把她和朱光明的老底摸得一清二楚。马秋月已问过，再问就不妥了，只能等二姐自己说。不过冲二姐刚才的架式，马秋月已猜到大概，心更乱了。

母亲说半颗糖就能把二姐哄走绝不是夸张，确实发生过，在二姐七岁那年，只不过引诱二姐的不是糖。夏日晌午，二姐经过街边的柳树，看到脏兮兮的乞丐在蹭痒，便立住了。柳树没有多么粗壮，根部有几块石头，常有人在那里歇脚。乞丐见二姐立住，便招手，小娃，给我挠挠，痒死了。二姐没动，只是看着。乞丐说，帮我挠挠，给你好吃的。听说有好吃的，二姐的眼便亮了，抿了几次嘴才没让口水流出。乞丐停止蹭痒，从面袋抓出一个黄澄澄的窝头，冲二姐晃晃，说二姐帮他挠挠，就把窝头给她。二姐没有任何犹豫地走过去。乞丐快活得直叫，好舒服呀！二姐挠完，乞丐掰一半给二姐，另一半他自己吃。乞丐没兑现自己的诺言，但二姐不计较，转眼就把半个窝头吞掉，还嗅了嗅手指。或许正是二姐这个动作让乞丐生出邪念，他扫扫周边，没看到一个人。他问二姐还想不想吃，二姐点点头，乞丐说如果二姐跟他走，他保证给二姐一个整窝头，变戏法似的，果然掏出一个，晃了晃，又装进袋子。随后乞丐站起身，拎了袋子和棍子往村口走。二姐没有马上跟,乞丐走了十多步才追上去。出了村,二姐站住了。乞丐回头,叫,走啊!二姐说现在就想吃。乞丐掏出窝头,又晃一下,蹲下身,叫二姐趴他背上,他背她走,边走边吃。二姐没有畏缩,说拿了窝头才会让他背。乞丐说娃娃乖呀,上来!最后的结果是同时进行,二姐抓到窝头,也被乞丐抓到背上。乞丐大步流星,连棍子都扔了,二姐则狼吞虎咽。走出一里多,乞丐慢了些。二姐早把窝头吞进肚里,她没有挣脱,反犯困似的将脸贴在乞丐脖颈处。又走了数百米,二姐说想尿。乞丐将二姐放下,奔这一程,他也累了,或也因紧张,他直喘粗气。二姐着地便往村子的方向跑,乞丐没提防,待起身追赶,二姐已跑出七八米。七岁的二姐有着惊人的奔跑能力,虽然没把乞丐甩掉,但也没让他够着。乞丐也是昏了头,竟然追至村口,被村里人捉住,挨了顿打。二姐也被爹狠狠揍了一顿。那是1948年,兵荒马乱的,若被乞丐拐走,不定什么下场呢,母亲吓坏了。二姐向父亲保证,肯定长记性,但只要见到吃的,什么都不顾了。

八岁那年,村里一户人家办丧事,二姐偷了一个白面贡馍。贡馍落肚,没解馋,反勾出更多馋虫,她再次返回。贡品在棺材前的桌子上,别的娃不敢靠近,二姐一点不惧。只是第二次没那么好的运气,被逮住了,拎送回家。自然少不了挨揍。父亲过意不去,把二姐带到灵棚前,罚跪半日。那家说算了,不和娃计较。父亲一定要罚,不跪够半日绝不领她回家。父亲以为惩治会奏效,至少能挽回些颜面,没料反使二姐有了更佳的机会,连吃两馍。那家再次将二姐送回，父亲不但揍了她，还给自己两个大嘴巴。父亲没对大姐和马秋月动过手，抽打二姐是家常便饭，但未能制服二姐。十一岁，二姐到周边的村庄搜寻，当然不是天天去，去了也不是必定有收获，但十趟至少五趟不落空。进门入户没那么容易，庄稼地是防不住人的。十三岁，二姐敢往镇上跑，十四岁，二姐独自上县城。马秋月至今没入县城半步，二姐来来回回不知多少次了。

到后来，父亲已拿二姐没有丝毫办法，若母亲唠叨或别人说起，父亲就一句话，我马天没这样的闺女，别跟我提她！二姐也有自个儿的规矩，无论走出多远，绝不在外面过夜，多数情况入黑就回了。偶尔晚些，也在家人睡觉前赶回。论脚力，村里的大男人也比不过她。母亲自然更管不住，只要二姐夜里能回家，母亲就阿弥陀佛了。

二姐夜晚没有归家，只发生过一次，在她十五岁的夏日。那天，她到县城后照例先溜一大圈。她常去的几个地方，不外乎饭店、商店、食堂，食堂去得最多。酒厂、醋厂、酱油厂、皮革厂都有食堂，她去皮革厂食堂最多。皮革厂比其他厂大，院墙又矮，进出容易。食堂很少做饭，主要是给职工热饭。饭是各自从家带的，午休时间短，职工都不回家。食堂有两排架子，专用于职工放饭盒，职工进厂先将饭盒放在架子上，中午将热好的饭带回车间吃。食堂的门平时锁着，但窗户没插销。

二姐第一次潜入没挑，揭开相邻的饭盒各抓一些，蹲到角落大口吞咽。第二次揭开的是不同架子的饭盒，也没挑。后来，她不再狼吞虎咽、塞满肚子就走，开始挑拣。即便是最喜欢吃的，她也不忍更不敢吃光。二姐不糟蹋，掉在地上都捡起来放进嘴里，而不是丢回饭盒。挑归挑，却也珍惜。虽不是天天去县城，去了也不一定去皮革厂。在意识深处，二姐把皮革厂当家了，别处寻不到才回那里。但到底去的次数多了，难免留下痕迹。在那个夏日，刚从窗户跳进去，便被保卫科的人捉住。

保卫科没把二姐怎样，厂里的物品没失窃过，就是职工的饭食被偷吃了些。二姐承认吃了，饿得不行，没其他企图。但保卫科也没轻易放走二姐，二姐做了保证后，仍将二姐关到晚上，才通知公社。父亲得知消息，已是第二天清早。父亲不承认二姐是自个儿闺女，可二姐闯了祸，想不承认都不可能。父亲再次抽打二姐，母亲不敢拦，只求别伤着二姐的脸。父亲怒冲冲地，说她哪还有脸！母亲哭叫，抽坏寻不见婆家呀。也许是母亲的话起了作用，二姐遍身伤痕，脸上连个印子也没有。

二姐的婚嫁也与马秋月一样，有那么一点儿传奇。而且，都与父亲有关。母亲认为不过是碰巧了，但父亲并不认可，那不是偶然，而是命定的。

某个夜晚，父亲翻来覆去，怎么也睡不着。不疼不痒，心里也没装什么事，缘何失眠，他自己也搞不清。风刮了一白天，此时仍嗷嗷地叫，像被宰杀的猪。后来父亲穿了衣服，来到外屋，在灶间吸了一袋烟，肚子疼而僵，他揉了揉，并不起效。本想吸完烟就躺回炕上,结果一点睡意都没有了。徒在炕上滚翻,脖子怕要扭成麻花。父亲后来忆起那个夜晚,说他只想去街上走走,没啥目的。到了街上,脚便不由自主地往饲养院去。快至门口,仿佛有沙粒击打到耳朵,可又不像沙粒。沙粒扑到耳朵会疼,父亲耳朵不疼,那东西也没有掉落,而是虫子一样往耳里钻。父亲怔了怔,突然意识到那是声音。风虽然吼得猛,父亲还是辨清了。父亲猫了腰,贴墙慢行。一个黑影正在锯库房的锁,因锯得专注,没有听到身后的动静,直到父亲近前也未察觉。父亲抱腰突摔,就势骑压在黑影背上。黑影奋力挣扎,但父亲压得紧,他根本没有掀翻的可能。明知没有可能,他仍不放弃,父亲就得使出更大的劲。父亲低声警告,再不老实,我喊人了!那人这才乖顺,央求父亲放了他。父亲有些蒙,问你多大了。黑影说十三。果然还是个娃。父亲说若他乖乖听话,不会把他咋的,若他想逃跑,非把他扭送大队。那娃问你说话算话,父亲说当然算。

父亲开了饲养房的门,点燃马灯。细细瘦瘦一个人,窄脸上更是不见肉,似乎不小心骨头就会钻出来。想到刚才的挣扎,父亲不知他怎么有那么大的力气。或是因为父亲做了保证,他并无惧色,只是把半截钢锯条握得紧紧的。父亲问他叫什么,家住哪里,他回答得很痛快。但因为太顺溜,父亲估摸他撒了谎。没偷成,又是这样一个娃,父亲确实没想把他怎样,是真是假,不打算细究。父亲只是有些好奇,说还没出秋呢,你家就没粮了?那娃答分是分了些,原先借人家的,都还了。父亲又问,咋不偷你村，跑这么远？那娃竟龇龇牙，或是想笑的，说兔子不吃窝边草呢，这个我懂。父亲问，就这？那娃说所有的村所有的库房都是两把锁，马营的库房只一把锁。父亲问，你白天来过？那娃点点头。父亲想起白天在饲养房院里瞥见过他。那身影晃一下就没影了，父亲也没在意。虽没放在心上，但总归有些说不清的感觉，想来夜晚失眠多半是因为这个。

父亲审视了一会儿，以长者的口吻说，我放了你，你也要保证，再让我逮住，不会饶你的。那娃声音尚嫩，语气却坚决，以后绝不在马营下手。父亲自然听出他话里的意味，说人要走正道……就算没粮，也不能偷呀。那娃说，不偷，娘就得饿着，我不能看娘饿着呀。父亲一时无语，停了数秒，问，你父亲呢？那娃说，我生下来就没见过他。父亲的目光变得柔和，说你走吧。那娃却不动，父亲以为他没听懂，又说一遍。那娃仍不动。父亲问他，那娃便说了。父亲愣了愣，说好吧，我没往自个儿家拿过任何东西，今儿为你破个例。最后的结果是，父亲给那娃装了半帽兜残豆。

那娃说到做到，再没到过马营。不知怎的，父亲时常想起他，想起瘦脸上那大而外凸的一双眼睛。特别是揍过二姐后，总拿那娃和二姐比。两人同样年龄，不过是性别不同。有时觉得二姐比那娃强多了，虽说好吃，甚至到了不知羞耻的地步，但终究不过填个肚子，算不上贼；有时觉得那娃好，虽说是偷，有碰大狱门子的可能，但他怕老娘挨饿，啥都不顾，这孝心少见。

在脑里晃得时间久了,那张皮包骨的脸变得亲切起来,似乎上辈子就熟悉。但父亲几次经过赵营,从没打听过。他对那娃的话终究有些怀疑,不找权当是真的,他就可以记挂,万一那娃撒了谎,追问就是打自己的脸。一年后,父亲的好奇终是占了上风,专程去了趟赵营,打脸也认了。赵营大半姓赵,杂姓不多,姓曲的只一户,很好找。那娃没骗父亲,确实叫曲风。曲风不在家,父亲没见到,但见到了曲风的老娘。父亲问曲风干吗去了,她也不掩饰,坦坦荡荡,给我弄吃的去了。父亲问曲风几时回来,他老娘说没个准儿,弄上了才回来。父亲问要是弄不上呢。她指着自己并不比曲风肉多的脸,这两腮的肥膘从未掉过,你别说败兴话。父亲哑在那里,竟不知如何回话。

曲风的皮包骨脸几乎长在父亲脑里,想拔都拔不掉。但再未找过曲风,怕见到他甚至怕听到他的消息,自那以后总是绕着赵营走。又过了三年,也是秋日,曲风很突然地出现在父亲面前。他个子高了些,脸仍瘦瘦的,那对眼睛更大了,灯笼似的。父亲既意外又惊喜,又怕自己认错,上上下下打量。曲风喊叔,父亲叫,真是你呀,你咋来了?曲风扬扬手里的土灰色袋子,还叔东西。父亲没反应过来,曲风打开口袋,父亲方明白。父亲又一次验证了自己的判断,曲风有孝心重情义。想到他的营生,父亲冷了脸,说不是借你的,是送的,不用还,还是拿回去给你老娘吃吧。曲风说老娘半年前过世了,又说这不是偷的,是挣来的。父亲不信,问他怎么挣的,曲风便一五一十道来。

将二姐许配给曲风的念头就是在曲风讲述时生出来的。应该比那更早，只不过有些模糊。但在那个秋日，在饲养院，在一跳又一跳的风中，父亲的念头由清晰而生长。父亲迫不及待地问他有没有对象，曲风龇龇牙，愿意嫁我的怕还没出生呢。父亲摇头，你说错了，她和你同年生。父亲介绍了自己的二闺女，异常兴奋地，你俩再合适不过了。

后续有一点阻力，主要是母亲不痛快，但父亲一向说了算，母亲的态度不起作用。更重要的是二姐第一次见就喜欢上了曲风。母亲的不快有一多半是因为二姐。二姐虽说名声在外，嫁个比曲风家境好的还是不成问题。母亲诘问二姐看上他什么了，二姐说他会对我好。母亲问二姐凭啥断定，二姐说嗅出来的。

二姐的感觉是对的，曲风确实对二姐好，可以说把对老娘的心彻底移到了二姐身上。日子好不到哪里，但二姐的嘴是不苦的。或是因为这个，二姐每次生娃，奶水丰足，堵都堵不住。这是母亲的原话。二姐生了三个闺女，现在怀的是第四胎。怀了娃，二姐就更好吃了，故事一大堆，有她自己说的，也有他人讲的。

论理，亲姐姐来，该欢喜的，可马秋月着实高兴不起来，甚至有些发怵，只盼朱光明早点回家。她一个人难以招架。

5

马秋月给二姐做的是纯莜面磨擦擦，即把土豆磨成糊状，再加上莜面搅拌，上锅蒸熟。生的磨擦擦加了莜面，仍然稀软，所以蒸屉上须铺上笼布。马秋月平时做磨擦擦，莜面要混杂豆面或灰菜叶。混拌的东西多，磨擦擦就不筋道了，但省莜面呢。吃饱远比吃好重要。二姐来了，马秋月得让她吃好。就家里所有，马秋月做不出更好的饭食。

磨擦擦要蘸汤吃，汤倒也简单，将咸菜叶切碎再加盐，置深盘中，与磨擦擦一起蒸。铁锅加水，将木架横于锅底，盘搁木架上，再放蒸屉。这顺序无须记的，长脑子就会。那日马秋月心乱，饭蒸熟，揭盖端屉，待取汤盘时，脑子突然空白。汤盘不翼而飞。傻了一会儿，回头去找，汤盘在缸板上，像被遗弃的娃，委屈地瞪着她。虽不是多大问题，但这样的疏忽着实不该，马秋月琢磨如何弥补。二姐在里屋问，熟了没，饿透了！马秋月说熟了。往盘里舀了几勺蒸饭水，用筷子搅拌几分钟，好歹这样了。

咸菜蒸与不蒸是不一样的，马秋月知糊弄不了二姐，边盛汤边检讨自己，说这记性好像让狗叼了，常丢三落四的。二姐目光如箭，咱姐妹里，你记性是最好的。马秋月脸颊发烫，说那是以前，现在不行了。二姐笑，好像七老八十了，这可不是你该说的话，没蒸就没蒸，磨擦擦不生就行……不用等朱光明？马秋月说不用。二姐说，等也是你等，我是要吃了。

二姐边吃边夸马秋月的手艺，面对二姐的盛赞，马秋月歉疚地解释，家里一两白面也没有了——二姐打断她，我知道，都打月饼了么。马秋月如遭重击，碗都端不住了，掩饰地低了头。二姐说，磨擦擦也不赖呀，比咱娘做得好吃，咱娘什么都往里拌，土能吃也要抓一把。马秋月替娘辩解，二姐却不接茬，转问要不要把朱光明的饭先留出来。马秋月说他在外面吃了。

几年时间，朱光明已与霍木匠比肩，好些方面甚至超过霍木匠。其他木匠自然更差远了，但队里的木工活仍是他们干，朱光明伸不上手，除非急赶任务，他被抽出来帮忙。不过，个人家的活计多半找朱光明，而朱光明只能挤时间，晚上或歇工的雨雪日，平时和马秋月一样干农活。朱光明虽然有技术，但捧的不是正式木匠饭碗。个人家不在乎正式不正式，谁干得好请谁。朱光明没时间，他们宁愿等。只管饭不付工钱，当然就是给，朱光明也不敢要。但到底不是简单的帮忙，那些日子好过的人家，会给些东西作为报酬。

二姐似乎没怎么听，没问别的，也没打断马秋月。马秋月停顿了好一阵，二姐才说，好！马秋月愣怔了一下，不知二姐所指为何，这好指的是哪好。二姐继续吃饭，直至放下碗筷，才说朱光明够累的呀。马秋月说，可不是。二姐说，一顿饭就打发了，与白干没啥区别，他顾不上家，你不就累吗？两人都受累，不划算！马秋月说，能省一顿饭，再说——二姐道，这点儿他不如你二姐夫。就讲曲风怎么挣钱。

曲风会磨剪子，会抢菜刀，会盘炕，会垒全坯粮仓。论技术多样性，朱光明也难比。县城有活就在县城，没有就走村串户。他极少挣队里的工分，不知怎么哄住队长的，队长也不管，任由他来去。当然，曲风家庭成分好，这也是一个原因吧。挣了多少

147

钱，马秋月不清楚，只知二姐在家里就可以享口福。若二姐如大姐那般精打细算，砖瓦房怕也盖起来了。曲风挣钱虽多，大半被二姐吃进肚里了。

这些马秋月都知道，没想到的是，曲风还有别的挣钱门路。二姐神秘而不无炫耀地讲完，马秋月吃惊地，这不犯法吧？二姐说，你的东西换别人的东西，他不过当个中间人，不偷不抢，犯啥法？马秋月说，二姐夫脑子够用。二姐得意地，这也有我的功劳，他为给我弄好吃的，挖空心思挣钱。马秋月不由笑了，你这嘴真是没白长。二姐也笑，我上辈子怕是饿死的，不怕和你说，吃起东西来，不光嘴，这浑身上下……比在你二姐夫身底还痛快。马秋月的脸腾地烫了，紧张地瞅瞅玩耍的朱灯和朱红，冲二姐使个央求的眼色。二姐大笑，看把你羞的，他们哪里听得懂？马秋月叫二姐，声音重了些。二姐说，不闲扯了，你猜猜，我咋知道你打了月饼？

兜了半天，终又绕到月饼上。二姐的脸竟有几分严肃，盯住马秋月，像个考官，似乎这是多么重要的问题，马秋月必须认真回答。

马秋月心里发毛，好半天才小心翼翼地，大姐？二姐眼睛荡起几缕笑，一下就猜中了！不过没提你打月饼。你说大姐这个人有意思不？明知我家没油还跑来借。甭说分那么一丁点，就是三五十斤也经不住吃的，她比谁都清楚。你晓得大姐的厉害了吧？她是怕我借。她可真有精神头儿，我就是一滴油没有也不找她，还不是白碰钉子？我问大姐怎么还借油，她说油都借给你了。我就知道你是打月饼。你过得不错呀，我打心眼儿里高兴呢。

马秋月便讲为啥要打月饼。二姐回头瞅瞅已经睡着的朱灯，说那是应该。马秋月又讲打了多少，如何分送的。二姐吃惊不小，分完了？马秋月叹道，跟分完也差不多。二姐满脸失望，我思谋亲妹打了月饼，能吃个够呢！马秋月不安地，他家亲戚多，没办法呀。二姐说，你倒明理！不愧是念过书的。马秋月苦笑。懊恼如云团在二姐的方脸聚拢、碰撞，暴风雨随时要来临似的。马秋月本怀着歉意，可二姐阴云翻涌，她便敛起笑脸。并没有电闪雷鸣，二姐的脸渐渐转晴，话音仍带着责备，讲礼数也没错的，只是为啥只对他家讲，男方的亲戚是亲戚，女方的亲戚就不是亲戚了？不给我送也就罢了，不该不给娘和大姐送呀。马秋月说，不是远吗？二姐说，有多远？牙长的距离！借油咋就不嫌远？马秋月略带气恼，那你说咋办？

二姐似乎被马秋月问住，盯马秋月好一会儿，忽地笑了，不过是逗逗你，瞧你，恼了？马秋月反不好意思，说没有呢。二姐说，没有就好，谁让我是你亲姐呢？亲姐有啥不能说的？马秋月笑笑。二姐说，我确实有点不痛快，不痛快就要说出来，管他对错，绝不在心里藏着掖着，二姐啥性子你知道的。马秋月仍是笑着。二姐说，也怪我，早来几天就好了。马秋月许诺，明年——刚吐两个音就被二姐截断，拉倒吧，今年还没过呢，盘算啥明

149

年？娘惦记你，知道你打了月饼，还打发老五给你送。马秋月羞惭地低下头。二姐说，这一趟我也是替老五跑的。马秋月不解。二姐笑，我把老五截住的，反正我要来。马秋月有些明白了，但仍有一丝困惑。二姐说，路上饿了，想你反正打了，把捎给你的两个月饼吃了。马秋月恍然。二姐问，你不怪二姐吧？马秋月笑着摇摇头。

朱光明回来已经很晚了，没说几句话，便熄灯睡觉。次日一早朱光明前脚起，马秋月后脚便跟出去，将二姐的来意匆匆讲了。朱光明咧了几次嘴。马秋月有些恼，跟你讨主意，你笑啥？朱光明说，你又不是才认识她，她啥人你比我清楚，为啥来也跟你说得明明白白，不是还有三个月饼吗？分着吃就是了。马秋月问，咋分？朱光明说，你看着分呗。马秋月急道，我不知咋办才问你。朱光明说，咋分都对，你二姐，你拿主意，她说归说，不会计较的。马秋月说，二姐可能要住几天。朱光明笑，那就住呗。马秋月说，住是不怕住，就是……朱光明说，吃么，能变花样就变，变不了也没辙儿，咱吃啥她吃啥，有啥愁的？还能把你吃了？这爱吃的人都看得开，就说麻婆子——马秋月气恼地拦住朱光明，麻婆子与二姐咋会一样？朱光明笑，我说麻婆子看得开，没说她别的呀，你急什么？我要说麻婆子也好吃，你是不是要剐了我？马秋月瞪他，朱光明说，爱吃并没错，今儿没工夫，改天好好说道说道。

或是知道麻婆子在马秋月心中的分量，也可能忘记了，后来朱光明再未把麻婆子和二姐并提。他没提，马秋月却忍不住，暗暗将两人放在一起比较，越比差别越大。孟响去世后有那么几年，麻婆子满大街地转，闻谁家的饭香就推门，不顾及别人的白眼。即便如此，马秋月也不认为麻婆子和二姐是一样的人，怎么个不一样，她仍是说不清的。

那天上午，马秋月出工拔胡麻，二姐在家照看朱灯和朱红。胡麻籽用于榨油，胡麻秆绑扫帚，须连根拔，比割费劲多了。几十个人割地，马秋月常是落在最后的那个。她能画会剪，农活却是弱的。但在那个上午，她抢在了前面，体内有万千河流奔涌，好像不拼命拔拽，就会爆裂开。一起干活的人都惊着了，她才知道自己争了先。

中午收工，她往家急赶。进屋先瞅柜锁，小巧的马蹄锁安稳地挂着，马秋月吁口气的同时，内疚也溢出来。不该这么想二姐的，二姐回娘家定是翻箱倒柜，娘说缝里都藏不住，但这是她马秋月的家，二姐怎会没规矩呢？当然，就是二姐做了什么，马秋月也不意外，更没办法。

马秋月去婆家借了两簸箕白面，给二姐烙油饼。团面时抹一层油，烙的时候没舍得放，待饼烙好，往碗里淋了一点油，再添一勺水，倒入锅中烧热后，将烙好的饼如炒菜翻拌，至酥软铲出。二姐问马秋月几时跟大姐学了这招，马秋月说娘不都这么烙么，你不会？二姐说我烙饼要纯油的，香香地吃一顿，要么吃干饼。马秋月说，上顿吃了，下顿也要吃的呀。二姐笑，我没说下顿不吃，先顾上顿再说。马秋月说，只顾上顿，下顿怕就喝西北风了。二姐说，想那么远干啥？给自己找罪受，临到时候，自然就有办法了。马秋月说，你以为谁都有二姐夫的本事？二姐说，他所有的本事都是逼出来的，不是天生的，跟你说吧，天塌了我都不怕，塌有塌的招。马秋月不悦，二姐吃不惯油水烙的饼，我给你搅拿糕吧。二姐佯瞪她，还真把我吓住了，快端吧，饿死了。

二姐住了三个晚上。期间又分食了一个月饼，余下的两个，给二姐带了一个。马秋月为给二姐带几个月饼而伤脑筋，给二姐两个，自留一个，她是不甘的。若自留两个，给二姐一个，又觉得对不住二姐。还是朱光明提醒她，共食一个，剩余的平分。极简单，马秋月愣是没想出来。

中秋节，一家人守着一个月饼，马秋月有些酸。但看着朱灯与朱红你一言我一语，虽不在一个节奏上，但到底能对话了，她的心又有蜜汁滴出来。

但愿，从此……

第六章

1

秋收是抢出来的。

芽苗破土，一春又一夏，至秋孕育，中间要历经九九八十一难。老天翻脸是家常便饭，但最怕秋日翻脸，一场狂风，庄稼的腰杆便有可能折断倒伏，熟透的胡麻籽、小麦粒、莜麦粒常常从娘胎跌出来，豆荚尤其经不得风，性急的自己还往外跑呢，有风摇撼，没个不落的。若再赶上几天阴雨，落地的麦豆就生了芽，侥幸逃过劫难没沾土的则因闷潮霉变。甭说粮食了，秸秆也收不回去。不抢不行，不抢老天就要抢。

所以入秋是最累的，常有夜战。没有谁在意今天几号明天几号，日子只分白天和黑夜，分收与不收。甚至性别也模糊，只在地头有些差别，一边蹲着尿一边站着撒。姑娘小媳妇们会走出几十步，婆娘们连十步也不肯迈的，抢起来，顾不得羞臊。

累也值得呢，都苦苦等着。大人等，孩子等，肠胃等，心肺等，眼里更是藏不住的，仿佛千万只长长短短的铙钩摇摆碰撞，叮当作响。特别是分发时刻，男女老少的呼吸都有着千钧的重量。土豆、萝卜、白菜、青菜、大葱之类的，在田野就分了，莜麦、小麦、胡麻、豌豆、蚕豆、红豆，要拉至场院脱粒碾压后分，自然还有秸秆和皮壳。分配原则主要按人头，能称重的都好分，难分的是没法以斤两论的，须按堆或个数抓阄。要说也公平，看个人运气。也有不痛快，只是有人认，有人不认，如阎三因为一棵白菜和队长理论，没有结果便寻了短见。不可想象，但确确实实发生了，公安还来调查过。那是另一队的事，队长虽没挨身处分，但遍身遭阎三女人的眼泪鼻涕涂抹。他的背运也由此开始，足可写半本书。不过更多人家是欢喜的，一年劳累，终有收获。

分了胡麻的夜晚，马秋月和朱光明吵架了。

比往年多分三斤，意味着至少多榨八两麻油。马秋月粗略算了一下，除了还大姐，还能剩二斤六七两，这个年可以炸一次糕了。她怕自己算错，让朱光明也算一下。朱光明却问，你几时和大姐借的？马秋月没反应过来，问他啥意思。朱光明说，也就两三个月吧，大姐又没催你，隔年的账还在那儿趴着呢。马秋月急了，我借那会儿就和大姐讲秋后还的。朱光明说，你那么讲是没错，也不是诓她，现在有困难。马秋月脑里便闪出那个账本，僵了僵，问，你想把供销社的账清了？朱光明说，事有轻重缓急。愁云漫上脸，马秋月的脑袋沉了许多，撑不住似的半低下来，我不能说话不算数呀。朱光明说，说得没错，要么不应，应了就要兑现，人活在世上，这是最起码的道理。话又说回来，想和做不是一码事，距离远着呢，兑现不了也在所难免，又不是故意的，确实有困难么。马秋月说，大姐肯借是相信我，可……我咋见她？见了她咋有脸说？朱光明说，话是不好讲，不至于比借的时候难吧？马秋月说，当然比借难张嘴！朱光明说，总归是亲姐，失信也有担待，况且又不是不还，晚一年么。马秋月问，你敢保证明年一定能还上？朱光明目光突然粗硬，就像双眼同时生出大树，可拴得住撑得牢马秋月任何疑难，砸锅卖铁也还她！

马秋月更不踏实了，砸了锅，吃生饭呀！朱光明笑，给你吃个秤砣么，不至于的，只会一年比一年好。马秋月喊了声，你讲二百遍了。朱光明说，往好里想，才能走好运，整天揣着别扭，自己就砣住了。马秋月生怕他再扯下去，截住他，商量其他赊欠怎么个还法。朱光明便从篾席下翻出纸本，自己所有借赊的项目、数量、日期都记着，和供销社那个厚厚的账簿一样，后面也打着不同的钩，只不过没签名字。

有些可以用口粮抵，有些比如供销社欠账只能现钱还。盘算下来，马秋月突然间卸了重负，感觉肩上轻了许多。供销社的账差不多能还清，当然裤腰带也要勒得再紧些。马秋月兴奋地说，一天少吃一口就省出来了。朱光明摇头，供销社的账不是一天两天了，再拖一年半载也没啥，再说别人也赊，不只咱欠。马秋月糊涂了，还也是你赊也是你，你这不是撕自个儿的嘴？！朱光明说还一部分，有更要紧的要还。马秋月吃惊而紧张地，还谁？啥时借的？我咋不知道？朱光明笑，咋吓成这样？脸都白了。马秋月叫，管我脸白不脸白，说呀，咋回事？朱光明示意她低声点，不要吵醒朱灯和朱红。马秋月飞快地扫扫熟睡的两娃，然后死死盯住朱光明。她不说话，一团又一团的疑问砸向他。朱光明笑容蜷缩，说来话长——马秋月声音哆嗦，却有着超乎寻常的力度，别绕！朱光明说，霍木匠——马秋月再次打断他，别扯霍木匠，说正事。朱光明说，霍木匠就是正事。

马秋月没想到朱光明欠了这样一笔……"债"，他述说，她发抖，拼全力控制也未能止住。没有剧烈摇晃，而是带着节奏，似乎乘坐着船，随着波浪起伏。难怪他扯那么多，原来真正的意思在这儿藏着呢。

朱光明抓住马秋月的胳膊，脸上既有歉意又有你总该明白了的期望。他努力控制马秋月的摇晃，但没能成功。马秋月的摇晃漫至牙齿和嘴唇，每个字都晕醉着，随时可能跌倒。

给你你就要了？

朱光明半笑着，给我我能不要呀！

我没记错的话，你好几个推刨呢，为什么还要人家的？

朱光明笑得浓了些，你这就外行了，推刨分长刨、短刨、粗刨、细刨、圆刨、槽刨。这是粗分的，细分就更多了，单就线刨说，不下十种呢，各有各的用途。我是置办了一些，置全还差得远呢，甭说没钱，就是有钱也未必搞得到呀。

霍木匠既是送给你,为啥要还?

朱光明的笑如溪水流淌,人家白送,我不能白拿呀。你听麻婆子讲故事,还送鸡蛋月饼、杂七杂八的。礼尚往来嘛。

马秋月说,少扯我,说你呢!

朱光明仍淌着笑,那就说我,正因为送,更要还。买卖是交换,送是情义;人家有情有义,我冰疙瘩一块,咋活人?

马秋月说,就算要还,也不能排大姐前边吧?对霍木匠讲情义,轮到大姐就不讲了?

朱光明的笑断了流,间或蒸腾着水汽,你听我说呀——

马秋月再忍不住,整个人炸裂开,唇青脸白,你只顾你自己!

朱光明也很恼火,我是只顾自己的人吗?

马秋月叫,你就是!!就是!!!

朱光明说,有理不在声高,你别敲锣打鼓的!

马秋月大叫,我就要敲!!她气这笔债,也气朱光明的绕。哪样更轻哪样更重,她是分不清的,也没想去分清。

朱灯和朱红谁先被惊醒的?马秋月和朱光明都没注意,待哭声乍起,两人方折弯目光。其实不用回头,马秋月就知道是朱灯在哭。他的声音没那么响亮,胆怯而小心。朱红则瞪着近乎警惕的眼睛,来来回回地扫视,仿佛琢磨马秋月和朱光明为什么吵架,脸上弥漫着不只想弄明白而且非弄清不可的倔强。直到马秋月抱起朱灯,朱红才哭起来,有着被冷落的委屈和愤怒。马秋月示意朱光明，朱光明立即俯下身。

哄两娃睡着，朱光明还想说的，马秋月转身，再没理他。心里有气，想睡没那么容易。躺了好半天，终于有些睡意，朦胧间，朱灯身子突然抽搐了一下，仿佛要甩开搂揽他的胳膊。马秋月顿时醒了。朱灯哼了几声，渐息渐稳。过了一会儿，又抽搐一下，倒是没再哼哼。马秋月头皮发紧，睡意全无。如果朱灯只抽一次，马秋月也不会当回事，连着两次，马秋月脑子就乱了。胡思乱想之际，朱灯又抽搐一下。仿佛利箭穿身，疼痛蔓延开，马秋月差点叫出声。好在她反应尚快，及时咬住嘴。心悬到半空，怎么扯都落不下来。朱灯没再抽搐，后半夜安安稳稳，但马秋月再不敢合眼，紧张地盯着，直到天亮才迷糊了一小会儿。

吃早饭时，马秋月的目光籀在朱灯身上，没看出异样，她暗舒一口气。

把两娃送至婆婆那儿，马秋月和朱光萍结伴去场院。

粮食已陆续分完，那个上午分的是"余子"。所谓余子即扬场时剔出来混杂了石子和尘土的残麦、残豆，当然也有饱满的麦粒和豆子混于其中。余子不称重，按堆抓阄。堆已拨拉开，只等武三来。武三迟迟不到，一干人站着拉闲话。

就这么个工夫，马秋月又走神了。从后半夜，她便开始检讨自己。朱灯多半是被惊着了，咋就忘了两娃睡着觉呢？大嚷大叫的！就算窝着气，也不该呀！再说朱光明也有他的道理，绕来绕去也不是要骗她，那是他说话的方式，尤其遇到难事时，说到底是怕伤了她。不知不觉，马秋月站到朱光明一边，替他讨伐另一个马秋月。这将成为或者说已然成为她的处世逻辑，明明自己占着理，但翻腾一会儿，就不由自主地为他人着想了。

马秋月云山雾罩，完全忘了自己置身何地，直到朱光萍推她，她才醒过神儿，知道抓阄开始了。一干人挤作一团，仿佛在抢救命药丸。马秋月傻在那里。朱光萍冲至人群边，回下头，见马秋月仍愣怔着，喊，快呀！马秋月这才上前。

武三因事未到场，但捎了口令过来。副队长镇不住场，抓阄变成了哄抢，放阄的帽子被扯掉，又搜来搜去，一半人抓到了，另一半人没抓到。纸团是写全了的，但哄抢中掉落，经众人踩踏，哪儿还有影？副队长气急败坏，骂着粗话，说要重抓，但没人听他的。抓上的径直寻自己的余子堆，没抓的见状也不甘落后。朱光萍倒是挤进去了，没抓到阄不说，一只鞋还被挤掉了。她顾不上寻鞋，赤着一只脚，大喘着粗气奔至马秋月跟前，快点呀，你这个钉子！马秋月这才跟在朱光萍身后，想不到腼腆的朱光萍关键时候倒比她强。

焦兰男人和杨疙瘩已经吵起来。焦兰男人是抓上了的，杨疙瘩没抓着。焦兰男人按号寻见余子堆，但杨疙瘩抢先半步霸占住。焦兰男人说这是他的，有号为证，杨疙瘩说已经乱了套，谁先占住就算谁的。焦兰男人让杨疙瘩找没人要的余子堆，杨疙瘩偏不。杨疙瘩霸道惯了，根本不把焦兰男人放在眼里，双脚插进余子堆，与余子堆共存亡的架势。焦兰男人也是个倔人，非要这

159

堆不可。他怒视着杨疙瘩，问挪还是不挪。杨疙瘩冷笑，说自己不是吓大的。焦兰男人转身抓了把木锨，高高扬起，再问杨疙瘩挪不挪。杨疙瘩没有畏惧，反往前伸颈，你砍呀，我他妈不是吓大的。有人扯拽焦兰男人，被焦兰男人甩开。他三问杨疙瘩挪不挪，杨疙瘩头更低了些，叫，有种你砍了我的头。伴着怒吼，木锨凌空劈落。杨疙瘩惨叫一声，直挺挺倒下去。若是铁锨，杨疙瘩的脑袋没准就搬家了。

马秋月哪见过这阵势，加之未眠，身子本就虚飘，眼前突然一黑……

2

霍木匠没艺可授了，但朱光明仍往霍木匠那儿跑，只不过没那么频了，半月二十天去一趟。两人说说话，探讨一些生计之外的问题。霍木匠其实是个话多的人，只是如他所言，碰上对脾气又信得过的，才愿讲敢讲。

霍木匠讲得最多的是他和父亲盖屋、造祠及做精巧家具的经历和过程。这其中大半是他父亲的，少半是他自己的。万全城的单檐九脊顶戏楼怎么建的，霍木匠讲了四次，倒不是他忘记了重复，而是朱光明好奇，每次关注的点不同。蔚县戏楼多，有八百庄堡八百戏楼之说。并非一种样式，有一面观戏楼、两面观戏楼、三面观戏楼、穿心戏楼、姊妹戏楼、排子戏楼、双棒戏楼、灯影台戏楼、庭院戏楼、坐台戏楼等。自然戏楼的顶也是不同的，有歇山顶、硬山顶、卷棚顶等。大半是清朝建成的，有两座民国年间失火被毁，重建时霍父是木工活的领头。村村堡堡的戏楼霍父转遍了，别人看不懂，他是精通的，记性又好，那几百座戏楼的样式、结构全在脑里装着，所以重建的活只有他敢接。两座戏楼依原样建成后，霍父声名远扬。万全城最有钱的董家将霍父请去，让霍父建一座九脊顶戏楼。董家兄弟九人，都是做生意的，九脊既有兄弟同心之意，又有买卖兴盛之寄。霍父见过的戏楼虽多，但没有单檐九脊的。霍父没被难倒，琢磨了两天，便画出草图。董家老大看过，当场拍板。两年后，戏楼落成，霍父更风光了，但祸灾也就此埋下。先是被土匪劫了一次，后被诬告吃了场官司。霍父带家人北逃，不只因战乱和饥荒，和那场官司也有关系。话题就这样转到镇物上。

　　镇物，朱光明也听说过，怎么下，下了什么样的，因为什么下，被下镇物的人家发生了什么蹊跷古怪的事，又如何破解的等等。但朱光明从未见过下镇物者，也从未认识被下镇物者。没被验证，那就是个传说，如麻婆子所讲的故事，多半是编出来的。霍木匠算是最接近这个传说的人，最有资格说，至少在豆庄没有谁比霍木匠更权威。

　　朱光明问霍木匠相不相信镇物说，霍木匠笑笑，说他也问过父亲类似的问题。镇物有没有讲得那么邪乎？被下了镇物就灾祸不断？霍父讲不上来，他没下过，也是听说。霍父在拆旧房时，确实拆出过木剑，没敢声张，悄悄扔掉了。因为就他所知，那家没什么大灾大难，拆旧是为了建新。本来没什么事，如果将木剑交给主家，主家心里定然别扭，说不准还有别的麻烦。就此来讲，镇物是存在的，揣有邪念的人下了镇物，但被下者是否走背运，其实说不准的。霍父去世前几天，将霍木匠叫至身边，将平时的告诫再次叮嘱，说当木匠心正是首要的，手艺是次要的，甭管受多大委屈，有多少仇恨，也绝不能下镇物，真那样做，害的只能是自己。

霍木匠讲了一桩霍父讲下镇者如何遭报应的事，末了问朱光明怎么看待镇物。朱光明说也信也不信。霍木匠询问地望着朱光明，朱光明沉吟着，依我看，镇物就是量心的秤，心正自然是不信的，不信就不存在；若生出邪念，自然就信了。霍木匠眼睛闪亮，说得好！你还真是有见识的，比我看得透。朱光明忙说，哪里，你没直说，可你想告诉我的不就是这个吗？霍木匠笑笑，你自己悟透了，才是真正地明白，我不过领你跨个门槛。朱光明说，这一步关键呀。霍木匠叹口气，说世人还是相信镇物的多，所以才传得那么邪乎。朱光明说，多半是害怕吧？霍木匠点头，当然喽，旧时干活，主家给工钱，还好吃好喝招待，为啥？以心换心！其实，得罪木匠也不会咋的，可不怕一万就怕万一，若木匠生出歪念呢？这就是宁可信其有不可信其无，若我是雇主，也信。所以，要当个好木匠，光有技艺不行，人家拿心换心，咱得把心交出去。交心不易，没有修为是做不到的。

又一日，霍木匠问朱光明知道二十八星宿不，朱光明摇头。

霍木匠说古人为观天象搞出来的，按方位分东南西北四宫，每宫七宿。随后在纸上写了，递给朱光明。朱光明既好奇又兴奋，仿佛霍木匠将真的星星摘了下来。东方七宿为角木蛟、亢金龙、氐土貉、房日兔、心月狐、尾火虎、箕水豹；西方七宿为奎木狼、娄金狗、胃土雉、昴日鸡、毕月乌、觜火猴、参水猿；南方七宿为井木犴、鬼金羊、柳土獐、星日马、张月鹿、翼火蛇、轸水蚓；北方七宿为斗木獬、水金牛、女土蝠、虚日鼠、危月燕、室火猪、壁水貐。

朱光明看了两遍，好半天才发出惊叹，你懂的可真多。霍木匠摆手，我也就懂个皮毛，离真正的懂差得远呢，后人演绎，刘秀手下二十八员大将系二十八星宿下凡，比如邓禹是角木蛟，吴汉是亢金龙。在木工行中，还流传着另一种说法，二十八星宿来人间走了一遭，不光帮刘秀打了天下，还各自削发，以发化魂，附在木工工具上，如墨斗是鬼金羊王霸，斧头是娄金狗刘隆。霍木匠娓娓道来，仿佛那一个个名字不是刻在脑里，而是在舌尖埋伏着。

也就是你了，换了别人，我是不敢提的。霍木匠神色有些落寞，好像暖春突然转至深秋，其实知道这些，也没什么大用的。朱光明说，谁说没用？我都记住了。霍木匠点头，你天分好，跟你，我不说虚的。噢，该我问你了。朱光明怔了怔，我不懂呀。霍木匠直视着朱光明，你信，还是不信？……说真话！朱光明带着几分小心，斟酌着，星宿看得见，容不得怀疑，太高深了，不

163

敢乱说，不过下凡和化魂为木匠工具，多半是后人编的吧。霍木匠再问，你觉得没意思？朱光明没有任何迟疑，有啊！工具箱装着二十八星宿，相当于把天空背在了背上，这分明是神仙啊。朱光明意识到自己放肆了，但不想遮掩，那确实是他心里的话。霍木匠击掌，这就对了。我第一次听到这个说法，兴奋得半宿没睡，跟你的感觉差不多，把星宿和木匠工具扯上关系的，绝对是高人。朱光明笑，八成是个木匠，没准真成仙了呢。霍木匠也笑笑，成仙也该，这说法里藏着大道理呢。木匠器具先用什么后用什么，表面是顺序，往深里讲，是告诉你如何趋吉避凶。比如这斗木獬是斧子，任何木头他先试，这觜火猴是推刨，他走过就万事大吉。如果上来就用推刨，那就是个瞎木匠。知道先用什么后用什么，也就是个木匠，能悟出其中的道理就不仅仅是木匠了。

仿佛一缕光照进暗室，朱光明豁然敞亮。师傅，谢谢你呀。霍木匠淡然摆手，没必要谢我，要谢就谢你自个儿，是你聪慧，换作别人，凿一百下也不开窍。朱光明感慨地，我以为自己学成了呢，若翻不清这个理，干一辈子也是半个木匠。霍木匠说，论手艺，你早超我了。朱光明想起自己的得意，羞赧地，甭那么说，和您差得远呢。霍木匠龇龇牙，不受夸，这是实话么。朱光明拱拱手。

霍木匠端起白瓷碗咕咚了几口，喝得快，有一绺从嘴角淌至下巴，他随便一抹，自嘲地，若酒像水一样从地底打出来就好了。朱光明笑笑，没准有那么一天呢。霍木匠说，明知空想，揣这么个空念头,也能高兴一阵,是不是?朱光明说,是这样。

霍木匠脸色转过来,如早春的大地,生机葱郁。趋吉避凶,咱木工行是这样,别的行也这样,人活着不就图个吉吗?朱光明连连点头。

霍木匠意犹未尽,历朝历代,皇帝也好,百姓也罢,谁不是这样呢?只不过各自认同的吉不同,奔着吉去的法式不同。书生的吉是中举,中了状元就是大吉;农民的吉是年景,丰收就是吉;那些当官的、大财主盖屋建宅,门窗墙壁都要雕蝙蝠、猴子、马羊、石榴、牡丹之类,为啥?求其寓意,马上封侯、多子多福、三羊开泰、岁岁平安,恨不得把天下的福都揽到自家,实实在在享用,图的就是吉呀。庄稼人盖不起高屋大宅,但也有自己的法子,上屋脊檩,檩上贴副红对联,旧时写太公在此,诸神退位,现时写祥光普照,福降人间。儿女取名字,也不是随随便便,你叫光明,自然盼的是前程,叫有财的,指望着家财万贯。娶妻嫁女,都要择六九日子。归根结底,都是冲着吉去的。别的活物也是如此,鸟搭窝,知道择在高处,不然逢上涝雨,窝就淹了;兔挖洞,懂得留两个出口,一个堵了,另一个还可逃生。

朱光明本想插嘴,可霍木匠几乎没有间隙和停顿,那一席话宛若看不出榫卯的家具,光滑完整,一根针都塞不进去。朱光明有些不甘,他是有话瘾的,滔滔不绝是强项,固然为说服别人,也因享受那种感觉。不过,他不得不承认,霍木匠的话让他的耳朵脑子都过足了瘾。

霍妻不参与两人说话，在她的理念中，什么都没有当前的事重要。若当前的事解决不了，把太阳月亮扯下来也没用。所以朱光明和霍木匠聊上，她就走开了。她更乐意单独和朱光明说话。朱光明给她出了"主意"，霍木匠将迁坟的事搁置，她对朱光明很是信任。坟现在没迁，不意味着日后不迁，霍木匠放不下，她的心病就除不了。她每次和朱光明说话，有一项内容是不变的，让朱光明劝霍木匠。朱光明虚应着，但不敢把话说死。一趟趟来，不聊家事是不可能的，但到底是人家的事，朱光明知道深浅。

霍木匠老家修水库，祖坟在圈定的范围，需要迁走。霍木匠所说的现成理由就是这个，祖坟都得迁，霍母闻言就不再闹了。后来，老家传来信，水库改坝，祖坟不用动了。霍木匠没将消息告知母亲，想等母亲百年后与父亲的棺木一起迁回。今年夏天霍母去世，却不得不就地安葬，缘由嘛，当然是有的。霍木匠没有熄念，打算三年后再将父母的骨殖迁回老家。

霍木匠和朱光明也曾说起，只是探讨别的问题，霍木匠神采飞扬，见识非凡，如神仙附体，而说到家事，就突然被乱麻捆缚，怎么扯也扯不开，烦恼、委顿、无奈。那时，朱光明就是主角了，绞尽脑汁开导霍木匠。

3

那天上午，朱光明原本是去武大家干活的。武大在粮库值夜，傍黑去，黎明回，在他家干活只能白日。自然需要武三点头，武三不仅同意，还允诺找机会给朱光明记上工分。武大照样管饭，这就是当木匠的好了。朱光明尽心尽力，他是号令二十八星宿的人，每每想及，思绪飘飞，才不会计较曾经的憋屈、污辱和伤害呢。在烂泥里翻滚有什么好？翻滚越狠，污垢越多。

但那个早上武大没回来，和武大女人招呼一声，朱光明借口有事，转身往霍木匠家去。十余日没见霍木匠了。马秋月痴迷麻婆子，朱光明为霍木匠吸引，均可废寝忘食，如此相像的两口子，豆庄再找不出第二对。细究起来，两人又是不同的，至少朱光明是这么认为的，故事不过是薄雾，也就是看看，摸不着的；霍木匠所讲木工的技与道，可落到实处。两天前，朱光明画了一张九脊顶戏楼草图，也想让霍木匠过目。朱光明还萌生了另一个念头，并为此兴奋，可能永无霍父那样的机会和运气，但可以造一个微缩九脊顶戏楼，放家里当摆设。

与马秋月拌嘴没有影响到朱光明的情绪，深秋的田野灰黄光秃，他的脸却反季节地流溢着春风。昨夜未能说服马秋月，今晚总可以，今晚不能说服，那就明晚。朱光明是自信的，尽管有一点儿心疼，但必须这么做。从霍木匠那儿收获甚多，怎么也得有所表示，不然没脸登门。霍木匠未必计较，有个他敢说且能听懂的人，他也高兴。但朱光明在乎。

霍木匠两口子正从场院往院里背小麦秸和豆秧。莜麦秸柔软光洁，还有香味，所以莜麦秸不分，从场院直接移到饲养院，用铡刀铡碎。于牲畜而言，是仅次于青草的饲料。牛马不吃小麦秸和豆秧，更不吃胡麻柴，分给各家各户引火烧饭。

朱光明从霍妻手里抓过绳子，与霍木匠来回三趟，背负完毕。霍妻烧水，霍木匠扯过烟袋，又寻卷烟纸。朱光明掏出武大买给他的大境门，说抽这个。霍木匠哟了声，说这烟得用票买吧。朱光明讲正给武大做折叠板凳。霍木匠说，在咱豆庄，啥活都难不住你了。朱光明说，找上门，我就想试试。霍木匠赞许地，艺高人胆大。朱光明摆手，初生牛犊。

朱光明正要掏图纸，朱光萍找来，气喘吁吁地，朱光明立刻想到马秋月，心直沉下去。

朱光明赶回家，马秋月已在炕上躺一会儿了。倒地那刻并没有失去知觉，而是坠入另一个世界。满天满地的云雾，一波一波的浪涌，没有边界没有尽头。她想从迷雾中走出，走到一个晶莹剔透呼吸顺畅的地界，但深一脚浅一脚，一程又一程，仍是疙疙瘩瘩的雾，柔软又结实。她看不到雾外的人，却能听到他们长长短短的话音，还能辨出朱光萍急慌的喊叫，似乎距她几步之遥。她也奇怪，明明不远，为啥总是走不到？她比朱光萍更急，双臂挥舞。雾渐渐黏稠，她意识到自己正在成为雾的一部分，每次试图回应朱光萍，吐出的都是各种形状的雾。她渐行渐缓，双脚彻底被融化时，突然听到朱灯的哭声。那时，抬她的人刚好进屋。

马秋月的脸恢复了血色，零乱的头发也被朱红的小手梳理得整齐。朱光明扑进来，抓住马秋月的手，问她还晕不晕了。马秋月轻声道好些了,欲抽手,朱光明反握紧了。她气恼地瞪他,他故意装出困惑的样子,这不挺厉害嘛,咋别人打架,你还吓晕了呢?马秋月笑了,满脸羞涩,你不知道——朱光明说,我确实不知道,不然不会让你去的。她说,昨儿没睡好。朱光明说,这要怪我,不该半夜说事,可……若夜里不说,就得白天说,白天忙呀!以后尽量白天说,若白天顾不上,又是当紧事,那还得夜里说,但咱得立个规矩——马秋月叫,别绕了,我又晕了!朱光明刹住,不讲了,你安生躺着。马秋月说,我想好了,先给霍木匠。朱光明凝视着马秋月,确信马秋月说的不是气话,歉疚道,我就知道你会想通的!大姐那儿我和她说。马秋月呛他,你算老几?那是我大姐!朱光明说,那自然好,到时候你把所有责任推我身上,明年多还她半斤。马秋月没吱声,怅怅地想,大姐也有大姐的难啊。

一夜风雨,树枝萧疏,天骤然转冷。马秋月找出棉袄,让两娃穿。朱红极利落地解开盘扣,穿套上身。没等马秋月示意,她便张开胳膊转了个圈。马秋月赞许地点点头。出冬才改做的,半年工夫,竟然显瘦小了。再瞅朱灯,尚未把扣子解完。他皱着眉,仿佛那是多么复杂的疙瘩。朱红见马秋月注视着朱灯,立即蹲下帮他解开。还要帮朱灯穿,马秋月说让他自己穿。朱红便站起身。朱灯套进一只胳膊,另一只却伸不进去。马秋月终是忍不住,从侧面提起袖子,抓了他的胳膊。朱红虽不像万金那样胖嘟嘟的,但瓷实匀称,是健壮的;朱灯本就先天不足,发育又慢,个头没法与朱红比,身架更是,瘦而薄,仿佛没有任何重量,轻轻一吹就会飘起来。马秋月常自觉不自觉地抓他的手摸他的肩,这寻常的动作其实藏着担心。比如现在,她抓朱灯的胳膊,确实是想帮他穿衣,同时又想验证什么。瘦虽瘦,到底是有力气的,穿好朱灯便挣脱开,往后一步,学着朱红的样子旋转了一圈。还算合身,略有些肥。马秋月笑着点头,朱灯又转了一圈。马秋月问,暖不暖和?朱灯没有任何迟疑地,暖和。笑从马秋月眼底漫出,如鲜花盛开。瘦就瘦吧,笨就笨吧,迟钝就迟钝吧,只要没灾没难,都不算什么。她慰藉着自己,心更敞亮了些。

马秋月心思全在朱灯身上,没注意朱红什么时候下了炕,待朱灯叫朱红,马秋月方扭头。朱红已爬上凳子,又从凳子攀上柜顶。马秋月以为朱红要拿东西,但朱红什么都没拿,坐在柜沿,双脚一踢一踢的。马秋月稍一迟疑,随即明白,朱红感觉受了冷落。也许早就感受到了,但从未以这种近乎反叛的方式引起马秋月注意。朱红眼里并没有愤怒,甚至委屈也觅不到,但那毛茸茸的目光分明又含着内容。马秋月暗暗心惊,顿了数秒,方喝令她下来。朱红怵了,挪了挪,又不甘心地停住,与马秋月对视着,有试探的意味,又不乏讨好的成分。朱灯嚷着也要上柜,马秋月再喝一声,朱红没有迟疑,迅速下挪。马秋月怕她摔着,夹腰抱住,放在炕沿。朱红眼里闪射着终于得逞的兴奋。人小心大,马秋月看看她,再瞧瞧朱灯,不安又蠢蠢欲动了。

马秋月本想告诉朱光明,但他进屋,她却不愿提了。到底是她的胡思乱想，他肯定会说她小题大做。其实，她也认可他的说法，或者说，她始终在说服自己认可。她太想认可了。

认可，那就不提了吧。

所以，出嘴的是另一桩心事，她想去趟大姐家。她失了信，话要早点递过去才好。朱光明劝她稍晚些，等朱光莲出聘了再去。朱光莲的婚事定于十一月中旬，日子几个月前就择好了，依豆庄礼仪，马秋月作为嫂子，须去"送亲"。送亲团共三人，另外两人初定为朱光明的舅舅和姐夫。另需一压喜车的娃，不需要拟定，不是朱红就是朱灯。这些马秋月都知道。距出聘还有二十余日呢，去大姐家最多三日，绝对误不了的。朱光明显然清楚马秋月咋想的，说朱光莲的婚事可能得提前。马秋月有些吃惊，忙问出了啥事？朱光明笑，瞧你大惊小怪的，能出啥事？马秋月盯着朱光明，可朱光明风摇芦荡，根本看不透。又想，或许确实没出啥事，不然朱光萍定会知道，早就透露了。马秋月和朱光萍多次谈过朱光莲的婚事。到底有些蹊跷，马秋月追问，择那个日子不是还找了人吗？说改就改？朱光明说，三六九都是吉日。马秋月问，爹要改，还是男方？朱光明朗笑，不搞清楚你今儿怕是没法睡觉了。随后讲朱光莲女婿的姑姑如何如何，她有个三长两短，婚事就要拖到一年后了。

马秋月叹道，赶这么个节骨眼儿。朱光明说，可不是呢，世事难料，计划没有变化大。马秋月不满，你还不说，这有啥不能说的？朱光明说，这也不是什么事儿，你没必要知道得这么细。

171

马秋月哼了声,旁人的事我才不想知道呢。朱光明笑笑,麻婆子讲那些和你有啥关系?你不逮空就往那边跑?马秋月一时语塞,顿了顿,带了些气,我关心光莲有错了?朱光明忙说,没错,没错……不是怕你操心吗?你还真是操心的命。马秋月没好气,谁像你,好像自个儿妹子讨了啥彩,笑这么响,你不怕光莲听见怪你?朱光明说,不懂了吧?提前是好事呀,肖家日子比咱好多了,你以为光莲不盼?若由着她,春夏就嫁了,还非等到草枯?马秋月一琢磨,确实如此。又问改到哪天了。朱光明说明天媒人过来议定,越早越好吧。

次日,朱光萍过来也说了,她也是昨晚才知道。听说媒人已经上门,马秋月估摸着最晚中午就能确定。朱光莲乐意嫁,男方着急娶,所谓的商定不过是礼数,不会有其他争执。马秋月揣测,公婆也乐意朱光莲早些嫁过去,口粮才分了,朱光莲出嫁,就少了一张嘴。男方家殷实,朱光莲断不会把自己那份带走。离得又近,想几时回来就几时回来,不像自己,回趟娘家,紧赶慢赶也得一整天。这么想着,未免伤感,幽幽地叹口气。

朱光萍问马秋月怎么了,马秋月略显慌张,说挺舍不得光莲的。一半是遮掩,一半是事实。在整个豆庄,朱光莲是最爱笑的,而且声音特别,如银铃碰撞,又如珠玉落盘。马秋月顶喜欢听朱光莲笑。朱光萍说,我也是,夜里做梦都扯她袖子,说是近,也不能天天见面了,不过我也为二姐高兴,她当真是个有福的。马秋月说,下一个嫁的就是你了,你也找个光莲那样的。朱光萍红了脸，说我哪有二姐那样的福气呢，二姐也比我长得俊。马秋月说，各人各眼，你也好看，不管啥人提亲，相不中就甭点头。朱光萍说，相不相的也就是说说，老天爷早就定好了，像你和四哥，谁相谁来？那匹枣红马咋不去别地儿，偏往豆庄跑？就为给你和四哥牵线呀！马秋月没想朱光萍说出这样一番话，愣怔了半晌，一时不知如何回应。朱光萍盯住她，你敢说不是？她鲜有的斗鸡架式，似乎非较这个真不可。马秋月只好顺着她，你说是就是吧。朱光萍更进一步，不是我说，别人也这么认为！……哎，你带谁压喜车？转得突然，马秋月被撞着，竟有些晕。

4

朱光莲的喜事，马秋月却有些犯愁。不知带谁压喜车。不是多么重要的事，只要孩娃就可以，有的十五六岁还压车。无论娶方的嫁方的，都要给压车的娃喜钱，数目自然视各方的家境定。有的娃顽皮，赖着不下车，东家就得再掏腰包。不下车的多是女方这边，男方的娃一般不会生波折。娃不下车，从形式上说娶亲尚未结束，就这一点而言，小小的环节，关涉甚多，图的不就是顺利圆满吗？再说娃在车上赖着，东家脸也不好看。

与其他礼仪比，终究是轻的，不会摆在台面上说，马秋月愿意带谁就带谁。对他人来讲是小事情，于马秋月则是大事，若带朱红，就得把朱灯丢在家里，她是不忍的；若带朱灯，就得把朱红留在家里。朱红皮实，她无须太担忧，可想到朱红坐在柜顶跷腿挑衅的神情，马秋月又感到难以言说的不安和紧张。朱红的表现和她的年龄不相称呢。

马秋月私下问婆婆有什么讲究。所谓的讲究不仅包括习俗，还涵盖了礼俗以外的说法，有的可言说有的只可意会。比如娶亲要"去单回双"，女方这边包括新娘在内必须是单数。比如婚礼三日后夫妻要回女方娘家，叫"回三"。若婆婆说压喜车的只能是男娃，或只可是女娃，马秋月都会踏实。但婆婆一句没听说就打发了她。马秋月还欲再问，婆婆已忙别的去了。马秋月略有不满，如果是自个儿的娘，定不会这么潦草。不过话说回来，也怪不着婆婆，婆婆说得够清楚了。

日期越近，马秋月越纠结。直到朱光莲出嫁的头一晚，终于打定主意。她叮嘱朱光萍，迎亲车一到，就把朱红抱走。朱光萍说，都跑上门看热闹呢，你倒要把红抱走。马秋月说怕朱红哭闹，虽说是娃，这个点儿哭闹也不好。朱光萍应了，却又补充，我也想看呢。马秋月笑笑，多大的人了，还瞧热闹？再过两年，瞧自个儿的吧。朱光萍红了脸，不无向往又带了些许失落，赶上二姐一半的福就够了。

朱光萍、朱光枝结婚都将由马秋月送亲，每次马秋月都会想起朱光萍那晚的话，单就娶亲的排场，姊妹俩包括马秋月，都比朱光莲差远了，可谓寒酸。依朱光莲婆家的意思，要三套马车迎娶，公公朱全不同意。他这样的身份，断不敢张扬。纵然低调，公公仍惹了不少麻烦，并波及马秋月。这又是后话了。

正日子清早,马秋月被喜鹊的叫声吵醒,心想光莲果然福厚。往常也会听到,不像今天这么欢快,也无今天这般响亮,比赛似的,少说也有五六只。她爬起来,没顾上掏灶灰,先开门瞅。风静天蓝,空气清冽。喜鹊立在婆婆家墙侧的杨树杈上,有一只在房屋脊顶,头冲树杈,似乎发现了什么秘密,急欲告知同伴,叫得格外脆。喜鹊是窗花的主角,每年冬日,她不知要画剪多少次,平日里也常观察喜鹊,但在那早上,她有着初见的好奇和惊讶,凝望了好一会儿。

饭是在婆婆家吃的,比较简单,撤了碗筷,把准备好的点心摆到炕上。点心是肖家送过来的,麻纸外捆成十字的绳结尚完好,但香气是裹不住的。朱灯和朱红定定地盯着,不同的是朱红抿紧了嘴,朱灯半张着。朱光莲见状,欲解绳,婆婆说一会儿吧。朱光莲缩回手,脆笑道,忍着点啊,一会儿让你们吃个够。爆竹声起,娶亲车进村了。婆婆解了麻绳,是滚了白糖的江米条和黄澄澄的八角。

马秋月冲朱光萍使眼色,朱光萍当即抱起朱红。朱红马上明白了,又踢又蹬。朱光萍迈不开步,朱光莲抓了八角塞朱红手里,朱红反闹得更凶了。马秋月推着朱光萍出屋,直到院门口。朱红一路哭叫,好半天声音才消隐。

一切有序进行。娶亲的人进屋,喝水,象征性地吃点心,新娘上车。娶亲车不走原路,来时绕了弯,回程便可走最近的路。马秋月、朱光莲、朱灯和男方来娶亲的妇女及压喜车的娃同坐于车中，娶亲和送亲的男性步行尾随。

风是塞外大地的常客，四季各有特点。这个季节更是喜怒难料，前一刻偃旗息鼓，打盹犯困，后一刻便舞枪弄棒，张牙舞爪。那个日子极罕见，半上午了，竟没有一丝风，路边的枯蒿、野草直竖着细腰。天空蔚蓝，日头粉红，坐的、走的都是浑身光亮。

马秋月脸上挂着笑，心里却绾结着疙瘩。只能带一个，这不由她。带朱灯有更多的理由，甚至可以说，这也不由她，但必须这么做。不就压个喜车吗？待光萍出嫁带朱红就是，她不停地劝说自己。朱红刺耳的哭叫声一直萦绕，仿佛长了四蹄，奔跑着追在身后。马秋月心里阵阵抽缩，疙瘩没能解开，反更大更紧了。

中午前，娶亲车停在肖家院门口。

马秋月享受着从未有过的、称得上隆重的礼遇。她、朱灯、朱光莲和男方两位陪亲单独一屋，两位陪亲中的一位是那个娶亲的妇女，是朱光莲女婿的婶婶。论辈分，马秋月自然也该叫婶，可那婶极客气，倒像马秋月大了她一辈。另一个陪亲的是朱光莲女婿的堂姐，更是万分恭敬。

先是茶点，六盘分别是：江米条、八角、炸果蛋、炸麻叶、糖块、瓜子。糖块尤其亮丽，或暗红底浅灰点，或浅碧底深红纹，或半粉半黄，或半红半紫，像一堆蝴蝶聚在一起，又随时会展翅远飞。那婶抓了一把，塞朱灯兜里。然后是正席，共八个菜：趴肉条、肉丸子、猪皮冻、猪耳朵、炖黄花、炒蘑菇、炒蕨菜、豆腐炖粉条。主食是油炸糕和白馒头。那婶特意强调，糕面用的黄米是从蔚县弄回的。

马秋月知道朱光莲婆家家境好,但还是超出了她的想象。她的日子清汤寡水,滴几滴油都要盘算半天,不只她,豆庄大半人家都如此,个别人家比如大有,日子好过,似乎也没好到这个程度。再一想,也就是婚宴了,肖家平时断不会这么铺张。但即便是婚宴,马秋月也没听谁家六盘八碗地上,更没亲见过。倒是听麻婆子讲过,清朝有位县太爷,极其好吃,单丸子就够绕的,什么红丸子、白丸子、金丸子、南煎丸子、四喜丸子、三鲜丸子、鲜虾丸子、鱼脯丸子、白菜丸子、豆腐丸子。若加上其他的菜,如炒蹄筋、炒肝尖、炒肺片、炒心瓣、酱汁鲫鱼、清蒸鲤鱼之类,少说也有一二百种。麻婆子讲得上来,那些人没一个能记全。花样虽多,到底是另一个世界,与豆庄无关。肖家的宴席马秋月可是亲临亲见。朱光莲女婿是独子,上面四个姐姐,都在城里工作,唯他在村里。四个姐姐肯定都出了力,如此排场也属正常。

中间,朱光莲女婿肖东流进来敬酒。肖东流中等个,圆脸,细眉,长睫毛,大眼睛,生就的女相。据说男生女相定有福气,肖东流该验证了这个说法。风吹日晒,塞外的男人十七八岁脸就成了褐色,差别在于有的深些有的浅些,相较之下,肖东流的肤色可谓白皙。性格也和善,不急不躁的。

朱光莲和肖东流的相识也极偶然。肖东流陪同伴到豆庄借农具,两人拐过街角,突然听到银铃般的笑声。笑得再脆再好听,也就是笑而已,同伴并没有特别反应,肖东流当即止步,似乎瞬间被勾了魂。同伴不知何故,问是不是丢了东西,肖东流不吱声,就那么定着。同伴碰他,肖东流醒过神儿,未和同伴说话,转身返回。转过街角,看见两个说笑的姑娘,其中一个正是朱光莲。四目相对,或是望见了自己的影子,竟没有任何羞涩和别扭,好一会儿才错身离开。肖东流拽着同伴返回其亲戚家,一番打听。那亲戚说得详细,特别强调了朱光莲的家庭成分。肖东流回家就和父母说了。父母起初不同意,纵朱光莲貌若天仙,那一条就让她打了折扣。肖东流不吵不闹,日渐消瘦。父母终于妥协,托人提亲。这些,都是肖东流和朱光莲订婚后,肖东流同伴的亲戚讲出来的。

朱光莲和肖东流原本不认识,偶然相遇,便彼此认定。如二姐和曲风,似乎很寻常,但细琢磨,亦有传奇成分。马秋月清楚朱光萍羡慕朱光莲,更多的是这个。

夜晚,马秋月和朱灯住在那个婶家。住倒没什么特别,婶家的日子也一般,被褥均打了补丁,荞麦皮枕头更是补了七八块。那婶仍客客气气的,生怕马秋月挑出什么理来。殊不知,这隆重的礼遇对马秋月既是享受也是负担,越享受负担越重。因为没带朱红,这待遇只属于她和朱灯。撇下朱红是她的蓄谋,她为此生出近乎荒唐的自责。

次日吃过早饭,肖家用娶亲的马车将马秋月等人送回。马秋月猜想着朱红可能的挑衅,未承想朱红看见她便喊叫着扑上来,满脸满眼的喜悦。马秋月紧紧抱住,没人知道马秋月内心经历了怎样的雨雪雷电。

5

因为公公朱全的缘故，送亲归来，马秋月未能按计划去大姐家。

要说也不是公公的原因，是肖家的问题。肖家原打算用三套马车娶亲，亏得公公反对坚决，肖家虽用了单套马车，可从马头、马鞍到车辕、车棚均挂了如火燃烧的红纸和红布条，太招摇了。话再说回来，怪肖家似乎也没道理。家境说得过去，就这么一个儿子，姐姐们又是见过世面的，婚事自然想操办得热闹些，自家风光或也有为亲家争脸的意思。怪朱光莲？不该嫁给肖东流？似乎也不应该，男婚女嫁，几千年都这么过来的。

是杨疙瘩告的状。朱全聘女排场大，故意示威。朱全表面倒是夹着尾巴，眼里心里都藏着毒呢。焦兰男人那一锨没劈断杨疙瘩的脖子，反让杨疙瘩的脖子长了几公分似的，那青紫的痕迹格外醒目。那日武三赶到后，杨疙瘩和焦兰男人的纷争才得以平息。杨疙瘩未能占上风，心一直堵着，正想找地儿泄呢。没人计较，那就是一场普通婚礼，杨疙瘩告状，就有问题了。

怪杨疙瘩？他确实有故意的成分，细推敲，似乎也怪不着他。他的敏感和警惕也不只针对朱全，一向如此。可为啥不告别人单告朱全？说到底，还是朱全本就有问题。

所以，根由在朱全这儿，他自己也是这么认为的，将所有的责任揽到自己身上。

马秋月没受牵连,但作为参与者和见证者,她有必要复述事情经过。公公麻烦在身,她拔腿离开终归不合适。她没有因这桩事生怨,只是有点紧张,担心闹大。还好,所有的杂音归于沉寂。

终于能去大姐家了。要说也不晚,可到底延迟许多日子,不安便多了几分。马秋月临行的前一个晚上,大姐登门了。

彼时,马秋月正遮罩外窗帘。窗户缝从里面都糊了纸,也算严实,但并不能阻止寒气侵入。寒风触到窗棂、糊纸、玻璃,便幻化成根根长针,无需缝隙,自会穿透。所以,窗户外要捂罩棉帘子。马秋月将棉帘两个上角挂好,再把两个下角用石块压住,最后须用两根木棒十字交叉抵在窗户上。不然风钻进来,棉帘会起鼓包,若是风大,会将钩环扯断,石头也会掀翻,甚至棉帘也会不见踪迹。木棒是朱光明锯好并凿了凹槽的,可以严丝合缝地卡在一起。窗帘被五花大绑,再刁钻的风也无法撼动。

马秋月支好一根木棒,弯腰拾捡另一根,余光扫见捂盖严实的身影,惊叫一声,腿软骨酥。身影说话,马秋月听出是大姐。大姐脚步轻,用他人的话说,怕磨着鞋底,有些夸张,但部分是事实。马秋月喜出望外,确实,惊魂初定之际,涌上心头的只有这种感觉。待大姐进屋,上炕头焐脚时,惊喜逃遁,慌乱簇拥,马秋月笑得没么自然了。

马秋月为大姐擀了面条,问大姐吃酸卤还是咸卤。马秋月腌了两缸菜,一缸是咸的,芥菜叶子和疙瘩,另一缸是酸的,白菜芹菜和胡萝卜。大姐不无惊喜，吃酸卤！我从不腌酸菜，一窝狠崽，酸的哪够！就这，不到夏天就见底了。马秋月虚笑一下，没敢接茬。大姐说的是事实，并无夸张的成分，娘和二姐都说过大姐家的咸菜齁嗓子。马秋月倒了一绺油，顿了顿，又加了几滴。手猛被大姐捉住，日子不是这么过的！大姐沉了脸，夺过油瓶。马秋月慌乱地叫声大姐。大姐责备，跟我见什么外？我啥性你又不是不知道！半肚饭我就能睡个囫囵觉，把我当客，我就来气了！

如何说，什么理由，怎么回应，那些话煮丸子似的在马秋月心里翻腾了几十遍，但那是准备去大姐家讲的，大姐的突然造访打乱了计划。似乎没什么区别，话是和大姐说，换个场合而已，可场景的变化让马秋月压力陡增，她不在状态。倒是想把丸子捞出来，但做不到，那些可恨的丸子如溃败的士兵，丢盔弃甲，逃得无影无踪。

好在马秋月知道朱光明在谁家帮忙，趁大姐吃饭的工夫，将他叫了回来。聊了会儿家常，朱光明掬出满脸笑，大姐，和你商量个事。大姐眼底满是警惕，似乎猎物嗅到了陷阱的位置，却又不得不向前行进，笑反而变得浓稠，啥大事要和我商量？我有这么重要？朱光明直奔主题。大姐的目光飞快地掠过马秋月，马秋月脸越发烫了。大姐盯住朱光明，遭灾了？朱光明迎着大姐的目光，灾倒没遭，年景还凑合，就是债太多了，想着自家人，缓一缓，明年一定还！大姐再次瞥向马秋月，转而环住朱光明，脸上半是冰霜半是水汽。朱光明没有躲，仿佛敞口的柜子，任由搜检。知道大姐也是牙缝挤出来的，如果大姐实在捣转不开，我们再想办法就是。大姐嗨了一声，明年就明年，谁还没个过不去的时候！我又不是来要油，想秋月了，逮闲看看。又数落马秋月，你和我说就是了，还专门把光明叫回来，我不是你亲姐呀。马秋月羞赧地低下头。朱光明说，她本打算明天去霍营的。大姐问，就这事？还专程跑一趟？马秋月轻声道，我答应了大姐的。大姐说，甭再讲了！若是你二姐，我万不会答应，房檐头能吃，也得让她掰下来煮了，我不能自个饿肚由她油光，你是过日子人，我信得过！马秋月愧疚地叫声大姐。大姐打趣，胆儿越长越小了！

　　大姐次日要回去的，马秋月没让，无论如何住几天，不然她要难过的。大姐迟疑不定，马秋月给两娃示意。就察言观色，朱灯远逊朱红。马秋月的目光稍稍摇摆，朱红立即牵了大姨的衣角，甜丝丝地喊着大姨别走。朱灯见状，也拽住大姨的衣服，学着朱红，大姨别走。大姐摸着两人的头，只是笑。朱红忽就扑进大姨怀里，一拱一拱地，就不让你走，就不让你走！撒娇又有一点小小的耍赖。朱灯想模仿朱红已不可能，阵地彻底被朱红占领，他呆呆地站着，看着。

　　朱红的举动也出乎马秋月的意料。这才叫无师自通！马秋月回想她吮奶的样子，更加确信，这精与生俱来。大姐答应住两天，朱红功不可没。

　　马秋月买了两张红纸，打算剪几幅窗花让大姐带回去。寻思着给大姐捞几棵酸菜,除此,再没什么拿得出手。

那是大姐来的第三个夜晚,马秋月一边在灯下剪窗花,一边和大姐说话。马秋月已剪出喜鹊登枝、牡丹呈祥、五谷丰登、燕衔春草、鱼游清波、百花盛开等图,再剪一些福、囍之类的字就大功告成。马秋月的心是分着的,既要剪又得接大姐的话。

大姐说姐妹几个,马秋月不光手最巧,也是最有福气的。马秋月苦笑,我哪里有福气了?大姐说,论吃,你二姐最有口福,从小就馋,现在比过去还馋,又撞上个惯她的男人,由着她吃,那曲风也日能,别人穷得揭不开锅,他竟能弄回肉给你二姐吃。若你二姐是个过日子的,砖房没准都住上了,可她实在是……你说人活着图啥呢?马秋月回应,都说人活一世吃穿二字。大姐说,我原先也这么认为,等生了娃,没人教,想法就变了。不图吃不图穿,只盼娃长大了有出息。马秋月心里一动,感觉大姐点了她的穴位。大姐沉吟,古话怎么说来着?马秋月说,望子成龙。大姐说,对,就这么个意思,出息大小要看各人造化,谁也不知道,要往前蹦跶才成。娃用劲蹦,娘老子也得使劲,最次最次也要娶上媳妇,别打了光棍。娃好了,我饿着也舒坦。马秋月说,大姐说得是。大姐说,为啥说你最有福气?你二姐生的全是女娃,我养的都是男娃,只有你儿女双全。马秋月说,大姐再生么。大姐笑,你以为种瓜呢?戳个坑就可以?马秋月没来由地红了脸,也没多难吧。

马秋月和大姐说话,朱灯和朱红在旁边玩耍。炕就那么大,空间有限，两人玩的也是以往的游戏，没有异常举止。彼此追逐也是常事，马秋月的心思全在大姐这里，直到朱灯摔落。甚至扑腾声撞击双耳，她仍没反应过来，只是偏转头瞅着呆在炕沿的朱红，大脑出现了短暂空白。

也就延迟数秒，并未耽误，马秋月跳下地的同时，双臂前伸，仿佛拽长的皮筋，突又抽缩，腰竖直，朱灯已到了她怀里。怪异的感觉突然攫住马秋月，朱灯轻飘得像一幅剪纸，似乎他本人隐遁而去，留了个影子给她。她惊恐地喊了声大姐。大姐说，别慌，没事的，放炕上！马秋月做不到，身体战栗，双臂却搂抱更紧，似乎稍微松开，这个影子也会飘散。大姐终于发现不对，不仅在于马秋月的神态，也因没听见哭声。大姐让马秋月给她，马秋月没听见似的，大姐猛喝一声，马秋月愣怔间，大姐将朱灯夺了过去，放于炕侧，掐摁人中。马秋月带着哭腔，大姐，这可咋办呀？大姐不言，稍许，朱灯哼了一声，睁开双眼。大姐长舒一口气，马秋月再次抱起朱灯，你把娘吓死了！

炕并不高，不足一米，地面瓷实却不坚硬，娃从炕上跌落是常事，马秋月小时也跌过。不会有大碍，不过疼一些，皮实的娃哼都不哼。像朱灯这样摔得没了声息实属罕见，还好虚惊一场。大姐还笑着讲她家的狼崽故意从炕上往下跳，有一次老二碰到尿盆边沿，流了好多血，至今脑顶尚有伤疤。

马秋月很快发现不对，朱灯醒是醒了，却不说话。原本反应就慢，现在更迟钝了。问他什么也知道，但要好一会儿才回应。

他嘴巴紧闭，或是摇头或是点头，或者干脆愣怔着。大姐劝马秋月甭急，睡一觉就没事了。

清早，马秋月摇醒朱灯，问他话，仍是不应。朱光明问话，亦不回应。不只马秋月慌，朱光明也犯了嘀咕。吃过早饭，两人抱着朱灯去找赤脚医生。医生摸了摸，又用听诊器听了听，说没啥事。朱光明舒了口气，马秋月仍愁眉不展。朱光明劝马秋月别怕，兴许过两天就好了。马秋月急道，都成这样了，能不怕吗？朱光明当即决定带朱灯去五台，让马秋月留在家里，说她瘫在半路，他还得背她。马秋月央求却又混杂着鲜有的凶蛮，我是他娘啊，必须去！

6

马秋月和大姐说起那个让她惊惧的传说，是在从五台回来的下午。五台的医生也没检查出什么，这当然令人欣喜，可马秋月并未吃进定心丸，反更加困扰。朱灯没摔伤，没破皮，咋就不会说话了？她反复问朱光明，似乎答案和秘密在朱光明那里。朱光明的宽慰未起任何作用。

出了这档事，大姐不急着走了。幸亏大姐在，马秋月可以继续追问。大姐自然也说不出症结，马秋月就更加焦躁。

我看灯就是吓着了，今晚叫叫魂吧。大姐如是说。马秋月眼睛亮了亮，管用？大姐说，管不管用，总得试试吧。这非灵丹妙药，但到底是个法呢，强于束手等待。大姐又说，灯身骨弱，如果是红掉下去，肯定没事。马秋月心里轰隆一声，墙塌顶陷般。然后就讲了。

胡说八道，你怎么信这个？大姐像被激怒了，目光瞬间变硬。马秋月没因大姐的呵斥而慌乱，潜意识里，她或许就等着大姐的训斥，大姐越凶越狠，她越心安。马秋月羞愧地，不落到我身上，我也不信的。便又讲了朱灯和朱红的差距。大姐没再训斥，而是陷入沉默。马秋月惴惴地叫声大姐。大姐斟酌着，花草、庄稼若是一个根里生出来的，长势很难一样，一根长得壮，另一根自然弱，只不过有的差别大，有的差别小，人也一样。马秋月说，只是差距我也不担心，就怕……她不敢说了。大姐的目光又重了，我倒是听说过——马秋月警惕地，听说什么？大姐摇头，不讲了，都是没影儿的事！马秋月一阵心惊，大姐……大姐说，瞅瞅你的脸？我还没说呢，你就成这样了！

马秋月半张着嘴，但没再说什么。

傍晚，朱灯和朱红入睡，马秋月夹了朱灯的棉袄，和朱光明往井边走去。

大姐提议后，马秋月又问了婆婆和麻婆子，步骤，忌讳，连怎么说话怎么迈步都问到了。生怕做错或遗漏重要环节，叫魂无效，甚至对朱灯不利。她已如薄脆的纸张，经不得哪怕是稻草的重量。

井在房屋西北百十米远的地方，被泥土墙环在中心，旁侧横着两个长方形的水槽，饮牛马用的，拎水的胶皮桶歪于土墙里侧。朱光明清早的第一项任务是挑水,有时忘记,马秋月就得自己挑。井还是原来的井,但在这个星光稀淡的夜晚,显出几分神秘和肃穆,如深山古刹。天冷了,井边结了薄冰,滑溜溜的。朱光明欲扶马秋月,被马秋月甩开。上苍可见,心至虔诚。她双手拎着棉袄,小心翼翼,左转三圈,右转三圈,然后往回走,一声声呼唤着,朱灯,跟娘回家了!朱光明尾随其后,轻手轻脚。至家,马秋月将棉袄盖在朱灯被子上,长长地舒了口气。

黎明醒来,马秋月想推醒朱灯,抬起胳膊又犹豫了。马秋月烧开水,朱灯朱红双双睡醒,但奇迹并没有出现。原本被烘烤的马秋月突然跌落冰窖。她回想昨晚的过程,好像没做错什么,难道与叫魂无关,别有原因?马秋月心不在焉,莜面饼炕成了大黑脸。饭汤上桌,朱灯突然说,香!马秋月紧紧盯住朱灯,啥香?朱灯说,锅……饼。极其吃力,但终是又能说话了。马秋月转过身,泪如滚珠。

也许朱灯确实是惊丢了魂,呼唤灵验;也许与那没有任何关系,就是跌蒙了,苏醒时间久些而已。但不管怎样,朱灯正常了,虽然仍是一个字一个字地蹦,又回到吃月饼前。

大姐张罗返程,马秋月这才想起给大姐的"福"字尚未剪完,让大姐再住一晚,就一晚。大姐笑,甭说一晚,十晚都成,就怕光明不高兴呀。马秋月说,瞧大姐说的,感谢大姐还来不及呢。大姐笑问,咋谢我?马秋月顺着大姐的话,大姐说咋谢就咋谢。大姐问,当真?就怕你做不了主。马秋月听出大姐的嘲弄,说，我使性子，他也让我的。大姐说，那我就说了啊，我把红抱养了吧。

马秋月怔住。大姐绕了半天弯子，但神情自自然然，仿佛说的不是马秋月的娃，而是一双筷子一个茶碗。

大姐直视着马秋月，两娃是不是妨克很难说，古古怪怪的事也不是一件两件了，你整日悬着心，早晚要落下病。想让灯和红各自平安也容易，按旧时的说话，送人一个就可以，这可是你讲的。我生了一堆光棒，就缺个闺女，红过去，我会百倍千倍疼她。红与我也投缘呢，这几日就在我身上拱了，没准前世我和她就是亲的。

大姐的话入情入理，马秋月被蒸煮了似的，骨肉脱落。有那么一会儿，她既不能动也不会张嘴，只是痴傻地盯着大姐，仿佛另一个罩了大姐的面具，须努力识辨。

大姐，你……当真？良久，马秋月终于缓过神儿。

大姐说，我想好了，抱给别人，不如过继给我。红享多大福不好说，但绝不让她受半点委屈。

马秋月万分紧张，好像洪流袭卷，她身不由己地沉没。我没说要抱给别人呀。

大姐目光如炬，是没明说。你敢说没这么想过？

马秋月被大姐烫着，显出慌张。那个念头确实不止一次闪烁，虽被她压制，但并未绝迹。

大姐掏心掏肺地，我知你舍不得，自个儿掉下的肉么，要不是为灯着想，你绝不会有这个念头，我又怎么敢说？再说我养着，你随时可以去看，若别人抱了，就一点情分都没了，谁家让你见？

马秋月有气无力，大姐……突然忘了要说什么，嘴翕动，却没音。

大姐紧锣密鼓，你再想想？还是担心光明反对？你点头了，我和他讲！

马秋月仍想不起要说什么，没有任何头绪，但必须得回应，于是叫了声大姐。

大姐疼惜地，难受是吧？搁谁都难受！手心手背么。你得清楚干吗这么做，是为儿女好呀！换作你二姐，天塌了都不在乎，那也行，由命呗。你不是这性子，本来就爱结疙瘩，装了这牵肠挂肚的事，越结越多，越结越大，若只是你的胡思乱想也倒罢了，就怕——

马秋月没那么僵硬了，终于想起要说什么。大姐，这不行呀！

大姐盯住马秋月，我不行，还是你不行？

马秋月机械地，不行的呀！

大姐笑了，瞧瞧你这紧张的。我就是试探试探，怎么样，试出来了吧？想归想，真要抱出去，哪怕是你大姐，你也不舍！

马秋月懵懂地，大姐……

大姐绷了脸，你咋想你大姐的？

马秋月有些羞愧,没……咋想。

大姐追问,不敢说?

马秋月脸热烘烘的,真……没想。

大姐目光温和了许多,不逗你了,说个正事,让红跟我住几天。

马秋月疑惑地,大姐的意思是……

大姐说,住个十天半月的,到时候让你姐夫送回来。这几日哄得,有点舍不得了。放心啊,就是带她住几天,要不你娘仨跟我一块回?

马秋月说,灯刚好,我出不了远门,红倒是能去,就怕她不肯,从没离过家呢。

大姐笑笑,我和她说,她不想去就算了。

马秋月回想起送亲那天朱红哭叫的样子,想朱红断不肯答应,没料朱红不但愿意,而且有那么一点兴奋。大姐是当着马秋月问的,清清楚楚明明白白。马秋月很是纳闷,难道大姐暗里许了她什么?两个年龄悬殊的人早已达成协议?又觉不大可能。去就去吧,不过几日,又不是抱给大姐,若连这也不通融,就太对不住大姐了。

大姐带朱红上路前,马秋月抱了抱她,又咬着耳朵叮嘱她。若朱红说不想去了,马秋月立马会说,那就别去了。但朱红只是嗯嗯着,多半个字都不肯吐。大姐瞧破马秋月的心思,半玩笑半认真地保证,饿不着她!想家马上送她回来。

马秋月一直跟到村口，目送两人远去。朱红吸在大姐后背上，双臂紧搂，不再是一个小人，而像大姐的一部分。北风飘过，夹裹着沙土及枯枝败叶，但大姐稳稳当当，而马秋月身轻如羽，随时会被带起来。直到大姐和朱红缩成黑点，马秋月才回转。心空落落的，如大镰剃过的草野。

整个白日马秋月神魂不定，晚饭吃得没滋没味。有些日子没去麻婆子那儿了，马秋月寻思着听会儿故事会好些。给朱灯穿围好，却又迟疑了。朱灯身子尚虚弱，黑天半夜的，万一撞上什么呢？终是打消念头，看朱灯眼里有疑惑，笑说娘教你画画吧。

刚翻出纸笔，大有女人抱着万金来串门。

大有女人是常客，或白日或夜晚，没个准的，但又是有规律的，要么在麻婆子那儿听了稀罕故事，要么揣了新鲜的家长里短。大有女人转述故事没啥意思，还不如朱光萍呢，只有个轮廓大概。香气弥漫的花朵到她嘴里便成了干枯的碎片，自个儿也说糟蹋了。马秋月喜欢听大有女人讲述村里村外的鸡零狗碎。讲这个她眉飞色舞，好像全是亲历亲见。

大有女人往炕沿一搭，屁股尚未坐稳，便说，饼庄出奇事了！马秋月马上想到那对被谑称为龙王鱼精的夫妻和他们的儿女。大有女人嘲笑，瞧你吓的，扯挂不着你！记得王壮女人吧？马秋月点点头。七月末的一天，王壮女人去五台扯布，到了供销社发现布票丢了。来回在路上转了十余遭，都没找着。没有布票，买不了布，就不能做衣服。她没有回家，跳了村边的大口井。鱼精又一次被背到井边。但时间过去很久，王壮女人没活过来。鱼精和王壮女人交往深，就如马秋月和大有女人。鱼精悲痛万分，号啕声盖过王壮，半夜还在哭。

自然是大有女人讲的，因为涉及鱼精，马秋月记忆很深。

这桩事又有了后续。

几天前，王壮经过堂妹家院门口，突然听见一个声音，我把粮票丢了！王壮心惊肉跳，这是自己女人的声音，他太熟悉了。定了定，以为耳朵出毛病了，正要走开，声音再起。他顺着声音寻过去，看到了圈里的猪。那猪痴痴地立着，口中念念有声，我把布票丢了。青天白日，王壮看得清楚，听得也清楚，猪在说话，不，是女人钻进了猪的身体，借猪跟他说话。王壮的眼泪立马就下来了，说你个傻女人啊，丢了就丢了，咋也没命重要吧。那头猪仍是那句话，我把布票丢了！

王壮和堂妹说了，妹子认为他想媳妇想魔怔了，猪就是猪，哪会说话？不但她不信，全村没一个人信。但王壮咬定听见了，一干人去验证，猪却不开口了。没人嘲笑王壮，都可怜他。别人不信不要紧，王壮自己相信。他恳求堂妹不要卖猪，多养活几年，他帮着养。堂妹嘴上倒是应了。养了多半年，拉到五台卖了。好多事指望着这头猪呢。王壮闻知消息，追到五台，猪已过了秤。过了秤就是公家的，要杀掉。王壮先是拦着不让杀，后见拦不住，便一头撞了墙，头皮缝了好几针。撞了南墙，王壮正常了，却不和人说话，好像成了哑巴。

讲完王壮，大有女人又说馒头庄有个男人偷偷给老娘五毛钱，被女人知道了，两口子干了一仗，女人凶狠，竟将男人的耳朵咬掉半个。马秋月的思绪还没转过来，问鱼精咋样了。大有女人说她悲是悲，睡一夜也就过去了，王壮失去的是女人，她不过少了个朋友，情分到底不同。然后盯住马秋月，你对她好像特别上心。马秋月虚笑道，说她腿不好使，却是个有造化的。她没敢说曾去饼庄见过鱼精和她的儿女。

大有女人在那阵儿，马秋月的心似乎收回了。她走后，空落落的感觉再度袭来。朱光明回家没准儿，马秋月习以为常，他爱几时回几时回。但在那个夜晚，马秋月心急火燎的。朱灯睡稳后，马秋月来来回回游走，仿佛一团影子。

朱光明进屋，马秋月双眼突然潮湿，话却是硬的，咋才回来？朱光明问，怎么了这是？马秋月却说不出话了。原以为朱光明回来，她会踏实一些，但没有用，心仍旧空荡，那感觉她说不清楚。

半夜，马秋月从噩梦中逃出，推醒朱光明。说她听到了朱红的哭声，就在门外。朱光明不悦，不好好睡觉，天天乱想些什么？马秋月坚称听见了，央求朱光明去看看。朱光明只得摸了火柴，燃灯去瞧。当然什么也没有。马秋月吁了口气，没把朱红关在门外就好。朱光明鼾声再起，马秋月却没有睡意。天蒙蒙亮，她再度摇醒朱光明，急切而严肃，我要把红接回来！

第七章

1

端午日，屋尚黑着，朱光明便掀了被子坐起，敛息屏声，快速又小心地穿着衣服。马秋月还是醒了。她生怕朱光明起晚，想着叫他，睡得并不踏实。拔多拔少，日头出来前一定要赶回来啊。她压着声音叮嘱。睡前就说过了，她记得的，但仍要讲，似乎一觉醒来，朱光明已把她的话抛诸九霄。朱光明隔着被子按按她的肩，用了些力气，没说话。她没再说什么。她懂，他也懂。

房屋、烟囱、树木、井台影影绰绰，受惊的鸟飞过头顶，羽翅振动，琴弦般颤出不绝的余音。昨晚下了阵急雨，空气清新甜润。路面的坑洼积了水，隐隐发亮，朱光明跳闪着，一只脚还是踩在坑里，水花飞溅。他有些懊恼，但并未因此放慢脚步。

朱光明是去拔艾蒿。艾蒿不像苦菜、蒲公英、野韭菜、灰灰菜那样可以果腹，不能吃，但用处也大着呢。秋熏蚊子，冬季泡脚，在寒冷的夜晚，往火盆里丢几枝艾蒿，整个屋子香喷喷的。

也有用来治病的，头痛、关节痛、癔症，有没有效，有多少效，谁也说不清，但到底也是"药"呢，又不花钱，家里备些，总归没坏处。若言祸端，也不是没有，某后生说了亲，允诺女方的彩礼未兑现，迟迟不能结婚，不知他从哪里听来个秘方，用艾蒿燃后的灰烬拌了鸡血给女方吃下，女方便言听计从，百依百顺。没有别的法子，就想冒险试试。艾蒿倒是有的，可自家没鸡，半夜窜到邻村偷鸡。鸡窝口小，胳膊没那么长，抓逮不着，情急之下，掀掉鸡窝的泥皮和棍棒。鸡是捉住了，人却没逃掉，挨了打又被扭送公安。婚事告吹，到现在也没说上媳妇。艾蒿长在大地上，日沐风摇，坦坦荡荡，沾不得邪。

端午拔艾蒿，更重要的是民间流传的说法。太阳出来前，将新鲜艾叶插于孩娃耳根，这一年孩娃就会远离灾病，平安顺遂。谁家第一个拔回艾蒿，谁家就会交好运。没有根据没有道理，甚至可笑。父亲年年如此，差不多半夜就起来，可日子依旧。但马秋月相信，朱光明也就相信，或者说，他不得不信。顺着她来，她的心顺了，日子才顺。这信没什么坏处，如霍木匠所言，自有寓意，其实就是一个盼。谁不盼孩娃康壮，日后有出息？谁不盼日子红火，吃穿不愁？有盼头才有奔头，人如此，国亦然。这些全是正想，而非歪念，和迷信更没有半点关系。

出村数百米，地头、路侧便生有艾蒿，朱光明弯腰拔了一些。艾蒿本就香浓，嫩茎断开，味道浮腾而起。塞外的春日来得晚，此处系高地，存不住水，艾蒿高不足三寸……艾蒿不娇气，却长不过苦蒿、黄蒿。几日前朱光明经过黄花草滩,看到沟渠及其土垄长了一大片艾蒿,足有一尺高。若被人拔掉,还得折返。两头惦记,朱光明没有贪恋,朝西北疾走。

还在!几日工夫,更茂密了。雾影稀淡,灰绿叶子的花纹已清晰可见。朱光明大喜,本想折的,但土被雨浸泡软了,稍一扯便连根拔起,磕磕土,摆放在筐里。

朱光明返回时,东方已经发白,四野清澄如洗。远远地,便听到吵嚷声,在初醒的早晨,极是刺耳。朱光明看得到人影,却看不清晰。又行数百步,听出朱光礼的声音,不由皱眉。

兄弟姐妹八人,品貌相近,性格却大不一样。五弟朱光礼倔强暴躁,父亲不轻易动手,却多次抽打五弟,但未能改变五弟的性子,越抽越倔。要说这也正常,龙生九子还各不相同呢。豆庄比五弟性烈的多得是,如窦氏兄弟俩干架,弟弟将哥哥的肚皮豁破,肠子断了好几截;哥哥伤势未愈,便点了弟弟的房子。五弟不是好勇斗狠,就是倔了些。在家里倔也没什么,问题在于在外也倔,整个家庭,甚至朱氏家族常因此受牵连。

吵架的另一方是杨疙瘩,就在朱光明初始拔艾蒿的地方。竟然又是杨疙瘩!朱光明已猜到几分。

朱光礼和杨疙瘩是前后脚到的,杨疙瘩比朱光礼慢了几分,嘴却比朱光礼快,抢着说,这儿的艾蒿归我了,你不能在这儿拔。那时朱光礼已拽了一把,闻言火起,问哪根艾蒿上写着他的名字。杨疙瘩咬定他先看见的,就是他的,朱光礼不能碰。朱光礼哪信这个邪？如果杨疙瘩和善些，朱光礼也就让了，但杨疙瘩要蛮，他绝不相让。

若非朱光明及时赶到，两人或许就干起来了。朱光明喝令朱光礼住口，又扯住他的胳膊往后猛拖。杨疙瘩跟在身后，气恼灌冲，脖子似乎拔长了几分，你以为你是谁，也不撒泡尿照照，敢跟我争！找死吧你！朱光明松开朱光礼，横挡住杨疙瘩，满脸堆笑，杨叔，你是有身份的，跟他计较什么呀，不就拔个艾蒿么，哪值得生气？我这一筐呢，全给你。杨疙瘩愤愤的，这不是艾蒿的问题，这是要造反呢，朱全支使的是不是？还欲往前，朱光明抱住他，笑得更灿了，叔你扯远了，艾蒿就是艾蒿，咋说也变不成莜麦，扯得太远没人信呢，叔的面子往哪儿搁？杨疙瘩仍不依不饶的，明明就是想反天。朱光明说，天在天上，凡胎肉体咋反得了？叔是有本事的，叔能反得了天？杨疙瘩迟滞数秒，说我不想反天。朱光明说，若你想反呢？反得了？你试一下？杨疙瘩说，我干吗要试？朱光明笑说，我就说嘛，叔都反不了天，别人更不可能。杨疙瘩应对不上，怏怏地，我就是咽不下这口气。朱光明说，宰相肚里能撑船，叔比宰相肚子大。杨疙瘩缓和了些，你还说句人话。朱光明恭笑，叔不嫌弃，把我的艾蒿拿去吧。杨疙瘩却又哧一声，不屑地，我长着手，凭啥要你的？朱光明说，那好，叔慢慢拔。

朱光明拎起筐，拽了朱光礼就走。如果痛痛快快地离开，也就不会生出后边的是非。偏偏朱光礼不甘心，猛踢一脚，路边的石块抛出弧线，飞出老远。朱光礼骨子里有着朱氏家族鲜有的锋芒，朱光明再清楚不过，让他折弯没那么容易，可如此不计后果不看形势，就属于蛮了，气得直想踹他。

果然杨疙瘩不干了，跳着骂，他妈的你踢谁呢？朱光礼叫，你管我踢谁？你管天管地，还管人踢石头？杨疙瘩往前蹿了一步，突又立住，你想找茬是不？朱光礼胳膊被朱光明抓着，身子斜倾，我就是踢了，这又不是你家！杨疙瘩和朱光礼有过冲撞，朱光礼如此激烈也出乎他的意料，但到底霸道惯了，心虚却不失嘴上的威风，你再踢试试？！朱光明急推朱光礼，但朱光礼比朱光明高出许多，怒气贯顶，动作更快。踢出去的同时，脚底打滑，往后仰倒。朱光明骑住朱光礼，揪了他的衣领低吼，你有完没完？朱光礼大嚷，软骨头，放开我！

杨疙瘩见状，迈前两步，气咻咻地，是不是你老子教唆的？死老家伙，三天不斗，就不知马王爷几只眼，我手腕早痒了，叫他等着！朱光明仰脸赔笑，他属石头的，我来敲打他！叔快拔艾蒿吧，耽搁够久了！杨疙瘩犹骂骂咧咧的。

待朱光礼不再扑腾，朱光明站起，竟有些眩晕。

两人往回走，朱光礼仍有不甘，这孙就欠揍！朱光明厉声道，揍一顿又能咋？你不想后果？朱光礼满不在乎，能把我咋的？大不了坐牢。朱光明说，这是匹夫之勇！你可以不替自己着想，你家人呢？不管了？当父亲的人了，脾气还这么大！朱光礼不吱声了。

未至村口，太阳已跃出地面，树梢、烟囱、飞鸟、流云粉红如染。朱光明加快了脚步。

转过街角，几乎和马秋月撞着。朱光明料定马秋月着急了，没想她竟然跑街上等他。在井台和房屋之间有数亩见方的大坑，冬日积肥，春夏秋三季雨蓄其间，豆庄称水个洞。不生鱼虾，却是蝌蚪和青蛙的乐园。孵蛋的母鸡称落窝鸡，主家挑选，委以重任，自然是有经验并有责任的鸡，会拼了命护佑雏鸡。有些鸡私自孵蛋或者干脆孵空窝，一旦进入落窝状态，就不再下蛋，对这样的鸡饿是不行的，又不能抽打，最有效的办法是捆了双脚倒竖水中，浸几次鸡便灵醒，又可以下蛋了。井水是一担一担挑回家的，哪舍得这么用，捉了落窝鸡，都是带到水个洞"医治"。治病的同时还能觅到吃的，所以这地方虽然脏污，却是个热闹场所。

但在那个日光倾泻的清早，水个洞边上唯有马秋月焦躁不安的身影。她的脸镀了霞光，有几分柔和，目光却如从旧木上拔出的钉子，因附着了太多东西，显得粗壮。

朱光明扬扬剩下不足一半的艾蒿，抚慰道，还是早上呢，不晚。

马秋月没好气，以为你长在野地了！抢过一把，快步走开。

朱光明进屋，朱灯朱红尚睡着，耳侧灰绿的艾叶仍在生长似的，蓬蓬勃勃。马秋月冷着脸忙活，不和朱光明说话。她肚里折了弯，三言两语掰不过来。如果提及朱光礼和杨疙瘩的纠纷，没准会勾起她以往的不快,那又得捯半天。朱光明哪有工夫?匆匆扒拉口饭,便往饲养院来。

春耕结束,有的犁杖活够了寿命,不能用了,要做新的;木锨、叉子缺胳膊少腿的,需要修补;牛马车的护围得换。这些活只能派给木匠,别人干不了。以往轮不着朱光明,武三都是派给柳木匠。朱光明给武大做了折叠板凳,又给武三做了方桌后,武三态度大转。活儿没变,不过是两个人干了。

中间休息,朱光明掏出丁字形的木块,反复端详。柳木匠问那是什么,朱光明笑笑,说弄着玩的,没啥用处。柳木匠不相信,要过去瞅了瞅。普通的杨木,却是罕见的梅花榫。柳木匠问朱光明究竟搞什么名堂,朱光明笑笑,我这手闲不住,给自己找点乐子。

霍木匠看过朱光明的九脊顶戏楼草图,提了些建议,朱光明修改后,再拿给他,讲自己想做九脊顶戏楼模型。霍木匠说要花费不少工夫,朱光明说一年完不成两年,两年完不成三年,总有做成的一天。霍木匠问朱光明就算做出来,又有什么用呢?朱光明笑说自是不能登台唱戏,可就是想做,梦里都想。霍木匠甚是感慨,说朱光明天分高,如果拜个名师,定有大出息。朱光明没有半丝伤感,说能遇上霍师傅已经知足了。

也就那日,霍木匠找出一个绾着口的布袋,说是父亲留下的。朱光明以为是更精巧的木匠工具,结果霍木匠掏出一沓发黄的纸。霍木匠让朱光明瞅瞅,朱光明小心翼翼地接过,目光瞬间直了。再翻下去，欣喜若狂。纸上画的是各种各样的卯榫图，旁边还有注脚。明榫、暗榫、套榫、长短榫、平头榫、棕角榫、格角榫、格肩榫、燕尾榫等几十种。另一些图是成形的家具，有椅凳图，交椅、板凳、禅椅、脚凳、灯挂椅；有桌案图，圆桌、折桌、案桌、一字桌；还有橱、柜、箱、屏、花架等。家具旁侧记有尺寸、线脚、装饰、榫卯结构等。朱光明别说见了，听都没听说过。

霍木匠说其父曾藏了一本叫《鲁班经》的书，珍爱非常，翻阅前定要洗手。那年吃官司，家中被搜，《鲁班经》不翼而飞。其父痛惜，后凭着记忆画出一些，都在这沓纸上。霍木匠把图纸连同那个深蓝色布袋送给了朱光明，说朱光明可能用得上。与霍父留下的工具相比，手绘的《鲁班经》可谓无价之宝，朱光明这辈子怕都还不上的。

丁字形杨木块的梅花榫是朱光明自创的，霍父图纸上并没有这个。朱光明爱动脑子，总想搞点不一样的，因为更有乐趣。他已开始为造九脊顶戏楼做种种准备。柳木匠哪懂这个？朱光明懒得费口舌，也怕惹出不必要的麻烦。

半上午，静谧的街道突然炸起变了调的、长短不一的喊叫，显然不是一个人，而是多人同时，急惶、惊恐。是从井台方向传来的。朱光明看看柳木匠，丢下手里的活跑出去。他以为有人落井了。落井有两种可能，一种是不小心滑落的，有大人有娃，多半是冬天，井台结冰，挑水前先要撒些土，有的人嫌麻烦，仗着有经验，径直提拽，失脚滑坠；另一种是寻短见的，就这口水井，曾有两人跳入，一个是焦兰大姑姐，因为削土豆皮厚了，被男人骂了几句，便跑到井口大哭，也许有吓唬男人的意思，可越哭越气，越哭越觉活着没意思，就跳了井。倒是救上来了，但性情大变。另一个是石匠的闺女，她不同意父亲安排的婚事，坦言心有所属身已相许，石匠气怒责罚，让她招出那男人是谁。她不招，扬言死也不会说。石匠在气头上，喝令她要么死要么招，她便跳井了。捞上来人已咽气。人落井，水就脏了。那一两天，男人们轮流提水，除了喂牛饮马，大半都倒进了水个洞。直至井见底，再有新鲜的水从更深处涌出，才一担一担往家挑。

朱光明瞥见母亲和两位婶娘慌张的身影，心里咯噔一声。她们站在水个洞边上，乱喊乱叫。快呀！救人呀！抓住抓住！分辨清的分辨不清的，齐涌过来。朱光明飞奔过去。

朱灯掉进水个洞了！

浊水漫顶，朱光明看不见朱灯。他直扑水花翻滚处，双臂搂抓，碰至衣服，猛夹起来。

朱灯脸色青暗，眼睛半闭，身子稀软。朱光明跪下去，将朱灯斜置，一臂紧揽其腰，另一手猛拍后背。

呼噜，浊水从朱灯嘴里喷出，两只黑色的小蝌蚪落在几米外，尚在摆动。

呼噜，再一口水涌出，又有三只小蝌蚪跃出，在金色的阳光里，极其刺目。

2

七月是气息的舞台，无论开阔的原野还是阴暗的角落，每一寸都被各种气息侵占。混杂的气息放肆喷吐，争先恐后，不分昼夜，无论阴晴，鲜嫩浓郁。豌豆甜丝丝的，芸豆又涩又苦，莜麦甜中带苦，小麦苦中透甜，胡麻弥散着酒香，土豆的碧叶腾漫着老烟的辛辣。苦菜、蒲公英、猫眼睛、野鸡花的气息是螺旋状的，摇摆却又紧抱着，向天生长；黄花、野韭菜、老牛疙瘩、小头菊的气味是圆盘状的，一圈圈向外，有着踩踏的癫狂。横飘竖荡，均匀魂摄魄。也有难闻的，如臭兰香多长在沟渠，叶臭，花更臭。但臭也是气息呢，和别的味道一样，阻挡不了，遮盖不住，驱散不掉。

除非风起雨至。但风其实不是来驱赶，而是带着气息飞舞。原先虽说放肆，但终有限度，飘漫不过数米。长了翅膀，想飞哪里就飞哪里，想飞多远就飞多远。闻不到，并非消隐，而是飞到了他乡。风带走了气息，也带来了远方的气息。

七月也是声音的世界。蚂蚱的嘴长在翅膀上，飞即叫，叫即飞，性子急躁；长腿雀鸣叫单调，长长的尾翼却能在柔软的花草蹭出动听的音符，就像天生的二胡演奏家；恋爱的百灵喜欢在高空欢唱，专注痴情，因而常遭飞得更高的鹞鹰攻击；大屁股蜂贪吃，除了吸吮花蕊，便嗡嗡不休。黄昏至夜色笼罩，蛙声此起彼伏，蛙声渐止，虫鸣又起。夜深，猫头鹰粉墨登场，叫得不频，但声声如钉,穿窗入户。

从睡梦中睁开眼,便会被气息和声音包围。肚饥胃饱,骨瘦身肥,任凭是谁,都一样的。

但也有例外。

那个中午,马秋月和朱光萍锄至地头,其他人已往村庄方向走了。马秋月本就速度慢,那些日子身体虚,那块莜麦地苦菜又密,遍布垄背苗间,极难锄。她随身带了一个书包,遇到嫩些的,还要拣挑入包,这样就更慢了。朱光萍比马秋月快,但她要接应马秋月,也就落在了后边。

朱光萍问马秋月歇歇不,马秋月说走就是歇了,还要咋歇。下午要锄另一块地,时间紧着呢。

走了一段,朱光萍内急,马秋月也正想撒尿,指指路侧的沟渠,说去那里。沟渠宽约两米,深约一米,另一侧是庄稼地,防牲畜进入挖的。朱光萍很紧张,说你得给我看着点啊。马秋月笑了,前后左右,半个人影也见不到,哪用得着看?但朱光萍一定要让马秋月守在边上,要么马秋月先尿,她守着。马秋月只好顺从,待朱光萍上来,她才下到沟里。渠地湿润,臭兰香长得格外茂盛,马秋月蹲下去,几乎能碰到鼻子。她隐隐感觉有些地方不对劲,可哪里不对劲,又说不上来。朱光萍吓唬说,我要走啦,马秋月提高了声音,我才不怕呢。结果思绪越发飘忽不定了。

再次并肩,朱光萍讲起发生在沟渠的一桩男女事。马秋月听大有女人说过,和朱光萍的讲述有所不同,在大有女人嘴里,女人原是自愿的，因被人撞见，恰又是亲戚，才变脸说是被强暴。马秋月没有回应朱光萍，她有点儿心不在焉。

至村口，朱光萍说这臭兰香可真臭，走这半天，身上还有味呢。马秋月突然醒悟为何不对劲了。她没闻到臭兰香浓烈的味道，甭说此时闻不到，撒尿时鼻孔就背叛了她。以往，甭说蹲在紫秆绿叶间，几步之外便呛着了。她吃惊不小，但没敢吱声。也许，也许……是她说不清的气味占据了鼻腔，臭兰香被挡住了。

午饭是莜面搅拿糕，水沸腾时直接添加莜面，边放边搅，变成面团即可食用。一半靠技术一半凭感觉，技术好的，拿糕柔软筋道，搅不到位的，要么夹着生面疙瘩要么软而不筋，没嚼头。莜面饭中，搅拿糕用时最短，因而又叫懒汉饭。搅拿糕费面，马秋月平时不做的，除非时间紧。再一个，朱灯不爱吃。但那天，马秋月无心做别的，就搅了一团拿糕。蘸汤也简单，苦菜焯水，浇两勺酸菜汤，滴几滴油。春日的苦菜茎脆叶嫩，并不怎么苦，端午过后，根生毛须，叶宽如指，那才是真正的苦，再焯也没用。但苦也是菜呢，随手可得。为哄两娃食用，尤其是朱灯——朱红不像朱灯那么挑食，除了浇酸菜汤还拌了土豆丝，尽可能让苦味没那么重。那日的拿糕没搅好，遍身豆粒大小的面疙瘩，苦菜老而韧，难以咬断，只能囫囵咽下。朱红撅了撅嘴，便如常食用了，朱灯眼泪汪汪的，马秋月呵斥，他才埋下头。马秋月虽心疼，但饭是必须吃的，脸该冷还是要冷。她边吃边示范，言苦尽甘来的道理。突然间，她停止咀嚼。苦菜没有一点苦味，不，什么味道都没有。这一发现令她惊悚。不只失去了嗅觉,味觉也弃她而去。也许……也许……她夹了根咸菜。咸菜虽不像大姐家的齁嗓子,但也不是一般的咸,唯此才能吃到秋天。马秋月没有任何咸的感觉,不甘心,又夹一根。她停不下来了,一根又一根,仿佛有着血海深仇,必须统统灭掉。直到朱红叫了声娘,马秋月骤然惊醒。咸菜所剩无几,吞噬那么多,居然没有尝到半丝的咸,她确信自己出问题了。这不是小问题,是大问题。但再一想,齿尖舌软,鼻孔通畅,又似乎算不了啥。

马秋月照旧下地,朱光萍瞧出异常,问她怎么了。马秋月以头晕遮掩。她想晚上告诉朱光明,他虽不能把脉问诊,但至少可以安心,朱光萍好相处,却非定盘星。马秋月本就一堆烂絮,不敢再撕扯了。一遭锄下来,马秋月先是有点口干,继而渴的感觉漫上来。暑天锄地,渴是最难受的。可在那一刻,马秋月欣喜若狂,就像地狱走一趟,却捡了条命回来。能感觉到渴了!老天不过开了个小玩笑,逗逗她而已。过了一会儿,双唇、两腮、喉咙有火苗燃起,渐腾渐旺,由上而下,肩臂、腰身、腿脚直到整个人陷入熊熊包围中。歇息时,别人到淖边饮水,马秋月没像往常那样跟着去,她舍不得浇灭。那很难受,但也很享受。朱光萍喝饱,给马秋月灌了瓶水回来。马秋月小口小口喝着,那个淖的水她不止一次喝过,但从未如今天这般香甜。没错,她能尝到甜味了。又揪几片苦菜叶子,能吃出苦味了;再嗅花草,也有了香浓的味道。

夜晚，马秋月还是和朱光明讲了，轻飘飘的，仿佛在说一个笑话。朱光明也是当笑话听的，没有太在意。孰料几日后，马秋月的味觉嗅觉又出了故障，持续的时间更短，也就几分钟就恢复了正常。她没再和朱光明说，就当白日打个盹，没啥大不了的。她能吃能喝，双眼明亮，不耽误干活，这就行了。

某日下午，一团并不浓黑的云从西北方向游荡而来，在深邃空阔的天空中，甚至显得孤寂。移至头顶，竟有雨滴落下。稀稀拉拉，谁都没当回事，几十秒后，雨滴成线，很快倾盆而下，天地连成一片。似乎就为偷袭而来，就让你猝不及防。没有一个人带雨衣雨布，都下意识地缩肩抱头，任由抽打。这个时候是不能跑的，因为根本辨不清方向。再说哪能跑得过雨呢？就地待着是最聪明的。马秋月蹲倒是蹲了，却没像旁人那样缩头，头垂了垂，突又仰起。她不是冒愣犯傻，和老天作对，而是因为雨水流进嘴角，她尝到了甜。那甜极淡，若有似无，但她品到了。这是一种秘密的甜，不能分享，难以言说，但实在令她欣喜，整张脸迎接着雨水抽打。她不想错过。她贪婪至极。眼睛是睁不开的，嘴也不敢大张，任水流在鼻翼两侧汹涌、汪洋，半舔半吸。某个瞬间，马秋月突然想到一个甚显可笑的问题，且答案随之而来，鼻孔为什么朝下而不是朝上长着？因为防雨！女娲造人时就考虑到了吧。鼻孔堵塞，她忙垂了头，稍顷，又仰起。

雨过天晴，个个落汤鸡。没法再锄了，倒不是衣衫尽湿，遇风遇雨突然，但也家常便饭，而是雨下得猛，垄背全是水。三三两两往回走，样子皆狼狈，神色却透着欢喜。可以歇着了，但因为锄了多半日，又按满工计分，四舍五入，这账咋算都划得来。

马秋月另有账本，包括朱光萍在内，没有人注意到马秋月仰脸食雨，自然不会窥探马秋月藏了怎样的秘密。于马秋月而言，后账远比前账重要。

倒是来串门的大有女人觉察到异样，屁股往炕沿一跨，便问马秋月有啥喜事。马秋月甚是吃惊，大有女人不只嘴耳超常，眼睛也锥子一样。马秋月说，下午淋了个透，还喜呢。大有女人问，当真没有？马秋月说，老天下糖水了，我灌了半肚，这算不？大有女人笑，你是让你家光明灌狠了吧。马秋月腾地红了脸，胡说八道。大有女人半笑半嘲，又不是黄花闺女，脸皮还这么薄。马秋月说，你教教我？大有女人晃晃头，拜师就得找那数得着的，我倒是比你脸厚，但还差得远呢，人家才叫本事，刀枪刺不透的。马秋月顺口道，谁呀？大有女人略压声音，那妯娌仨，个个出色。马秋月顿有上当的羞恼，你才拜呢。大有女人笑得眼睛都没了，你还不乐意，求人家未必教你呢，就你这脸盘，带会你，她们还不成了断秧的瓜！马秋月说，越扯越远了。大有女人说，逗你呢，瞧你紧张的。

马秋月极想问龙王和鱼精一家，还想知道那个听到猪说话的男人怎样了，但终是压制住。大有女人没待太久，告辞时，马秋月送至院门口。围墙垒起，总算像个院子了。虽不过半人高，但防猪拦狗，睡觉也踏实许多。马秋月站了站，正待进屋，夜空突然传来猫头鹰凄厉阴森的叫声，她不由打个寒噤。喜鹊报喜，猫头鹰不吉。牛郎和织女约会，喜鹊搭梯建桥，哪见猫头鹰的影儿？尽管喜鹊常让她空欢，而猫头鹰也未带来噩运，但马秋月仍喜欢听鹊鸣，讨厌猫头鹰半啼半笑的悲音。哪怕后来知道猫头鹰专吃老鼠，仍对它没有好感。不只她，谁不如此呢。如若一个人爱听猫头鹰叫，那多半是疯子。

但不管是否喜欢，哪怕是武三，都不能阻止猫头鹰的阴叫。那是众多声音中的一种，属于夜晚，属于村庄。

马秋月经常听到，可只要进了院子，便不再害怕。但在那个夜晚，她背脊窜凉，头皮涩麻，双腿发软，迈不开步。阴叫再袭，她循方向望过去，夜空幽蓝，星光黯淡。院墙之外，黑影幢幢，什么都看不到。但能确定在婆家院内的树杈上，距她极其近。

马秋月不知自己在院里颤抖了多久，不知如何进到屋里的。看见两个娃和灯火，她才感知到身体的存在。猫头鹰仍在叫，似乎要在那棵并不繁茂的树上安家落户了。只是听到也没什么，但马秋月恐惧。她的脸色一定很难看，因为朱红问了，马秋月恼火地遮掩过去。

朱光明进屋，马秋月立即问他。朱光明说好像听见了，没太在意。马秋月说，和往常不一样。朱光明笑，各人各嗓，猫头鹰也一样。马秋月说，一直叫呢。朱光明竖耳听了听，没有呀！马秋月有些呆，明明在叫，你怎么听不到？朱光明这才认真起来，

209

你又胡思乱想了吧。马秋月没好气,是你耳朵背!恰在这时,凄厉声射入,两人都听到了。马秋月目光如钩,直挠到朱光明脸上。朱光明笑说,不就是夜猫子叫吗?你又不是娃,有啥怕的?你这胆越长越小了。马秋月心事重重,今晚叫得怪呢。朱光明说,我怎么教你的?往好里想,别整天瞎琢磨。马秋月不满,我盼好呢,做梦都是。朱光明说,那就好,今儿做个更好的梦。

半夜,马秋月惊叫一声,从梦中挣出。朱光明捉住她的手,轻言,我在呢,别怕。马秋月脑里满是梦的残片,既想驱离,又试图看得更清晰。就像掰手腕,忽而这方占上风,忽而另一方翻上来。由不得她,她无力掌控。朱光明的手慢慢松开,鼾声缓起,马秋月轻轻抽出。朱光明怕是豆庄最忙的人,没白没黑的,马秋月不想影响他睡觉。她也该睡的,明日还要干活,可脑里纠缠不止,眼睛合不拢。闻嗅失灵,耳朵却格外敏感。不是她想听,而是那凄冷的声音犹如钢钉,往她耳里心上钉。

3

屋门口放了把白茬木凳,麻婆子立在旁侧,仿佛那不是供她坐的,而是她的伴侣。她上着对襟青褂,下穿黑布宽裤,脑后挽着高高的发髻。长久盘腿的习惯并没使她的腿如其他上年纪女人那样趋于罗圈,腰板不塌,腿也溜直。她临墙却不倚靠,脑袋略仰,眼睛半眯,安静怡然,活像画里走出来的神仙。

马秋月怕打扰了不知养神还是陷入回忆的麻婆子,犹豫着是否改日再来，麻婆子说话了，凳子都准备好了，就等你呢。马秋月惊问，婆子咋知道我要来？麻婆子说，掐算出来的。马秋月更加吃惊，婆子当真……麻婆子笑出声，你这个痴子呀！我一早就搬出了，谁来谁坐，你第一个来，可不就是给你预备的？！马秋月跟着笑了，我还以为……麻婆子说，进屋说吧。马秋月疑问再起，婆子怎知我要问话？麻婆子说，大白天的，你不下地，往我这儿跑，自然不是听故事。马秋月不安而急促，婆子，你得给我想个法子呀。麻婆子不接话，转身进屋，随口道，这木凳像石头做的，你来搬。马秋月搬起凳子跟在身后。板面厚实，四腿粗壮，确实沉呢。不知哪个木匠做的，敷衍潦草，凳面没刨平，树疤凸显，像长了疙瘩。该让朱光明给麻婆子做把椅子，马秋月如是想。

麻婆子爬上炕，问马秋月要不要上来，马秋月摇摇头。麻婆子说，随你，那也甭站着呀，坐下慢慢说。马秋月就在木凳上坐了。心事重，身子却是轻飘的。

麻婆子说，有些日子没见你了。马秋月说，转眼就是一天，都不知忙些什么。麻婆子笑，闲有闲好，忙有忙好，只要有盼，咋样都好。马秋月眼睛闪亮，盼也有呢。麻婆子说，那就行了！活着不易，哪能样样称心？光芒消逝，马秋月满脸愁云，婆子，我没指望吃香喝辣。麻婆子笑，吃香喝辣有啥不好？能吃上就吃么。马秋月摇头，我只求娃安好，婆子你见多识广，得给我想想法子，要不我会疯掉。

211

朱灯跌进水个洞,吃了一肚子蝌蚪,倒是没有大碍,没像从炕上跌落那次魂散人呆舌短唇闭,只是有些蔫,几日之后便茎展苗舒了,但马秋月吓得半死。如果仅仅是这一桩,她也不会如绷紧的弹簧,可自朱灯落草,灾祸频频,大大小小,能盛一簸箕了。朱灯是怎么跌进去的?马秋月一度想搞清楚,可婆婆说不上来,彼时,她和几个妯娌站着拉家常,没有目睹。问朱灯,他更说不清楚。他原是蹲在坑边看蝌蚪的,并没往水里迈。没挪窝,却掉了进去,实在是怪异。自然,马秋月也询问了朱红。头天问了,第二天又让朱红回忆。朱红和朱灯都在坑边,两人挨着,可朱红也说不清楚,彼时没有猪狗经过,朱灯没受到惊吓,可他就是栽进去了。最终,马秋月未能还原那个过程,一度驱离的阴影再次横陈心上。为了摆脱,天知道她付出了什么。闻嗅失灵,她可以忍着,但哕音灌耳,她耗不住了。再这么下去,真会疯掉的。

麻婆子说,还以为你的疙瘩解开了,没想越结越大,成了秤砣。马秋月感伤地,不是我故意钻牛角尖,不由人啊,想到……我这心就被针扎了。麻婆子叹息,往哪儿不能钻?偏要往故事里钻?再三跟你说,都是没影儿的,不过解个闷儿,当不得真!都怪我,把你害了。马秋月急忙说,不怪婆子,要说应该谢你呢,知道哪儿有坑,才能避开不是。麻婆子苦笑,哪里有坑?不过是个说法。马秋月说,故事是假的,理是真的,行善积德,作恶遭罪,这都是你说的。麻婆子有些意外,嘴巴功夫见长啊。随后笑笑说，这要看什么理了，值不值当，就这个……连说法也算不上，更别说是理了，没有半点根据，全是我胡扯。马秋月说，婆子莫再自责，你得帮我想个法子。麻婆子顿了顿，法子是有，你肯？马秋月紧张地盯着麻婆子。麻婆子声音有些冷，你一定要认这个说法，只能把其中一个送人。马秋月想到大姐带离朱红的情景，痛苦而艰难地摇头。麻婆子说，我就说嘛，你舍不得。马秋月哽咽，都是我身上掉下的肉。麻婆子说，这还就是一句话，你就难过成这样，真抱一个出去，你要天天撞墙了。马秋月说，可是……我又怕……麻婆子甚显无奈，你这个痴子呀。马秋月绝望道，只能这样？麻婆子沉吟着，这个嘛……马秋月哀求，婆子是经过事的人，懂得多，我信婆子，你再想想……除了这一条，怎么都行。像马秋月是陌生的不速之客，麻婆子上上下下审视好一会儿，斟酌着，你这么信我，我就——马秋月因激动而有些颤抖，我就知道婆子有办法。麻婆子淡淡一笑，我天天讲没影儿的事，但不装神弄鬼，念咒画符。马秋月急切地，婆子快说！

麻婆子却不急，要先讲个故事。马秋月只得压了急躁。完后，麻婆子说，听明白了吧？马秋月问，借住？麻婆子点头，就按故事里的法子。马秋月疑惑，管用？麻婆子语气坚定而肯定，当然，两全其美呀！马秋月眼睛渐亮，婆子，你咋不早说？！麻婆子笑笑，一时没想起来，再说你两手空空，咋也得难你一下。马秋月不安地，我这脑袋乱成麻了。麻婆子说，不打紧！来日方长，没准哪天我登门要呢，到时候你别不认我。马秋月说，哪会

213

呢，婆子的恩，我记一辈子。麻婆子故意沉下脸，一辈子太短，三辈子太长，两辈子吧，万一下辈子你转世为人，我转了牛马，你要好草好料喂我。马秋月被逗笑了。

　　几日后的傍晚，吃过饭，马秋月牵了朱红的手，去往婆婆家。马秋月不止一次送两娃给婆婆带，那一段路走了无数遍，闭着眼也能摸过去，但那一晚，她如在迷途，走走停停停停走走。朱光明没反对，朱红起先不肯，马秋月百般诱说。朱红眼里蓄满泪水，显然怀了万般委屈。马秋月被扎疼。这不只是为朱灯好，也是为朱红好，必须这样。慢慢就习惯了。与抱养出去比，这简直不能再好。马秋月想替朱红擦拭，手刚伸出，朱红猛地扭过头。马秋月明白小娃有心了，不只委屈，还生了别的。她的心更疼了。好在朱红没有大哭大闹，只是默默落泪。去婆婆家那不足百米的路上，朱红不再流泪，但依然沉默。马秋月内疚而不安，继而生出奇怪的念头，朱红闹一闹嚷一嚷，那虽然会让马秋月难受，但强过沉默，强过不安。可朱红乖顺极了，小脚紧跟着马秋月。

　　至婆婆家门口，马秋月停住，叮嘱，憋尿了就像在家里那样，别尿了褥子，记住了？

　　朱红点头。

　　马秋月说，奶奶姑姑都疼你的。

　　朱红点头。

　　马秋月说，跟自家一样。

　　朱红点头。

214

马秋月说，明儿一早就回来。

朱红点头。

马秋月说，明儿早娘烙饼。

朱红点头。

马秋月的心阵阵抽缩，还要说什么，却又想不起了。

回来的路上，马秋月依然走走停停，侧耳细听，若朱红此时哭出声，她恐怕得折回去。什么声音都没有。青蛙、夜猫子、昆虫似乎都藏躲起来了，马秋月松了口气，随即歉疚漫上来，心再次缩紧。准确地说，朱红是借睡，而不是借住。她仍是她的心头肉，去婆婆家睡觉而已。马秋月有一千条理由，但没有一条理由能压制、阻拦歉疚流溢。

细碎的声响入耳，夜半，马秋月突然睁开眼。她困极了，但难以进入梦乡。每次就差那么一点点，沉重的大门总是合不上，哪怕一丝一毫的声音她都能捕捉到。第一个反应是朱红跑回来了。朱红脑瓜活，不是做不出来。若朱红半夜从婆家跑回来，不能让她待在院里，所以马秋月没插门闩。马秋月猛坐起身。屋子虽黑，但借着星光，可搜检到每个角落。

是溜出洞的老鼠。自马秋月记事起，父亲就没停止过捕杀老鼠，或在家或在饲养房；或用夹子或用鼠药，收获常有，但没有断绝。老鼠喜欢老屋，住惯就舍不得挪了，父亲如是解释。可马秋月和朱光明的屋并不老，老鼠照样穿墙打洞。朱光明也想招，也未能让老鼠消失。马秋月奚落他，朱光明振振有词，老鼠为啥居十二生肖之首？贼点子多呀，一半偷食，一半守窝，留着根呢。咱没能把老鼠灭绝，但灭一个少一害，没有成灾，不敢大摇大摆过街，只会偷偷摸摸觅食，这就是功劳了。诸葛亮也想不出更好的法子。

朱灯胆小，也不怕老鼠，朱红就更不怕了。

马秋月再次躺下去。隐隐约约地，听到有哭泣声。由远而近，又由近而远，似乎在路上来回飘摇。马秋月想推醒朱光明，手伸过去又缩回。她摸起来，出屋听了听，似在院外，待出了院，声音又飘远了。马秋月急往婆家走，目光左右扫着。没看到朱红。婆家的院没有门栅，敞着，马秋月径直向里。至屋门口，凑近观察。门合着，没有缝，轻轻推推，不动，显然里面插牢了。马秋月并没有立即离去，而是站在窗户根，侧耳细听。起起落落，或轻或重的鼾声，未闻啜泣。马秋月这才舒了口气，朱红该是睡着了。

回返，马秋月想到隐约的哭泣，那是怎么回事？正待进屋，忽又觉得刚才时间太短，听得不够真切。万一朱红此时啼哭了呢？再次往婆婆家的窗户根，蹑手蹑脚。好一会儿，又转身离开。

如是四趟，待马秋月躺下，天已泛白。

清早，朱红回来，马秋月便紧瞅她的脸颊。没有泪水的痕迹。马秋月稍稍安心。问了朱红几句话，朱红如以往那样干脆。可是马秋月心底的歉疚却未能烟消云散，有那么一丝成了种子，悄然生根。

最难受的一夜终是熬过去了。什么没有代价呢？扫除笼在头顶的阴影，未来的日子顺风顺水，怎样的代价都值得。

4

什么时候开始，"稀黄"的标签贴到武三身上的？他自己也说不清楚。

稀黄是豆庄的词汇，近似厉害不好惹，但又不完全。武家三兄弟中，武二最厉害、最凶狠，甫说惹急了，稍有争执便动粗进而抡拳，但算不上稀黄。武大身强力壮，心机也深，但没什么胆子，行事谨慎，就更称不上稀黄了。武三既不像武大那样瞻前顾后，也不像武二那样莽撞不计后果，他的厉害是绵柔的，不凭拳头，凭的是主意和手段，不但要拿捏分寸，还要占理，因而让人惧，也让人服。这是从心里生长出来的，是真正的厉害，唯此才称得上稀黄。

也许在他九岁时。与比他长四岁的大头打架，被大头骑压身底，他立即求饶，谎称父亲藏了半筐萝卜，大头放了他，他带大头去窖里偷萝卜。大头信以为真，跟他到窖口，武三揭开压在窖口的石块和胡麻柴，说窖深，他下去爬不上来，让大头下窖，他给望风。大头估料武三不敢骗他，加之肚饥，便下到窖里。武三乘机将窖口塞了，压了石头，才跑回叫人。待武大武二赶来，大头已经半昏，差点丢了命。也许更早，六岁的时候，武三就知道

217

跟两位兄长争食了。也许十五六岁的时候，帽子被大风吹掉，他一路追到五台。帽子被中年男人捡了，但不承认是捡的，咬定就是他的。武三跟踪其后，进家和其妻讨要，拿不回帽子就不走人。结果不只要回帽子，还蹭了顿饭。

没人说得清，但武三的稀黄是公认的。

稀黄，又有队长这重身份，武三就不是一般人物了。其实武三的心并不冷狠，跟歹毒更沾不上边，有些话不得不那么说，有些事不得不那么做。必须树立队长的权威，男男女女才听他的。乖顺的，他自然照顾，或给点儿甜头，对着干的，或虽未敢对着干但心里存怨被他察觉的，必定要想法子治服帖。

武三自认是个好队长，因为他管得住管得了，他说什么就是什么，俗话说镇得住场子，换个人试试？就算勉强压得住，绝对不会这么顺。再一个他公道，分粮发物，跟别人一样抓阄，从没想着把自家那份先留出来。只怕而不服，不会持久。至于他白日偶尔睡个觉打个盹，实在算不上什么。他绝非故意以权谋福利，实在是太困了。若身体出了状况，这个队的损失就大了。确实，后院常耗费他的精力，但他为这个队操心更多，有目共睹。没人会为此说三道四，武三有足够的自信。

当然，武三不是对所有人都一碗水端平，比如朱氏一族。这怪不着他武三，如果不当这个队长，只是杨疙瘩那样的普通村民，他不会区别对待，更不会如杨疙瘩那样耍横。但他是队长，许多时候必须表明态度做出表率。队长换成别人，朱家一年三百六十五天都未必有好日子过。他武三够好的了，即便端不平，碗还是碗，没掉在地上。谁的日子能一万个顺心呢？他武三贵为一队之长，也有烦恼。别人的烦还能说说，他的烦只能在肚里闷着。这也是他的短，家丑，不提也罢。

还是说光鲜的。

武三享受队长的感觉。这比女人还好。女人虽也让人痛快，但就那么一会儿，而队长的快乐不分地点不论场合。武三没有倚仗队长身份占哪个女人的便宜，哪怕送到嘴边也不吃。也不是一点念头没有，但想到可能丢了队长之位，就把乱念丢掉了。这一点保管员老婆可以作证。

保管员偷偷往家里拿东西，被武三逮住。武三大为光火，他可是武三信得过的人。保管员百般求饶，武三最终原谅了，还让他揣着那一长串钥匙。保管员感激武三，请武三去家吃饭。武三进屋就瞧出来，除了吃饭，还有别的美事等着。保管员心里不踏实呢。保管是个肥缺，他必是怕丢了。武三不糊涂，自然没有糊涂行为。

后来，保管员把库房的东西偷往武三家。他知道武三的忌讳，并不进屋，丢院里即离开。当然只在夜里进行。武三呵斥过两次，保管员充愣装傻。不是什么贵重东西，后来武三也就装了糊涂。这么做也是照顾保管员。再后来自己也往回带。他为这个队付出太多了，这点东西实在不算什么。

要说，这也是当队长的好。

武三从未想着去大队谋个职位，倒是更光鲜，可他识字不多，不如小舞台上腾挪闪转来得方便。宁为鸡头不当凤尾，能当一辈子队长，他就很知足了。

武三其实有怕的，怕老婆偷人，怕得罪大队的哪位干部，最怕的是队长被撸。当一辈子，这念头越强烈，就越害怕。没错，现在稳稳的，没有任何被替换的迹象和可能，但因为怕，便生出杂七杂八的念头。

武三为如何当一辈子队长而着魔，那天看到朱光明给武大做的折叠板凳，一束光突然照进脑子。随即叫来朱光明，问他会不会做交椅。朱光明淡淡一笑，交椅说简单点就是给马扎安个靠背，只要有木料就做得出。武三击掌，太好了！他是队长，搞点木头还不容易？当即指派朱光明做一把。朱光明目光闪着探究，武三毫不客气地封住他的嘴，不该问的就不要问，只管做就是，亏待不了你。

武三没见过交椅，但也听过故事，还知道什么人有资格坐，为啥爱坐交椅。队长算不上官，但不管怎么说，也管着二百多口人，大小是个头头，他有这个资格。他认定坐了交椅，会把好运坐在屁股底下，当一辈子队长多半是没问题的。这是武三的秘密，任何人都不能窥探。

没多久，朱光明便将刷了漆的交椅交给武三。武三有些不屑，这不就是椅子吗？再一端详，和他在大队部见过的椅子是不同的，区别在椅腿上。武三问，这就是交椅？朱光明极其肯定，这就是！喜悦和兴奋漫上来，一浪又一浪，武三有些摇晃，怕朱光明瞧破，挥手叫朱光明离开。

武三是坐过椅子的，和凳子没啥不同，不过可以倚靠，舒服一些，说到底就是个支屁股的架子。可交椅不同，武三往交椅一落，整个人便有神奇的得道成仙般的感觉，身轻如云，吞烟吐雾，太他妈享受了，比队长还队长。若非那么多事等着，他就让自己长在交椅上了。

就在坐了交椅的第三天，武三再次发现女人的不对。虽没当场捉住，但相信自己的判断。他一审，女人就招了。武三要疯了。万万没想到，如此严防死守，还是让女人一次又一次钻了空子。万万没想到，女人招得如此痛快。万万，又万万没想到，他坐了交椅，还要受此奇耻大辱。武三其实挺疼女人的，但这次下了狠手。

武三最害怕的事情发生了。

武三蒙掉了。太突然太意外，没有任何心理准备。冷静下来，他追因溯果。被撤是因为伙同保管员往自家运公家的东西，他没想拿的，该死的保管员害了他。可若非女人揭发，谁又能知道这个秘密？根由在女人那儿。他打得是狠了些，但她错在先，还不让他出出气？他终归是她男人，再打也是她男人，她怎么会如此愚蠢？她虽说毛病不少，但心眼儿不缺。这一次怎么了？

武三来来回回游走，然后目光落在交椅上，突然被焊死了。这前后发生的一切，应与交椅有关。他这队长当得稳稳的，坐了三天交椅就被撸掉。说明什么？用屁股都能想明白。武三不该坐？他镇不住交椅只配坐板凳？也许是这样，但更有可能是朱光明做了手脚。武三听过镇物之说，房屋能下，凳子就能下。对朱全一家，武三自认还是不错的，没有成心和他们过不去。他身份特殊，说些违心的话，做些违心的事，像朱光明借车，若爽快答应，威信何在？没了威信谁还听他的？若他咬定不准，女人求情也没有用。但朱光明未必体谅，该是怀恨在心了。恨积攒多了，就想着报复，打制交椅给了他机会。

武三想把交椅折了查找证据，但翻看半天，狗咬刺猬，无从下口。不得已，把柳木匠叫过来。柳木匠忙了两小时，满头腾汗，连一个凳腿也没卸掉。柳木匠手艺一般，但咋说也是木匠呢，他都拆不开，可见这交椅是藏了鬼的。既然拆不开，那就不拆，交椅本身就是证据。武三不害人，可若有人使坏，武三是不会放过的。你抢一拳，我还击两拳。这就是武三的厉害狠绝之处。

5

马秋月没看到朱光明被带走的过程。收工后，如往常那样去"看望"巧瓜瓜。巧瓜瓜开花时她就留心了。若生长在路边，每一个人都可摘走。但被苍耳掩护，别人很难发现。这样将永远属于她。花落瓜显，马秋月隔三差五走一遭，更多是担心它们被掳走。那天，她打算拣大的摘一些，让两娃尝个鲜。次日将去村南干活，再往这边就不方便了。本是腰酸背痛，但想到收瓜入袋，脚步轻快了许多。她要摘双数，朱灯朱红各一半，不偏不向。如果朱灯不是那么弱，没有那么多灾病，她什么都不偏的。

经过的次数多，像自家的炕一样熟悉。苍耳周边，还生着蛇床、老鹳草、野葵和萹蓄。野葵的小饼也可以吃，当然没有巧瓜瓜甜，熟得也晚。蛇床长得最高，远远就瞥见了。马秋月不喜欢蛇床这个名字，也不待见那一簇簇的白花。她的目光跳过去，落在毛扎扎的苍耳上。

巧瓜瓜还在呢。马秋月咬住嘴唇，没让欢喜的声音跃出来，仿佛怕惊着它们。又似乎那是她藏了许久的秘密，任何一点声响都可能暴露。蹲下去，马秋月没有急着摘，摸摸这个捋捋那个。它们有灵呢，知道等待它们的是什么，但不显委屈，更无惊慌，性急的早扯嗓子叫了，带我走带我走！！马秋月听到了，确确实实听到了。它们是她看着长大的，没有谁比她更熟悉它们了。她听得到，还听得懂。那就带你们走了哦，她说。杂花异草虽多，恐怕只有它们能听懂她的心语。

往回走时，马秋月竟有一点儿慌。磨蹭得太久，最后一抹晚霞已隐逝于苍茫的天际，暮色弥漫，大地朦胧。但她的慌似乎不是夜幕即将垂落，也不是因巧瓜瓜吵闹。巧瓜瓜极顽皮，如果不是摁着兜，就跑出来了。那是因为什么？她试图捞捡。可能是太高兴了，心跳失去了节奏。

马秋月没往朱光明身上想。看到半屋的人，听他们七嘴八舌的讲述，仍难以相信，瞪着呆愣惊恐的眼睛，望望这个瞅瞅那个,觉得他们聚在她家,不过为了和她开个玩笑。这个玩笑实在太大。她一言不发,就那么瞪着朱光明的弟弟妹妹,目光渐生愤怒。什么玩笑不能开,编这样一个事逗她。朱光明什么人,她比他们更清楚。朱光萍带着哭腔,四嫂,爹想办法了,你别着急,说句话呀!马秋月杵住朱光萍,咋……回事?朱光萍如释重负,以为你吓傻了呢。

朱光明确确实实出事了,但他们也说不清缘由,只知被武三告了,此时关在大队部。会不会被带到五台,谁心里也没数。

马秋月欲去找武三,被他们摁住。一番劝说,马秋月种在那里,不再动弹。

那一晚很长,仿佛四季在马秋月脑里旋转,忽而烟尘漫漫遮空蔽日,忽而烈日炎炎大地龟裂,忽而秋雨绵绵花枯草败,忽而白雪皑皑鸟兽绝迹。年轮再一翻转,世界又是另一番样貌,春草萌发夏虫欢鸣麦浪滚滚雪花飘舞。那是停不下来没有边际永无尽头的长。

那一晚很短。马秋月跳进麻婆子的故事,成为其中的角色。她是三头六臂脚踏风火轮的哪吒,她是脑门长眼手持方天画戟的二郎,她是千里走单骑的关羽,她是喝断当阳桥的张飞。马秋月能成为任何一个,可不知成为谁更好,没等拿定主意,朱光明便回来了。

完整归来的朱光明不见懊恼和怨恨,反满脸满眼的得意与兴奋,似乎他不是被带走,而是被请去吃了八盘八碗的宴席。朱光明简述了经过，说不做亏心事不怕鬼叫门，有人主持公道呢。众人离去，马秋月才抛出疑团。差点被冤，虽然无险，但至少受了惊吓，他何以沾沾……自喜？朱光明笑出声，那把交椅没一个人拆得开，若非深夜，没准要拉二胡庆贺呢。这是朱光明才艺的最佳证明，武三其实是帮了朱光明大忙。

也就是自己男人了，换作别人，马秋月肯定会认为他脑子不正常。马秋月也想欢跃，但欢不起来，她吓坏了，绷紧的神经没那么容易松弛。如从大火中逃出，命是捡回来了，呼吸尚未恢复顺畅。朱光明被兴奋淹没，忽视了马秋月双眼稀淡但并没有消失的恐惧和哀愁。

被折腾够，又喜悦够，朱光明终是累了，躺下就沉睡过去。马秋月也困，她更困，四季仍然在脑里翻转，她被裹挟着，步履跟跄，站不稳也停不下。

就在那一夜，马秋月梦游了。也在那一夜，马秋月看到了那只纯白的兔子。她什么都知道，又什么都不知道。记得清清楚楚，却又难以描述。她一半在这个世界拴着，一半沉陷于另一个世界，既清晰又朦胧。那个世界快速消失，唯有下凡的玉兔，梦碎人醒，仍在心间。

6

乙卯年五月的一个清早，初到人世的朱丹以极其响亮的啼哭刺碎了晨日的宁静。喜鹊叽喳，紫燕欢唱，似乎彼时它们就嗅出了他的不安分。马秋月梦游总有白兔相伴,朱丹恰又属兔,这让她有难以形容的喜悦和甜蜜。麻婆子的故事里,超凡之人出生总有这样那样的预示。半醒半梦的她不会无缘无故与白兔相遇,老天自有安排。梦游症在她显怀时不治而愈,连朱光明都觉惊异,认为马秋月怀孕及时,这是天下都难找的神药。五台的医生束手无策,劝朱光明不要耗心费神四处求医,看管好就行了。就当脸上长个大瘊子,不怎么好看,但也没啥大不了,时间久了就习惯了。那是个没长瘊子却患有白癜风的医生,热情而饶舌。朱光明被迫接受了这个说不上多么残酷但也绝不好受的现实。添丁竟带来这样的好,朱光明想象不到呢。也正是受马秋月怀孕启发,朱光明给霍木匠出了那个主意。霍木匠为患癔症始终说不上婆家的三女儿犯愁。朱光明也没想到数年之后,马秋月再次梦游。她不能再怀,治愈也就无从谈起。要说也有的,梦游即是对梦游的最有效治疗。

五月的晨阳艳如橘红花瓣榨出的汁液,溅到哪里,哪里便流淌着湿漉的馨香。四壁不是特别的白,刷墙的土是从村西白土梁挖的,白中夹着淡淡的黄,所以哪怕是新刷的,墙壁也难达到新纸那样的效果,遍布时光的痕迹。马秋月没觉得这有什么不好,白土无须花钱,泛黄感觉是旧了些,旧有旧的好,耐脏。在那个清早,她惊奇地发现,墙壁经阳光洇染,呈现出立体的效果,因而有纵深感,仿佛森林背后半藏半露着大片草野。她痴迷地凝望着,直到朱丹再啼。他啜住她的奶头,却不吮吸,似乎不懂,既没有朱红的急迫蛮霸也无朱灯的犹疑专注，啜吸更像游戏，不在乎有没有奶水。满心蜜汁的马秋月抚着朱丹肉色的头，暗想，又是一个性呢。彼时，凶险闪露一下狰狞的面孔，迅即消失，马秋月没看到，也未意识到。她注视着朱丹皱巴而可爱的脸，思绪飘飞，大了有出息当然好，不是星宿下凡，一世平安不愁吃喝，当娘的也如意呢。

　　侍候月子的是二姐。父亲生病，母亲脱不开身，派了二姐。马秋月不是那么称心，甚至有一点紧张，但除了二姐，又有谁呢？大姐心细，可那个家少了她，如人缺了脑袋，绝无可能。朱光萍倒是对马秋月的性儿，可她去年冬日出嫁了。嫁得比朱光莲远，那个村在豆庄与马庄中间，傍临一个小镇，买东西倒是方便。婆家的家境也差了些，好在朱光萍对女婿还算中意。那后生也是腼腆性格，话少，但人勤快也有眼色。二姐也可佐证，途中她在朱光萍家住了一晚。二姐说只想讨碗水喝，可两口子当她正经亲戚，割了半斤肉，还打了三两酒，又留她过夜。她知马秋月一时半会也生不了，就没拂两口子的好意。二姐和朱光萍就见过一回，说起来是沾亲，但细论其实隔得远呢，二姐知道朱光萍嫁哪个村，还能寻过去，绝非偶然想起、仅为讨碗水喝。马秋月也不说破，听二姐闲扯，暗忖二姐回程恐怕还会讨碗水喝，依朱光萍两口子的性格，一万个不情愿，也难拉下脸。而马秋月即使料定，阻劝的话也难以出口。就是说了二姐也不会在乎，否则就不是二姐了。

马秋月有奶朱灯朱红的经验，哺乳朱丹自如多了。换洗尿布，做饭，二姐也是轻轻松松，但月子没那么好过，因为朱丹比兄姐能哭闹，即便睡着，也得马秋月抱着才安稳，把他放到炕上难度极大，稍不注意就醒了，好像原本就是装睡，不过是试探一下，和母亲玩个游戏。就算搁到炕上，也没有在怀抱里睡得久，而且大半时间醒着。他醒着，马秋月就多半醒着。

一日，马秋月实在困了，让二姐抱走朱丹。尚未落枕，眼皮便黏合在一起。不知睡了多久，突然惊醒，朱丹哭声流漫，二姐既没抱也没哄，悠然地摆弄着自己带来的已经磨出毛边的扑克牌，显然又在打卦。马秋月不痛快，话就重了，二姐，你咋不哄哄？二姐并无不安，满不在乎地，哭几声又哭不坏，瞧你急的，我跟你说，不能惯他这毛病，哭累自然就不哭了。马秋月说，你自个儿的也这样？二姐笑，你可说对了，我那四个闺女，个个好嗓子，屋里叫一声，大街上都听得见，你以为天生的？哭出来的呀！都像你这么养，还不累死？马秋月语塞。她相信二姐说的是实话。

二姐如此主张，马秋月就不再指靠她。后来是朱红帮了马秋月大忙，她人小，哄娃却有一套，朱丹挺认她。朱红的能干，很早就显出来。她对朱红的倚靠或许就是从朱丹出生开始的——应该比这更早。只是朱红时间有限，哄朱丹只能在放学后。若说她知道自己重任在肩，不如说从马秋月眼里读到了期盼，放学便往家急赶，因而总比朱灯进屋早。而到了睡觉钟点，哪怕朱丹在她怀里玩得正欢,她也会毫不犹豫地离开,无须马秋月任何提醒。

夜晚一截一截,醒一会儿睡一会儿,掌握这权利的是朱丹。二姐睡得沉,摇也不醒的;朱光明忙活一整天,马秋月不忍叫他。这样,马秋月只能自个儿强打精神,彼时,她常常想,若朱红在,就算夜里,也能为她分担一些。也就是想想,她不敢那么做。孰轻孰重,她拎得清。

哄朱丹之外,朱红也帮着干家务,甚至监督二姐。马秋月可向上苍发誓,没嘱她没教她,完全是自个儿生就或者是自个儿学会的。究竟是前者更多还是后者更多,马秋月是糊涂的。

二姨,你咋比我娘放的糖还多呢?朱红没有任何忌讳,没有半丝客气。她声音稚嫩,但甩得突然,便有炸弹的意味。

二姐给马秋月熬粥是超量的,马秋月喝不完,说二姐你也喝点吧,二姐也不客气,仿佛收拾残羹剩饭也是她的职责。再后来干脆熬两人的量,糖自然要放的。起先,马秋月心里有一点儿皱,后想二姐抛下几岁的娃来侍候她,斤斤计较就是她的不是了。有一次二姐说嘴馋,马秋月挂着笑,让她冲个鸡蛋喝。二姐埋怨,你自己都舍不得,我咋忍心喝?马秋月便说,你冲一颗,给我也冲一颗。二姐欢快地,我冲鸡蛋有绝活呢。确实,二姐开水冲鸡蛋是一绝,丝丝缕缕,却又不黏稠,一颗鸡蛋仿佛冲出了十颗的量。二姐问马秋月香不香,马秋月点头。二姐得意,便讲曲风如何如何,遇到曲风,不只是上辈子,还是上上辈子修来的。马秋月揣度,侍候她月子,二姐是委屈的,便尽可能让二姐的嘴不那么寡。但条件所限，定不如二姐在自家的待遇。

所以，闻朱红责怪二姐，马秋月并不为二姐比她多放两勺糖意外，而是因朱红与年纪不相称的赤裸指责而吃惊。

二姐怔了怔，你看花了吧？我咋比你娘的糖多呢？朱红不留情面，我看得清清楚楚。二姐被揭穿，倒也没多难堪，说这娃眼刁，嘴也刁，你看二姨个头比你娘高呀，个高可不就该多放点儿！马秋月呵斥朱红，但朱红没有怵，说我娘坐着月子呢，你又没坐！二姐说我要坐月子，你娘来侍候我的话，让她吃个够，好不好？朱红闭口，眼神儿却是恼的。

又一日，朱红指出二姐没把尿布洗干净。二姐说，不可能啊，洗好几遍呢。朱红将那块没法描述形状的灰布举起，二姐瞭了瞭，毫不在意地，又不是手绢，没必要洗那么干净，反正一用就脏了，还得洗，费那个劲干吗？朱红说，脸洗了还脏呢，二姨咋天天洗那么细？要搓两遍胰子！二姐乐了，行啊，小丫头片子，天天监督你二姨呢，谁教你的？朱红反问，你没把尿布洗干净是谁教的？二姐呵呵笑，伶牙俐齿，随你老子了，比我那几个闺女强，她们嗓门大，舌头不转过，个顶个的笨。

若是别人，被小娃羞臊，早就恼了，但二姐一点不生气，一板一眼地应对。这就是二姐的好了，不然马秋月要赔一万个不是。

类似的争执三两天就上演，马秋月说过朱红，但未能奏效。马秋月心有愧疚，跟二姐致歉，说朱红不懂事，她千万别放在心上。二姐嘘了声,甭说她了,你说我也不会放在心口窝,二姐啥性你不清楚?马秋月说,也就是二姐了。二姐说,到底是你女儿,送了人也和你亲。马秋月没料二姐说出这样的话,急道,没送人啊,不过是去奶奶家住。二姐笑,咋紧张成这样?我说是假如。马秋月话就有了硬度,假如也不行!二姐一定觉得马秋月好笑,憋着没让自己笑出来,但眼角绽开,跟你说啊,曲风原本不同意我来,你满月我立马就走。

马秋月再次意识到,二姐也是难熬的。

婴孩满月要庆喜,剃头等仪式外,更重要的环节是吃饭。吃什么样的饭,多大范围,要视自家情况定。当然应动荤的,动不起荤,至少要动油。动油尺度可大可小,炸糕算是大动,烙饼是小动,烙不了油饼,饭菜多几滴油也算。朱灯朱红满月时,日子紧巴,现在松了点,朱光明和马秋月盘算动荤。二姐似乎提前闻到肉香,脸放油光,后知不过买一斤猪板油,烙一顿滋油饼,大失所望。以为能解个馋呢,没想是隔着玻璃舔肉,过的是眼瘾。她嘲讽马秋月堪比大姐,就差扫牙缝煮汤了。马秋月由二姐说,也不反驳。待二姐说这不是一顿饭的事,也是给朱丹祈福呢,马秋月动摇了。满月饭讲究她是知道的,经二姐这样说,寓意隆显,干系重大,光买板油实在寒酸。便再和朱光明商量,二姐也掺和意见。二斤猪板油,外加半斤猪头肉。日子还要过,透支是有限度的。

二姐为自己的话起了作用而高兴,更因即将到来的盛宴而兴奋,并时常沉浸于回忆和想象中。她讲曲风带回一个卤猪肘子,一家人如何享用的过程。她活这么大,吃喝也经过见过,但从未吃过猪肘子,自然不知卤熟的猪肘子竟如铜镜般,可以照人。她敢肯定,整个赵营没有谁吃过。猪肘子香气重,轻轻切割,气味就炸开,满屋子撞。舍不得香气飘出,关门闭窗,窗帘都拉上了。费了好大的劲儿,还是没挡住。全家人分吃肘子,骨头置锅里煮汤时,墙头扒满了人。

二姐讲得绘声绘色,朱丹似乎都被吸引住了,水汪汪的眼睛盯着二姐。二姐结束描述,瞟瞟朱丹,还想接着说什么的,目光突然变硬变粗,犹如木橛。似乎第一次见到朱丹,而朱丹又让她多么意外。

马秋月被二姐吓着,惊问她怎么了。二姐醒过神儿,木橛消失,她笑着说,这小家伙一点不像你。马秋月说,朱灯像我。二姐说,也不像朱光明。即便此时,马秋月也未意识到二姐的话兆示了什么,只是有点不高兴,二姐,你越说越不像话了。二姐哈哈笑,不像也没啥,谁规定要长得像爹娘呢?

7

马天找到宰杀牛马的地方,日已偏西。没有流云,没有飞鸟,寒冬的天空幽深而孤寂。风并不是很大,但锋利如刀。马天唇青脸紫,鼻头如粘在冻肉上的木块,僵硬却不牢靠,碰碰就掉似的。若不是戴了狗皮帽子,整个脑袋都成冰疙瘩了。棉布手套没有狗皮御寒,手指涩麻,像是别人的。步子也是僵的,心里急却走不快。

几棵秃杨,数排房屋,院子不相称地大,几乎望不过来,但马天进大门便嗅到马的气息。多年喂养,他对这味道太熟悉太喜欢了,甚至可以说迷醉。那不是靠鼻子,至少不完全是,僵硬的木块没那么灵敏,凭的是超经验的感觉。没有任何犹豫,他立即奔向西北角。

那里果然是马圈所在。房子比他处略矮,也破了些,门栅大敞。左右两排食槽,共拴了九匹马。没有枣红马的身影。光线暗淡,但马天瞧得清清楚楚。他并不死心,先左后右,走至尽头,仿佛枣红马会魔术般跳出。没有,仍然没有。到处是马的气息,唯独没有枣红马的。

马天怏怏转身,差点撞到扛着饲草的老汉身上。老汉吃惊而警惕,你是谁,咋跑这儿了?马天一把抓住老汉,急切地问他见没见过一匹枣红色的马。老汉甩了一下,火了,你还没回答我呢!马天放手,老哥,我找我的马。听马天说完,老汉的脸没那么紧了,这些是明天宰的,你都看见了,没有你说的那匹,前几天……我哪记得住?反正每天都宰。马天求老汉想想,好好想想。老汉说,我记性一天比一天差,早上吃的啥都忘了,哪能想起前几天的事?别挡道,要不我连喂马这档事都会忘干净。马天不相信老汉记性这么差,动情地,老哥呀,这马对我太重要了,你一定要帮我……想想。老汉再次打量马天,咋?镶了金牙,还是肚里装了聚宝盆？马天摇头，都不是，可对我真的很重要。老汉说，卖到这儿的，都是拉不了车翻不了地的老马，红马也有过，都不是你要找的那马，反正我是没见过。马天心口不那么堵了，追问，宰那些马你都见过吧？老汉摇头，也有当天收上来就宰的。马天问，你都没见过？老汉说，我见它们干吗？也不让见啊，我只管喂。马天问，谁见过……那些被宰的马？老汉说，你得问屠宰工。马天问，他们在哪儿？老汉说，屠宰车间，不过这会儿找不见，这些人上班早，回家也早。马天不死心，根据老汉的指点，直奔车间。空空荡荡，只有从窗缝溜进的寒风四处舔食。

夜晚，马天在县城东门外的车马大店住下。随身带的干粮只够吃一顿，他吃了一半，留了一半，吃过便早早躺了。奔走一天，这才感到累，那是从里到外的乏，似乎肌肉骨头分离了。也许真得了什么病，又想就算有病，也要找见枣红马。

自开春，马天几乎没离开过炕头。头晕目眩，浑身疲软，站一刻钟，腿就成了拿糕。他不得不交出饲养房的钥匙。找过两个医生，一个说是营养不良，吃得好，不治而愈。马天认为他胡说八道，马营几百户，谁家能天天吃好的？再说以前也是这样的饭食，他好好的呀。另一个说是虚症，开了十几服草药，也没什么效果。马天不再求医问药，相信歇些日子就会好起来。可躺了几个月，仍不见好。若不是听说枣红马不见了，也许这会儿仍在炕上躺着。两天前的午后，力气奇迹般回归身体。

马天不相信枣红马走失。九年前走失过一次,只那一次。那不是走失,而是为女儿牵线搭桥。马天相信是这样。无人来找,枣红马便成了队里的公产,和别的马一样耕地拉车。马天仍如先前一样待它,应该比过去更好。哪匹马在夏日享受过洗澡的待遇?只有它。隆冬时节哪匹马肩背能披上麻袋片子?也只有它。枣红马怎么可能离开马庄?想来只有一个可能,被卖掉。队长嫌枣红马干不动活,去年就露过这个意思,马天软磨硬泡,队长才不再提了。马天在家歇躺,队长有了机会。

马天寻见队长,队长却不承认,说卖就不会骗你,我是队长,我说了算,没必要偷偷摸摸。队长越说越火,如果去年卖了,好歹能卖点钱,现在倒好,毛也捞不着一根。马天说枣红马是自个儿跑来的,给队里使唤整整九年,队里也算占大便宜了。队长满嘴跑粗,九年算个鸡巴,牲口生来就是干活的,能干动,九十年也得干。马天没工夫,也不想和队长争执,找另外两个饲养员询问。他俩都说枣红马是走失的,但马天仍然怀疑。他知道县城有宰杀马的地方,枣红马被卖,去处一定是那儿。

次日清早,马天赶往屠宰车间,逮人就问。不耐烦的一句话就打发了,也有脾气好的,马天就缠着左掏一句右掏一句。但没有一个人能说清楚,说不清也许就是最好的结果,马天又生出希望,如果枣红马没被宰杀,定然还在这个世界上,那么他就有信心找到。

马天寻到豆庄已是半月后了。

自入秋，再无父亲的消息，马秋月不知父亲的病有无好转，正想让朱光明去一趟，父亲竟自个儿来了，马秋月一时有些腾云驾雾，都不知干啥好了。转了两圈，才想起该给父亲倒水，目光四下瞅着找搪瓷缸，终于遽见，发现已经在父亲手上，热气腾腾。她冲朱红投去感激而讨好的一瞥，朱红说，开水不多了，我去抱柴，娘往锅里添点凉水。马秋月应了一声，父亲则连连夸赞。

父亲热乎过来，马秋月才想起最重要的问题。父亲能走这么远的路，自是能说明一切，但要听父亲说出来才踏实。马天猛把腰竖直，反问，你看我像有病的样子吗？早好了！他说得这么干脆，马秋月倒疑惑了，瞅着他塌陷的脸颊，追问，真好了？马天笑，当然是真好，其实压根就没病，就是身软，这哪叫病？马秋月问，现在……有劲了？马天说，没劲能走这么远？马秋月忙又问是不是有紧要事，马天点点头。

马秋月有些呆，半晌才问，就为这个？马天瞪她，咋？这个还不重要？马秋月说，你拖个病身子——马天打断，我没病！马秋月说，就算你没病，可枣红马是自个儿走失，你没半点责任，队长也没指派你，你干吗……她察觉父亲的目光硬了，没再往下说。马天说，枣红马是你的媒人呢，可不是一般的马。马秋月声音低了些，爹又这么说了！好像没有它，我就找不到人家嫁不出去。马天指指朱灯和朱红，又朝朱丹努努嘴，你是能找上人家，这三个娃和你可就没关系了。马秋月赌气地，嫁到别处我照样生娃。马天说，是可以生，或许生四五个呢，我问你，这三娃咋办？朱灯朱红齐齐望向马秋月，朱丹也听懂了似的，眼睛眨个不停。马秋月突然有些慌，笑笑，也不知冲谁。马天问，若是回到当闺女的时候，让你选，你不打算嫁给朱光明？马秋月说，爹说笑话，谁回得去？马天说，我是说假如……你还是会选朱光明吧，你未必舍不得他，但肯定舍不得三个娃。马秋月不得不承认，父亲说得对。马天说，男婚女嫁，讲究一个缘分，你和朱光明的缘分咋来的？枣红马送给你们的！你说咱该不该记住它的好？马秋月说，记是记，可……马天摆手，你甭可，没有可不可，只有该不该。马秋月只得顺了父亲，找是该找的，不过这冷冻寒天的，你身子要紧呀，要是……总找不见，那你就不回家了？再不管我娘了？马天说，我没说不回家，不管你娘，事分轻重缓急，现在找还能找得到，肯定能找得到！要是开了春，那就没准儿了。马秋月惆怅地，也不知跑哪儿了。马天说，枣红马有情义，不会无缘无故离开，准是出了什么事，我得知道它怎么了。你甭再劝我，不然我现在就走。

马秋月知晓父亲的固执，不敢再提。她能做的就是给父亲准备一顿像样的饭。也不是多么像样，炒鸡蛋，炒土豆，熬瓜条，蒸酸菜，没一个带荤。好在朱光明打了半斤酒，马秋月打发朱红叫了公公过来，彼此言语投机，气氛融洽，那场面便牢牢地嵌在记忆中。

临睡前，马天问朱光明能不能给他拉首二胡曲。他说吃也吃了喝也喝了,就是耳朵没过瘾呢。彼时朱灯和朱丹都睡了。朱光明瞄瞄马秋月,并不等她做出反应,立刻道,没问题!

马天是枕着欢快的马蹄声进入梦乡的,衣服都未来得及脱。即便睡着,枯瘦的两颊仍然挂着沉醉的笑。马秋月忧心忡忡,让朱光明挽留父亲住几天,歇过来再走。她强调,你会说,该劝得住。朱光明说,试试,爹的性子你也知道。

朱光明未能完成任务。马天睁开眼,朱光明便开始游说。马天不为所动,匆匆吃过饭,说这个事耽误不得呀,便下了炕。朱光明试图拉拽,马天说,你还打算叫我爹,就松开手。说到这个份儿上,朱光明就不好强拦了。

马天相信枣红马跑到豆庄就会止步,所以不打算再往南走。昨天他在豆庄外转了一圈,离开时又去林带草滩走了走,没有期待的火红身影,方开始北行。

半上午,起风了,不像枣红马曾经走失那日撕天扯地没有休止,而是间歇性的,多半时候有气无力,觉得马上要停止时,突然又猛了,似乎不是从远处,而是从地缝跑出来的,让人猝不及防。马天迅即佝腰,不然很可能被刮飞。躺了几个月,身上不但没长肉,反更轻了。只是他扛住了风的偷袭,却难躲瞬间的撞击,臂腿、腰身、头脸没一处不疼。中午,他叫开一户人家,要了碗白开水,吃了马秋月给他带的干粮,便又上路。

傍晚时分,马天行至瓦刀河边。风彻底弱了,不再偷袭,他站了站,稍作休息。离家不远了,闭着眼睛也能走回去。当然他不会闭,这一路眼睛和脚一样不闲着,即便脚停住,目光仍来回巡视。他期待奇迹,奇迹果真就出现了。在瓦刀河的下游,在已经合拢的暮色中,他瞥见了熟悉的身形。虽然朦胧模糊,但马天相信,是它!就是它!!一定是它!!!他惊喜万分,直奔过去。那熟悉的身影却移离了,仿佛踩着雾,飘飘悠悠的。马天喊了一声,他相信它听得到。但它并没有停下,马天加快脚步。它行进得远比他慢,至少看上去是这样。但他始终追不上。马天相信自己的推测,枣红马说不见就不见,定然有什么缘故。就如它来到马营、立在饲养院外一样,他至今不知真相。就算它会说话,也未必肯告诉他。每个人都有秘密,马天相信马也一样。这个世上每一样出气的和不出气的,地上的和天上的,看得见的和看不见的,摸得着的和摸不着的,都有自己的秘密。风有,瓦刀河有,他马天有,枣红马也会有。他或许永远不知道枣红马的秘密,但他相信枣红马有情有义,它要离开,肯定会向他辞别,除非……除非它被宰杀……马天突然一哆嗦。它不是奔跑,也不是行走,而是在飘,难道它真的……如此,也就说得通了。马天的腿忽就软了,既难过悲痛,更有难以遏制的愤怒。他们睁着眼睛说瞎话,毫无羞耻地骗了他。枣红马去往那个地方是迟早的,他很清楚。但现在本可以不去,它并没老到拉不动车的份上。就算……他们也不该骗他!马天抹抹眼睛,再次凝望时,那团暗影消失了。脚底突然一滑,马天意识到自己已置身于马蹄淖的冰面上。枣红马是来和他告别的,哪怕它被宰杀,也不忘和他道别。

夜色越来越浓,马天被黑暗的墙壁围住,难以辨别方向,不知如何迈脚。正要凭着感觉行进时,脚底,准确地说,是冰层下面,忽有火苗样的光亮跳闪。马天几乎惊呆。他难以相信自己的眼睛,揉了揉,定睛再瞅。没错,那光亮确实在冰层下,且缓缓移动。他直定定地盯着,光亮却不动了。这是要为他带路,送他离开马蹄淖呢。它并没有消失,它回到了家,马天如是想。我就说它不是一般的马,当真是呢,马天又想。你让我走,我偏不走,马天负气地想着,伏下身。光亮移过来,就在马天眼皮底下,仿佛在催促马天。马天嘿嘿笑起来,我偏不走,我就要看着你。

马秋月生朱丹时,奶水还算好,但朱丹吃奶时间最短。父亲的死讯传来,马秋月的乳房突然间如干涸的河床,再无一滴汁液。

第八章

1

二姐之后,第二个注意朱丹长相的是大有女人。

初夏的夜晚,朱灯和万金借着油灯豆样的光在地上摔"宝"——用纸折成的方形玩物,将对方的宝掀翻为赢。马秋月一边听大有女人闲扯,一边扯拽着朱丹。朱丹要到炕沿边观战,还嚷着要摔宝。或许是天生的玩性使然,也或许他瞧出朱灯处于下风,心有不甘。确实,朱灯不是万金的对手,下午折叠的一摞宝,几乎被万金赢光。不光摔宝,别的朱灯也比不过万金,弹球万金比他弹得准,弹弓万金比他射得远。万金脑子活力气也大,即便在昏暗的灯光下,脸也红灿灿的。朱灯本就细瘦,脑门吊了汗,吁吁气喘,更显虚弱,不过倒是有股子不服输的韧劲。

马秋月当然不会让朱丹到炕沿边,更不要说下地了。朱丹没因马秋月的扯拽而放弃,一挣一挣的,努力地伸着头和脖子。只要醒着,朱丹就不消停,会爬时爬个不停,会走时走个不停,即便被抱着，手也抓个不停。有一天马秋月犯困，他竟将两根手指插进她的鼻孔，又一次乘马秋月不注意，将唾湿的红纸贴在她左脸上，染红一大片。他变着法子淘气，马秋月却舍不得戳他一指头，气极了也最多沉下脸。起初还镇得住，后来他就知道怎么对付马秋月了。马秋月向朱光明告状，说他不是家兔，分明是只野兔。朱光明就笑，野兔能跑，没啥不好，大了没准能成为运动员呢。

若朱红在，朱丹会安分些。朱丹不怕马秋月，却怵朱红。乳房突然干瘪后，朱红替马秋月分担得更多了，从洗换尿布、熬喂小米粥到哄睡、管训，可以说，朱丹是由朱红带着的，至少白天是这样。可马秋月到底也是母亲呢，夜里是躺在她怀里的，马秋月不知朱红用了什么法子让朱丹听她的。

朱红通常在朱丹入睡后离开。自公公去世，她去那边的时间早了许多，有时搁下碗就走，似乎那边更需要她。马秋月将公婆家称那边，把自家称这边，也有自己的寄寓。都是朱红的家，那边和这边，不过是东房和西房的区别，一处吃饭一处睡觉。她原为稀释自己的内疚，但一天天过去，那边和这边似乎各自长出无形的界桩。马秋月看不到，但能感觉界桩的存在。这边和那边，是一个家，到底也不是一个家，这让她疼。不过马秋月并不后悔，任何时候都不会。就像麻婆子说的，能走远路，崴几下脚也没什么。

朱红不在，马秋月就受累了，比如现在。一次次把朱丹拽回来，朱丹一次次往外拱。他在和她较量。他为输惨了的朱灯着急。因为这个缘故，马秋月听得没那么专心。

马秋月再一次将朱丹拽回，并呵斥了他。大有女人笑着说，这娃看着就野。马秋月说，累人呀。大有女人盯住朱丹，松垮的目光渐渐抽紧。她来过无数次，从未这么看朱丹。即便如此，马秋月也未在意。大有女人说，你家丹像谁呀？似乎在问，但疑惑的成分没那么重，有点儿感叹的意思，也有点漫不经心。马秋月也笑着反问，还能像谁？这反问也没有责怪的意思，无须回答。

大有女人若有所思，全豆庄，算上周边左右，没有我不知道的秘密。似乎不着边际，却隐藏着炸弹。

马秋月有时很敏感，有时又很迟钝。她没往那方面想，自然没准确领会大有女人的意思，只隐约地感觉不那么舒服。她不大高兴，没在脸上显露，话里微微带了刺，麻婆子的呢，你也知道？情急之下，脱口而出，马秋月没有过脑，为此很长时间为自己的口不择言后悔。大有女人稍微顿了一下，这有甚难的？可以打听啊。

朱灯终是赢了一回，手里的宝成了两个。万金问朱灯还打不打，朱灯看看马秋月，马秋月没有制止的意思。朱灯声音略高，打呀！

马秋月腾出手剪灯花，若朱红在，她会抢着干。剪灯花并不容易，须恰到好处。灯花剪碎，亮了许多，大有女人的眉眼清晰起来。大有女人老说自己眉毛稀，睫毛短得看不见，不像马秋月眉重睫长。朱灯朱红遗传了马秋月这一点,朱灯甚于朱红,眉更浓,睫也更长。万金眉眼随了母亲。如果论说优势,朱灯恐怕也就这一点。马秋月只在心里比,确实美滋滋的,但从不说出来,她深深懂得,任何一个娃,哪怕长得奇丑,当娘的看着也美。大有女人也非自我贬损,不过是认为自己处处占优才对。马秋月端详着大有女人说长不长说短也不短的眉毛,更加确信之前的判断。

咋这么盯我?大有女人说,你不相信是吧?我一定弄到麻婆子的秘密,从她嘴里钩不出,就从孟响嘴里套,我有的是法子。

马秋月剪灯花,不只因为吸不上煤油,火苗越缩越小,也为转移话题,没料大有女人还沉浸在先前的语境,这就有点儿赌气的意思,好像马秋月挑战了她,她必须做出回应。马秋月歉意地笑笑,我说着玩的,你还当真了。大有女人说,我可没怪你的意思,你倒是提醒了我,能拽出麻婆子的秘密,想想也挺刺激的。马秋月竟有些紧张,她可不想麻婆子有什么意外,尽管说不上这意外是什么,对麻婆子有多大影响,但总归没有是最好的。马秋月装出不在意的样子,说麻婆子的秘密哪用得着掏,她自个儿早抖搂光了。大有女人说,她讲那些,我寻思多半是编的,真正的秘密,她不想让人知道,所以扯些乱七八糟的,这叫打马虎眼,你说对不?马秋月哑口。大有女人这番见识快赶上朱光明了。

看马秋月的神情有些落寞,大有女人得意地,你就等着吧。马秋月醒过来,不咸不淡地,有啥好等的。大有女人说,你就不想知道？全天下我不敢保证，整个豆庄，你绝对是最爱听闲的，我爱说，你爱听，所以咱俩处得好。马秋月提醒她，你也爱听麻婆子讲呢。大有女人说，听是听，有瘾嘛，但讲更过瘾，她讲的是老古，谁知道真假？我说的都是你认识的，就算不认识也听说过。马秋月想说她更喜欢听麻婆子讲，麻婆子讲的虽然久远，但每个故事都像种子，落进肚里能发芽，大有女人扯的闲不过是花瓣，转瞬枯萎，存不住的。闲和故事怎能相比？最终什么也没说，没必要争执这些。

大有女人的兴奋没因马秋月沉默而减弱，说还有桩趣事刚才没顾上讲，问马秋月记不记得饼庄的王壮。马秋月没反应过来，每次说到饼庄，她首先想到的是龙王和鱼精两口子。大有女人提醒，她突然记起那个认为老婆藏在猪身上的男人，忙问怎么了。大有女人却卖起关子，你想听？马秋月说，想呀！大有女人追问，真想？马秋月说，你不愿讲就算了。大有女人诡秘一笑，怕吓着你……还是讲了吧，要不你还得惦记。

朱灯和万金还在打。朱灯又赢了两个。他技术差，但有耐性，一点一点往回扳。朱丹有了困意，没那么闹了，马秋月无须分神，听得真真切切。

除了不和人说话，王壮一如从前，虽然后来时常往食品站跑，但并无出格行为，只是默默瞅怎么过秤怎么宰杀，没有谁觉得有问题。某日，王壮从食品站出来，再次听见老婆的声音。距他几米远，两个女人边走边聊，老婆的声音正是左边那个女人发出来的。王壮紧追几步,尾随于后,以便听得真切些。谈话内容与王壮没有一分钱关系,但王壮仍然认为老婆的魂附在左边那个女人身上,只是女人阳魂旺,老婆不能为所欲为,只能借其嗓子,目的只有一个,让王壮听到。女人发现王壮跟踪,停下呵斥。王壮缩退着,也不解释。女人扭身走,王壮又跟上去,结果被扭送到派出所。公安没把王壮怎样,教育一番将他放了。王壮不再往五台跑了,自此有了跟踪女人的毛病。这很让饼庄的女人头痛,也令男人们恼火,碰上脾气大的,难免拳脚相加。王壮从不反抗,打过照样跟踪。

马秋月感叹,咋就这样了呢?大有女人附和,男人没了女人,魂儿就没了,是真的可怜。

大有女人离开,马秋月送至院门外。弯月挂天,夜色澄澈。没有虫鸣,不闻蛙噪,也无夜鸟掠过夜空的声响,连猪狗都哑了,仿佛世界突然暂停,出奇地安静。但并不沉闷压抑,反显清幽。马秋月静静地立着,任月光沐浴。该是享受的,为啥心里空落落的?

2

圆仓在院子的西南角,和队里的锥顶粮仓不同,是筒状的,方底弧顶,更像窑洞。除了门和框,没用一块木头,马秋月怀朱丹那年垒砌的。圆仓存储粮食,也放杂物,墙上照样钉了木橛,能吊挂的都在墙上。即便这样,还是显得堵,猛找一件东西仍然费劲。不值钱,但哪一样都有用。

马秋月想把毡疙瘩晾晒一下。毡疙瘩即用牛羊毛做成的靴子,据说还是朱家祖上传下来的,年代久远,看不出底色,但仍旧暖和,滴水成冰的数九,穿上毡疙瘩走一二十里绝对冻不了脚。原先是公用的,在朱光明离开学校那年,公公作为抚慰的礼物之一送给了朱光明。缺点是太重,走不了快路,朱光明穿的时间并不多。极寒的日子,就成了朱灯的专属。脚小毡疙瘩大,朱灯甭说走快步,慢步也要小心翼翼,不然脚就跑出来了。清除院子的积雪,朱灯最喜欢穿毡疙瘩,哪怕鼻涕冻结唇上,脚也热热乎乎的。朱灯偏爱,马秋月自然要藏好。记得放在木架与陶罐之间了,几天前似乎还瞄过,现在那里立着朱光明原先的工具箱。不会长翅膀飞了,马秋月来回翻找。圆仓里有好些木条木块,有的凿了槽,有的仅画了线,那是朱光明用来做戏楼模型的,但凡有用都藏于圆仓,因为马秋月烧过一个她认为毫无用处却是他费了两个中午刨削完成的木头片子,他急得都跺脚了。朱光明长记性,马秋月也长,轻易不碰。甚至目光都不多停留,快速移离。在那个下午,她说不清出于什么念头,轮个拾捡,仔细端详。或是想看明白些,但没瞧出什么名目。然后就翻到朱光明第二次去马庄时背的土色包,包里装有东西。一为霍木匠父亲绘就的《鲁班经》草纸,她见过的,另为一本书,系《啼笑因缘》,她从未见过。她不知道朱光明有这么一本书,藏起来,自是不想让她看见。圆仓门大开,光线甚好。她立在那里,翻了几页,目光便生

247

出弯钩。朱红抱朱丹出去玩了，家里只剩她自己，完全可以把这本泛黄的书拿进屋阅读。然直觉告诉她，这是朱光明的秘密，只能在此偷窥一二。虽在自家圆仓，她依然紧张，呼吸不再均匀，心跳也乱了节奏。也许该放回去，盘问朱光明比翻阅更重要，手似乎也生出钩，怎么也放不下，直到听见大有女人的声音。

大有女人见屋门敞着，知道马秋月没走远，喊了几声，径直往圆仓来。马秋月迈出一条腿，像刚干了龌龊勾当，神色慌张，目光残断，不敢直视大有女人，就那么僵着。大有女人瞧出异样，开玩笑，你干啥呢？我是不是坏了你的好事？马秋月脸烫了，不接她的玩笑，说太乱了，整理一下。大有女人探头欲瞅，说我瞧瞧藏了人没。马秋月这才意识到还在矮墙骑着，赶紧拽出另一条腿，关上门，合了锁。大有女人笑道，你得讨好我呢，不然告诉光明。马秋月笑笑，没接茬。

炕沿落座，大有女人转换话题，她未能掏出麻婆子的秘密。倒是费了不少心思，又是送烟又是送酒，麻籽送了足有二斤。麻婆子倒也爽快，把自己的经历口袋般翻个底朝天，任由大有女人搜检。大有女人在这方面有着超常的能力，凭着本能和经验认定麻婆子没说实话，所谓的秘密要么是编的，要么是讲别人的。

这结果是马秋月料定的，她没想到的是大有女人如此上心，可谓不惜代价。如此甚好。她半是安慰半是恭维，说大有女人的本事快赶上公安了，已经相当厉害。大有女人半垂的脑袋缓缓扬起，目光缠绕，没掏出麻婆子的秘密，但打探到朱家的一些杂事，你想听不？

马秋月呆愣住，转换太突然，她脑子跟不上。大有女人有着引诱的意味，朱光明该有二哥三哥的。朱光明八兄妹，四男四女，朱光梅朱光莲朱光萍朱光枝四女排行分明，而四男，大哥之下，分别是老四朱光明老五朱光礼老幺朱光义。二和三成为空白，应有缘故。朱光明话多，祖上怎么到的塞外都说，但从未说过这个。而她从未觉得有什么不对，梳子断齿，仍然是梳子，因而从未有过疑问。马庄有户人家，第二个孩子，却称三娃，祖上两代出过两个傻子，均排行为二，那户人家忌讳，就把二漏掉了。难道朱家也与此相似，在避讳什么吗？瞅大有女人的神情，好像藏着惊天的秘密，远非这么简单。马秋月的好奇滋长，但又有那么一点害怕。因此没有催促，竭力保持着平静。大有女人憋不住的，卖关子不会太久。

果然有曲折的！见马秋月有些呆愣，大有女人得意地，你不知道吧？甭说你了，豆庄老一茬里，知根儿的也没几个。马秋月不知怎么接大有女人的话，似乎说什么都不合适，于是缄默着。大有女人见马秋月兴致不高，告辞了。

仿佛被无形的绳索绑缚，马秋月整个身子都在缩，脑里闪烁着公公朱全的面孔。公公春日辞世，距父亲马天离去不到两月。马秋月对公公了解不多，他的秘密他的伤痛，更是一无所知。倒是知晓他连累儿女、也殃及到她的罪状。她早就不再计较，命运使然，逃不过的。她没有探究朱家过往的欲望，更不要说行动。

249

如果不是大有女人,她不会知晓那空白处藏着重要讯息。

当然就算公公活着,马秋月也不敢问询,不过他在世的话,她或许能做些什么。朦胧的图景,她描绘不清。

马秋月忘了要晾晒毡疙瘩,忘了匆匆塞进包里的那本书。缩在炕角,一通胡想。风从敞着的门溜进来,这儿舔舔那儿吮吮,因饥饿而柔软。一只白鸡在灶坑刨了一会儿,没觅到什么,便跳上灶台。终于啄到一个饭粒,仅此而已,不甘心,猛啄刷了白土又因水渍而起皮的灶台。锅灶在外屋,炕在里间,马秋月没看见懊恼的白鸡,听到声音,没反应过来,似乎那是从遥远的世界传来的。她纳罕着,这是什么声音?

若非朱红抱着朱丹回来,马秋月还怔怔着。

娘,你咋啦?朱红显然瞧出马秋月不对劲。

马秋月有些窘,没……咋呀。

朱红盯住马秋月,目光毛毛扎扎,不像十岁的女孩。

马秋月更加不安,若是憨笨的朱灯,她一句话就可遮掩。对付朱红不行,她不是一般的伶俐,哄她不易。朱红能给朱灯匀一点就好了,马秋月总觉朱灯的一部分被朱红占了去,至少智力是这样。每次想到此,便庆幸让朱红寄住是英明之举,不过歉疚并未因此减弱。马秋月怕朱红追问,更怕自己不小心说出来,那是朱家的秘密,也应是禁忌。故作淡然道,娘走神儿了。

朱红的目光依然是探究的,有人乱嚼舌头了?

马秋月虚虚一笑,没呀,娘就这乱想的毛病,改不了。

朱红气呼呼的，也不怕烂舌头。

马秋月这才佯沉了脸，闺女该有闺女的样儿，别动不动就来气。

朱红说，那得看对谁。

后来马秋月才悟出她和朱红说的是两个方向，意识到彼时已有她和朱丹的闲言碎语在传，朱红似有耳闻或凭着直觉猜测，就像在黑暗中辨识夜鸟飞翔，聪慧处处能派上用场。

向朱光明询问是两天后了。大有女人编不出来，马秋月相信有过那么档子事，老二和老三因此丢命，但原因未必是大有女人讲的那样，公公迟迟不去赎人。也许另有缘故。那是什么，马秋月非常好奇。之所以憋了两日，是因为拿不准朱光明的反应。她不想令他不痛快。她拐了个小弯子，轻描淡写地，我今儿想起爹的话，你排行四，我也排行四，太巧了，没准真是天意呢。朱光明嘿嘿一乐，那当然！马秋月说，我有过一个三姐，一岁半时闹病夭折了，娘说三姐没了才怀的我，人不在，位还得留着，所以我排四，村里人记不住我的名字，说起我总是马天的四闺女。朱光明附和，那是对的。马秋月仍是闲聊的语气，你咋排四，上面两个也夭折了？

你咋想起这个，是不是听说了啥？谁说的？朱光明笑容消失，脸瞬间板结。

马秋月脑里一阵蜂鸣，顿了数秒才反应过来。果然是朱家的禁忌，朱光明如此敏感，她绕一百个弯儿也没用，索性不再躲闪，径直道，我算是朱家的人了吧。朱光明目光犀利，是大有女人……这个长舌妇！马秋月说，你以前去供销社赊东西，也这么说？朱光明气恼地，这两码事，你别听她胡扯。马秋月说，我倒是想听正经的，没人说呀。朱光明声音没有丝毫温度，陈谷子烂芝麻，你没必要知道。马秋月不甘心，我就想知道呢？朱光明说，有这闲空，听麻婆子扯去。马秋月说，我为你朱家生了三娃，还是外姓呀。

朱光明不理，马秋月也就闭嘴。过了一会儿，朱光明轻轻笑了，你都听说了，还问我干什么？我知道的不比你多。那是1948年的事，我刚两周岁，啥都不懂，也是后来听了片言只语。那时坝上土匪多，赵家就出过三个，都死外边了。听说土匪只吃大户，爹不过置买了一些地，要说二棒手是瞧不上的，可二哥三哥还是被绑了，我寻思土匪的眼线要么是半傻子，不摸底，以为爹有多少钱呢，要么是爹得罪过什么人。爹没凑够钱，土匪就撕票了。大致这样，再细我也说不上来。马秋月问，你没问过？朱光明摇头，倒是动过念头，后来想伤口好不容易合上，干吗撕开？跟你说啊，除了我，不要再问任何人。马秋月问，若别人说呢？我不能捂了耳朵吧。朱光明说，听着舒服也行，不痛快干吗要听？过哪时的日子说哪时的话，老想苦逼事，就是硬把自个儿往烂泥里拖，没个好。马秋月说，各人各性，怕是由不得自己。朱光明笑，嫁对了人，性格能变的呀，比如你。马秋月喊一声，凭啥说我嫁对了？朱光明大笑，你刚才说的呀，这是天意。马秋月红了脸,说说玩的,你还当真了。朱光明说,不带这么哄人的。马秋月说,兴你哄我,不许我哄你?都是跟你学的。朱光明问,我哄你啥了?马秋月故意叹息,多了去了,说不过来。朱光明较真,说一个我听听。马秋月说,答应我的缝纫机呢?朱光明拉长声调,这个么——我就和你说道说道。马秋月知又要绕她,赶紧止住,我不听这个。朱光明说,谁让你提起头?不说我憋得慌。马秋月摆手,别跟我提缝纫机,耳朵长茧了。那本书是怎么回事?

朱光明怔了怔,哪本书?马秋月瞅他的样子不像装的,说,我收拾圆仓来着。朱光明哦一声,然后盯住马秋月,你看了?马秋月支吾,翻了几页。朱光明问,啥感觉?好看吗?马秋月说,不就一本书吗?你咋像审犯人?朱光明笑笑,既然只是一本书,没必要大惊小怪。马秋月问,见不得人?藏那么严实?朱光明说,我前天才拿回来,还没顾上翻,我翻过,才能确定能不能让你看,所以要先藏起来嘛。你别再碰啊,我先把把关。朱光明的话让马秋月有一丝紧张,怎么回事?你从哪儿弄回来的?朱光明说书是霍木匠三女的,至于她从哪儿弄的,霍木匠也不清楚。霍木匠认为三女的癔病和这本书有关,在她犯病时藏了起来。三女以为真被霍木匠烧了,和霍木匠多次闹过。三女出嫁后,霍木匠把书给了朱光明。霍木匠不知自己的猜测有没有依据,想让朱光明帮着判断。三女患癔病,村里曾有说法,如果霍木匠的猜测是对的,那么那个说法就是错的。所以这本书对霍木匠很重要,可能涉及霍木匠父母的迁坟事宜。

朱光明盯着马秋月，知道了吧？复杂着呢，所以必须藏好，霍师傅当个事托付给我，我不能敷衍他。

马秋月脑袋涨涨的，好像你啥都懂，又是编的吧？

朱光明笑笑，我又不是麻婆子，这事还用编啊？再说我可没那本事。

马秋月怏怏的，你家的旧事不能问，一本破书还这么多讲究，光装哑巴不行，我还得装傻子。

朱光明嘻笑着，我翻过了，没问题你再看不迟。皇帝吃饭前，都要身边人先尝尝是不是有毒，你享受的是皇帝待遇呀。

马秋月说，少扯吧，让你吓着了，不看了！

朱光明说，不看也好，又不是什么宝贝。

马秋月没好气，知道你就这样，就等这句话了吧。

朱光明说，万一……那就不好了。

马秋月说，还吓唬，不知我胆小呀。

朱光明忙道，不说了。

马秋月却又不甘，你给霍木匠吃迷药了，他这么信你？

朱光明乐了，差不多吧，他吃了我的迷药，我也吃了他的迷药。

顿了顿，马秋月问，三女再没犯病？

朱光明说，没有。

马秋月自言自语，却有着安慰和祈求的意味，按说好了就不犯了。

朱光明自然明白马秋月的指向，朗声道，不会了！肯定不会！三女好得很！

3

霍母过世已满三年，但霍木匠未将父母遗骨迁回老家。有霍妻反对的原因，也有霍木匠个人的缘故。他处在摇摆中，想法时时在变。不迁有不迁的理。老家与塞外没有本质上的区别，都要变成土的，说起来葬在祖坟，可祖坟也没准儿要迁呢，上次修水库差点就迁了。若把父母迁回，他百年之后随不随呢？随了就会烦累儿女，不随终究还是对不住父母。当然也有钱物方面的考虑，开支不会小。若老母生前没念叨，霍木匠就彻底掐了念头。可老母留话了，他也答应了，未遂母愿，过意不去。乱麻堆得多了，就想和朱光明说说。朱光明不劝他迁也不劝他不迁，但还是有倾向的。要说，这也是朱光明的私心。朱光明说没父母不盼儿女好的，劝霍木匠一定和女人说通，硬迁不好。本是了却父母心愿，若因此家庭失和，父母有知，也不痛快的。说服女人基本没有可能，单这点就把霍木匠难住了，朱光明清楚。所以虽然有私，朱光明也很坦然。

就这么搁着，不说迁也不说不迁。

霍母遗愿和霍木匠三女本来扯不上关系。因为她得了癔病，便有人说三道四了。

三女外号小狐狸，倒不是她多么奸猾，而是生就一张狐媚子脸，眼睛细长，灵秀有神儿，属于勾人的那种。她并不轻佻，也谈不上活泼，柔弱而又文静。她个子不高，但走路极快且无声息，仿佛玲珑的身体里裹了风，又或是一段影子。她胆子极小，听不得轰隆的雷声，见不得毛毛虫，尤其怕狗。豆庄俗话，狗怕弯腰狼怕小刀，遇上叫的狗不能跑，狗叫得再凶也不轻易往身上扑，若是跑，狗定然追而扑身。三女做不到沉着，狗冲她叫，她就跑。奇罕的是四条腿的狗却追不上三女。也有人说，追是追上了，嘴巴已伸到腿边，但始终咬不住她。自然有夸张的成分，不过她惧狗却未被咬过是真的。

另一方面，三女又胆大得令人吃惊。她喜欢看电影，只要听哪里演电影，甭管刮风下雨，定然前往。豆庄一个月顶多演一场电影，若得罪了放映员，一月一场都困难。多半的电影，三女是在外庄看的，米庄、饼庄、馒头庄、五台，更远的地儿也去。有时能约上伴儿，太远或者天气不好就难约了。三女便独自去。来回走夜路，她毫不怵惧。

霍木匠夫妇为三女看电影也伤过脑筋，不担心她痴迷，是怕她黑天半夜遭遇什么。为阻止三女去外村看电影，能用的招都用上了。用霍木匠的话说，如同笊篱捞水，也就由着她了。

平时三女丢三落四，但与电影相关的，记性好得出奇。什么电影，去年放映的还是前年放映的，在哪个村看的，张嘴就来。更出奇的是，她能记住电影里许多人物的对话，模仿得惟妙惟肖,好像扮演过其中的角色。她不卖弄,只在几个说得来的女伴间演过。

三女第一次发病是在霍母过世那年的秋天,队里打场,中间休息,三女与几位妇女的活是把脱过粒的麦秸挑至空地。据她们说,三女干活与平时没什么两样。就在众人喘息闲聊时,三女突然唱起来。众人都有些愣,霍妻也在场。三女谁都不看,又像盯着什么,边唱边扯下头巾挥舞。有人听出来,她唱的是《花为媒》。霍妻觉出不对,疾步过来阻止。三女闪跳开,奔至麦垛边,攀爬上去,动作迅速。麦垛堆得高,男人上也得架梯子。站在麦垛顶上,三女继续唱,改为《天仙配》。于是众人才明白三女脑子出问题了。

被几个后生弄下来,三女仍沉浸在角色里,直到被霍妻扇了巴掌。三女醒过来,瞪着细长的眼睛,看看这个瞅瞅那个,问她刚才怎么了。

半月之后,三女又来了一出,唱的《女秀才》。自此成了家常便饭,有时唱有时说。

村里人闻过附体传闻,如被狐、兔、蛇、黄鼠狼,总之是有些道行的野物附身,要么是被逝去的人跟着,古书中写过,电影里演过。

三女好端端的一个人,咋突然患了此病?找过几个医生,分析莫衷一是,均不能令霍木匠信服。

因这个病,三女迟迟说不上婆家。当然,如果不计较男方的条件，也倒容易。但霍木匠两口子不忍，三女除了这个毛病，哪样都说得过去。这癔病也不是天天犯，几日或十几日才发作一次。霍木匠一心找个中意的，三女的年龄越拖越大，终还是嫁了，再拖就老家里了。朱光明的话也起了作用。男方馒头庄的，比三女大十岁。三女出嫁后，病奇迹般地好了，只是仍爱看电影。

4

马秋月犯病的根由与朱丹有关。当然不只他，与大姐二姐甚至朱光明都有或多或少的关系。石头不是一次压在心上的，今儿一块明儿一块，不知不觉，堆积如山。

再往前，还要说到一个人，武三之妻。

那是六月，阳光像刚榨出的鲜汁，泼洒在屋顶、烟囱、街道、碾盘，还有坐于碾盘边的武三女人。此处曾是碾房所在，后来坍塌了，在别处盖了新的，原来的碾盘、石碾没动，这里便成了村里最宽阔的凳台。鸡常跳到上面乱啄，似乎坚信凹槽里藏了米粒，麻雀、燕子也喜欢于碾盘间蹦跳，有时狗也在上面躺卧。当然少不了歇脚闲坐的人，比如武三之妻。

武三被撤掉队长后，武三女人特别喜欢到碾盘边坐着，有时上午有时下午，要么黄昏时分。以前也坐，但没这么频。没人说得上为什么，大有女人也未探知缘由。那是她的秘密，只有她自己清楚。

武三女人并不是生来就风流，她很规矩，甚至可以说古板。当姑娘那会儿，话都不轻易和后生说的，更不要说抛眉施眼、暗送秋波了。当然她也有辣的地方。一次看电影，觉得一个硬硬的东西顶着自己，开始没太在意，人多，难免磕碰。她往边上挪了一点儿，几分钟后，那硬邦邦的东西又顶住她的臀部。她正要回瞅，扭头那一刻突然明白了，脸瞬间烧起来。幸亏黑夜，没人瞅得见。她没有发作，移往人稀的地方。待那硬邦邦的东西尾随来时，她忽地缩蹲，同时胳膊肘猛往后撞。惨叫声起，她暗骂活该，换个地方继续看。她是不本分，但绝不任由人欺侮。

嫁给武三之初，她也是安分的。她对不检点的两妯娌很是鄙视，她们毁了自己，也毁了武家的声誉。她要让武三安心，甭说他一日不在家，就是十天二十天不在，她也不会有闲话的。她本就正经，无须收敛或伪装。但日子并未如她设想的那样，没多久她就发现武三对她的猜疑，好像她已做了对不住他的事，他有所觉察却又没有真凭实据。他的目光一半灼热一半冰冷。因怀疑而防范，好像她是狗皮膏药，见男人就会贴上去。如果不需要她干活，相信他会用链子锁了她，再往她裤裆挂一把大铁锁。她要干活，不能捆绑，他为此焦虑不安。每天晚上，他都要询问，她与谁相跟，谁来过家里，说了什么等等，后来干脆成了审问。她愤怒但还是隐忍，日日检视自己，不让他挑出半根刺。

但她的退避、退让并没有取得武三信任，她生了孩子后，他变本加厉，她看谁一眼或谁看她一眼，恰让他"意外"瞅见，他都要问她什么意思。她有什么意思？眼睛睁着，明晃晃的世界，什么不能看？至于别的男人瞄她，她能怎么着？糊人家的脸还是蒙人家的眼？他可以不信她，但不能羞辱她。她不再耐着性子回答他的无聊问题，他问东她说西，或直接闭嘴。武三凶蛮的一面渐渐显露，不好好回答，皮肉就要吃苦。这就是欺负人了，她可不是面团。

她可以向玉皇大帝发誓，她绝不是如有些人说的那样裤带松，忍不住，也不是如另一些人说的那样被两妯娌传染。她红杏出墙，只有一个目的，报复或者说反抗武三。她这是逼上梁山呢！

终于有一天，武三人赃俱获。这是他担心，似乎也是他等待的。他惩罚了她，更严地防范。她没那么容易驯服。猫与老鼠的游戏一旦开始，没那么容易收场。

要说作为丈夫，武三别的方面还是不错的，甚至可以说光鲜。管着那么多人，有身份有地位，公开的场合，哪个不先给武三敬烟，就是卷烟也要把裁得最好的纸条给武三。作为武三女人，自然被变相讨好，都怕她枕边吹不好的风。他要个头有个头，要身板有身板，那方面厉害得很，比她勾挂的那些男人强多了。若不审讯、犯浑，他对她还是不错的，盘里只有一块肉，必定夹给她。她愿意和他过下去，也是因为这些好。外面的活不说了，就家务，她也是数得着的，干净利落，饭菜可口。她从不在吃喝穿衣上为难武三，只在那方面和他对着干。

一年年就这么过来了，半斤八两。

武三被撤了队长，突然就蔫了。干活、走路、说话、眼神和表情，与当队长时判若两人。好像他身体里没有气，血管里没有血液，只余一具皮囊。不止这些，他的妒忌一夜之间蒸发得干干净净。终于有大把时间看守她了，但他在她身边的时候反而少了，她和别的男人说话，他看见或听见也不再审问。性事方面也不行了，难得碰她一次。以前可不这样，特别是逮了她证据的夜晚，他比驴还驴。那也是他的惩罚方式吧。有一天，她有意挑逗，他终于性起，但没等进入便软了。

她为状告武三而后悔。那次他委实抽得狠，她气得失去了理智。本意是给他一点教训，让他难堪。她以为武三顶多挨顿批评，或背个处分什么的，没料直接撸了，更没想到这身份对武三如此重要。她私下找过武大，让他劝说开导武三。武大劝过，但武三仍如枯枝败叶。

武三不再盘问追查，她报复的欲望也就淡了。在这方面，她可谓经验老到，只需一个眼神儿，就能捕捉对方的心思，能瞧出有胆没胆。她不说话，若想引诱上钩，水样的目光便如网铺撒。简单得很，实际操作倒是难的。若不想，目光便结了冰霜。现在她没了兴致，目光更是镶了边，带了几分肃穆。

那些与她有染的男人，有的仍频频示好，好像下一番功夫，她就会动心。她装聋作哑，正眼都懒得瞧。有的相反，见了她躲着走，好像武三不是队长，她也成了臭兰香，稍近些就惹了味道。她心生不快,继而羞恼。他们怕她纠缠?还是担心她如告发武三一样告发他们?心里翻腾一阵子,认定他们是惧怕后者。她能近乎愚蠢地告发丈夫,完全有可能告发他们。她没打算告谁,有什么借口告呢?但他们躲避她厌嫌她,她就不能让他们好过。他们越不想看见她,她越要让他们看见。他们自然不会登门入室,那她就端坐碾盘。她找到了法官的感觉。她知道有些人不得不经过,刻意躲避要绕很大的圈子。她能想象那些人的慌张和狼狈。报复也有瘾的,哪怕存在于遐想中。

六月的那个上午,她坐了好一会儿,竟没人经过。她巡视着空荡荡的街道,很是怅然。不是每天都能等见仓皇的男人,但只要有人经过,目的就达到了。这是她的审判席,一个人看见,全村的人都会知道。是的,哪怕是一个人。她并不焦躁,不信没人经过。她非凶神恶煞,不是谁都怕她。

她静静地等待,目光冷峻而又缠绕。然后就看到了两个身影。不是期待中的猎物,他们还未成年。往常她懒得搭理,那日实在是太寂寞了。

朱红牵着朱丹的手,带他到供销社买糖。每个星期天,她都带他去。朱丹馋,比她和朱灯都馋。她和朱灯馋是不嚷的,尤其是她,一声不吭。但朱丹会嚷会叫会哭会闹。每次朱红只买一毛钱的糖,哪怕攥着两毛三毛,也只花一毛。不是舍不得,固然有这方面的原因,更主要的原因是这样朱丹就会依赖并听她的话。他更小的时候,她就知道怎么哄他,没人教,完全无师自通。

经过碾盘,朱红和朱丹慢下来,仿佛被女人的目光绊了脚。

这是去哪儿呀?武三女人笑盈盈地,是冲朱丹问的。

买糖!朱丹答得干脆。

武三女人伸出手,想摸摸朱丹的颈,朱丹没躲,但朱红拽了一下。武三女人觉到了,手没落下去,笑了笑,慢慢缩回,目光落在朱红的圆脸蛋上,这是你弟弟?

朱红嗯了声,就要走的。拽朱丹是下意识的,她听过武三女人的闲话,有着天然、朦胧的警惕。

长得可不像。武三女人不是故意的,纯属没话找话。

烂舌头!朱红的脸突然就变了。

武三女人怔了怔,你怎么骂人呢?

朱红声音高了些,你嘴巴不干净,该骂!

武三女人反问,我嘴巴怎么不干净了?

朱红气咻咻地,装什么装?满嘴喷粪!

武三女人惊愕,你还骂?!

朱红叫,我就骂!!

武三女人说,我不过——忽地顿住,瞧瞧朱丹,再瞅瞅朱红,眼神有了变化。一绺极淡的笑从嘴角飘起,随即被她咬住,吞咽回去。

武三女人的神情略显怪异,朱红当然读懂了,这令她更加气愤,如风中的芦苇,不受控制地颤抖。

算我说错了,好吧?武三女人笑了笑,试图缓和。虽然并非

263

有意，但无意的错也是错，她名声不怎么好，但她是明理的。她摆摆手，示意朱红走开。朱红本来要走的，但武三女人的架势激怒了她，这是大街，不是她家，她凭什么像赶苍蝇似的轰她？朱丹牵她，被她狠狠攥住。

你和弟弟长得一模一样。武三女人不是故意画蛇添足，而是进一步致歉，但实在不知怎么说合适。自己都觉得好笑，笑出了声。

关你屁事！朱红再次还击。

武三女人感叹，小丫头还挺厉害，咋说也不对，你让我咋说？

朱红说，闭上你的臭X！

这个X字惹恼了武三女人。因为武三常这么骂她，特别是抽打她的时候。朱红说的和武三说的不是相同部位，但都有着强烈的厌嫌。她对这个字太敏感了。她的脸由白转青，脏话瞬间倾泻。

朱红有些慌，但她没有低头。武三女人怎么泼过来，她怎么挡回去。

那是场罕见的对骂，双方相差悬殊，却有着针尖对麦芒的激烈。先是一两个人，再是三五个。后来，碾台边围了一圈。好长一段时间没人劝止，仿佛必须有个结果，只能以这种公平的方式对决。终于有人听不下去了，不是多么有力的话，声音也不怎么高，却如同号令，双方立时止息。

武三女人的目光垂弱下去。她气昏了，没有多想，也顾不上想，此时思绪翻涌，明白过来。早该明白的，和一个十二三岁的丫头对骂是极其可笑的，无论结果怎样，她都是惨败。她缓缓站起，一言不发地离开。朱红大获全胜，牵了朱丹往供销社去，得意令她轻飘如羽。她不知这场争战引发了什么。

5

朱红在窗户根下洗衣服，朱丹和朱灯在当院儿打宝。朱丹硬缠着朱灯打，不是一个量级，但朱丹赢的时候多，因为朱灯让着他。不只这个，几乎所有方面，朱灯都让着朱丹。也不只朱灯，每个家庭成员都宠着这只顽皮的小兔。

马秋月坐在门口的凳子上拆朱丹的棉裤。短了，要把棉花拆出来，絮到新做的裤子里。老半天了，但裤衩子都没挑开。她一边挑剪，一边轮番瞅着朱红、朱灯、朱丹，然后迅速缩回目光，有着偷窥的紧张和不安。她迫使自己沉下头专心干活，没一会儿便控制不住了，悄然而缓慢地扬起脸，然后再次收回。

朱丹与朱灯、朱红的相貌、心性确实有别，但马秋月从未在意，没觉得有什么不对，龙生九子还不同呢。她和大姐二姐及两个弟弟也不一样的。她常常胡思，但从不乱想朱丹的身世。没有秘密可言，朱丹是她和朱光明的骨肉。至于二姐和大有女人说过的话，虽令她不悦，但那是出于母性的本能，她没往心里去，自然没有深究的必要。生疑就更可笑。

朱红和武三女人的骂战于马秋月来说几乎是劫难。她并不怪朱红，若没这一战，她至今还蒙在鼓里。朱红的鬼精，马秋月是领教了的，没想在这方面竟也比马秋月先察先觉，马秋月惊而愧。武三女人不过是撞枪口上了。朱红灵秀，到底年龄小，想简单了。嘴是堵不住的，越堵闲言越多。

一根无形却锋利的针就这样插进马秋月的身体。她暗暗地一次又一次地在朱丹脸上寻找朱光明的印记，脸盘、额头、眉毛、眼睛、睫毛、鼻子、嘴巴、牙齿、下颌、头发，只差用放大镜观照汗毛孔了。也许是心理作祟，越端详越不一样，耳朵倒是像的，都是圆弧形，耳垂均往里折弯，马秋月欣喜若狂。但再次瞅，又觉得有差别，顿时万分沮丧。难道真的发生过什么，而她始终沉于梦境，所以没有任何记忆？她不能肯定，但也难以否定。

臆想的闸门一旦开启，便不再由她控制。莜麦地、豆垄边、沟渠里、树林中，星光黯淡，月色朦胧。神不知鬼不觉。开始结束。结束开始。一幕又一幕。

朱灯哎哟一声，马秋月被冷水泼洒，迷雾远遁。她起身过去，朱红先她一步。朱丹耍赖皮，朱灯阻拦，本是逗他的，朱丹急恼之下，照朱灯手背咬了一口。彼时仍瞪着朱灯，没有闯祸的不安，倒有一点儿委屈。朱红沉下脸，戳住朱丹的额头，呵斥，咋张嘴就咬？你属狗呀！不识好歹！马秋月也气，跟着训斥，野娃子！

马秋月没有任何指向，更无厌嫌，完全是无意。没料朱红突然掉转枪口，不是你生的吗？哪里野了？马秋月瞠目结舌。朱灯、朱丹不明白，至少是不完全明白马秋月和朱红之间发生了什么，神情愣傻。朱红似乎意识到火力过猛，语气缓下来，仍含着责备，别人乱嚼也就罢了，自个儿也胡说！马秋月知道错在哪儿了，野字凶险，不能随意用。虽然她没那个意思，但会引人朝那个方面想，起码朱红就嗅到了。不得不说，朱红的提醒是及时的，不然马秋月可能在别的场合引爆炸弹。朱红比马秋月更敏感更在乎，因而凛然捍卫。马秋月惊愕、感激、自愧不如，同时也有那么点儿不快。朱灯、朱丹看着呢，纵使说了错话，但她是母亲呢。马秋月无意也不敢和朱红吵，能把武三女人骂得丢盔弃甲，豆庄找不出第二个。不过就这么承认错误终究不甘，她歉意地笑笑，说这娘当的。朱红不接茬，噔噔走回窗户根儿。

洗干净，将衣服晾挂在绳子上，朱红凑近马秋月。马秋月忽有照镜子的感觉，纳罕地，咋啦？朱红指指马秋月手里的棉裤，就拆这么点儿？没待马秋月回答，朱红便笑起来，我的娘哎，你可真能磨洋工。马秋月也笑了，有些难为情。朱红说，这要在队里，还不把队长气死。马秋月终于逮住机会，说工分我没少挣，你爹一个人能养活你们仨呀！朱红吐吐舌头，这是她示弱的方式。马秋月气哼哼地，你们的衣服鞋袜，哪样不是我做的？朱红讨好地笑笑，哪样都是。末了又奉承，娘爽利呀。马秋月说，我盼着你们都好。朱红说，晓得啦，快给我拆吧，你这磨蹭到天黑也拆不完。朱红声腔里似已显烦，马秋月笑笑，没再说什么。

朱红究竟听到、知道或是猜测、窥视到了什么,马秋月极想询问,但又不敢。她说不清对朱红的怕始于何时,那怕里又混杂了什么,能说清的是怕的存在,悄然生根,暗暗生长,成为她的一部分。怕,又离不开。如果起初朱红只是帮手,那么后来渐如支柱,处处倚靠她。

如果是别的事,马秋月早就跟朱光明说了。他自会替她驱散疑云,理顺乱麻。哪怕部分驱离也令她宽慰。但朱丹的身世干系重大,该怎么说呢?怎么说都不合适,除非他先提出来。若朱红听到知道或猜测窥视到,那么朱光明更能。以他的敏锐,在朱丹出生之初就该发现的。就算他过去没有任何猜疑,朱红和武三女人的"战争"之后,他总该有些反应。事实是没有,反正马秋月没瞧出朱光明的异常。这让马秋月困惑。朱光明的葫芦里究竟装的是什么药?

在这样的事上,没有一个男人会心安气顺,朱光明又怎么可能?马秋月思忖朱光明也许是在等她主动。她打算心里有个大致的谱,或是或否。所以这一段反复观察朱丹与朱灯、朱红的长相、性格异同。臆想的灾祸频频上演。不是中魔,她就是想眉目清晰些。

没有收获。不能确定。一会儿是一会儿否,一会儿半是半否。始终是个谜团。

说出"野娃子"的那个夜晚,马秋月向朱光明"摊牌"了。他可以佯装,她憋不住了。她得知道他咋想的,他必须明确答复她。

那是1979年的夏日，午后下了场急雨，晾在绳上的衣服没收回去，眨眼淋透。其实马秋月有时间拿回的，一只脚已迈出门槛，忽然停住了。迟疑的工夫，豆大的雨滴已满地射箭。朱红从外面回来，问她咋没收，她说忘了。朱红瞟瞟她，什么也没说。马秋月有意使然，她喜欢雨的味道。洁净的雨淋一淋，挺好的。骤雨过后，阳光愈加灿烂，傍晚衣服便干爽了。因为淋了雨，衣服散发着不同于肥皂的淡淡清香，近似野花，很熟悉。马秋月把她所知道的野花想了一遍，猫眼睛、鸡冠花、野鸡花、蛇床花、苍蝇花、狼毒花、猪拱花、缠狗花、马蹄花、牛耳花、羊嗅嗅、野兔葵、老鼠尾……又都不是。这味道来自天上，难道是天上的野花？似乎也说得通。她不知天上的野花是什么样子，是红是粉，但一定有浓烈的香气，即使被雨稀释了，还会染到衣服上。

地面早就干了，墙角、低洼处仍然软潮，特别是长着蒿草的地方，蒿草根部还能抠起泥块。雨滤过，夜晚的空气清新甜润，尤其大口吞咽，极享受的。若没有杂事缠裹，马秋月会静静在院里站一会儿或者两会儿。

她心乱如麻，稳不住脚。忽而立院忽而入屋，刚刚坐下，却又烫着，迅速站起。胡乱绕一圈，再次落座，再次起身。

朱光明却是迟迟不回。时势不同，新政频出。于朱光明，何止是一场急雨，是十场二十场。朱光明算不得蒙了灰尘的夜明珠，但到底是块有用的石头。尘埃即散，隐隐闪亮。他可以到豆庄之外的地方干活了，米庄、馒头庄、饼庄、五台，声名远扬，请的人多，他比过去更忙，连做九脊顶戏楼模型的工夫都挤不出。年初，朱光明买了一辆凤凰牌自行车，又专门做了木工箱，来回省劲多了。整个豆庄，有自行车的人家不超十户，极惹眼的。朱光明雄心勃勃，计划入冬前给马秋月买一台缝纫机。我说过要朝前看，现在知道不是哄你了吧，我答应了你的，都要兑现。说这话时，他搂着她的肩，她看不到他的脸，但能想象他的神情。她却故意哧了一声，说结婚前就应的，十几年了，到现在还是个大饼，有啥吹的？朱光明说，这不是吹，一诺千金，这么久我能记得，说明你没看错人，我值得信赖。马秋月纠正，不是我看上你的，是爹。朱光明笑，一样的，他先看上，你后相中。马秋月说，你少给自个儿贴金，我没相中你。朱光明说，你不承认也罢，我是相中你了。马秋月脸颊发热，就你家的情况，是个女的你都能看上。朱光明正色道，成分的问题是让我吃了不少亏，但我从没觉得低人一等。马秋月追问，你敢说从来没有？朱光明说，至少心理上从来没有，我这名字起得好啊，亮亮堂堂。马秋月说，咋说都由你。朱光明笑，我保证说的是真话。马秋月刺他，好像你哪里都好。朱光明说，这就说歪了，圣人也难免有缺，何况我一个木匠。马秋月说，我以为你哪里都好呢，原来不是呀！朱光明说，不是就对了，不过这要在你咋看，拿你来说——马秋月拦住，少扯我。朱光明笑，我不背后说，只能扯你……别打岔！就说你。你有长处也有短处，我都是想你的长处，若只盯着你的短，且不说对你不公平，我自己也窝气呀。我为甚想着买缝纫机？除了答应过你，也因为你值得买。马秋月故意气哼哼地，脑袋都让你绕大了。

那是数月前的事，马秋月还蒙在鼓里，也许朱光明也蒙在鼓里，虽然那种可能性极小，但小到底不是没有，是存在的。现在……如果马秋月身体扎了刺，戳在朱光明心上的就是刀剑。他为什么没有异样？难道是为了逼马秋月主动？

好吧，那就豁出去了。

朱光明回来快十一点了，印象中，他回得最迟的一次，也是她等得最久的一次。她没好气，问咋才回来。朱光明说太阳偏西就想回来的，谁想走夜路？这不是没法子嘛。马秋月没有追问，信他说能讲到天亮，责备，知道走夜路，还喝酒？朱光明笑嘻嘻地，没喝多，酒端上桌，不喝不对。马秋月瞪他，你啥都是对的！朱光明瞄瞄熟睡的朱灯和朱丹，笑得有点黏乎，咱也睡吧。马秋月不敢和他对视，低头扯了他的胳膊，往外屋走。朱光明纳闷地，干啥？马秋月低声道，去外边说。朱光明问，摸黑呀？马秋月便回头端了灯。

至此，朱光明才发现马秋月不对劲，问她出了什么事，搞得鬼鬼祟祟、神神秘秘的。马秋月不说，直直地盯着朱光明。朱光明摸摸脸，怎么了你这是？马秋月说，你装糊涂。朱光明笑笑，审我呀，我可没干对不起你的事。这句话极其刺耳，马秋月脸色晦暗，你这是怪我了，也该怪，谁叫我……突然哽咽，说不下去了。朱光明愕然，你到底怎么了？马秋月有几分恨他，你非要我说破吗？朱光明说，这是咋啦？和我有啥不能说的？

再无退路，那就撕开吧。

无须长篇陈述，三两句就说清了。似乎长途跋涉终于卸下重负，她竟然长长地舒了口气。

朱光明突然笑了，我以为什么事呢，你这是自寻烦恼。

轮到马秋月惊愕了，你没怀疑？没看出……

朱光明异常肯定，朱丹是我朱光明的儿子，我只看出这个。

马秋月有些结巴，可没人……说……朱灯和朱红的闲话。

朱光明说，这不能证明啥。你不理，胡说就是死的，你在乎，闲话就长了翅膀长了腿。

马秋月说，可是——

朱光明打断她，别乱想！早点睡吧！都累了。

马秋月说，如果真像别人说的那样呢？你不计较？不嫌弃……我和朱丹？

朱光明没有任何犹豫，不嫌弃，不生育的人家还抱养呢，没有一点血缘关系，爹亲娘爱，视如亲生。就算有你说的那种可能，也是你的骨血。你的，就是我的。这比抱养的可亲近多了。

马秋月想象过很多可能，绝没想到朱光明是这样的态度。于她而言，可谓惊天泣地。她眼睛潮湿，但仍然惴惴，你说的可是心里话？

朱光明掷地有声，我对天起誓！

6

朱光枝有后福。

这话出自某算命先生之口。米庄的，据说兄弟俩得了父亲的真传，都能掐会算。他是老二。后来老大不敢胡说八道了，有人问，要么谦卑地笑，要么承认有罪，现在改恶从善，不再行骗。老二喜欢游荡，常年在外，每年只清明时节回村一次，有人问，说养育之恩不能忘，在父母先祖坟前磕仨头便又离去。他是单身，赤条条来去无牵挂。一个秋雨绵绵的日子，老大吊死于自家房梁。年老体衰，儿媳厌嫌，常常吃不上饭。邻居劝他去公家状告，他摇摇头，说老不中用了，能省则省。

老二次年清明回村，知兄长已去了另一个世界。他没掉泪，说早晚要去。老二路过豆庄，在井台边歇脚。几个年长的认识他，求证关于他的传言。他说狼吃肉雀吃虫，各有各的活法，反正没饿死。问他还算命不，他笑着说，命是天生的，不是算出来的。

彼时，朱光枝经过井台。她走路专心，目不斜视。老二看到了朱光枝，说这闺女有后福。

听众哄笑，各自散去。没人在意。朱光枝也听见了，她更不在意。她讨厌背后翻闲话，哪怕与她无关。老二说的是吉利话，她自然不能计较，不过若是当真，也很可笑的。谁都知道四姐妹中，出嫁不久的朱光莲是最有福气的。朱光枝相信命是干出来的。她性格倔强，一旦认准什么，心思专注，不回头的。

朱光枝没有经天纬地的志向和才能，她认定的干，就是干活，就是实打实的劳动，超越年龄超越性别，始终处于极限状态。她不做铁姑娘，要做钢姑娘。从春到冬，从积肥到锄割，再到扛麻袋，始终冲在前面。遇到抢收、碾场、会战，她常常把辫子咬住，数小时不歇。武三当队长时，训朱家人是常事，对朱光枝一向是表扬的。武三还曾断言，若在战争年代，朱光枝绝对是扛炸药包冲在队伍最前面的，又感叹朱光枝生错了家庭。

朱光枝的干也只限于豆庄。公社曾举办割麦比赛，朱光枝作为豆庄的选手也参加了，她不负众望，第一个到地头，颁奖却没她的名字。原本要给她的，公社领导了解到她的情况，皱了下眉头。秘书瞧见，便拿掉了她。朱光枝再没代表豆庄出征，但她的干劲没有因此受挫。

就田间劳作，马秋月与朱光枝的差距可谓天悬地隔。马秋月掉队，一向是朱光萍接应。待朱光萍出嫁，马秋月便牢牢占据了末尾。朱光枝不帮马秋月锄或割，并非与马秋月闹过别扭，或对她有什么意见，而是认为这样她就难以抢先。若马秋月依赖帮手，必是越干越皱巴，一天不如一天。

除了干活不帮马秋月，别的方面，朱光枝对马秋月一直不错的。比如磨镰刀，总是先给马秋月磨。她磨出的镰刀锋利无比，而马秋月自己磨，和没磨没什么区别。要说这也是活，只不过不是硬任务，利用的又是歇息时间，在朱光枝看来，这无论如何算不上干活。马秋月晕倒时,是朱光枝撞开小她四岁的朱光义,背起马秋月一口气跑到赤脚医生家。类似的事可以举出好些。朱光枝以自己的方式对马秋月好。所有的好都在行动上,她不是会说的人,也不喜欢拿话甜人。干是实的,话是虚的。

夏末的一天,朱光枝与三召结伴采野韭花。她姐妹皆以召为名,父母寄以厚望,期盼召来儿子,直到五召也未能如愿。三召比朱光枝能说些,也是泼辣能干,属于铁姑娘行列,与朱光枝较为投缘。两人运气不错,临近中午,各采半筐。野韭花开时雪白,捣碎则是翠绿色,拌以咸盐,下饭极好。野韭花不同于蘑菇,没有固定领地,今年这片草地多,明年则盛开于他处,像长了腿,自己会跑。其实哪片草地都有花根,只是头年开得旺,次年就稀稀拉拉的,第三年又是白花花一片。豆庄谓之歇窝。所以能采撷半筐,实属不易。

回村的路上,三召忽然说,村里传你四嫂的闲呢。或许是太沉闷了,三召想找个话题,也可能她以为朱光枝不知道,作为好友,有必要告诉朱光枝。朱光枝没回应,也没放慢脚步,像没听见。她当然听过,传谣的都是长舌妇,嘀嘀咕咕,鬼鬼祟祟,飘进耳朵一言半语,不屑生气。从三召嘴里说出来就不应该了,还是一本正经的。朱光枝相信三召没有恶意,但那又怎样?她知道朱光枝的脾性,就该让那些损话永远烂在肚里。论说闲,三召父亲一大堆。据说三召父亲和武大武二女人均有一腿,朱光枝没有亲见,但三召父亲被武大逮住,蹲了两年牢房是真的。有那么几天，三召的眼睛红肿，睁都睁不开。朱光枝从来不提，直到三召父亲出来也没说过。三召难道不懂?

若三召哑口，或改说别的，就算翻过去了。三召瞧出朱光枝不高兴，解释，不是我说的。

朱光枝腾地火了，止步盯住三召，不是你，是谁?

三召懵怔住，仿佛被朱光枝的目光烫了，退后一步，试图辩解，不是——

朱光枝打断她，我就听见你说了!

三召醒过味儿，小声说，不是从我这儿起的。

朱光枝声音如铁，不管从哪儿生，你都不能说，他们是他们，你是你。

三召赔着笑，我错了，你别恼。

朱光枝大步流星，三召紧紧尾随。直到进村，两人都没说话。

朱光枝想如过去那样抛诸九霄，置之不理，但做不到了。胸腔像揣了一条凶蛮的鱼，上下翻腾，横冲直撞。不得不忍着腥臭去想，结果越想越气。嚼马秋月，就是嚼朱家。必须捍卫朱家的名声!朱光枝两年前说了婆家，她对这门婚事还算满意。若因这个而有变故，后半辈子就没好日子了。她那么拼命地干，图什么?不就图个好前景吗?绝不能毁在这上面!

如果抡镢头可以解决，朱光枝可以三天三夜不睡，但她很清楚，她吃苦受累没有任何帮助。如朱红那样骂也行不通的，人家背后说，还能怎么着？要想从根上解决，须得四哥亲自上阵。朱光枝替四哥想出了破解法子，要说也不是她琢磨出来的，是听来的。三姐当闺女时也常去麻婆子那儿，有时会把听来的故事讲给朱光枝和二姐。

朱光枝去问马秋月，四哥在哪个村，谁家干活。马秋月见朱光枝面带焦急，心中起疑，问她啥事。朱光枝说没啥事，说句话。马秋月笑，不时不晌，说啥话？朱光枝反问，不时不晌就不能说话了？朱光枝也想笑的，但没笑出来，话就显得生硬。马秋月知道朱光明在哪个村，但具体谁家，并不清楚。

朱光枝转身就走，知道哪个村就行了。待出了村儿，朱光枝忽然想到一个问题。四哥干活的地儿正是她未来婆家所在的饼庄，若去找四哥，进不进婆家呢？去了不进似乎失礼，进又没由头，她又不是会说的，未免尴尬。再说和四哥说话，必须找个没人的地方。只能耐着性子等等了。

那个夜晚，天阴着，朱光明比往常回来略早些。看不清路，只能凭着感觉骑，所以很慢。快至院门口，一个黑影从墙角蹿出，朱光明吓了一跳，惊问，谁？

黑影答，我！光枝！

7

秋风熏染，大地渐黄，小麦熟得最早，其次是莜麦、豌豆、蚕豆、毛豆、胡麻、土豆。同样是黄，细观又是不同的。小麦金黄，莜麦鹅黄，胡麻秆浅黄，麻桃则是深黄，又微微泛红，蚕豆秆褐黄，豆荚偏乌。

第一镰自然是割小麦。歇息时，朱光枝照例要给马秋月磨镰。马秋月拒绝了。她语气温和，不想让朱光枝觉出异常。朱光枝也不勉强，瞟瞟马秋月，坐到别处。马秋月带了磨石和水，磨镰没什么技术含量，她只是技巧差些。

马秋月磨得没那么专心。磨几下，停一停，再磨一会儿，忽又抬头，目光左右扫扫，迅疾缩回。

那日夜晚，朱光明和朱光枝先在门口，后又移到院子。声音不高，但马秋月听到了。朱光枝竟让朱光明和朱丹仿古法滴血验亲，这让马秋月又惊又惧。她一向以为朱光枝只懂干活，没想到她脑子杂得很，想出这样的绝狠点子。验亲无误，谣言不攻自破，还马秋月清白，这当然好。若出了差错——完全有可能，马秋月就彻底掉进了脏水缸。朱丹会遭遇什么？她不寒而栗。虽然朱光明将朱光枝驳斥得哑口无言，不许她再提，但马秋月短暂的平静再度被击碎。她由此明白了一个事实，这不只关乎朱光明，还涉及整个朱家。马秋月再不能漠视。

马秋月猜测朱光枝与婆婆背后也议论过，想从朱红嘴里探知。有一天吃饭，马秋月绕了大弯子，但还是被朱红看穿。朱红的眼神抛过来，马秋月不由发慌。朱红漫不经心地，我哪能记住说了啥？反正没说你。马秋月虚虚地笑笑，说夜变短了，早些睡。朱红说，奶奶姑姑什么时候睡，我什么时候睡。这丫头，什么都懂。顿了顿，朱红补充，任凭是谁，胡说八道，我有他好看。语调平静，但杀气腾腾。这是给马秋月壮势呢。马秋月说，饭凉了，快吃吧。朱红盯着马秋月，娘，别给自个儿扣盆子。马秋月含糊地唔了声，赶紧低了头。告诫自己，不想了。

谈何容易。

假如……即便不做什么滴血验亲，也大致能判定的。武大的二儿和三儿都不是武大的，二儿与三召父亲活脱脱地像，脸盘身板都是，三儿是另一个男人的影子。没验证过，这是公开的秘密。不说破没什么，不在乎更没什么。但马秋月不是武大女人。武大女人不问心，马秋月要问的。性质不同，诉求当然不同。

是否亲生？究竟是谁？

马秋月想把那个人找出来。若能找出来，那她就极大可能遭遇过。她不知获取真相后该怎么办，也许装聋作哑，但心里至少有数。如果找不出，那就证明都是无中生有。马秋月不是非要和自己过不去，这是反证呢。为她为朱丹为朱家。

假如……他是谁？

马秋月开始了秘密侦查。无须什么仪器，只需把目光磨得锋利些。她不放过任何机会，比如现在，一边磨镰一边观察。

不同的时间不同的场合，几乎把可能的男性筛了一遍。朱丹与他们任何一个都不像。马秋月大大地松了口气。朱丹就是她和朱光明的儿子，与朱光明相貌有差，但像她呀。他的眉毛、眼睛、嘴巴，完全是她的翻版。他性子野了些，但这不能说明什么。夜幕下的遭遇从来没有发生过,那种时候,她岂能不醒?醒了岂能不记得?没有,绝对没有,至于闲言,起落不由她,随意吧。欣喜之下,马秋月差点就把结论告诉朱光明了。终是忍住,朱光明会责怪她的。说起来,这要感谢朱光枝,若不是朱光枝向朱光明进言,马秋月也不会费心耗神地追寻比较,自证清白。可惜没法告知朱光枝。不过老天知道就足够了。

但不久之后的一桩案子,又将马秋月拖拽进去。发生地在五台之南的村庄,一妇女光天化日之下被胁持进莜麦地。男人蒙着脸,妇女看不清面容,但闻到了蒜味和酒气。第二天案子即告破,嫌疑人是邻村光棍。自然是大有女人给马秋月讲的。邻村二字提醒、刺痛了马秋月。那个人如果存在的话,未必是豆庄。这要验证就难了,马秋月为此寝食难安。

一个阴雨绵绵的日子,马秋月走进麻婆子家。孟响不在,麻婆子静静地盘坐炕上,紧闭双目。马秋月估摸她睡着了,屏息静立,惊讶沉于梦乡中的她腰板仍是挺直的。七八天前马秋月来听过故事,屋仄人挤,挪转不能。此时忽显空阔,或是落雨的缘故,空气薄凉。马秋月缩了肩。

炕上坐呀,麻婆子仍闭着眼。马秋月胸腔突然有灯燃亮,湿热的感觉从脚底升起,目光则有些抖,打扰婆子了。麻婆子睁开眼,笑说,听雨呢。马秋月羡慕道,婆子好自在!麻婆子说,不过熬日子,自在啥。马秋月说,婆子的熬也和别人不一样。麻婆子说,嘴这么甜,不是为听故事吧。马秋月感伤地,我又遇到难了。麻婆子笑，你又不是唐僧，没人吃你的肉，能有啥难？马秋月说，吃心呢，我不知咋办了。麻婆子说，那就别绕了，说来听听。

即便是和母亲，马秋月也不敢敞着说，但在麻婆子面前，马秋月从不遮掩。这和信任似乎没有明晰的逻辑关系。马秋月怎会信不过母亲？可就是不敢全掏出来。信任之外，还有更重要的原因。马秋月说不清那是什么。

长久的静默，雨滴便显得壮猛。

给我说说你那一对龙凤胎，麻婆子终于打破沉寂。马秋月怔了怔，不知麻婆子为啥提朱灯和朱红。她迟疑着，说啥？麻婆子温和地，啥都行，这么说吧，两娃随你多，还是随朱光明多？马秋月摇头，还真说不好。麻婆子轻笑，各占一半？老天爷也难均匀的。马秋月说，那倒也不是。麻婆子说，换个问法，两娃啥随你，啥随朱光明？触到马秋月痛处了。

朱灯和朱红均有父母印痕，不在谁多谁少，在于优劣之差。朱灯先天不足，发育缓慢，瘦瘦弱弱，还经常闹毛病。朱红健壮皮实，冬天喝冷水从不闹肚子。两人似乎长反了，朱灯是女儿身，而朱红是男儿骨。朱光明和马秋月的优点几乎全集中到朱红身上，嘴巧、心活、脑瓜聪明，朱灯口拙、性憨、反应迟钝。如有闲暇，朱光明会教两人打算盘。朱红学得极快，几次之后就噼里啪啦，一边的马秋月眼花缭乱；朱灯何止是慢，根本就学不会，算盘珠于他如泰山巨石，推拨艰难。马秋月不免叹息，又自我安

281

慰，从掉进水个洞后，朱灯没再遭遇大的灾祸，算是万幸。上天匀朱红一点点给朱灯，自然两美，但就这样平安无虞，马秋月也知足的。

麻婆子说，两娃相差不到一个时辰出来，性格就差这么多，你那三娃，隔了八年，又怎么会和哥姐一模一样？

马秋月知道麻婆为什么绕了，小声说，不指望像，是……太大了。

麻婆子目光变得尖锐，不是太大，是你不相信自己，胡猜乱想。你这性子怎么不改？随便捡一团破绳，就给自己捆个疙瘩？

马秋月嗫嚅道，婆子说得是，我也想……可……

麻婆子说，朱光明能说出那样的话，可见他心里敞亮，不是哪个丈夫都这么想，我也吃惊的。

马秋月说，我就是怕……

麻婆子声音冷硬，这怕那怕，没法活了。我再问你，三娃是你身上掉下的不？

马秋月机械点头。

麻婆子问，你疼不疼他？

马秋月点头。

麻婆子问，有人夺他，你给不给？

马秋月生出一丝慌，急促地，不给！

麻婆子说，你跟自个儿过不去，就是跟三娃过不去，照这样，不等人夺，你自己就把他推走了。

马秋月脸色煞白,鬓角有汗渗出来。

麻婆子笑了,你个痴子,我吓你呢。

只需扭个头这么简单,马秋月愣是扭转不动。现在,堵塞的地方忽然疏通,她羞涩地低下头。

8

入秋,风一日一日韧了。天阔云稀,平地生雷。龙王与鱼精的双胞胎儿女考上了同一所大学,分数相同,专业相同,据说每科的分数都相同,着实令人惊奇。未必绝后,但在五台,毫无疑问是空前的,可与《五台杂记》里的奇闻媲美。双手打算盘的郜天南又吃上了公家饭;会说几国话的米进周更了不得,是被吉普车接走的。

距中秋一月有余,大姐突然上门。她带了两瓶麻油,是输液用的玻璃瓶,豆庄称葡萄糖瓶。马秋月也有三个这样的瓶子,系朱光明向赤脚医生讨要的。胶皮塞密封极好,冬日的夜晚,灌了烫水,可温热被窝,清早瓶水可用来洗脸。马秋月很是爱惜,出冬就把瓶藏了。马秋月对大姐秋忙时节登门倒不意外,儿子们渐渐扛力,大姐不再陀螺般连轴转。可大姐拿来两瓶油,马秋月的脑子就跟不上了。待大姐明确说来送油的,而且是专程,马秋月更是吃惊,目光如弓紧绷。大姐笑了,咋这眼神儿?让你吓着了!马秋月意识到失态,歉疚地笑笑,大姐咋给我送油?!大姐声音略高,我是你姐,拿两瓶油有什么不对?跟你说啊,自个儿榨的，不是偷的抢的。马秋月见大姐来了气，赶紧说没别的意思，大姐家人多，费麻油呢。大姐缓了语气，不比过去了，现在这个不缺。马秋月恭维，谁能比得上大姐啊。大姐没有半毫得意，严肃又内疚地提起那年马秋月借麻油的事，不过二斤油，委实不该让马秋月还的，一个娘肚里出来的，这情分咋也重过二斤油。她日子紧，可到底强过马秋月，一堆小子，勒裤腰带也使得出力气，可她从头到尾没说"给"，至今想起来都后悔。赶在中秋前给马秋月送油，算是弥补。大姐问，你要打月饼吧？马秋月点点头。大姐说，咋样？不耽误你吧。马秋月不安地，大姐还专门跑一趟，这么远！大姐摆摆手，牙长的距离。马秋月笑笑，有油的。大姐说，知道你有！甭说二斤，二十斤你这会儿也不稀罕，这不过是大姐的心。怎么着，还拿我当外人？马秋月摇头，没有呢。大姐挥挥手，这不就结了。

转聊闲话，气氛松弛了许多。要说也重要的，关于母亲，两个弟弟，两个弟媳，彼此之间的西瓜和芝麻。有是有非，有非有是，有是非难断。大姐所在的霍营，二姐所在的赵营，离娘家近，娘家那边有什么，都难以置身事外。这样意见也就来了，偏袒了谁或委屈了谁。马秋月以听为主。后来转到二姐身上，大姐不那么平静了，说二姐不辨是非，一个馒头就能把她的嘴堵住。

马秋月评说，二姐生来就是不操心的，只记挂着吃，要说也是她的福。

大姐不屑，谁不爱吃？谁愿意操心？说到底，她只想着自己。咋？你还眼馋？

马秋月不好意思地笑笑，有时候……

大姐脸显不悦，想学？

马秋月摇头，学不来。

大姐哼了哼，学得来也不学，臊得慌。顿了顿又改口，她还真是个有福的。

自然转到曲风身上。

曲风能折腾，且胆子越来越大，就大姐知道的，已相当吃惊，而闻听的那些，想想都怕。至于不为人知的，不定还有多少。但曲风是能人，毫无疑问。不只本村人有事求他，就是别村的，也会拐弯抹角找他。比如买自行车，不是有钱就可以，须通过曲风。这个马秋月有体会，朱光明买自行车，大有帮了忙的。

曲风能挣，二姐更舍得吃，基本天天有酒，顿顿有肉。半个月前，二姐在院里烤猪头，大姐正好碰上。不年不节，二姐竟然吃猪头。虽然知道二姐爱吃，但大姐还是难以相信。大姐说没见过那么大的猪头，有二三十斤。猪头是褪过毛的，但双耳及皱褶处没褪净，二姐一手抓着烧至半红的烙铁，一手拎着猪耳，满脸兴奋的油光。脚边油污的瓷盆里，摞着已燎褪干净的四个猪蹄。二姐让大姐先进屋。大姐没进，立在旁边。大姐不知那么大的猪头咋煮，出嫁至今，她没买过自然也没煮过。二姐边燎边介绍，显然不是第一次了。二姐爱吃，也会吃，何时火大何时火疲，花椒、茴香、八角、葱蒜什么时候放，放多少都有说道，猪头的各个部位，猪耳、猪脸、猪舌、猪鼻、猪脑等又有不同的吃法。大姐自认不笨，但二姐说这些，她几辈子也学不会。大姐觉得身后有异样，猛回头，院门处蹲了几条狗，墙头上竖了几颗脑袋，有大人也有孩娃。大姐认为二姐过于张扬，不大好，劝她以后别在院里弄这些，不过晚吃一会儿。二姐笑笑，馋呢，等不及！又满不在乎地，没偷没抢，怕什么？

二姐留大姐吃猪头。可以目睹二姐煮猪头的过程并解馋，但大姐没留。又几天，大姐再去，又赶上二姐煮马板肠。曲风有外贸、食品的路子，搞这些东西轻而易举。大姐惊问猪头吃完了，二姐笑说剩的骨头都熬汤喝了。大姐没再劝说，生就吃肉的嘴，怎么吃是人家的事。

大姐转话，你也有福呀，嫁个拎斧头的，跟着吃香喝辣，不像你姐夫，脑袋里的弯弯和肠子加起来也没二尺长，只会在田里使劲，生就背朝天的命。马秋月说，木匠也是使力的。大姐笑说，使力算啥？身上长的，不使还憋得慌呢，这差别呀，在于巧力还是笨力，你姐夫只会笨力，出了霍营，怕是讨吃都要不到饭，我愁呀！马秋月笑着，却是极小心的，那么难都过来了，现在有啥愁的？大姐摇头，那不一样，过去吃了上顿没下顿，咬咬牙勒勒裤带就挺过去了，现在可是天天愁，绕不过去的。马秋月惊愕地望着大姐，愁……啥？大姐的目光稍显不悦，仿佛琢磨马秋月是装憨还是迟钝。停顿了好一阵儿，才缓缓道，二壮到了说媳妇的年龄。

马秋月明白过来。其实，大姐进门，马秋月心里就捣鼓个不停。大姐拐了又拐，仍没往钱上靠，马秋月也就避开，虚应，真快呀。大姐说，谁说不是呢。马秋月算了算二壮的年龄，斟酌着，大姐不用这么急吧，晚一头半年……大姐表情语气都有些急，说亲就要赶早，晚了没准就错过了。然后讲她什么时候因为什么看上本村一闺女，那闺女和二壮又如何对心思，可谓良缘。末了，大姐神色凄然道，我不能让儿子打光棍，一个都不能，不然我一头撞死。马秋月相信大姐做得出来，附和，大姐要强，我是比不了的。大姐愁容再起，说换帖需要多少钱，她凑不够。

这才是最关键的！大姐也太绕了。马秋月暗暗吁口气，似乎这是一直等待的结果。

马秋月紧张而又疑惑。大姐省吃俭用，怎么连二壮换帖的钱也没攒够？大姐猜透马秋月的心思，说人家讲我刮牙缝不是编排，生一堆儿子，不节俭哪行？就这样也没攒几个，大壮一个媳妇就掏空了。若是够，还用跟你二姐张嘴？

马秋月眼睛亮了亮，二姐拿给你了呀！

大姐声音就硬了，提起这茬儿就来气！她红口白牙应了的，让我过几天再去。我没留下吃猪头肉，知道为啥？不想欠她太多。我少吃一口，她就多吃一口，她馋，我是能管住嘴的。儿子娶媳妇，这是比天还大的事。过了几日，满以为她给准备了，不求多，二三十就行。她说没有，掏过曲风的兜了，是空的。没有？马板肠咋来的？风刮来的？哪怕借我十块呢，好歹也是个心意。还留我吃马板肠,我能吃进去?

马秋月小心翼翼地,大姐该是去得晚了,她那个人存不住钱的。

大姐没好气,存心借,啥时都合适,没那心,白天黑夜守着也白搭。顿了顿,大姐缓了神色,也就是气一阵儿,其实也怪不着她。借是情分,不借也没什么不对。她生就那个样儿,自个儿闺女的事也不放心上的。

马秋月附和,说得是呢。

大姐说,谁没个难的时候?遇难处不找亲姐妹找谁?我也是脸壮,不过没错吧?

马秋月发自内心承认大姐是对的。大姐不再说话,只是平静地看着马秋月。马秋月心里一直敲鼓,目光左右摇晃。马秋月是攒了些钱,共九十六元。装在打了补丁的黑线袜里,袜子在包袱的底部,包袱在柜角最底端,柜距大姐三四步。那是计划买缝纫机的,还差些,朱光明说秋后能凑齐。大姐话说到这个份上,马秋月不拿是不行的。但拿多少,马秋月难以决断,想和朱光明商量商量。大姐厚重的目光压着,她不知如何拖延,慌乱地冲大姐笑笑,再笑笑。大姐不说话,也笑。好像跑了老远的路,就是为了和马秋月对坐傻笑。

马秋月终于撑不住了,艰难地,我拿给大姐……一些。她揣度着大姐的神色,没说数目,大姐别嫌少。大姐的目光变得轻快,四妹,你这么说就见外了,莫说你借给我,就是一分不借，大姐也没资格说别的。马秋月几乎是感激地冲大姐笑笑。大姐问，你有多少？马秋月没想大姐这么直接，没有正面回答，说我能拿出三十。大姐不言，静静地看着马秋月。马秋月感觉嘴唇糊了铁皮，又厚又重，我是攒了些……我想买台缝纫机。大姐点头，娘说过，我知道的。马秋月说我做梦都想。大姐说，我知道！换成我也舍不得。不过，啥事都没给儿子娶媳妇当紧，儿子娶不过，就是给架飞机我也不心宽，你说是不？马秋月点点头。大姐趁热打铁，这世上什么都能缓，就是儿子娶媳妇不能缓，晚一步……又改口道，晚半步就错过了。马秋月似乎被大姐的话带入蒸笼，后背热腾腾的。她试探着问，换帖要多少？大姐说，一大笔呢，我搜刮了所有，还缺一百。四妹，只要一百，你外甥就说上媳妇了。马秋月似乎被利刃剜着，疼得缩了一下。大姐似有泪光闪烁，四妹，大姐会还你，不差一分。你说个期限，算利息都行。马秋月说，大姐这话就见外了。大姐声音颤抖，大姐急呀。四妹，若你遇到难处，让大姐抹脖子都行。马秋月再无退路，招认只有九十六块。大姐说，让光明想想办法！

当晚马秋月没跟朱光明提，次日清早才说的。朱光明笑了，你都应了，还问我干什么？马秋月气恼地，你不知道大姐多厉害。朱光明劝她既然说了，就借吧，缝纫机缓一缓再买，说媳妇确实是大事，没给工钱的那几户，我今天问问。马秋月心里的雾终于消散。

凑够一百，大姐喜上眉梢，但并没有立即离去，住了三天。

那三天，大姐没一刻闲着，从地头到灶坑，泼辣，麻利。连朱光枝都承认大姐厉害。

9

数九之后，接连下了几场雪，田野草地都是刺目的白。乡路渐落渐踩，色重皮厚，却极娇气，轻踩上去也是咯咯吱吱。朱光明去外村不便，只在豆庄干些寒冬可做的杂活。入腊月口，又闲了些，隔几日便去趟霍木匠家，没特别的事，也就说说话。

而马秋月却忙得黑白连混。除了缝儿女的新衣，还要画剪窗花，常至深夜。虽然朱光明换了带罩灯，两个鼻孔还是熏得乌黑，手指蹭蹭，都能写字了。忙虽忙，却是喜乐的。画的内容无不一欢，喜鹊登枝、三羊开泰、猴献寿桃、龙绕金柱、凤栖梧桐……

某个上午，来了位不速之客，杨疙瘩老婆。倒也不是多陌生，杨疙瘩家距井台不远，杨疙瘩老婆常在井台边闲聊。马秋月和她也说过话，不超过十句。马秋月从没去过她家，她也从未登过门。见她腋下夹着红纸，马秋月更吃惊了。她自觉没趣，满脸讨好而尴尬地笑。她个子不高，身材略胖，尤其肚子，呈圆弧状。脸本就粗糙，爬了皱纹，更显不平，像积雪的路面被踩踏过。

杨疙瘩老婆局促地说明来意，目光一伸一缩，像在吮吸。这实在是稀罕。咋想起我了？马秋月问。该是有什么缘故，亦不排除阴谋。杨疙瘩老婆说，你画得好，剪得也好。马秋月笑笑，手巧的人多了去了。杨疙瘩老婆说，谁能比过你呢。马秋月哑口，不知怎么作答。杨疙瘩老婆有些难堪，但没有知难而退，外边的事我不懂，也管不住他，我知道他做了很多对不起朱家的事，他生就糨糊脑子，毛驴脾气，到了掉牙的年纪，才翻开点儿阴阳。她嘴里的"他"自然指杨疙瘩。不提还好，提起这茬儿，马秋月顿生仇怨。可不止一桩呢。但马秋月什么也没说，只是脸色青了些。如果是过去，马秋月一万个不愿意，也不敢得罪她，但现在她才不怕呢，连杨疙瘩都不用怕了，一句话就可以打发走。她也想这么做的，话都想好了，如利箭在喉。但面对杨疙瘩老婆浓稠的笑，马秋月难以发力。迟疑之下，箭矢坠落。马秋月委婉地，我怕画不过来。杨疙瘩老婆似乎没听懂，说不急的。马秋月顿了顿，让她放在柜上。杨疙瘩老婆感激而欢喜地冲马秋月鞠了一躬。

活儿是接了，可马秋月疑窦未消。就冲马秋月画得好？杨疙瘩老婆憨了些，也应瞧出马秋月没有好脸色。

马秋月想不通，问朱光明，朱光明也说不出所以然，劝她愿画就画，心里不痛快送回去就是。马秋月说，接都接了，我没那么小器。朱光明便笑，那就别乱想，非让脑子受累，何必呢？该明白的时候自然就明白了。

马秋月熬夜画好，次日下午剪成，倒比亲戚的速度快。她打发朱灯去送，朱灯出门不到五分钟就回了，说碰见了朱红，朱红要去送。朱灯的声音和他本人一样瘦，杨疙瘩家有狗。朱灯被狗咬过，平日最怕狗。马秋月没好气，你怕咬，朱红就不怕了？你

291

这哥当的——朱灯惭愧的神色封了她的嘴。很多时候都这样,马秋月有火气,却又说不出地心疼。虽是半截话,朱灯还是被戳痛,转身往外走。马秋月问他去哪儿,朱灯说去看看朱红。马秋月略显无奈,看啥看?一会儿就回来了。朱灯还是出了屋。马秋月稍感慰藉,总算有股执拗劲,不然这性子咋立世呢。

朱红进屋,马秋月没见朱灯跟着回来,心就有些抽缩,问,没见你哥?他找你去了。朱红扯下头巾,抖了几抖,挂在墙上,说,他和万金在房后玩。马秋月吁了口气,这才关切地,杨疙瘩家的狗没咬你吧?朱红说,拿着棍子呢!是我要送的,娘莫怪我哥。马秋月轻声道,没怪。朱红说,我其实想看看杨疙瘩家啥样。马秋月不明白朱红为何有这样的念头。杨疙瘩家的房子没啥特别,低矮的褐泥墙,不过烟囱极高,是别家的两至三倍,因为年年抹修,和矮旧的土屋极不相称,就像受伤的怪兽不得不屈抱身体,只有独角固执地刺向天空。这样的高烟囱毫无必要,且不利于烧火走烟,没人知道杨疙瘩脑里想些什么。但烟囱再高也是烟囱,土房变不成金銮殿。马秋月笑笑,还能啥样?朱红说,娘绝对想不到。马秋月漫不经心地唔了声。朱红说西墙北墙挂满了绳子,猛瞅上去心里挺毛的,像满屋都是蛇。马秋月没应。朱红略显得意,亏得我去送的,就我哥那胆儿……马秋月问,还有啥不一样?朱红说,一股酸菜味。马秋月说,听说她挺会腌酸菜。朱红瞄着马秋月,她要捞一棵白菜给我,我没拿。马秋月点头,没拿就对了。朱红好奇地,娘为啥给她剪窗花?马秋月没有马上回应，也说不上来。那些个事，朱红没见，但一定听说过，未必有多少仇恨，但肯定没好感。顿了好一会儿，马秋月说，红纸都拿来了，咋也是张脸呢。朱红说，脸够厚的。马秋月说，老旧的事，再说跟她没啥关系。朱红哼了声，等着吧，明年还让你剪。马秋月笑笑，明年我找个借口推了她。朱红说，借口还用找，就说我不同意，我不怕！马秋月仍旧笑着，我也不怕她呀。

黄昏时分，杨疙瘩老婆竟然端了一棵腌白菜登门致谢。马秋月不受，说自己腌了一大缸呢。杨疙瘩老婆说知你不缺，可实在没啥稀罕东西。马秋月说那么点儿活儿，不值当的。杨疙瘩老婆说，你手巧，换作我，三年也剪不成呢。抽扯了一会儿，马秋月实在拗不过，只好留下。彼时朱红在场，但什么也没说，马秋月暗暗松口气。

那一年春节轻松、祥和，无论何时忆起，马秋月都是满脸光彩。但猝不及防地，二月二撞进脑子，神色便暗下去，而在更久之后，那会成为她经常讲述的笑话。

那天的前半段还是蛮开心的。

朱光明起身，朱灯也跟着穿衣服。不用叫，他惦记着呢，早早就醒了。自朱光明买了推子，每年二月二，朱灯都会早起。他不如人处多，唯有龙抬头日理发，能抢到第一。也亏得理发的是朱光明。豆庄有推子且能理好的没几个，朱光明手巧心细，上门的人就多。朱灯刚理完，马秋月一锅水没烧开，已有人来了。待烧好饭，里屋已经站不下了，朱光明囫囵吃了几口就放下碗。论

293

名次，朱丹是排不上号的，他贪睡，马秋月拽都拽不起。但只要起了，也没人和他争，毕竟是自家的娃，都拎得清。

最后一个离开，已是后半晌。往年朱光明都是对着镜子自理，颈后处需马秋月相助。但那日，朱光明让一直打扫碎头发的朱灯给他推。朱灯没防住，紧张地，我不会呀。朱光明含笑鼓励，不难，拿了推子，自然就会了。朱光明示范过，便坐在凳子上。朱灯抓了推子，握了握，又握了握，似乎在验证推子是否出了故障，听不听指挥。直到朱光明催促，他才将推子放到父亲脑后。朱光明说，对，就这样，贴住头皮，慢慢……朱光明突然吸溜一声，朱灯绞着他的头发了。朱灯着慌，猛往后撤。刚才也就数根头发被绞，后撤就不是几根了，朱光明疼得跳起来。朱灯红了脸，怯怯地望着皱了眉头的父亲。马秋月见状，要接过推子，朱光明没让，口气生硬，如同推刨，有多难？闭着眼也学会了，再来！朱灯再次上前，却站立不稳，好像地在震动，手更是没有章法地抖。朱光明可能意识到过于严厉了，口气转缓，先把头发剪断，别管好看不好看。拿我的头练，你还怕什么？朱灯心神不稳，推子走得歪歪扭扭。朱光明倒没再叫唤，但朱灯依然紧张，也可以说，他的忍耐反加剧了朱灯的紧张。朱灯下意识地后撤，手臂也跟着退，朱光明的头发被推子夹着，脑袋偏仰，面孔朝天。马秋月都看不下去了，朱光明也失去耐性，腾地立起。朱灯松手，推子吊在朱光明后脑上。朱光明翻手抓了推子，目光横扫，差点把头皮拽下来，没见你这么……笨字终是没说出来。

朱光明对镜自理,朱灯如获大赦,拔腿开溜,差点被门槛绊倒。正是那一跟跄,令马秋月的心重重绞了一下。她怪朱光明过于严苛,朱光明没好气,没打他没吓他,你还护短?要是拜师学艺,不知挨多少板子呢。马秋月说,拜师也不拜你。朱光明说,除了我,谁教他?往常,马秋月生气,朱光明就闭了嘴。遇风遇雨,朱光明面不变色,就是天塌下来都不急,那天却因为理发这么桩小事发火,有些反常。马秋月就没帮朱光明,朱光明居然处理干净了。

马秋月赌气闷坐,朱光明转换语气,带有检讨的意思,今儿脾气大了些,我不是因为疼,是急。马秋月不理,朱光明没有继续绕,往母亲那边去了。

马秋月正想出去透透气,二姐踏着大步进来。

10

二姐这个时节来甚为悖常。从日子上讲,二姐来迟了。出了正月,炸货、荤腥所剩无几,过嘴瘾须在元宵节前,二姐比谁都清楚;而从时辰上说,又实在早了些,黄昏进门才对,除非她一路奔跑,这不大可能。马秋月脑里全是纷乱的念头,目光就枝枝杈杈地,努力笑了,脸却是僵的。

二姐的不客套倒是没变,没有丝毫迟疑,蹬脱掉棉鞋,蹿至炕头,还没坐稳,便命令,弄盘吃的来,骨头都软了。马秋月反应过来,但动作不怎么利索。那个最大的瓷盘上放了一摞碗,马秋月移挪，碗呼啦斜倒。她惊了一跳，双手猛捂。还好，没有掉落。她吁了口气，小心翼翼扶稳，才又拿盘。炸货放在缸里，黄米糕、油饼、麻花、麻叶、果蛋等。黄米糕、油饼须热了吃，后三样随时可以。同为炸货，也有等级，麻花用一磨二磨面，细而白，麻叶用三磨面，果蛋用四磨面，间有麸皮，粗糙色黑。最好吃的自然是麻花，但已光尽。好在还有些麻叶、果蛋。马秋月将堆出尖的盘子端给二姐，二姐不满，就这？没别的？马秋月摇头，这都二月份了。二姐就不挑了，这也不错！

二姐确实是饿了，狼吞虎咽，口里嚼着，手里抓着，口和手仿佛在接力赛。她顾不上说话，马秋月也就哑口。二姐人高马壮，饭量一向大，饿成这样自然更能吃。盘子见底，马秋月问吃饱没。二姐抹抹嘴，够了，留点儿肚子吃热饭。马秋月问二姐从哪儿来。二姐说，从赵营啊，四妹，借我点儿钱。没有任何过渡和转换，二姐没显难为情，自自然然，直奔主题。

马秋月张大嘴，惊瞪着二姐。

二姐似乎料到马秋月的反应，说曲风进去了，我得救他！

马秋月一时没反应过来，舌头僵硬，进……哪儿？

二姐的目光定在马秋月脸上，没答。马秋月突然明白了，又惊又急地，咋就……

二姐说，三言两语说不清，以后再告诉你，先借我点儿钱。

马秋月如被五花大绑，整个人都在抽缩，心却在飞速下坠。要得罪二姐了。她不是银行，哪能张嘴就拿出钱来？二姐未必相信。年底朱光明倒是收回点儿工钱，但买收音机花光了。如果说缝纫机是马秋月一个人的梦，收音机则是全家的梦。只不过马秋月的梦久了些，追溯起来还是朱光明欠她的，所以朱光明决意买缝纫机在先。借给大姐，缝纫机没了指望，索性先买收音机。要是二姐年前来，收音机就不买了，肉多肉少，强过没有。现在她变也变不出来。

二姐强调，会还的。曲风出来，不用一个月就能还你。

马秋月躲闪着二姐的目光，我知道——

二姐说，先拿我二百。

马秋月呼吸急促，二百，还是先拿。二姐的口气何止是大，也太狠了。真拿她当银行了？

二姐笑，咋这个样子？吓着你了？

马秋月的笑因僵硬而极不自然。咽下几口冷气，终于坦陈，没半句谎。

二姐的脸便笼了阴云，大姐借有，我借就没有了？

马秋月说，大姐也是硬凑的，你要先来，肯定先借给你。

二姐没好气，我是算命的呀，能掐算到曲风出事？若不遇急，才不找你呢。

马秋月为难地，问题是拿不出啊。

二姐说，想想办法！光明呢？找他回来！马秋月说他能有什么办法？二姐口气硬冷，你怎么知道他没办法？我和他说，不会让你白帮，曲风有多大本事我清楚，他会三倍五倍还你！快去，

297

把光明找回来。

正说着,朱光明回来了。马秋月如卸重负。朱光明能说会道,想必会抵得住二姐的进攻。面对朱光明,二姐倒不遮掩,就她所知都道出来。朱光明认为二姐想得简单了,恐怕不是钱能解决的,就算有可能,也要找对门路;就算能找见管事的,敢不敢要她的钱还是个未知数;就算敢要,多少钱合适?也许给一次不行,还要两次,也许两次不行,还要三次。如果碰到骗子,没把曲风捞出来,反欠一屁股债,就更亏了。最后朱光明总结,犯了法,治罪是肯定的,花再多钱也没用,治罪未必是坏事,也许因这罪躲过别的劫难呢。若没犯法,国家也不会冤枉他,就算含冤也是暂时的,早晚会平反,还他清白。马秋月听得都迷了,进而感激,朱光明掀掉了她心上的石头。二姐点头道,你讲得没错,我也懂,可……什么也不做,我过意不去。说句你俩不爱听的话,爹和娘生养了我,我记恩,要说对我最好的,是曲风。我咋也得试一试,碰一碰,不试咋知道?就是被坑被骗,我也认了。甭跟我讲道理了,给我凑钱。马秋月插话,我揭开柜,二姐随便翻。二姐说,我又不是土匪,翻柜干吗?我是你姐!不管你们想甚办法,反正得给我弄点,有多少算多少。她不再狮子大开口,也算让步了。末了又威胁,拿不上钱,我就住着不走了。马秋月瞅瞅朱光明,朱光明却面带微笑,说二姐想住多久住多久,吃住还管得起。

入夜,二姐鼾声渐壮。不得不佩服二姐心大,遇上这么大的事，照吃照睡，香甜如故。马秋月碰碰朱光明，压低声音，问他咋办。朱光明说，住着吧，家里有个看门的也好。马秋月急道，跟你说正经话呢。朱光明发笑，我说的不正经了？马秋月说，二姐是真急了，还没见过她这个样子。朱光明说，安心睡吧，明天还要早起呢。马秋月隔着被子捶朱光明一下，朱光明轻哎一声，略显无奈地，城门失火，殃及池鱼呀。马秋月说，就你识俩字！咋弄呀？朱光明说，你说咋弄就咋弄。马秋月又用肘子撞了撞。朱光明说，我造不出也偷不来，倒借倒借吧。马秋月问，要是借不上呢？朱光明说，那就叫二姐住着。

次日，马秋月跟二姐说了。二姐点头，这还差不多。

朱光明与马秋月分头借，二姐逍遥自在，不怎么在家，常去碾盘聊闲。有多嘴的，二姐也不避讳。有放肆的，二姐更放肆。她的嘴不光会吃，也会说，就没人乱开玩笑了。二姐唯一怵的是朱红。天天往外跑，或也有躲朱红的意思。二姐对付朱红的法子是退。明明无力还击，却摆出沉稳大度的样子，毛丫头片子，二姨不和你计较。

二姐只住了四天。

借钱没那么容易，只凑了五十。马秋月借了五块，其余皆是朱光明的功劳。马秋月摸不透朱光明使了多大力，既盼他多借点儿，又怕他欠债难还。很久以后，她问朱光明，朱光明说尽力了，她就再没追问。

二姐没什么异常，装起五十块，说好歹再凑个二十三十的。

语气平平，没有感激也没有抱怨，自然，也无离去的意思。临睡前，二姐饿了，也或是馋了，想吃粉条。粉条冻得硬梆梆的，煮了才可以吃。二姐不让马秋月生火，说二姐的肚子是铁打的，开水泡泡就行。二姐执意泡，马秋月就没坚持。粉条泡开，但不软，僵的。没搁葱没放蒜，二姐淋油浇醋后，风卷残云吞下去。结果夜里闹了肚子。二姐穿衣下地，马秋月问她敢不敢，二姐轻笑，你家茅房有鬼不成？黑天半夜的，二姐竟开这样的玩笑，马秋月不悦，什么也没说，把被子裹得更紧了些。她是想等二姐回来的，没打算睡，可眼皮子不听指挥，很快合上。可能睡了挺久，也可能只迷糊一小会儿。她说不好，但知道做梦了，看见了枣红马。它立在冰面上，静静地，像睡着了。她奇怪它怎么可以站着睡，转念一想，马似乎就是站着睡的。正想唤它，冰面突然裂开，枣红马坠陷下去。马秋月惊叫着醒过来，定了定，才想起二姐。再瞅，二姐的被窝是空的。怎么还没回来？马秋月诧异，听了听，没动静。马秋月觉得不大对劲，推醒朱光明，让他去看看。朱光明穿了衣服，下地时还开玩笑，别让二姐踹我一脚吧。推开里外屋的门，朱光明突然喊出声。

自行车不见了！

11

在豆庄，杨疙瘩算个能人，很有可能被后人补写进《五台杂记》。

杨疙瘩犁地的技艺极高。春播秋翻，乃最寻常的活计，哪个男人都会。会吆牛敢喝马，能把犁扶正，也就这样。但会和会不同，同样耍大刀，耍得好藏杀气于无形，耍得差徒有架式，天地的差距。犁地也如此，别人只能把土翻过来，很难做到宽窄一致，深浅均匀。但杨疙瘩可以。无论沙地碱地，不管晴空雨天，都犁得搓板一样。杨疙瘩秋翻，没有麦茬露在外面，严严实实，平平整整，连沙蓬、八条脚都盖压其中。这些游魂在土里窝一冬，待冰融雪消，彻底归于大地。

但杨疙瘩被划为能人之列，并非因为犁地技艺，而在于痴迷也擅长捆术，豆庄话叫绾疙瘩。寻常人只知活结死结，在杨疙瘩那里，不管活结死结，都变幻无穷。说得再简单点，任何一样东西，不管出气的不出气的，都有其绾法。可以说，这是杨疙瘩的发明和创举。就是同一物，粗绳有粗绳的绾法，细绳有细绳的绾法。捆牛结、捆马结、捆猪结、捆羊结、捆鸡结……没有几千也够数百。而同一物，同样的绳子，又因部位有别而有不同的绾捆方法，比如狗，脖子和腿，各有捆法。同样捆脖子，是要把狗勒死，还是仅仅限制其活动范围，又有说法。没人搞得明白，更不要说实战了。

杨疙瘩绾捆的本事要从其家庭说起。他本名杨家旺，父母早亡，由伯父抚养长大。伯父膝下无子，待如亲生，吃穿都尽让着杨疙瘩。长夜无聊，伯父便解了捆腰的绳子教他绾结。伯父也就绾个活结或死结，但杨疙瘩在这方面有悟性，不厌其烦地练，终得一绝。阿基米德说给他一个支点，可以撬起地球。杨疙瘩不知道阿基米德，但说过类似的话，给他一条足够长的绳子，可以把地球捆住。他还说过，若能上天，定将太阳和月亮捆个结结实实。从口气上说，比阿基米德还厉害。

可杨疙瘩空有技艺，用武之地却不多，有时还让人嫌。比如捆庄稼腰，他绾得比任何人都牢，本来是值得夸赞的，但脱粒要解腰，逢上杨疙瘩绾的，干这活的就苦了，咋撕扯都不断，只能用剪子。杨疙瘩敢夸海口，自认绾匠。但铁匠、木匠、石匠、鉫匠、锔匠、瓦匠们没一个瞧得上这个绾匠。技艺有传承，行业有祖师，连顶神的都能说个来处，敬的是黄大仙还是黑乌鸦，绾没有祖师，岂能以匠人自居？

杨疙瘩很孤独。他排遣寂寞的法子就是绾疙瘩，家里备着长长短短粗粗细细的绳子。捆太阳和月亮做不到，太大太远了，但可以捆小，比如蚂蚁。他曾创下一根线上拴二十四只蚂蚁的记录。绾疙瘩带来了乐趣，也让他更加孤独。快活也就那么一会儿，孤独几乎绾住了他的黑夜和白天。

但时来运转，杨疙瘩得到武三的赏识，终得翻身。杨疙瘩能捆的都捆过了，就是没捆过人。虽为老手，第一次捆人，还是有些紧张和不安，但两次之后就习惯自如了。不是他要捆，是武三让捆的。武三是队长，不听队长听谁？而且，这些人该捆，比如朱全。"该"是朦胧模糊的，但又清晰具体。杨疙瘩不捆，别人也要捆。不是为自己捆，是替豆庄捆。杨疙瘩很快发现，捆人和捆猪狗牛羊的不同，那就是更容易上瘾。捆人不像捆别的方便，得等。没瘾也就罢了，有了瘾，等待就异常煎熬，血管、肌肉、骨骼似乎有无数嘴巴在噬咬，万千利爪在抓挠。有时半月二十天都等不到，实在撑不住，便四处找茬，创造机会。他性格孤怪，但为人温善，甭说别人，就是自己也想不到骨头缝里埋着蛮横的种子，会在不经意间野蛮生长。

荣光来得意外，去得也突然。杨疙瘩难以相信，觉得这是老天的玩笑。花草树木被霜冻偷袭，难免叶萎茎枯，可被温暖的阳光抚摸，元气悄然恢复，身子快速挺直。他遭遇的或许就是一场霜冻。但接连被现实迎头痛击，杨疙瘩终于清醒，世道真的是变了。

奇怪的是，一旦意识到，他并没有多么地失望、沮丧、愤懑，他很快调整状态。他身体里似乎根深叶茂的霸蛮，被无形的手拔起，踪迹全无。他有很多绳子，可捆的出气和不出气的太多了，他仍然是捆匠。不像武三，从此蔫颈。杨疙瘩很有些瞧不起，诧异自己怎么会听他的话。

如果不是伯父嘱咐后事，杨疙瘩将继续自己孤独、不求人的日子。深秋的一个夜晚，风烛残年的伯父拉拉杂杂说了许多话。伯父失去劳动能力后，杨疙瘩便将伯父接过来与自己同住。杨疙瘩极孝顺，在豆庄也能排上号的。杨疙瘩不让堂姐堂妹们侍候，养老送终是他这个"儿子"的责任。堂姐堂妹也乐得成全他，逢年过节探望一下，屁股没坐热便离去，杨疙瘩从不抱怨。伯父患有北方老人常见的哮喘病,特别是秋冬季节,喉咙像塞了陈旧的风箱,说话极其艰难,但那个夜晚,伯父说了很久。内容倒不复杂,核心就一句话,待他去了那边,杨疙瘩不要打棺材,弄个席子卷卷就可。翻过来倒过去说那么多,不过是强调这么做的缘由。杨疙瘩意识到伯父的日子没多久了。其实年年秋冬都是关口,一口痰上不来就要了命。去年就发生过,杨疙瘩嘴对嘴吸出来,伯父从鬼门关返回。伯父提到棺材,杨疙瘩又如当头棒喝。他自是不会听伯父的,倾尽所有,也要给伯父打口棺材。而且应早打,不能等到咽气。这几年把心思都花在捆人上了,竟把顶顶重要的事忽略掉了,杨疙瘩痛悔不已。当然,现在打也不算太晚,来得及。杨疙瘩不但要给伯父打上好的棺材,还要请豆庄最好的木匠。他想到了朱光明。自然也想起了对朱家做的事,又是一悔。不过话说回来,他也是听令行事。为啥只捆朱全,而不捆朱全的子女?是因为朱全该,他们不该。虽然和朱全子女尤其是老五多次摩擦,捆的念头也动过,但因为不该,没有付诸实施。他是有原则的,对得起自己良心。朱光明不应该和他计较。以他的观察,朱光明不像记仇的人。他记得那次和老五吵架,朱光明说过的一句话,叔,向前看。彼时他没品味出这句话的深意,但愣怔了好一阵子。现在想来,朱光明着实不简单。朱光明劝他向前看,那么他也要劝朱光明向前看。

但朱光明的态度究竟如何,杨疙瘩终是没谱。某日,杨疙瘩截住朱光明,照直讲了。朱光明没给他冷脸,但说活儿已排到明年春天了。杨疙瘩问能不能插个队,他可以多出工钱。朱光明笑说这不是工钱的问题,是信用的事儿。杨疙瘩说夏天也行,你给我排上。朱光明说村里有的是木匠,哪个木匠都会打棺材。杨疙瘩说要请最好的木匠给伯父打,接着忏悔了自己以往的不是。朱光明说不是因为这个计较,确实忙。杨疙瘩说愿意等,只要排得上。如果伯父突然离去,多雇几个粗木匠,两三天也能做好。万一伯父熬到明夏,或者明冬呢?就能睡上豆庄最好木匠打的棺材。朱光明终是点了头。杨疙瘩大喜过望,当即道,那就说定了。

杨疙瘩置买回板材,等盼着日子。虽然朱光明应了,杨疙瘩也信了,但在等待期间,杨疙瘩还是犯了嘀咕,毕竟过往诸多不快,朱光明真能做到不计较?腊月口,老婆请马秋月剪窗花,其实是杨疙瘩授意的,目的只为试探。马秋月还真剪了。她的态度一定程度上就是朱光明的态度,这让杨疙瘩又增添几分信心。如果能为朱家做点什么,就更保险了。可是,做什么呢?杨疙瘩绞尽脑汁。某一天,准确地说,是元宵节,燃放二踢脚时,那个想法随着二踢脚的升空,也升腾而起。不怎么靠谱,但做总比不做强。万一幸运降临呢!

从那天开始,杨疙瘩穿着厚厚的白茬皮袄,大半夜大半夜地在朱光明家周围游荡。怀里揣了团绳子,那是他的武器。他听说过马秋月梦游的事,也听说过她的闲话。杨疙瘩不知马秋月何时梦游,也不知她梦游时是否遭遇不良之徒。一旦有那样的事发生，杨疙瘩会直扑上去，将歹人捆个结结实实。这就是杨疙瘩的设想和计划。救了马秋月，也就是帮了朱光明，朱光明自然会感谢他，给伯父打棺材就是铁板钉钉的事。

朱姓之外，第一个操心马秋月梦游的是杨疙瘩。有些荒唐。数日过去，杨疙瘩没有任何收获。他没有气馁，功夫不负有心人，万一等到呢。

又一个夜晚来临，杨疙瘩潜到街上，围着朱光明家的院子游走。虽已立春，但寒气不减，尤其入夜，像一枚枚柔韧的针，每个毛孔均被刺穿。好在上有白茬皮袄，下有厚棉裤，又不停走动，还承受得住。杨疙瘩是个能吃苦的人，这算不了什么。

没有月，繁星便显得亮，街道银白，似有水流。杨疙瘩踩着水，过来，又过去，不厌其烦。他本是孤独的人，现在揣着狂热的念头，虽是孤身夜行，却没有丝毫寂寞，偶尔的狗吠，还嫌烦呢。

杨疙瘩再次转至朱光明家院门口，目光突然凝注。几乎同时，兴奋漫过头顶。终于等见了！他往后几步，退至墙拐角，屏息盯着院门。黑影把一个架子稳放在院外，然后跳出，扛起架子，大步流星。一旁的杨疙瘩有些呆愣，黑影高壮，扛的竟然是自行车，显然不是马秋月。杨疙瘩略一思索，顿然明白。那也好，只要为朱家做事，什么都好。

出村百步左右，杨疙瘩将黑影扑倒，同时将绳子甩出去。待黑影倒地，他已麻利地绾了两个疙瘩。这对他来说太容易了，闭着眼睛都可以。

12

朱光明起得早,但六月的阳光更早,出村时,已是遍地铺金。自行车的前把、车铃本就擦拭得锃亮,日光扑闪,几乎刺目。好在路是熟的,无须低头。略略仰着,视野更阔,田野、草地、林带尽收眼底。天空湛蓝,如清澈的湖。只是湖有深度,天空是没底的。没有底,潜藏其间的星就难以数清,或也可以说,正因拥揽群星,所以永不见底。没人能在白日看得见星辰,但朱光明可以。不是用眼睛,而是用心。目光再长也有限度,心如浩宇,没有边际。朱光明不只看得见,还驮着呢,比如下凡的斗木獬,北方七宿第一宿,就在工具箱里,基本是人在哪儿带到哪儿。

从豆庄到馒头庄,不过数里,慢骑也用不了多久。上路就不由他了,似乎脚下是风火轮。说到底,心底窝着喜呢。朱光明本就性子晴朗,哪怕身陷泥潭,最糟糕的时候,都没有天塌下来的感觉,始终相信前方有光亮。花树向上,江河东流,自然规律,没有什么能改变。老天不会格外垂青,但也不至于碾压他。即便碾压一时,也不会碾压一世。这不,他迎来了自己的黄金时代。虽然不过是个木匠,技艺再高也是木匠,但朱光明知足。他人有求,自己享受,还要怎样?像朱元璋那样从放牛娃到皇帝,千百年也就那么一个。他背着星辰,但到底不是星辰下凡,或者说，还没修炼到星辰的份上。没长翅膀，只能一步步走。当然不是每一步都顺，总要遇事，躲不过去，怎么想就很重要了。比如朱丹。朱光明不是没起过疑，但没停太久，更未成团。如果马秋月确实遭遇过什么，那么他的猜忌就是再次伤害。那不是马秋月的过错，更不是朱丹的过错，如果说错，也是他的，没看好马秋月。再说那也仅仅是一种可能。不猜忌，可能就不存在。朱光枝所言，更是胡说八道。朱光明对马秋月说那番话发自内心，绝不是装出来的。没必要装，装一时半会儿可以，还能永远装下去？猜疑有刺，虽然细小，但随着时间的推移，很可能长成长钉，甚至锋利的斧头。他避不过刺，但可以化解，这不是能耐，却比能耐重要。

　　但达观不是万能的，许多时候，并非想得开就可解决，比如与孟翠的相识及随之而来的难题。当朱光明能像一条鱼自由畅游时，哪里料到等待他的不只挣钱的机会，还有可能的艳遇。而多年后，他仍记得和孟翠初见的情景。没忘记，这三个字很能说明什么。虽然他不承认。他是想忘掉的，就像曾经遭遇的屈辱，但做不到。

　　那是一个午后，朱光明刚到新雇主家，正跟父子俩估算板材，抱了圆白菜的孟翠走进院子。不，先进院子的是她的声音。总算请来了！脆瓜样的声音响起，朱光明不由回头。她刚至院门口，个高腿长，拔地而起似的。他瞅了瞅，却没能马上扭开脸，脆瓜样的嗓音及挺拔的身姿具有奇异的能力。就那么看着她走进院子，不无惊讶，却说不上惊讶何来，也正因此，他略显失态却未意识到。至近前，她又打趣，请你可真不容易！仿佛责怪朱光明，却又毫不掩饰其好奇。那是1980年，整个五台能打组合柜的木匠不超三个，请朱光明的人家多，自然要排队，数日甚至一年。朱光明笑了笑，说，这不来了吗，没那么难。她目光里的弯钩突然掰直，往前一顶，如万箭齐发。朱光明没被射疼，但莫名有些慌。为掩饰，他目光下移，落到她怀里的白菜上。

豆庄俗称疙瘩白，可生吃可炖炒。土根尚在，外皮干黄，足有脸盆大。

她说，晚上就炒它！三天前就取出窖了，舍不得吃，就等你来呢。至此，朱光明方知她是雇主的女儿，嫁在本村，那棵疙瘩白是从自家抱来的。朱光明当然记得自己的身份，闲言有度，适可而止。孟翠进屋和母亲说话，离开时，连招呼都没和朱光明打。

日落时分，孟翠又来了。她站在当院问了些话，都是关于"活"的，几日干完，何时上漆，工钱是收工就要结清还是能缓缓，等等。朱光明耐心回答，但并不耽误手上忙活。说到工钱，朱光明模棱两可，说咋都行。孟翠该是听明白了，却揪着不放，啥叫咋都行？不给也行？两人还没熟到随便开玩笑的程度，但朱光明没觉得突兀，有说不清的亲近。朱光明口才好，可也看场合。主家是雇你干活，不是陪说话，他拎得清。哪怕主家扯个没完，他也不轻易张嘴，偶尔应答，得体得当。而在那个黄昏，朱

309

光明被孟翠感染，笑着还击，没这个选项，你这属于转移话题。孟翠说，你没说清楚。朱光明说，说得很清楚了，是你没听清。他瞟瞟她，眼里当然也有话的，而这才是真正要说的。她"看"懂了，没再揪住不放，但也没有被"戳穿"的不自在，大方而调皮地，我还以为没钱就可以不给了，你没讲清。朱光明说，我以为这不是个问题，不需要说的。孟翠说，可以缓也好啊，能赊多久？朱光明反问，你想赊多久？孟翠说，当然是越久越好。朱光明说，久也有个期限呀。孟翠想了想说，三年五载的……不是赖，是怕到跟前儿实在拿不出。朱光明说，真那样，我又能咋的？孟翠问，你不追债？朱光明笑，这是新社会，我不是地主老财。孟翠说，你倒想得开。朱光明笑，不想开咋办？还能抹脖子呀。孟翠问，你遇到过这样的人家吗？朱光明说，目前还没有。然后抬头，瞄瞄她。孟翠警告，那你要小心了！朱光明笑笑，没应。孟翠问，赊欠算利不？朱光明笑说，还吃人呢。孟翠母亲喊她，她说，我给你做饭去啦，安心干你的活儿，赊也可能赊，但绝不赖的！

晚饭普通而又丰盛，炒土豆片，醋熘疙瘩白，炒鸡蛋，拌豆芽，蒸花卷，还有零打白酒。朱光明说以后别弄这么多，吃饱就行。孟翠抢在母亲前面说，这可是你说的！以后就熬白菜了。朱光明笑，完全可以。孟翠的目光撞过来，有着盖印章的力度和声响，随即松散如丝，可不敢怠慢，谁知你说的真假。朱光明笑笑，你说真就真，你说假就假。孟翠说，所以呀，把木匠师傅伺候好了心里才踏实，吃好喝好，你给好好干。朱光明不想被她牵着走，换了话题。待朱光明和她父亲、兄弟举杯共饮，她便离开了，没吃饭。其母似乎担心孟翠得罪朱光明，解释闺女就这性子，不管生人熟人，没深没浅地开玩笑。朱光明笑说，蛮好的嘛，敞亮性儿，烦愁少。其母说，那倒是，就是得罪人。朱光明说，哑巴不说话，也得罪人的。其母连声道，对的对的，真让你说准了。

每日中午和黄昏，孟翠都过来帮母亲做饭。朱光明已知道她男人在食品站收猪，不是正式工，身份类似于武大。挣了些钱，不过大半用于喝酒了，还常常不着家。朱光明没有刻意打听，是孟翠母亲絮叨的。孟翠倒是喜欢和朱光明说话，但常是围绕着朱光明或某些与她不相干的事。斗嘴，玩笑。除此，还爱给他擦拭自行车，极认真，连脚蹬都是先用水洗，又用布抹干。朱光明过意不去，说没必要那么擦的。孟翠浪一样的目光拍过来，放心吧，是免费的，不和你抵工钱。便只能由她。每天骑着她擦拭过的自行车往返，朱光明踩踏的频率会不由自主地加快。

柜箱组合在一起，尚未上漆。孟翠用手指摩挲着光洁的柜面，夸朱光明手艺好。末了说她也想打一套，她结婚时还不时兴这个，现在得补上。朱光明以为她就是随口说说，附和，好呀。她立即道，那就说定了，你用不上的工具我先弄过去。朱光明笑，你得先备料才行。孟翠极干脆，这几天已经备好了。朱光明不由愣住，感觉钻进了孟翠的套子。孟翠颇为得意，怎么样？我动作不慢吧。朱光明含笑摇头，孟翠急了，什么意思？这活你不接？朱光明说，不是不接，是先后有序，现在排不到你。孟翠瞪着朱光明，什么排不排的，这就是一家的活儿，你没干完就撤，什么意思？慢待你了？一副吵架的架式。朱光明心里有些紧。不是紧张，就是紧，紧勒的感觉。但脸上仍挂着笑，我答应了别家，得讲信用。孟翠神情放松，温和中夹着几分狡黠，我家的活没干完，就接别人的，这叫讲信用？朱光明说，我干完了的。孟翠回击，就是没干完！实话讲，请你来时，我就计划打两套的，我兄弟一套，我一套。朱光明说，你家没说打两套呀。孟翠极快的，也没说只打一套呀，你想想，说过吗？朱光明略显无奈，那倒没有。孟翠说，这不简单了，都说你手艺好，那得眼见为实，打完第一套才决定第二套打不打。若提前说了，你没有传说的那么好，不是闹心吗？现在验证通过，第二套还用你打。打了，工钱一起算，不打，半拉活你好意思要钱？你说是不是，哥？

朱光明妥协了。倒不是被她驳斥得无话可说，他压着舌头，让着她呢。让，因为她占着理，尽管理是她现编的，但到底是理。朱光明认可了她的理。让的另一缘由是他到底是情愿的。她雇他，给工钱，干吗不应呢？

朱光明所言的别家其实是杨疙瘩。一不小心应了杨疙瘩，过后有些后悔。倒不是记仇，而是大材小用的心理使然。豆庄的木匠谁都可以打棺材，杨疙瘩没必要缠着他。可杨疙瘩异常固执，非朱光明不可。既然答应了，朱光明不打算反悔。自行车没被二姨姐扛走，说起来也要感谢杨疙瘩。也是从那个夜晚，朱光明知道了杨疙瘩的"暗夜行动"，这让朱光明很不舒服，严正告诫再不许了。杨疙瘩点了头，说也累了，又冷又困的。

杨疙瘩那儿自然要往后推了。非故意刁难，所以面对杨疙瘩失望的目光，朱光明没有丝毫内疚，劝他最好还是让别的木匠打。杨疙瘩咬定朱光明，说愿意等。只能由他，也许再等些日子就不等了。朱光明不惦记，他才没这份心思。

六月的清早，驮着斗木獬化魂的手斧前往孟翠家的路上，朱光明惦记的是另一个样式，他别出心裁的组合柜。当然，可能还有别的，他尚未意识到。

还未进院，朱光明便闻到只有炒荤菜才有的香气。雇家管饭，这是没有约定的约定，但早饭多半简单，可余出更多时间干活。朱光明自然懂，正餐都不挑，何况早餐。但孟翠打破了惯例，早饭和中晚饭一样正式。不光炒菜，而且至少两个。朱光明和她讲过，不止一次，孟翠也应，但不改。

果然又是两个菜，猪肉炒白菜，素炒土豆片，烙油饼。屋内香味更浓，直抵肺腑。朱光明深嗅一口，却皱了眉，说我是干活的，又不是坐席，你咋不听呢？孟翠略歪了头，干吗要听你的？这是我家不是你家，咋做，做啥，是我的自由，你管这么宽干吗？朱光明说，我当然要管，你做得好，我吃得就多，吃多影响干活，再说吃也耽误时间，本该半个月完工的，二十天还收不了尾，这工钱咋收？不收，我是干了，收，我过意不去，你让我为难,咋就不关我的事?孟翠乐了,你前世一定是铁匠,偷摸着给自己打了副钢牙。活这么大,只知冷淡了客不高兴,没想到做得好客也恼。你以为我不想省钱呀,不敢呢,怕你吃不好,干活藏奸。退一步说,就算我错了,你可以纠正。朱光明说,我讲过几次了。孟翠说,记性不好,睡一觉就忘了。你可以不吃呀!朱光明便只夹了饼,不去碰菜。孟翠大约没料到,略怔一下,语气软下来,哥呀,我忙碌一个早上,你好歹尝一口。她的眼神透着乞求,朱光明不忍,象征性地夹了块肉。孟翠笑了,以为你要拗到底呢,还真会挑。朱光明很认真地咀嚼,不理。孟翠说,其实不单是给你做的,我自己也吃。我就爱做个饭,总想变个花样,尤其来了客。朱光明一动,他干木匠活,也是如此。譬如给孟翠打的这套组合柜。孟翠问,哥,你评论一下,这是优点还是缺点?朱光明知道无论咋说,她都会驳斥。她嗜好斗嘴。朱光明略一思索,说我评说不重要,在于你怎么想。孟翠说,我自己想,咋想咋对,可是做了却不落好,你说说,这是我的错还是别人的错?

一天就这么开始了。

孟翠丈夫不常回来,回来也就是和朱光明吃个饭。支应朱光明的自然只有孟翠,只能是孟翠。有时朱光明需要帮手,她会唤兄弟过来。做饭她一个人就够。除此,她还有大块闲暇擦拭朱光明的自行车。和在别家的区别是,除了招待得更好,朱光明手忙,嘴也不闲。孟翠总能找到话题。这样的你来我往,姑且称为语言游戏,似乎比打家具更为重要,至少是同样重要。在她,有着对弈的痴迷和快乐。朱光明何尝不是呢，说是有瘾的。不在说了什么，而在于怎么说，或者，更在于山穷水尽疑无路柳暗花明又一村那种突如其来的开阔和惊喜，更在于被偷袭后绝地反击的气势和机智。虽然未将对方拍在沙滩上。如果那样，或也没意思呢。多数时候，朱光明占上风，而有限的失利，又是他的动力之源。

干活稳稳当当，朱光明没锯歪，没弹错线，没浪费一块木料。孟翠餐餐翻新，朱光明难以阻止。早饭仍然丰盛，朱光明也挡不住，总不能守她家门口监督。他是木匠，她是雇主，各行其是，各尽本分。

而游戏就不同了。不在职责范围，但也不能说不可。谁能说彼此话多就出格了？没有对错，却是有危险的。也不是绝对，是可能。彼时，朱光明并非没有丝毫察觉，他能抵住孟翠的话，却不能折断她的目光。不过，他不是她家长工，干完就离开了。也许还会再见，也许再也不见。如此想，朱光明也就不怎么在意了。

朱光明自信有掌控的分寸和能力。确也如此。但他忽略了一个基本常识，可以掌控自己，而别人怎么做，其实由不得他。还有，并非什么都有逻辑。

是的，朱光明没有料到，更没想到会波及马秋月。

13

马秋月习惯了朱光明早出晚归，也习惯了朱光明一路风尘，身上依然弥散的酒气，从未生疑，因而也谈不上提防，更不要说察觉蛛丝马迹了。她敏感,但也迟钝。再说也没有精力,朱灯朱丹已够她操心了,不是这就是那。好在有朱红这个帮手。许多方面朱红已可以独挡,结果或效果常常超出马秋月想象。马秋月亦惊亦愧,也越来越依赖朱红。朱红确实出色。年龄相近的女孩,就伶俐、聪颖、成熟,没一个可以和朱红比。都言她这个闺女厉害,马秋月脸上有光,但在心底,总有说不清道不明的遗憾或奢望,如远方的浮云,隐隐约约。如果能给朱灯匀一点点……明知不可能,她仍时常沉浸在"纠正"和"搅拌"的想象中。

在马秋月心中,朱光明排在儿女之后。

朱光明去孟翠家干活的次日,二姐来了。不是借钱,二姐进门就言明,嘴寡了,解个馋。曲风入狱,罪名是"投机倒把",半月前马秋月就知道了。那个夜晚,二姐被杨疙瘩捆拽到大队部,幸好看门的在,不然冷冻寒天的,难保不出事。马秋月和朱光明将二姐领回已是清早。二姐有些不好意思,但转瞬就消失得干干净净,说马秋月和朱光明借不出钱,她只能自己想办法。不就一辆自行车吗?救了曲风,还你十辆。马秋月气恼不理,闷头拉风箱。二姐填饱肚子,临走又说,要是曲风判了,我的天就塌了。闻听消息那一霎,马秋月是有些内疚的,似乎能帮上忙却袖手旁观,当然更为二姐担忧。曲风坐牢,二姐的日子咋过呀。

二姐并没有愁云,半边天空塌陷,依然能吃能喝。二姐察觉马秋月的惊讶,说,愁有什么用?能给曲风减刑,我愁一回也值。又说,别以为二姐没心没肺,跟头猪似的,二姐有打算呢。马秋月问她咋打算的，二姐极干脆，等曲风出来。马秋月差点笑出来，这也叫打算？二姐拉长声调，还能咋样啊，能替他蹲大牢，我早去了。吃得饱睡得着，才能等到曲风。我挺了尸，咋见他？二姐不在乎，马秋月也就卸下担子，想方设法让二姐过嘴瘾。二姐也不虚套，享受着贵客的待遇，自在怡然，神情都是慵懒的。

朱红却不由着二姐。马秋月擀了面条，朱红抢了端至二姐跟前，二姐欲接，朱红缩回，将冒着热气的碗放在桌上，拿起筷子，挑了一根，吹了吹，递往二姐嘴边。二姐发笑，二姨自己来。朱红一本正经，还是我喂吧，二姨别动，好好坐你的月子。二姐不吃这一套，大咧咧地，谁说二姨坐月子了？二姨倒是想怀个娃，你二姨夫坐牢，没人跟二姨生。马秋月臊得慌，欲制止朱红。朱红一个眼神扫过去，马秋月的嘴就缝住了。朱红略有些羞，但话是冲的，你找杨疙瘩，他最爱帮人了。二姐佯沉了脸，别埋汰二姨，那杨疙瘩啥人？二姨宁愿不生！你咋回事，想再认个二姨夫？朱红不屑，认也不认他。二姐笑笑，你都瞧不上，干吗把二姨往火坑里推？我和你娘可是一个肚里出来的。朱红才不在乎二姐脸色，继续调侃，二姨只能坐空月子了。二姐声音略高，快端过来，一会儿黏了。朱红说，还是我喂二姨的好！二姐无奈，改为央求，红啊，二姨都快饿晕了。朱红说，想吃就自己来端。二姐欠身，朱红却把碗筷端至柜上。二姐赤脚下地，嘟囔道，你是成心折腾二姨！朱红面带嘲讽，二姨活动活动，吃得更

317

香。二姐捧了碗，没往炕上去，鞋也顾不上穿，立在柜边，风卷残云。

不同的事，相似的场景，每天都在上演。只要朱红在家，二姐的享受就大打折扣。马秋月劝朱红，朱红立马撞回来，不惯她，惯她还要登天呢。马秋月说，她从小就这性子，不是故意的。朱红说，不是故意的也不行，我就不信她改不过来。马秋月说，你二姨夫坐牢，她不好受，由着她吧。朱红犀利地，她哪里不好受了？天天装王母娘娘！马秋月叹，到底是你亲姨呢，让着她点儿。朱红问，她辈分比我大，为啥不叫她让着我？马秋月说，她是客呀。朱红问，就这？朱红的目光是平静的，水潭似的眸子深处，似乎生长着水草，隐约摇曳。马秋月忽然就慌了。没等她回应，朱红砂粒样的话已喷出来，是非不分！我不管了！你愿意伺候月子，自己伺候，别拽上我！

说归说，朱红没有"不管"。

二姐住不下去了。她虽是事不挂心，但架不住日日有憋屈，另一个缘由，也可能是一餐比一餐素。算起来也就五天。曲风坐牢，二姐借的钱想必没派上用场。二姐彻底忘记似的，半字不提，马秋月也不好意思问。将二姐送至村口，再送一程，话仍缩在嘴里，都泡成浆了。二姐这才忽然想起的神情，说那五十块钱会还的，不过要等曲风出来。又神往地，别看曲风坐了牢，没准因祸得福，遇见贵人呢。

二姐预言成真，这是后话了。

二姐大步离去，马秋月怏怏而返。令她不快的缘由很多，难以清晰梳理。是没帮上二姐，又没能让二姐逍遥的愧疚，抑或是对借出的钱将打水漂的担忧。还有一些朦胧如影，她逮抓不到。拎锄下地，似乎轻松了些，但神思仍难以集中，数次将莜麦苗锄断。

这种状态持续了十余日，直到那个午后。马秋月正要去地里，大有女人来了。马秋月稍怔了一下。大有女人爱串门，但多在晚上或闲暇时日，除非有极要紧的事。

自大有的事传回豆庄，大有女人向马秋月连哭带骂，几乎令马秋月晕瘫后，她再未露面，有一个多月了。马秋月猜大有女人肯定有事。

大有女人目透惊愕，你还有心思锄地？

马秋月有些吃惊，怎么了？

大有女人没像以往那样竹筒倒豆，反吞吞吐吐的，我不知该说不该说。

这不像她的性格，也非她的风格，马秋月极不适应，追问，到底怎么了？

大有女人说，我也是听说，没有亲见，不说吧，对不住你，说又怕你难过。

马秋月双腿瑟抖，说不出是紧张还是急切，那你来干什么？

大有女人豁出去的表情，那我就讲了，你千万别往心里去，很可能是造谣呢，红眼病，见不得你好。

马秋月攥紧锄头，防备进攻又等待进攻的架式。

大有女人讲得躲躲闪闪，怕刺激到马秋月，也因道听途说，没坐实的缘故吧。马秋月没听清，大有女人的话如光滑的鱼，摁不住抓不牢。但马秋月听懂了。她笨，还没笨到那个份上。

马秋月脑里渐有声音响起，初始如雨滴轻溅，细微稀疏，继而有风袭来，树枝摇摆，雨珠如精瘦的猴子在空中跳荡嘶嚷。稍顷，风突然止息，滚圆的冰雹从浓黑的云团砸下，叮叮当当。再一会儿，万千马匹从天际奔腾而来，田野、树木、河流、山峰、村庄、街道，整个世界被声音吞噬。

马秋月不知大有女人几时离去的，甚至不记得她是否来过。声音远遁，大脑一片空白，如秋季翻耕后的田野。突觉腿酸背困，才意识到立了许久，却不清楚因何站立，待看到锄头，才慢慢想起。迈出家门，发现日已偏西，于是再次定住。记忆如春日的野草，一点点生长起来。

关于朱光明，仍旧模糊朦胧。不过是谣传，起码不是大有那样的人赃俱获。但既然闲言生出，那就有可能，或者说有倾向。朱光明是马秋月的山，她只想着山的可倚可靠，没想山也可能摇晃。为何？马秋月一一拾捡，最后定在朱丹身上。朱光明虽然那么说，但心上终究扎了刺。而这根刺，她无论如何拔不出来。

马秋月迷离而无助。该怎么办？她不知道。不让朱光明去他村干活？不可能。甭说她管不住，就是管得住，又岂能把他拴在家里。等着朱光明挣钱呢。不只是她的靠，也是这个家的靠。提醒？敲打？审问？约法三章？她的每句话都会被他挡回来，结果是料得到的。不管不顾，撒泼闹腾？她做不来。

但既然已经"知晓"，就必须有所反应。说什么？或做什么？她预想了许多，但都否掉了。那么就等朱光明回来，面对面，也许就知道怎么办了。有鬼没鬼，眼底是有痕迹的。

马秋月未能做到。朱光明回来晚，满脸疲惫，说了没几句话就睡了，片刻鼾声即起。他身上除了酒气，没别的味道。反正马秋月闻不出。还有明天呢，她这样想。

就在那晚，她的梦游症犯了。

第九章

1

开学那天,朱光明原想绕道送朱灯的,东西多,手拎太沉。但朱红不让,她坚持要送。她笑着说,加起来也没有半麻袋麦子重,我可是扛整麻袋的,又不是往学校送,到公路边也就几步地,吃顿饭的工夫就到了。马秋月说,让你爹送吧,他晚去一会儿也没啥。朱红笑得更灿,这有啥争的?谁送不一样?娘放心,不会把我哥拐卖了!似乎意识到玩笑有失分寸,又正经而严肃地,我正好和哥说说话。朱光明和马秋月相视一眼,默许了。马秋月让朱灯拎重一些的包,没等朱灯动手,朱红便抢过去,还是我来吧,我力气大。

朱红在前,朱灯在后。朱红走得快,似乎怕朱灯跟她抢夺。确实,朱灯有此想法。他的心思在她面前多半是藏不住的。而朱红于他却是郁郁葱葱的森林,难以看透,只能感觉。当然,感觉有感觉的好,未必精准,但方向不会错,而且很神奇。比如他鼻子痒,想朱红要打喷嚏了,她果然就打了。可这并不能证明差距消失,差距永远存在,就如此时,哪怕他即将有另一重身份,而她仍生活在村庄,他还是踩着她的脚印走。

是往西南去的,这个方向距公路边要比到五台近。

出了村,朱红慢下来,随后立住,回头等朱灯。八月的清早已有凉意,但一程走下来,又拎着包,朱红红润的脸上微微有汗。她能扛起麻袋不是虚言,朱灯亲见,而那时,他因患小肠疝气,腹沟夹板,肩背吊带,不敢用力,不然腹沟处就会长出"鸡蛋"。时不时下垂的肠子令他苦不堪言,别说麻袋,扛筐土豆也不敢。偶尔试试,母亲先就变了脸色,仿佛天要塌下来。当然,即使没有这令他窘迫的病,他也扛不动麻袋。他知道的。滑稽和荒诞也在于此,折磨他的疝气病让他拥有这个家庭的特权,成为他的通行证。

哥,行吗?朱红关切而小心地问。朱灯笑笑说,不沉的,就是步子没你大。朱红说,要不还是我来吧,两手拎,更舒服。朱灯说,用不着,我也不是纸糊的。朱红改用商量口吻,一个人拎,一替一会儿,好啵?这是公平的方案,朱红如以往那样,常常一两句话就能将他说服。朱灯说,也好。我先来,朱红说。朱灯没和她争。轮流提,先拎后拎一样的。

两人并排。

这条路与通往五台的一样宽,因为僻静,野草、蒿子、老牛疙瘩放肆生长,几乎覆盖住地面。有的被踩倒,有的虽枯黄了,但仍挺着腰。走路须拿出十二分小心。

通知书带着了吧,朱红微微偏脸。

朱灯说,在身上装着呢。

朱红说,可别弄丢。

朱灯笑笑,丢不了的。

正好和哥说说话,朱红如是讲时,朱灯便等着了。期待,也有隐隐的不安。通知书应该是序曲。朱灯竖直耳朵,全神贯注,朱红却沉默。也许那就是借口,她没什么可说的。这样想着,朱灯松了口气,歉疚却未能消失。那是长在心底的,剔除不掉。他倒是有许多话,又觉毫无意义,便也哑着。这情形很像几年前,朱红押送他返校。

两人是在豆庄读的初一,两个老师,一文一理,学生不过十余人。那是豆庄最后一个初中班,所有的村级中学在那一年全部撤并。升进五台初二毫无悬念,但两人分数不同。朱红如明星耀眼,朱灯几乎是倒数。入学约一个月后,母亲摔折了腿,正是秋忙时节,家中乱成一团。兄妹俩须有一人照顾母亲,当然还要干农活。朱红就这样退学了,是她自己提出的。几天后,朱灯也溜回家。他想与朱红换,无论从哪方面说,留在学校的都应该是朱红。没等父母做出反应,朱红就不干了,然后押着朱灯回五台。上路她就沉默了,似乎所有的话都已说尽。气氛有些僵,行至中途,朱灯忍不住,说该读的是你。朱红突然爆发,一向要强的她竟然是哭腔,我有选择吗?朱灯愕然,没料她如此强烈。火山一旦喷发，没有什么可以阻拦，但朱红强行将自己封住。好一会儿，才轻风细雨，却又不容置疑地，只能我在家，你安心读你的书。朱灯说自己去就行，不用她送，朱红不肯。在校门口，她说了两句话：哥，你一定要念出个样子来；你要再擅自离校，别怪我捶你。软硬兼施，叮嘱加威胁，朱灯便老老实实留在学校。次年突患小肠疝气，再无其他可能，也缓释了他的压力。

朱灯觉得该换手了。朱红往边躲了躲，急甚？有你提的时候。朱灯说轮着提，一会儿手该酸了。朱红说，酸了再换。

田野的尽头是丛林，路愈显得瘦。朱灯不由朝右望了望，数百米外，在隆起的土丘上，卧着同样形状的坟包。祖父及祖父的父亲就在那里躺着。朱灯作为长孙，参加了祖父的下葬仪式。按照豆庄习俗，下葬时女性不能在场。若没这个说法，也许去坟地的就是朱红。她总是冲在前面。朱灯恐惧，但没有选择。事后回想，那是他唯一优于朱红的地方，而这优并非他的强项。

朱灯再次提出换手。祖父及祖父的父亲在远处看着，他的脸已经烧了。朱红倒是没躲，但不同意，你的病刚好些，还是别太用劲了，她说。一会儿上车下车，还不都是你自个儿提？急什么？你攒点儿力气，后半程用。又把他说服了，朱灯承认，但终是有些不好意思，抑或是不甘心，说就提一小会儿，她稍歇歇。朱红笑盈盈地，给哥提包，我高兴呢，这福你得让给我。朱灯闭嘴，脸越发灼烫。直至公路边，朱红将包放下，笑说，我的任务完成了，这下该你提了。额际有汗珠在滚，在日光映照下，亮闪闪的。朱灯鼻子突然发酸，怕忍不住，更怕朱红瞧见，忙扭过头。

秋日的田野色彩斑斓，莜麦、小麦、胡麻、土豆，深浅不同。草野上远远近近的牛马、羊群，似乎是静止的，一动不动。但朱灯知道它们在动。动物，动方为物。还有田野间的一个个黑点，若从高处看，那就是河流呢。

大约二十分钟后，一辆班车停靠在路边。朱灯登车时，想和朱红说句话的，售票员让他利索点儿。他迈上去，车门便合住了。朱灯顺着过道往后走，费了点儿事，但还是望见了妹妹。她立在一九八四年的省级公路上，脸朝着车的方向，冲他摆手。朱灯终是没忍住，泪水涌出眼眶。

2

朱灯朱红前脚走，马秋月后脚便跟了去。倒不是不放心，而是有什么东西拽着，不由自主。不想让他俩发现，在墙角处稍磨蹭了一会儿。抹墙的泥混拌了碎柴火，便有了胶性，风吹雨淋，墙体坑坑洼洼，但似乎更坚固了，柴火看起来也更密了，像墙的血管。马秋月的手指轻轻划过"血管"，她听到了血液流动的声音。墙定然和树一样，知道疼，有自己的秘密。这么一想，马秋月的手突然抖了一下。

没想儿女走那么快，马秋月追至村口，两人已在三百米外了。仍有东西拽着，但马秋月立住了。她对自己说，有活儿等着呢，耽误不得。你还要咋？跟到公路边，还能跟到学校？她进而责备自己。一只脚试探着迈出，又抽回来。

朱灯朱红背影消失，马秋月又定了一会儿，才缩回目光。朱灯跃出农门，就是另一个世界的人了，不用再担心什么。挂念是免不了的，但那是另一回事。彼时的马秋月不会知道，朱灯走得比她想象的还要远，更不会知道，距离对朱灯意味着什么。

活儿等着呢，又一个声音催促。马秋月抬脚，扫见那两间古旧如同文物的房屋，拐了方向。已经到这儿，自然要去看看麻婆子。一切是从这儿开始的，那个奇异的夜晚记忆犹新。不结识麻婆子，不痴迷故事，会怎样？马秋月不敢深想。也许更灿烂，但也许是别的呢。如此，马秋月已知足，她不奢望更多。

门开着，却没人。不知麻婆子在谁家炕上蹭饭呢。孟响去世，麻婆子没掉半个泪珠，走东窜西，半神仙半野人，没心没肺没脸没皮。就有人说到底是干过那种生意的，心冷如铁。马秋月认为麻婆子不是无情的人，却对麻婆子的行为说不出所以然。麻婆子似乎故意讨嫌。她一如既往地敬着麻婆子，别人可就说不定了。

答案将在一年后，孟响去世三周年揭晓。麻婆子回归"正形"，不再放浪。麻婆子对马秋月说，我就像冬天的沙蓬，被风拔了根，满大地翻滚，什么时候遇到树杈，或刮到墙角，才能停下来。孟响就是我的树杈，要不是政府解救，我就碰不到孟响，碰不见孟响不知要刮到哪天哪国。为啥没皮没脸，逮谁家都进，见饭就吃？没了那树，我慌呀。豆庄不要我，我就没地儿去了。没人攥，我心里也不稳当呢。我一面怕着，一面东家进西家出，就是想探探豆庄还容不容我。现在我知道了，心落停了。彼时，麻婆子还将给马秋月讲一则发生在金陵城的神异故事。

在那个八月的上午，马秋月本想在麻婆子的土屋等一会儿。站立间，突然一阵眩晕，随后墙壁倾斜，门窗歪倒。地震了！她心往下沉，欲往外跑，却半步也迈不出。转瞬墙体开裂，奇异的一幕出现了。数不清的神仙、狐妖、鬼怪、剑客、书生、小姐以及兵丁从缝隙涌出来，缠绕在一起，旋风一样翻滚。马秋月想叫喊，却发不出声，只是傻盯着。旋风迅速升高，至半空，猛被巨形的手掌拍落，塌碎，消隐。

眩晕停止，马秋月仍在当地立着。墙壁门窗完好，什么都没有发生，是她的脑子起了风暴。马秋月没再等麻婆子，离开时特意将门合上。

下地还来得及，马秋月拿了镰刀、磨石、水瓶，将草帽扣在头上。临出门却迟疑了，总觉有什么更要紧的事，却又想不起。她的目光游走着，然后停在月份牌上。新的一天开始了，日期还是昨天的。她撕掉那薄薄的印着黑字的纸，新的一页，数字是红色的：一九八四年八月二十五日。顿了顿，她将钉子拔出，把月份牌钉在外屋门与灶坑之间的墙壁上。如此，每天就记得撕了。

重新钉月份牌自然不是要紧的事，马秋月有数的。那是什么？脑里仍是一团浓雾。索性等朱红回来，吃过午饭再下地也不晚。这一盘算，突然想起那紧要是什么了。她为自己的忘却羞愧。龙王和鱼精的儿女隐隐浮出来，如模糊的镜子。如果那年她没摔折腿，朱红就不会退学。朱灯能考上，朱红更能。她知道的。

现在，她要把心用在朱红身上。必须，一定，坚决。

朱红汗腾腾地进屋，舀了碗冷水，喝完，正要抹嘴，马秋月便迫不及待地说了。

朱红怔了怔，问，娘打算把我嫁给谁？

马秋月没想到朱红这么直接，没有半毫姑娘家的羞涩，她说，我看——

朱红打断，先说谁找对象，我，还是娘？

马秋月慌愣，这是什么话？

朱红说，那就是我，对吧？她抹抹嘴，又用袖子蹭蹭额头的汗，一字一顿地，我的婚事不用娘操心！

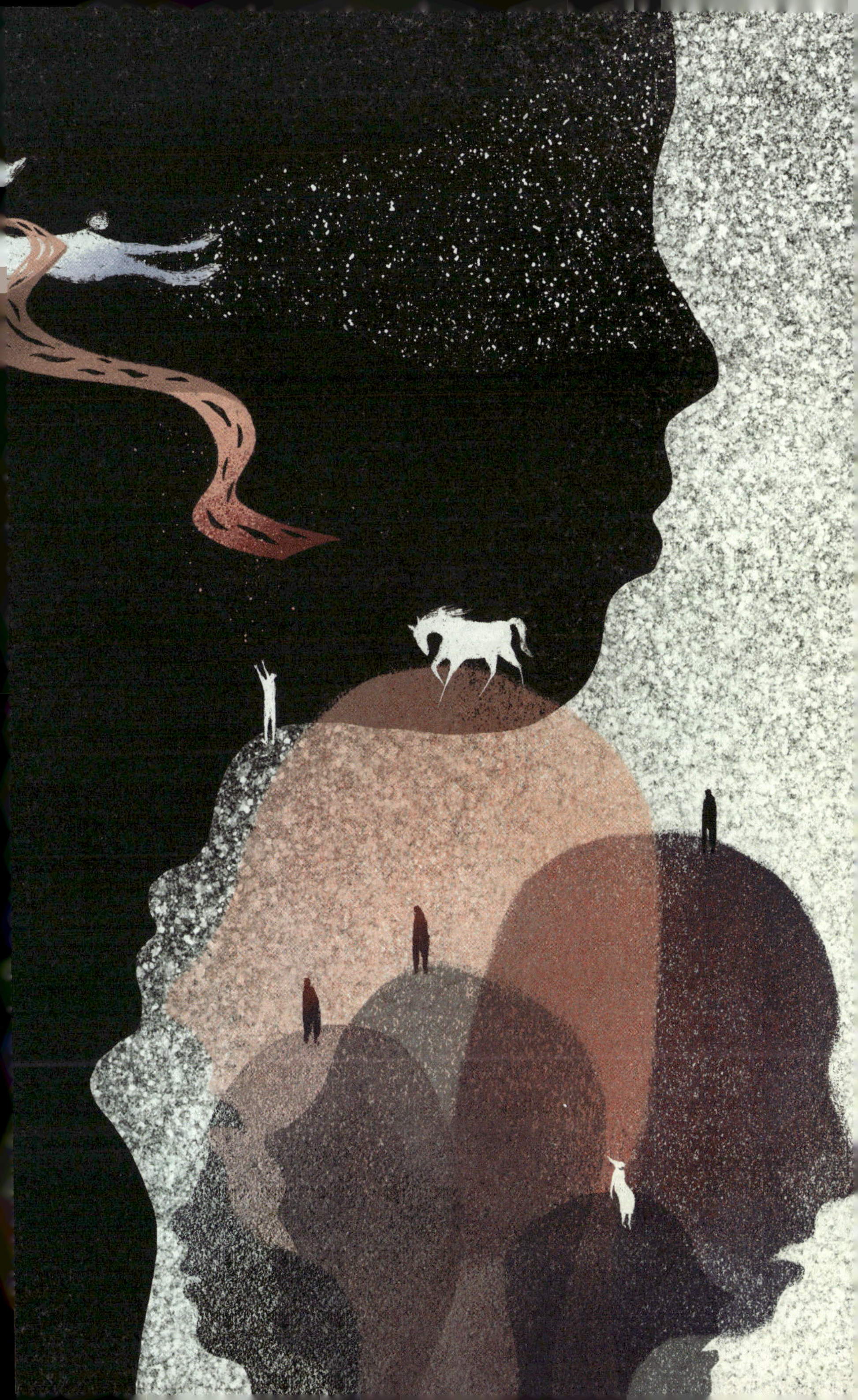

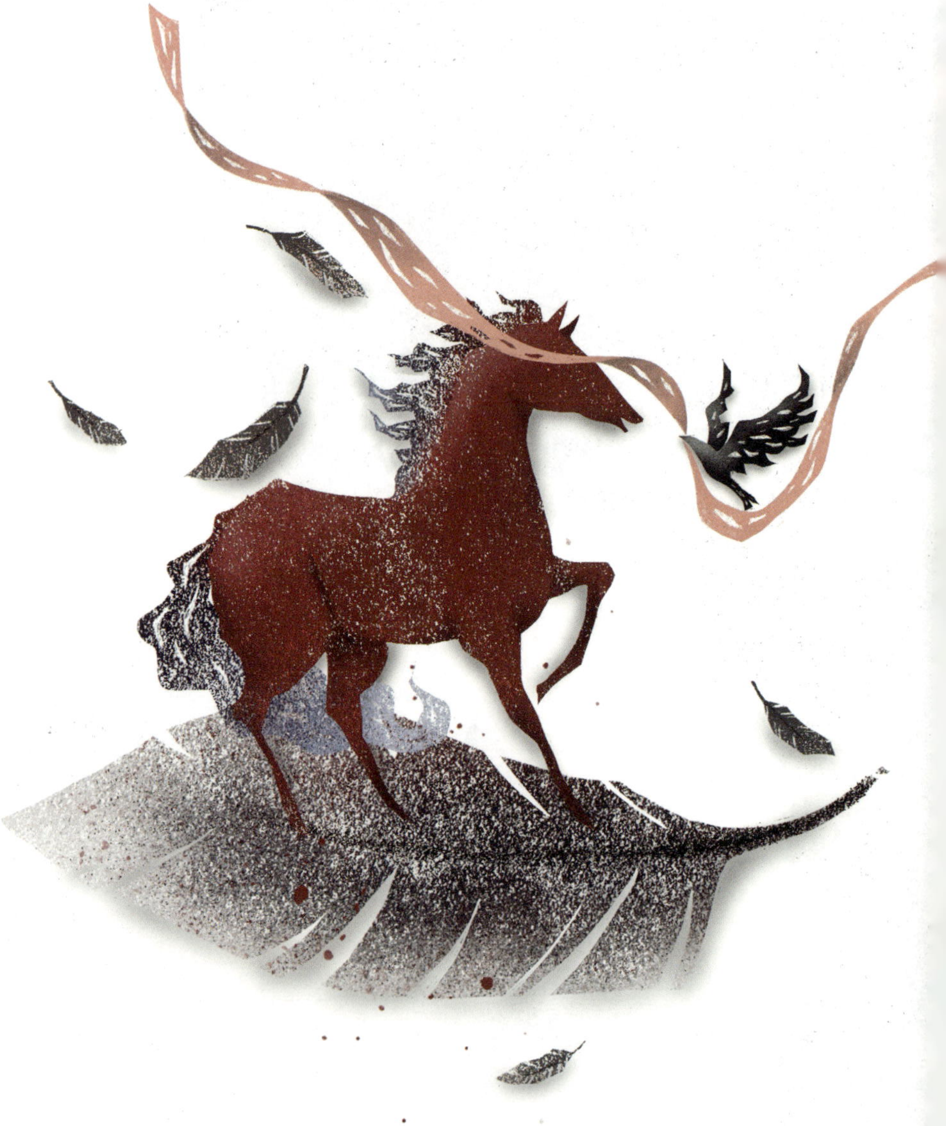

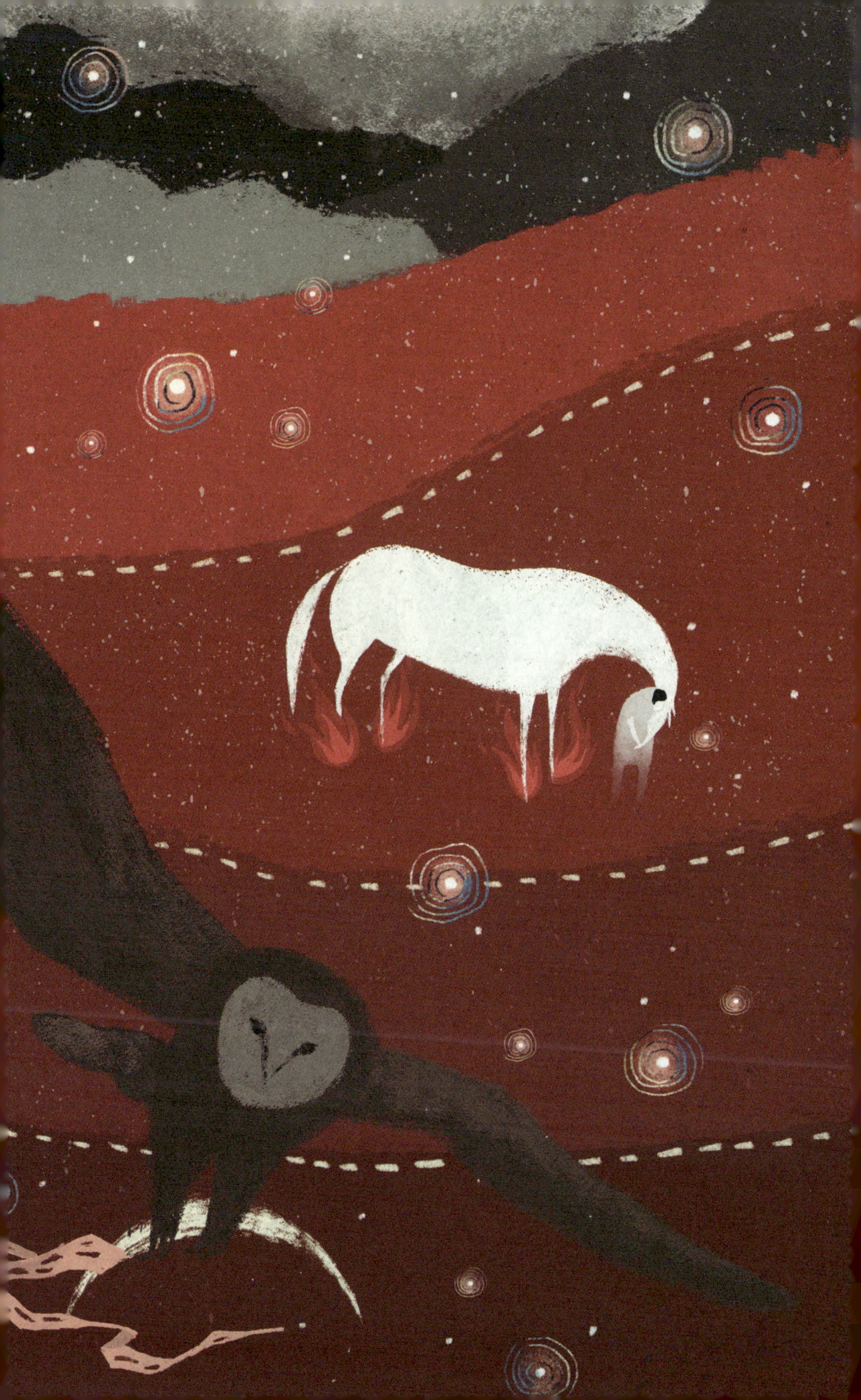

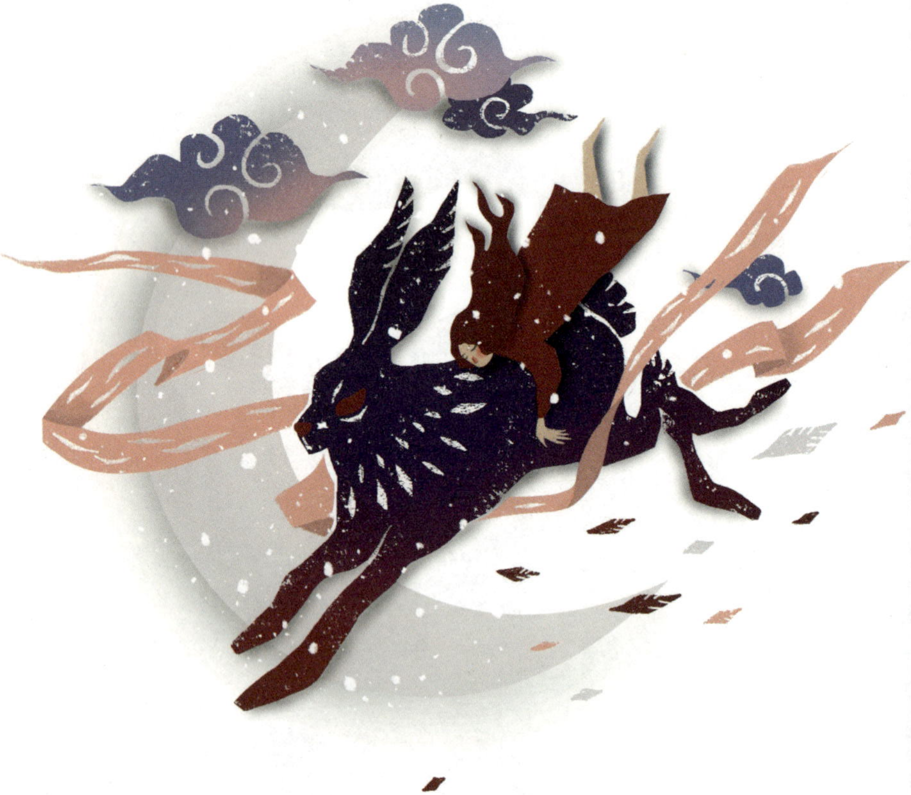

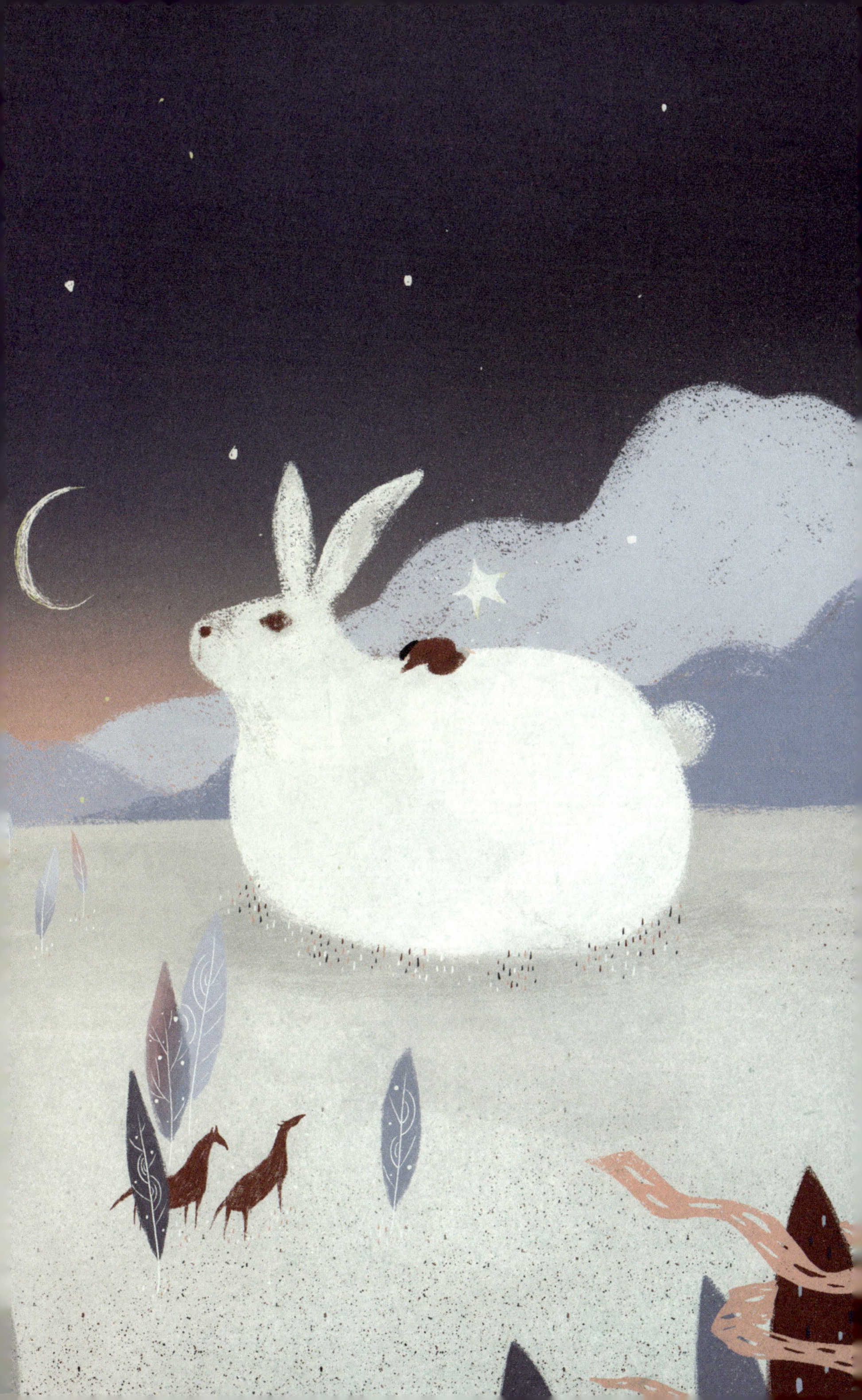

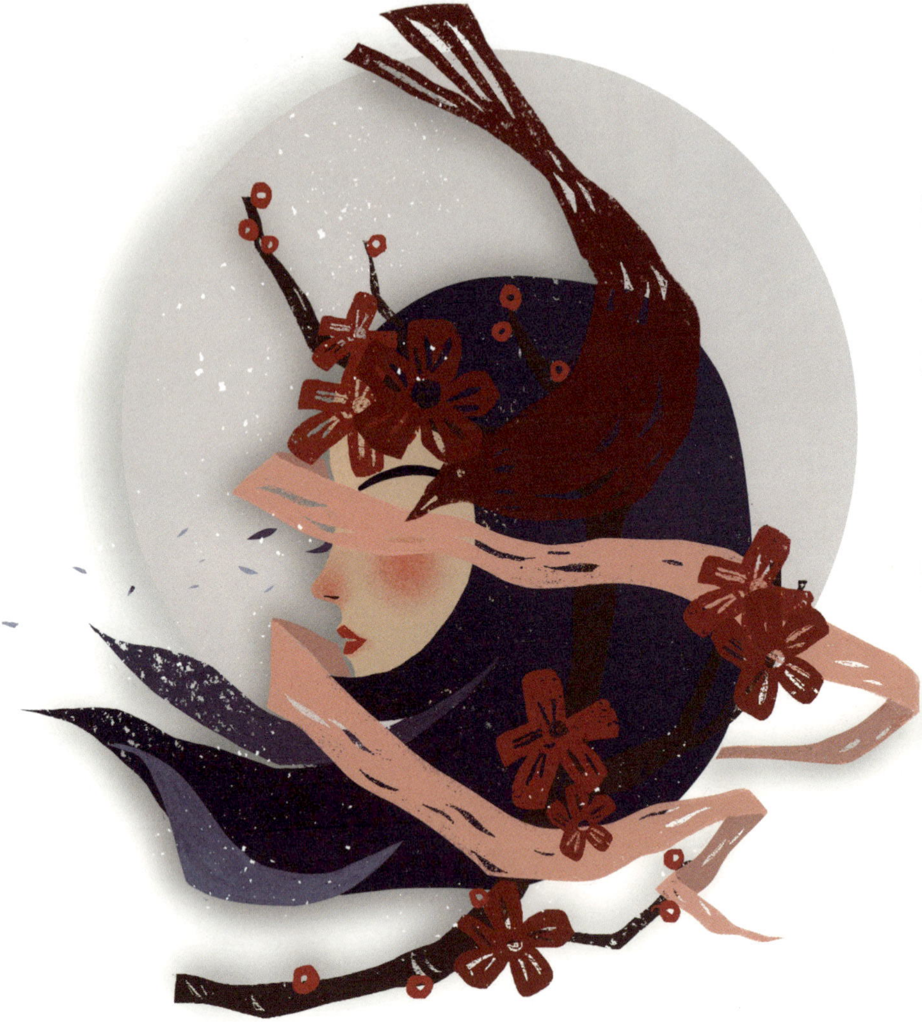

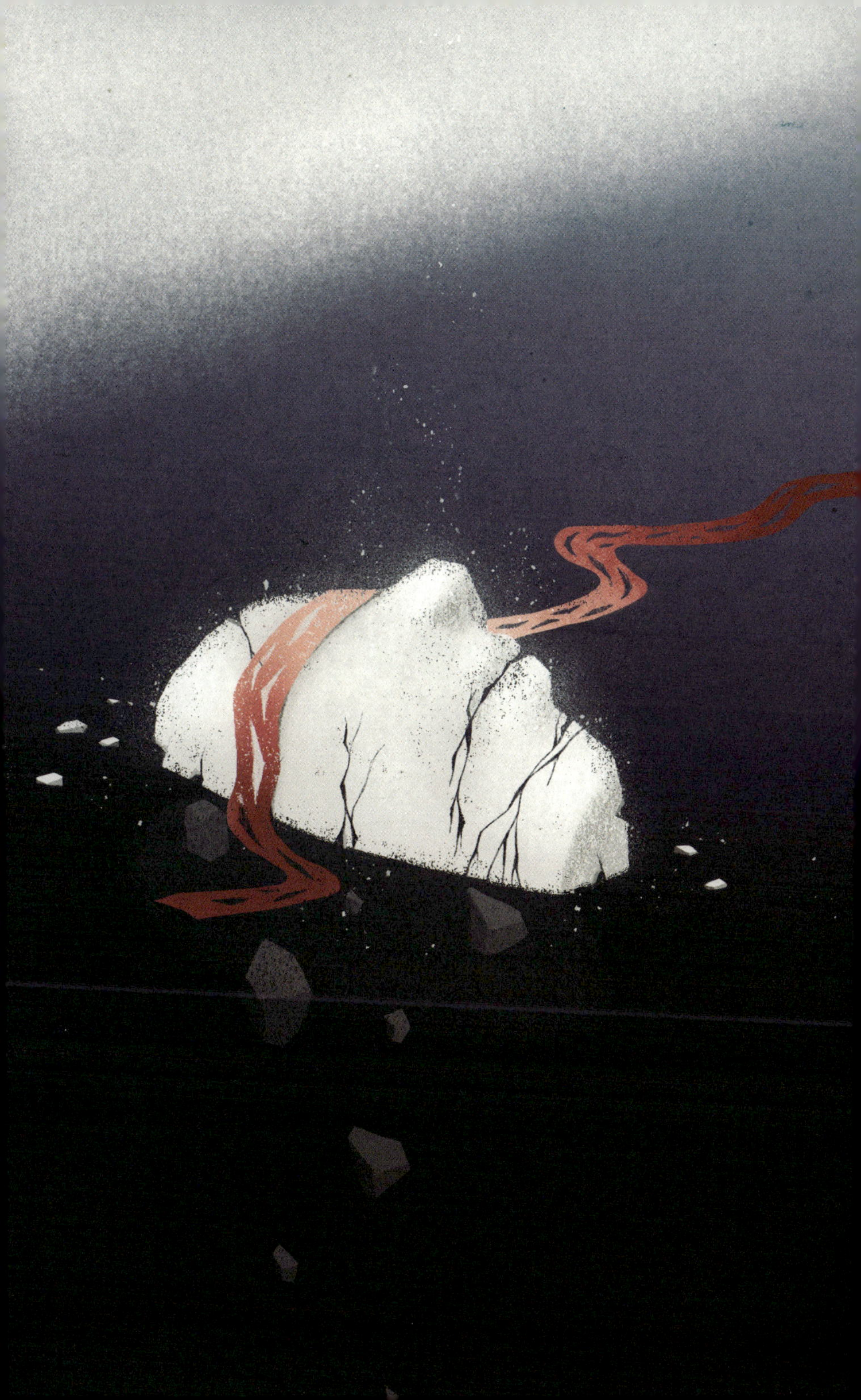

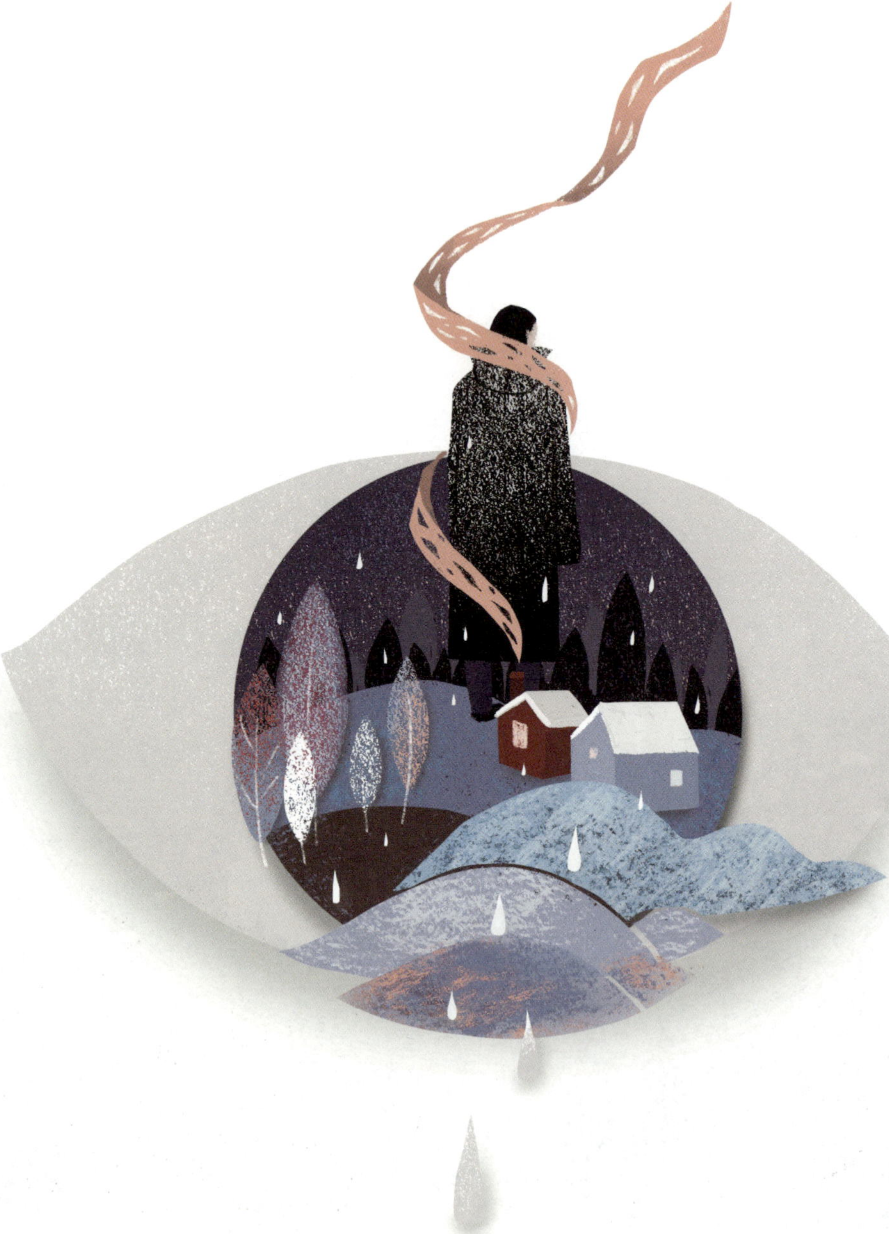

下卷

第一章

1

人生在世，总有一怕。麻婆子如是说。

怕惊雷，怕洪水，怕饿狼，怕毒蛇，怕饥怕渴，怕灾怕祸，怕疾病缠身，怕长夜寂寞，怕上当受骗，怕恶人告状……

世上的怕有千千万，难以道尽。有些怕，是很可笑的，如焦兰怕水里的活物，鱼虾甚至蝌蚪也怕。但她极喜欢鱼，几近痴迷，只买有鱼的年画，只贴有鱼的窗花，甚至还在房梁吊了一条木鱼。石匠整日拎锤握錾，却见不得宰杀，大至牛马中至猪羊小至鸡鸭，如若撞见，必定当场晕瘫。树枝闻不得韭菜味，谁家吃韭菜，她即使从院门经过，都会反胃呕吐，像中了毒。有些怕能说清，有些怕说不清。这怕去，那怕又来，难有断的时候。

但怕并不可怕，没盼，那才是真正的怕。只要有盼，云开雾散。麻婆子又说。

2

朱灯的怕格外多些。

八岁那年的夏日午后,他从黄全家门口经过,一条黑身白蹄狗突然蹿出,将他扑倒。黄全是豆庄光棍,人懒嘴馋,喜食野物。野兔、黄鼠、刺猬、鹌鹑、麻雀……逮啥吃啥。他没有捕猎工具,唯一的指靠是这条狗。白蹄狗倒是不负期望,多有收获,也比村里那些看门护院的狗凶,平时黄全都拴着。黄全带其捕食也是牵着,到了野外才去掉绳套,回村前便又拴住。拴绾手法是跟杨疙瘩学的,牢固结实。据黄全事后解释,是拴狗的绳子断了。朱灯的腿和手臂被咬破十一处,幸好没咬头脸脖颈,否则朱灯就破相了,甚至送命也有可能。朱灯躺了几日便能下地了,但对狗有着说不出的畏惧,哪怕遇见常在街上游荡没有攻击性的狗,双腿也会发软。

朱红在身边,朱灯就不怕。她会挡在他前面,喝止并弯腰拾捡可以击打的石子。朱灯从她的声音,听出她也紧张的,但她不退缩。狗叫得凶,终究不敢近前。狼怕小刀,狗怕弯腰,朱红教他,遇见狗千万不能跑,跑不过狗的,跑起来狗定然追扑。父亲母亲也教过对付狗的法子,但见到狗,他还是怕。

朱红不可能像在娘胎那样与他日夜相伴,她有她的世界。虽然那不是多么宏阔的天地,但到底是属于她的。朱灯不得不单独面对。

从对付狗开始。

被父母指派去借东西,他会抓根棍子。当狗叫着冲过来,他便立住,挥舞棍子。结果狗叫得更凶了,他不由瑟抖,但咬牙挺着。或是棍子起了作用,或是他没跑,狗叫得凶,却没扑。挺一会儿,主人多半会出来,将狗喝止。再后来,他出门前,会准备点剩饭,几个莜面窝,半块锅饼。狗冲出来时,他马上丢过去。狗嗅嗅便咬住了。这种怯懦的讨好是起效的,多半的狗不会再冲他叫了。个别的狗吃过接着叫,就只能等待主人出来。

一日日就这么过来了。

第一次上体育课,他就闹出了笑话,老师喝令向左,他却向右;老师喝令向右,他却向左。前后左右当然分得清,但他怕出错,因担心而紧张,肌肉僵硬,脑袋灌浆,方向便混乱了。小学、初中、师范,每节体育课于他都如同酷刑,单杠、双杠、跳马,没一样不令他发愁。他还怕去黑板上做题,本是会的,众目睽睽之下,每个数字都和他作对,不是二变成了三,就是三变成了四,总之不由他。为此,他的脑袋几次和黑板撞击。头发因被老师大力揪抓,整节课都是翘着的。

悍匪流氓不会记入《五台杂记》,这些只在有限的范围流传。马面便是其中之一。马面杀人如麻,一九四八年被击毙。朱灯就读五台中学不久,知道了镇上有个秃子帮。说是帮,其实也就三人,个个秃顶,为首的叫马刀,据说是马面的孙子。是否有血缘关系难以确定,但秃子帮是真的,因为老师也神神秘秘地讲。秃

335

子帮的劣迹令人惊骇，从此只要见到光头，哪怕在村里，朱灯心里都锣鼓炸响。全国严打，秃子帮覆灭，朱灯在公捕大会上见到秃子帮的真容，为首的马刀身材矮瘦，难以想象那么多案子都是他犯的。光头带给朱灯的惊悸和阴影至此才慢慢消散。

一年年就这么过来了。

某年冬日，朱灯乘坐火车去武汉出差，睡在下铺，午夜时分起来小解，桌上的手机突然响了。朱灯被惊了一下，是惊，而不是怕。手机是对铺的。那是个中年男人，方头大脸，东北口音，做生意的，就寝前和朱灯简短聊过，给朱灯的印象是豪爽豁达。男人鼾声很响，显然睡得香甜，但铃声响起，即被烫似的跃起。动作之迅速令朱灯惊讶，似乎睡梦中耳朵也大张着。块头大，起得又猛，脑袋撞到中铺，极重极响。男人接通的同时，叫了声三妹。电话那端说了什么，男人啊了一声，急往车厢连接处走。朱灯从洗手间返回铺位，男人回来了，几近慌乱地收拾东西。朱灯问，要下车吗？男人说，我得返回去，下站就下。朱灯猜他遇到急事了，没有再问。距下站还有一个小时，男人收拾停当，重又坐了，说，我最怕半夜接到家人的电话。朱灯不知怎么回应，就没接茬。这不过是千万怕的一种，并不奇怪，因为与朱灯无关，所以未有特别的感觉。

两年之后，朱灯也开始体味到电话的可怕。亦是深夜，他已调至市里五个月，各种各样的圈子都在拉他，校友圈、老乡圈、文友圈，以及杂七杂八难以命名的圈。他很清楚，他们在意的并不是他。他被光罩着，并非光源。他其实也需要这些圈子。国家还需要进这样那样的圈，何况他这样的俗人。所以他虽不是很喜欢，但从不抗拒。圈子不是什么人都接纳的，从这个角度讲，他该庆幸，心存感激。圈子免不了吃吃喝喝，都这么开始的，也可以说那就是入圈仪式。那晚他回请校友，有同届的，也有上下届的，有点喝高了，回去便栽到床上，直至渴醒。他跳下地刚灌下半瓶矿泉水，手机响了，极其刺耳。他在半夜接听过电话，多数是头儿，有两次是头儿老婆，可以说习以为常。内容就不说了，那属于他的"分内"。另有一次是110。他曾经的同事从洗头房领了个女孩回家，被尾随的110抓了。深更半夜，同事凑不够交罚款的钱，110令其找个熟人担保，他便说出了朱灯。朱灯不知为何找他，因为并无深交。同事或许认为朱灯嘴巴严，不会说出去，或许认为以朱灯彼时的身份，朱灯救场，110就会乖乖放了他。朱灯仅仅是诧异，没有半毫紧张。

而在那个夏日的深夜，熟悉的铃声竟令他头皮发麻。也就麻了一下，并没有多想。他利落而淡定地抓起手机。很可能是头儿，他不能慌，从动作到语气都不能。待看到屏幕，朱灯被烫着，骤然抽缩。手指不那么利索，摁两次才触到绿色的键。朱丹的声音直撞过来：

哥，我打死人了！

从那一天开始，朱灯对家人还有亲戚的电话便有了说不出的怕。当然，寻常时间不会紧张，怕的是深夜或黎明的铃声。

337

数年之后，又有一个怕附体，朱灯才知什么是真正的怕。与之相比，此前所有的怕都微不足道。

3

那是新世纪第十二年的寒冬，很久没有下雪，空气干燥，轻触即碎似的。彼时，他已在省城定居数年。他很像龟兔赛跑中的乌龟，爬得慢，但从没有停下。由豆庄爬出，由镇至县，再从市到省。不像那些有大出息的，起步便天高地远。他是普通人，能力有限，甚至不及普通人。这乌龟一样的爬也并非他个人的成绩，而是老天护佑，在人生的关键点，他总能遇到……贵人。朱灯不喜欢贵人这个称谓，太俗了，也太轻薄了些，但想不出更合适的词。居省城也没啥了不起，不少豆庄人在他之后也出来了，北京、上海、广州、深圳、呼和浩特……有的他知道在干什么，有的仅仅知道在哪里落脚。而饼庄的龙凤胎兄妹，已是美国某知名大学的教授，无疑可入《豆庄杂记》。与他们相比，朱灯实在是黯淡了些，唯一可以欣慰的是，他干着自己喜欢的工作。都市报副刊编辑，四十大几的人，没有任何头衔，自然也没有可观的成绩，其实是没出息的。许多人都这么认为，包括朱灯自己。老天护佑他前行，却没让他披挂多少光芒。可是朱灯没有太多在意，或者说也是在意的，做着自己喜欢的事，爽呀。只是这爽不能声张，只能悄悄藏着。

准确的日期是十二月二十四日，不，应该是二十五日。从二十四到二十五，既是时间，又是距离。但火车上的朱灯并不知道，时间轻柔的面纱遮掩着距离狰狞的面孔。他到北京参加一个新书发布会。对了，编辑之外，他还写点文字。他的一篇文章被收录到与西部有关的新书里，发布会请了部分作者，他是其中之一。二十四日傍晚，他入住宾馆，领了会议资料和样书，便返到一楼的自助餐厅填塞肚子。倒不是多饥饿，而是错过了就得到外面吃饭。外面的饭可能比自助餐好吃，不过得自掏腰包。他不吝啬，但还没到视钱如土的份上，这账也要算的。他很俗。他承认。

自助餐挺不错的，几十个菜，但他夹的也就那几样，萝卜、土豆、洋葱、西红柿，在家也如此。荤食则是牛羊肉，鱼虾几乎不碰。某年，朋友带他吃过一次主打海鲜的自助，每位两百元，据说是那个城市最高档的自助，朋友拣了满满两大盘，他只拿了两根烤羊腿。朋友连叫亏了，在数个场合当笑话讲。他没觉得有什么好笑，不过是听从胃的召唤。如果胃喜欢三文鱼、龙虾、鲍鱼、蚝、螺、蛤、蚬之类，他自然会选择这些。

他吃饭快，也就二十分钟。饭后在宾馆周围走了一会儿，便返身上楼。拆开图书的塑封，翻阅目录，一个醒目的名字跳出来。对方名气大，朱灯没想到自己的作品能和这样的名家出现在一本书里。他压制住惊喜，抓起会议手册。老天，名家竟然也出席发布会！

朱灯不是鲁莽的人，但那个晚上，他几至沸腾，没控制住。

那次拜访的过程不说了，也没什么可说的。从敲门到出来不足五分钟，除了名人，屋里还有一位三十左右的女士，他们显然正谈着什么愉快的话题，彼此的眼睛和脸颊都涂了釉彩。他的鲁莽打乱了名人和她的节奏，甚至让他们措手不及。彩釉还在脸上，不过板结了，像罩了层硬壳。朱灯忘记自己说了什么，仰慕崇敬之类，三两句，也可能四五句，然后像初次作案的小偷那样仓皇逃离。回至房间，他的心仍然狂跳，有抽自己一掌的冲动。

想看会儿书的，可拽不回心思，目光在洁白的纸张上叉着。每个字都是油滑的，要么叉不住，要么刚刚叉住，没等挑起便又漏掉。叉了一会儿，他便懊恼地丢在一边，然后打开电视，胡乱摁着遥控器。他没想看什么，不过是消磨时间。频道翻转了无数次，目光终于定格。美国电影，西部片。他也喜欢电影，伊朗、印度、美国、日韩，当然还有中国的，算资深影迷。

播完，他看了下手机，十二点四十分。二十四日彻底流走，新的一天已经来临。没有一个人可以让时间停驻，朱灯就更不能了，丝毫的念头都没有。如果可以停驻，那么……这是他后来的想法。在深夜的北京宾馆，他只想尽快睡觉，明天还有任务呢。刷牙，洗脸，上床前，他又看了下手机。没有未接电话，没有未回信息，便如往常那样关机了。之前睡觉他不关机，不能也不敢，而且要在枕边放着。去报社后，他没那么重要了，可关可不关。有时关，有时不关。但近年睡眠不怎么好，睡前必关。深夜骚扰电话和信息不多，但不是没有。还有非故意骚扰的电话和信息，系粗心或头昏脑涨拨错了号。朱灯在半夜接听过，是女性，张口就骂，你要再不滚回来，就死在外边吧！也接收过陌生短信，极暧昧。骚扰一秒，两个小时之内，甭想合眼。为了身体着想，只能让手机同他一起休眠。

吱呀声入耳，朱灯立马睁开眼。黑漆漆的，什么也看不见。揉揉再瞧，星光闪烁，街道清亮，他突然就看见了母亲，顿时惊呆。母亲走了几步，忽然回了下头。朱灯看不清母亲的脸，但她回头的动作让他明白过来。母亲没有翻墙，而是推门出来，该是故意让他听见，提醒他的。她知道他在暗夜的角落里候着，却装作不知。是的，连续几个夜晚，朱灯都这么候着，若不是门的吱呀，他没准就睡着了。朱灯醒过神儿，悄然而迅速地追上去。

转过街角，月色愈加澄明，朱灯看到了身穿红色睡袍的母亲，也看到了她前面雪团似的白兔。朱灯既惊又喜。白兔前行，母亲紧追，朱灯尾随其后。母亲从梦游中醒过来，记不住说了什么干了什么，唯一能记住能说上来的就是白兔。父亲嘴上说信，心里大约是不信的。如果能记住，怎会单单记住白兔？朱灯则是半信半疑。在这个夜晚，他终于看见了母亲念念不忘的白兔。

白兔一路向北，穿过街巷、林带、田野、草地，朱灯不知它要把母亲带到哪里。白兔蹦蹦跳跳，母亲脚步轻欢，朱灯则略显吃力。再一会儿，没了花草和植物的气息，飘荡而至的是……天，竟然下雪了，难怪。朱灯缩缩肩，想喊住母亲，但又不敢，当然，亦想窥知母亲和白兔的秘密。

341

雪愈下愈大，天素地白。白兔突然就不见了，母亲也没了踪影。朱灯茫然四顾，除了雪，就是雪。他惊恐大喊，然后就醒了。

原来是做梦了。

人活一世，做不完的梦，醒梦睡梦，半醒半睡的梦。朱灯跟随过梦游的母亲，但从未梦见过梦游的母亲。据说一个人在梦里能进入另一个人的梦，难道母亲正在做梦，他闯了进去？还是母亲的梦游症又犯了？闪念跳起，心不禁抽缩，又为自己的胡思乱想懊恼。

翻滚了好一会儿，朱灯才又睡去，直到闹铃欢唱。六点整，冬夏如此。他开了手机，打算稍躺躺再起，一连串的信息提示，全是未接电话通知，竟然有十九个。朱灯的头皮顿时发麻，但手还算稳当。最近一个号码是刘长腿的，他不再是朱红的男人，自然也没了妹夫这个身份，要说有关系，也就仍是朱红一双儿女的父亲。刘长腿平时不怎么和朱灯联系，突然来电，定然有事。朱灯回拨过去，只响一下刘长腿就接了，劈头问，哥在哪里？朱灯心跳得不那么匀了，反问，怎么了？刘长腿说，朱印打不通你的电话，又不敢打给朱红，就打给我。刘长腿声音不高，仿佛朱红就在身边，担心她听到。朱印是五叔家的老二。朱灯立刻想到朱丹，朱丹在朱印的车队跑长途货运。

怎么啦？朱灯焦急追问。

刘长腿说，朱丹的车出事了。

朱灯脑袋轰隆作响，人呢？

刘长腿迟疑了一下，可能……不行了。

4

豆庄排行第二的有数百人。二牛二马二铁二铜二兰二花二娃二女……天地万物皆可成为名字。直接叫老二的没几个，不像个名字，人在人群，水在水中，没法区分。即使是武家兄弟，前面也要冠以姓氏。但凡这么叫的，定有非凡之处或特别的故事，比如石匠的二小栗广。原先栗广并不入流，后来认了个干爹，倚靠干爹的关系，成了卡车司机，便成了人物。那是一九八零年初，豆庄人摸都没摸过，而栗广开着卡车天南地北地跑，何等风光！说起老二，谁都明白是石匠的二小栗广，但很少有人叫栗广或二小，包括石匠也叫他老二。这称呼里有羡慕，也透着近乎原始的崇拜。

但真正让他成为老二的是后来。

那时客运车尚少，许多人急着赶路，便搭乘大卡车。老二常遇到拦车的，但他只拉女性，尤其单身女性。开到没有人烟的地方，便熄了火。某次，他载了一对母女，开到僻静处，如前关灭。他说车出了故障，需要修理，叫女儿下车帮忙。母亲不放心，也要下车。老二说她也得帮忙，只不过是坐在车上。然后让母亲坐在驾驶位，踩住刹车，叮嘱千万不能松。否则他和她女儿很可能就没命了。那母亲不明就里，死死踩着，直到女儿上车。

女儿泪痕犹存，母亲知道发生了什么，她没有声张，一直坐到目的地。母女报了案，老二的事张扬出来，但因为有干爹在，老二毫发未损，只是不开卡车了。后来因为别的事，干爹没保住他，坐了两年牢。出狱后，老二招了几个喽啰，替人讨债或处理纠纷。彼时的三角债多，有时法院判了都不起作用。但老二有这个本事。他接了生意，自己并不出面，只派遣喽啰。提到老二，没有不乖的。

老二喜欢半夜钓鱼，钓两三个小时。某个夜晚，老二钓到一条大鱼。至于多大，跟随他的喽啰也说不清，因为他没看清，只见到老二不松手，似乎也松不开，只三两秒的工夫，老二就被拽到大淖里。老二的死，众说纷纭，总之是死了。那是一九九一年，自此老二这个绰号也消隐了，直到朱印出场"替补"。

朱印外出打工尚不满十五岁，人又矮瘦，工地不要，工厂不招，几经周折，才在废品收购站找了份过秤的活儿。朱印只上过三年学，写字如蜘蛛爬窜，但算账极快，十秤以内从不用计算器。卖废品的怕朱印算错，一样一样写在纸上，又用计算器加了，确认无误，夸赞厉害呀。朱印多是腼腆地笑笑，极少回应。老板夫妇像意外捡了元宝，满心欢喜。朱印吃住在收购站，住免费，吃的自己做。老板夫妇常从住处带些剩菜剩饭，朱印一个月也就花半个月的饭钱，所以虽然挣钱没有工地上的壮力多，但积蓄不比他们少，甚至更多。那些人抽烟，时不时还要"打拼伙"，下的不是什么高档馆子，不过是路边的大排档，喝的也是普通啤酒。打一次"拼伙"——就是AA制，哪个人不得五六瓶啤酒？有个名二牛的，最多一次喝了十七瓶。朱印不抽烟也不喝酒，若自己做饭，十次有九次是白水挂面，酱油都不滴。可以说，朱印的钱只进不出。

收购站当然有秘密，朱印没几日便发现了。比如秤做了手脚，过一秤克扣一次。每天过多少秤，朱印心里有数，一年下来，老板夫妇黑掉的钱是他工资的几倍。也有细心、计较的卖主，说自己在家过了秤，要求朱印再称。朱印就再称，仍如先前。若卖主还不认，朱印便报告老板夫妇。老板夫妇的招数很简单，亲自过秤，报的数比朱印多些，先前阳光灿烂的脸顿时黑云翻滚，斥责朱印不用心。朱印知老板夫妇不过是演戏，他也配合着演，无须什么演技，只需要垂着头。卖主也就偃旗息鼓，不再计较。待卖主离散，老板夫妇的脸马上晴空万里，不致歉不解释不叮嘱，仿佛什么也没发生过。朱印也就若无其事，照行职责。

还有一些人，先和老板夫妇电话联系过才拉来，多在晚上，也不需朱印过秤。三轮车或轻卡开到院子西北角，径直将货卸了。过一阵，自有货车将东西拉走。朱印守在收购站，什么都清楚，但白日从不去那个角落，瞄都不瞄，除非老板夫妇喊他。年底，老板夫妇额外塞给他一个红包，他明白这红包装的不仅是人民币。他千恩万谢，正月十六返程给老板夫妇带了豆庄的豆腐和油炸糕。算不上稀罕东西，但他有这份心，而且也是某种保证，老板夫妇和朱印都懂。

朱印在收购站干了六年，第七年就自己干了，距原来的收购站七八公里，互不妨碍。但一些重点"客户"被朱印拉了过来。他没使什么手段，只是给的价高了些，秤也没做任何手脚。租的院子不大，只雇了一个，半年后又雇了一个，是先前那人的老婆。他们的女儿也过来了，找了家私立小学就读。三间房，朱印占一间，那家占一间，另外一间公用。朱印对学校不感冒，但因为身边有个小学生，就渐渐了解了。大约多少学生，每个人收费多少，结果吃了一惊，收益远比收废品来得快。他专门去学校看了看，所谓的学校也就比废品站多几间房。

两年后，朱印关了收购站，办起了学校。当然不是很顺利，但几经波折，弄成了。那两口子还在，负责给学生做午饭。学生数量还挺可观，都是农民工子女，老师大半是从老家招的，其中一个还教过朱印。校长也是聘的，确有过校长资历。

就是从那个时候开始，朱印被称为老二的。豆庄人提到老二，不用说名字，谁都知道是朱印。在这个城市打工的豆庄人大几十号，各种事求到朱印那里，朱印都是全力帮忙。比如孩子上学，每学期至少免五百，如果有亲戚关系，免得更多。朱印这个老二不像栗广那个老二令人害怕。同样是老二，相差悬殊。

数年后，农民工子女可以进城就读，朱印的桃李小学关停。他个人开的学校，关停时公家还给了补偿款，里外有赚。

这期间，朱印结识了不少人，几个月后便成立了车队，专给钢厂拉货。十辆半挂，四百万呢。不是谁都可以从钢厂揽到活，想跑货运，要么给朱印当司机，要么自己买车入朱印的车队。老二仍旧是响亮的。

5

朱灯突然被沸水淹没，疼痛而窒息。骨肉渐离，身体鼓胀了许多。他急于穿裤子，却伸不进脚。好容易伸进去，拽至膝盖处，发现只伸了左腿，更糟糕的是，进的是右腿裤。而赤裸的右腿在床边耷着，好像不是他身上长出来的，更像床的一个物件。他懊恼地皱皱眉，将跑错门的左腿往外退。进不易，退更难。就这么个工夫，身体四肢又胀了一圈，他不得不弯下腰，双手夹住左腿，一点一点往下褪剥。老天，终于出来了，彼时他双眼闪冒金星，就像多年前在讲台，被老师揪抓头发猛磕黑板一样。他没敢贸然穿，定了数十秒，才小心翼翼地抓起裤子，仿佛那是巨蟒嘴巴，伸脚时他带了几分慌张。脚终于从另一端钻出，他呼了口气，竟有一点感激。穿毛衣、褂子没那么费事，草草收拾一下，便撞向门口。没刷牙没洗脸没刮胡子。腿如狂风中摇摆的枯草，整个身子都在摇摆。他的样子一定惊到了前台的服务员，她瞪着他，姿势僵硬。他将房卡拍到柜台，快速摇往旋转门。

寒气扑过，骨头和肉似乎又黏合在一起，朱灯没那么胀了，他能感觉到心脏的存在，石杵一样击打着胸腔，钝，痛。天尚暗着，车灯刺目。立了不到一分钟，朱灯便上了出租。他说去火车南站，怎么快怎么走。他双手握住前座靠背，身子前倾，脖子长

347

伸，目光则死死盯着前面的路，似乎这样司机会开得更快些。转过路口，连续两个红灯，朱灯便躁了，问司机得多久，司机说要四五十分钟。朱灯意识到自己犯了个错误，虽说清早不是很堵，可这是北京啊，两千万人口的城市，乘出租，时间没法保证。立刻让司机开往最近的地铁口。

他不是逃难，他是奔向难的。如同刀子在胸部进出，疼痛程度是不一样的。相较之下，逃难倒令人羡慕了。

坐上驶往津门的火车，朱灯方想起给朱印打电话。朱印已至现场，自然知道更多更细。其实不是忘记，而是不敢，为了赶火车，有这样的理由和借口，可以不打。现在，必须打。

电话接通，朱灯却迟疑着没出声，也可能是舌头僵硬，发不出音。

大哥！朱印的声音喑哑，有发霉的感觉。

朱灯叫声老二，便哽住。

大哥在哪儿？朱印仍哑着，但比先前顺畅了些。

朱灯说已坐上火车，十点到站。朱印问用接不。他要来接，直接就说了。他如此问，自是没打算接。哪有时间！不过是借此试探朱灯的状态。朱灯赶忙说不用不用，我自己打车。朱印说到机场，到了打电话，他来接。

便挂了。

朱灯发了会儿愣，方将手机揣兜。他没问朱丹的情况，一个字都没有。他以为朱印会说，但朱印什么都没说。什么都没说，等于什么都说了。没有可能！没有一点点可能！！咣噔，咣噔，撞击声更猛了。眼睛潮乎乎的，也只是潮着，没有东西流出。

朱灯偏扭了头，望着窗外。其实眼睛是空洞的。雾气封堵，目光僵滞。脑袋则爆炸了似的，无数的碎片在飞，每一片都血淋淋的。影视里常有车祸画面，生活中朱灯也目睹过。一次在五台，一男人驾着四轮车从巷子往正街上走。巷低街高，每至此处都须加速。那天赶得不巧，一辆重卡穿过镇街，速度快了些，四轮车被撞出十几米，男人还有车头里的妻子当场身亡，现场惨不忍睹。几天后朱灯经过，还能看到暗红的血迹，好几摊。另一次在县城的边上，摩托与货车相撞，骑摩托的是位长发妇女。她被抬上救护车，还有呻吟声，想来有生的希望和可能。可瞅着地上那一汪血，不免捏汗。

朱灯不愿想象朱丹出事的场面，可做不到，他摁不住血滴四溅的纷纷碎片，而且他越是摁，碎片飞舞越快，撞击越猛。噼噼啪啪，稀里哗啦。朱丹的面孔变来变去，每次变幻都令他心惊肉跳。

从车站到津门机场的路上，朱灯生出一团疑惑。朱丹的半挂车，不，朱印的整个车队，运行路径基本相同，多数时候是从钢厂到津门，有时到保定、唐山。朱灯不知拉到津门的码头还是其他什么地方，但可以肯定的是，绝不会拉到机场。没听说飞机载着钢卷满天飞。朱丹出事的地点怎么会在机场？他走错了路，因而与起落的飞机相撞？还是朱丹有劫机意图，未能得逞，仓皇逃跑时撞到什么？不，这太荒谬了，朱丹不是恐怖分子，绝对干不出这种事！可……到底因为什么？给朱印打个电话即可，但朱灯没打。他想当面询问。

朱灯到了，便和朱印联系。就在机场边上，距航站楼不过千余米。说话间，他看到一架飞机冲向蓝天，竟松了口气。若朱丹在机场制造了混乱，航班不会正常起降。十分钟后，朱灯上了朱印的黑色现代，但他并没有问，先见到朱丹再说。他害怕但又急于见到朱丹。年过四十之后，他每天清晨空腹喝一杯温开水，这是同事教的，没有任何成本的养生。今早至现在，他没喝一滴水，没进一口食，但没有什么饥渴的感觉，可在老二朱印拉他去事发现场的途中，喉咙突然焦干。他想问朱印车上有水没，犹豫了一下，没敢张嘴。他不能喝，至少现在不能喝。朱丹就在不远处，他怎么可以口渴，怎么可以喝水呢？不能！仿佛是什么肮脏的念想，他为自己的无耻而羞愧。

两人都肃穆着，无声无息。

不在机场，而是机场后面。距航站楼有三四里，在安全区域外。水泥路不是很宽，路侧是田野。冬日的田野枯黄、压抑，偶见一两枝枯蒿在风中摇舞。朱丹出事与机场没有关系，只是距机场近了些。朱灯更纳闷了，朱丹为什么到这个地方？如果没有这条瘦窄的水泥路，这里就是荒野。荒野怎么会发生车祸？难道他犯了困，稀里糊涂开到这里？抑或出现了幻觉？某些传说闪过脑子，朱灯不由打个寒战。

快到尽头时，朱印将车停靠在路边，朱灯知道到了。他看见或站或动的人，远远近近，有一二十号。他看到好些车，轿车警车救护车，竟然还有吊车。他的心咚咚作响，估料朱丹在车和人中间的某个地方。

在哪儿？他的声音小得不能再小。

但老二听见了，指了指水泥路尽头的河，在那里，正在打捞。

6

自水个洞溺水，朱灯心里便有了阴影，母亲又经常告诫他远离水坑、河流、湖泊。他惧水，更怕母亲为此担忧，所以从不和同伴们到哪怕是浅溪里嬉戏，偶尔冒险也是事出有因。田野拔菜，他到井下舀过水。井就在地里，用石板垒起，不是很深，趴在井口就能望见漂着杂草的水面，间有水蜘蛛在游戏。石板不是很平，缝隙甚宽，戴胜之类的鸟常在缝隙间筑巢。戴胜成双结对，飞进飞出，优雅而从容，似乎从不为爱巢被毁而担心。事实上，许多娃入井寻找过戴胜的巢，均无所获。朱灯亦好奇，但只是趴在井口观望。那个酷热的下午，他实在渴了，便脱掉鞋，双脚尖轮插在石缝里，小心翼翼地下至水面，摘下帽子，翻过来，蘸湿，舀半帽兜水，贴在井壁上，一口一口，很享受地吮吸。水里混杂的东西太多了，但有帽兜过滤，不用担心喝到肚里。如是两次就喝饱了。冒险是有快感的，攀到井口，似乎突然间长出翅膀，整个人轻飘飘的。

朱灯当然不会告诉母亲，她要知道，怕是魂都要吓飞。后来还冒过其他的险，在人生的不同阶段。一篓子故事呢，但都与水无关。

朱灯不会游泳，调至省城的第二年，听从同事的建议，报了一个游泳班。颈椎增生严重，时常头晕。某天在食堂吃饭，他眼前发黑，摔倒了，且呕吐不止。到了医院，症状全无。做了系列检查后，医生给出的结论是颈椎增生所致。他治疗过，但没有太明显的效果。同事说游泳能极大改善颈椎增生的症状，朱灯就想试试。

第一节课就闹出了笑话。他记住了动作，浮板也抓得牢，但进入水池就心慌身重，眼看颈脸陷水，他想呼救，声音还未发出，人已沉入。泳池也就两米深，可他感觉如同无底洞。灌了不知多少水，被拽上池台，吐了好一阵。他没有逃，这就是性格中的执拗使然了。怯，但不退。再练，仍然紧张，好歹浮起了。与朱灯同期的学员多是十来岁的孩子，来回两遭就学会了，与他们相比，朱灯笨而又笨。他作为话题被两个年轻的教练谈论，不只谈，还打赌。其一口气轻蔑，说他要是能学会，鸭子都能飞上天；另一说该差不多，并以一顿烧烤为赌注。两人的声音不是很高，也没有指名道姓，但在水面忙活的朱灯听见并听懂了。朱灯羞赧却不生气，毫无意义。下午训练完，晚上又来，他没有天赋，但有的是时间。终于学会。龟虽慢，但一直在跑。不过，也就是学会而已，游泳未能成为他生活的一部分，即便是为了颈椎。他不再惧水，但阴影残存。

与朱灯相反，朱丹从小就爱玩水。为此几次被母亲责打。母亲用笤帚或鸡毛掸，抽几下，问还去不去了？朱丹说，去！母亲气极，用力更大，又几下，还去不去了？朱丹答，去！母亲又气又恼，再去把你的脚锯了！朱灯乖顺，朱丹叛逆，但都不让母亲省心。

母亲未能阻止，朱丹照旧玩水。朱红倒是能管住朱丹，但在玩水一事上，她和母亲意见相左。不就玩个水嘛，还没腰深，能有啥事？虽这么说，她还是管的，虚管。待见朱丹在水洼里鱼一样自如，母亲也就默许默认了。

朱丹无师自通，仰游、卧游，只用手臂或只用双腿，会浮在水面，会立于水中。水底憋气，能坚持两分钟。如果有饼庄那样的大口井，朱丹下水机会更多，鱼精也未必比得过他。如果那时有人发现，将他纳入游泳队，没准能拿国际奖牌。假设不存在，朱丹仍是朱丹。十七岁离开豆庄，满世界刨食。他的生计不在水里，最终在公路上。

一个半挂车司机。

7

那条河应该有名字的，十几米宽，在北方，算得上大河了。寒冬日久，冰层坚厚。朱丹的半挂车扎在冰水里，准确地说，栽陷的是红色的车头，而蓝色的车身太长了，基本是横着的，车厢里捆扎的钢卷斜了些，但依旧稳当。另一个钢卷显然是被甩出去的，陷在距车厢七八米远的冰面。在暗夜里，巨响不知要传出多远，先是半挂车射落，然后飞起的钢卷砸落……

而那时，朱丹就在驾驶室，也许抓着方向盘，也许在车跃飞的瞬间，他松开了。朱丹可不像朱灯这般迟钝，他虽不明白发生了什么，但该意识到灾祸，那么，他该跳车逃生，就像电影里那些主角，车身爆炸，火光冲天时，他们已紧紧趴卧大地。

然而，朱丹没有跳车，至少没有成功。

看不到他！

哪里都看不到他！

驾驶室空空荡荡，只有寒风钻进钻出。

两条小船在半挂车左侧的河面上划拉，冰层碎了，冰块漂浮在水面，疙疙瘩瘩的，船每前进一点都很困难，但始终在掘进。一人划船，另一人抓着长钩，忽而探入水底，忽而做出勾拽的动作。

挖掘机紧靠河岸，朱灯脑子蒙了，以为下一步要代替长钩。他当然知道挖掘机的厉害，若是被触及……朱灯的心被攫住，几近窒息。他道出自己的担心，朱印说挖掘机是破冰的，冰层太厚了，半挂车和甩出去的钢卷砸破的面积有限，其余冰面是挖掘机击开的。

朱印已将事情的经过简要告诉朱灯。昨日下午四点，朱丹的半挂车与另外两辆车便装了货,但半夜过后才上路。这是货车的常规,半夜跑车,能躲开某些检查,比如查超载的。按照规定,每趟只能拉一个钢卷,两卷就是超载,若被查住,必然被罚。朱灯知道一些,在朱丹跑车之初,他就叮嘱过,一是务必把保险上全了,不能只上交强险;二是绝不能超载,哪怕少挣一些。朱丹一听就笑了,说上全险没问题,但不超载做不到,若不超载,就会赔钱,拉一趟赔一趟,一年下来,半个车就没了。朱灯不信,以为他强词夺理。朱丹让他问老二,朱灯马上给朱印打电话。朱印不像朱丹说得那么笼统,他一笔一笔给朱灯算账,拉一卷能挣多少,过路费油费等又是多少,如果雇司机,还要加一笔,一进一出清晰明了。朱灯便哑口了。他会让自己的弟弟赔钱或一分不赚地跑车吗?朱印知道朱灯一向规矩,说没大事的,能躲就躲,躲不了挨罚就是,一般只罚钱,不作其他处理。朱灯问罚多少,结果吃了一惊,问照这么罚,赔得不更多吗?朱印嘿嘿笑,说爱吃鸡蛋的都不会让鸡饿死,鸡活着才能下蛋。小学尚没毕业的朱印说出这样颇费琢磨的话,朱灯甚为意外。也不是多难懂,想想就明白了。

就想起清朝野史里记述的故事,关于剿匪的。官兵本有可能却不把土匪一网打尽,一新兵不解,问老兵,老兵说了句粗话,让新兵琢磨。新兵想不明白,再问,老兵就夺过他的碗摔了。新兵饿了一夜肚子,脑袋突然开窍。

昨夜三点左右,朱丹行至某个路口,遇到了检查。检查的车辆不像以往那样，灯光老远就可望见。那车停在较远的地方，且没开车灯。若非路口，半挂车不会放慢，检查车辆是拦不住的。可因为路口，虽然僻静，又无行人，但车队还是降速了。彼时，两个穿制服的突然从路口闪出，做着停车的手势。

行在最前面的是黄全的老兄弟黄毛，见状叫声倒霉，便将车停在路边。中间的车主刘栓，馒头庄人，也停住了。朱丹的车在最后，与前两辆车相距稍远，还未到路口，只降速未停车。如果朱丹的车没露头，黄毛就打电话提醒他了。这是司机之间的契约。前车遇到检查，一定会告知后者。可黄毛看见朱丹的车了，提醒已来不及。前车停靠，朱丹自是知道缘由，他本该如黄毛刘栓那样老老实实停在路边接受检查，但他没有，而是加快了速度。这是朱丹的不对了，甚至是愚蠢，愚蠢至极。检查车辆紧追不舍。

朱丹没有沿着公路跑，他当然知道半挂车跑不过轿车，在下个路口拐了弯，轿车紧追不舍。如果能逼停的话，朱丹后来想，那倒好了，可追赶的人显然没这个想法，以和半挂车相近的速度始终咬在后面。他们或许有着游戏的心态，看你能跑到哪里。

朱丹定然知道后面的轿车没有放弃。后面的车不追，他肯定要停下来的。因为跑，所以追，因为追，所以跑得更急。以朱丹喜欢冒险的个性，这样的游戏或许是刺激的。但更大的可能是慌了神，没准大脑出现了空白，不知道自己往哪个方向行驶，只是沿路狂奔。不顾一切地狂奔。他以为沿那条路能开出很远，然后拐到另一条路上,有可能甩掉后面的车,或者后面的车耗不住而放弃追逐。

显然,他错了。后面的车没有任何放弃的意思。不是所有的路都能通向远方,或者会有岔路。更多的路是有尽头的,而且,没那么长,到了尽头,就走不通了。比如这条水泥路,尽头是河。朱丹不知道,没有放慢速度。于是,半挂车冲上隆起的河岸,带着巨大的呼啸,一头扎进河里。

8

朱灯师范二年级时,高他一届叫林志祥的溺亡了。朱灯能记住这个名字,是林志祥具有极高的音乐天赋,吹拉弹唱,样样拿得出手。在每年的元旦晚会上,至少要表演三个节目。别人不叫他林志祥,都叫他林子祥,他也乐得别人这么叫。林子祥多红呀。可就是这个与歌星只有一字之差的林志祥,毕业前一个月,实习期间,出了意外,就在实习学校旁边的淖里。坝上的六月,淖水仍凉,林志祥双腿抽筋,未能上岸。

朱灯不知林志祥的家人和学校怎么谈的,只知他们每天一早过来,熄灯铃响好一会儿方离去。朱灯见过一两次,更多的时候是凭借哭声判断。那是女人的哭,悲伤,绝望,河流一样在校园流淌。协议达成,林志祥的家人不再来,那哭声仍时不时地流进耳里,令他心悸。那时,他常常想,如果鱼精恰巧在淖边,林志祥一定有救的。鱼精生于坝上长于坝上,不怵冰水,何况六月

357

的水。

朱灯还想到朱丹,就是朱丹在淖边,十一岁的他也可把林志祥救上来。如果那样,朱丹一下就出名了。朱灯沉浸在想象中,本该高兴的,但不知为何,虚幻的欢欣弥漫的同时,内心的某个部位突然被咬了一下。朱灯不知何故,几年后,终于明白。

朱丹在五台中学就读时,还真救过一个女孩。星期六,他没回豆庄,而是去了同学家。朱丹爱结交,这点和朱印很像。不同的是,朱印是有选择的交往,标准是有没有用。在这方面,朱印有超强的悟性或者说感觉。比如,某个人本是无职无权,但朱印却能凭着感觉认定其有后劲儿,主动来往,一天天将关系铸得铁桶一般。付出不多,但收获极丰。他的另一项本事是,一次交道就能判断对方需要什么,而准确地"对症下药"。他办私立学校时,去了街道办主任家一趟,见主任极喜养花,几天后便让人从老家捎来一袋羊粪,充分发酵后,又装成小袋送去。拎着烟酒进门,主任没有任何表情,待看到养花肥料,立即眉开眼笑。类似的故事多了去了,朱印也算是豆庄的传奇。

而朱丹是什么人都交。他在初一就读,二年级的都攀得上,这也为他日后的牢狱之灾埋下隐患。

女孩掉入的是饼庄那样的大口井,若非朱丹,多半就没命了,因为她已沉入水下,朱丹扎了两个猛子方将她拖上岸。彼时她已无呼吸,几番拍打,总算醒过来。女孩的父母背了半袋红豆去豆庄致谢,甚至许诺,待女孩长大就许给朱丹。

朱丹一向是惹事的，突然的荣光让整个豆庄意外。母亲合不拢嘴，和朱灯讲述，也是说一阵笑一阵。朱灯自然也是开心的，为弟弟骄傲，也为母亲那满脸的笑。但与此同时，某个部位又被咬了，很轻，但朱灯感觉到了。错愕的同时，他突然间明白，那是嫉妒，嫉妒朱丹。他是这个家庭的楷模和中心，虽然清楚很大程度是因为朱红让着，他也为此内疚。但他跃过龙门，这是事实。他成为镜子，闪光发亮。朱红和朱丹则在暗处。朱丹的突然闪亮未能遮掩他的光芒，却摇动了他的位置。他不再是唯一。

朱灯为自己的嫉妒羞惭。好在没人看得出，他慢慢地一点一点地剔掉。再闻听朱丹的好事，他必是欢喜的，是从心底生出，没有任何杂质。但终究做过贼，哪怕不再行窃，那个痕迹难消。

此时，朱丹就在冰水下，在河底的某一处。咫尺即天涯，朱灯看不见他。只能看见冰块、小船、铙钩，还有曾经的嫉妒，这些混杂于冰块间，哗啦哗啦地响。就像他蓄意把朱丹推进冰冷的水中，痛悔袭过，朱灯的心再次抽缩。

9

肩被拍了一下，是朱印。姓顾的指挥要见朱灯。朱灯转过身，看到了不远处穿着深蓝羽绒服的中年男人，目光尚未碰触，顾指挥便大步往前走，朱灯怔着，朱印叫声大哥，他才抬起灌注了铅砂的腿。

和顾指挥结实的手握在一起，朱灯努力地让自己的脸活泛一些，看上去不那么僵硬。朱灯不知顾指挥是什么级别的领导，但不管什么级别，能从温暖的办公室亲临寒冷的现场，朱灯也是感激的。朱丹不是吃公家饭的人，不是英雄劳模，就一普通人，不管多么野，也改变不了农民的身份，而且，他是因为超载逃避检查，慌不择路栽陷冰河。他没有犯罪，可显然违规了，是有错的。公家不鄙不弃，没有任何条件地救他，还派了指挥。朱灯是感动的。若是朱灯自己，哪怕加上朱印，加上黄毛和刘栓，面对冰冷的河水，恐怕也做不了什么。叫天不应，叫地不灵。现在，他们在捞，朱灯可以等待。

也只能等待。

顾指挥说了安慰的话，还说×副市长也知道了，非常重视，就救援做了指示。竟然惊动了副市长？朱灯哦啊着，不知说什么好。直到顾指挥说有什么需要尽管跟他讲，朱灯才说出连贯的话。把弟弟从冰水里捞出来。朱灯只有这一个需要。

和领导见面，朱灯总有那么一点紧张，在顾指挥面前亦不例外。他既渴望从顾指挥嘴里获得更多信息和保证，又盼着见面尽快结束，以摆脱局促、茫然和隐隐的不安，当然也担心顾指挥和他谈话，而耽误了其他。

顾指挥走开，朱灯暗吁一口气，跟着又打了个哈欠。朱印让朱灯去车里歇会儿，朱灯摇摇头，说你去歇会儿吧。朱印接到黄毛的电话便急赶过来，他和别的司机都租住在钢厂附近的镇上，从镇上到津门机场要开两个小时。他是在路上给朱灯和刘长腿打的电话。而那时，朱灯正身陷大梦。朱印还有黄毛刘栓，哪个不比他困？要歇也该他们，他，朱丹的亲哥，没这个资格。他不能做什么，唯一能做的就是看，看他们打捞。毫无意义，但必须如此。

朱灯一摇一摇地返至河岸，戳住。

中午时分，朱印耳语似的对朱灯说，饭来了，顿了顿又说，先吃饭吧大哥。两条小船划向岸边，打捞者也要吃饭的，他们更需要。在场的所有人，公安、消防、医护都需要吃饭。只有朱丹不需要，他捉迷藏似的潜在某一处，拒不露面。

朱灯跟在朱印身后。

黄毛抱了八个盒饭过来，让朱灯先拿。朱灯说，这么多啊！黄毛说，反正不要钱，末了用目光指指分发盒饭的，他让随便拿。朱灯说，我一个就够了。他没有别的意思，确实一个就够了。黄毛飞快地瞄瞄朱印，朱灯虽然迟滞，但还是瞥见了，不过没反应过来。朱印声音很轻，但有着毋庸置疑的决断，留着！朱印没看朱灯，是故意不看的。也是那时，朱灯意识到什么，想补充的，又觉没必要。四个人分坐在朱印的车里，默默地吃。

鸡腿，萝卜肉丁，白菜丝，米饭，挺丰富的，量也不小。朱印、黄毛、刘栓各吃了两盒，他们比朱灯年轻，饭量本就大，而且从夜里到现在粒米未进呢。歉疚再次漫上来，朱灯说他再拿一些。朱印说够了，大哥，吃不了的。朱灯稍稍释然，没有再言。

那一盒没人动，也未还回去。

361

黄毛抢着把空餐盒丢掉，抽了支烟，便又钻进车里。他们坐着，朱灯也就没动。腿有些酸，他想稍歇歇。若他们都离开车，他一个人待着就不妥了。虽然他们不会说什么，那也不好。还有弟弟呢，他在冰水里泡着，作为兄长的他却缩在车里，于情于理都说不过去。有他们陪着，或者说，他得陪着他们。都一样。那就歇歇吧。

然后就看见了母亲和白兔，白兔在前，母亲在后，一个跑一个追。但也可能是，一个在引路，一个在跟随。清幽的月光下，母亲一袭红袍如火炽燃，白兔的毛身被镀了粉晕，忽明忽暗，忽轻忽重。母亲与白兔的距离越来越近，越来越近。母亲伸手的瞬间，白兔突然消隐。母亲扑空，蹲下去恸哭。朱灯见过母亲哭泣，但没见过她如此撕心裂肺。

朱灯叫声娘，母亲倏忽就不见了。

竟然眯着了。

鼾声起落。朱印趴在方向盘上，肩一拱一拱的，似也做梦了。黄毛和刘栓歪仰着，黄毛半张着嘴，刘栓缩着颈，显然都困极了。朱灯轻轻推开车门，挤出身子，缓缓合住。脚有些麻，往河岸急走时，身子歪扭，步态踉跄。

小船上的人仍在钩捞，一下又一下，他们该是吃了盒饭就忙活了，而他，则缩在车内打了一个长盹。朱灯甚感羞惭。或许没人在意他干什么，可朱灯在意，他终是置弟弟不顾了。现在必须一动不动地守着，必须瞪大眼睛盯着。

风比上午大了许多,这给打捞带来了困难。小船来回晃荡,上面的人立不稳,也晃着。

朱灯倒是扎得牢,目光也始终粘着打捞的钩子,但思绪忽忽飘飘。

河面虽宽,但一眼就能量到边,半挂车左面砸裂及被挖掘机击碎的冰面也就二十米。区域不是很大,也不是很深,为什么从上午捞到现在,没有任何收获?如果打捞者偷懒也可解释,可他们竭心尽力,朱灯看得出。

怎么回事?朱灯不能不疑,不能不想。

难道朱丹从河底游走了?所有的河不管什么流向最终都汇入大海,这条无名河也不会例外,河面结冰,并不能影响流涌,朱丹的水性又那么好,他顺水游,终能至海。也可能他会像《罗刹海市》里的马骥一样,成为龙王的快婿。龙女相伴,哪怕从此不再回豆庄呢。就算娶不上龙女,变成一条鱼也好。或许,他原本就是水中生物,人间游走一回,借着这个机会恢复原形。

也可能,朱丹没有落水。在半挂车撞落的那一刹,如朱灯想象过的那样跳车逃离。他反应是快的,不像朱灯这般迟钝。半挂车只击碎车体周围的冰,更远处的冰裂而未碎,仍能托住朱丹。朱丹爬至岸上,自知闯祸,如数年前那样亡命天涯。那次,朱丹给朱灯打了电话,朱灯未能救他,所以,这次不再和朱灯联系。

任何一种可能,只要活着,都是好的。朱灯祈望,祈祷。从此不与家人相见,就不见吧,不再为人,就不为吧。牛马骡驴,

363

猪狗鸭兔，任何一种，只要还在这个世界，都好。

太阳西斜，天际处泛起霞色。一团又一团的白云被劲风吹拂得没了影踪，天空干干净净，甚至感觉不到天的存在。

朱灯顺着河沿，朝北走了十几米，下到田野，撒了泡尿。系裤带时，怎么也扎不进去。或是手指太过僵硬，可刚才就是这几个手指解开的，虽费了些事，但解开了。怎么会扣不进去呢？他懊恼而又慌张地回回头，没有谁过来，没有任何人注意他。他来回搓搓手，再系，几乎咬牙切齿。折腾了一番，终于系上。

刚转身，喊声突起，找到了！

想象化为泡影，朱灯便如撕碎的花瓣，纷扬飘落。但同时，又有如释重负的轻松，朱丹不用在水底过夜了！朱灯急往前赶，双脚却被钉住，重重跌了一跤。没有痛感，滚爬起来，那种叫悲伤的东西漫腾而起。

弟弟！

亲爱的弟弟！！

我的亲爱的弟弟！！！

朱灯扑至河边。所有的人都往河边汇拢，所有的目光都聚焦到朱丹身上。朱丹还是朱丹，但朱丹不再是朱丹。

他腰部以上露出了水面，下半身仍在水中。他两臂上抬，像要托举什么东西。铙钩钩的是他的衣领，灰色的羽绒衣领。在杂七杂八的声音中，船渐渐靠岸。被钩着的朱丹也渐渐靠岸。

看得更清了，朱灯的心突然放空。胸间有个巨大的洞，风放肆而疯狂地嘶吼。

弟弟呀!

也仅仅如此,朱灯没有太失态。有声音喊,家属呢?家属在哪里?不知谁喊的,似乎朱丹随时可能遁隐,很是急迫。朱灯赶紧应了一声。他是家属呢,他始终在。他和众人抬着朱丹往水泥路上走。那里曾停着一辆120,现在仍停着车,但不再是120。需要家属同去,朱灯上得不是那么利索,但没用人托,自己扒上去的。

铃声突起,是朱印,问他要不要给姐打个电话。朱灯刚到现场,朱印就问过。朱印不会打,哪怕打给刘长腿,也不告知朱红。这个电话只能朱灯来打。朱灯是朱红的亲哥。朱灯说稍等等,朱印就没再说什么。现在,朱印再次提醒,自有他的想法。朱灯迟疑了一下,说,明天再说吧。

第二章

1

夏日的午后,朱红的右眼皮突然跳起来。那是蝗虫入侵五台四天前,浓烈的艾草香味正穿窗而入。左眼跳财,右眼跳灾,朱红自小就听过,但从来不信。对类似玄幻诡异的预示或说法,她一向反感,甚至有意对着干。本可以停下来歇歇,揉揉眼,虽然急着赶制衣服,但还没到不容休息的地步,可因为那句话在脑里闪过,她便闭住捣乱的右眼,继续蹬踏。啪!似有火星迸溅。针断了,朱红皱皱眉,只得停下来。正是在停顿的间隙,她听见了小桃竭力压制的干呕。这是第二次听到,第一次在午饭前,彼时她问过小桃,小桃说清早吃了一把杏,其中一颗快烂了,她没舍得扔。小桃节俭,朱红知道的。与午饭前的干呕没有任何区别,可朱红的心忽悠颤了一下,仿佛被石子击中。她听到了轰隆的雷响,从遥远的天际,从她看不见的地方接连翻滚过来。

朱红没有手忙脚乱,稍定了定,转过身。裁缝铺只有一间房，案台靠近门口，左右墙上均挂有衣架。案台另一端，沿墙放着两台缝纫机，还有一台锁边机。最里端的木床是刘长腿从学校搞来的，断了腿，床头靠背也坏掉了，经父亲修过，不只结实，还美观了许多。夜晚，小桃就在这张床上睡觉，之前，那个叫王苹苹的女孩也睡过。王苹苹笨了些，干了六个月，朱红把她辞掉了。

朱红和小桃背靠背，她看不见小桃的脸。小桃秀巧，背影更显玲珑，双肩像削过又不止一次打磨，凸起的地方都是那么圆润，腰则呈现着优美流畅的曲线。她梳着马尾辫，埋下头时，辫子便如小松鼠，呈跳跃之态。

朱红从未这么细致长久地注视小桃的背影。小桃没长后眼，但肯定感觉到朱红在看她。朱红知道的。小桃若无其事，埋头走线。朱红不说话，就那么凝望着。沉默，却是有力的，如斧凿起落。

小桃终于沉不住气。顿住，回头，叫了声红姐。

朱红平静地，你站起来。

小桃迟迟疑疑站起，一点一点扭转身子。触到朱红的眼睛，立马低下头。

朱红的目光并不严厉，甚至比平时还温和。小桃，你看着我。

小桃瞄瞄朱红，便又闪开。两手慌乱、局促地捏着衣角。豆绿色衬衣是小桃自己的手艺，布是朱红给的。小桃不怎么爱说话，嘴拙，手却巧。朱红喜欢这样的，工钱之外，从衣服、布料到化妆品，零零碎碎，有什么给什么。

朱红问，就在这儿？

小桃似乎被烫着，猛往后缩，被缝纫机抵住，又立定。顿了几顿，头略往左偏了偏，接着向右扭，然后又向下。

朱红说，你长着嘴呢。

小桃闪避着朱红的目光，挤出个"是"字，随后脸涨得通红。

朱红轻轻叹息一声，说干活吧，别把线走偏了。

小桃惶然而又惊恐，叫红姐时，声音是抖的。

朱红说，不怪你，赶紧干活吧。

小桃又喊了声红姐。

朱红这才渗出几分冷，好好干活，什么事都不会有，听清没？

小桃啊哦着，重又坐下。

缝纫机再次响起，没有任何异样。有来取衣服的，朱红如常说笑，波涛汹涌也就数秒，她不会任由大浪肆虐。因为没有任何意义。所以不是刻意伪装，是从里到外的，平静，自然，从容。

傍晚，朱红叫小桃别再煮挂面了，她一会儿带饭过来。早饭和午饭都是朱红带给小桃，晚饭有时刘长腿送来，有时小桃自己做。裁缝铺不能见明火，小桃自做也简单，用烧水的电壶煮挂面或粥。

刘长腿已经把饭菜做好,他的课多在上午,下午可以早回来。两个女儿对头写作业,大的读四年级,小的读一年级,见朱红进屋,便收起作业本。朱红先往饭盒拨饭,拨几下,摁一摁,塞得满满的。刘长腿说,她吃不了这么多吧。朱红没看他,回说,夜长着呢。刘长腿带着醋意,甚至不满,你对她也太好了!亏得雇了一个,要是雇俩,还不把店吃进去?朱红说,好有什么错?我乐意!刘长腿凑近朱红耳根,吹了一口,朱红闪开。刘长腿赔着笑说,我就是说说,没拦你呀,再说了,什么事能拦住你?朱红说,有什么说的?我每天抽她你就开心了?小桃老实,咱不能哄她欺她!刘长腿笑说,好吧好吧,我扒拉几口就给她送。朱红说,不用你送!刘长腿讨好地,我没说不送呀,你还生气了?朱红说,我可没这闲心。

　　放了碗筷,朱红说要连夜赶制衣服,明天要去进布料,来回三四天。又嘱咐两个女儿听爸爸的话。刘长腿问,什么人的衣服?这么急?朱红说,徐六的,又换老婆了,要去旅游呢。刘长腿说,你总要睡一会儿吧?我夜里去接你!朱红说不用,临出门又说要带小桃去。刘长腿问,不留她看店?朱红定定地看着刘长腿,没答言。刘长腿有些慌,掩饰地笑笑,带着她也好,她陪着,我就放心了。朱红说,小桃没出过远门,带她见见世面。

　　朱红和刘长腿住的中学家属房在五台边上,再往东就是田野和林带了,裁缝铺在十字街,从家到裁缝铺也就十余分钟。朱红仍是往常的速度,行了百十米,脑里似有利箭射过,她猛一哆嗦，随即加快脚步。有些失态，这不像她的性子，到了门口，竟然有些喘。

小桃仍半埋在缝纫机前。

不是一般的老实！朱红又疼又气。

小桃立起，叫了声红姐，惊慌又回到脸上。朱红神色平静，说今夜得把徐六的衣服赶出来，叫她多吃点。小桃赎罪似的，红姐放心。朱红走向缝纫机，小桃疑惑的目光追着她。朱红察觉，偏头笑了笑，你一个人咋赶得出来？赶紧吃吧，一会儿凉了。

拂晓时分，衣成声止。朱红让小桃去睡，小桃摇头，说不困，让朱红躺会儿。朱红说不困也要睡，白天还有活呢，你又不是机器。小桃说，我生来就是干活的，没事的。朱红突然提高声音，让你睡你就睡，废什么话？小桃惊缩一下，嗫嚅着，想说什么，又不敢。朱红放缓语气，听我的，别磨蹭！小桃没有再言，躺到床上。

小桃睡觉的工夫，朱红熬了点粥。一夜未合眼，朱红没有丝毫困意，若说体力好，不如说浑身蓄满了战斗的激情。战斗两字其实是不妥的，容易联想到敌人。朱红没有敌人，对她有敌意的当然有，但算不上敌人。至少，朱红没把任何人看成敌人。他们充其量只是对手，譬如武三女人，朱红不会持久地放在心上。

朱红面对的，多是身边的人，战斗言过其实了。可就体内的汹涌程度而言，除了这两个字，没有更准确的可以形容。那就战斗吧。

天光放亮，朱红敲开徐六的店铺，将叠得整整齐齐的衣服交给睡眼惺忪的看店伙计。徐六是五台最早卖摩托的，后来还干别的，是五台的暴发户。再过几年，徐六还将进军房地产。

返回裁缝铺，摇醒小桃，笑着说，还说不困，你都打呼了。小桃立即坐起，难为情地揉了下眉。两人吃过，朱红让小桃收拾自己的东西。小桃惊慌地望着朱红。朱红说，利索点，把所有的东西都带上。然后指指那个帆布提包，催促她第一趟班车到来前准备好。小桃极其紧张，问要去哪里。朱红长叹一声，傻妹子，不会卖你，领你……你还是个姑娘家呢。小桃红了脸，没再说什么，低了头，默默收拾。

班车是通往市里的，两人中途在一个叫窝铺的镇下车。窝铺也是大镇，属另一个县。没费什么周折，当日便做掉了。再后，去旅店住下，除了出去买饭，朱红寸步不离地守着小桃。当然不是怕小桃逃离，这一点朱红心里有数。就是想守着她，恼怒夹着怜惜，说不清哪样更多。

第三天，朱红和小桃返回，没到五台便下了车。朱红拎着黄色的帆布包，小桃空手跟在后面。小桃要拎的，朱红不让。小桃就不争了，争也争不过的。

到了小桃家所在的村口，朱红将包递给小桃，说我就不进去了，家人要问，你就按我教的说。小桃点点头，朱红将一卷钱塞给小桃，说按全年算的工钱。小桃怔了怔，反应过来，惊问，红姐不要我了？朱红说，不是我不要你了，是你不能再去了。小桃

371

带出哭腔，红姐不是让我回家歇半个月吗？朱红的脸罩了冰霜，我是那么说了，但没说你再来裁缝铺。

小桃便噎住。

朱红走出十多米，回过头，小桃还在原地立着。朱红大声说，你记住了，没有什么是生来的，别拿这样的破话给自己下套。小桃没有回应。朱红转身，再未回头。

2

朱红返至公路，没有在路边拦车，径直东行。她想理理头绪。其实送小桃离开前就想好了，关于她和刘长腿。她预测不到未来，但主意落定，就会按自己的方式行进。再次梳理，绝非优柔寡断，她不是这样的人，只不过为了更畅通些。

有什么东西落到脖子上，她迅疾抬起右手。没拍住，那东西比她更快。她左右瞅了瞅，什么也没看到，又行几步，一个黑点落在前方。她看清了，以为黑点跟着她走。随后又有数个黑点跳落。即便如此，她也没往别处想。夏天太常见了，尤其草滩上，更多。

黑点不断增多，渐成包围态势。朱红回头，日头斜坠，天空澄净。黑色的队伍是从公路两侧的草滩出来的，公路已密密麻麻，或跳或蹿。车辆驶过，它们不躲或来不及躲，路面便多了两道灰白的辙痕。朱红不怕这些东西。蜘蛛、蚰蜒、蝗虫、蚂蚁……这么说吧，所有蠕动的爬行的，飞来飞去的大小活物，她都不怕。当然不是生来如此。因为朱灯怕，她就不怕了。或者说，她不能怕。并非被迫无奈，更多时候是主动选择。她乐意。这亦是她战斗的组成部分。

五台的街上更多，不只在路面跳蹿，还往门窗扑。许多店铺，白日里货摆在门口，来不及收回，箩筐、筛子、簸箕、纸箱、啤酒筐，便被侵占覆盖。

裁缝铺门口、窗台也是厚厚一层。朱红借了把扫帚，来回清扫。

刚扫掉一拨，未及喘息，一拨又漫过来。

那就再扫。

黄昏时分，朱红停歇住。黑点不再汇涌，身后似乎也没那么多了。朱红没开门，还了扫帚，径直回家。

突然而至的蝗虫成为饭桌的话题。欢欢和乐乐——女儿的名字是朱红起的，刘长腿翻了多次字典，反复推敲，被她一一否掉。姐妹俩极是兴奋，抢着问刘长腿。朱红也饶有兴致地望着她的……男人。不全是装的，她确实好奇。

刘长腿是数学老师，平时喜读闲书，记忆力也好，古代妇女如何避孕，如何堕胎，具有滋补和壮阳功能的中药及食物，乱七八糟曲里拐弯的杂识，信手拈来。当然不止这些，拿破仑有几个情妇，古罗马皇帝克劳狄一世的第三任妻子多么放荡，唐代从岭南往长安运送荔枝需要多长时间。诸如此类的逸闻和故事，真真假假，都能胡扯一通。

妻女的目光令刘长腿飘然,他讲蝗虫的繁殖,卵在冻土层可以存活多久,彼此靠什么传递讯号,等等。平时这些都派不上用场,现在逮着机会,嘴巴里的大河随便流淌,随意发挥。

两个女儿自是被吸引。欢欢喜静,乐乐爱动。性子虽不同,但都好学。朱红也很专注,就蝗虫讲这么多,全五台找不出几个。这是刘长腿的强项,女儿需要这样的父亲,这也证明她当初没看错人。这样的家庭画面正是朱红向往的。作为其中的角色,朱红享受并努力维护,因而有意忽略其他。期间朱红只皱了一下眉,刘长腿讲蝗虫的繁殖时,眼睛望向朱红,目光黏而又黏。朱红极是恼火,不是因为他传递的讯息,而是当着女儿的面。也就皱皱眉,刘长腿反应也快,快速恢复。他到底知道自己的身份和彼时的场合。

关于蝗虫的话题进入尾声,刘长腿说人类虽然是高智商生物,但论感觉,和动物鸟类这些不在一个档上。比如地震来临时,人类多半懵懂,可飞禽走兽都能预知到。一下来这么多蝗虫,大概是有什么预示。

最后这句话令朱红不快,温和的脸突然变冷,斥责,预示什么?胡说八道!

刘长腿愣怔一下,随即笑笑,预示你发脾气啊,这不应验了?嘿嘿!!

朱红不理他,问两个女儿作业写完没。她们极懂眼色,马上站起。

刘长腿让朱红歇着,他收拾洗涮。这是刘长腿的另一项好。朱红盯着刘长腿的后颈,说要回趟豆庄,叫他把摩托推出来。刘长腿诧异道,这么晚了,回豆庄干什么?朱红说不干什么,想娘了,回去看看。朱红回家的念头是突然生发的,刘长腿的话提醒了她。朱丹八岁那年走丢过,其实算不上丢,他追跳兔跑得远了些,迷了路。在那之前,豆庄遭遇过蝗虫。没有停留太久,损失也不大,母亲却把蝗虫和朱丹的走失联系在一起。

母亲爱胡思乱想,蝗虫多半也侵袭了豆庄。

刘长腿左手握着下巴,沉吟道,其实呢,娘就那样,她要乱想,你回去也是白搭。朱红说白搭也要回,陪她住一晚。刘长腿说没准她没乱想,你黑天半夜回去,反让她生疑呢。朱红便顿住,刘长腿的话也有道理。刘长腿叫朱红先打电话,非得回,他送她。朱红抓起手机,没等她拨,铃声响起,母亲打来的。

听说五台满街都是蝗虫?

朱红太了解母亲的风格了。无论母亲打过来还是朱红打过去,先说话的肯定是朱红。朱红不说,那边就只有呼吸声。有一次朱红故意憋着,等了好一阵子,母亲竟然断开了。半分钟左右,母亲又打过来,张口就问她怎么了。这就是母亲,只有预感到什么才会主动。

这个晚上,母亲抢在前面。

母亲用的是听说,朱红马上明白,豆庄没遭蝗虫。朱红没正面回答,反问,怎么啦?母亲顿了顿,真的,假的?朱红加重声音，你操心的倒多，五台和你有啥关系？母亲说，你在五台呀。朱红喊了一声，不就几个蚂蚱吗？有什么大惊小怪？母亲说，那就是真的。朱红放缓语气，说啥事都没有。母亲吁了口气，说这回豆庄倒没有，逃过去了。朱红笑说逃什么呀，吃亏了呢，五台有人捉回去油炸了吃呢。末了强调，不骗你啊。

这是真的，但母亲不信。不信，她就不说话了。朱红又扯些别的，准备挂断，母亲又开口了，问欢欢和乐乐在干啥，刘长腿在不在。朱红答了。母亲说，给你哥和你弟打个电话。朱红突然火起，你打呀！他们不是你的儿子吗？那边又静默了。这静让朱红疼痛。朱红故意笑出声，把娘吓着了？好，我打。

先打给朱丹，再打给朱灯，然后向母亲汇报。母亲不轻易给朱灯和朱丹打电话，仿佛她的两个儿子日理万机，掌握着这个世界的方向，她打电话会影响他们，令他们及世界遭受巨大损失，那是她承受不起的。不打又惦记，于是就打给朱红，直接或委婉地让朱红代打。她怵朱红，但给朱红打电话没有心理负担，至少没那么多。

朱红完成任务，长吁一口气，忽又乐了。刘长腿问还回不回了，现在回还不算晚呢。兀自咧嘴笑了。朱红狠狠瞪着他，好笑呀？刘长腿说，你笑，不让我笑，真是霸道！亏得我拦了，跑回豆庄，没准要和娘干一架。朱红冷了脸，管好你自个儿吧。刘长腿嬉笑，我就喜欢你管，你管我才舒坦。朱红话外有音，这可是你说的。

3

朱红的战斗老早就开始了。和二姨,和武三女人,和所有给母亲泼污的男女。她常牵着朱丹的手,故意往人多的地方去,从来不躲。彼时她就知道,躲是没用的,也是无能的。母亲拦不住她,退而劝她别当着朱丹的面。她偏不,绝不避讳。朱丹听见又如何?那些闲言终究会钻进耳朵,听得多对他才好。而且,朱丹在身边,她更有底气和斗志。朱丹就是她的武器。似乎不妥,可事实如此。这是她的秘密。

朱红和母亲的战斗始于一九八四年八月的上午。也许更早,但那算不上,朱红虽有违拗,可终究顺从了母亲。尤其涉及朱灯的时候,几乎没有选择。她当然有情绪,但又认可。天长日久,一丁一点地渗透到她的骨髓里。

自己的婚姻,朱红不再退让。她相信母亲是为她好。好也不行。那是她自己的事。

母亲不甘心,却又讨好地,这不是商量吗……你先听我说。

朱红说,有什么好商量的?不想听!

母亲疑惑道,你是不是……有中意的……

朱红说,我割地去了。

稍后,母亲拎着镰刀跟上来。

朱红确有意中人,但不会告诉母亲,起码现在不会。还没到时候。待扯了证,直接丢给母亲,自然就知道了。可能把母亲惊着,父亲也会不高兴。但她不怕,只要不影响到哥,她什么都不怕。而且她也清楚,朱灯安好,她做得再出格,父母也不会怎样。并非以这样的方式宣泄,绝对没有。她就是想按自己的意愿去做。退一步讲,现在告诉母亲,母亲照样会吓一跳。没准认为她犯了痴,所以往火坑里跳。确实,无论从哪个角度评判,刘家都是坑。

有焦兰为证。若嫁到别家,焦兰的脖子绝不会烫坏。她妯娌就更不幸了,生了两娃先后夭折,第三个娃倒是结实,可娃刚满三岁,她便因为一场感冒撒手而去。

焦兰男人好歹吃苦,也顾家。兄长刘年,游手好闲,偷鸡摸狗,处处讨嫌。女人死后,又多了样毛病,连弟媳的主意也打。焦兰男人揍过他好几次,第三次刘年逃到祖坟,求弟弟看在先祖分上饶过他。焦兰男人下手也狠,打掉他半嘴牙。即便这样,刘年还是不改。

这样的家庭自是遭人轻视和嘲笑。朱红嫁给这样的人家,还不是往火坑里跳?

但那是别人的看法,朱红不以为然。她看中的是人,而不是人身后的家。刘年是不怎么样,可他的儿子刘长腿出色。什么龙生龙凤生凤,老鼠生儿会打洞,那是胡扯。朱红不信这个。她不是以此证明什么,更非特立独行标新立异,而是确实被刘长腿勾住了。

她喜欢他修长的腿。每次看见他,无论正面还是背影,目光落到他的腿上,心里就会涌起波澜,好像他的腿会刮风。他原本叫刘一棵,刘长腿是绰号。这个绰号,朱红也喜欢的。

若只是因此,朱红的格局就太小了。刘长腿五岁就会做饭,六岁就给自己缝衣服。人们都骂刘年讨吃,亲生的儿子也不管。正是刘年的不管不顾,促使刘长腿练就了超出年龄和性别的能力。

刘长腿曾给自己缝过一个书包,黑布白布红布粉布……六种颜色,从小学到初一,来来回回,背的都是那个别扭但又别致的彩包。初二,他换上了八成新的黄书包,老师送的。刘长腿成绩好,还是有希望跃上龙门的,可惜初二没读完就回家了,与朱红后来退学有相似的原因。半年后,刘长腿到豆庄小学代课。那时朱红与朱灯还在读小学,年长四岁的刘长腿差点就当了他们的老师。

现在,刘长腿已成为民办老师。在村里,民办老师比不上售货员,比不上广播员,甚至比不上赤脚医生,但也算有身份的。若非有那样一个父亲,刘长腿该早就成家了。刘长腿非但没攒下钱,还欠了债。是刘年欠的。这样的家庭,哪个闺女愿意嫁呢?腿再长,也不能当饭吃。

朱红愿意。

朱红只在意刘长腿本人。母亲还不知道的是,在朱红最绝望的时候,刘长腿迈着他的长腿,成为她的救星。

对母亲意外骨折,朱红曾有过疑惑。因为那实在是……为了儿女，尤其体弱的朱灯，母亲可以豁出性命，骨折算什么。这样就可以把朱红拽回来。朱红和朱灯守着一个碗，朱红会把朱灯那部分抢夺去。这样想母亲似乎不该，可朱红不能控制自己，如蒲公英的飞絮，闪念时不时飘进脑里。她没有选择地回到豆庄，一边侍候母亲，一边收割庄稼，还要照顾朱丹。想想又怎样？她竭心尽力，什么都没耽误。

母亲下地行走的时候，学校也放了假。寒假近两个月，足可以把功课补上。朱红想重返校园，再没有什么理由把她拴在家里，何况父亲支持，母亲也没有明确反对。

但转过年，父亲闹病了。父亲常年腰疼，该是干木匠活落下的毛病。疼起来就吃一粒去痛片。那个正月疼得厉害，去痛片无效，父亲去了五台医院。医生在他背上注射了药，叫什么封闭针。两日后，父亲突然起不了炕，不能动了。后背先是红肿，继而化脓，从五台医院到县医院，再从县医院转回五台医院。青霉素白霉素，几乎所有的消炎药都用过了，但父亲的背轻了又重，重了又轻，始终不能彻底痊愈。最终把父亲治好的，还是五台医院给父亲打封闭针的医生，倒不是他医术多么高明，而是擅于总结，而且胆子大，什么法子都敢试。打封闭针很常见，可能护士把没消毒的针管拿给了医生。病毒日夜吃喝抗生素，变成了金钢之身，所以难以杀死。

这些是医生告诉父亲的，伤口不能愈合，就在于金刚之身的病毒始终躲藏其间。医生要采取超常的，也只有他敢用的法子，这得父亲同意配合。父亲已在医院躺了半年多，只要能好，什么法子都愿意试。于是，医生撑开父亲几乎一指深的伤口，用刀片来回刮骨，两片肉也刮。经此酷刑，父亲的伤口终于痊愈。

而那时，朱红正挥舞镰刀。母亲要陪护父亲，家里所有费心耗力的都靠朱红。朱红对母亲的腿祸有过揣测，但绝不怀疑父亲的病痛。

朱红的念想就这样断了。不读就不读吧，她不相信不进校门，就活不出个样子。

那个下午，她刚割了一遭，突然起了大风。秋收怕雨，更怕风，尤其大风。朱红着急，加快速度。麦秆像患了病，来回抽疯，越急越抓不住。镰刀钝了，本该磨磨，但她似乎忘记了。倒是想起老叔。她和老叔亲，可万一老叔正忙着呢。来回跑，更浪费时间。朱红一向有主意，在那个秋日，无靠无助，她慌了神。方向失偏，砍到了脚面。疼痛弥漫，她蹲坐下去。又一阵风拍过，麦浪翻滚，她被淹没其间。她绝望了，数分钟后，又挣扎立起。不能摆烂，麦子更不能不收。老叔帮她种的这片麦田，是全家人的口粮指望。

迷蒙间，她看到了向她奔过来的长腿。

4

母亲不再刨根问底，而是换了战术，迂回包抄。朱红何等聪明，论动心眼儿，母亲借几个脑子也抵不上她。不管母亲拐多大的弯绕多远的路,朱红都是直接拦截,母亲便哑了口。

转日母亲继续套,朱红依然风雨不透。看到母亲无措的沮丧和窘迫,朱红也不好受,于是半真半假地撒一个娇。她承认这是表演,她不习惯撒娇。母亲受宠若惊,仿佛这是朱红的恩赐,仿佛恩赐过就会和她掏心掏肺。她的目光叉着朱红,满是渴盼,朱红的难过便被懊恼取代,重又将铠甲披挂。

如果现在能领结婚证,朱红就领了。领了马上宣告。可她年龄差着呢。况且她和刘长腿还没有正式交往。她有意在两人之间筑起墙,刘长腿进而不攻,偶尔试探,均被她巧妙挡回。朱红怕影响到朱灯,她任何的举动都可能波及他,听起来好笑,但母亲会这么认为。这个理念在母亲脑里根深蒂固,那枝条也潜移默化地侵入朱红的身体。万一呢……那就是罪过了。朱红可不想担这个名儿。现在,朱灯鱼跃龙门,她不可能再影响他,顾虑不存,顾忌自然消散。不过,朱红想再等等。等什么,她自己说不清楚。就算和刘长腿确立了关系,领证也需时日。朱红能想象到其间的障碍和麻烦,拿了证再宣告反而简单得多。

但母亲急呢。

正是母亲的操心,让朱红和刘长腿的进度加速。

两天后的中午,朱红和父亲在场院碾胡麻,母亲回家做饭。碾场不比收割,凭朱红和母亲是不行的。父亲扯着马的缰绳,马拉着碌碡,朱红用叉子来回翻。碾碎再扬,叫扬场,碎裂的轻壳被风吹到旁侧,红澄澄的籽汇聚在一起。当然还要筛,然后装袋。工序繁多，朱红一样一样都学会了。

没多久，母亲便返回场院，两手空空，目光直接钉在朱红脸上。朱红便猜到几分。父亲不知情，问怎么了，母亲没答，急步上来，猛抓住朱红的胳膊，仿佛朱红是逃犯。朱红甩甩，干什么？母亲立即松开，紧张而小心地，那个人是……刘长腿？朱红笑说，我和爹还饿着呢，要不，娘来叉，我回去做饭。母亲追问，不会是他吧？朱红冷了脸，不碾了？父亲又问怎么了，母亲退到边上，慢慢坐下去。似乎地上有锥子，恰巧被她触到，她的脸因疼痛而变色，慌乱中，挪了挪，腰也弓下去。

碾完，父亲卸套，给马上绊时，母亲兀地立起，大步过来，盯住朱红，是……不是？母亲没看到朱红和刘长腿在一起，急返场院，自是回家途中有人告知。能见缝插针传递信息的，也只有大有女人。朱红不怪她，母亲知道了也好，早晚的事。

还真是他呀！母亲的脸更白了，身子也没有节奏地摇晃。

朱红知道，她伸手，母亲必定瘫倒。不扶，母亲反可能立住。果然，母亲只是摇晃。

咋回事？父亲冲过来抱住母亲，问的却是朱红。

母亲不是演戏，朱红清楚。母亲不会以这样的方式吓唬她，确实是被击着了。没靠，尚能支撑，父亲在，她就塌了。

朱红说，没咋，娘饿晕了。

母亲指着朱红，刘长腿……她……刘长腿。

父亲怔了怔，迅即明白过来，瞟瞟朱红，目光略硬，但并无责怪，随后笑笑，我以为天要塌了，先回家！

母亲冲父亲叫，就是塌了呀！

父亲抱住母亲，再次笑笑，你是文化人呢，可不能扯天喊地的。

母亲气恼地撞父亲一下，但声音低了许多。

秘密不再，"战斗"随之升级。既然来了，那就应对。朱红有充分的思想准备。

母亲不是撒泼打滚的人，她永远做不出，不过是气氛凝重了些，谈不上硝烟浓烈。若是别的事，母亲不会有异议，有些她本可决定，但也习惯问问朱红。可在对象这件事，母亲态度鲜明而坚决。她不允许朱红往火坑里跳。

逮着机会，母亲就劝。她以为朱红迷了心窍，捅的次数多了，孔道便可能通顺。母亲指出火坑的可怕，穷，连个完整的碗都没有；没娘，她连半个帮手都不会有。母亲说，朱红顶撞。柔软而温和的顶撞，常常挂着笑。更重要的是，母亲强调，嫁到刘家的女人，下场都极惨。朱红突然冷了脸，话就硬了，胡扯，有啥根据？还有吃饭噎死的呢，怕不？系了脖子？

母亲哑住。

停了一会儿，母亲说，他爹的德性不是编的吧，老畜生一个，连弟媳都不放过，谁知——

朱红的目光重重扫过母亲，母亲立即掐断。

母亲指望过父亲，他能说到点子上，说话分量也比她重。父亲和朱红谈过，讲了嫁给刘长腿可能的状况，比母亲指出的还多，但父亲并不明确反对，而是让她自己定。其实父亲还是有态度的，朱红明白。

父亲又反过来做母亲的工作，叫她少往坏的方面想，多往好的方面想。为此，母亲和父亲也闹了别扭。

某天晚上，朱红正要去那边睡觉，母亲叫住她，说家里有地方，以后就在家里睡。朱红当然明白母亲的用意，笑说那边也有地方呀。母亲说，这是自家，那是别家！朱红仍笑着，什么自家别家？一样的。母亲脸带歉意，娘对不住你，不该——朱红皱眉，又扯！真是吃饱了撑的！母亲牵着她的手往祖母家去的时候，朱红确实揣着委屈和疑惑，但那一切早已烟消云散。母亲说，家里可以住的呀。朱红说，我喜欢那边。径直走了，不是使气，确实在那边更习惯。

又一个夜晚，母亲梦游了。朱红清楚与自己有关。她心情低落，但没有退缩。母亲不是第一次梦游，没有这档事，母亲也会。如果顺了母亲，母亲不再犯，或许也值。可她知道不可能，没有这事还有那事，多一次少一次而已。朱红内疚，但绝不回头。

母亲张罗着给朱红说媒，似乎有了比较，朱红就会动摇。母亲看中的是万金。万金早早辍学，现在和父亲一起站柜台。要说朱红和万金更熟。过去万金常来和朱红朱灯玩，但她对万金没感觉。母亲不知道的是，万金曾有表露，被朱红委婉地挡了回去。

母亲竭力撮合，万金又动了心思，约朱红见面。朱红去了，在场院。自此万金彻底死心，母亲的计划也就夭折了。万金真正的本事将在日后展露，在他进城之后。但即便彼时，朱红也没有错过的后悔，更不做其他假设。过去的就翻篇，她只向前看。这一点和父亲极像。

母亲还去找过刘长腿。

刘长腿当个事的说起，朱红直接挡回去。

骂你了？

没。

打你了？

没。

那就甭跟我说！

刘长腿便闭嘴。

此后，母亲屡搬救兵，祖母、老叔、五娘、大姑、二姑、三姑、四姑、外祖母、大姨、二姨。远的近的，亲的疏的，轮番上阵。

朱红和刘长腿领了结婚证后，母亲终于偃旗息鼓。她没和朱红决裂，而且很快转向，成为朱红的后援。

可以说，刘长腿是朱红"战"来的。

5

蝗虫突现五台的夜晚，朱红的又一场战斗将拉开帷幕。若母亲知晓，定会认为这是预示。其实次日清早就消停了，若非街上残留的尸体，很难相信蝗虫侵袭过。毕竟是夏日，昆虫结队过境时有发生，规模有大有小罢了。朱红绝不会和自己联系起来。

十点钟，欢欢和乐乐上床，朱红关了里外屋的门。她和刘长腿睡外间带锅灶的炕，炕与锅灶之间隔着门窗，又为里外间。通常，朱红和刘长腿睡得晚些。他看书，她干针线活。朱红享受这样的时光和场景。刘长腿不像别的男人那样泡在麻将桌上，这一点尤令朱红欣慰。朱红本可以如刘长腿一样，应该比刘长腿更强的。那条路在人生的关键时候断了。她不怪谁，但心里始终有个空位。刘长腿读书，于她是填补。当初看上他，亦有这方面的原因。她甚至想，挣到足够的钱，刘长腿天天待在家里看书不上班都可以。

但那个晚上，享受不存。朱红神色平静，心却如蚁啃噬。她在纸上描画衣服的图样，许多设计就是这么来的。刘长腿翻了几页书，丢下，又拿起另一本。他的心思不在书上。又丢开，催她睡觉。朱红太了解他了——这算自扇耳光吗？只能说，她了解现在的他，知他想什么。朱红没抬头，让他先睡。刘长腿关切地，你也累了，早点睡吧。朱红说，我不累，你睡你的。刘长腿瞅着朱红，你不睡，我睡有什么意思？！朱红不动声色，瞧瞧你那德性！又埋下头，说再等一小会儿。她让步了，回应了他。她不晾他，让他燃烧。这方面她极有悟性，个性刚强，但也懂恰到好处的温柔。刘长腿又催，有点撒娇的意味。朱红说，夜长着呢，急什么？刘长腿不撒娇，那就是一句含蓄的话，她接过来，就接近挑逗和宣战了。烈火焚身，刘长腿再坐不住，夺了朱红的纸笔，半是乞求半是命令，别让我等着！

朱红指指门，目光带着警告。不是制止，更像同谋的提醒。而她的身体却如柳拂风，这无异于浇油，刘长腿顿时化作火团。

灯还未熄，刘长腿便掀掉朱红的被子。朱红闪开，迅速起身，轻而有力地，小桃怀孕了！

冰水从头浇下，火焰摇晃几下，不动了。

朱红冷冷地，她还是个闺女呢。

刘长腿姿势僵硬，表情难以描述。

朱红说，你该坐牢的。

刘长腿脸上泛起灰白。

朱红问，为什么？

刘长腿躲闪着朱红质询的目光，咬咬上唇，又咬咬下唇，似乎担心朱红拽他的舌头。

朱红再问，为什么？

刘长腿嘴巴松了些，显然，他知道怎么说了。刘长腿的口才也是好的，正话歪话，常口若悬河。

朱红制止了，没这心思，也没这兴致。刘长腿要强，她喜欢要强的人，也深知要强的优势和弱点。朱红不需要解释，一亿个理由又有什么用呢？已经发生，让他的烂话憋着，也是挫伤。并非让他从此在她面前抬不起头，委顿卑贱，不，她不需要这样的男人，只是让他回到正形，返回正路。刘长腿心性高，那是她欣赏的，但现在，必须击碎。

不早了，睡吧。朱红轻声道，并抻了抻褥子。刘长腿狼狈退出。

朱红不会折磨自己，那是没出息的表现。她睡得很踏实。睁开眼，刘长腿已在外边忙碌了。朱红让刘长腿把她昨日洗过的袜子拿过来，声音如常。刘长腿应着，步态有些急。他头发零乱，眼睛微红，脸上堆着大朵的讨好。朱红说，少做一个人的饭。刘长腿有些窘，应了声好。

临出门，朱红从兜里掏出长方形的手机卡片，当着刘长腿的面剪成碎片。离开窝铺的上午，小桃换了新卡。

忘掉她！朱红目光如网，罩住刘长腿。

刘长腿忙不迭地点头。

安心上你的课！顿了顿，朱红还是说出来，刮掉了。

刘长腿意外而又感激，眼睛更红了些。麻烦来得突然，又解决得如此顺利，他的脑袋该是晕的。原要点头，又觉不够，便弯下腰，深鞠一躬。

新的一天开始了，仿佛什么也没发生。

但终究不一样了，朱红自己清楚。她是想得开的，不会陷在过往的泥潭凄楚悲叹，可这件事不同。她当机立断，不留隐患，但没那么容易翻过。不会鸡飞狗跳，也不会刀光剑影。会有别的。

朱红和刘长腿能走到一起，可谓跨越了千山万水，那么难，朱红都没有退缩。她相信自己的眼力。怀欢欢那年，刘长腿考上了招收民办老师的县师，像朱灯那样跃过了龙门，毕业分配到了五台中学。学校的家属房紧张，朱红仍住在村里。种地带娃学裁缝，比刘长腿忙十倍，还要对付没脸的公公。许多事，刘长腿不知道的。她不会和任何人讲，都烂在肚子里。那是蘸着黄连的刺，必须独自吞咽。

把家搬到五台的次日，朱红就租了门店。四口人，刘长腿那点工资，饭都吃不饱的。还要养活他的爹，他爹可不只喂饱就可。表面上，刘长腿吃着公家饭，是这个家的顶梁柱，但真正负重的是朱红。负多负少，朱红不会算计。她负得多些，刘长腿就可以轻些。他有大把的时间看书，那可是她的梦呢。

可是，这个承载她梦想的人竟然步了他爹的后尘，朱红怎能让他风淡云轻地翻过去？

那三日，刘长腿规规矩矩，到底是犯过事的，他揣着小心，眼神儿都不敢放肆。第四天，刘长腿更自然了些，他有理由相信，风暴彻底过去了。躺下不久，他试探着将手搭在朱红的被子上。朱红没动。刘长腿轻而缓慢地上移，待摸住朱红半裸的膀子，便顿住，稍稍用力了些。没有回应，也没有任何抵抗。

排子房，虽有院墙，但算不上独门独户，两边的房墙是共用的，叫伙墙。伙墙节省成本，缺点是不隔音。西邻是教化学的，老婆在学校食堂做饭，都是火暴脾气，经常半夜干架。多是哑架，不叫骂，只肉搏，每次干架，扑腾声要持续半小时到一小时，打不动为止。有时，扑腾声止，另一种声音传来。不知以这种方式和好，还是在肉搏中点燃了身体，彼此失控，亲近中或许又夹着愤恨，声响夸张。起初，朱红极不适应，想到外面租房。租房花钱不说，还容易被误解猜疑。朱红自是不怕，但刘长腿是教师呢，得为他着想。忍忍就习惯了。好在欢欢和乐乐住的东房安静。东邻是上了年纪的图书管理员，话都不大声说的。

那晚西邻没肉搏，极是安静。朱红和刘长腿能听见彼此的呼吸和心跳。刘长腿没有贸然行动，试探，也有蓄势的意味。觉得差不多了，刘长腿的手掌从膀子下移，往朱红的胸部滑去。

朱红一动不动，刘长腿欲再往下，朱红低喝，拿开你的爪子！

刘长腿僵住，但并没有拿开。

朱红说，让你拿开爪子！

仍是很轻，但刘长腿嗅出味道，又不甘心，红，我馋了。

朱红说，拿开，别再碰我！

刘长腿抽回手，费解夹着隐隐的恼火，不是好了吗？怎么还……

朱红翻转身，不再理他。

6

隔了一夜，刘长腿再忍不住了，由试探转为进攻。朱红一向视面子高于生命,不会喊的。刘长腿心里有数。畏惧依然,但身体焚烧。难受,就顾不得其他了。这个关必须过,突破,朱红自会原谅他。他相信自己的判断。身体犯了错误,那么就用身体赎罪和补偿,身体的交融也可以驱散心中的怨恨和阴影。他是对不住朱红,可谁不犯错呢?历史上那些了不起的男人,哪个没一打情妇?拿破仑、肯尼迪、大仲马、罗斯福、毕加索……这份名单能堆满几十页纸。他们没因情妇众多而黯淡,反令他们更真实更有光彩。刘长腿就是这么认为的。他知道自己的身份,不可能有惊天动地的事业或壮举,所以一向严于律己。偶然失控,也绝非嫌弃朱红,更不要说背叛了。虽然踩入水坑,但及时拔出脚。朱红不能这么待他。

刘长腿虽然见得不多,但识是广的,这广令他从形而下升至形而上,把自己的错误及弥补,提到理论高度。

高度达成,须从被窝这个底端开始。

朱红见喝斥不起作用,就不再废话。以行动对抗。刘长腿个大腿长,但力气逊于朱红。朱红用被子紧紧卷住自己,粽子一般。刘长腿无从下手。

从这个夜晚开始,这样的战斗再没停过。

这是朱红对刘长腿的惩罚。她清楚什么样的惩戒最令刘长腿难受。结婚的头年,她由他的疯狂想到他的父亲。母亲说人随根儿,意思是刘长腿和刘年在本性上是一样的。朱红不信。她的认知中,刘长腿不是这样的。相处那么长时间,他没有放肆。结了婚，自然算不得乱。而小桃怀孕，朱红开始检视。检视自己，检视刘长腿，检视这些年他们的点点滴滴。就算刘长腿和他爹一模一样，其实她也不怕的。该来的早晚要来，怕有什么用？只是，若真的如此，那就太令朱红失望和难堪了。刘长腿变成什么样的人都可以，什么样的行为她都可以接受，但就是不能成为他父亲那样的。现在还不是，朱红该庆幸的。但疑团在脑里盘旋，朱红想试试。

所以，朱红不让刘长腿碰她，惩罚之外，主要是考验他。这有点儿危险，朱红清楚。刘长腿，这个她战斗得来的男人，究竟是什么样的，她必须看清楚。她不会因为小桃的事就把刘长腿和刘年划入同类，这样未免偏狭，她不愿，也不忍。

多久？朱红没想好，至少半月二十天是不行的。也不能太久，凡事有度。再说，她也渴望的。也算是对自己的惩罚。刘长腿和小桃，天天在面前晃荡，她竟然没瞧出半点儿端倪，实在不可饶恕。

一个月？婴孩足月抓周，撑三十日，权当抓周吧。似乎还是短了些。

七七四十九天？祖母过世，朱红知道这个数字的重要。呼吸停止，魂灵尚在游弋。每七一祭，四十九天祖母才真正去往另一个世界。每个逝去的人都是这样，豆庄依七祭奠。就当那件事死亡了吧，祭四十九日，彻底忘掉。想想，又不怎么吉利。

那就百日？百年好合。百岁高龄。百尺竿头。百是吉利数。

婴孩百日要剃胎毛，多一天少一天自然也可以的，但百恰到好处，庆祝仪式都在百日那天。

对，就百日，彼时，她会配合，与他一起疯狂。朱红对许多说法是厌恶的，但在和刘长腿的战斗中，她开始迷信。说到底，那也是她的盼呢。

罚一百天。

验一百天。

期望刘长腿能考百分。并非苛刻，她只想看得清一点。她甚至想，若刘长腿过了这关，日后和他爹一个德性，她也认了。

白日，朱红和刘长腿没有任何异常，别人看不出来，尤其在女儿面前。偶尔眼神的碰撞会荡起微波，但轻如烟雾，转瞬平复。

战斗只在夜晚。

某天黄昏，朱红离开裁缝铺时，将做好的两件红裙子包好，夹在腋下。一件西式，桃红色，一件中式，紫红色。都是左丽丽的，她家和朱红家隔着图书管理员。两件衣服是左丽丽为即将到来的本命年准备的。她告诉朱红，从袜子到羽绒服，都早早准备了，全是红的，且不止一件。朱红知道这个。不只本命年，凡是年龄逢九，母亲都会给她和父亲准备红色衣物，有时也就一双红袜，不像左丽丽这么复杂和隆重。当然，左丽丽有这个条件。男人也是普通老师，爱打麻将，她则在家闲着，收入比邻居都差些，但人家有个做大生意的哥哥，啥都不愁。

衣服做好，都是来店凭条取。一般不送的，哪怕是邻居。给徐六送是因为情况特殊。朱红带给左丽丽也是有原因的。左丽丽是病秧子，走路基本靠挪，她不想让左丽丽跑。

朱红看着左丽丽一一试过，便回家了。饭自然是现成的，两个女儿等不及，先吃了。刘长腿在等她。朱红说以后别等她，给她留下就行。刘长腿说，那怎么行？你是一家之主，我可不敢。朱红斜他，刘长腿嬉笑，陪你吃，才香，吃得晚也攒力气。朱红没接话茬，埋下头。

放下碗筷不久，左丽丽来了，拿着一块栗红色的布料，说还想做个马甲。铺里有她的尺寸，其实不用量的，但朱红清楚，左丽丽不放心。不过量也简单，便顺手扯了窗台上的皮尺。

朱红边量边叫刘长腿拿纸笔，其实也不用记的。说话的同时，朱红偏过头，正好捕到刘长腿的目光。那是饥饿的狗看到肉骨头才有的眼神。刘长腿自知失态，慌忙起身。

那夜熄灯后，刘长腿没有马上进攻，像又有短处被朱红拿捏，羞愧令他退缩。也就老实了十余分钟，便开始撕拽。一番拉扯之后，刘长腿罢手，呼哧呼哧地喘。

声音突然响起，是西邻。刘长腿本已消停，像听到冲锋号角，猛又跃起。手上的劲更大了些，呼吸也粗重了许多。朱红脑里晃过刘长腿窥视左丽丽的眼神。左丽丽近五十了，脸上褶皱纵横，他竟然……不知他在学校什么样，该是能装得住吧，要不太丢人了。那个时刻，他脱掉了伪装，或者说忘了伪装。

朱红生出一丝怜悯,手就松了。斥喝如石,击中耳膜。发自心底,刘长腿听不到的。她一个激灵,身子瞬息变硬。

一百日,就一百日!

7

多年前,当朱灯利落而完整地说出"月饼",月饼便成为吉祥的代名词,尤其在母亲心里,几同圣物。母亲常常说起,每次眼睛都闪着火星。朱红挺烦她这个,好像没有那半个月饼,朱灯就一辈子哑巴。朱红顶过母亲,母亲悻悻地不甘地闭嘴,但中秋再至,仍然如新闻那样旧事重提。生了女儿,朱红忽然就懂了母亲。

距中秋尚有半月,朱红便将打好的月饼送回村庄。老叔、公公是小份,母亲自然是大份,她还要送麻婆子呢。母亲生怕朱红忘记,月初就提醒过了。万千人的节日,怎么会忘?但母亲就这样,到手她才踏实。

中秋当天下午,一家四口骑摩托回豆庄。两个女儿在中间,朱红最后。她搂不住刘长腿的腰,只能牵住他的衣衫。前把挂着几个袋子,她身后的架上也绑了些,但还是没带完。放下母女,刘长腿又跑了一趟。

刘长腿返回,朱红正剁馅。咋连围裙也不系?刘长腿拿起围裙,就要给朱红系。朱红说,用不着,快剁好了。刘长腿说,还是系上吧,小心溅了油腻。朱红便由着他。刘长腿手往上抬,碰了碰朱红的双乳。母亲就在身边！朱红甚是羞恼，但不便发火，轻轻翘臀顶了他一下。刘长腿系好，就势捋了一下她的臀。他故意的，料定此时朱红不会给他脸色。朱红回过头，你把鱼刮了。刘长腿嘻嘻一笑，遵命，老婆大人。

准备妥当，母亲去喊麻婆子。麻婆子不再满街游逛、闻到味道就推门，不请不来的。自打有了电视，麻婆子家就冷清了，除了母亲，鲜有人去。朱红差女儿请老叔。刘长腿跟他父亲去吃。朱红没留他，倒不是恼怒，而是他在，就得把公公请过来。朱红不乐意。曾经一个中秋也请过，那次让朱红极其后悔。

吃到一半，母亲的手机响了，她瞄了瞄，脸便乐开了花，急往外走。朱红自然知道谁打来的。朱灯朱丹不回来，电话是要打的，母亲等的就是这个。母亲极少当众说，甚至父亲在跟前也别扭，仿佛那多么私密，只能她一个人听。

母亲转回来，花朵依然灿着，是朱灯。像宣布什么重大消息，声音都清亮许多。这是朱红给不了的。朱红自然盼母亲开心，可母亲视若珍宝的喜悦，许多时候令她恼火。她瞄瞄母亲，没说话。

没一会儿，母亲又坐不稳了，不时掏出手机，并触点屏幕。朱红不忍，给朱丹发了条信息。朱丹生性粗糙，喝多可能就忘了。片刻工夫，母亲的手机终于响了，脸上再度花开，仍是急往外走。两通电话，母亲终于安心。

收拾停当，母亲张罗着供月。别家只供月饼和水果，母亲还供胡萝卜和白菜。月宫不只住着嫦娥,还住着玉兔,母亲惦记得很!若是长了翅膀,她要飞上天喂呢。

朱红装了一大碗煮好的饺子,往公公那边去。面子上的礼节,她从不失的。

圆月已高过房屋和树梢,正往幽蓝的夜空跃升。满街银白,如泼洒了清水。朱红踩着水,步履轻盈。及至院门,腿不由重了。院不大,两间正房,一间偏房。偏房是她力主盖的,在她出嫁前夕。虽然分开住,终究还是一个院子,饭还在一起吃,早晚见面。刘长腿读县师,母亲让她回家住,朱红不肯。既然嫁了刘长腿,这破屋就是她的家,就得面对公公。天晓得她过的什么日子。她在这里怀上欢欢的,但对这个院子没有半毫留恋。

朱红扫扫窗台,也放着盘子,只有半块月饼。没看到摩托,堂屋也没有。朱红疑惑,喊声长腿才跨进去。果然只有公公一人。他守着方桌,还在喝。长脸,隆鼻,双目也大,但笑起来眼睛就被压扁。刘长腿鼻子也挺,脸没那么长,笑起来,眼睛不会那么狭长。在这个中秋之夜,朱红惊异地发现,公公的脸短了,好像正在变成刘长腿。

是红呀,看爹来了?公公笑眯眯地。

朱红厌恶地皱了下眉,长腿呢?

公公说,回五台了,好像有什么事,咋?没跟你说?

朱红问,几时走的?

公公说,才走一会儿。

朱红将碗重重放至桌上,转身离开。出了院门就给刘长腿打电话。

老婆大人,想我了?刘长腿嬉笑的声音传过来。

你在哪儿?

真想我了?

朱红气恼地,少他妈扯!

刘长腿很正经地,忘带书了,取了就返回来。

朱红顿了一顿,喝酒没?

刘长腿说,就两杯,不碍事的。

朱红问,到了?

刘长腿说,刚进五台。

朱红说,你还是在家看吧,别来回折腾了。

刘长腿沉默。

朱红加重声音,听见没?

刘长腿立即道,听见了。

那晚睡前,母亲悄声问朱红,刘长腿没欺负你吧?朱红心里一沉,她自认没有任何反常,不知母亲缘何问这个问题。她轻哼一声,他敢!

次日上午,刘长腿将朱红母女接回。白日如常忙碌,夜晚照旧战斗。七十天了,再有三十日,惩罚结束,考验终止,裂痕弥合。朱红发过誓的,哪怕此后刘长腿成为公公第二,她也认的。

刘长腿未能通过检验。第七十九天,和别的女人搞到了一起。也许更早，中秋或中秋之前，她未发现而已。他的进攻更像障眼法。那叫什么来着？明修栈道暗度陈仓。那个女人……朱红羞于说出，快能当他的娘了。刘长腿慌乱却又委屈，她不让他碰，他难受，难受就得想辙儿。他也痛恨自己，痛恨自己是畜生，骂自己肮脏。随后说脏东西就该流到臭水沟，她没必要计较他，他的心从来没有背叛过她。

朱红第一次领教刘长腿的厚颜无耻。那个要强的刘长腿，那个令她义无反顾的刘长腿，竟然变成这样。她惊愕而痛心。也许这才是他真正的样子，或许这样子连他自己都不知道。他不是有意伪装，而是自然而然的生长，就如眼角腮边的皱纹。

朱红强迫自己，不要相信，又不得不强迫自己，面对现实。如果说刘长腿和其父有什么区别，那就是他读了太多的书，嘴巴更溜，更善于狡辩，并且，更具煽动性。

朱红没有失控，异常平静地，离婚吧。

第三章

1

没有想象得那么顺利，刘长腿不离。刘长腿说还爱着她，并强调不是浅爱，是深爱，感情没有破裂。他还说人非圣贤，孰能无过，得给他改正的机会，不能一棒子打死。朱红当然不会动摇。不是背叛那么简单，刘长腿不会懂。

朱红不是拖泥带水的性子，但涉及女儿，就必须考虑周全。她不闹不吵，更不拧着刘长腿的耳朵。那不是她的风格。他自我作践，她得给他留面子。鸡飞狗跳，她更加不屑。白天基本在裁缝铺度过，得挣钱呢，又收了个学徒，还不能上手，难以替她分担。虽揣了心事，但干活不受影响，晚上回去，当着女儿的面，她仍有说有笑。入夜脸就冷了，刘长腿靠近都不行。

某天上午，朱红正裁剪一条灯笼裤，父亲母亲突然撞进来。触到他们的脸，便明白怎么回事了。朱红警告过刘长腿，绝不能把她的家人扯进来，她想如当初嫁他那样，事实既成，落定后再宣告，或者不告。没想又一次落空，朱红极为恼火。吩咐过学徒，便带父母回家，中途还称了二斤麻籽。

朱红张罗倒水，笑问父亲上次带回的茶泡没，好不好喝。母亲截住父亲，抢着说，甭倒了，不是来喝水的。朱红笑说，喝口水也不耽误。母亲说，你咋还笑？朱红飞快瞄瞄父亲，目光落到母亲脸上。父亲严肃凝重了些，但还算沉稳，母亲则是如临大敌，满脸无处可逃的着急。

朱红笑，娘想让我哭？

母亲噎了一下，那也不能——

朱红说，不哭也不笑？绷个脸？

母亲说，我不是这个……

朱红说，喝口水，歇歇脚，一会儿让他送你们回。

母亲冲父亲发脾气，你说话呀，平时嘴塞都塞不住，怎么这会儿装哑巴？

父亲笑笑，你这又争又抢的，我得让你呀。

母亲气鼓鼓地，就知道你指不上！

父亲说，别急，闺女这不好好的吗？急解决不了问题，先得问清楚吧。

这话是对母亲说的，也是对朱红说的，朱红懂。她可以敷衍母亲，但不能搪塞父亲。

朱红只说刘长腿外面有人，没——罗列。

母亲脸色发青，这个破玩意儿！我就知道不会好，和他那爹没两样。随即将炮火对准朱红，当初我说什么来着，你不听，横了心往火坑跳，这下——

父亲打断她，到哪时说哪时的话，翻扯陈芝麻烂谷子有啥用？能当饭吃还是能当衣穿！

母亲说，我这不是急嘛！

朱红笑，我往火坑跳你急，现在从火坑出来，你有啥急的？

母亲火气再起，你是我身上掉下的，能不急？

朱红垂了眼帘，母亲极为敏感，声音弱下去，带着一丝歉疚，我是盼你好呢。

朱红说，我好着呢。

母亲痛惜，这叫好？

朱红反问，哪里不好了？

母亲说，这明摆着，还用说呀。

朱红话就硬了，那就甭说！

朱红未能阻止母亲，母亲似乎怕错失机会，错失掉朱红就可能毁了。她列举刘长腿的条件，又说朱红的劣势，拈花惹草是可恨，可比杀人放火、偷盗抢劫强多了；朱红这个年龄再找，怕还不如刘长腿，谁家也不是样样顺心，该让就让，该忍就忍，以后看紧点就是。还举例村里某某被武三逮住，坐了两次牢，也没把家拆散，出来照样和女人过日子。

朱红有些吃惊，母亲一向嘴拙，今天竟然这么顺溜。或也因此，她气恼却未打断，父亲也没阻拦，目光反是欣赏的。事后父亲解释，母亲心里窝了急火，从嘴巴发出来，就不会落下病了。

母亲终于刹住，也可能是口干了。父亲神闲气定，像个看戏的，母亲如是评价。母亲说得再多，还需要父亲定音定调。婚丧嫁娶，邻里纠纷，基本都是父亲调解。父亲不只是木匠。父亲没有长篇宏论，就几句话。态度不是很明确，但意思很明白，日子要过，不窝着委屈过。

母亲也听出来了，狠狠瞪父亲一眼。直到离开，再没和父亲说话。

朱红知道母亲不会罢休，果然当天晚上就打来电话。母亲不是站在刘长腿一边。指望不上父亲，母亲就搬救兵。先是朱灯，再是老叔。当初，母亲就是这么做的。朱红越想越恼火，警告母亲，若再搞车轮大战，她就撞死。警告奏效，母亲没再动用别的亲戚。

没有救兵，母亲只能亲自出马，隔几天便跑一趟。电话里说别的，朱红会耐着性子听，提到这个立刻挂断。母亲找上来，朱红不能撵她走。心里窝着火，却不忍发。已是初冬，天寒地冻，母亲包裹严实，身上倒是冻不着，可塞外风大，尘随风起，嘴角、鼻沟、眼窝蒙着厚厚的土，脸都走样了。即使成了土人，也能触见她眼底的哀愁。

母亲洗过脸，便在裁缝铺的凳子上闲坐。旁人在场，母亲不会说的。朱红也没工夫和她扯。刘长腿轻而易举地把和朱红的战斗转移到母女身上。混乱，也很滑稽。

若突然变天,母亲会在五台住一夜。母亲有更多的时间,但再没有滔滔不绝,相反,变得字斟句酌。

那日,母亲小心翼翼地,欢欢和乐乐,你要哪个?

朱红没有丝毫迟疑,都要!

母亲仿佛没听清,都……要?

朱红很肯定地,她们都跟我!

母亲眉眼松弛了些,但更为小心,刘长腿同意?

朱红明白母亲在做最坏的打算了,冷声道,不同意也得同意,不由他!

母亲说,不由他,就由你了?判给谁,跟谁。

朱红说,那就不判!凭什么判?

母亲吃惊地瞪着朱红,哪有这么简单。

朱红说,你甭操这个闲心,我知道怎么办。

母亲问,怎么办?

朱红皱眉,你没必要知道。

朱红不愿再谈论,这个话题让她烦躁。她并没有百分百把握要得两个女儿的抚养权。必须全要。不能和她们任何一个分开。她们身上寄托着她的梦想。她们是她的生命。必须全跟着她。

朱红没和刘长腿谈过,还没到那一步。朱红是做了准备的。裁缝铺收入还好,她想用积蓄和刘长腿交换。刘长腿该会同意。她会逼他同意。怎么操作,还没想出法子。她自信可以两全其美。

母亲的话让她心痛。她何尝不知,可能通过法律途径。法律途径，就会有别的可能。自信让她忽略忽视，母亲的追问让她正视。

刘长腿必须放弃！必须让刘长腿主动放弃。

必须想出逼退他的法子……不，应该让他求她。对，就这样！没有比这更好的结果。她生在和平年代，但始终在战斗，生来如此，命中注定。

某个夜晚，朱红扮出好奇的样子，问刘长腿为什么不离，以他现在的条件，娶个姑娘都没问题的。

刘长腿动情地，我舍不得你啊，你跟我的时候，我欠一屁股债，媒婆见我都躲着走，你不嫌，那么多人都拦不住你。你这么好，我哪舍得？

朱红冷笑，别的女人也是这么哄的吧？

刘长腿发誓，他的心从没背叛过她。

朱红无奈叹息，不离就不离吧，这可是你说的。

2

朱红不提离婚，母亲也就安稳了。朱红承认，母亲的忧虑起了作用。她性子不随母亲，但又像极了母亲。母亲说她就活儿女呢。朱红曾为这句话多次顶撞母亲，现在她明白了。

但朱红终究不是母亲，不过是换了战斗方式，隐忍式的。

日子一如从前，甚至炕上那半尺距离也不存在了，他的枕头可以与她的枕头挨着，但也就如此。刘长腿数次进攻，均以失败告终。刘长腿委屈而愤懑，我就是犯了天条，你也不用这么惩罚我吧。朱红不理，没必要理。

并非每个夜晚都要较量，刘长腿也有安分的时候。也聊，从女儿的成绩到人类基因草图的绘就及其意义，朱红插不上嘴，就由刘长腿信口开河。刘长腿懂的实在太多，那有她的功劳。如果她乐意，他能扯到半夜。

名人逸闻，尤其涉及女人，刘长腿讲得最多。朱红不阻拦，由他过足嘴瘾。刘长腿向往，或也企图以此击垮她的防线。

什么都要全面看待，不能因为好色就全盘否定，刘长腿说，隋炀帝是出了名的色鬼，老爹的女人都勾搭，依你看，该砍头是吧，正是这个人发动几十万民工，给后世留下了京杭大运河，这可是关系国计民生的大河啊。

朱红不回应，刘长腿继续说。为人要有胸怀，比如楚庄王，他与文武百官喝大酒的时候，风把蜡烛吹灭，黑暗中，他的一个妃子许姬，屁股被摸了一把。这女人反应快，把那人的帽缨扯下来。这就有了证据。摸大王女人的屁股，那可是死罪。许姬告状，楚庄王让众宾客都把帽缨摘下，才把蜡烛点起来。几年后，楚庄王攻打晋国，有个叫唐狡的极其勇猛，立了大功。你猜到了吧，摸许姬屁股的就是他，他在战场拼命，就是为了报答楚庄王的宽容大度。楚庄王要是没胸怀，杀了唐狡，自己的位子怕是保不住的。再说那唐狡，不就是个小毛病吗？

又一夜，他说牛顿发现万有引力定律不只因为苹果，与女人也有关系。

再一夜,他讲拿破仑和女人约会。

朱红鼾声起落,刘长腿也试图突破。但朱红总能及时醒来,似乎她的万千毛孔都能捕捉到细微的声响。刘长腿难以得逞,悻悻地,眼瞅着唐僧肉,就是吃不上。

刘长腿没和那个女人断过,哪怕在离婚进行期。但那不再令她伤心愤怒。既然是战斗,总要受伤,外伤或内伤,她明白。她甚至祈望他吃腥顺利,别被捉拿。他是欢欢和乐乐的父亲,人丢大了,对谁都不好。

某天傍晚,体育老师截住朱红。体育老师有两大嗜好,打麻将和喝酒。打麻将须凑桌,喝酒随时随地。不是什么好酒,两块钱的"不倒翁",一壶二两半,携带方便。他常年揣着,因此一年四季,身上都散着酒气。他的故事一大把,给学生示范翻单杠,身起手松,摔到海绵垫上还不忘自嘲,你们可不能学老师这招啊!示范投篮,弹跳间,裤带松脱,裤子褪到脚踝,小小地出了丑。校长恼火,改让他干小食堂管理员。青年教师基本住校,都在小食堂吃饭。他天天醉醺醺的,记账没谱,吃三顿记五顿,吃五顿反记三顿。有个老师请了半月假,竟记了三十七斤面。吵到校长那里,体育老师被发配到后勤,协助主任工作。这是个闲差,打麻将的机会更多了。

朱红极少碰到体育老师,想是他大半时间在麻将桌上。他突然跳出来,朱红稍一愣,便猜到几分。她笑吟吟地叫声吴老师，体育老师很直接，你知道不？朱红反问，知道啥？体育老师说，你家长腿和我老婆的事。朱红故作吃惊，这怎么可能？你撞见了？体育老师迟疑着，那倒没有，不过，都在传呢。朱红断然道，那不可能，嫂子比他大有二十岁吧？你信不过嫂子，我可信得过长腿呢。体育老师说，我也不是信不过，无风不起浪。朱红说，那你就看紧嫂子吧！体育老师说，你最好把刘长腿也看紧点。朱红浅笑，我信得过他。

朱红步态依旧，没有丝毫变化，似乎体育老师讲的是笑话。远离酒气，她慢下来。虽有准备，心还是有些沉。她不在意他，但在意别的。

入夜，刘长腿说，从性爱能看出中西方文化的差异——朱红突然低喝，闭上你的脏嘴！刘长腿愕然，这是咋啦？说也不行？朱红说，体育老师找我了。刘长腿哑了好一会儿，才试探着问，他说啥了？朱红嘲讽，能说啥？你去问他！刘长腿说，想也是醉话。朱红隔被子踹他一脚，你是不是脑袋进水了？还想装傻？恶不恶心你？刘长腿委屈地，我也不想这样，还不是因为你？朱红冷笑，你想干啥干啥，爱跟谁跟谁，但我警告你，要是影响到欢欢和乐乐，我杀了你！

3

暮春的午后，朱红刚想伸个懒腰，手机响了，是刘长腿，接通，却不是刘长腿的声音，有些熟，但想不起，下意识地问谁啊。那端说,我,陈跑,你过来一趟!朱红正要问去哪儿,那边已经挂断。朱红略一寻思,知道去哪儿了。

陈跑曾是被五台忽略的人,他个矮身壮,几乎没有脖子,腿还瘸,没有谁记得他的名字,都叫他陈拐子。他在极偏的位置开了间修理铺,主要修理收音机、录音机、大喇叭,也卖磁带、电池这些小零碎。也就是半间房,吃住都在这里。旧木板上几个潦草的字,算是招牌。他长得粗糙,手却是巧的,无师自通,全靠自己琢磨。可就这么个人,一点点成事了。如今店铺已移到正街,二层楼,一楼做生意,二楼住人。除了修洗衣机冰箱电视,还代理销售某个牌子的电视机。

陈跑五十多才娶上老婆,在搬到正街后。娶的是霍木匠的三女。三女男人病逝,一个寡妇带着两个愣后生,正难的时候。陈跑得全,她也有了靠。她有靠,就是儿子有靠,兄弟俩成家,陈跑是出了大力的。

朱红自家及母亲的电视机都是从陈跑那儿买的,彼此熟识,平时没什么来往。三女倒是常过来,她不怎么显老,清清爽爽的。她和原先的男人回娘家,来家里串门,父亲让喊姑,朱灯喊了,朱红没叫出来。但是辈分被父亲定了。因这层关系,三女总是喊朱红小红,朱红只得礼貌地称她姑。刘长腿也跟着称呼。某年春节,三女各给欢欢和乐乐五十元压岁钱,辈分也更高了一层,成为欢欢和乐乐的姑奶。

朱红喊三女姑,但从未叫陈跑姑夫,像别人一样称陈老板。

陈跑突然打电话，用刘长腿的手机，且以这样不容置疑的口吻，不会无缘无故。

陈跑在门口的椅子上坐着，显然在等朱红。朱红笑喊陈老板，陈跑没有任何表情，立起，做个进的手势。朱红迈入，陈跑便将门合上，用U形钢管锁了。朱红佯装不解，陈老板，这是什么意思？陈跑不看她，边走边说，上去你就知道了。

踏上二楼，朱红看见搭在沙发上的西服和牛仔裤，是刘长腿的。旁边是女性的衣裤。虽然猜到，朱红还是有些僵。刘长腿居然和被他称作姑的三女搞到了一起。

在里面！陈跑指指紧闭的卧室，都光着呢。我出去送货这么个工夫，两人就……陈跑哽住，眼圈都红了。

朱红瞄着暗红的木门，纳闷刘长腿和三女为何在卧室躲着，该趁这个工夫跑出来穿上衣服，就算逃不出去，也不至于这么难看。

陈跑似乎知道朱红想什么，指指门的下端。距门底部一公分左右的地方安了插销，与门的颜色一致，不细看，根本注意不到。不会是刚刚安的。也就是说，陈跑早有察觉，悄悄做了准备。三女没注意到，也可能没在意。陈跑有钥匙，可以打开卧室，刘长腿和三女却没有可能拽开从外插着的门。

咋个办？陈跑望着朱红，目如铁钉，冷而生硬。

朱红没有马上回答。陈跑把她喊过来，不会因为不知咋办和她商量，他一步步走到今天，自然也不用向别人讨主意。他不想

411

张扬。不比从前，他要这个脸面。那么就只有一种可能，以钱赎人。陈跑不缺钱，但没有比这更好的方式。

你说，咋个办？陈跑加重声音。

朱红当然不接受赎。朱红可以为刘长腿花钱，但不会在这方面支出。况且，以陈跑现在的身份，要价不会低。若任由陈跑说出来，再协商就困难了。只能主动出击，朱红叫了声姑夫。似有回声，朱红摇了摇，陈跑也愣住，似乎被这个称呼吓着了。

朱红说，我和刘长腿闹离婚不是一天两天了，他不离，我也不愿闹到法庭，就这么拖着。你今儿帮了我的大忙，逮了他的把柄，不离也得离！我得谢谢你呢，他可是过错方。我这就报警，派出所的人堵上来，他赖也赖不掉。同时掏出手机。

那可不行！陈跑立马阻止。

朱红故作不解，为啥？

陈跑眼睛血红，你真的不懂？朱红略一沉吟，我知道姑夫担心什么，我一个女人家都不怕，你一个老爷们儿还怕这个？

陈跑指指自己的脸，我要呢。

朱红失望地，那……就这么……

陈跑语气缓了，自家事自家解决，报什么警？我不要钱，我不缺这个，我要你来，是让他当你的面做个保证。

朱红释然，神色却是气极的，太便宜他了！

陈跑没接朱红的话，上前拔开插销。没一会儿，刘长腿挪出来。全身赤裸，下身护着枕巾。脸有绯色，但在火红的枕巾映衬

412

下,没那么显。大概赤裸的缘故,虽躬了腰,依然近乎夸张地挺拔。陈跑就更显矮了。

当你老婆的面保证。陈跑一字一顿,过去的就不追究了。

刘长腿稍显意外,怯怯地看向朱红。

朱红面若冰霜。

刘长腿颤声道,我保证!

跪下!陈跑喝道。

刘长腿迟疑着。

跪下保证!陈跑声音重了。

朱红紧紧咬着唇,担心发出声音,干扰影响到刘长腿。那要刘长腿自己抉择。刘长腿可以掌嘴,抽自己几百个大嘴巴,甚至挥刀自残。对陈跑而言,该要解恨得多。但就是不能跪。朱红暗中使劲儿,手心都出汗了。

刘长腿跪了。

朱红听到心里的嘀答声,她知道有地方碎裂了。

那天夜里,刘长腿解释,好汉不吃眼前亏么。

朱红眼皮都懒得抬。

4

朱红给女儿转学的念头早就有了,迟迟没有行动,是想等欢欢小升初时。她相信欢欢可以考上县城中学,到时候转乐乐一个人,会容易些。而且刘长腿也能辅导,他在这方面还是尽心的。

两姐妹成绩都不差，但辅导终归没有坏处。三女事件让朱红有了紧迫感，不能等了。谁知刘长腿还能干出什么事？一旦影响到女儿……那无异于灾难。

说干就干，有条不紊。彼时县城还没大规模盖楼，多为平房，朱红花九万买了一处，四间正房，三间南房，全套家具，院子极大。那片多是乡镇干部的住房，质量极好。她简单粉刷了一下，购了几样电器。

她没告诉任何人，不需要任何人为她参谋。但女儿转学，只得给调到市里的朱灯打电话。朱灯说五台学校不挺好的吗，朱红深知哥的脾性，不是办不了，而是不愿求人。所以朱红不轻易找他。朱红皱眉，说再好也没县城的学校好。朱灯说，那倒是。提醒她要租房，朱红这才告诉他已买了房，这个不用他操心。朱灯说那好，我试试。他应了，自会尽力，绝不可能敷衍她。朱红了解哥，有百分百的把握，也要给自己留有余地。朱灯专程回来一趟，解决了。朱红没问过程，她只要结果。

所有这一切都在不声不响中进行。不是秘密，就是她的风格，先落定。刘长腿膝盖那么软，她先是震怒，继而释然。尊严都不要的人，还能要求他什么？忙活这些事的时候，心已平静。她不需要情绪支撑。朱红不怎么喜欢麻婆子，原因说得清也说不清。她极少听麻婆子扯那些有影儿没影儿的故事，但麻婆子那句话一直牢记：糖水泡过，辣水浸过，开水煮过，冰水冻过，滋味遍尝，但越活越结实。朱红没麻婆子那般遭遇，她的不屈她的生机，娘胎自带，生来就有。

朱红拿到转学证明才告知刘长腿。刘长腿埋怨朱红连商量都没有，他是欢欢乐乐的父亲。朱红冷笑，你还知道是父亲？刘长腿缩缩肩，又说可以不和他商量，但至少要问问女儿。朱红冷了脸，刘长腿马上说转学是好事，他也有这个想法，她办妥，他其实高兴的，只是想到她们要搬到县城，撇下他一个人在五台，里外空荡，有点儿慌。你不会就这么甩了我吧？他问。等你甩我呢，朱红答。刘长腿虚笑，我肯定不会！你尽管放心陪读，爹娘这儿有我。朱红说，那好啊。父母还没到需要照顾的时候，需要也不能指望刘长腿。但朱红得稳住他，稳住他，母亲也会安稳些。

县城有大量陪读家长，朱红后来才了解。她不属于陪读一族，搬到县城第二天，就将裁缝铺的牌子挂到南房的外墙。说是南房，面积并不小，三间呢，相比五台逼仄的铺面，犹如天堂。学徒小鲁已能上手，也乐意跟，朱红就将她带了过来。

县城距五台八十余里，朱红再不用担心刘长腿的破事影响女儿，而家到学校的距离比五台更近，朱红无须接送，除了买菜做饭，所有的精力都放到裁缝铺，她得挣钱。没钱，把女儿弄到县城，想都不敢想的。麻婆子说人活在世，难逃两字，情和钱，心中满月，金边两刃，一软一硬，喂人也毁人，逃得过就成仙了。朱红逃不过，她有女儿呢。女儿就是她的仙。

挣钱没那么容易。牌子挂出半个月，只有两个顾客登门，一个老太太改了条旧裤子,另一中年妇女让朱红将磨破袖子的大衣改成坎肩。朱红不再坐等,再等下去也不会有什么顾客。就像皇宫里受冷落的妃子,等到白头也见不到皇上。刘长腿常扯这些。她不是深宫妃子,没人登门,她就上门。这期间,她把县城几家裁缝铺逐一摸排,还在生意最火的一家做了件衬衣。她们比不上她,没人知道而已。她印了一千张名片,挨单位发送。那天在某单位水房门口看见两个身穿工作服的男人,顿了顿,还是把名片递上去。一人没动,另一人好奇地接过,瞅了瞅,笑说送错人了。朱红执拗地,拿回去给女人,拿这个做衣服,只收半价。那人便揣在兜里,还替同伴接了。

县城的单位实在太多了,一千张名片不够用。又印了一千。朱红让小鲁在铺里守着,万一有客呢,不能让人家碰门框。

名片起了些作用,但并不是很大。稀稀拉拉有人来,基本是冲着半价,而不是她的手艺,至少不那么在意。朱红依然尽心做好,半价收费。说话算数。

某天,朱红去学校给姐妹俩交校服款,看到几位女老师都身穿藏青色西服。五台的学生也穿校服,老师不穿。因为没有。县城到底不同,老师也着装。老师的服装定然是学校花钱,朱红从做工就可以判断。老师自己花钱,裁缝不会这么随便。布料质量是上等的,可惜被末流手艺糟蹋了。若是朱红,会把每件都做成宝马的雕鞍。这生意朱红不可能揽到。甭说老师,学生的也不可能。朱红不会把心思放在这上面,她没开批量加工的服装厂,她的裁缝铺要的不是量,是质。干这行,不只为了挣钱。挣钱只是结果,原因是她喜欢。自小就痴迷。

不是每个女老师都穿工作服,想来学校要求不是那么严。不穿的,自然是不喜欢。哪只孔雀不希望自己的屏更漂亮呢?

朱红大致盘算了一下,当日便敲开校长室的门。学生家长来访,校长热情而警惕。朱红说明来意,校长有些吃惊,给每个女老师免费做一身?朱红适度微笑,男老师以后再考虑。校长问朱红有什么条件,朱红笑着摇头。校长不解,问为什么。朱红笑说我两个女儿在您这儿上学,这就是原因。校长犹豫着,你个人……这不大好吧。没有明确拒绝。朱红笑吟吟地,如果学校是为了救助呢?不只救助贫困学生,还救助学生家长,不需要学校出半分钱,您不需要负任何责任。校长说,我不大明白。朱红真诚而坦诚地,我是个裁缝,想露露手艺,就这么简单。校长笑,这样啊,那没问题,你都不用跟我说。朱红说,您是校长,您批准才行。

县城的门槛高了些,朱红跨过去了。老师的广告效应超出了想象。

5

起初,刘长腿每个周六日都来,骑摩托也方便,再后,两三周一趟。朱红任由他出进,一个桌上吃,一张床上睡。夜里仍由刘长腿过嘴瘾,只要不过分。

刘长腿阅读面广，基本不重复的。一夜讲东晋时的高僧，汉传佛教翻译家鸠摩罗什，本不近女色，后秦皇帝姚兴送了十个歌女，他终是破戒。十个歌女啊！刘长腿强调。破戒并没妨碍鸠摩罗什成为得道高僧，所以说呀，对色要多方面看待。比鸠摩罗什年代靠后的唐僧太古板了，若换成我，刘长腿感慨道，女儿国国王那么恋他，先成了亲再说，生个一儿半女，再往西天也不迟，像他这样的基因，该留下后代才对，可惜了。

又一夜，刘长腿讲野公牛为了争夺交配权，不惜把犄角顶断，最雄壮的获胜，所有的母牛都是嫔妃，其他公牛只能白白眼馋。从进化的角度说，每头野牛都在奉献，有的奉献身体，有的奉献沉默。

刘长腿肯定是闲不住的。后被安排到实验室，不再上课，缘由根本不用猜。那与朱红无关，她不再关心。

端午过后的一个黄昏，刘长腿突然打来电话，向朱红借五万块钱。朱红没有吱声，抓着手机往正房走。刘长腿声音苦唧唧地，求你了！刘长腿应该又被抓了现行，没准还裸着呢。没等朱红回话，手机传来破锣样的陌生男音。朱红问清地点，叮嘱过小鲁，打车直奔五台。

至五台，向南拐，到了大坝边，朱红让司机在路边等着。她上了水库大坝，打电话询问准确位置。水库是二十世纪五十年代修的，上水来自白河，所以叫白河水库。刘长腿带朱红来过几次，水库外的草滩野花极多，春天蒲公英、马兰花、喇叭花，夏季野鸡花、韭菜花、决明子花，秋季紫菊、黄菊、锦葵，三季都是鲜艳的。刘长腿说野花确实比家花香，朱红还点头认同。

数百米后，朱红沿斜坡下到草滩，走向三个黑影。刘长腿常来水库钓鱼，女人是附近村庄的，常在草滩放牛，两人就搭上了，被女人的男人捉拿。那男人索要五万，五头牛都跑丢了，全是母牛，五万还是少的。他看朱红空着双手，气恼地问她不拿钱来干什么。又说不拿钱就甭想领人。朱红说我得问清楚吧。问女人多少次了，女人极利索地说九次，再问刘长腿，他倒是迟疑的，记不清了。八九次。

朱红不是放不下刘长腿，而是想到女儿，他终归是女儿的父亲。但她不会出钱。现场问清，大致有了谱。男人说的是牛跑丢了，没说是被偷。牛跑是正常的，跑丢就有疑了，又不是深更半夜。女人回答得那么痛快，暮色下虽看不清相貌，但朱红能感觉到她的从容和镇定。相反，男人怒气冲冲，话里却透着虚。无疑是夫妻合计，女人被迫还是主动，那不重要。男人不是横霸之徒，否则不会扯出牛跑丢这样的理由，就凭两人苟合，便可漫天要价。朱红问，找过牛了？男人说，你甭往牛身上扯。朱红说，这和牛有关系呀，跑丢五头母牛，你肯定得找吧，你不找，咋能断定牛丢了？男人闷声说找了。朱红问找了多久，男人说两三个钟头。朱红问，你找牛，谁看着他俩？男人噎了一下。朱红说，你不看，他俩会老实等着？男人气恼，你甭管！朱红冷笑，是你先把牛赶走的吧？我猜那五头牛就在你家院里慢悠悠吃草呢。男人叫,那不可能!朱红说,反正不远,带我去你家看看!男人断然道,不行!朱红笑,你是不敢吧?男人急了,牛不丢也得赔。朱红问,牛没丢,凭什么赔?男人说,他干出这种事,就得赔,不赔没完!朱红问,他一个人干?凭啥让他一个人赔。男人气呼呼地,你的意思,还让女人赔?朱红说,让女人赔咋啦?女人要不同意,俩人能凑一块儿?你听见了吧?九次呢。没准还是女人先勾的呢。男人说,我会教训她。朱红说,我也会教训他,各管各的,谁也甭纠缠谁。男人喘着粗气,女人抢过话,自古都是男人赔,哪有罚女人的?朱红冷笑,你没读过书吧?自古惩罚女人比惩罚男人重多了,被砍头的女人多得是。女人哼了哼,还想吓我?我才不怕,沾我就得赔我!朱红立即明白,套是女人拴的,她这么直接,应该是惯犯。朱红嘲讽,五万,你是金枝玉叶呀。女人不羞不臊,慢悠悠地,也不是没商量,可以搞嘛。朱红很感兴趣的样子,你给别人打几折?女人没好气地,你管呢?和你没相干。朱红说,咋没相干?卖菜还讲个市场价呢。女人气急败坏,这儿又不是菜市场,只说我和他。朱红原本有点急,倒不是内心焦急,是想早点返回,现在,必须拉开耗的架势。

朱红说,好,那就只说你和他。按照你的惯例,他得赔你。按我的惯例,是别的女人赔我。女人叫,那不可能,猪啃了白菜,白菜反没理了,不是这么个说法。朱红笑,你不信也不要紧,我也不信你,谁能证明?女人指指男人,他!朱红说,自家男人，作证不算数的。女人又急又恼，你爱信不信，反正就得赔我。朱红说，你可能不相信，别的女人赔我钱，我都没要。女人嗤一声，鬼才信！朱红说，我就说你不会信的，不过没关系，我不是不想要，是不敢要，怕被下套，前脚给我，转身告我敲诈，我就得坐牢。女人说，这咋叫敲诈？朱红说，这就叫敲诈，以往你得逞，是没人告官，要不这个点儿，你没准在牢里呢。女人气焰不再，不要五万了，三万一万也行，咋也不能白干了。刘长腿几次张嘴，均被朱红喝止。此时，他飞快插嘴，我给你一对手镯呢。女人本已委顿，此时立时来气，呸了一声，你他妈还有脸说？我以为真是银的，才戴半个月就磨出了红底。刘长腿说我也不是故意——朱红一脚踹过，刘长腿窝下去，不吱声了。转过头，朱红语气温软，但话里话外全是锋芒。与钱多少无关，大数大罪小数小罪，坐牢长短的问题。女人不甘，不信我吃了亏还要坐牢。朱红说，你可以试试。钱我是没带，要不去你家，我给打个欠条？

男人急道，正好让你抓了把柄，不上你的当！朱红说，你反应倒快！你们不讹诈，我能坑着你们？女人说，就这么白了？朱红说，我不告，你以往吃的不用再吐出来，你算算这个账，是不是占了便宜？赶紧回家吧，瞅瞅牛还在不在，别真的丢了，我也该回了，车还等着呢。刘长腿倒是机灵，快步跟朱红身后。

女人突然喊，等等！朱红和刘长腿双双立住。女人大步过来，狠抽刘长腿两个嘴巴。暗夜中，极其响亮。

6

七月十五日，县城赶物资交流会，每年如是，只有地点在变。最早在人民街，后转到新搬迁的汽车站附近，有点儿偏，但优势是街宽地阔，不那么拥挤。在人民街那会儿，上午和傍晚人流高峰时，脚打脚肩碰肩。再往后，随着县城的扩张，还将外移。

不管会场在哪儿，大戏台都是中心。大戏台唱的自然是大戏，《打金枝》《算粮登殿》《三凤求凰》《六月雪》《白蛇传》《辕门斩子》《三娘教子》，多为古事，也有当下剧目。大戏台周边的杂技、马戏、歌舞皆为临时搭台，交流会结束便拆得干干净净。除了这些常设表演，每年会有些新项目，也是自搭帐篷，展览木乃伊，演示木牛流马等。来赶会的既有远道的商家，也有周边村镇的小贩，商品从头上戴的到脚下踩的，五花八门，应有尽有。饭铺也多，敞开而直观，酱好的鸡鸭、猪头猪蹄、牛头马板肠，摆在醒目的位置。平时拮据不方便下馆子的，现在可以坐在桌边，切一盘肉，要两杯冰镇啤酒，瞧着热闹，自斟自饮。还有卖跌打损伤风湿病痛秘方药的，总有人要试试，价格不贵，没效也无妨，不觉得上当受骗。有了电商后，摊位没那么多了，货物没那么全了，但交流会依然是重要的节日，热闹的气氛还在。

朱红给父母打电话，让他们准备一下，她一半天回豆庄，接他们来县城赶会。父亲不让她跑，他们又不是不认路。朱红叮嘱两人一起来，让刘长腿把他们接到五台，然后坐班车。班车一小时一趟，确实方便。母亲连说记住了记住了。母亲是带着笑的，但朱红还是听出母亲嫌她啰唆。挂了电话，朱红也意识到自己的婆婆妈妈。像突然看见一个陌生的朱红立在面前，她愣了好一会儿，还捏了捏下巴，似乎为验证真伪。

　　隔日接到母亲电话，说已到车站，朱红放下手里的活儿，便往车站去。母亲站在车站外的出口处，来回张望。会期客流量大，有人碰触甚至还未触到，母亲便往边上躲躲。朱红左右扫扫，没看到父亲的身影。看到朱红，母亲急步过来，就像朱红是走丢的孩子，终于寻见，慢半拍朱红就可能再次走散。一个背着尼龙袋的男人也是急步，母亲只顾迎她，该躲的不躲。男人没碰到母亲，但鼓鼓囊囊的尼龙袋极猛地撞了母亲一下。朱红正好抢到，扶住母亲。母亲立即道，我没事。朱红责备，差点就摔了，急什么？母亲带了些羞，摔倒也没事，又不是没摔过。朱红没好气，还以为你年轻呢。母亲又笑，我现在也不老吧，可别说我老。朱红扫扫她眼角的鱼尾纹，跟着笑了，不老也不能大意，走路看着点。母亲小声说，不是看见你了吗？朱红问父亲咋不来，母亲声腔便硬了，忙着盖他的楼呢。朱红问，还弄？母亲说，快钻里头了。父亲的闲暇都用在做戏楼模型上了，极其痴迷，做几十个了。每个形状都不同，虽然微缩，但工艺复杂，挺费事的。母亲为此时常唠叨，父亲任由她絮叨，手是不停的。实在烦了，也不发火，笑说你成天又画又剪的，也没见你换来钱呀。彼时母亲会强词夺理。两人鲜有大吵，但争执不断。父亲从不在子女面前说这些，更不会告状，母亲就不同，逮住机会就说，当然只对朱红说，不会告诉朱灯和朱丹。朱红虽有主见，但不是什么事都有立场，有些只能含糊。

朱红说今年的戏班是从山西请的，爹要错过了。母亲说，我也不是来看戏的，末了补充，看外孙女！这个自然，隔辈亲嘛，无须说的。母亲强调，朱红就知她揣了事。与朱灯朱丹有关，母亲拖不到现在，电话就说了。那就是与她有关。想必母亲又听到了什么。

下午三点多，朱红要带母亲逛会场，母亲问，你走得开？不耽误事吧？朱红笑说，我又不是干部，有什么走不开的。朱红又雇了两人，算上小鲁，四人队伍呢。母亲终归不踏实，要不你先忙，闲了再逛，也没啥买的。朱红不耐烦了，让你走你就走，哪来这么多废话。母亲笑笑，那就赶紧的，早去早回。朱红皱眉，赶紧还叫赶会？母亲说，你忙——朱红扯了母亲胳膊，母亲没再说什么。

朱红在前，母亲在后，相隔两三步。朱红跟母亲说，有啥看中的就说，母亲嗯嗯着，走走看看。经过鞋摊儿，朱红停下，拿起一双白底蓝帮的运动鞋，让母亲试。母亲往后缩着，我可不要，我这鞋好好的。朱红笑，又不是铁打的，能穿一万年？正要掏钱，母亲指着另一双，那双喜庆。货主拿起，说质量不如这双。母亲抓在手里，细细端详。也是女款，鞋面浅蓝，鞋底褚红。母亲喜欢红色，她的鞋垫没有其他颜色，似乎踩着红，日子就红火。朱红把两双都买了，母亲说穿不了的。朱红说，穿不了扔！母亲要拎，朱红抢过去。

吃雪糕不？朱红问。母亲摇头，朱红却买了两支，递一支给母亲，母亲接过，撕掉外皮，咬一小口。朱红问好吃不，母亲说好吃，比黄全做的冰棍软多了。朱红笑出声，没见过你这样的，干什么都得逼迫着。母亲小声道，你挣钱也不容易。

朱红又给父亲挑了两双鞋，再给母亲买了两件毛衣，一圆领一V领，给父亲买了一件夹克，另有两打袜子。母亲越不让买，朱红越是要买。一圈下来，两人各拎两个袋子。母亲说，能开店了。朱红笑，逛得值。

夜晚，朱红逼着母亲看了场马戏。次日母亲就不出去了，说走得脚疼。多半时间，母亲待在裁缝铺，看她们做衣服。父亲婚前答应母亲的缝纫机，在朱灯考上师范那年终于兑现，母亲打算学会了教朱红，但没几日朱红就成了母亲的师傅。母亲坐在缝纫机前，神情是极享受的，这点与朱红相似。裁缝于朱红不仅是生计。

母亲住了三天，临走的前一晚，问刘长腿多久没回来了。朱红知她要说事了，笑说你啥心都操。母亲顿一顿，有些艰难，实在过不下去，就分开吧。朱红瞟瞟母亲，娘同意了？母亲叹口气，我想让你过得安稳些，你不舒坦……别委屈了自个儿。朱红说，以为我是你呢？才不委屈自己，咋好咋来！母亲说，那就好,过日子就图个顺心。

一个月后的晚上,朱丹打电话,朗声道,姐,我明儿回呀,给我做点儿好吃的。朱红问他回来干什么。朱丹说想姐了,回去看看。朱红知道,这是二十大几的朱丹撒娇呢,向长他八岁的姐姐撒娇。母亲管不住朱丹,就算父亲也难管的,但朱红可以,朱丹也只对朱红撒娇。可以说,朱红是朱丹的另一个母亲。朱红问他几点到,朱丹笑嘻嘻的,反正吃饭前准到。朱红问就你自己,朱丹嗯了声,说毛莉不回。朱红叮嘱他路上注意,朱丹哈了声,我一个老爷们儿,还怕被拐了呀。随后说检修呢,放了几天假。

半上午,朱红跑了好几个地方,买了两个大油饼,足有五斤,三斤糕,都是胡麻油现炸的,门店不大,在一个小街角落,半个县城的人都来买,销得快,午后差不多就光了。另买了猪肘、猪排、羊蹄、熏鸡、黑河红鲤,割了二斤肉,蔬菜若干。小鲁瞄见,说红姐过年呀。朱红笑,我弟要回来。

下午得空,朱红剁了饺馅,朱丹进门现包。朱丹吃不了的,那也要准备。她知道他爱吃啥,而且每样食物都能勾起她或甜或涩的记忆,每个记忆都能讲出不止一个故事。

黄昏时分,朱丹进门,先张开双臂,重重地抱了朱红一下。这是朱丹的表达方式,外露,热烈,是专给朱红的待遇。这令母亲嫉妒。母亲不说,但朱红能感觉出来。有一次,刘长腿评价,这叫恋姐情结,又不无酸意地,我都没在大庭广众之下抱过你。那时朱红和他还好着,仍软软地顶回去,我和他一个娘胎出来的。刘长腿说,你和哥前后脚出来,也没见你俩拥抱过。朱红装出凶样,用你管!刘长腿立即讨好地笑笑。

朱红让朱丹洗把脸,朱丹抓起羊蹄边啃边说,他们喊我呢,我不在家吃了。朱红知他又和朋友联系了,每次都这样。朱丹爱结交,却不同于朱印。朱印结交有用的,朱丹的朋友,也就是吃吃喝喝。

朱红冷着脸,说你今晚出去,就别回来了。朱丹举着油腻腻的右手,左手从背后搂住朱红的肩,姐,我的亲姐,要不我把东西带上?朱红当然不是真生气,推他一把,行了,滚你的吧,别喝多了。朱丹嘻嘻笑,喝不醉的,却不急着走,又扯一条凉油饼,几口吞下去。

夜里快十点了,朱丹才回来。他声明没醉,可往床上一躺便起了鼾。朱红温了毛巾给他擦脸,他纹丝不动。她擦得极认真,额头、眉骨、眼窝、耳朵、两腮、鼻翼、脖子。朱丹比她和朱灯个头高些,脸形与她和朱灯确有差别。她和朱灯同时出来还不一样呢。朱红对信口雌黄的那些人极其厌憎,要护朱丹,必须战斗。端详着朱丹润湿的脸,朱红的眼睛也润湿了。

朱丹第三天上午回豆庄,朱红又买一堆让他带回,够吃四五天的。朱丹在村里只待了两日,没进县城,从五台走的。他给朱红打电话,姐,谁要欺负你,你告诉我。

朱红警觉,问他没碰刘长腿吧。朱丹平静地,没碰,就是教训了他一下。朱红说,他是你姐夫。朱丹声音激愤,天王老子也

427

不能欺你。这就是她的弟弟，换作朱灯，万万说不出更做不出的。她当然不希望朱灯如弟弟这般，她也不赞同朱丹动手，但朱丹做了，她心里还是暖暖的。

朱红马上给刘长腿打电话，没人接听。朱丹再怎么莽，终归不是十七八的愣头青了，下手该有分寸。朱红如是想着，还是打算回趟五台。听到声响，抬头见刘长腿骑着摩托进了院门，朱红松了口气。

刘长腿摘下头盔，鼻青脸肿。看见了吧？你那弟弟就是个土匪！朱红说，拍个片，看看鼻梁骨断了没。刘长腿喷着粗气，鼻梁骨没事，牙掉了。朱红问，你准备打掉我的牙？刘长腿说，我不是土匪。朱红说，牙掉了就镶，别豁着，镶金的也可以，钱我出！刘长腿没那么气冲了，含着委屈，上来就打，半句话都容不得我说，我好歹也是当姐夫的，就这待遇！朱红说，别和他计较，你是文化人，他才读几年书？刘长腿更委屈了，计较又能咋的？还能把他送进监狱？朱红说，他没让你说是对的，你敢说吗？说出来，怕就不是掉牙的事了。刘长腿说，他太野了，和你家人的性子都不一样，我看——朱红猛喝，刘长腿！刘长腿立马刹住。

7

刘长腿提出离婚，是在欢欢读初三、乐乐念六年级的春日。开学没多久，树刚泛色，嫩芽未萌。在那个周三的下午，他将摩托车停在门口，而不是如以往那样推进院子。他将头盔放在窗台，环视一圈，点了烟，猛吸一口，用力吐出。风大，蓝烟出口即没了踪影。再长吸，又吐出，还是无影。

朱红到正房取东西，瞄瞄他，问他啥事。刘长腿将吸了一半的烟丢落，用脚碾碎，说，离吧。朱红并不意外，只是没想到他等不到周六就跑过来，急，自然是又有情况了。朱红没理他，刘长腿跟进屋，说，我同意离了。朱红立住，问，你同意了？刘长腿点头，我想通了。朱红轻笑，你不问问我同意不？刘长腿愕然，咋说这话？你先提的呀。朱红说，是我先提的，可你不肯，你说过的话不会忘了吧？刘长腿声音低下去，那会儿，我确实不舍……朱红毫不客气，我先提出，你觉得自己被甩了，你受不了的是这个对不对？你是吃公家饭的，你觉得提也是你提对不对？刘长腿脸有些涨，我可没那么说。朱红冷笑，你是没那么说，可你就是那么想的。刘长腿垂了头，就算是吧，现在不那么想了。朱红说，晚了！刘长腿狐疑，你……不离？朱红极干脆，不离！刘长腿受了愚弄般，脸忽青忽白，不离又不让我碰，你什么居心？朱红冷眼扫过去，刘长腿气便萎了，缘分已尽，这又何必呢。朱红说，你自找的。刘长腿换上讨好的神情，看在欢欢和乐乐的分上，帮帮我呗。每次我遇到危难，都是你帮我……我知道你是看女儿的面，这好我都记着呢。我没管住自己，我不好，反过来说，正是我的不好衬托出你的好。

朱红不耐烦，转身出去。刘长腿没留下继续纠缠，当日返回五台。像一阵风刮过,朱红脸上无任何痕迹。

夜晚,朱红入睡迟了些。这是她要的结果,终于来了。五年,比预想久很多。彼此消耗,却相安无事。有时朱红也会问自己值不值,尤其身体暗潮汹涌时。潮声退却,答案显而易见:对女儿是好的。对女儿好,就值。她们不是她,但她们何尝不是她。不需要别人懂,她自己懂。

结果是料定的,朱红不惊喜也不悲戚。就是一个结果而已。料定的,她就不会那么痛快。他能拖五年,她为什么不可以?

周六,刘长腿再提,仍旧无功而返。

周二,刘长腿又急赶着跑回来。朱红觉得是时候了,说两个女儿跟我,不要你出半分抚养费。刘长腿都不带迟疑的,行呀行呀。末了又小心翼翼地,我看她们可以吧?朱红点头,当然可以。刘长腿说,那更没问题。朱红彻底放松,想自己的担心原本是多余的。不过也说不定,五年了,刘长腿的想法肯定有变化。刘长腿问明天是不是可以,朱红嘲讽,着急入洞房吗?刘长腿说意见一致,就没必要再拖。朱红思忖一会儿,说等中考和小考结束。刘长腿不快,欢欢已经录取了呀,乐乐小升初,更没必要担心。

县一中是不错,但市一中更好。都想抢好学生,县一中的条件是前十名学生不交学费,还分别给予十万到一万的奖励。市一中不奖励,只免学费,和好学生提前签协议,即使中考成绩不佳也可入学。欢欢成绩一直在前五,去年冬天市一中找来,朱红果断让欢欢签了。

刘长腿想趁热打铁，我什么都答应你了。朱红坚持说还是等等。刘长腿极不痛快，但没敢再催促。

欢欢是被录取了，但朱红仍希望她考出最佳成绩。还有乐乐呢，不逊于姐姐，两所初中的实验班随便进。但万一受影响呢，稳妥些没错的。如果刘长腿去年提出，朱红反不用考虑这些。现在正是关键时刻，容不得分心。朱红不会给刘长腿条分缕析，他作为父亲悟不透，就该让他不痛快。

清明节次日，刘长腿又回来了。他给母亲上坟后，在母亲墓前坐了两小时，想她短暂的一生怕是连顿肉都没吃过，若嫁给别人，万不会这般结果，是他父亲坑了她。他其实挺恨父亲，还发过誓不再管父亲。他不是个好男人，一半原因与父亲有关，但不可能再回炉重造。他就这样了，不想再连累朱红。连累朱红，就是连累女儿。所以，他不但要跟她离，还得早离，越早越好。刘长腿说得口干舌燥，完后眼巴巴地望着朱红，你说呢？朱红不动声色，几个月都等不及，你就去起诉吧。随后警告，要是影响女儿半分，你后半辈子甭想好了，娶了公主当了驸马也甭想好。刘长腿辩解，他就是为女儿好的。朱红冷脸不理，刘长腿当日又返回五台。

刘长腿再没提过，甚至面也不露了。乐乐考试那天，刘长腿回来了，还带了采摘的黄花。朱红暗想，这是要守着了，似乎怕朱红突然消隐。朱红寻思，他应该是急于结婚，没准哄到了富家千金。"历史上每个了不起的男人,身边总有一打女性",他说过的。刘长腿算不上多么优秀,但也在了不起行列,用他的话说,"基本不花钱的,除非他主动"。

乐乐考试结束,刘长腿便迫不及待地提出来。朱红目光带刺,刘长腿有些慌,你说话要算数。朱红问,你早给人家承诺了吧?捡了个什么样的宝?刘长腿想笑,但没笑出来,这和你没关系了。朱红大度地,放心,我不会反悔,就是纯好奇。刘长腿竟有些不好意思,你认识的。朱红说,是吗?谁呀?不会是你三姑吧?刘长腿笑笑,小声道,小桃。

朱红突然被撞了一下,你和她一直在联系?刘长腿慌忙摇头,没有没有,半年前才碰到的。他特意强调碰到。小桃离婚了,带着一个娃。

朱红断定刘长腿没撒谎。这就是缘分吧,从那个夏日的午后开始。也许不该带小桃堕胎。也许还有另一种可能。但朱红不为往事后悔,当时必须那么做。从头再来,她仍会快刀斩乱麻,绝不拖泥带水。

好一阵儿,朱红将漂移的思绪拉回,盯着刘长腿略显沧桑的脸,小桃老实,你别欺负她。刘长腿愣了愣,欣喜若狂,不会不会,我会对她好的,我保证!朱红嘲讽,你保证?你自己信吗?

8

欢欢考上大学那年,朱红硬是拽着父亲和母亲旅游了一趟。

欢欢考取的是南京大学，报志愿时，欢欢问朱红有什么想法，爸爸建议她选个将来收入高的专业。朱红和刘长腿离婚后，没有断绝往来，似乎比之前还多了些，还有小桃。小桃求到朱红，朱红都会尽力。朱红不是小桃的后援和依靠，但以往的情分还在。朱红挺喜欢小桃，小桃和刘长腿偷情，朱红当然也生气，但一切已成过去。朱红很清楚，小桃找她，定是万般无奈。她不在意小桃的信任里掺杂了什么，那不重要。

朱红和刘长腿来往，女儿自然是主要因素。不管怎么说，刘长腿在教育线，朱红会向他咨询。所以什么专业前景好，朱红是清楚的。刘长腿的建议与朱红的想法不谋而合。欢欢征求朱红的意见，朱红就知道欢欢其实已经有了方向。朱红笑说我没什么想法，你的想法就是我的想法。欢欢的眼睛亮了亮。朱红验证了自己的猜测，进而说你喜欢什么专业就报什么专业，不要在意别人怎么说。欢欢跳起来亲了朱红一下。欢欢文静，极少有这样的举动。

通知书下来，朱红还是有些意外。居然是天文！这两个字不陌生，但朱红不知道大学还有这样的专业，更不知道女儿爱好的是这个。欢欢说妈吓着了吧，朱红笑道，吓着算轻的，我闺女考上南京大学，我没喜疯就不错了。她给刘长腿打电话，刘长腿也很吃惊，连说可惜了。朱红冷声道，记住，这是我女儿，闭上你的嘴！

他们在欢欢开学五天前到达南京，入住宾馆快半夜了。母亲和父亲说随便找家小旅店就可以。朱红不会随便，没打算住五星六星，怎么也得像个样子。父母难得出来旅行，也为送欢欢，不光住要像样，吃也要大方，没吃过的都要尝尝。朱红笑说，我说了算，这几天归我领导。

去哪儿转，都听欢欢的。她虽然是第一次，但做了许多功课，说起来如数家珍。

第一个景点是紫金山天文台。欢欢极兴奋，介绍紫金山天文台前身是成立于1928年2月的国立中央研究院天文研究所，是中国最早自建的天文台，快一百年了。母亲和朱红咕哝，没麻婆子岁数大。朱红只当没听见，她知道母亲不感兴趣。母亲的兴致是装出来的。其实朱红包括父亲都没多大兴趣，他们都是陪欢欢的。欢欢开心便是他们的开心。白色的穹顶扑入眼帘，欢欢像看见了什么珍宝，极其夸张地欢呼一声，姥姥姥爷你们快看，我将来就在这样的地方工作。母亲问，尽干啥？欢欢说观察星星！母亲忍了忍，还是没忍住，跑这么远念大学，就为了毕业看星星？在豆庄就可以看。父亲说，人家拿望远镜看，你拿肉眼看，能一样？母亲说，让红买一架，供得起学，还买不起望远镜？我给买！

欢欢笑着，没姥姥说的那么简单，观察星星只是一项，还要研究呢。母亲说，那么远，也就看看吧，和咱有啥关系？欢欢说，关系大着呢。父亲插嘴，和古时候的钦天官差不多吧，观测天象，占卜吉凶。欢欢笑说，可以这么理解，不过还是有区别。

母亲打趣父亲，以为你比我懂？也就半瓶子醋。父亲笑，半瓶不少啦，强过没有。母亲加重语气，在欢欢跟前，别装行家。父亲正色道，知无不言，言无不尽，就是在欢欢跟前才讲，讲了才知对不对。欢欢咯咯笑，姥爷一套一套的。父亲略显得意，听见了吧，真正有文化的，从不门缝瞧人。朱红见母亲接不住话，赶着帮腔，我娘也是真正有文化的，不然爹造的那堆戏楼，早被当柴火烧了。母亲点头，就是呢，也就我端着你了。父亲朗笑，算我错了，晚上饿一顿。

拾阶而上，看到那台60厘米反光望远镜，母亲惊道，这么大，得多少钱呀？父亲逗母亲，你才说要给欢欢买的，吓住了吧？母亲说，买也不买这么大的，小的好，出门能带着。父亲向欢欢请教从哪个部位看，能看出多远，是什么样的原理。朱红知道，父亲开始感兴趣了。

待看见浑天仪、简仪、圭表、天体仪、地平经纬仪等古代的仪器，父亲很是兴奋。尤其观察天体仪时，用母亲的话说，开始倒他那半瓶醋了。父亲扳着指头罗列二十八星宿的名字，东方苍龙七宿，北方玄武七宿，西方白虎七宿，南方朱雀七宿。父亲连续说出二十七个，另一个稍顿了顿，也记起来了。那一刻，欢欢也惊叹，姥爷太厉害了！

父母记忆力都好，朱红记忆力更好。两个女儿都遗传了她，她在她们的身体里。

父亲由二十八星宿说到和木匠工具的传说，越说兴致越高，若不是母亲阻拦，父亲讲三五个小时也未必能打住。母亲没强拦，说她头晕，父亲便停住。欢欢这才指着天体仪，说上面刻了300座星宿，1449颗星。母亲逮住机会，听见了吧，你不过知道二十八个，差得远呢。父亲反应快，一个队伍有将领有士兵，我说的是将领。朱红和欢欢哈哈大笑。

接下来游览了夫子庙、玄武湖、大报恩寺、明孝陵，最后一天看南京长江大桥。父亲再度兴奋，他对所有建筑类着迷，哪怕是桥。别人从上面看，他从下面瞅，研究怎么支撑的。母亲把欢欢拽到一边，朱红猜母亲有什么不好公开说。几分钟后，欢欢说姥姥想去燕子矶瞅瞅。朱红说你听姥姥的。

父亲没看够，或者说没研究透大桥，至燕子矶，心还没收回来，说没大桥有意思。母亲却是寻寻觅觅的，如故地重游。朱红料必有缘故，悄声问母亲。母亲说梁尚谷和江心莲就是从燕子矶跳长江的，江心莲落水，梁尚谷被树挂住了。三个人都有些愣怔，是父亲先反应过来，肯定是麻婆子乱扯的故事。朱红笑说，咱家论记性，娘排第一的。母亲得意地，不是我要记，是忘不了，这是从麻婆子那儿听的第一个故事。父亲有点扫兴，来燕子矶是你的主意呀。母亲反击，我的咋啦？父亲马上扮出笑脸，没咋，挺好的，你给讲讲？母亲说，我可没麻婆子那本事。

回程，父亲和母亲基本沉默，但神色皆是享用美食后的怡然。他们在回味。本是陌生的古都，却关涉着他们的过往、记忆和秘密，这是朱红未曾想到的，是这次旅程的意外收获，或许比旅游还重要。

其实，朱红对古都也有部分的熟悉，秦淮八艳，刘长腿常讲的。逛夫子庙时，朱红立刻想到那个特殊时代的八位奇女子：顾横波、董小宛、卞玉京、李香君、寇白门、马湘兰、柳如是、陈圆圆。朱红还知道一个叫陈寅恪的学问家，为柳如是写了传记。她没讲，不是秦淮八艳讲不得，是脑里堆着事，分神儿。

朱红那处院子划定拆迁，公告已贴出来。早在年初，朱红买了两套房，同一小区同一单元，一楼和二楼。一楼做裁缝铺，二楼住人。小区与朱红的平房隔了一条街，属同一个区域。裁缝铺基本还在老地方。不是临正街的商铺，老地方就很重要。商铺朱红当然买得起，但开裁缝铺不划算。九月底交工，拿到钥匙，马上就得装修，这样春节前便可入住。住先拆后，时间对接刚刚好。算不上未雨绸缪，一片又一片地拆，早晚的事，谁都看得出来。回县的首要任务是找装修公司，先把合同签了。至于买材料及家具，随时可以，何况还有父亲这个帮手。

朱红沉默，脑子却高速运转。

再远处，在时间的另一端，等着她的还有晴空惊雷。在天际外，另一条路，另一个世界，摇晃着，向她渐行渐近。

第四章

1

朱灯坐在长椅上，紧紧地盯着检验室乳白色的窗，仿佛盯得牢，检测就不会有问题。但愿弟弟没喝酒，不是酒驾。朱灯暗暗祈祷，一遍又一遍，虽然每祈祷一遍，心都会悬得更高。他什么都做不了，只能祈祷。弟弟僵硬的蛙样的托举姿势在脑里晃来晃去，他想让弟弟停下来，至少幅度不要这么大，撞得脑袋都要崩裂了。但做不到。于是，朱灯就那么边盯着门边护着脑袋，随时扑上去接住高处坠落的架势。

适逢下班高峰，从河边到那一排房子走了近一个小时。出来几个穿白大褂的，虽然暮色已浓，但那特有的白仍然醒目。朱灯狂喜。在他的意识里，只有医生才穿白大褂。他们定是来抢救弟弟的！塞北的冬日滴水成冰，时有迷路或醉酒的人冻死于野外，但奇迹不是没有，医生在场，这是弟弟的幸运！继而他又发蒙，这个地方不大像医院。迟钝间，那几个白大褂已抬着弟弟进了门。他愣怔数秒,急追过去。

弟弟已躺于屋中央的床上,白大褂环围四周,没有吸氧机,没有心电监测,没有任何抢救的仪器和动作。那一丝希望陡然熄灭,朱灯一步一步挪过去。他们在剥弟弟的衣服,朱灯欲帮忙,被制止了。他退了一步,立住。其中一个白大褂拿了剪子过来,朱灯知道他要干什么,做了个拦的动作,随即撤回,小声说,轻点。那个人看看朱灯,点点头。很慢很轻,但声音很响。如果弟弟突然坐起,夺门而逃,那该多好!可什么都没发生,弟弟睡得极沉。剪开,剥脱就容易了。裤子、羽绒服里的东西被一一掏出,摆在角落,身份证、烟盒、打火机、手机、半袋干脆面及几张皱湿的纸钞和几枚硬币,另有钥匙链,没带钥匙,环上吊着一个胶皮兔。白大褂清点登记后,朱灯把身份证和钥匙链装起来,然后,如前那样立着,直到一个年轻人进来。他没穿白褂,但手里拿着针管。朱灯看着年轻人将针刺进弟弟的身体。抽了几次,终于抽满。年轻人让朱灯跟他走,朱灯看着孤零零的弟弟,问晚一会儿行不。年轻人说不行,快下班了,再晚就赶不上了。白大褂让朱灯放心去,这边有他们。办手续时,朱灯才知这是什么地方。弟弟寄存在这里,转眼成了一张单据。

年轻人把朱灯带到检测室窗口,当着朱灯的面把弟弟的血液递进去,交代过便离开了。已经过了下班的点,若非年轻人提前联系,朱灯自己定然错过。朱灯挺感激他的。朱灯已经知道这份报告的重要性,不是置弟弟于不顾,而是顾不过来。

朱灯坐在长椅上，只能等待，就像在河边、在那排平房里那样。走廊空寂，朱灯稍动一下，都会制造出难以置信的声响。脑里轰隆隆的，快要炸了，于是尽可能不动。

检测员出现在窗口，没等她的胳膊伸出，朱灯便跳起来。她定然猜到朱灯的心情，在他触到那张 A4 纸前，轻言道，没事。朱灯抢过报告，还是急急地瞅了瞅结果。待他抬起头，欲说声谢谢，窗口已闭。

朱灯边往外走边给朱印打电话，告诉他检测结果。朱印讲了那边的情况，半挂车和那两个钢卷已被吊出，半挂车被拖到停车处，另叫了车来拉钢卷，已在回厂路上。此时他正陪黄毛和刘栓在机场派出所做笔录。朱印问，要不要过来接你？朱灯忙说，不用不用，我打车过去。

朱灯赶到派出所，笔录已做完。朱灯将检测报告交给那个身形略胖嘴角有痣的中年警察，警察讲了处理的步骤及须提供的证件和资料，让他们先回。中年警察不值夜班，他耗到现在，只因这起事故由他负责。朱灯心生感激，问他方便吃个便饭不。中年警察笑着摇摇头。朱灯便对等在一边的朱印几个，说那咱们吃一口吧。黄毛和刘栓连说不了不了，同时后退着，似怕朱灯拽他们。朱灯说那就回头吧。已经十点了，想找餐馆没那么容易。而且朱灯也没心情，他们当然清楚。但朱灯并非客套，是真的想让他们吃点东西的。因为朱丹，他们从昨夜忙活到现在，也就中午合了会儿眼。更重要的，他们俩系目击证人。追朱丹的人在半挂车射进河沟后,既没施救也未报警,而是掉头离去,若非随后赶上来的黄毛和刘栓报警,救援人员及时赶到,不知朱丹要在水底待多久呢。弟弟为何呈托举姿势?朱灯想明白了,车砸破冰层时,弟弟逃出了驾驶室,若是夏日,以弟弟的水性,定然无碍,就算在寒冬,如果半挂车把整个冰面全击碎,朱灯相信弟弟也能爬上岸。可半挂车击碎的冰面有限,弟弟钻进了冰层,难以破冰而出。他就那么举着胳膊,一分钟,两分钟……如果追他的人及时施以援手,弟弟或有可能钻出来。追赶的人扬长而去,这令朱灯愤怒。他们与凶手没有任何区别。当然,弟弟超载了,而且遇见检查就跑,这是他的错,但错不至死。所以,黄毛和刘栓的证词很重要。车队拉活,有时单跑,有时几车一组。幸亏这趟弟弟跑的不是单车。

黄毛和刘栓不吃,朱灯和朱印就更不能吃了。上了朱印的车,朱灯看见前挡处白色的餐盒,饥饿突然袭来。那是给他领的,他"一盒就够了",没碰,此时他很想抓过来。肯定凉透了,但不是不能下咽。朱印问,大哥饿了吧?如偷窥被抓了现行,朱灯扭转目光,慌忙摇头,不饿。被悲痛浸透,竟然还有如此强烈的饥饿感,这令他羞愧。可以不看,却无法遏止饥饿。如果朱印说我也饿,咱俩分吃了吧,朱灯会点头,但朱印没说。

上了高速,朱印沉吟着,大哥,明天告诉我姐?已经是第三次说了,似询问,其实是提醒。朱灯知道为什么,他虽是吃公家饭的,但就行动能力,远不如朱红。惊天大事,更需要朱红。就

441

算朱灯强于朱红,也该告诉她的。朱灯不是不告诉,只想拖拖。他不知怎么开口。还有父母。怎么和他们讲?难以想象。脑子太乱了,得理出一点儿头绪。也许还有他不愿正视、自己也看不清的原因。他不知道。顿了好一会儿,朱灯迟迟疑疑地,明天再说吧。

朱印侧头瞥瞥朱灯,说三嫂联系不上朱丹,给他打电话了。他回复说也联系不上,朱丹跑的是单车,可能堵路上了,手机又正好没了电。朱灯心往下沉,问她后来又打没。朱印说打了,他回说见到朱丹让他回话。末了强调,最晚拖到明天早上。朱灯说,那就明天早上告诉她,先把她稳住了。

2

那个夏日的夜晚,朱丹说打死人了,朱灯如遭雷击,几乎握不住手机。他没有回应,也无作为兄长的沉稳,某一瞬间竟有奇幻感,那不是朱丹,而是骗子冒充。朱丹压低声音,却又几乎是吼了声哥。结果朱灯的疑惑更重了,质问,你是谁,想干吗?朱丹嗓门高了些,我是朱丹,你兄弟呀。他画蛇添足,以为朱灯患了痴呆症。确实是朱丹。即便认定,朱灯仍抱有幻想,朱丹在和他开玩笑。这样的情形不是没有过。朱丹再叫一声,朱灯以呵斥的语气试探,你开什么玩笑!朱丹急了,哥,真的呀!仿佛有利器刺进身体,朱灯更猛地晃了一下,问他现在在什么地方。朱丹说来市里了,就在他单位附近。朱灯叫他别动,他马上过去,口气凝重而严厉。

朱灯住宿舍，在最后一排，院子大，回廊多，从宿舍到大门至少有千米距离。朱灯脚步慌急，待望见灯火明亮的大门，他立马放缓。就在那时，不祥的感觉升腾而起，他的前程要受到影响了，甚至饭碗不保。进入这个院子，难呢，他调来还不到一年。朱丹不打这个电话，他什么都不知道，那样朱丹犯多大的罪，也不会把他牵涉进去。朱丹打了，他不能不去，不能装不知道。朱灯走出大门，心里揣的已不止担忧，还有恼怒甚至愤懑。

大院北面是公园，公园北侧是人民医院，朱丹站的位置在医院和公园中间。医院和公园人员繁杂，即便是夜晚，也出出进进的。朱丹或许认为混杂于此不引人注目，可这样的场合，更有可能撞见熟人。不仅会看到他，还会看见他和谁见面。猪脑子！朱灯恨恨地骂，立住，招了下手。停了停，又招了招，朱丹看见了。他比朱灯壮实，个头也高，走路快，蹿跳似的。

朱灯呼吸急促，左右扫视，朱丹到了近前，他将目光拽回，定在朱丹脸上。朱灯圆脸，略呈"由"形，过去看不出，两腮长了肉后，有了一点点改变。他和朱红是最像的，但朱红始终是圆脸。或许是上天对朱红的眷顾，如果她脸盘有变，多半就难看了。朱丹少时就是方脸，现在仍是，曾经的谣言因此而起。但朱丹有着朱灯朱红一样的浓眉，眼睛没哥哥姐姐大，也是恰到好处。这算不得差异，要说朱丹和朱灯的不同，主要在性格，朱丹难管难驯，不计后果。行侠仗义挺多的，大井救人只是小事一桩，为此也闯了不少祸。杀人，是更大的灾祸。

哥哥！

朱灯心头紧缩。朱丹很少这么叫他，向来称他哥。哥和哥哥并无不同，但在那个夜晚，朱灯觉出了哥哥的分量。昏黄的路灯和树影没有遮蔽朱丹神色里的慌张，反更加明显。他是真的害怕了。

朱灯没有说话，径直走向街对面。腿有些软，步子却是稳稳当当，不急不躁。朱丹跟在后面，极乖顺。行了几十步，拐进一个窄巷，顿时没入洞样的黑暗。朱灯没有停，黑暗不代表安全，更容易引起怀疑。巷那端是另一条街。也是车来车往，但比公园医院那边清静许多。

至巷口，朱灯转过身，压低声音，咋回事？朱丹惊闪一下，定住。彼时，朱灯方发现他白底蓝纹的T恤襟口破了，耳根处有豆粒大小的血痕。

哥，你别问了，知道了对你没好处。话倒是连贯的，没有语无伦次。

朱灯凶狠地瞪着他，差点就骂出来。

我快饿昏了，赶紧给我弄点吃的，也渴！钱都给司机了。

朱灯眼飞黑影，你打车来的？

朱丹瞧出朱灯的紧张，让朱灯放心，他没打出租车，坐拉菜车来的。末了竟有一丝得意，不会有人想到的。

朱灯再问，没人打你手机？

朱丹说跑出来就关了，刚才给他打过，马上又关了。朱灯的谨慎和啰唆让他不耐烦，他皱了下眉，哥，快给我弄点儿吃的，我连说话的力气都没了。

朱灯让朱丹老实待着，哪儿也别去。无须嘱咐，朱丹不会乱跑的。朱灯走出三百多米，买了三根火腿肠，两个面包，两瓶矿泉水。不敢急走，哪怕没人注意。来回十多分钟。朱丹确实饿急了，抢夺过去，抓起一根火腿肠，迅速拧成两截。吞咽火腿肠的同时，另一只手拽开面包袋，撕下一大块儿，没等火腿肠落肚，面包已堵塞进嘴。

看着朱丹贪婪的吃相，朱灯的心隐隐作痛。幸亏母亲不在跟前，要是她看到朱丹这个样子，要疼昏过去。

慢点儿，别噎着了。朱灯轻言，那晚他说得最暖的一句话。

朱丹摆摆手，看都没看他哥。

风卷残云，转眼一屑不剩。朱丹连打数嗝，叫朱灯拿点钱给他。

朱灯已冷静下来，问他怎么打算。

跑呀！朱丹想都没想。

朱灯说，这样你就再见不到家人了。

朱丹说，那也比坐牢强呀。

朱灯问他给朱红打电话没，朱丹摇头。朱丹遇到事，第一个想到的多是朱红，鲜有例外。朱灯难以说清他的感觉，既羡慕又嫉妒，也有不关己的轻松。犯了重罪，反不向朱红讨主意了。他知道朱红也帮不了，也可能是怕……连累了朱红。

停了停，朱丹说，哥，我要被抓坐了牢，也得你捞我，这样的事，姐使不上劲儿。

朱丹不只冲着哥，也冲着朱灯的身份。他不遮掩，这是他的坦诚和信任，可以说毫无保留。朱灯就做不到。绝非冷漠，无论对亲人还是陌生人，总是心怀悲悯，可像朱丹这样和盘托出，他委实不能。

拿给我几千就行，哥别犯难，朱丹说。他想到别处去了。

你不能跑，东躲西藏不是办法，再说能躲到哪里，能躲多久？朱灯越说越快，越说越急。

朱丹愕然，眼睛瞪得和朱灯一样大，不跑？等来抓啊？抓住我就没命了。

朱灯咬牙道，傻啊你，跑就是罪加一等。

朱丹梗着脖子，反正是死，加罪就加罪。忽然停住，向朱灯保证，我骨头硬，就是用大刑，也不会告诉他们见过哥。

朱灯咬牙道，你以为我怕这个吗？说的什么话？你跑不掉的，早晚被抓。朱灯确有这个担心，未见朱丹就想到了。但老实说，不仅如此，他怎能不为朱丹着想呢！

朱丹疑惑更重了些，那咋办？

朱灯不容置疑，自首！

朱丹的浓眉快速蠕动着，像要爬到更高的地方，目光也硬了许多。

朱灯直视着他,以和他性格不相称的坚定口吻说,必须自首!这样才有可能从轻处理,我找人也有理由,若你跑了被抓,谁也救不了你。朱灯哪有捞朱丹的本事?但只能这么说,而且必须是肯定语气。

朱丹望着朱灯,只是望着,没说话。他在掂量。

朱灯继续劝,不能犹豫太久,再拖就没自首的机会了,命案必破,就算跑到国外,也照样被通缉。

我还是跑吧。朱丹说,活几天算几天,被抓就被抓,大不了吃枪子儿!

朱灯气急,既然不怕吃枪子儿,干吗要跑?

朱丹说,未必抓得住我。

朱灯几乎发抖,意识到劝不住朱丹了,他不给钱,朱丹照样会跑,可这样只会害了朱丹。情急之下,朱灯猛揪住朱丹的胳膊。朱丹吃惊地,你干啥?

朱灯声音稀软,去自首,哥求你了,就算帮哥好不好?

朱灯不单纯是装的,袒露了部分的心迹。央求果然奏效,朱丹稍愣了一下,便豪壮地,好,我听哥的。

后来,朱灯了解了事情的经过。朱丹果然是帮朋友,互殴中,朱丹用凳子砸了其中一人的脑袋,人倒地,朱丹又砸了两下,直到有声音喊死人了。那个人并没有死,脑袋缝了十一针,算是重伤。朱丹自首是对的,坐了六个月牢。若逃亡,谁知什么结果?

在等待检测报告的长椅上，那个夏日的夜晚突然闪出来，朱灯后悔地想，也许当时该让朱丹逃跑的。人没有死，朱丹就是轻犯，被抓的可能性不大。逃亡的日子虽难，但至少人在。当然，这样的话，他恐怕就遇不到毛莉了。那也不该。朱丹和毛莉，似乎有着命中注定的缘分。

3

毛莉生就的男人相，方头大脸，粗臂壮腿，性格爽直，嗓门也高，吼一嗓子，半里外都听得到。她父母连生两个女儿，原指望第三胎生个男娃，没料又是女娃，失望之余，就当男娃养着。吃穿都尽着她，但不娇宠，照样干活，而且干得更多。她家在县城北十里处，那个村以烧砖出名。她十三岁辍学，到父亲所在的砖厂干活，十四岁便和父亲挣得一样多了。在村里，没儿子低人一等，甚至遭欺负，但没有谁小觑毛家。毛莉十五岁和工头干架，一拳捣断工头鼻梁骨。自此声名远扬，但也付出半年工钱的代价。

两个姐姐早早嫁人了，二姐还不到婚龄，搞了个假证明。毛莉待字闺中，连相亲的都没有过。父母眉眼不展，毛莉却不愁，能吃能喝，倒头就睡。还开导父母，咋活不是一辈子？嫁不出去，正好给你们干活。

后来，毛莉告诉朱丹，她不是不想。她相信命，命里有自然会撞见，命里没有想也没用。

某年盛夏的夜晚，毛莉在县城赶了半天会，又看了场夜戏，回家路上被两个男人扑倒。两个男人一个摁胸一个扒裤子，同时威胁不老实就掐死她。毛莉才不会被吓住，活都不怕，还怕死？一番挣扎，她将两个男人掀翻，跳起来一顿乱踢，直到两个男人不再动。教训够，本该离去，她越想越气，走出老远又折回去。一顿猛揍，一个被踢破脾，另一个被踢断两根肋骨。这就不属于正当防卫了，她坐了牢。

出狱后，毛莉没回砖厂，改去县城做工。在饭馆端盘子，几乎没拿到工钱，摔碎盘碗要赔偿；后去大市场卖鞋袜，也就挣个摊位费；再后看到酒厂的招工启事，前去应聘，居然被录用，成为装卸工。

朱丹出狱后依旧跟车，他喜欢车，买不起，跟别人车也过瘾。跑市里的中巴车除了司机，还要雇两到三个跟车的。卖票是捎带，跟车的主要任务是揽客和护车。多数情况拉不满，所以车准点出站，却不是马上就走。在车站外停一会儿，蜗牛样爬，沿途捡拾站外的乘客。到了城边，若乘客不多，会再次掉头捡客，有时要往返三四次。为捡更多的客人，跟车的都不上车，来回在街上吆喝，碰见要坐车的，须有本事把客拖住，甚至从别的车抢过来。当然有个分寸，已经上车就不能抢了。只要没上车，客就是公共的，谁都可以抢。争抢就可能发生争执，跟车的重要性就显现出来，跟车的厉害，抢的客自然就多。在二十世纪九十年代至新世纪之初，跟车是个技术含量很高的职业。

449

乘客是上帝,跟车的对上帝向来挂着笑。因为争抢,上帝就没那么舒坦了。夫妻结伴出行,往往男人被抬到这辆车,妻子被架到那辆车。有孕妇被抢,差点流产。还闹过抢县长的笑话。

清早,县长夹着公文包往县政府大院走,一辆中巴在他前面停住,两个跟车的跳下来,问县长是否去市里。县长摇头,跟车的说看大哥就是出门的,坐谁的车不是坐。两人一左一右架起县长的胳膊往车上抬。县长急了,说我是县长。跟车的笑说吓唬谁呢,县长都坐轿车,哪有步行的?说话间,已将县长塞进车。跟车的不认识县长,车上有认识的,喊刘县长。中巴这才停住,将县长放下。县长事件后,车站整顿,交警巡查,严禁站外揽客,坐车必须到车站买票。几个月后又开始抢了。因为许多人嫌麻烦,不愿到车站坐,更喜欢在路边等。再者车站买票贵,站外可以和车主搞价。

休息日,毛莉打算去市里逛逛,往车站的路上被朱丹瞥见。跟车须有眼力劲儿,能从来来往往的行人中识辨目标。不怕错了,就怕错过。朱丹快步过去询问,确认后,说妹子坐我的车,给你便宜点,说着就去拎毛莉的包。毛莉闪开,说我拎得动。朱丹笑说知你拎得动,给我个机会呗。毛莉瞪他,朱丹想她误会了,赶紧解释,他要不帮乘客拎包,老板看见会扣他工钱。当然是借口。把乘客的包拎到手,意味着把乘客占住了。毛莉转了脸色,问朱丹便宜多少。朱丹说了,毛莉未回应,算认可了。朱丹再去扯包,说就算帮他的忙,除非她有贵重物品。毛莉没闪,但也没松开，两人共同抓了包带子。朱丹含笑，说你放心，我不离开你半步。毛莉问车要多久出来，朱丹说最多十分钟。朱丹揣测着毛莉的神色，轻轻一扯，包到了自己手上。

朱丹撒了谎，车要二十分钟才开出来。跟车的嘴里的时间都没谱，只为把客稳住，而客人顶多抱怨，不会太较真的。朱丹边和毛莉闲聊边四下瞅瞵，不时跑出去再跑回来。毛莉见他拎包跑来跑去，说还是她拿上。朱丹忙说没事的，就算麻袋他照样扛着跑。毛莉被逗笑了，说你放心，我答应了你，说话就算数，肯定坐你的车。朱丹看她说得真诚，就没再争，叫她原地等着，他去买盒烟。

就这么个工夫，一辆中巴停在毛莉身边。是从城边折返回来的。毛莉说答应了别的车，跟车的说他们马上就走，同时一个抓她的包，另一个拽她的胳膊。

朱丹买了烟，刚巧跑出来，说她是我的。那俩跟车的不理朱丹，改为一个拽一个推，朱丹不依，冲上前拦护，撕扯间，毛莉突然大喊一声。朱丹和另两个跟车的都吓了一跳。毛莉再喝，松开，谁也别碰我！不等三人松手，她双臂环撞，冲出包围。另两个没再纠缠，悻悻上车。朱丹凑过去，叫声妹子。毛莉扭头，笃定地，我应了你，就不会上别的车。朱丹竖起拇指，看妹子就是侠义心肠。毛莉说少套近乎，你一黄毛小子喊我妹子，还想占便宜？毛莉比朱丹大三岁，多年重体力活，面相比实际年龄大，朱丹确实嫩了些。朱丹嘻嘻笑，我有姐了，还差个妹子。毛莉说少扯吧，你车呢，再不出来我不坐了。朱丹作揖，别呀，妹子⋯⋯不对，是姐，当姐的说话更要算数。毛莉瞪他，已经过十分钟了，你诓我了吧？朱丹赔笑，是二十分钟，不过姐放心，我们的车跑得快，准比前一个先到。毛莉忽然用下巴一指，那像个出门的。朱丹急跑过去，果然是。朱丹把那个客领到毛莉身边，冲毛莉一笑，问今儿回不回。毛莉说回，朱丹说太好了，回来还坐咱的车呗。说着将一张写着往返时间的名片递给她。毛莉清楚朱丹和别的乘客也是这么套近乎，尽管如此，那个"咱"字还是让她生出难以形容的亲近感。朱丹眼巴巴地，你要是赶得住⋯⋯毛莉脸色迅疾转冷，再说吧。

　　朱丹跟的车下午四点半返县，不到三点他就在站外揽客了。市汽车站管得严，站外上车会罚款，但这难不倒跟车的。他们不像在县城那样扯着嗓子叫，而是如情报员接头那样压低声音，冲每个路过的人问，回县吗？若捡了客，说妥价，安顿到旁边的饭馆小坐，待车出站，领客走出一二百米等待。不在车站范围，不用担心罚款。

　　朱丹看见毛莉时，另一个跟车的正和她说着。朱丹招了下手，毛莉没看见。正急呢，那个跟车的走开了，朱丹跑过去，感激地，姐等我的车了吧。毛莉惊喜道，是呀。朱丹笑，我就知道姐是义气人。毛莉说，可我没钱了，能赊吗？回县补。朱丹瞧瞧她的包，并不鼓胀。但毛莉不像开玩笑，他问咋回事，毛莉说被偷了。朱丹问，你第一次来？毛莉提高声音，少废话！行不行吧？朱丹立即道，没问题。

回县的当晚，毛莉就把钱还上。两人一天见了三次面。

几个月后，朱丹拿了驾照，买了辆小型货车，在京城新发地一带跑短途货运。跟车挣不了多少钱，用母亲的话说，跑二十年也不够娶媳妇的。坐过牢，又没正经营生，母亲快愁死了。买货车的钱是父母出的，朱丹跟车只够糊口，又爱打拼伙。这也令母亲担心。打拼伙都喝酒，喝多了，谁知道整出什么事？

一年后，毛莉辞了酒厂的活儿，由亲戚介绍，到北京一宾馆当服务员。宾馆也在新发地一带，两人再次遇见。

朱丹领毛莉回豆庄时，她已有身孕。

4

眯了也就四五个小时，乱梦翻搅，头昏脑涨。手机自是充满了电，但朱灯不敢大意，确认无误，才拔掉充电器。新的一天开始了，太多的事等着他，可不能让手机哑了。

朱灯估摸毛莉已经起床，再晚她就进厂了。朱丹买了半挂车后，毛莉在钢厂找了份开吊车的活儿，两人租的房子也在钢厂周边，距朱印的住处不远，不过在村里。

或许因为朱灯算个文化人，毛莉怕惊着他，每次说话，尤其第一句，总是捏着嗓子，显得小心翼翼，大哥呀。

朱灯问，你起来了吧？

毛莉警觉，声音重了些，起了，啥事大哥？

朱灯尽量让声调平静。没捏嗓子,他攥的是心,朱丹的车出了点事儿。

钢炮立马射过来,出车祸了?我说咋打不通电话,人呢?

朱灯告诉她车蹿进了沟里,人拉到了津门医院,没大事。他已到了老二这儿,一会儿接她一道去医院,叫她吃口饭,收拾一下。他一口气说的,连贯而流畅,不给毛莉询问的缝隙。末了极严厉地,不要告诉爹和娘,不要告诉朱红,他们要打电话,就说朱丹手机坏了。毛莉哎哎着,大哥放心,这个我懂。挂掉,朱灯轻吁口气。母亲不轻易给朱灯打电话,怕耽误朱灯的时间,影响到朱灯的正事。在母亲心里,朱灯是有出息的,而且还在往更有出息的路上走。她更不敢给朱丹打,因为不能确定朱丹是否在开车,生怕自己打过去,朱丹正开着车,铃声惊着他,方向失偏。夜晚也不打,因为朱丹常跑夜车,若不跑车,一定在补觉。

母亲的心思,朱灯再清楚不过。原来不太在意,年龄渐长,他慢慢懂了。就想听听你们的声音,母亲不经意的一句话,曾在他心里激起巨浪。所以,他两三天便给母亲打一次电话。没什么要事,吃饭穿衣,家长里短。朱丹不怎么打,朱灯还说过他,朱丹应得欢,当日必定打给母亲,但到底性子粗糙,下个电话要半月二十天。再说他也没到年龄,到了自然就懂了,打电话不是任务,而是自然生发的潮汐。

朱灯其实不用担心母亲会在这个时候给朱丹打电话,就算打不通也不要紧,至少短时间内无碍。但朱灯紧张,毛莉和朱丹一样，心胸坦率，口无遮拦，哪怕说漏一个字，都可能引发灾难性后果。朱灯从未用这种口吻和毛莉说话，不像嘱咐，更像警告。

前往津门时，朱灯坐在副驾位，毛莉与黄毛媳妇坐在后排。给毛莉打过电话，朱灯想毛莉要是有过激反应，他和朱印恐怕摁不住，两个男人也不方便。朱印媳妇不常在钢厂这边，若她在，陪着去最好。他没和朱印讲，但朱印猜到了朱灯的心思，也可能和朱灯的想法一致，接毛莉前，先接了黄毛媳妇。黄毛媳妇个子不高，极瘦，但伶俐活泼。毛莉见她在车上，稍显意外，没等做出反应，黄毛媳妇便道，黄毛让我去看三哥，他走不开。自然，随意，拉家常般。朱灯踏实了些，等那一关过去，有她伴着毛莉，该没问题的。

朱印黯然，朱灯也哑着。好在黄毛媳妇和毛莉嘴没闲着，气氛不是那么压抑，某一时刻，还显得轻松。黄毛媳妇讲她弟媳被亲戚勾进传销组织，不但没被洗脑，从窝点逃出来还偷了组长的手机，远比她被收走的手机好。过程当然不是想象的那么顺利，一波三折，惊心动魄。毛莉被吸引住，偶尔还笑出声。彼时，朱灯的后脑便被铁勺击中，骤然疼痛。继而，疼痛由头至颈，由颈至身，缓慢却难以阻遏，一直流到脚尖。后来回想，他能把毛莉哄住，不是因为她性子粗糙，而是她没朝最坏的方向想。

五台习俗，哪家的闺女有了婆家，要向亲戚报喜。报喜的方式是送点心，包装上压一块红纸，长辈两包，同辈一包。朱灯人生吃的第一块点心就是喜点。现在仍然送，不过点心比过去的样式多，包装也精致了许多，红艳的纸盒上印着金色的喜字及龙凤呈祥图样。样式虽多，味道却大不如前。点心已可有可无，甚至方式也有变化，但报喜的环节不可缺少或省略。

朱灯被师范录取的通知书是寄到大队部的，四爷爷见了，替他拿回来。四爷爷不再是过去的身份，腰杆硬了，想去哪里就去哪里，当然不会跑到很远的地方，只限于豆庄。他基本不闲着，不睡觉不干活，就四处溜达，不像别的老人那样安静地坐在石头上或树荫下。谁家的麦子可以收割了，谁家用铁镢和长绳系拴的马跑了，四爷爷总比主人先知。麦子及时收割，马及时找回，四爷爷是豆庄的信使，是没长翅膀的喜鹊。四爷爷放下牛皮纸信封就走了，朱灯拆封，母亲凑过来，看到录取通知书，漾起满脸满眼的笑，忽又醒过神儿，说该给你四爷爷倒碗水的。朱灯亦觉失礼。多年后，朱灯突然明白，报，于四爷爷是享受。报已足够，远比喝一碗水或其他东西重要。朱灯生性迟钝，许多事须经过时间的腌渍和晾晒才能领悟。

朱灯没有专程向他人报过消息，多是顺便。他从未想到自己有一天也会报，而且是这样的消息。没有选择，只能他报。

堵车，进津门已十一点了。开到那个地点所在的街道，朱灯说吃口饭吧，朱印便将车停在快餐店门口。四个人要了三笼包子、两个凉菜，吃到最后还剩一笼。朱灯故作轻松，分一分，不能浪费呀。他给朱印夹的同时，给毛莉使眼色，毛莉也给黄毛媳妇夹，她自己夹了两个，几口就吞进去。朱灯便明白，这个女人心里是急的，惦记医院里的朱丹呢。放下筷子她就去结账，自有催朱灯的意思。朱灯拦住她，你上车，我来。

朱灯结完账，慢腾腾往外走。他们三个已在车上等待。朱灯上车，合门，瞥瞥朱印。朱印会意，轻轻一摁，锁死车门。

咋不走？毛莉终于忍不住了。

朱灯凝重地，朱丹……不在医院。

在哪儿？毛莉声音陡高。

未开口，朱灯鼻腔已酸，费了些劲儿，终于说出来。

毛莉号叫一声，身往上蹿，脑袋撞到车顶，反弹力将她砸在座位上。再一蹿，更猛了些，自然被砸得更狠。朱灯和朱印转过身，左右扯拽，黄毛媳妇则抱了她的腰，但根本控制不住她。如是五六次，一次比一次力度大，伴着撕心裂肺的哭号。撞击无望，她双手抓拍座椅。即便忙着摁控，朱灯还是捕捉到朱印眼里的另一种紧张。就这不管不顾的，真有可能损毁车的什么部件，若是朱灯的车，他也会心疼。终究要靠她自己控制。情急之下，朱灯叫，你再这样，车不能开了！她不是故意的。她不知自己在干什么。呵斥或许不妥，但朱灯必须这么做。毁车其实是轻的，他更担心她彻底失控。还是有效的，毛莉不再疯癫，仰面长号。黄毛媳妇仍旧抱着她，朱印和朱灯缩回座位，静静坐着。

哭声渐弱渐止，朱灯知道，这一关过去了。

便带她看朱丹。

场面更加惊险。看到安睡的朱丹，她突然跳起，似乎要扑到朱丹身上，然雷声未落，便重重摔在地上昏厥过去。三个人手忙脚乱，又拽又掐。她醒过来，便将她拖出。

再次回到车上，朱灯将过程告知她。她问追朱丹的是什么人。朱灯摇摇头，现在还不清楚。她问，查不到？朱灯说，得有一个过程。愤怒盖过悲伤，她的脸呈茄紫色，嗓子哑，但声音凶猛，我非剁了他们不可！

朱灯心往下沉，这也是他担忧的。未必全是气话，以毛莉的脾性，真有可能干出极端的事。那就乱上添乱了。得挫挫她，必须挫！朱灯声音冷硬，他不超载，人家何至于拦他？若他不跑，老老实实交了罚款，哪会……错的是他！好一会儿，毛莉才说，那也不能死追呀。朱灯说，国家有法律呢，咱不能乱来。毛莉眼底有阴影闪过，声音低下去，我啥也不懂，我听大哥的。

5

朱灯的想法并不玄秘复杂，简单得很，经公。你跑，还不让人家追？都这么逃，乱套了。犯人逃窜，警察视而不见，那是渎职。电视上常有疑犯逃窜山林、警方搜捕的画面。不将疑犯抓获，附近的百姓连门都不敢出。警察是救星呀！

追没错，但朱丹落水，追赶的人没及时施救，这是不该的。朱灯甚至怀疑他们的真实身份，突发车祸，他们一时慌神或害怕担责，溜之大吉。不管出于什么原因，都不对。这是唯一能揪住的把柄。若横生枝节，连这仅有的理都失去，那就被动了，经公也没用的。

等公家裁定，只能如此。

有了黄毛和刘栓的证词，朱灯只须准备中年警察所要的资料。朱丹一家四口的身份证及户口簿复印件，还有父母的户口簿复印件。父母的户口簿不是随便可以拿的，昨天，朱灯单就这一点问过中年警察，中年警察说要，准备齐全，他才能移交上级部门。中年警察如此说，朱灯必须照办。中年警察是那种值得依赖的人，朱灯信他。朱灯常常怀疑自个儿的智商，但一向相信自己的感觉。稳住毛莉，下一步就可以……纷至沓来，朱灯一时摇摆不定，不知哪一桩排在前面，哪一桩放在后面，昨天他不知做什么，什么都做不了。今天……桩桩件件要把脑袋挤爆了。

去哪儿？朱印这么问的时候，朱灯没有马上回答。因为还没排好顺序呢。朱印便道，该去趟派出所。朱灯点点头，问毛莉带身份证没，毛莉说带了。

到机场派出所三点左右，中年警察在忙别的事，等了十余分钟，他走过来，说正要给你打电话呢。朱灯以为有什么进展，满眼期待。听了中年警察的叙述，朱灯呆愣住。刘栓竟然把证词撤走了。朱印问什么时候，中年警察说半小时前。朱灯问，为啥？突然意识到自己弱智，又不无埋怨地追问，他撤，你就让他拿走了呀？中年警察笑了笑，有些许无奈，作证是自愿的，不能强迫，他改口，留着也没用。朱灯问，他怎么说？中年警察说，什么都没看见。朱灯叫，明明……他咋说胡话呢？朱印踩踩朱灯的

459

脚,朱灯知自己失态了,忙冲中年警察致歉。中年警察宽厚地笑笑,安慰抑或有提醒的意思,别担心,有一份笔录就可以。

朱灯似乎才想起毛莉和黄毛媳妇就在旁边,偏头飞快地瞄瞄黄毛媳妇。黄毛媳妇明白朱灯想什么,小声说,黄毛不会的。朱灯顿觉脸热。

并非朱灯多疑,这一闷棍击得太狠了。

出了派出所,前往停车场的路上,黄毛媳妇突然要去卫生间,问毛莉去不,毛莉说不去。黄毛媳妇转身,朱灯给毛莉使眼色,又用下巴指指黄毛媳妇的背影。毛莉会意,哑声道,等等我,我也去。

其实没有意义,黄毛媳妇当着毛莉的面没法打电话,但可以发信息,总不能将人家的手机抢过来。就算不发信息,晚上回去也会和黄毛说。若黄毛如刘栓那样撒供,拦不住的。但朱灯着实慌了,给毛莉使眼色几乎是下意识的。

朱印看得再清楚不过,他叫朱灯放心,黄毛不会。朱灯问他凭什么断定,朱印淡淡一笑,大哥连我也信不过呀。朱灯知朱印不快了,忙说,瞧你说的,我脑里又没灌油,只是不踏实,虽说一个村的,但和黄毛没共过事,对他不了解。朱印说,他是最早进车队的,我了解他,大哥尽可放心。朱灯问,不用打预防针?朱印摇头,不用!这把握我还是有的。朱灯这才放松下来,顿了顿,问刘栓进车队多久,朱印说也好几年了,为人还行,就是太怕事。朱灯脑里闪出猜测,难道有人威胁他?朱印说,哪用得着威胁？自己就吓住了。朱灯还想说什么，毛莉和黄毛媳妇过来了。

风不是很大，但极其寒冷，朱灯和朱印站那么一会儿，脸就麻了。上了车，朱印发动着，却没有马上驶离。他摸出一支烟，点燃，吸了两口，说先热乎一会儿。朱印的手机响起，他抓过来，看看屏幕，拉开车门，走出数步。朱灯听出是车队的事，朱丹不在了，名额空出，有人想加入。世界就是这样，一个人的灾难，对另一个可能就是机会。说来残酷，但这是事实。只不过与朱灯有关，他感到心痛。曾听朋友讲过，某女人尚在医院躺着，就有人给她男人牵线搭桥。听来令人惊悚，再想也正常。晚了或就被他人抢去，虽然不妥，但也算不上罪过。

一刻钟后，朱印钻进车内，将手搁在暖风口吹了一会儿，说还得等等。朱灯以为还是车队的事，不便多言，往后仰了仰，头抵靠椅，耐心等待。车队安顿好，朱印才有心思跟他跑。朱印年龄不大，却是老江湖，能想到朱灯永远想不到的。毛莉靠朱灯，朱灯得靠朱印。

都不说话，各自眯眼。本就疲惫，暖气烘烤，越发困倦。朱灯将眯未眯之际，刺耳的铃声再度响起。

朱印再次拉开车门，但没往远走，贴车站着。说了好久，显然极重要。他返回车内，手机仍在耳朵贴着。看得出，他挺兴奋。你就在那儿等着，我现在就过去！挂掉，对朱灯说，找到了！

至此，朱印方告诉朱灯，他在调查追朱丹那辆车的去向。今天上午，他的朋友和黄毛便到了津门。黄毛记得那辆车，也记得车牌号。本是试试，没想真的找到了，现在院里停放着。距离现场几公里，还是里东区辖地。

朱灯又惊又喜，咋早不告诉我？朱印一笑，现在也不晚，你脑子够乱的了。老二果然是老二，不服不行，朱灯甭说做了，想都不会朝这方面想，借个脑子也不会。这样，在证词之外，又多了一项证据。两项都与黄毛有关，想想刚才的举动，朱灯心有歉意，就想弥补，回头冲黄毛媳妇说，今儿让你们俩受累了。黄毛媳妇笑说，大哥见外了，需要我和黄毛做啥，你只管和老二说。朱灯说，少不了麻烦你们。黄毛媳妇说，说哪里话，咱不是亲戚，可比亲戚还近，是不是呀，老二？朱印说，你这没大没小的，连声二哥也不叫，近啥？黄毛媳妇咯咯笑，说老二是个天呢，遍地二哥，老二有几个？说着又笑出来……突然刹住，像被剁掉了。

其实没什么，人家是帮忙的，没必要陪着悲伤。一时静默。朱灯打破沉默，黄毛还真是好记性呢。朱印说，那是，尤其记车，瞥瞥就能记住，钢厂各个车队二百多辆车，没有哪辆他不知道的。朱灯想到自己被狗啃掉的记性，好生羡慕，连说了不起。黄毛媳妇说，有啥了不起的，像大哥这样吃公饭，像老二这样挣大钱，才算本事。朱印说，我挣啥大钱？那几张票子还不够黄毛赢的。黄毛媳妇又笑，不像刚才那么高声了，他那个脑子哪算得过二哥？朱印哎哟道，我比他差远了。然后告诉朱灯，黄毛还有一项本事就是记牌和断牌，跟他打麻将，没有不输的。黄毛媳妇插话，心思都用这上面了，让他买白菜，安顿三遍，拎回的要么是萝卜，要么是芹菜，说他，他还脖子硬。

轻松的气氛在黄毛打来电话后，再次凝重。那边显然没想到黄毛追上门，或是根本没在意，所以并无防备，黄毛顺利地拍了照片。刚拍完，便有人出来驱离。黄毛出了大门，绕到侧面，扒墙再瞅，又一个人从屋里出来，抓了把改锥。黄毛猜到他要干什么，果然那人将车牌拆掉了。这一幕也被黄毛拍到，但距离远，照片模糊。

朱印瞧出朱灯担心，安慰说拆了车牌也能查到，这个难不倒警察，何况咱能提供照片，想赖也赖不掉。朱灯吁了口气，那就好。朱印叫了声大哥。有些突然，并无下文。朱灯猜朱印有重要的话，立即盯住他。朱印目视前方，好像是对车窗说的，可能不是路政的人。朱灯愣怔数秒，才反应过来，你是说他们冒充路政？朱印说，应该是。

一直没怎么说话的毛莉像犯迷糊刚惊醒，啊了一声，咋回事？她其实听清了，没等朱灯朱印回答，便骂出来，乌龟王八蛋，老娘扒了他的皮！

朱灯近乎严厉地，这不是骂人的时候，你别打岔！毛莉倒乖顺，立马噤声。朱印接着说，车停放地不是路政。黄毛到里东先溜了一趟路政，没看到，就在附近转，一小时后再去，仍无收

463

获。第三次去，在路政门口看见了那辆车，黄毛尾随，直到车停在现在的院子。朱灯问是什么部门，朱印说是一个公司。朱灯又一惊，这李鬼不是单枪匹马，有队伍呢。问朱印会不会路政怕被发现，借停在那儿的。朱印说，如果是路政借停，不会拆车牌，开始我就犯疑，要是路政，不会一出事就跑。朱灯也想过的。

赶到黄毛所说的那个院子，已近黄昏。大门挂了块物流公司的牌子。黄毛已将牌子拍下来，朱灯还是拍了一下。院子很大，只有一栋楼，倒是停了不少车，有轿车有货车。打着物流的旗号，干着其他勾当，真正的挂羊头卖狗肉。或许不只冒充路政，还……朱灯想象不出，虽然他和母亲一样爱胡思乱想，可在那个黄昏，脑袋卡住了。

朱印转着院子走了一圈，朱灯不知用意，跟着走。他见识了老二的厉害，不服不行。院子所在的街道甚是冷清，看不到店铺和饭馆。朱灯问朱印有什么发现，朱印说看看，记得牢一点。这话很普通，但又很玄虚。朱灯就想，老二能成事，不只靠运气，这脑子转起来，没几个跟得上。

返回，先把毛莉送到家，留黄毛媳妇陪着。所谓的家，也就一间半房。黄毛、朱印的朋友都到了朱印那儿。朱印的住处宽敞多了。朱印拎出两瓶酒，又从冰箱翻东西。朱灯见状，不顾朱印拦阻，跑到街上又买了一些。傍晚时分草草吃了一口，这会儿肯定都饿了。和昨晚的凄冷悲切不同，这个夜晚因黄毛和朱印那位朋友的加入，显得热闹。当然，还因为那一重大发现。

闲谈片刻，进入正题，朱印开始分析。是不是物流公司的人干的，现在只是推断，明天一试便知。怎么试，他也讲了。若是物流公司——朱印肯定地说，他有百分之九十九的把握。朱印说有两个选项，可以经公，也可以私下谈判。经公，冒充路政的人要负刑事责任，也会有一些赔偿，不会马上宣判，要取证，调查，来来回回要几个月或者更长时间。若是谈判私了，比较简单，不往大捅，可以多要些赔偿。那个所谓的物流公司肯定不愿上法庭，因为很有可能牵出其他事。不过若是达成赔偿协议，就追究不了人的责任了。

朱印说得极清晰，逻辑，结果，道理，像桌上的花生米，粒粒分明。朱灯听得明明白白。他没有马上说话，眉头紧锁。过了一会儿，他问朱印倾向经公还是私了。朱印竟有些羞涩地笑笑，说大哥定吧。朱灯跟着苦笑一下。再怎么亲，朱印也不会替他选择，他料到的。朱印又说在做出决定前，先不要给派出所提供资料，如果私了，就用不着了。

黄毛给僵直的朱灯夹了块火腿，大哥，你也吃呀。

朱灯冲他笑笑，又缩了脸。朱印提醒，还有一个当紧的事。他停住，似乎确认朱灯是否认真倾听。朱灯疑惑地望着他。朱印说得很慢，你得给我姐打电话了。

6

朱灯又看见了，清淡的月光下，白兔一蹦一跳，红袍披身的母亲快步追赶，边追边喊，等等我！白兔偶尔停下，蹲身回望，前肢摇摆，像招呼母亲快点儿跟上。待母亲距它两三步远，它再次跳起。母亲并非怕被甩掉，只是渴盼抱抱它。白兔似乎被母亲感动，再次停住。母亲大喜，步子加快，接近白兔时，她慢下来，三步两步一步……她正要蹲下去，白兔突又蹦开。母亲气笑了，你这个淘气鬼，捉弄我啊！

小麦苗半尺高了，莜麦刚刚顶出头，黄豆蚕豆豌豆还没破土，风柔软的手在大地上拂来拂去。再一程，庄稼蹿至半腿，香气浓烈，夜虫欢鸣。白兔没有钻入田野，沿路跳跃。麦浪滚滚，豆荚炸裂。白兔仍未停，直至来到茫茫雪野。在这个夜晚，引领母亲穿越了春夏秋冬。

白兔翩翩起舞，母亲没再上前，学白兔的样子挥舞胳膊，红袍的袖子突然变长，似乎她的胳膊长出了一整匹火红的绸缎。母亲不惧风寒，沉浸在舞蹈的欢乐中。

朱灯看呆了，母亲很像传说中的嫦娥。疑团随即闪出来，是母亲变成了嫦娥，还是嫦娥化作了母亲？

白兔倏忽不见。母亲停住，紧张四顾。目光掠过不远处的朱灯，没有停顿。她看不到他，只能辨识那一团雪白。

鼾声响起，朱灯醒了。

夜被墨汁染了一样，而皑皑雪野和长袖红袍尚在脑际跳闪，朱灯一时短路，愣怔数秒，听闻鼾声，方想起这是朱印家。鼾声在床的另一端，起起落落，极有规律。突然之间，鼾止声消，好像醒了，却没动静。再过一会儿，又踏着节拍般响起。传说朱印年过而立之后，睡觉都是睁着一只眼睛。自然是夸张，朱灯当然不信。

嘴有些干，朱灯舔舔唇，忍了一会儿，还是钻出被窝。睡前喝了酒，二三两，在他是多了，于朱印黄毛也就几口的事。尤其朱印，据说陪钢厂某个头头吃饭，喝过三斤，直到饭局结束，仍说笑如常。

大哥喝水呀？

黑暗中，朱灯嗯了一声，灯就亮了。朱印仍躺着，若不是清晰的声音和灯光，朱灯难以相信朱印醒了，他感觉自己并没弄出动静。灌下半瓶矿泉水，朱灯上床，朱印扯了灯绳，浓墨洇铺，稍顷，鼾声再起。

朱灯却难以入眠。他得在天亮前做出选择。至少，要有倾向性的态度。这有点儿难。原以为等待就可以，有证词和检测，警察自会给出结果，毕竟超载又逃，有错在先。现在情况、性质有变，面对的不是李逵而是李鬼，自然需要走其他路径。朱灯首先想到的是打官司，弟弟人都没了，李鬼们必须受到惩罚，但想到官司可能要数月甚至数年，朱灯发怵，他耗不起。他的工作不是多重要，却不能丢下不做，一个萝卜一个坑。就算委托律师，依旧牵扯精力。如果只有一个选项，没有退路，再难也要上的。可另一个选择明晃晃地摆着，朱灯不能忽视。梁柱折断，毛莉靠自己的收入很难养活一对儿女。朱灯有心无力，每月的房贷就压得喘不过气了。如果索要一笔赔偿，毛莉和儿女至少在一个时期内不用为生存发愁。但妥协就得放过李鬼，朱灯又觉对不住弟弟。而且，任由李鬼逍遥法外，也令他有同流合污的羞耻。

朱灯来回掂量，一会儿倾向这端，一会儿倾向那端，打架样撕来扯去。

如果换作朱印，肯定不会这么纠结。朱灯想让朱印参考，并不是要他决断。但知道不可能，朱印那么精明，必是怕将来落埋怨。还没跟毛莉讲，不知她的态度。她炮筒性子，应该没这么难。如果是别的，她说啥是啥，朱灯就不用头昏脑涨地选择，但这事不能全听她的。他不是复杂的人，尽量不往复杂想。但一点不想是不可能的。

朱灯也可以不选择，等朱红拿主意。何况选项明摆着，她只须决断。她才不像朱灯这么瞻前顾后。朱印再三提醒朱灯给朱红打电话，除了必须告知她，也希望她来掌控局势。朱灯不是废物，朱印也不会这么看，但朱灯有自知之明，许多方面，他跟废物没多少区别。朱灯迟迟不打，因为那也让他难，他害怕"报"。悲伤的消息晚到一天，朱红就可少悲伤一天。这是最主要的，当然还有他无法说清的模糊缘由。朱印再次提醒他打电话时，他看清了，他试图自证。很隐秘，以至于连他自己……但朱印该是看得透的。想到这里，朱灯的脸隐隐烫了。

朱印黄毛碰杯之际，朱灯出了院。在寒风中，拨通了朱红的电话。朱红一定是惊木了，半晌没有声音。好一会儿，他听到了抽泣，什么都没说，突然挂掉。

朱灯抹了抹脸，调整一下状态，拨给母亲。必须让母亲听到他如常的声音。以往打电话，他多选择在晚上七点至九点之间，母亲摸到规律，这个时间段，手机要么在身上揣着，要么在旁边放着。父亲告诉朱灯的。有些晚了，但必须打。接通，朱灯就笑着说，娘猜我在哪儿？母亲问，回县了？朱灯笑出声，差不多，在市里呢！母亲问他回来干什么，朱灯说有一个会。母亲说家里挺好，冷冻寒天的，可别往回跑了。朱灯嗯了一声，年底事多，看情况吧。朱灯不敢多说，却又是停不住的。

朱灯返回屋，朱印也刚刚挂断电话。没等朱印说，朱灯就猜到了。朱印说等我姐到了，咱们再去，多叫几个人，阵势大一点儿。朱灯点点头，叫他看着办，记好人名，事后补谢。朱印摆手，大哥放心，我能喊来的。

朱印没再问朱灯咋想的，因为朱红马上要来了。

朱灯也可以不想，但控不住疯狂的思绪。头疼欲裂，又怕影响到朱印，脑袋死死贴着荞麦枕，要塞进去似的。估摸朱红在中午前赶到，他不知道朱红雇了跑夜车的出租，已在路上。

7

铃声突起，朱灯兀一激灵。竟又眯着了。也就响了一声半，朱灯侧过头，朱印先说话了。朱红到了，问朱印具体位置。朱印叫她在路边站着，他马上去接她。朱灯便手忙脚乱地穿衣服，朱印瞥瞥朱灯，说大哥不用出去。朱灯轻声道，好久没见她了。

确实。他和她一同在母亲的子宫里孕育，那该是兄妹最亲近的十个月，坠地也亲，成长还亲，现在仍亲。但一九八四年八月二十五日，他登上了班车，而她没有。从此，见面屈指可数。

天刚刚亮，街道静而空，转过两个弯，便看见马路边上的朱红。朱灯朱印往前走，她拔了腿过来，喷吐着长长的白气。彼此能听见鞋底和冷硬地面的撞击声。朱灯欲接她的包，她却丢扔掉，扑上来紧紧抱住朱灯，叫了声哥，便哽咽住。在朱灯的记忆中，她从来没有扑入他的怀抱。朱灯有些不知所措，机械地揽住她，半个音也吐不出来。

战栗渐止，朱红松开，往朱印家去的途中，她的声音已平静许多。朱印详述了过程并讲了他的想法，朱红问能喊多少人时，目光深沉，神色刚毅，若非略显浮肿的眼皮，很难看出她遭受那么大的创伤。她看了下时间，问几点可以召集，朱印说现在就可以。朱红立即道，那就现在打电话，叫他们过来，一起吃早餐。朱灯问朱印街上有无早点铺，没等朱印回答，朱红就说，有了吃，没有半路吃。朱印说饭馆倒是不少，便开始打电话。朱灯说去食品店买些面包火腿肠。朱红叫朱灯准备别的，她去。我正好认认路，她说，坐了半夜车，脚麻，活动活动。哪有什么准备的？她不过让他歇着，朱灯当然不肯，与她一道。还是去看看，朱红这样说，朱灯就知道她还想找早点铺。这就是朱红的性子，就是要试试。饭馆确实不少，但没有营业的，朱红挨个敲门，均未回应。

　　三辆车，十五个人。朱灯、朱红、毛莉、黄毛媳妇四人坐朱印的车。上路不久，朱红便拿了面包火腿肠矿泉水挨个儿递，完后她带头撕开面包。都垫一垫，她劝。黄毛媳妇说，姐坐了大半夜车，姐先吃。朱红淡淡一笑，坐车不累的，到了吃饭点儿，就想吃东西。黄毛媳妇撕开一袋面包给毛莉，毛莉摇头，我没胃口。朱红接得极快，哪个有胃口？一会儿还指靠你呢，不吃哪来的力气？毛莉说，姐放心，我没别的本事，就是劲儿大，不吃也有的是。朱红说，拉倒吧，你要吃不惯，下了高速给你买别的。毛莉连忙说，我吃得惯。朱红温和而有力，那就吃！当任务吃！毛莉不再说话，动作极猛地撕开袋子。多了个朱红，气氛没那么压抑了。

　　物流公司显然有了防备，铁管大门不像昨日那般敞着，紧紧闭合，吊了铁锁，还多了两个保安，他们守在大门口，目光透着慌，严密防守的样子。还未近前，其中一个就连连喝喊，干啥干啥？你们要干啥？随后虚张声势地晃晃电棍。朱灯说要和管事的谈，让他们开门。保安说管事的不在，朱灯说我们不是打架的，是来解决问题的，你让负责的出来一下也行。保安说我不认识，我只管看门，这是我的职责。毛莉怒吼，职责你娘的头，打开！斜身猛撞大门。她的气势令两个保安更加紧张，边喝边挥电棍，但没碰到她。黄毛几个扒上墙，欲翻入院内。朱灯怕出意外，赶紧叫朱印制止。朱红也把毛莉拽开了。

朱灯将朱印和朱红叫到一边,说不可以硬闯的,咱不做越界的事。朱印赞同,说声势要往大造,这样才能把头头逼出来。朱红当即道,那就喊,不让进门,还能阻止咱喊?

就一起喊。

这招是有效的,半小时后,一瘦高个儿从大楼出来,请主事的进去谈,只能一个人。朱红要去,朱灯拦住,说他去。朱灯知道朱红去谈可能更好,但众目睽睽之下,他作为兄长不站出来,脸上实在挂不住。朱灯的口气和眼神少有地坚定,朱红没和他争。

过程很简单。朱灯跟着瘦高个儿走进会议室,瘦高个儿给朱灯倒了杯茶水,说领导正在来公司的路上,很快就到。十余分钟后,一个两鬓泛白的男人进来,满脸堆笑,连连致歉,说来晚了。他自我介绍,是公司的副总刘健,然后双手将名片呈递给朱灯。他说非常不巧,龚总刚做完心脏搭桥手术,现在医院住着,不能动弹,特意委托他来,所有的事都可以和他沟通,他能做主的,当场拍板,若做不了主,也会向龚总汇报。他态度诚恳,长脸上的笑一层又一层。龚总住院多半是托词,但也可能是真的刚做完手术,那不重要,只要有人代表公司出面就行。朱灯便讲了,不是很顺畅,因为他控制不住地哆嗦。刘健说他理解朱灯的心情,谁遇到这种事都不会好受,随后话锋调转,因为龚总闹病,公司最近有点乱,上班期间还好,休息期间很难约束员工,难免有些人跑到社会,干出有悖公司制度的事。接着再次调转,但不管什么时候，只要是公司的职员，公司一定负责，不过这得有个过程，不是三五句话能解决的。他满脸真诚，话有些滑溜，但不无道理。已经中午了，他建议先吃饭，朱灯认可，他便站起来，和朱灯握了握手，说他这就去调查，朱灯可随时打他电话。

一干人在会议室吃过盒饭，瘦高个儿将他们带到宾馆，安排入住。

比朱灯想象的顺利，刘健虽没直接承认，话里话外留有余地，但就冲态度突然变化，完全可以确定。朱灯暗暗松口气，这不是他谈判的结果，刘健不过是代表公司表态。但毕竟是他走进会议室，和刘健面对面谈的。如果连这点进展都没有，他会很羞愧的。

下午，朱灯带朱红去看了朱丹。返回途中，朱红问朱灯怎么打算的。整个长夜，还有这大半天，包括和刘健面谈时，朱灯都在摇摆中。可在从那个地方出来时，朱灯有了倾向。如果打官司，就意味着弟弟还将在此躺着。数月，甚至一两年。很多东西难以预估，也耗不起。若私下达成协议，索要赔偿，也算告慰弟弟，惩罚肇事者。朱灯说说停停，等待朱红插话。朱红不言，直到朱灯停下。短暂沉默后，朱红极冷静地，哥，你说得都对，但这官司必须打！一年不行两年，两年不行三年，哪怕十年呢，我不信十年打不完一场官司，躺就躺呗，在哪儿不是躺？人没了，要钱干什么？不要这笔赔偿，毛莉和儿女也饿不死。挣钱的路多的是，有胳膊有腿的，怕什么？

473

朱灯哑然。朱印将经过告知她,她该就定了主意,问朱灯不过是出于习惯。过程的艰难和结果的不可预测,她当然能想到,但她不惧不怵。她意识到伤了朱灯,放缓语气,我没文化,哥多出主意,跑腿的事我来。欢欢准备考研,乐乐大学也适应了,都不用我操心。我平头百姓一个,有的是时间。

朱灯不由想起多年前,他和朱红去供销社卖鸡蛋。父亲刚编好的柳条筐,筐不大,但柳条未干透,稍有些沉。照例是朱红挎着。朱灯特别喜欢那个精致的柳条筐,朱红就递给他,跟在后面,随时要接过去的架势。朱灯想多挎一会儿,拔腿小跑,企图甩开朱红。可以不跑的,某种模糊的意识驱使着他,朱红急喊,别跑,小心——话音未落,朱灯摔倒了。土路坑洼虽多,但边侧是硬实的,没有石块,只有细小的砂粒。45颗鸡蛋几乎全部碎裂。这可不是一般的祸,朱灯吓得大哭。朱红脱了裙子,让朱灯兜住,她将碎裂的尚未溢出蛋清蛋黄的壳掬到裙里,哥,别害怕,爹娘问起,就说我摔的。她没有责怪朱灯,勇敢地将责任揽过去。往回走的时候,朱灯说出他的另一担心,该买的东西一样也没买。朱红说,鸡还在呢,等攒够蛋再买。语气轻松,仿佛蛋就在鸡屁股卡着,可以随便抠。她的情绪感染了他,他没那么愁了。

也许从那时起,他在她面前,底气总有些不足。时间应该再往前移的,所有的事,她都挡在他前面。

现在毕竟不同以往,他经历过她没经过的,知道她不知道的。他承认自己有部分的自私,且在乎脸面,可这只是一部分原因。他倾向私了，绝不是为自己考虑。

沉默了许久，朱灯说，也该问问毛莉的意思吧？朱红说，问是要问，但不能让她定，她会听我的，这事交给我。朱灯说，若是抱定打官司，就没必要和他们交涉了，也没必要住在这儿。朱红叫了声哥，说该交涉还是要交涉，等他们不再躲躲闪闪，老老实实承认了，咱再打官司。他们已经安排，咱就住着，活生生的人没了，住几天宾馆能咋的？人活过来，我请物流公司的人住一年。我给大姨二姨大舅二舅都打了电话，几个姑姑也说了，亲戚们能来的都让他们过来。朱灯急了，你通知这么多人，爹和娘就不好瞒了。朱红说，早晚都会知道，再说，咋也得让他们见见——朱红鼻腔堵塞，随即恢复正常，哥放心，我都嘱咐过了，他们不会和爹娘讲的。

朱印专注开车，像没听见朱灯朱红在说什么，没发表任何意见。他没站在哪一方，但又感觉哪方都站。朱灯有心再问，想想还是算了。想说早就说了。

路过一个大超市，正在促销，彩旗飘飘，横幅堆叠。朱红叫朱印停车，让朱灯去找找有没有录音笔。朱灯问要录音笔干什么，朱红说，搜集证据呀，你揣在身上，那个副总再说什么，都要录下来。

8

次日，亲戚们陆续抵达。大姨、大姨夫和两个儿子，二姨、二姨夫和三个闺女，大舅、二舅，伯父和两个儿子，五叔、五婶、三姑。另有四爷爷、五爷爷、六爷爷的儿孙。他们要么在外打工，要么住在他处。朱红没告诉仍住在豆庄的老叔。每有人来，便给瘦高个儿打电话，他通知前台，后来无须告诉他，直接登记。除了几个长辈，都挺忙的，各有各的营生，但朱红的电话犹如号令，他们丢下活计，从天南地北汇聚到这家叫星光的宾馆。两头的亲戚彼此认识的不多，甚至见了面也就点点头。在这个寒冷的岁末，他们一起站在兄妹俩身后。

朱灯倍感温暖，也倍感压力。他的录音笔尚未启动。刘健一整天都没有影子，朱灯原想在傍晚打个电话，又怕刘健听出他的急躁和焦虑，既然咬定，就该沉住气。刘健以调查作为借口，那就给他一天时间。这么想着，便压住念头，挨房间看望亲戚。没人在意这些的，但朱灯在意。

吃过早饭，朱灯给刘健发短信，刘健回说一小时后到。他挺准时，脸上的笑仍层层叠叠，上来就握紧朱灯的手，好像他们是多年未见的老友。他问住问吃，如有其他需要，尽管和他讲。刘健敲门那刻，录音笔便工作了。录音笔藏在朱灯的衬衣兜里，紧贴胸膛。衬衣外套着毛衣，刘健看不出的。但朱灯仍然紧张不安。这是占理的情况下，不然打死他也干不出的。

刘健堆着笑，朱灯就不好冰着脸，但话是没温度的。来讨说法，不是为吃喝，弟弟远去，山珍海味也没有滋味。朱灯沏了杯茶给他，目光凝着霜。他生就善相，再怎么扮狠，也没什么力度。刘健端杯嗅了嗅，说我也喜欢金骏眉。待人胜过待己，从小耳濡目染，深至骨髓。刘健虽非贵客，但也不是仇人。两国兵戎相见还不斩来使呢。朱灯泡茶乃出于礼貌，或者说本能，不过是个形式，绝非让他品味。刘健也该清楚的，他还往远扯，朱灯厌烦地皱皱眉。谈话内容朱红都要听的，不能放一堆废话给她。朱灯不再客气，说咱们说正事吧。刘健略一僵，放下茶杯，笑稀了些，你有什么想法？

朱灯没有马上作答。他以为刘健会说调查结果，承认或否认，或以其他借口拖延。没想刘健先发制人。朱灯迟钝，但知道不能被刘健牵着走，那就太被动了。朱灯反问，你说呢？刘健的笑又恢复如初，你尽可以讲，我说过的，能做主的我当场拍板，做不了主的会向龚总汇报。朱灯一字一顿，我想让弟弟活过来！

刘健的笑顿时落尽，我理解你的心情，可……咱别说没用的话。朱灯有些激动，什么话有用？对谁有用？刘健眼睛暗下去，但没有半毫慌乱，端起杯喝了两口，缓缓道，我也很难过，事情已经发生，只能按已发生的来，别说气话，咱们商量怎么解决吧。朱灯说，杀人偿命。刘健再笑，虚了些，你死揪这个，那只能——顿住，似乎试探朱灯的反应。朱灯不语，刘健直言，你开个价吧。

朱灯恼恨刘健绕来拐去，但刘健如此直接，也令他意外。这等于承认了，是比黄毛的证词更铁的证据。如果要起诉，没必要再和他啰唆。若不作答，会令刘健起疑，再说朱灯也想试试他们

477

的底儿,稍做思索,报了一个数目。在那一刻,他看到一个卑弱无耻的朱灯。刘健说这不可能,有赔偿标准。朱灯立刻还击,那就偿命。刘健笑笑,我做不了主,得请示龚总。朱灯说,那你打电话。刘健强调龚总住院,不能惊着他,须到医院汇报。

刘健离开,朱灯便叫来朱红。待她听完录音,朱灯说,要打官司,足够了。朱红摇头,咱多费点事,起诉时就可以省点劲儿。朱灯说要是他们答应了呢?朱红轻笑,哥,你就是太善,那怎么可能?想想他们干的事,就知他们是什么人,捡块石头都想榨油的,心里一百个同意,也不会马上答应。什么龚总心脏搭桥,全是鬼话。朱灯的脸有些烧。朱红语气调转,善有善的好,和你谈,刘健会放松的,你套话的机会就多了。朱红多半是怕他难堪,但也可能,那是他的加分项。善亦有报,不是每次善都被人欺。

刘健仍在上午过来,没用朱灯打电话。如朱红所料,没有答应。他没有直说,而是商量的口吻,但话里夹着骨头,国家赔偿标准在那儿横着,可以不顾,却不能一点不顾,还是有个度,若太夸张,性质就变了。朱灯心中打了个寒噤。刘健或也藏了录音笔之类,他能想到的,他们咋想不到呢?刘健身后,站的可是整个公司,法律顾问不知有多少呢。刘健推心置腹地,从个人角度,我绝对是站在你这边的,但作为代表,必须为公司考虑,不然我会丢掉饭碗,我这个年龄,哪里还要我?丢了饭碗等于丢命,你吃着公家饭,能理解的,对吧?朱灯意识到刘健看出了他的怯。他暗恨自己，若是朱红，万不会被吓住，机关枪早扫过去了。也许他不该抢，就该让朱红谈，但弓已拉满，不能退缩。他冷笑道，真是可笑，你们要遵纪守法，哪会发生这样的事。刘健敛缩笑脸，朱编辑，话可不能乱说啊。朱灯直视着他，这是事实吧，是我胡说的？刘健说，不是古时候了，没有连坐制，儿子判刑，父母不会跟着坐牢。单位有人犯法，是个人行为，不能让单位背黑锅。朱灯说，你只说对一半，要是单位指使的呢？那就是公司的业务呢？刘健目光转冷，如果你这么认为，就没什么好谈的了。朱灯意识到自己的话有些过了，毕竟是推断，没有百分百的把握。可既然说到这个份上，就不能怯缩。于是冷声道，不谈就不谈吧。刘健脸僵了僵，又笑笑，那也好，我可以交差了。朱灯以为刘健会马上离去，但他转而问起朱灯的工作，讲他年轻时也耍过笔杆子。朱灯也问了些无关紧要的问题。

闲聊大约一个小时，刘健方告辞，他很真诚地让朱灯再考虑一下。如此说，自是不愿撕破脸，想接着谈的。朱灯明白，他们是怕闹大。而他太想搞到朱红想要的证据了。

也就轻松了一会儿，谈判之外的事等着他呢。要说算不上事，但远比事复杂和艰难。亲戚们抵达那日就开始了，关于打官司还是私下和解的争论。不是做决定，再近的长辈也不轻易拍这个板。当然也没指望他们拍板。朱红坚持，那就按朱红的来。不知怎么说起的，总之成为饭桌上的话题。想法不同，争论不休。可能也有喝酒的缘故。酒是从旁边烟酒店进的，没从前台拿。亲戚们大老远来了，总要喝点儿。原说一桌上一瓶，但一旦喝起来，就不能控制了。喝了酒，嗓门也高了许多。他们喝，朱灯朱红就得陪着，至少要有一个在场，以免失礼。

各说各理，比如二姨就认为没必要打官司。就算把整个公司的人送去坐牢，自己人也活不过来，不如狠狠要赔偿，照样能出气。大舅则和朱红的想法相近，砸锅卖铁也要将恶人送进监狱。

不能封堵谁的嘴巴，如果没有半点关系，他们不会讲的。

只能听着。

这倒还可，最让朱灯发愁的，是该不该告诉父母。父亲该能挺过去，母亲肯定受不了打击。他太了解母亲了。不要说噩耗，弟弟缺个胳膊少条腿，母亲也会丢半条命。他和朱红商量，朱红沉默片刻，哥，你想得比我多，可你再想想，这事咋瞒得住？朱灯黯然，瞒一天是一天。朱红摇头，长痛不如短痛，躲不过去，就没必要躲。朱灯说，你知道娘那个人——朱红说，我想到了，但有什么办法？总得让他们见见弟弟吧？不然——朱红哽住。顿了一会儿，朱灯问她打算什么时候跟父母讲。朱红说，这边落定，你我得回去一个，当面说，不能电话里讲。朱灯没有再说，想到那个场面便针刺一般。随后他又一一问过长辈，在这点上，他们的意见一致，该告诉，这么大的事，不能不让父母知道。

因为堂叔一句话，朱灯又摇摆了。堂叔说哭瞎眼是肯定的。两个堂叔闲聊，屋门敞着，朱灯正好经过。没有指称，但朱灯知道他们说的是母亲。犹如惊雷，朱灯感觉自己的骨头要碎裂了。

他没敢进去,仿佛威力更大的炮弹在屋里藏着。

朱灯去往朱红的房间,两人静静听录音。见朱灯心不在焉,朱红问他怎么了。朱灯就转述了堂叔的话。朱红半晌不语。朱灯迟疑着,不如——朱红说,哥,你的娘,也是我的娘。随即苦笑,要是想得出法子,我早想了,还用你提醒?如果能把弟弟替回来,我也愿意的,不由我啊。朱灯垂了头,如果有那样的可能,他相信朱红会的,而且毫不犹豫。他就未必。他一向是怯的。虽然仅仅是假设,但可能的选择和比较也让他惭愧。朱红心疼地,哥,你去睡会儿吧,眼睛红成那样。朱灯问她几时告诉父母,朱红说,就这三两天吧,弟弟不常打电话,太久了,娘也睡不着的。声音低下去,咋也得让爹和娘见见。停了停,又凛然地,我回去!朱灯说,还是我说吧。朱红没再争。

那个晚上,刘健打电话说感冒了,元旦后再过来。不是商量,是告知。

明知是托词,也只能暂时搁置。

新年的前一天,朱灯揣着朱红备好的速效救心丸,踏上了回乡的路途。

第五章

1

朱灯绝不会想到，中学时代经过饼庄东南角，那个常常望着他的羞怯而大胆的哑女，会在他日后的生活中出现，并以超出想象的诡异方式掀起他人生的第一波风浪。

这要从他的爱好说起。他热爱写作，渴望成为作家。如果追溯，那枚种子远在跃出农门前就埋在心里，只是没有意识到而已。再准确地说，是母亲牵着他的手走进麻婆子家时。

朱红去祖母家借住后，夜晚冷清了许多。没了伴儿，只能自己玩。他在炕上弹玻璃球，或用磁石"指挥"队伍。所谓的队伍是铁屑，是他和朱红一起从铁匠铺扫来的。铁屑倒在纸上，磁石放在纸下，只要移动磁石，碎屑就摇头摆尾，甚至来回游走。挺有趣的，但没有对手和观众，趣就淡了，进而失去了兴致。他很想让母亲陪他玩，如果母亲没事干，他定会央求她。但母亲没有闲的时候，不同在于，画画、剪纸、缝纫，她离煤油灯近些，绕绳、打铺衬、纳鞋底，她坐得远些，将大片的灯光让出来。似乎那是馒头或大饼，她少吃点，就可以给儿女节余下。

而且，母亲常常发愣。绳子拽到一半，突然就不动了，像一块木头。眼睛盯着某处，也可能什么也没盯。每当这种时刻，朱灯大气都不敢出，更不要说让母亲陪他玩了。他本该喊母亲或摇摇她，如果换作朱红，定然会的，但他不敢。他怕闯出大祸，他碰触，母亲很可能会化作羽毛，随便一缕风就可将她刮得无影无踪。他紧张地看着，像母亲一样一动不动，直到母亲活过来，先和他说话。

你听见啥没？母亲问得最多的一句话就是这句。朱灯告诉她没听见，她还追问，朱灯再次摇头后，她仍不能确定，丢下活，趿了鞋，风一样刮出去。屋里突然空空荡荡，朱灯顿有被遗弃的惶恐，什么都不顾了，大声唤她，夹带哭腔。有时母亲很快就返回，有时要他呼喊十多声才回来。似乎跑了多远的路，气喘吁吁的。娘在呢，母亲的眼睛有着奇异的光芒，昏暗的屋子骤然转亮。

那一阵，母亲还常常叹息。叹息没影响到她干活，手依旧在忙，她自己大概也没意识到，因为那远比麻绳穿越鞋底的声音轻。某天晚上，朱灯独自玩耍，突然发出叹息。母亲不由笑了，小小年纪叹什么气呢？朱灯想了想，说我没叹气呀。母亲的脸突然冰冻，以少有的严厉警告他。他不顶撞也不应承，惊恐而又痴傻。他天性迟钝，反应不过来。母亲的神情随后温和，说不能唉

483

声叹气的,不好!他点点头,其实他根本不知道自己叹气了。记住啊,母亲再次叮嘱,他重重地嗯了一声。也怪我,母亲自责,并提醒他,如果听见她叹气,就拿笤帚疙瘩敲她。母亲没管住自己,隔日就叹了,但朱灯没敢敲她,尽管笤帚疙瘩就在母亲身边。只是提醒了她。而他也未能说改就改,像母亲一样犯了。猝不及防地,母亲重声呵斥,再唉声叹气,就拧他的嘴。他吓哭了,保证不再犯。

哪天戒掉的?朱灯说不好,反正戒掉了。他的字典里没有这个字,极度消沉之时也不叹。也很少听到母亲叹了,可能她以另一种方式叹息,因为她还常犯愣怔。母亲愣怔的世界,他看不到,也听不到。终于明白,是多年后了。

那天,母亲从愣怔的世界钻出来,他壮着胆子问了母亲。母亲有些慌,说没想啥。这骗不过朱灯,她自己也清楚的,随即说她自己也不知道乱想些啥。朱灯垂下眼帘,他没有戳穿她的勇气。母亲不忍,歉疚地笑笑,说想起麻婆子的故事了。他望着她,等她讲。他一定露出了馋相,就像母亲烙饼时,他守在锅台那样。父亲闲暇时会讲一些故事,比如十二生肖,为什么老鼠排在第一,为什么牛没上牙马没胆,等等,母亲极少讲的。那个晚上,可能他的渴望触动了母亲,也可能母亲怕他继续追问,就讲了月亮、嫦娥、玉兔,末了惋惜地,都让我糟蹋了,再过一年,咱听麻婆子讲。再过一年,朱灯不懂其中的缘由和逻辑,凡是母亲不说明白的,定有什么禁忌。朱灯当然没有尽兴,但母亲已催他睡觉。于他，睡觉是重要的任务。他不知母亲什么时候躺下，而父亲什么时候回来，他多半也不知道的。

深秋的某个夜晚，睡梦中，朱灯被摇醒。迷迷糊糊的，虽然不知发生了什么，但能感觉到气氛的欢愉。朱灯爬起，用棉被围裹住腰，如猴子蹲坐。他只穿一件单背心，背心打了两块补丁，一块硬币大小，一块状如鸡蛋，都在当腰，被子裹得不紧，补丁显露。每次他穿脱衣服，母亲都会摸摸那两块补丁，似乎担心缝得不牢，补丁会掉下来。但那个夜晚，母亲伸出胳膊，却没有摸补丁，而是往上拽拽被子，几乎盖住他的头顶。被子魔术般变成一个洞，他蹲在洞口，更像猴子了。母亲端详着他，忍不住笑了。父亲也笑眯眯地，灯，让你看样东西。朱灯这才发现，父亲一只手是攥着的。父亲生怕朱灯看不清，拳头伸至朱灯眼皮底下，翻过来，缓缓展开。朱灯的眼睛顿时瞪圆。

父亲手心托着两颗圆球，比鸡蛋黄大，但不怎么光滑，坑坑洼洼，皱皱巴巴，颜色也比蛋黄深。圆形的顶端略呈尖状，像犄角。孵小鸡时，每颗鸡蛋母亲都要对着灯光照照，有的蛋能孵出，有的蛋孵不出。孵不出小鸡的自然不能用。朱灯以为父亲从别处搞来的蛋，他不知里面藏了什么，但猜一定能孵出。所以，父亲让他猜，他脱口道，蛋。

父亲哈哈大笑。母亲笑着责备父亲，灯从没见过，咋认得？父亲这才告诉他，那叫核桃，是结在树上的，然后要埋入地下，等到最外面的皮褪掉，再挖出来，就成了现在的样子。可以吃的。

可以吃！

这三个字比核桃的模样更令人惊奇，也更诱惑。

砸核桃的过程堪称复杂。父亲将核桃放置炕沿，左手紧捏，右手拎锤，母亲则护在旁侧，似乎怕核桃逃走。锤正待落下，母亲忽然建议，垫上面板更稳妥。钉子都砸得准的父亲听从母亲，待母亲拿来面板，父亲接过。第一锤很轻，没砸开，第二下劲大了些，裂了，但仍然没破，直到第三锤落下，核桃才肢残身碎。母亲收拢到手心，拣剥硬壳，小心翼翼地送至朱灯嘴边。朱灯要抓的，母亲没让，于是，他伸出舌头，一点点舔食。母亲问香不香，他说香。母亲的手心已空，他还在舔。母亲笑说行了行了，缩回手嗅了嗅，说是挺香的。叫朱灯赶紧睡，小心着凉。

朱灯扭着脖子四下里瞅，还有一颗呢。母亲说那颗是留给红的。朱灯当然知道。父亲还沉浸在带回核桃的兴奋中，说总有一天让你们敞开了吃。母亲则拿了头巾，我去看看红睡了没。父亲说你不看看什么时候了？母亲说他们睡得晚。父亲皱眉，睡得晚也不能过去了，有多当紧，连夜也不过了？母亲迟疑着，我就是想——父亲半玩笑地，又跑不了，要不你搂着睡？母亲怅然若失，那就明儿吧。

次日清早，朱灯被惊醒。来自外屋，但朱灯知道是砸核桃的声响。他舔舔嘴唇，合了眼，静静地躺着。母亲每次炒了豆子都会藏起来，吃的时候分给他和朱红，一人一勺。另一颗是朱红的，朱灯不会争，但怕自己忍不住，想等朱红吃过再起。

过了一会儿，有人进来，至他枕旁，将一个颗粒塞他唇间。那香味还没忘呢。他睁开眼，看到朱红粉红的小手。

2

母亲炒豆是有规律的，比如节日，比如大队放电影时。在那个平平淡淡的傍晚，她罕见地炒了一碗大豆，晾凉，照例一人一勺。朱红去祖母家后，母亲以鲜有的神秘语气说带他去麻婆子家。朱灯很兴奋，母亲要兑现诺言了，随之又有吃独食的不安。他问喊朱红不，母亲轻蹙一下眉，还是算了吧，没迟没早的，她也不爱听……母亲还有话的，似乎犹豫着要不要说，突然就不耐烦了，问他想不想去。他说想。母亲绷着脸，那就把豆子掏出来，回来再吃。母亲不解释，朱灯没敢问，极乖地把兜里的豆子掏干净。母亲抓着他的手往麻婆子家去时，朱灯耳边满是朱红咬大豆的脆响。他有点馋呢。

朱灯没怎么听懂，如果时间久一点，也可能明白，但没等麻婆子讲完，母亲就扯着他回了。母亲说不能太晚。此后多是这样，没有听完的时候。等朱灯能独自去时，也没有特别晚，只要有人离开，他就跟着出来了。夜深，家家户户灯火熄灭，街道格外瘆。其实就算都亮着，街上也是黑漆漆的，煤油灯光没有穿透力，院里也照不到的。但哪怕是豆样的灯火，也会有朦胧暖心的感觉。村庄没有沉睡，还醒着。醒着，朱灯就没么怕了。而这胆量，也就听故事壮一些。他还叫过朱红，朱红不去。不去，自然是不爱听，母亲没说错。他再没喊过她。

跃出龙门，有机会阅读文学书籍，朱灯始知，麻婆子讲的与原著有很大出入，要么她忘了临时编的，要么她有意篡改，吊人胃口。贾宝玉、林黛玉、薛宝钗、关羽、刘备、张飞、曹操、孙权、貂蝉、岳飞、金兀术及隋唐好汉，没有不变的。朱灯最初阅读的小说，都是麻婆子讲过的。学校藏书多，他不知从何入手，更多是出于好奇和探究。整个村庄都被麻婆子蒙了呀。比较完，朱灯才开始阅读其他，广泛的阅读却又让他想起麻婆子，故事可以有不同的讲法，麻婆子的讲述与原著不符，但未必就不对，她因地而改因时而造，实是她的厉害呢。多年后，朱灯再度回味，想麻婆子其实极先锋，虽然她从没说过这两个字。

梦就这样生发了，悄无生息。他不知会发生什么，他能否够得着。他没想那么多，只知那团光在前方，一直走，不停，就有可能。如果有朱红一半的聪明，有朱红一半的记忆力，他一定能的。他没有。他只有可能。若是可能性都没有，那才叫惨呢。

改变已经开始，有些他能意识到，有些意识不到。

那是师范二年级下学期，距放假不到半月。那天，下了第二节课，他便往收发室急走。所谓的收发室也就半间房，如果是汇款单、挂号信、电报，都会写在黑板上，须进房间取，普通信件则放在与窗台相接、可折叠的台板上。朱灯极少翻看，每次走过只是瞅瞅黑板。自从写了一首题为《母亲》的诗歌并投寄到市报副刊部，每天都往收发室跑。他不知将会收到采用通知还是退稿单。不管哪种，都想亲手拿到。梦是秘密的。信件一般十点到，正是第二节下课的时候。台板不大，先到才可以翻找，后到只能站在外围。前面翻拣的念出收信人姓名，如有响应，就把信递出来。突然看见自己的名字，朱灯万分惊喜。抓了信钻出来，并非报社回复，那是他熟悉的字迹。他惊喜未消，且有些好奇，父亲第一次写信给他。未来得及拆，上课铃响了。整节课他心神不定，如果有分身术，另一个他定会钻进信封。终于挨到下课，他迫不及待地撕开。"吾儿见字如面……"语气正式，格式规范，朱灯猛就想起父亲的话：干啥要像啥。父亲极认真地给他写了一封信，但内容很简单，收音机坏了，父亲寄了六十元钱，让他买一台收音机。

次日，朱灯收到汇款单，周六往邮局兑出。百货大楼在邮局对面，只隔一条马路。他没有进百货店，先去了斜对面的新华书店。书店要搬迁了，库房的旧书打折处理，他买过几本。师范无须交任何费用，不但不交，每月还发饭票。起初他是月月光的，后因为想买书，又不好向父母要，他便在伙食上打主意。多素少荤，每月可余八到十元饭票，再将饭票卖给家境好的同学。他进书店纯属习惯，并不是因为揣了足够的钱。那天实在是巧，或者说书店恩赐，整出一大批旧书，摆放于柜台，而不是置于架上。朱灯从一端走到另一端，拿起又放下。目光被一个个名字吸引，兴奋而又惆怅。实在是太好了，他可以把"好"搂在怀里，若他

489

不搂，这些书就是别人的了。他揣着钱，那是用来买收音机的。父亲极郑重地写了信。没有犹豫很久，他狠心买了。本想花一半，另一半交还父母。但心如沸水，咕嘟咕嘟地冒泡。收音机彻底抛到九霄。《水浒传》《唐宋诗词赏析》《安娜·卡列尼娜》《卡拉玛佐夫兄弟》《包法利夫人》《布登勃洛克一家》等，均是那次的战果。

如获至宝，朱灯抱着纸箱，感觉天上多了个太阳，世界红彤彤白花花，说不清是什么颜色，只知亮得出奇，街道、建筑、行人均闪耀着超常的光彩。

回到宿舍才想起收音机这档事。父母每次让他买东西，找零的钱，他一分不少地交回，除非父母明确赏给他。他也想贪占的，但不敢。被梦想引诱，破天荒地将那样一笔巨款花掉了。好像那时他是不清醒的，确实，当时整个人都燃烧着。现在冷静了，怎么和父亲交代？

放假回家自能说明，但他不想当面讲，有些话，哪怕是父亲，在注视下，他也说不出口。他用父亲的方式，那也是他第一次给父母写信。即便那样，也没敢提自己的梦，只说书是打折的，错过时机，同样的钱连三分之一都买不到。

收到信没？放假，进门母亲便问。朱灯以为是父亲写的那封。收到他的信，第二天便回了，这次由母亲执笔。信还没到他就放假了。

不怎么听收音机了，也没时间，母亲笑着说。

看书挺好，别把眼睛累坏了，母亲又说。

朱灯没有追问信的内容，不需要了。但他惦记着那封信，返校当天，放下包便往收发室跑。还在呢，热乎乎的，好像不是混杂于信件之间，而是母鸡孵着的蛋。

3

秋日的夜晚，朱灯从骆驼井抄近路回村。

师范毕业，他分配到骆驼井中学任教，已两年有余。骆驼井与五台相邻，也傍着公路，比五台靠北。经五台回豆庄，要四十多里，抄乡间小路，也就三十里。朱灯极少走公路，哪怕下了雪，只要不超半尺，仍会抄近。雪太厚，再要起风，就没法走了。

村路也不是常走。中学寄宿制，双周休两天。就是说朱灯半月可回一次家。但他不是按照这个频率回的，秋收及家族中的婚丧嫁娶必须回，通常情况他留在学校。有时回去住一晚，又匆匆忙忙返校，好像有天大的事等着他。事是有的，不大，但于他很重要。他开始了跌撞而疯狂的长跑，向着那一缕光。他需要时间，每一分每一秒。

那是个星期天，数小时前他方返校。家里两年前买的黑牛死了，母亲心疼得直掉眼泪。父亲掰着指头一通计算，损失是有，但不会太大。母亲的情绪才好了些。父亲所谓的挽回就是变卖，肉、骨头、头蹄下水，还有牛皮。说起来简单，操作起来没那么容易。天虽转凉了，肉也存不了几天，须尽快处理。豆庄通电也就几年,甭说用冰箱了,听都没听说。亲戚们割走一些,朱红弄了些去五台卖,朱灯也领了任务。他没带肉,返回骆驼井,问了饭馆、医院、粮库、供销社,没有要的。如果说宰杀的,也许可以,但他没么说。他不想撒谎。经过乡政府大门,他犹豫了一下,没进去。

没有买的,朱灯就没有回家的必要。按照父亲的计划,实在卖不掉就腌了,留着过年吃。一点点也没卖掉,朱灯挺惭愧的。朱灯在骆驼井认识一些人,但那关系比纸还薄,根本不起作用。好在可以腌。没想到开饭馆的宋大肚会找上来,那会儿朱灯问过的,宋大肚话都懒得回,只摆了摆手。现在宋大肚不但要买,而且要五十斤。朱灯按下狂跳的心,连连说好。宋大肚问朱灯肉在哪儿,朱灯说在村里,他连夜驮过来。朱灯急着稳住宋大肚,生怕他改主意。宋大肚顿了一下,问能赊不,他拿不出现钱。朱灯迟疑着点了点头。宋大肚让第二天一早带到饭馆,朱灯说没问题。救星降临,什么要求都可答应。

朱灯骑车出校门,已过了九点。星光稀淡,四野黢黑,但尚可辨路。要经过三个村庄,数条林带,夜里骑得慢,一个半小时也到家了。走夜路不是第一次了,不过没这么晚。和豆庄通往五台的路一样,两侧也有不少坟丘。第一次夜行,心里还是挺毛的。若磷火突闪,整个人都会缩紧。想到他的梦,便没那么怕了。这是屡屡使用的法宝,高尔基敢在墓地过夜,他怎么可以怕夜行?他还嘲笑自己,甚至故意哼起小曲。就这样一点点改变着,后来回想,某些行为可笑夸张,但若时光倒流,他还是依旧。再进一步讲,他是被光亮引领着走的。

那个夜晚,他更是欢愉。不知不觉,踩踏频率加快,结果方向走偏,穿进了庄稼地。扭车把急了些,没拐出来,反摔倒了。庄稼还未收割,不觉得痛,就在坐起那一刻,他听到了长长短短的声音,似哭非哭似唱非唱,似喊非喊似哼非哼。顿时魂飞魄散,再不能动弹。眼睛本已适应了夜的黑暗,但那一瞬间,似乎眼球也被惊跑,他什么都看不到。定了好一会儿,深黑、浅黑、灰黑……终于与星光接通,又能看见了。声音持续,在不远处。他小心翼翼地扶起自行车,满脑聊斋的残片。本可以骑了就走,腿还软,跨上去也没问题的。

鬼使神差地,他又将自行车放倒。是的,他没想那么做,毕竟太过恐怖,而又重任在身。可那不由他,他是被驱使着。顺着声音的方向走,似乎不是很远,在庄稼地的某个地方。听得清了些,似是女音。他没那么镇定,心扑通通地响,可脚没有停下。

哎哟——

他震了一下,刹住。他明白过来,咬紧嘴巴,慢慢后退,脸有些烧。确定拉开距离,转身,正走。扶起自行车,跨腿离去。

次日天尚黑着,朱灯便爬起来。昨晚摔倒,不能确定具体地点,但能想起大致位置,经过那片区域,他悄悄笑了。按照豆庄的说法,撞了邪,须连唾三口。昨夜没敢,今日不愿。又多一桩经历,那才好呢。

朱灯到得早，等了一会儿，宋大肚才开门。宋大肚问过秤没，朱灯说过了，但宋大肚还是称过，末了说好。走出老远才想起连欠条也没写，又返回，宋大肚说过几天就给你了，打什么欠条！朱灯没动，宋大肚就从架上拽出一个油腻腻的本子，翻掀数页，写了牛肉及重量，递笔给朱灯。朱灯签名，并标注了日期，这才离去。

朱灯没有"过几天"就找宋大肚要钱，一个月后去的。宋大肚说手头有些紧，再晚晚。朱灯没有多说，扭头就走，人家帮了忙，不能不近情理。过了二十天再去，还是没有。朱灯挂着满脸的笑，让他想想办法。宋大肚说，放心吧，欠不下你的，你不用再跑，有了我给你送到学校。等了一阵子，宋大肚没送，朱灯又去饭馆找。宋大肚还是没钱，朱灯急了，说家里急等钱用。宋大肚为难地，我不是不还，实在是没有呀，老弟，不信你搜！还真抬起胳膊，任由检查的架势。没料宋大肚这样，朱灯迟住，不知如何接招。宋大肚并不蛮横，神情和语气是无奈的，可他的做法等同耍赖。朱灯心有愠怒，却不好发作，竭力压着，不想让宋大肚瞧出。这时宋大肚老婆拎着一桶酱油进来，她身形纤细，与宋大肚反差极大。朱灯瞥瞥，马上收回。宋大肚嘻笑一声，连她一块儿，搜出来全给你。朱灯的脸突然涨红。他老婆没有任何反应，径直进了里间。宋大肚垂下双臂，话硬了些，你总不能逼人卖身吧。朱灯让他给个时间，宋大肚说我不是神仙，掐算不出，放心吧，有了马上给你。

从大肚饭馆出来，朱灯才意识到腿有些抖。骆驼井杂七杂八的事，朱灯当然听过，包括宋大肚的。朋友坐牢，放心不下老婆，让宋大肚帮衬着点，宋大肚拍着胸脯保证。那女人不久就有了外遇，宋大肚撞见过，这是个近似石秀和杨雄的故事，但宋大肚没像石秀那般处理，而是保持了沉默。朋友出来，宋大肚说的全是女人的好话。那女人没和外遇断绝关系，被朋友堵住。一番审问，女人全招了。朋友羞恼质问宋大肚，宋大肚满脸无辜，生那气干吗？我老婆好几个呢，照你这么气，我早见阎王了。

还有其他故事，可能有演绎成分，但多半不虚。被称作大肚，除了他的肚倒扣着锅，更因肚量确实大。这样的人该讲义气的，而不是满嘴鬼话。可能最初就没打算给钱，所以一拖再拖。朱灯不由想起回家驮肉的夜晚，真是撞见活鬼了！

放假前一天，朱灯再去，脸冷着，声音更冷，你今天必须给。一路蓄势，能说出这样的硬话并不容易。宋大肚怔了怔，缓缓回应，要杀要剐随你便。漫不经心，却比朱灯硬得多。可谓一剑封喉，一招致命。朱灯青了脸说不出话，竭力控制，不让自己发抖。朱灯动过报警的念头，也被宋大肚瞧破。宋大肚补充，要不你报警。他这么讲，自然是不怕。报了也没用，反倒露怯。什么大肚，老油条一个，朱灯根本不是他对手。

终于平静下来，朱灯问了重复许多次的废话，宋大肚回复的自然也是废话。朱灯让他想想办法，语气几近恳求。或是被朱灯的神色触动，宋大肚说，兄弟呀，给你看样东西，不是我成心赖账,实在是真拿不出。

宋大肚又拽出那个油腻腻的账本。每页都密密麻麻,分别是金额、签名、日期。都是欠他钱的人,这只是其中一本,旧账都在抽屉锁着。他们什么时候还了我,我才能还你,让我说时间,我咋说得准?总不能胡说吧。他倒委屈了。

翻到有自己名字那页,朱灯突然变了脸色。他的名字趴在这个账本上,岂不成了他欠宋大肚的钱?宋老板,这怎么回事?宋大肚微微一笑,指指朱灯二字后的括弧。"倒欠",歪歪扭扭,应该是宋大肚加上去的。宋大肚说,账和账不一样,我心里有数。朱灯暗吁一口气。宋大肚说,甭说一个地界住着,就是不认识,我也不会黑你。朱灯终是不踏实,叫宋大肚画掉这个,写个欠条给他。宋大肚倒也痛快,照做了。朱灯反有些不好意思,问他既有这么多欠账,为什么不去追讨。宋大肚便诉起苦衷,为要这些烂账,腿都快跑断了,各种方法使尽,就差把女人搭上了,就是要不动。还起诉过其中一人,可法院执行不了,那人没有钱,只有账。末了宋大肚说,坑你的不是我,是三角债。

朱灯哭笑不得,哪能想到五十斤牛肉竟然把他拖进三角债的泥涡。随即起疑,问既然这样,宋大肚为什么不把饭馆关了。宋大肚苦笑,关了咋活?挣一堆烂账是不咋的,可好歹有账在,总比白纸强,今儿还不了,还有明儿呢,有后天呢,慢慢来呗,不愁要不上。想法和逻辑还真够得上大肚。

催也白催,自认倒霉。朱灯留话,宋大肚可以先还一半。宋大肚说，放心吧，要回钱，先还你，一分不少！

朱灯工资不高，又喜欢买书，除去生活费，几无剩余。跟会计借了些，凑够一百五十元，交还母亲。他自是不敢和母亲说实话，怕母亲操心，也因为羞愧。

4

骑上公路，自行车突然立住，牢牢地，似被焊接。那感觉极为奇妙，仿佛杂技表演。也就一个瞬间，随即奋力猛蹬，不然就被风掀翻了。春天的风不再剐削皮肤，但就狂虐程度，常常超过数九寒风。蹬了一会儿，终于力尽，只好下来推着，待风喘息才跨上去。风再度袭卷，再下来。

终于到了五台，朱灯后背黏湿，极不舒服，但想到此行"图谋"，顿时轻爽。

朱灯本职工作干得挺不错，一同分配来的几个人，他获得的荣誉最多，市德育工作者、县优秀教师等，学校没干涉他个人喜好，这是极重要的缘由。不然，或被视为不务正业。他从未讲过，但不再是秘密。有时刊物退稿，不等他拆，就有同事拆了，甚至会念出来。被注目，他是紧张的，但并不恼，笑笑，抓过来，塞进抽屉。不嘲讽，就足够了。光亮照着，无形中，肚量也大了。

但这业余爱好没有丝毫进展，全是败绩。投出的稿，要么石沉大海，要么仅仅收到一张铅字退稿单。失落一阵，希望再度燃起。

又退回来了，不过这次编辑附了封一页半稿纸的信。犹如沙漠甘泉，朱灯一点一点一遍一遍地品味，灵光一闪，想起麻婆子。

骆驼井竟然买不到麻籽，只得绕道五台。自跃出农门，朱灯再没去过麻婆子家，此番找她也不是为听故事，而是想把她的身世经历套出来。没有比她更好的素材了，稍做加工，便会叠彩纷呈。甚至不用加工，换个名字即可。朱灯知道这有难度，麻婆子一向讳莫如深，但他想试试。

除了麻籽，还买了杏干和午餐肉罐头，有些功利，与母亲差远了。若是别的，朱灯或难为情，但关涉梦想，脸壮如牛，就算被麻婆子赶出来，也是值得的。

经过饼庄东南角，朱灯习惯性地望望已显残破的院门，当然没看到。读师范的次年，她便消隐了。但每次经过，他不由自主，目光还会越过大门，扫视沉默的黄泥屋，好像她在屋里藏着。数度见面，却是不认识的，但又很熟悉，他甚至记得她曾穿过一件肥大的明显是男人的蓝布大褂。并非牵挂，纯属好奇。如果她突然扑出来，他没准会吓一跳。院门甩在身后，她的身影便淡出脑子。

朱灯去过麻婆子家很多次，从未这么正式，堪称隆重。朱灯待了一个下午，又一个上午，颗粒无收。他什么都可以问，麻婆子始终笑着，但不是什么都答。那秘密藏得太深，她不愿撕开，不愿给任何人展示。也许以后会讲，这么想着，朱灯又生出一丝希望。

朱灯告辞之际，麻婆子的声音追至耳边，你娃好运来了。朱灯愣了一下，笑笑，说多谢婆子。谁不喜欢吉祥的祝福呢！还算没白跑。

返回学校不久，某天下课，朱灯夹着教案，刚进走廊，便看到一脸严肃的校长。走廊左端是各年级办公室，右端是教务室、校长室、财务室这些。校长立在走廊中间，他身后黑板上的通知栏里写了两行工整的粉笔字。但凡通知，不论重要还是不重要，校长都是亲自操刀。当然，在校长心目中，什么都是重要的。校长能力挺强，一个乡级初中能和县中并驾齐驱，且有超越之势，他功不可没。校长不苟言笑，常背着手在校园巡视，许多老师都怕他，朱灯也怕。朱灯从不主动到他跟前，更不会套近乎，迎头遇上，最多打个招呼。那日没等朱灯说话，校长先开口，小朱，你过来一下。朱灯这才意识到校长专等他的，心中击鼓，不知自己犯了什么天条。

朱灯跟在校长身后进了校长室，校长让他坐。朱灯哪敢？立着，也方便随时拔腿。校长拿出白色瓷杯，撮了茶叶，倒满水，放在茶几上，冲朱灯笑笑，你坐呀。朱灯有些蒙，他哪享受过这般待遇？以为校长给自个儿倒呢，不然他会拦着。而且，校长竟然笑了，着实罕见。校长第三次让，朱灯落座。看来没犯天条，朱灯不怎么紧张了，但更加费解。

罗书记相中你了,想把你要到乡里,校长目光灼灼,似乎怕朱灯不清楚,特意强调,罗响书记。

朱灯当然知道这个名字,太知道了。关于罗响,有太多的故事,每个故事又有不同的版本,杂草般混杂在一起,繁密茂盛。朱灯见过罗响不止一次,只是没说过话。这个人要他,太突然了,朱灯反应不过来。

校长说,这可是天大的好事!

5

罗响的故事要从酒说起。

沽水水好,酿出的酒也好,醇厚浓郁,回味有丝丝甘甜。酒名六六顺,简单,却有丰富的寓意。不管男女,无论老幼,没有不喜欢顺的。当然,光凭名字不行,更重要的是品质。与八大名酒或有差距,但八大名酒不是谁都喝得起。据说有人遍尝名酒,最终又改回六六顺。可部分说明问题。

六六顺礼盒两个档次,分别是天干和地支。天干瓶身金黄,有身份的多喝这款。地支通体赤红,是婚宴的宠儿。另外还有简装和零打酒,销量都极好。

六六顺原先的名字与河流有关。河流也有些名气,且不乏传说,但比起黄河长江,名气差了十万八千里,再说与河流相关的酒也太多太滥。改了名字,从此乌鸡变凤凰。

改名的人叫骆九,人称骆师傅,是酒厂的酿造大师。酿酒有功，主管部门要提拔他任副厂长，被他推了。他痴迷酿酒，喜欢待在车间，甭说副厂长，就是给个县长也不干。那就不强求了。官衔没有，待遇是不差的。他不只是酒厂的宝，还是整个沽水县的宝，酒厂税收是县财政的重要来源。其实不只沽水，周边几个县也喝六六顺，所以他是那一地域的宝。县长曾给厂长三个指令，其中两个与骆师傅有关，一绝不能让别厂挖了去，二骆师傅生活中的任何问题，厂里都要全力解决。一不难，无须任何命令，厂长心里清楚。二听起来似乎也不难，但真有了问题，却让厂长犯了大难。

骆师傅的老闺女被男友甩了。这不算什么事，离婚的多了去了，合不来，硬绑着彼此难受。男女分手就更多了，每天、每个角落都有，不是合就是分，有甩的，有被甩的。想明白了，没什么甩或不甩，不能在一起，就是没缘分呗。老闺女的问题出在没想明白，把自个儿困住了。倒是没寻死觅活，但大病一场。本来就是瓜秧子，躺了几个月，原先的衣服都不能穿了。好在活了过来，算万幸。活过来不代表彻底跨过那道坎，心结仍在。不再处对象，甚至不和男人说话。就这么晃着，三年过去，老闺女真的成了老闺女。骆师傅两口子一千个日子的劝导，终于在她生日那天奏效，她同意找对象，但一定要找个大学生。前男友中专毕业，她想超过他，归根结底，还是憋着劲儿。这个条件十年二十年后不算什么，但在彼时是极高的。每年都有进大学校门的，回来的寥寥无几。就是回来，也得看上她才行。她年龄没有任何优势，长相也普通，身材倒是苗条，但苗条得过了头。

若老闺女生在别人家，恐怕没几人知道，知道也不会在意。骆师傅的老闺女，就不一样了。她的问题，就是骆师傅的问题。骆师傅的问题就是酒的问题。酒的问题牵涉千家万户。酒还叫六六顺，但味道有了变化，多了一丝丝苦。变化正是从老闺女大病开始的。一样的原料，一样的工序，还是骆师傅坐镇，但不一样了。骆师傅的情绪渗到了酒中。照这么下去，酒厂非垮不可。

所以，老闺女没对象，最愁最急的不是骆师傅，而是厂长。厂长殚精竭虑，大半精力都花在为老闺女牵线上。事关酒厂前途，别无选择。

县农机站要来一个大学生，还是单身，厂长第一时间就知道了。那个人正是罗响。罗响不是新分配的，属于调动。他本是沽水人，原想分回老家，阴差阳错分配到别的县。要说那个县比沽水气候经济都好得多，但他就想回故里。单位不放，闹得很僵。罗响磨了好几年。

罗响第一天报到，站长便给厂长打电话，厂长生怕耽误，以最快的速度赶到农机站。厂长后来跟人讲，他见到罗响心就凉了。罗响个头不高，腰身方正，用厂长的话说，站着是桶，躺着是柜，放在麻将堆里，也就大一号。难怪单身。再想总归是大学生，老闺女没提相貌方面的要求，好歹见见。和罗响讲了，罗响极痛快。厂长以为罗响结婚心切。固然有这方面的需求，但真正让罗响提神儿的是酒。罗响事后自己说的。

两天后，厂长站长带着罗响去骆师傅家，那边除了骆师傅两口子和老闺女，还有老闺女的三个姐姐两个姐夫，另一姐夫在外地，实在赶不回来。他们既盼老闺女觅得佳婿，又恐她眼力不济，掉进大坑，都是来把关的。阵势有点大，但罗响没有丝毫拘谨，老闺女的大姐问了个问题，罗响竹筒倒豆，先说优，后说缺，末了指指自己的脸，挂着呢，就不用说了。

骆师傅两手准备，若老闺女看中，就留他们吃饭，老闺女瞧不上，一杯茶了事。茶还没喝完，老闺女就出去了。骆师傅便看厂长，厂长再看站长，站长马上给罗响眼色。罗响似乎不懂，没随着站起，却问骆师傅能否耽误他一会儿，想请教些酿酒方面的问题。骆师傅说行啊。说到酒，骆师傅就有些刹不住，等他意识到，两个小时过去了。厂长和站长再要告辞，骆师傅没让，到饭点儿了。

那顿饭是罗响赖出来的。厂长站长对罗响并不了解，没想他如此机变。不止如此，没想到的还在后面。骆师傅上的酒不是天干，而是散装酒。罗响说，我以为骆师傅喝最好的酒呢。厂长站长尴尬万分，恨不得将罗响绑了拽走。骆师傅倒不在意，微微笑着，说好不好得看你咋喝。尽性，什么酒都好。

那场酒下来，罗响声名远扬。除了骆师傅，老闺女的两个姐夫和站长厂长都有灌罗响的意思。不能绑，灌总可以，最好能出点丑。罗响来者不拒。站长看势头不对，有些急了。到底是自己手下，出小丑可以，出大丑就不好了。他踢踢罗响，提醒明天还要上班，罗响摆手，站长放心。

老闺女的三个姐姐端盘递碗，捎带着开罗响的玩笑。尤其二姐，嘴巴极刁，问罗响个子多高，罗响不卑不亢，说比拿破仑高一厘米。二姐摇头，没文化，不知一厘米是多少，有脸厚吗？罗响瞅着鼻梁略塌的二姐，哈哈一笑，没脸厚，约等于鼻子。二姐冷了脸，随后又笑笑，我来敬敬拿破仑。二姐用的是碗，罗响眉头不皱，一饮而尽。

老闺女早已回来，没和罗响说一句话，也极少和家人说话，默默在一旁坐着，冷眼看戏。

罗响不只能喝，还能吃，装那么多酒、菜、水，竟还吃了一碗米饭，外加一个馒头。骆师傅和站长表情都有些傻。两个姐夫和厂长没看到，三人早已趴倒。厂长没两个姐夫喝得多，但醉得最厉害。两个姐夫能摇醒，厂长摇都不醒的。厂长酒量原本就差，又记挂着酒厂的命运，心情糟糕，几杯就不行了。他是被罗响扛出来的。

谁都没想到罗响和老闺女走到了一起。据说老闺女当晚就去找了罗响，也有说第二天。

最开心的不是骆师傅，而是厂长。罗响结婚那日，全厂放假半天。

六六顺的味道又回来了。

6

一桩婚姻救了酒厂，罗响的好运也由此开始。当然并非每步都顺，但紧要关头总有转机。挺神奇的，要么是他撞了运，要么是运撞了他。

婚后不久，罗响调至县政府办。政府办笔杆子多，他们的路是清晰的，先提副科长，然后是科长，副主任，乡镇长，乡镇书记，再是局长或副处正处，例外也有，大抵如此。罗响学历虽高，但写不了材料。当然他有优势，就这酒量，没几个能比的，极适合管接待。喝酒是能力，也不是能力，总不能因为酒量大就提拔。所以罗响的路是模糊的。模糊，仍干得欢，是真干。他就这性格，九死一生的老闺女可谓火眼金睛。

一年之后，罗响成为副乡长。速度快了点，这其中大有玄妙。与罗响的嘴巴有关。不是多能说，在于敢说。许多事许多现象，笔杆子都看得见，心里都清楚，但没一个人说出来。管不住嘴，等于自毁前程。唯罗响敢直言，当然也会得罪人，因此得一绰号：炮筒。罗响是县长要过来的，不久县长便后悔了。退回农机站当然不妥，调到别局也不妥，只有去乡镇。基层需要年轻干部，这是最好的理由。明面上是提拔，其实是让他走人。

那是全县最偏僻的乡，好几个副乡长，各有职责范围，书记没重新分工，交给罗响一项特别任务。该乡地处两省交界，辖区一村庄与邻省村庄长年闹纠纷，要么是这边的牛跑到对面的草滩或庄稼地被扣押，要么是对面的羊群越界进入这边的草地，村里人以牙还牙，把羊圈起。不是多么大的问题，但因两个村分属不同的省，处理起来特别麻烦，乡与乡对接，县与县对接，这个月刚刚平息，下个月争执又起，有时候还会动手。乡里头疼，县里头疼，市里也头疼。几乎是不可能完成的任务。罗响在政府办待了一年多，清楚深浅。但他没有退缩，次日就驻进了村。

老闺女出嫁时，陪送了一辆摩托车，罗响极是喜欢。本地酒风豪猛，每年都有酒驾事故。买不起的还编了酸溜溜的话：要想死得快，买个一脚踹。骆师傅担心，还专门和罗响谈了一次，罗响郑重其事地做了保证。罗响平时不怎么骑，多是周六周日用。不是玩，是回家看望母亲。每次都大包小包，多是食物，有自己买的，也有从招待所打包的。他管接待，有这个便利。他的炮筒话就有关于浪费的，打包的只是部分剩菜剩饭。罗响不受待见，但论对母亲的好，而且是落实到行动的好，没有不敬的。罗响执意调回来，最主要的原因，就是牵挂母亲。

罗响是骑着摩托进村的。乡政府与村相距十余里，砂石路，路况还可，又有这般坐骑，一天往返上百趟都没问题。但罗响当晚没回，第二第三天也没回。没人提起，好像没这个人。第四天开会，书记才想起罗响，听说还在村里，叫人打电话，令他回来开会。罗响正忙着，回不来。书记不悦，叫人再打，罗响还是回不来。书记火了，将一干人晾在会议室，亲自去办公室打电话。村里回复说罗乡长走了，不知去了哪里。书记以为罗响往回赶呢，气顺了些，边开会边等。不是没有罗响会开不成，书记只是需要罗响参会。直到会开完，罗响也没有影子。书记决定直接进村，来个突然袭击。北风劲吹，书记冷静下来，调头折返。那是个烂泥坑，谁都不愿意蹲点，以往都是他亲自出马。现有罗响在前面顶着，该庆幸的。

连续二十多日，罗响还是首尾不见，书记坐不住了，不知罗响唱的哪门子戏，担心罗响捅了窟窿。一个电话，将村支书招来。罗响没偷偷回家，没偷偷看望老母亲，除了在本村，就是去邻村。去邻村干什么，村支书不知，但在本村，村支书是清楚的。清楚，却又难讲，鸡零狗碎，反正张家出来，李家进去，遇聊天就一起聊，逢干活就一起干，没有半点乡干部的架子。有人留吃饭就上炕，没人留就回村支书家。讲了一会儿，村支书便开始诉苦，说罗响又能吃又能喝，他招架不住。书记大笑，说改天给他送几袋米面。村支书脸更皱缩了，说乡里拿得出，他老婆做不行，快累瘫了。书记不再和他废话，只要罗响还在村里，风平浪静，书记就踏实了。

罗响在村里住了四十一天。去时骑摩托，回来则是步行。在邻村认了门亲，摩托送给了亲戚。两村没签任何协议，但不会再打打闹闹了。书记半信半疑，问罗响咋能保证。罗响说肯定不会了，闹一次你扣我三月工资。连续数月相安无事，书记这才认定，罗响有几把刷子，又问他怎么做到的。罗响说也没咋做，就是把两个村支书叫到一起，喝了顿大酒。罗响不愿多说，书记也没有再问，管他过程如何，结果满意就行。

罗响解决了乡县市都头疼的问题，三年后书记调往某局，罗响被提拔为乡长，没经过副书记这一级。没有闲言，这是干出来的。他和两个村支书喝酒的事，传言有多个版本，有人好奇，罗响一改大嘴巴性情，半个字都不吐。

又两年，罗响被调往骆驼井任书记。这次提拔有着极大的偶然成分。市领导在县调查灾情，到罗响所在乡的地界，临时停车。之所以说临时，是因为此处非县里安排的视察点。领导看见两侧田地的冰雹尚未化净，白花花的，地里又有人，就想下来看看。市领导还欲下田察看，被县领导拽住，说喊人过来问问。至近前，只见来人赤脚挽裤，小腿糊满泥巴，额头两腮泥汗交互，整个人脏兮兮的。县领导正欲说话，被市领导极其严厉地制止。市领导问完灾情，又问受这么大灾，乡干部呢？没一个露面的？那人答，我是乡长。

市领导大受震动，拉着满身脏污的罗响上了自己的车。在乡会议室听取汇报，先是乡书记讲，乡书记照着稿子念，市领导不耐烦，让他口头讲。乡书记没背住，说得有些吃力，加之怯场，声音发飘。市领导指指罗响，你讲！罗响不怵，且全乡的数字都在脑里装着，信手拈来。市领导很是满意，目光环视一圈，最后在县领导脸上落定，意味深长地，我们就该用这样的干部。

罗响不是演给谁看的，他就那性子。演的没捞着，他这没演的倒撞上了。一时间众说纷纭，罗响更响了。

7

准确地讲，罗响是看中了朱灯的字。不久前学校报给乡里的材料，是朱灯写的。罗响拿在手里，连说好字，跟校长了解过情况，当即道，这个人我要了！就这么简单。

当年改行是很难的，没有过硬的关系，根本没有可能。如朱灯这般，凭字写得好而被书记看上，极其偶然。但朱灯没有马上咬住馅饼，答复说考虑考虑。校长满脸满眼都是错愕，不过倒是没说什么。改行意味着不会再有假期，梦将更加遥远甚至不可及。有些可笑，但朱灯就是这么想的。当然诱惑是有的。他也清楚，如果错过，恐怕再难有这样的机会。能写出名堂还好，若是最终落空，错过的可能就是整个人生。朱灯犹豫不决，也就没有回复校长。几日后，校长说罗响让他去一趟。朱灯估摸着罗响生气了，这也难怪，是他太不识抬举。事实上，敲击罗响办公室门的时候，朱灯仍在摇摆。

罗响肤色黝黑，更像常年耕作的农民，看上去比实际年龄大许多，阔嘴阔脸，目光极有力度，不是如锥的锋利，而是不加掩饰的钝力。朱灯顿有被撞击的痛感，身体似乎也有些偏，若非罗响伸出手，他及时握住，或会站立不稳。朱灯喊了声罗书记，正要自我介绍，罗响先笑出来，哈，好个朱秀才，我眼睛够大了，你比我的还大。朱灯以为等待自己的是狂风暴雨，至少是冷嘲热讽，没想罗响如此这般，他的紧张瞬间蒸发，咧嘴笑了。朱灯没罗响绰号多，但有个绰号如同烙印，一直如影随形：大眼灯。少年时代，他曾为此自卑。罗响让朱灯坐，朱灯说不用了。罗响板了脸，那可不行！我本就矬，你站着我坐着，我不更矬了？！这个自嘲式的玩笑似乎有魔法，朱灯不由生出亲近来，顺势坐下去。罗响笑笑，这就对了嘛，我又不吃人……想当作家？

罗响拐得突然，朱灯的脸腾地红了。

罗响哎了一声，这有啥害羞的？谁还没点理想？

朱灯说，我就是爱写……

罗响说，乡里的舞台比学校大得多，只会对你好，我不懂写作咋回事，但知道一个理，有米才能下锅。

这句话戳中朱灯的心窝子。朱灯略有些激动，罗书记说得对。

罗响指指自个儿鼻子，就我，够你写半部书了。

朱灯脑里闪过他的种种故事，虽竭力控制，目光还是有些闪烁。

罗响说，咋样？动心了吧？

朱灯说，我不会写书记的。

罗响大笑，别紧张，我又不是秦桧，随便写！不过得了稿费要请我喝酒。

朱灯跟着笑笑，又生出几分好感。

罗响说，乡里需要个会写的，我看你合适，没人干涉你的爱好，该做的做了，余下时间想干啥干啥。先借调，不适应随时可以回去。怎么样？试试？

罗响商量的口吻令朱灯心暖，没有任何犹豫地点了头，我愿意！

朱灯的记忆不是多么好，但许多人许多事，反随着年龄的增长日益清晰，如化石般潜藏于心底。和罗响的初次面谈就是这样。罗响身上有令人难以抗拒的吸引力，无关身份地位，朱灯许久才想明白。

中考结束的第二天，朱灯走进乡政府大院。天仍蓝日仍红，昼夜如常更替，没有任何变化，但感觉上似乎又有些不同。究竟怎么不同，却是难以讲清楚的。即便后来，那不同放大了或更多了，他依然难以条分缕析。不是什么都可以准确描述，不过罗响那句话倒是可以涵盖：乡里的舞台大得多。

隔日，吃过晚饭，朱灯想出去走走。刚到门口，便看见宋大肚。宋大肚肚子大，平时走路四平八稳，现在双脚迅速倒换，如鸭子般左右晃荡，朱灯使劲忍着才没笑出来。有些日子没见宋大肚了。朱灯同情他，却无好感，扭头欲往另一方向。宋大肚唤他，朱灯停住。距朱灯尚有七八米远，宋大肚便伸出手，脸上的笑如剥了皮的石榴，粒粒清晰，几乎滚落。朱老弟，我正找你呢。宋大肚逮住朱灯的手，连摇数下。被他的大肚抵着，朱灯极不舒服，下意识地往后退。宋大肚攥得紧，没挪动。好在宋大肚没握多久，右手摇晃的同时，左手插进朱灯的裤兜，说这是牛肉钱。朱灯当然没忘，但几乎不指望了，没想宋大肚竟然主动送过来。宋大肚歉意地，对不住啊老弟，拖了这么久，利息就不给你了，改天请老弟喝酒。朱灯倒不好意思了，我又不是放贷的，扯啥利息。宋大肚一本正经，必须的，老弟得给我面子。朱灯不习惯这样，转移话题，问他账要得咋样了。宋大肚没倒苦水，说还好，欠债还钱，天经地义，躲得了今儿躲不了明儿。朱灯笑笑，你挺能干的。宋大肚嗐了一声，也不是我能干，三角债是一堆乱麻，再能干的人被缠住，也是活不得死不得，若不是国家出政策，没有解开的可能。

像意外得了横财，朱灯回到办公室，便急不可待地掏出来。均是十元的票子，一厚沓。可以肯定，宋大肚绝不会少给，朱灯还是数了数。没错，十五张，不多不少。朱灯就这样轻松从三角债泥潭拔出了脚，可能有宋大肚说的缘由，但更重要的恐怕不是这个。朱灯不计较，给了就好。

那个周末，朱灯原打算待在乡里的，但因为那笔意外之财，他乐颠颠地回了豆庄。朱灯没好意思说这才是卖牛肉的钱，上次的钱是他出的。于母亲来说，都一样，但于他不同。他要将真正的卖肉款交给母亲。意识深处，他是想证明什么，虽然这证明与他的能力无关。

参加工作的第一个春节，父亲和母亲就正式半正式地和朱灯讲过，他已是吃商品粮的人，结婚成家多半靠他自己了。家里不是不帮他，而是要把重点放在朱丹身上。以朱丹的成绩甭说考中专师范了，上高中也困难。就是能上，朱丹也未必去——还真被父亲料准。不上就不上，活路多得是，有父亲劝慰，母亲倒没为朱丹读书的事太犯愁。考上的毕竟是少数，母亲也清楚。朱丹可以不上学，却不能不娶媳妇。而娶媳妇要花大钱。朱灯当然不会有异议，这也是他的想法。不料父亲又补充，说朱灯有能力，还要帮家里一把。这话令朱灯紧张，他清楚自己的斤两，能自顾怕就不错了。但什么也没说。朱灯不是说大话的人，况且嘴上的保证毫无意义。母亲心到底细些，背转父亲对他讲，家里帮不上你，也不要你帮。母亲说到做到，朱灯给钱，她坚决不要，家里有呢，不剥你，母亲如是说。

但这笔钱不同，必须交给母亲。母亲如他预想的那样不肯要，而且说的话都没有变化。朱灯放到柜上，母亲又塞给他。朱灯笑说，娘，不比过去了，我到乡政府上班，钱说来就来的。这么一句玩笑话，母亲脸色就变了，你吃公家钱了？朱灯愣怔数秒，再次笑笑，你以为公家钱在墙旮旯堆着，想吃就吃？母亲盯住朱灯，真不是？朱灯不耐烦地，哎呀，我说不是就不是，你咋不相信呢？母亲仍如刑事警察般咬着，追问这钱哪来的。朱灯终于火了，说偷的，又改口抢的。母亲不安中又多了歉疚，娘不想惹你不高兴，你不高兴，娘也得问明白，钱是好东西，不是你的你拿了，那就是祸害。

母亲心里结疙瘩了。

母亲的夜游症比过去好了许多，但怕刺激，有刺激就可能犯。那样还不如让宋大肚欠着。

朱灯不再拐弯抹角，直接讲了，几句话的事。母亲长吁一口气。朱灯笑着打趣，娘乱想的本事越来越长进了。母亲也笑了，有些羞，我是怕你因小失大，毁了前程。朱灯说，我一无名小卒，娘放心吧。母亲叮嘱，甭管啥时候，也要先管住自己。朱灯说，行了，我记住了。但母亲还是不拿，说牛肉钱你垫了，这钱就是你的。朱灯皱眉，什么你的我的，你不养我，我还不知这世界啥样呢。母亲终于接了，说那就给朱丹攒起来吧。后来朱灯想，幸亏母亲给朱丹攒了笔钱，关键时候派上了用场。

朱灯原想吃了晚饭返回骆驼井的，在他，夜行已是常态，母亲也习惯了他的忽来忽走，极少阻拦。但那晚，母亲一副商量的口吻，问他能不能在家住一夜，你如今是乡里人了，咋也得和你爹见个面。好像那是什么仪式，非如此不可。朱灯明白，母亲仍有担心，要他和父亲见面，是为防患于未然。她深信父亲更有权威，更会讲道理，自然也更有效果。

如朱灯猜的那样，夜归的父亲因为他身份的变化对他进行了近两小时的训戒。

8

如果不是被罗响调到乡政府，朱灯恐怕再不会和哑女见面，也就不会有后面的事了。可以讲，罗响是他和哑女的媒介。

倒计时开始，朱灯尚无感知。

白天较忙，文字材料倒没那么多，时间多半用在接听电话、接待来客这类琐事上。办公室原有一人,老祝,连鬓胡子,小眼睛,常常犯困,要说有一半的杂事归老祝,但朱灯干得欢,老祝基本就坐着了。朱灯也不是非抢着干,而是不得不这样。总不能任由电话嗷嗷叫,一般不超三声他就接了。老祝极少支派他,他就更不能支派老祝了。夜晚基本没什么事,他可以在白纸上自由驰骋。周末,大院会安静许多,当然,不像学校那么沉寂。学校的铁栅是锁着的,乡政府的大门从来不锁,罗响不让。来大院办事的,办了办不了,都可以转一遭。还有野狗,常常溜到垃圾箱闻闻嗅嗅。吃饭倒是方便,因为有值班的,食堂周末也开,朱灯不必像在学校那样泡面。这是乡政府的好。

九月的那个周末之夜,风极大,走廊的门忽开忽合,门铧抽打着门板,片刻不停,像怀着极大极深的愤怒和仇恨。办公室就在走廊边上,所以那声音格外响。除了朱灯,其他人都回家了。但朱灯并不害怕,只是被声音烦扰,难以清静。朱灯看看表,快十点了,寻思不会有人来了,便起身插住。门不再叫了,但铧链是朝外的,仍来回甩荡,不过幅度小了些。坐下没多久,便听到突突的声响。再熟悉不过了。朱灯没有迟疑,赶紧起身,罗响已经在拍了。朱灯拔了插销,叫声罗书记。罗响有些恼火,咋走廊的门还插?朱灯欲解释,罗响已返身跨到他的豪爵摩托上,朱灯急忙闪开。罗响直骑进来,右拐,至他办公室门口,熄火。朱灯跟过去,再叫罗书记。罗响摆手,没事,你忙你的。朱灯拎了壶热水过去,罗响问他可有吃的,朱灯说只有方便面。罗响说好。

罗响很忙，白日很难见到他的身影，有些事朱灯知道，比如跑什么项目，但更多的事不清楚。除非罗响说，朱灯绝不问。比如现在，快半夜了，罗响顶着大风赶回乡里，该不会是心血来潮。

朱灯拿了饭盒和方便面过去，罗响瞄了瞄，就两袋？这还是从学校带过来的。调至乡里后，朱灯再没购过方便面。显然，罗响饿透了，饭量又大，两袋方便面不够。朱灯歉意地望着他的阔脸，说供销社的门该敲得开。罗响说算了，半夜了，没意思。

朱灯回屋不到二十分钟，罗响推门进来，手里拎着一瓶酒，是简装六六顺。罗响问朱灯食堂钥匙在不。朱灯略一怔，忙说在。半个月前，管理员将新配的食堂钥匙交给朱灯，朱灯感到莫名其妙，管理员说可能用得上。现在方明白用得上是什么意思。罗响半点弯不拐，拿上！走！朱灯说他知道厨师家。罗响的目光扫过来，你不看看啥时候了。朱灯心中忐忑，不叫大师傅，那就得他做。他倒是帮母亲做过饭，可仅仅是帮，没正经上过手。自己对付尚可，伺候书记一点谱没有。

意外的是，罗响根本不用朱灯，他喜欢甚至享受。当然，或也嫌朱灯笨手笨脚。朱灯抢着削土豆皮，削不到一半，罗响便让他放下，说你这皮削得快赶上门板了。朱灯只好停住。帮母亲做饭，朱灯勉强算个助手，在那个夜晚，朱灯几乎是闲人。

一盘鸡蛋，一盘土豆萝卜丝，很快就上桌了。馒头是现成的。罗响起酒瓶盖，朱灯方睡醒似的拿了茶杯给他。罗响盯着他，咋？嫌酒赖？朱灯笑笑，就一瓶，书记喝。罗响说，少废话！朱灯便又拿了个杯,并伸手去抓酒瓶。罗响抢过去。朱灯不安地,哪能让罗书记给我倒酒。罗响说,哪那么多讲究?罗响知朱灯酒量不大,倒了半杯,问,可以?朱灯忙点点头。罗响问,是不是觉得我不像个书记?朱灯赶紧摇头,没有。罗响的目光杵过来,你就是这么想的,别不承认。朱灯的脸热了。罗响朗笑,没啥嘛,装着多累?来,喝呀。

罗响没架子,朱灯是知道的,不仅他知道,所有认识罗响的都知道。但毕竟是一把手,他没架子,别人也不敢放肆,包括乡长,或者说,尤其乡长,在罗响面前从来毕恭毕敬。乡里的吉普车,罗响极少用,让乡长支派,而乡长则学罗响的样子,来来去去自己骑摩托。罗响毕竟身份在那儿,再没架子也不会跑到食堂帮厨。在那个夜晚,他似乎是另一个人,一个彻底卸掉伪装的人。

喝了些酒,朱灯放松了些,没话找话,问罗书记啥时候学会做饭的。罗响斜着他,这还用学?自会吃就会做。朱灯恭维他聪明。罗响皱眉,少扯淡,说人话。朱灯再次脸热。罗响说,以为让你陪酒的?是想说说话,说话就得说人话。虚话假话废话套话鬼话留给别人,跟我,你就得实打实,白天当着众人的面,偶尔说一句半句也就罢了,我不计较,这深更半夜,就你我,你还讲这些没用的,我就要骂娘了。朱灯说确实是这么认为的。罗响问,是不是觉得我粗?朱灯说,可能有人会想,我不认为。罗响指指自己的脸,我很细喽?朱灯忍住笑,你很真实。罗响怔了怔,又笑,反正我不假。朱灯说,所以,你让人敬。罗响瞪他,

517

咋又来了？朱灯重重强调，我说的是真话。罗响点头，好吧，我认了，是不是想问我啥？罗响如此坦诚，朱灯就不再掩饰，问他大半夜跑来，是不是上面有紧急任务。

罗响的故事不但县里传，市里也传，且有演绎，检查团下来，不管是农林水牧还是计划生育、乡村治理，甚至移风易俗之类的，骆驼井是必到的一站。不愉快也常有。作为一把手，罗响口无遮拦，炮弹常常乱飞，检查团哪受得了这个，当场不好发作，回头朝县领导撒火。县领导也委屈，又不敢顶撞，脸上谦恭，心里却窝着火。送走检查团，马上找罗响泄火。某领导因为泄火不及时，次日嘴巴里外起了二百多个白泡。要说也泄了，只是没找对地方，让嘴巴受了大罪。某领导补训，指着罗响骂娘。挨批，罗响从不放炮，偶尔还装模作样地检讨。但那次罗响霜了脸，说你抽我踹我都可以，就是不能日我娘。某领导僵住，秘书也惊呆了。罗响却笑了，我是为你着想，她快七十的人了，有啥好？日她还不如日我。某领导僵脸绷开，笑骂，你他妈还真是个碌碡。

罗响追问，你真这么想？朱灯摸摸头，说没有紧急任务，你不至于……连饭也顾不上吃。罗响笑道，晚饭是吃了的，但饿得快，不吃那两袋方便面还好，吃下更饿了。朱灯好奇地，从小就这样？罗响说，是呀，从小就是饭桶，我娘养活我不容易呀，刚生出来没牙，要有牙，我娘的乳房没准被我咬破呢。我多半是饿死鬼投胎，四岁爹就没了，我估摸是饿死的，他的口粮都被我吃了。你知我娘咋把我拉扯大的？朱灯静静地看着他，以为罗响要讲家史了，不料罗响话一转，我凭啥告诉你？你都不讲实话。朱灯讪讪地笑。罗响直视着朱灯，待你跟我掏心了，我再给你讲。朱灯是掏了的，也许掏得不够，他不再解释或发誓，端杯敬酒。来乡里数月，还是第一次和罗响如此近距离几乎没有障碍地交谈，朱灯确实挺感动的。感动归感动，毕竟身份不同，无形的隔肯定有的。那不由他掌控，甚至也不由罗响掌控。

我被老婆赶出来了，又一次举杯，罗响怅叹。传说中的老闺女晃过脑子，朱灯有些呆。罗响拍门那刻，朱灯脑里确实有过闪念。你信吗？罗响突然问。朱灯连忙摇头，说罗书记你不会的。罗响问，咋见得？朱灯迟疑着，我说不上，反正你不会。罗响盯住朱灯，可你这么想过，对不对？朱灯有些难堪，脸又隐隐烫了。罗响却笑了，没啥，我就是阎王也不会霸道到不允许别人想，有人恨不得把我当麻花炸了呢，我知道，但能咋样？禁止人想？皇帝老子也办不到。别看我矬，老婆稀罕着呢，咋会赶我出来？朱灯这才明白罗响是测试他的，脸更烧了。罗响指指自己的隆鼻，跟我，就来直的，别弄弯弯绕。朱灯使劲点头。罗响问，和村支书都熟了吧？朱灯说，名字都能对上号，还不太了解。罗响说，那不行，每个人啥脾性，为人咋样，你得摸透。朱灯说，我能做到。罗响说，写文章你比我强，论这个，我可以当你的老师，甭说他们的脾性，谁有相好，相好啥人，谁被捉住过，咋和解的，我都一清二楚。揣着一大把故事呢，想不想听？朱灯心底翻涌着兴奋，极干脆地，想！罗响哈哈大笑，那就支好耳朵，做村里的工作，不掌握这个，甭想做好。

9

那是个难忘的夜晚。酒自然喝光了，两盘菜七个馒头也消灭得干干净净。从食堂出来已是凌晨两点，如果再有一瓶酒，罗响没准会说到天亮。

朱灯虽然常常熬夜，但睡眠极好。曾在小说中读到一句话：失眠是有文化的象征。他喜欢小说中那位人物，意识里也认为自己有些文化，就想尝尝失眠的滋味。睡前，泡一大杯浓酽得几近苦丁的茉莉花茶，但并不失眠，依旧落枕即沉睡。早晨醒来甚为沮丧，再试，依然。多年后，失眠如蜂，夜夜蜇着朱灯，他常常想起未成功的试验。那时的自己多么可笑！

但在九月的那个夜晚，朱灯没有立时入睡。他以为那是失眠，后来知道那不叫失眠。体内似有河流奔涌，深深浅浅的水里鱼游虾戏，令他目不暇接。他兴奋呢。风仍在肆虐，门链仍凶狠地抽打，但朱灯未受丝毫烦扰。渐渐地，他被浸没、融化，溶入河流。那感觉很奇妙，他知道自己在床上躺着，但无法感知自己的存在，直到有声音响起。

还是睡着了。竟然睡了。他不知那是怎样的过程，但确定无疑，沉入了梦乡。

已是凌晨，尽管挂着窗帘，墙壁上蜘蛛样的斑痕已朦胧显现。读过伍尔芙《墙上的斑点》后，每天睁开眼，朱灯都要瞅一会儿,以这样的方式致敬,也渴盼着奇迹降临。那个早上,他未能注视,走廊有奔跑声,来来回回,让人想起被天敌追杀、仓皇逃亡的野鹿。朱灯不敢怠慢,利落地套上衣服。声音却离开走廊,经过窗前,仍是急促的。然后便远去了。

朱灯拉开门,看到走廊浮土上杂乱的脚印,快步追出。没看到人影儿,出了大院,也可能跑后排了。略一寻思,抬脚往后边走,声音却转回来了。

暗红的身影从房角闪出的一刹,朱灯耳根掠过迥于脚步的奇异声响,很轻,仿佛鸽翅的余音。所以,看到她的同时,朱灯回了回头,试图寻找声音的来源。可能是过于突然,她被吓着,猝然立定。她跑得急,脚擦着地,身子却向前倾,差点歪倒。

他看着她。

她瞪着他。

朱灯认出了她。尽管她个子高了些,腰身丰腴许多,肤色显黑,但脸型没有变化,眼睛眉毛仍是原来的样子,羞涩不再,满目惊慌和焦急,额际有隐隐的汗迹。

哑女也认出了他,眼睛陡然转亮。

朱灯说了个你字,立马停住。朱灯嘴巴的开合,将讯号传至哑女,她从呆愕中醒悟,弹簧一样射起,扑至近前,抓了朱灯的胳膊,咿咿呀呀的。她在叫,而且是大叫。朱灯猜她遇到了什么麻烦,但他听不懂。他想比画,可胳膊被她抓着,动不得。她急,朱灯比她更急,头涨了一大圈。

你松开！朱灯叫。哑女似乎明白了，双手撒离，随即折断一样跪蹲下去，抱住朱灯的腿，紧紧地。因为靠得近，她的膝盖压在他的脚上，她和他成为一体。

朱灯欲扯，她仰脸望他，黑黑的眸里浮着晶莹的泪花。朱灯的手便僵住。

若不是罗响及时解围，朱灯的脚就变成了木头。咋回事？罗响边问边系衣扣。朱灯头昏脸涨地，我也不知道，她一上来就……她不会说话。罗响盯住哑女，打了一个手势，哑女点点头。罗响再次比画，目光有不容置疑的硬度。哑女松开朱灯，随即弹直。朱灯的脚麻而痛，挪了几次方定住。

罗响和哑女在交流。她"说"得清，他"听"得懂。没料罗响还有这本事，朱灯看着哑剧，惊讶中夹杂着钦佩。

不知罗响说了什么，哑女又要跪的。泪珠不再，黑宝石样的眼睛闪着星星点点的喜悦。罗响比她动作快，扯住她的肩。他比哑女矮，扯拽并不易。哑女该能挣脱的，可在那个瞬间，她身体半悬着，如虬曲的枝条。也许力气并不重要，哑女被他的气势和神情震住，一点点地伸展、竖直。

罗响冲她比画了一下，吩咐朱灯去喊派出所老邱。

稍后的事就简单了，朱灯喊了老邱，又把哑女带过去。哑女家的母牛和牛犊被偷了。院门锁着，牛圈锁着，贼在牛圈后墙挖了洞。土墙，极易挖的。曾有一户人家，数十只羊被盗，也是这样的作案手段。

那个早上，哑女随朱灯和罗响一起吃的早饭。朱灯和哑女熟识，罗响看出来，朱灯也就讲了。说是熟识，他至今连她的名字都不知道，更不知道她嫁到了牛庄。来乡里办事的，包括报案的多了去了，不是谁来都可以去食堂喂肚子。她有些特殊，哑巴，跑了二十多里路，朱灯的旧相识，当然还得罗响放话。罗响不说，朱灯有心也不敢的。哑女报案后没有离去，也没有待在派出所，而是转到前排，岗哨般守在朱灯办公室门口。如是，把饿着肚子的哑女晾着，于情于理都说不过去。

朱灯和罗响都不会想到，哑女会是一颗炸弹。

吃过饭，哑女还不走，仍守在朱灯办公室门口，目光急切，不过倒是安静。朱灯和罗响说了，罗响大笑，县长都没这待遇，让她守着呗，你怕啥？朱灯说她站在门口，我啥也干不了。罗响仍咧着嘴，她八成是喜欢你。朱灯涨红了脸。罗响说她怕派出所不把她的事当事，认为守着你才有指望，把你当救命稻草了，对派出所这不算啥，对她是天大的事。朱灯问，老邱敷衍她？罗响摇头，这倒不会，但案有轻重缓急。朱灯求罗响和老邱说说，罗响说这个自然，不过不能赶她走，赶也未必走，哑人都倔，由她去，天黑自然会走，除非你挽留。罗响又哈一声，你会吗？朱灯急道，罗书记别开玩笑了，我不懂哑语，你劝劝她，让她早点回。罗响意味深长地，在乡里干，光会写材料可不行，别的能力也要有，能力是干出来的，谁也不是生来就会，遇事别怕别躲，要敢于上，你说还能咋的？最多干不成，又不会掉脑袋，试试，没准儿就成了。朱灯没了退路,说我试试看。罗响朗笑,今天就不用了,我来!

罗响和她交流了几个回合,她望向一旁的朱灯,有求证的意味。罗响笑说,她只信你。朱灯赶紧点点头。老实说,那一刻,他有些感动。她这才迟迟疑疑地挪脚。朱灯长吁一口气,由衷感叹,没想到罗书记还会哑语。罗响说,这算啥,在基层干,什么都得会点儿,我还给女人接生过呢,其实我也不会,但地头撞见了,咋办?总不能看着她没命吧。等有时间,我慢慢给你讲。

不料哑女又转回来,她想等。罗响已经和她说明,她还要等,这就有点儿死心眼了。罗响让她去派出所等,她不去,就要在朱灯的办公室守着。朱灯问要不要把老邱喊过来,罗响瞪朱灯,她又没犯法,喊什么老邱?给贺斗打电话,让她男人来领。

电话倒是通了,但贺斗说哑女男人出门了,家里只有婆婆和女儿,没人接她。朱灯让他想想办法,贺斗说不理她就是最好的办法。贺斗当了多年支书,老油条一枚,哪会把朱灯放在眼里?朱灯正要说这是罗书记的意思,贺斗说,你跟罗书记讲,我痔疮犯了,动不得。朱灯无语,一旁的罗响夺过电话,老贺,你就是爬也给我爬过来。不知贺斗说了什么,罗响的脸由阴转晴,进而大笑,好,把你的驴喂肥点,今冬吃不上驴肉,我把你煮了。

挂断,罗响笑望着朱灯,你还没下过村吧,你送她,顺便见见贺斗,了解一下牛庄的情况。翻转太快,朱灯反应不过来。罗响说,老娘今儿过生日,我得回去,要不我送她都可以。显然,罗响是认真的，不是玩笑。可朱灯不情愿，瞥瞥哑女，又不甘心地问罗响，真送？罗响说，她特殊么，你就辛苦一趟。朱灯说，那倒没事，就怕她不回。罗响说，送还不回，那就是她的事了，我估摸她会，她信任你呢！

待罗响的摩托车远去，朱灯才笨拙地和哑女沟通。没那么难，哑女比他想象的聪颖。他推出自行车，拍拍后座，往牛庄方向指了指，她便懂了。她没耍倔，欣喜点头。罗响的判断是对的，不得不服他的眼力劲儿。

牛庄在西北，是离乡最远的村庄，砂石路，还算好走。昨夜风刮得过了头，力气耗竭，白日软绵绵的。幸亏风不大，若遇顶头强风，甭说带个人，单骑都够呛。

四季景异，各有其味，要朱灯说，秋季是最美的。天高了许多，白色的云团爆炸般悬在半空，似乎不动，其实在走。一样的白，不一样的形状，在行走中变幻，在变幻中行走。而大地色彩斑斓，青黄红粉紫，树木花草皆是丹青妙手，比赛般涂抹着各自的佳作。秋天也是最香的，瓜果熟了，庄稼熟了，空气中总是萦绕着奇异混杂的味道。朱灯最喜欢巧瓜瓜和月饼，回忆都是甜蜜的。如果母亲没摘巧瓜瓜，摘了而没送给大有，他或许就是个半哑子。

送哑女回村的路上，朱灯突然想起母亲。和母亲一起赶过牛车，驾过马车，但从未骑自行车载母亲哪怕半里路。现在带着一个熟悉其实一无所知的女子，感觉怪诞而滑稽。朱灯不由放慢，

525

几近停止。哑女双脚落地,询问地望着他。朱灯醒过神儿,装模作样地检查车胎,随后再次上路。乡里的事杂七杂八,这就是他的工作呢。罗响也想借此检验他写材料之外的能力吧。必须完成好。没准这一程是未来下锅的米呢。

朱灯将哑女送到村口,让她自己回,但哑女抓着朱灯的胳膊,咿呀着,还跺了几下脚。她这是让他去家里呢。

哑女家的院子倒是不小,但三间土屋矮而旧,窗户略新,显然是后换的。朱灯见了哑女的婆婆,头发苍白,满脸褶皱,混沌的目光里含着警惕和戒备。哑女的女儿倒是机灵,五六岁的样子。朱灯察看了牛圈后墙的洞,又喝了一搪瓷缸加了白糖的水。哑女欲留朱灯吃饭,朱灯坚决不肯。

朱灯和贺斗见了个面,便骑车折返。晚上,罗响问了情况,又说你一点点好,她可能记一辈子,口碑就是这么来的,别瞧不起这个。朱灯点头称是。

半个月后,案子告破,贼虽然抓到了,但卖牛的钱早被赌光。窃贼也没啥家产,把他榨了也换不回几个钢镚,这就意味着哑女连一根牛毛都搂不回来。从派出所到朱灯办公室,哑女折腾了数个来回。她确实是把朱灯当亲人了,朱灯也想帮的,但有心无力。哑女没再守候在朱灯办公室门口,彻底无望后,抹着泪离开了。

连着几天,朱灯的心都沉甸甸的。

他以为就此过去,哪知仅仅是开始。

第六章

1

朱灯后来想，哑女对他亲近，自然那一次次对视是扎了根且有内容的，好奇叠加渴望，难免生出想象。他确信。因为他就想过她的身世她的家人。想想也就作罢，但痕迹没有随岁月完全消逝。不然，每次经过饼庄东南角，目光就不会有意无意地寻找了。有些情感很难说得清，没有逻辑甚至没有道理。但即便如此，过往只是部分原因，更重要的该是她想攀上他。这么说有些无耻甚至自大，他算什么？可于她不一样，不只他，这院里的每一个人，于哑女都是有光亮的。他不能成为倚靠，可她把他当成倚靠了。朱灯想起武大。武大在五台粮库不过是个值夜的，可无论在豆庄还是在武大本人心目中，他举足轻重，至少有一个时期如是。当然不是每个人都这么认为，不然，武三就不用站岗放哨了。偷情的放肆，到底付出了坐牢的代价。

哑女揣这样的心思，没什么不对。朱灯由她想到自己。朱灯和罗响亲近,因为是罗响把他调过来的,于他可谓跨越,至少目前看是走对了,当然念罗响的好。而且罗响如磁铁般吸引着他,令他畏也令他敬。敬重一个人,就感觉他什么都好。况且他也想攀上罗响,攀,就要往近靠。朱灯并非投机取巧,许多事做不出来,但是不代表没有攀附意愿。以他人的标准,他已经攀上骆驼井的一把手,比如校长,专门喊朱灯去家里吃了顿饭,说朱灯跟了罗响会有怎样的前程,总之全是恭维话。中秋节,学校分水果,还有朱灯一份。朱灯在乡里已经分了一份。和校长讲了,校长说他的关系还没办走,必须要分的。他没好意思去拿,校长派人送了过来。

父亲和母亲也说过类似的话。父亲问过罗响的年龄,说罗响是传说中的福星,肯定要往上升的,嘱咐朱灯好好干,别断了这层关系。父亲还罗列跟随刘邦打天下的二十八将,就是跟对了人,虽然出生入死,到底飞黄腾达。母亲说得更实在,大意是朱灯跟着罗响干出名堂,朱红和朱丹也就有指靠了。

回望人生,朱灯常常汗颜,他既没成为哑女的靠,也没成为妹妹和弟弟的靠。

不是什么都可以设计,不是什么梦都可以追。

但曾经的他,踌躇满志。

2

夜里落了层薄雪,刚刚盖住路面,不影响车速。朱灯专拣没被车辗压的路畔骑，轱辘在洁白的雪上滚过，有探险的刺激和乐趣。雪大就不敢了，很可能撞上石头而栽倒。不过雪厚也有好处，即便摔倒也受不了伤。也有例外，朱丹就曾磕掉一颗牙。他与几个伙伴在雪野里赛跑，不是比速度，而是比耐力和持久，类似马拉松，但是没有终点。中途闪倒，嘴巴正好啃到突兀的石块。他跃起再跑，最终把几个伙伴甩出几百米。折返回，伙伴提醒，他舔舔唇，又摸了摸，才知道牙掉了。朱灯也摔过，最厉害的一次，脸颊磕出一片硬币大小的瘀青。就冒险的胆量，朱灯远不及朱丹，所以只敢在薄雪上放纵。

视野中有物跳跃，朱灯的目光被勾住。一只灰褐色的野兔在奔跑，几乎与朱灯平行。野兔惧人，往田野深处跑才对。这只灰兔似乎知道朱灯不会或者没有能力伤害它。骑自行车，再快也赶不上野兔，但那一刻，朱灯突然生出游戏的欲望，奋力蹬踩。结果车把失偏，径直蹿进沟里。好在沟不是很深，积着枯蒿和树叶，头撞疼了，并未有伤。朱灯把自行车扛到路面，夹住前轱辘校正了车把，拍打几下才重新上路。野兔已无踪影，就是有影子也不敢追了。忽就想起老祝讲的故事。老祝不犯困时，爱说些有影没影的事。某司机看到一只野兔沿着公路奔跑，猛踩油门，想把野兔压死。那是只骄傲又聪明的野兔，狂奔中突然转向。司机太专注了，紧紧尾随，射离公路，人车尽毁。

这是初冬的上午，朱灯第二次去牛庄。包牛庄的计生员调回县城，朱灯补替。不是天天驻在村里，有点儿像联络员或督导员，有任务的时候就得下去。其中一项任务是收提留款。提留款由村里收，与包村干部的工资却是挂钩的。朱灯的关系不久前转到乡里，也就是说，他正式转行了，若牛庄的提留款收不上或收不全，他的工资就会受影响。能干的跟支书喝三天大酒便有斩获，不会来事的，和村支书处不好关系，磨破嘴皮也难完成。朱灯当然有耳闻，心里直打鼓。那晚给罗响送文件，顺便说了。罗响喜欢直接，朱灯就直来直去。罗响朗朗一笑，说有我在，你怕什么？朱灯怎能听不出话音？暗生感激。罗响又说贺斗虽是老油条，但在大事上不敢打马虎，能拎出轻重。你别摆架子，他就不会耍你。朱灯哪有什么架子？甭说跟贺斗了，在宋大肚面前也不会的。罗响如是说，朱灯就不急着往牛庄跑了。昨天贺斗竟主动打电话，说提留款收得差不多了，过几天就让会计送到乡里。朱灯欣喜若狂，握电话的手微微抖着。朱灯猜想罗响和贺斗打过招呼，不然贺斗不会这么主动。他赶紧报告给罗响，罗响还是笑笑，点拨朱灯，老家伙好面子，这是给你捎话呢，你不露面，他不会送过来的。朱灯当即道，我明天就去。

因此，虽然摔了跤，但丝毫没有影响心情。作为包村干部，最重要的一项任务即将完成，能交差，摔几跤都成。

先到村部，贺斗不在，再往贺斗家。彼时，朱灯的腿便有些沉。贺斗家养了条黑狗，上次朱灯没防备，吓了大大一跳，既不敢前也不敢退，石像般戳在院门口，直到贺斗老婆将狗喝住。往里走时，头皮仍是麻的，生怕黑狗突然扑上来，目光中满是警惕。贺斗女人笑说，不会咬的。朱灯羞怯，脖子都热了。这次有防备，朱灯没有直接走近贺斗院门口，而是沿着街的另一侧，如路人那样经过。狗叫突起，朱灯还是打了个激灵。转瞬黑狗就蹿到门口，距朱灯有十余米，叫得并不是很凶。朱灯瞅四下无人，从兜里掏出半块馒头，丢过去。黑狗果然停止叫，扑过去嗅了嗅，并没有叼住，而是抬头再叫，竟比先前凶了许多，仿佛朱灯戏耍羞辱了它。朱灯一时傻眼，年少时，他就是这么对付狗的，馒头、锅饼，屡试屡中，没想在这里失效。

只好等。

数分钟过去，没人出来。黑狗火眼金睛，越发认定朱灯是不轨之徒，先前原地立着叫，此时跳来跳去地吼。朱灯喊了几声，也便作罢。院子深，听不见的。但听不见人声，不至于听不见狗吠，贺斗两口子多半不在家。朱灯正欲离开，院里响起混浊的男音。未能喝止，贺斗走到半当院了，黑狗仍然吠着，倒是不再跳了。贺斗骂着脏话，猛踹一脚，黑狗委屈地呜一声，退到墙角。贺斗冲朱灯歉意一笑，哎呀朱秘书，让你受惊了。贺斗扁圆脸，松弛的脖颈上有几片突兀的疤痕。有故事的，不述了。朱灯也就笑笑，说以为你不在家呢。贺斗说平时都是我老婆喂，这小子只听她的话，瞧见了吧，不踢那一脚，都不把我放眼里。

女人不在家，贺斗找不到茶叶，给朱灯倒了杯白水。递烟给朱灯，朱灯摇头，贺斗便自己点了。贺斗烟抽得凶，据说一天三包，所以牙黄唇黑。闲聊间，贺斗问朱灯有什么指示。朱灯想到

531

罗响的话，笑着哪有什么指示，来看看贺书记呢。贺斗笑着，我又不是母的，有啥看头？朱灯也笑，恭维他幽默。贺斗吐个大烟圈，烟雾散去，贺斗眯了眼，不就收个提留嘛，又不费事，说了改天送，咋还专程跑一趟？不过……贺斗沉吟着，有个情况，本打算去乡里汇报的，你来了也倒正好。朱灯忙说，贺书记说哪里话，我是晚辈。贺斗目光跳跃，年龄小级别高呀。朱灯说，哪有级别，我就一写材料的。贺斗摆摆手，不扯这个，咱说事。

提留未收全，有两户收不动，其中一户是哑女。朱灯僵愣住，没有接茬。贺斗讲了那户的情况，又讲哑女。她一个人拉扯个孩子，又要养活婆婆，日子本就艰难，牛又被盗，可谓雪上加霜。如果不是自家种着地，收了点儿粮食，没准要断炊的。朱灯问哑女的男人，贺斗说那货开春就出门了，收秋都没回来，听说在亲戚的厂里干活，不知这一年能不能挣回两头牛钱。不过哑女喂了一头猪，另有几只鸡，最值钱的两样，如果硬收，就得牵猪抓鸡，但村里不好动手，逼急了，怕她做出极端的事来。

半晌，朱灯问，能不收吗？贺斗笑里藏着锋芒，你是钦差，你说了算。朱灯摇头，他并不知道怎么处理。贺斗说，要收两户都收，要免都免。朱灯点点头，问别的村是否有这种情况。贺斗说当然有，谁愿意交？刮宫引产收提留，最难搞的，有的真没钱，有的是装穷，所以免不是一句话的事，牵涉多呢。

第七支烟抽完，贺斗带朱灯往哑女和另一户人家走。贺斗提出的，朱灯也有此意。来的路上，朱灯就动过看哑女的念头。内心始终有一根隐隐的丝,看得见,却看不清,同情、怜悯或是其他。贺斗带着,就更方便了。作为包村干部,这也是他的责任呢。

哑女正和婆婆压粉条,铁锅里沸水翻腾,锅上架着蜻蜓状的床。婆婆烧火,哑女跪在灶台上,粉底白花的棉袄显小,几乎吊在腰上。小女儿端着半盆凉水候在一旁,粉条煮好,哑女用铁笊篱捞出,倒进水盆,女儿端至柜边,捞出,弄成团,摆放屉上。

哑女背朝门,没看到贺斗和朱灯,婆婆用掏灰耙戳她一下,她回转头,随即跳下地,和朱灯对视的瞬间,惊喜迸溅,但很快熄灭,黑宝石样的眼眸浮起丝丝缕缕的疑团,似乎还夹着那么一点紧张。她该是猜到了。哑女和贺斗比画了几下,贺斗看看朱灯,说一会儿再过来。

朱灯和贺斗返回,活儿已完工。红色的方桌上摆了两碗粉条,碗上放着筷子,哑女在当地立着,恭迎的架势。婆婆则靠着炕角的被垛,脸上浮着笑,目光仍是戒备的。

贺斗在场,朱灯和哑女的交流顺畅了许多。贺斗讲得挺详细了,但朱灯想了解得更细些,比如具体的收成。万一罗响问呢?必须心中有数。哑女的神情始终绷着,等待朱灯问最关键的问题吧?直到告辞,朱灯也未提起。哑女有些意外,目光不再跳闪,似乎凝固了。她拦住贺斗和朱灯,要他们吃碗粉条再走。贺斗看朱灯,朱灯摇头。哑女不放他们走。她明白决定权在朱灯,很用力地抓住朱灯的胳膊,并朝踢毽子的女儿使眼色。小女儿极伶俐，马上抱住朱灯的腿。贺斗咧嘴，看你咋走？朱灯向他求救，贺斗说不就一碗粉条吗？就当吃派饭了。贺斗如是说，朱灯就不好再说什么。

离开时，朱灯掏出二十块钱给哑女的小女儿。倒不是因为吃了哑女的粉条，必须算得清清楚楚，而是小女孩的抱拥，唤起他久违的记忆。一番推扯，终是留下了。

两天后的夜晚，朱灯向罗响汇报，哑女的情况说得格外详细。罗响目光里窝着笑，喜欢她？你要喜欢那就免。朱灯脸热，罗书记说笑了。罗响说，那就不是喽？朱灯说，她家确实特殊，有困难。罗响板了脸，神情有几分严肃，我没什么文化，但也读了点书，历史上的事知道一些，天灾人祸年年有，没有大面积也有小面积，总有不走运的。甭说交税，养家糊口就不错了，但皇粮国税，是朝廷定的，不能不交，这种时候就能看出地方官员是什么货色，顾自己的，哪管有没有，强征暴敛，有良心的，不会这么干。免了？没这个权力！得汇报，上边同意才行。朱灯问，那还要报县里批？罗响摆手，那倒不用。朱灯愣愣地望着罗响，反应不过来。罗响打趣，是不是被我绕糊涂了？朱灯不好意思地笑笑。罗响点拨，有些事要照章办呢。章是啥你该清楚吧？你问能不能免，我说免，这乡政府不成你我开的店了？明儿别人问起咋说？一千个人问，就得解释一千遍，一万个人问，就得解释一万遍。就是你有精力，可谁信你的话？男女结婚为啥要领证？证才能证明是不是夫妻，空口无凭。朱灯醒悟过来，忙说我写个情况。罗响点头，必须落在纸上，调你过来写材料，不是我需要，给哪级领导汇报，我都用不着照稿子念，但稿子得有，白纸黑字，就是凭证。贺斗和我不一样，他说话老是拐着，话里套话，你得一层一层剥。朱灯点头，我记住了。罗响说，让村里写，你附个意见，这才正规。罗响又问，贺斗是不是说我一句话的事？朱灯羞赧点头。罗响笑骂，这小子，整个人都油透了。又说你要学会和各种人打交道，还说年终哑女那里重点慰问一下。

朱灯不止一次想过，遇上罗响，是他的福分。其实，遇上罗响，也是哑女的福分。

谁能想到，后来会发生那些事呢？

3

春天来得有些突然。

连着数日沙尘暴，遮天蔽日，甭说野外，就是在街上行走，也须使出浑身力气。某个傍晚，没有任何预兆，狂风结束了发情期，一夜细雨，天蓝云白，树上的芽苞经淋浴后，尘土褪去，如魔术般爆绿。

朱灯习惯早起。记忆中，父亲极忙，朱灯几乎很难见到父亲，因为父亲总是早出晚归。家里的活儿都是母亲带着朱灯朱红一起干。其实基本是母亲带朱红干，朱灯多半时候是个摆设，但随母亲早起是必须的。渐渐年长，习惯依旧，无论熬夜多久，必定被生物钟早早唤醒。

清晨，朱灯醒来，耳边全是鸟鸣，脑里飘过周邦彦的词句：鸟雀呼晴，侵晓窥檐语。利落穿衣，草草洗漱，瞅瞅外面，清亮了许多，就想先出去走走。拉开门，几乎被惊着，走廊后墙靠着一个人。朱灯以为是幻觉或梦境，定睛细瞧，竟然是哑女。

哑女双脚污渍，看不出颜色，裤子布满泥点，隐约是蓝色的，两膝则糊满了泥巴。相较之下，酱紫色的褂子倒像刚刚从染缸拎出来，格外醒目。

莫名地，朱灯的心猛跳几下，左右瞅瞅。太早了，走廊没人。看见朱灯，哑女毫不掩饰自己的兴奋，嘴里咿呀着，胳膊比画着，双眸更亮了，且摇荡着微波般的水汽。朱灯不由发慌，瞥瞥她扛着的柳条筐，连退几步。

哑女是给朱灯送苦菜的。苦菜并不罕见，但头一拨挺难挖的，朱灯年少时常挖，知道。挖多半筐就更难了。芽体通白，长约三寸，芽头半绿半红，豌豆大小。小铲子还在菜上躺着，朱灯便知，哑女直接从地里赶过来的，必定饿着肚子。

朱灯取出苦菜，用报纸包了。他动作极慢，似乎是怕碰伤细嫩的芽茎，其实揣了私心。如果哑女就此离去，他就可出去听鸟鸣，闻雨后泥土的气息。但直到他包好，放于床底，哑女仍然立着。他冲她笑笑，叫她等着，他去弄些吃的。她不让，咿呀着拦住他。朱灯也就作罢，他可不想和她来回拉扯，哪怕在办公室，是白日。

但哑女没有离去的意思。待她将筐放于脚边，朱灯立即明白,她不仅仅是给他送苦菜的。

果然。她咿呀着冲他打着手势,没了兴奋和欢喜,神情急切,满眼焦躁。

朱灯只能和她简单"对话",深入交流就困难了。他急,她比他更急,脸都涨红了。

朱灯忙联系贺斗。贺斗不在村部,半小时后才听到他的声音。

哑女的男人春节仍没有归家,也未往回捎信儿。几天前,哑女和婆婆先后找贺斗,婆婆找了一趟,哑女跑了两趟,求他帮忙打听打听。自家人都不清楚,他一个外人哪里知道?哑女男人去亲戚的厂子干活也是哑女婆婆说出来的,贺斗询问后方知,她也是听儿子说的。

末了,贺斗说,你别理她,能帮上的帮,帮不上的有啥办法?

哑女似乎猜到了朱灯在和谁通电话,也猜到那边说了什么,朱灯刚挂断,她便冲到朱灯面前,咿呀着,满眼乞求,并朝门的方向指了指。朱灯明白她的意思,看看表,又等了一会儿,带她去后排的派出所找老邱。这也是跟着罗响的好,不然,甭说是哑女的事了,就是朱灯个人遇到什么,也不敢直接找老邱。当然就是有胆子,老邱也未必理他。

老邱比朱灯期待的认真,听过朱灯的叙述,又简单问过哑女,然后叫她回家等,男人该回来的时候自然就回来了。等于什么都没说。哑女听懂了,再次恳切地望向朱灯。朱灯问老邱能不能立案,老邱淡笑道,小朱啊,不回家和失踪是两码事,哪能随便立案?有足够的证据才行,没那么简单。朱灯说我就是看她着急。老邱说,如果……算了,还是不要吓唬她,虽说哑巴,脑子蛮灵光的,脑子吓坏就彻底毁了。叫她回家等,这是唯一的办法。然后又补充强调,真出了事,派出所不会不管。

哑女不像第一次报警时那么执拗,朱灯劝说,她便拎着空筐回了。可能是出于对朱灯的信任,也可能她相信男人该回来的时候自然就回了,虽然脸上浮着失望,但眼里的愁绪没那么重了。

那一阵,罗响天天在外面跑项目,风火轮一样,和朱灯都没说过几句话。朱灯把野菜倒进脸盆,用冷水浸了,再次藏于床底。不贵重,但到底稀罕。朱灯没有别的心思,只是感念罗响的好。感念,或曰报答,是需要能力的,于朱灯,目前只能用这样的方式。

罗响连着三日没在食堂吃饭,第四日有检查,罗响须在乡里候着。朱灯这才将脸盆端至食堂,再放一天,没准就泡烂了。果然对罗响胃口,知是哑女送来的,还调侃朱灯,我没说错吧,她是喜欢你呢。朱灯顾不得脸热,择要讲了哑女的情况。也便这时,朱灯意识到,把苦菜留给罗响,不仅仅是敬献那一丁点心意。罗响再给面子,也不能不分大小不管轻重地烦他,只能顺便。好在这私心并非为自己。

老邱咋说?罗响问。

朱灯有些结舌,他并没讲带哑女去过派出所。

罗响朗笑,怎么傻了?

朱灯这才醒过神儿,拣重点讲了。

罗响面色凝重,回家等,要是十年没音讯呢?二十年没音讯呢?还不把自个儿等死了?换作是你,你会这么等?

朱灯羞惭道,我想帮的,就是……

罗响说,哑女听话还好,她要犯急往城里跑,找不见男人不说,没准把自己弄丢了。想帮,其实很简单,咬住贺斗。他动动嘴,自有跑腿的。你要记住,就算是生锈的铁锁,只要用对钥匙,没有捅不开的。

4

我跟你说说哑女男人是个什么货色,那就是一个二狗游,油瓶倒了也懒得扶。要说他,得从他爹说起,他爹就是出了名的懒,走路都能擦出火星子,懒得抬脚。这种货就该打一辈子光棍,可世上偏有不长眼的女人,跟了他,还生了娃。哑女男人还不如他爹,他爹只是懒,哑女男人除了懒,还爱吹爱扯,十句话有九句半靠不住。他爹仗着成分好,大集体时代能混个肚圆,比别人差些,也没差到天上地下。到了哑女男人这儿,各种各的地,各过各的日子,就不一样了,勤快的吃肉,像哑女男人这种讨吃货,汤都没得喝。想娶老婆就更难了,老天爷打盹,让他钻了空子,撞了大运,不知咋把哑女骗到手的。除了不会说话,那女人哪样都比他强。哑女是个过日子女人，起早贪黑，养牛喂猪，他那狗窝才像个家样了。那货吃蜜都不知道甜，照旧乱刮跶。听说去城里干活，我就觉得不靠谱，再近的亲戚也不会要这种货色。我估摸他在乡下刮跶腻了，想到城里转转。你说这样的男人哑女要他做甚？白天累死累活，黑夜还要让他骑着，跟当牛做马有啥区别？要我说，他不回来倒好，两头心静，犯不着寻他。

免哑女的提留是不是我先提的？为啥？她确实困难。一个女人，没帮没靠，养活老的，拉扯小的，本就不易，屋漏偏逢连阴雨，牛又被偷。人心都是肉长的，谁看了不难过？能帮的忙，不用你说我都会帮，帮不了的，摁我的头也没用。

我可以派人寻那个货，工钱可以不要，路费谁出？旅店费谁出？饭钱谁出？乡里给报销，我明儿立马派人。还有个情况，找见那货，他不回来咋办？总不能把他绑了吧？

要我说，没必要费这么大劲，谁家没有难念的经？两口子吵架，女的就往娘家跑，住几十天甚至半年的都有，你说咋办？让村干部去劝？还有王登东挪西借买了个媳妇，刚刚五天那娘们儿就跑了，王登人财两空，叫天不应叫地不灵；还有李万财的儿子，被车撞成了残废，媳妇丢下三岁的娃，不知去向，李万财两口子要侍候儿子吃喝，端屎端尿，还要防着他想不开自杀；就说我吧，一年有半年犯痔疮，屁股上天天顶个尖刀，做过一回手术，不敢再做了。谁家没个沟沟坎坎？若是啥事都管，就算三头六臂也累死了。问题是累死也未必帮得上，家务事扯不清。包村干部换了一茬又一茬，没见过你这样的。

贺斗可能是激动了，好一通扯。末了半认真半打趣，老弟，你对哑女的事这么上心，是不是有想法？要说她脸蛋子蛮俊的，聋哑有聋哑的好，不用担心她说出秘密。你真有意思，倒是她的福分。那就更没必要打听那货的下落喽！朱灯有捶他一拳的冲动。

那一个月，朱灯跑了五趟牛庄，还在贺斗家住了两夜。那两夜基本没合眼，贺斗呼噜打得响，鼻腔里似乎住着拖拉机。还有他家的狗，不眠不休地狂吠。朱灯常熬夜，整宿不睡也有过的，但彼时沉浸于想象的愉悦中，反觉时光飞逝。在贺斗家不同，时间似乎无休止地繁殖，没有边界没有尽头。清早贺斗瞅着他泛红的眼，问他睡得咋样，他极其干脆地，好！

贺斗终于被朱灯磨得没了脾气，答应试试。朱灯的执拗起了作用，但更重要的还是背后站着罗响，不然他跑二百趟也枉然。

二十天后，贺斗将车票、住宿发票，还有饭馆手写的字据摆到朱灯面前。贺斗派出三个人，回来仍是三个人。虽说没转遍省城，但该找的地方全找了，没打听到哑女男人的任何消息。也就是说，哑女男人扯了谎，没去省城，而是刮跶到别的地方去了。甭说没钱没人手，就是有也是大海捞针白费劲。

有点遗憾，可该做的能做的都做了，也算有所交待。没结果，未必没有意义，于哑女，于朱灯，至少心理上少了些重量。

暂时可以画上句号。

朱灯以为。

5

"五一"的前一天,朱灯收到某刊物的信件,八开大的牛皮纸信封,捏上去厚厚的。朱灯以为又是退稿,丢进抽屉,傍晚才拿出来拆阅。确实是投出去的稿子,但附有手写信件,并非以往的铅字退稿单。铅字退稿单起码有十张了,《十月》《收获》《钟山》《人民文学》《当代》……差不多能做一个小型展览。收到手写体,朱灯预感可能有好消息。果然。编辑对小说予以肯定,但认为结尾不妥,提出了具体的修改意见,待改毕发回。朱灯大喜过望,这意味着小说多半能发表了。感谢老天。乡政府杂事极多,但并非一点时间挤不出。朱灯没有断过,写得少一些而已。几个月后,梦想成真。那封信是一座桥梁,此后他还将在那家南方刊物发表其他作品。

但在骆驼井的夜晚,朱灯埋头修改时,并非胸有成竹,欣喜却也忐忑。

午夜时分,再度起风,不大,很快偃旗息鼓,紧随而来的是雨水亲吻大地的轻响。罗响也回家了,此时和老闺女在一起,当然也可能睡在老娘的炕上。反正他不在,前排的房都空着,只有朱灯自己。这个夜晚属于他,属于文学。

通宵达旦,身不疲脑不倦,照镜子时,他发现眼睛似乎嵌了镜子,亮得不可思议。雨还在淅沥,细雨基本渗入地下,只低洼处积了少量水,水面浮着一朵又一朵的泡泡,一朵碎裂,另一朵又绽开。这是连阴雨的征候。太好了，这样的天气，罗响多半也不会来了。罗响不来，别人就更不会来。没人打扰，就可以安安静静地改稿。

刷过牙，正准备洗脸，忽觉有人影从窗前晃过，然后便听到走廊里的脚步声。朱灯随便抹了抹便去拽门，另一只手还抓着毛巾。

触到门把手的刹那，朱灯耳边又有奇异的声响，就像某个夜晚回豆庄途中听见的那般。朱灯抓住把手，却愣怔着，没有转动。他想弄清怎么回事，想知道声音来自门外还是从身体某个部位出来的。后一种可能似乎更大，因为若穿墙入壁，不会是这样的。但这更令他困惑，不知没有破损的身体何以跑出来这样的声音。后半夜，因为饿，肚子倒是响了一阵，但黎明时分已消停。饿过劲儿，就不饿了。这是母亲的说法。于他，如文字一样平常。

如果不是肚子，又会是哪儿的声响？他踟蹰着，想弄明白，但拍门声起。很轻，小心翼翼的。

拽开门，朱灯定住。哑女穿着黑色雨衣，满脸都是污泥，右手尚举着。

朱灯张大的嘴巴和吃惊的眼神可能也惊到了哑女，她后退两步，撩掉雨帽，咿呀着，乌黑的双眸浮现出歉意。尽管穿戴着雨衣，前额处的头发还是被雨水打湿，斜奔在眉梢处，像要把她的脸划分开界限，本是熟悉的面孔，却透着陌生。朱灯以为是那绺

543

湿发的缘故,后来他知道不是。哑女往上捋了捋,湿发翘起,随即又耷下来。

哑女定然是天不亮就动身的,这么着急赶到乡政府,必定有事。朱灯的心迅速下沉,为她,也为自己没改完的稿子。

朱灯让哑女进屋,哑女不肯。数个手势后,朱灯明白她是来找罗响的。朱灯告诉她罗响不在,她问几时回来。朱灯摇头,问她何事,哑女没有作答,神情变得僵硬。朱灯回想哑女送苦菜那个早晨,那么欢跃,几乎撞他身上,而此时,不只冷淡,似乎还有那么一点点戒备。她不那么信任他了。朱灯不知发生了什么,不进来也好。她不进屋,却也不离去。朱灯没有关门,任她竖着,猜测着她找罗响的用意,多半还是为男人。朱灯拨牛庄的电话,没人接。过了一会儿又拨,仍无回应。

忽有异响,朱灯回头。哑女靠着门框,瑟瑟发抖,嘴唇乌青,脸尽管脏污,仍透出不正常的白。泥路湿滑难行,又穿着雨衣,必定出了汗,半天站着不动,人就冷了。朱灯怕她晕倒,叫她进来,她仍不肯。如果是男的,朱灯就扯了。情急之下,朱灯往脸盆倒了些热水,将毛巾浸湿拿给她。哑女接了,感激地冲他笑笑。朱灯又倒了杯热水,端过去时,她已将脸拭净。右脸颊下方有一片瘀青,没了污泥的遮掩,异常明显。朱灯不由瞠目,但什么也没问。

哑女立着,不时偏头,似乎回望来路,以便随时夺路而逃。朱灯纳闷而又好笑。后来朱灯意识到,她是在捕捉罗响的身影。

她并不相信罗响不在。

喝完热水,哑女小心翼翼地将杯子放在地上,似怕打扰到朱灯。朱灯哪有心思改稿,屁股下满是钢钉,想坐稳当都不可能了。

又拨牛庄的电话,还是没人接,只能吃过饭再说。食堂周末有饭,但节假日不开伙,除非罗响在。罗响不在,朱灯就得自己解决。

那个早上,朱灯没吃泡面。热水下肚,哑女不怎么抖了。但她饿着肚子,一会儿还会冷,有可能晕厥。朱灯冲哑女比画,要领她吃饭。她不肯。朱灯无奈,总不能拖她。他锁门离开,不再理她。他不在现场,就算她昏倒,也和他没关系。

朱灯走到大门口,身后响起急促的脚步声。他没回头,知她跟了上来。她没有与他并排,始终保持着距离。

乡里来客,多在食堂就餐,自然不是寻常饭菜,花样不多,简单但实在。去饭馆的时候也多,毕竟方便,尤其是来客突然,食堂来不及准备。朱灯随罗响,也随别人去过,多半还是他签字。宋大肚那里有专门的账簿。朱灯自己从不往这个地方跑,虽然宋大肚每次见到他都极热情。倒不是自律,本性使然。

宋大肚笑脸如泡沫爆炸,瞄瞄哑女,问朱灯坐包间还是外边。朱灯说外边,下两碗面条。宋大肚说,昨天刚煮的牛肉。朱灯摆了摆手。宋大肚离去,朱灯冲哑女做了个坐的手势,她迟疑着坐朱灯对面。头微微低垂,那块瘀青更加明显。

也就十分钟,宋大肚将两碗热气腾腾的面条端上桌。随后又端来一盘牛肉。没等朱灯张口，宋大肚抢先道，算我的。朱灯没再说什么，既然端上来了，就不好硬退。朱灯给哑女夹了两筷子，再夹，哑女挡住了。

埋头吃饭，谁也不看谁。朱灯脑里忽然晃过考上师范那年，和母亲逛五台的情景。母亲说长这么大，还没下过饭馆呢。还说，等你挣了钱，领娘下次饭馆。他应得痛快，但毕业数年，没有兑现过。朱灯不知自己怎么会想起这个。很多事很多场景，常常无缘无故闯进脑子，烈马一样狂奔。朱灯一时走神，直到哑女咿呀着提醒，他方意识到，笑笑，重新抓起筷子。

朱灯掏钱结账，宋大肚死活不要。不就两碗面吗，你咋看不起老哥？朱灯说，我又不是没有，宋大肚说，知道你有，你从不单独过来，算我请的。朱灯硬要塞给他，抽扯一会儿，宋大肚说，这样吧，先记上，年底再说。朱灯没再坚持，推来推去，身上都冒汗了。朱灯签了字，回过头，与哑女的目光撞在一起。她的目光很硬，锼头一样，似乎想挖掘什么。有点怪异，但朱灯没有多想。领她下了馆子，这是母亲都未享过的待遇，虽然只是一碗面条，但他尽职也尽心了。

雨还在滴，朱灯再次和她比画，罗响今天不会来了。她听懂了，但不为所动，仍随在身后。

6

耳边似在呼唤，像母亲，又不像母亲，声音忽远忽近，忽高忽低，朱灯突然就醒了……不，是半醒。他清楚自己在木床上躺着，他听得到麻雀的争吵。大院里有几棵高大的杨树，枝杈处遍是喜鹊简陋的巢穴，像树木皮肤上结的疙瘩。喜鹊只在秋冬时节栖息，树叶绿了便飞往田野，极少归巢。冷寒不再，天地为床。朱灯不知那是什么滋味，常常没有边际地乱想。喜鹊不归，那几棵树便成了麻雀的领地。麻雀似乎永远在吵。还有一种不知名的鸟，比麻雀还小，红嘴绿身，成双成对，鸣声婉转，似乎永远在恋爱。

是的，朱灯听得到，心里清清楚楚，明明白白，但就是睁不开眼睛。他知道自己"睡噎"了。母亲梦游之外，还经常睡噎。一旦睡噎，母亲就会喊叫，绝望而恐怖。朱灯问过母亲，母亲没说梦见了什么，每次均以睡噎作答。想来梦中的情景可怕，母亲怕吓着他。现在他知道了睡噎是怎么回事。原来并不惊骇，原来什么都清楚，但知而不醒。他想狠拍脑门，但手动不了，头、颈、胸、四肢似乎被分解开，虽同在床上摊着，但不再是一个整体，俨如败将，丢盔弃甲，狼狈不堪。

他指挥不了。

只有喊了。嘴巴还是他的，因为还能张开。他能感觉双唇的震颤，但发不出音。他成了哑巴，和哑女一样。母亲梦噎时会长叫，他连短音都喊不出。这比睡噎更加恐怖。他藏了太多的话，父亲，母亲，妹妹，弟弟，恋人，还没来得及说，他羞涩，胆怯，不敢轻易表达……万万没想到自己会变成哑巴。

547

哑巴！

哑巴！？

哑巴！！

房屋崩塌，木床坠落，朱灯被甩出残梦。

拂晓时分，他还在床上团着，心还在狂跳，麻雀依然在吵。太阳照常升起，他验证般喊了几声，末了自嘲地摇头，有些神经质了。恐惧散去，他怕自己再次睡着，立起枕头，半倚半靠。他并不想回放，但不由自主。哑女不在他的梦里，可首先跃入脑海的，却是她固执而倔强的面孔。仿佛有预感，朱灯甩甩头，快速穿衣。

刚洗过脸，哑女就到了。肩上斜挎一个边缘起了皮的人造革包，红色的包和人不相称，也说不上怎么不相称，反正就是别扭。

哑女仍要找罗响，朱灯告诉她不在，哑女指指走廊尽头的豪爵摩托，目光如锥钉在朱灯脸上。朱灯赶紧解释，那是他的。哑女没那么好哄，戳着朱灯。不像刚才那么尖锐，像被锉了，但更有力，也更复杂。似乎和她有过盟约，他突然背弃，她满眼的失望和委屈。朱灯再要说什么，她大步往走廊东头走去，朱灯抢在前面拦住她。哑女惊愕地瞪着他，随即恼怒弥漫，眉毛都抖了。朱灯焦急地打着手势，并非阻止她见罗响，是不让她现在敲门。罗响生活没规律，昨天返乡快半夜了，这会儿正睡着。沟通极艰难，但哑女总算懂了，不再硬闯，但也不听劝告，去朱灯屋里等。似乎罗响故意躲她，会趁她不备逃走。

哑女在走廊杵着，朱灯也只得陪着。她不再信任他，他自然也不敢掉以轻心。

昨天，哑女耗到下午四点才离去。从大肚饭馆回来不久，朱灯便联系上了贺斗。村里派人寻找哑女男人，哑女和婆婆是知道的，哑女还给贺斗送了一碗豆芽。不寻也就罢了，寻找就得有个交待。没找到，这么说未尝不可，但贺斗怕哑女和婆婆着急，特意叮嘱那三个人，就说打听到哑女男人是到了省城，但待了一段又去了别的地儿。至于去哪里就不清楚了。去了别处与没找见并无不同，终归是一种交待。哑女和婆婆虽失望，但都很平静。哑女男人没出意外，这样她们就能等到他。哑女男人回不回来，什么时候回来，贺斗管不着，也没法管。贺斗能做的就是撒一个善意的谎。

哑女男人傍了一个大他二十岁的女人。闲言怎么生出来的，又如何传播的，贺斗并不清楚。老婆在耳边聒噪时，贺斗差点笑掉大牙。太没谱了。贺斗倒是有过猜测，哑女男人很可能被诓骗到黑煤窑或黑砖窑。没根没据，自然不敢乱说，对自个老婆尤其不能讲，这婆娘嘴上没把门儿的。贺斗喝斥老婆，叫她不要跟着瞎传。他可以喝令老婆，却不能堵塞别人的嘴。哑女和婆婆到村部质询贺斗，因为那是"贺斗亲口说的"。贺斗又气又好笑，很郑重地告诉婆媳俩，他从未说过那样的话。他没讲，那么是谁讲的？她们就是要答案。这就是胡搅蛮缠了，贺斗极为恼火，说了粗话。也就这样，一个聋哑，一个老迈，还能怎么着？当几十年支书，还从未这么被动。当天下午，哑女一个人追到家里，直到黄昏仍没有走的意思。贺斗老婆推她几下，才把她轰出去。次日哑女再来。她可能不知道女儿尾随，贺斗和老婆当然更不知道。女儿被狗咬了，伤在腿上，咬得不重，贺斗第一时间让村医买回疫苗，还拿了二百块钱给哑女。哑女没要，没提别的要求，也再未登门。

我知道她不会这么甘休，憋着别的主意呢。电话里，贺斗有点丧气，随即带着几分怒火，甭说找罗书记，就是找县长省长我也不怕。好心没好报，我他妈图什么？

朱灯试探着，问他能不能派个人把哑女带回去，话音未落，贺斗的机关枪便扫过来，小朱，当初要不是你一趟趟催命，咋会弄出这一堆破事？这才叫撅起屁股求人操，自找寒碜。朱灯不忍卒听，轻轻挂断电话。

朱灯理清了来龙去脉，却束手无策。他没有劝慰的能力，何况哑女根本不愿和他交流。朱灯暗想，在哑女的意识里，他和贺斗是一伙的。她和贺斗有了纠葛，他自然站在她的对面。

就如现在，他和她近在咫尺，却是界限分明。她是她，他还是他，几乎转瞬间，对峙已经形成。

哑女把拐包拽到胸前，掏出面饼。朱灯再次叫她去屋里坐，她仍然不肯。朱灯见她吞咽吃力，跑回办公室拎了壶水，片刻不停地跑出来。他怕她叩罗响办公室的门。她自然瞧出来了，目光有些嘲讽，也不接他递过去的水杯。朱灯无奈，将水杯水壶一并放到窗台。

哑女突然停止咀嚼，双肩微微耸着，脖子一点点抻长，朱灯知道她噎住了，忙把水端给她。她抢过去猛灌几口，后又冲朱灯笑笑，极其短促，随即迅速封冻。

罗响屋门有动静，哑女便直奔过去，朱灯紧随，冲罗响说，昨天就来过了。罗响哦一声，叫她先进屋，他马上回来。哑女听懂了，但又不放心，跟在罗响身后，直到罗响走进男厕，她才立住。

再次回到罗响办公室，朱灯才有机会汇报。哑女没有任何异常举止，只是警惕地扫射着罗响和朱灯。整个过程，罗响未置一言，完后，罗响示意朱灯出去。朱灯重重地叫声罗书记，有提醒的意思。罗响目光平静，她不是来吃人的，去，通知食堂多做一个人的饭。

朱灯退出，不敢远去，在门口候着。罗响从不厌烦村民找他，如果没别的公干，来者不拒。这好，也不好，总有一些人没法说明白，意外时有发生。曾有一醉汉，说某包村干部睡了他老婆，说到激愤处，抬脚将茶几踢翻。还要抓脸盆架砸玻璃，三两下被罗响制服。事后调查，醉汉所言属实，包村干部被召回。

朱灯守在门口，许久没听到动静，悬着的心放下来。他不知哑女什么诉求，该是告贺斗的状，但以罗响的能力，搞定该是没问题的。哑女心里有怨，终非胡搅蛮缠的人。也就是碰到罗响这样的,若是别的乡,书记的面也未必见得到。

朱灯估料错了,罗响未能搞定。哑女让罗响撤了贺斗的职,还要贺斗对着村里的大喇叭宣告,她男人是正经人。后者没问题,用罗响的话说,他替贺斗讲都可以。但撤了贺斗不可能,甭说贺斗没有问题,就算有问题,也不是一句话就可以撤的。哑女不傻不愣,但钻进了牛角尖,罗响说什么她都听不进去。罗响甚至提出再次帮她寻找男人,她还是不行,一定要先撤了贺斗。

讲不通,那就没必要反复浪费唾沫。哑女赖在罗响办公室,不摔不打,只是坐着。她带了干粮,自是准备耗的。朱灯问罗响要不要请派出所出面,罗响瞪他,你想干啥?朱灯提醒,她这样子,没准夜里也不会走。罗响摆手,不走就不走,我回老娘家,随她去。

哑女当真在罗响屋里待了一夜,还好次日上午便离开了。隔了一日又来,如前日那般一夜不离。任何一个干部,包括朱灯在内,都不会任由哑女如此,太不像样了。如果不是之前听过罗响那么多传奇,朱灯万不敢相信的。其实很简单,老邱那张脸晃一晃就起作用,但罗响不肯。这是罗响的睿智,还是他的善意?或者说就是他的风格?朱灯已经搞不懂了。他给贺斗打过两次电话,还专门去了一趟牛庄,期望贺斗想些办法。贺斗说罗书记的办法就是最好的办法,罗书记什么人?你我两颗头加起来都抵不上的。朱灯想想也是,罗响都不怕,他又怕什么?从免提留、慰问,到帮她寻找男人,罗响、贺斗,自然还有他,对哑女可谓倾心倾力，哑女该知恩的，她有些过了。朱灯想，可能是男人的不归，加之又有那样的谣传，她的心窍被封堵，所以才如此偏执。就这样持续了八天，哑女在罗响屋里住了四夜。

第九天，哑女威胁罗响，如果不撤掉贺斗，她就死给他看。这就升级了。罗响不敢掉以轻心，耐着性子给哑女倒了杯水，然后到走廊喊朱灯。她行为升级，他不能由着她了。

朱灯应声跑出去，罗响转身进屋。就这么个工夫，哑女竟然喝掉半瓶农药。

7

那几日极是难熬，一次又一次询问、谈话。朱灯甚至后悔改行，如果还在学校，绝不会被卷入不知深浅的漩涡。后来换了人，换了地方，同一事件，问题似乎偏离了方向。罗响和哑女的相识、交往，及更秘密的关系。朱灯嗅到了阴谋的味道。他晕眩、紧张，本就笨嘴拙舌，现在被恐惧笼罩，每个字都戴上了脚镣。还有证据，一封匿名信，朱灯未有资格看内容，但看到了白色的信封。朱灯愈加惊骇，他自认为有些想象力，可在那一刻，他满脑迷雾，呆若木鸡。汗渗出来，先是额头后是背脊，继而整个人湿淋淋的。他怀疑尿湿了裤子，用力夹着双腿，期望询问不要停下。滑稽而荒诞，但彼时就是那么想的，他怕出丑，怕"朱灯吓尿了"成为某种作料。好一阵子，他意识到那就是汗，不是尿液。稍稍宽慰，白雾依然弥漫，但不再浓稠得辨不清方向。

自始至终，朱灯都是如实述说，没有次日纠改前日的内容。他深为愧疚，这一切皆因他而起，但他不是罪魁祸首。谁都不是啊，罗响，贺斗，哑女，还有他。实话实说，并非有愧，也并非报罗响知遇之恩，他本性诚实，不会无中生有添油加醋，更不要说胡编乱造落井下石。他非圣人，也计较也自私，但绝不出卖良心。

终于结束，回归正常，幸亏哑女被救了过来，不然……谁知道呢。朱灯揣测她只是吓唬罗响，她再偏执也不会丢下小女儿不顾。她失控了，假戏成真。想必她自己也后悔的。她没再找罗响，当然，也找不到，事发次日，罗响即被停职。

朱灯仍在办公室，没什么变化。但是，和从前不一样了。也没有多不一样，毕竟他正常工作，正常吃饭，正常睡觉，漫漫长夜，仍可在想象的世界放肆驰骋。起初朱灯并未在意，奈何阻隔无形，却有着超强的繁殖传播能力，想要无视，已无可能。

为索要牛肉款，朱灯曾一次次找宋大肚，现在倒过来了，宋大肚夹带着账本，动不动就堵在办公室。宋大肚第一次索要，朱灯就把请哑女吃饭的钱还了。其他的，朱灯当然不能掏，也掏不起。不是朱灯一个人吃的，签字却是朱灯。所谓的冤有头债有主，宋大肚只能追朱灯。好在朱灯心细，每笔账后面都写着招待事由。主事的没说不认账，但乡里没钱。那次宋大肚说了气话，朱灯无奈地，宋老板，要不，你去起诉我？宋大肚立时垂头，借我十个胆子也不敢。都说欠钱的是大爷，不是当出来的，是供出来的。

那天上午，毫无防备地，父亲和母亲突然出现在朱灯面前，这也是两人第一次双双到朱灯工作的地方。朱灯竟有些紧张，问他们来干吗？父亲抢着说，你娘想你了，来看看。母亲推父亲一把，说本来是去五台，你爹撒疯，非要领我来骆驼井转转。朱灯这才想起几个月没回家了。父母定是听说了，不放心。父母以为他改了行，从此就顺风顺水，平步青云，光宗耀祖。不止父母，还有校长，应该说，与他有关系的，都觉得大好的前程等着他，甚至他自己，也觉得不会差。可伞没撑开，就被风刮跑了。朱灯久未回去，也有躲避的意思。他羞愧呢。

办公室说话终是不便，但朱灯没有专门的宿舍，他说去饭馆坐会儿吧。他承诺过母亲，正好兑现。母亲又是摇头又是摆手，不饿不饿，坐坐就走。朱灯笑说，又不是马上吃，先坐会儿。父亲附和母亲，看看就行了，饭就不吃了。母亲立起扯父亲，走啦，不耽误你工作。两人坚持走，朱灯也不好硬拦。从进屋至离开，也就二三十分钟。

出了大院，父亲没有马上骑车，仍旧推着，母亲跟在后面，并没说你回吧。朱灯知道有话，那该是私密的，办公室不方便讲。走出几十米，前后无人，母亲说，你弟找上活儿了。朱灯问干啥。母亲说了，朱灯没接茬。不知怎么接。以为母亲还要说朱丹的，但母亲说的是，那走呀，你回吧。

朱灯折返，才悟出母亲的良苦用心。母亲曾经说，你弟弟就指靠你了，在他还算风光的时候。朱丹是她的愁，她把那愁分了些给朱灯。现在，她又要了回去，仿佛那不是一句话，而是沉重的砖头。她知道朱灯难了。朱灯确实难，自顾不暇，哪有能力照顾弟妹？他不敢说，母亲替他说了。朱灯沉了头，泪珠悄然滑落。

朱灯没跟罗响联系，倒不是避讳，而是觉得无颜。大风大浪闯过来的罗响，却在阴沟翻了船，很多人这么说。有惋惜的，也不乏幸灾乐祸的，想来罗响的炮筒轰过他们。朱灯很想反驳，有时话都要脱口了，终是咬住。他没有资格为罗响辩护，分量不够。

罗响来看他了，在某个星期天。比父亲母亲的突然现身还令朱灯意外。罗响没有变化，至少看上去是。也在那一日，罗响带朱灯回他老娘家，还住了一晚。罗响第一次向朱灯讲述老娘的故事，朱灯听得心潮起伏。

半年后，罗响恢复职务，调往他乡，把朱灯要了过去。又一年，罗响调至县，又两年，罗响到另一个县。再之后，调入市里。罗响跌了跤，却迎来了高光时刻。朱灯始终跟着他，或言，他一直带着朱灯。他能走多远，朱灯就能跟他走多远，没有谁比朱灯更盼他好了。

但毫无征兆地，依靠说断就断了。

第七章

1

朱灯调往省城，最初的动因，是为了躲避老闺女。这么说不怎么地道，但事实如此。

老闺女第一次找朱灯，是罗响离世七个月后，朱灯已到新单位任职。彼时有两个选项，一是报社，一是文联。文联清闲，有大把时间写作，但也意味着再无退路。他虽发表了一些作品，这要感谢罗响的鼓励，但不能证明可以此为生。文联这个家那个家的，与他们相比，朱灯几如尘埃。朱灯害怕自己以写作为职业，却写不出任何作品。报社事务多些，跟着罗响没日没夜，尚能忙里偷闲，报社更该可以。业余写作没有压力，轻装上阵或走得更远。权衡再三，最终选了报社。副刊部主任，工作与爱好相关，离梦更近，他知足。

那天上午，朱灯正在审稿，下意识地抬起头，触见门后压扁的鼻子和有些变形的脸。某部恐怖电影的镜头突然杵进脑子，后背一阵冷麻。朱灯的办公室是在大厅隔出来的,门墙皆为玻璃,里外通透。和大厅的格子间相比,也就多了一张茶几两组沙发,咳嗽打喷嚏对他人妨碍较少,不必强行克制,其余并无差异。好在是独立办公室,有一半的私密性。待遇带来的并不完全是享受,他时不时地朝外张望,总有那么一点点莫名的担心。可以讲,张望是静心的药丸。也许与置于半秘密的空间无关,是环境变化、人生跌宕导致的心理起伏。朱灯并未细究,毫无意义。

突然的意外令朱灯惊骇,也就是瞬间,待他立起,脸已从玻璃门上脱离。朱灯大步过去,拉开门,叫声嫂子。老闺女点点头,半扭过身子,目光掠掠大厅的格子,才在朱灯的指引下进屋,然后看着朱灯,准确地说,是看着朱灯抓着门把的手,神情警惕而专注。朱灯本来要关的,他看出了她的担心,却不明她缘何担心,迟滞间,老闺女几乎命令地,关了!朱灯立即合上。老闺女这才坐在沙发上,顺势将藏青色的包放在脚底。三个月前,朱灯回县看望过老闺女,她形销骨立,满脸哀伤,声音绵软如柳絮,说几句话便撑不住了,好一阵儿虚喘。果然时间是最好的疗伤良药,现今老闺女虽然单薄如卡片,蜡黄的脸阴沉沉的,但双目有了精气,说明她挺过来了。

朱灯颇感宽慰,边沏茶边问她几时到市,怎么过来的。又略带责备道,咋不打个电话,我去车站接你。老闺女说,你又没专车。朱灯笑笑,没专车也能接嫂子。老闺女说,我找得见,不麻烦你。朱灯笑说,瞧嫂子说的,跟我还见外?老闺女忽然盯住朱灯，目光含着怀疑、探究和拷问，仿佛朱灯在羞辱她。朱灯有些错愕，努力挤出笑，心里却直敲鼓。他曾说过，任何事情都可找他，是承诺也是情义。未必办得了，他没什么能力，没了依靠，就更没有了，但话是必须说的。老闺女垂下目光，朱灯意识到，老闺女肯定有要事，不是"闲了来逛逛"。

朱灯把水杯往老闺女那边推了推，嫂子喝点水。老闺女端起水杯，吹了吹，瞥见白瓷杯上的梅花，定了定，却放下了。她扫扫透明的门窗，咋连个窗帘也没有？朱灯哑口，他没想过。老闺女当然不是想要答案，接着道，没遮没拦，空落落的，你不觉得？朱灯这才反应过来，说统一设计，都这样。老闺女轻轻撇嘴，我就不信，社长屋也这样？朱灯笑说，咋能和社长比？老闺女偏偏头，不就是个窗帘吗？未必在乎这点钱。朱灯不想就这个话题掰扯，问她吃没吃早饭。老闺女说，吃过了。朱灯看看表，说那就歇一会儿再吃午饭。老闺女摇头，不饿，不吃了。朱灯笑说，那怎么行？我今儿请嫂子吃点变样的。老闺女再次摇头，真不吃了，就想和你说说话。朱灯说，边吃边说，来我这儿，嫂子就得听我的。老闺女忽地立起，朱灯以为她要上厕所，说卫生间在角上呢，我带嫂子过去吧。老闺女说我就看看。朱灯有些纳闷，不知她要看什么，想抢到前面替她开门，但老闺女拦住了。老闺女走到门前，立住，目光上下缓慢滑移，仿佛在研究。老闺女怪异的举止令朱灯发蒙。好一会儿，老闺女突然回首，问朱灯，隔不隔音？朱灯这才明白过来，说厚着呢，和墙没什么区别。老闺女

559

问，里面说话，外面一点儿听不见？朱灯说，听见也听不清，除非大声吼，嫂子不用担心。老闺女说，我是不怕，是替你担心。朱灯笑说，嫂子多虑了，咱俩就是说说话，不会影响谁，没什么可担心的。老闺女说，那就好。再次回到沙发，老闺女却沉默了，捧着水杯，嘴唇始终触着杯沿，似乎很渴，却又不喝。后来回想，朱灯意识到那是紧张所致。朱灯没话找话，水凉了吧？老闺女说，不凉，随后放了杯，直视着朱灯，还是换个地方吧。朱灯说，那就去饭馆，旁边新开一家——老闺女打断他，吃什么不重要，一定要找个包间，又强调，要隔音。朱灯说，没问题。脸上挂着笑，心里直嘀咕，不知老闺女抽什么疯。

朱灯本想领老闺女去吃全鹅宴，湖北人开的，极火。鹅头、鹅颈、鹅翅、鹅肝、鹅心……有二十多个花样，县城吃不到的。但那里全是大间，难订，大厅有座，也能说话，不合老闺女要求。寻思一会儿，想起怡安街尾有家红焖羊肉馆，大小包间皆有。中午人少些，赶紧打电话。朱灯通讯录里存了多家饭店餐馆的电话，还以为再用不到了呢。

包间在二楼，不临窗，关住门如同密室。要了一锅红焖羊肉，点了豆腐、萝卜、白菜、香菇。老闺女说，以为我是罗响呢，吃不了的。让朱灯退回几样。朱灯笑说，来这儿，嫂子就要听我的。老闺女不再坚持，让服务员一起上。上齐，她对服务员说，你去吧，有事叫你。

其实，她不说服务员也不会候着，除非高档会所。省报的老丁给朱灯讲过一次宴席，每人身后立一美女，个头整齐，妆扮精致，菜转过来，美女玉臂纤指，轻夹入盘，便又垂于身后。第一次这样吃饭，他妈的，就差直接喂了，皇帝也不过如此。朱灯认为身后站个美女，会很别扭，也影响食欲。老丁说想象那个场景是有点别扭，但真正坐下，快感不亚于上了婚床。

汤沸，朱灯夹了块肉，放到老闺女面前的盘子里，说这家餐馆的羊都是清早现杀，很新鲜的。老闺女轻咬一口，点点头，浅笑道，你常来？朱灯笑说，常来哪吃得消？老闺女漫不经心地，罗响来过吗？朱灯说，来过一次。老闺女说，这一锅肯定不够。朱灯笑，多要了两盘肉。老闺女说，除了我，你该是最了解他的，他也信你。朱灯有一丝感伤，他是好人。老闺女重声重气地，他当然是好人！朱灯不知如何接，再次给她夹菜，被老闺女制止了。不用管我，我自己来。朱灯便道，嫂子随意，跟我千万甭客气。老闺女似乎一直候着朱灯这句话，应得极快，好，那我就不见外、不客气了。

老闺女放了筷子，神情有几分严肃。

小朱，罗响对你咋样？

朱灯越发摸不着头脑，嫂子，这还用说吗？

老闺女说，罗响要还在，我不会问，自然你也不用说。

朱灯有太多的话想说，可喉咙突然哽住，顿了顿，只吐出一个音，好！

老闺女的目光有着验证的释然，几乎同时，又生出几分怀疑，混杂在一起，就像春日的墙角，蓑草未折，新芽已萌，怪诞而又生机勃勃。

真好？

朱灯轻蹙眉头，我不知嫂子咋问这个，当然是真好。

老闺女说，那你要跟我说实话。

朱灯说，我说的就是实话。

老闺女说，所有的实话。

朱灯说，嫂子要问什么？

老闺女停了停，才缓慢而沉重地抛出不知憋了多久的话，你告诉我，罗响真实的……原因。

朱灯起初没反应过来，愣怔数秒，突然明白，却更加惊愕。这半上午，朱灯脑子几乎片刻不歇，猜想着种种可能，现实的不现实的，但没想到她问的是这个。罗响的死因是心梗，医生给过定论。在睡梦中离去，与活着的时候正好相反，静悄悄的，没留下片语传说。朱灯相信，老闺女也未存疑。如果有疑，她当时就提出了，不会等到现在。七个月过去，她竟然问起这个？

老闺女似乎料定朱灯的吃惊，目光巨钳般夹住朱灯，以防朱灯后退和逃跑，你告诉我，我不会和任何人说，我保证。

朱灯艰难地，嫂子，你知道的呀。

老闺女言之凿凿，你不要讲那个，我要知道真相。

朱灯无助地，那就是真相呀，嫂子，我不能瞎说。

老闺女摇摇头，那不是，你说实话。

朱灯说，我知道的就是这个，别的真不知道。

老闺女说，罗响对你好，这是你说的。

朱灯点头，那是。

老闺女说，罗响说你重情重义，就这么个重法？你对得起他吗？

朱灯几乎要哭了，嫂子，你要我怎么说？

老闺女说，原原本本告诉我。

朱灯怀疑老闺女悲伤过度，胡思乱想，得了妄想症。可就目光的锐利，又不像。他再度摇头，我真不知道。

老闺女说，你是他身边最亲近的人，你会不知道？鬼才信！

朱灯说，我知道的，就是你知道的。

老闺女说，我知道你不敢说，这我理解。想想罗响对你的好，你装聋作哑对得起他吗？

朱灯说，嫂子不信就不信吧，我没的说。

老闺女说，我一个女人家，知道又能咋的？我做不出什么，就是落个明白，你有啥可担心的？

两人不在一个轨道上，说什么都没用。朱灯干脆哑口。

老闺女轻言慢语，你好好想想，我给你时间。

2

不是风浪，胜似风浪。

老闺女登门没有规律，有时半月一趟，有时一周一趟。从县到市并不方便，一百多公里，要坐三到四个小时班车，她常赶早车，天不亮就得起。从车站到报社倒是有公交，但也要九站地。在朱灯那儿耗半日，还要赶最末一趟班车回县。朱灯再未领她去"密室"。每次来，朱灯都会发现她比上次更瘦更薄。朱灯担心，也许有一天，她会倒在他的办公室。但不能把她拒之门外。中午自然要管饭，他从食堂打回来。如果老闺女不来，中午朱灯能靠在沙发上眯一会儿。老闺女坐着，朱灯就只能陪她说话。缺了觉，整个下午基本是废人。

朱灯想到哑女。老闺女和哑女某些方面很像，因为心中执念，迸发出超乎寻常的力量。也许原本就蓄积于体内，不为人知，不为己识，突如其来的打击将其引爆。但老闺女没有哑女那么极端，不赖着，更不疯狂。老闺女理智，得体，理解体谅朱灯的难处，始终平静如常。如果有客或某个编辑有事汇报，老闺女便识趣地到外面回避。她不愿影响朱灯的工作。之所以来，是不得不来，朱灯之外，她没有第二个可以信赖的"知情人"。

老闺女经常讲不知从什么地方听来的故事或传闻，有的只是大概，有的描述得很详细。有些朱灯也听过，但更多的故事或传说是第一次听说。朱灯后来回想，老闺女因为听得多，进而联想到罗响，妄念杂起。

某个厅长进去了，拒不交代，执法人员询问其妻无果，但向其妻播放厅长的不雅录像。女人立即崩溃，说出厅长三处窝藏赃款地点。某个社长记错自己的年龄，以为还有两年退休，突然被谈话，难以接受，人是回家了，但拒交办公室钥匙。新上任的社长没地儿办公，请示上级后，撬了前社长的门锁，发现墙角纸箱里全是崭新的人民币。某个小老板自杀，其实是为了保全身后的大老板。

朱灯当然不信，但不能堵老闺女的嘴。世上最不缺少的就是流言，权当消遣了。所以，有大半年时间，朱灯由着老闺女温柔进攻，他不愿见到她，但也不是很烦，始终以礼相待。

生变，始于六月的那个夜晚。

那天上午，老闺女打进电话时，朱灯正开会。老闺女虽然频频登门，但极少打电话，倒是朱灯，只要她往返，晚上九点左右，必定打电话问她到家没有。尽管他说过到家告诉一声，但她没一次主动。因而，朱灯有些犯蒙，就像在寻常街巷溜达，被突然跳出的母狮挡了路。害怕是有，但更多的是反应不过来。手机在桌子右上角放着，静音，但旁边的同事看到了。同事碰他胳膊，朱灯猝然惊醒，没等他拿起，已经挂断。朱灯给老闺女发短信，告诉她在开会，数秒后，老闺女回复，我来了。

会倒没多重要，但社长在台上坐着，目光刀一样巡视。听没听，听多少，社长不会在意，他在意或最在意的是每个人都老老实实坐着。所以只要通知开会，朱灯就不敢喝水了。社长倒没强横到不许上厕所，但那会令他不快。那不快没准会派生出别的。

朱灯岂能因为老闺女而逾规？老闺女不会撒野打闹，让她等呗。就在这时，他突然想到一个问题，办公室的门锁着，老闺女进不去。难怪她打电话。如果等，就只能在大厅。那也没什么，有的是地方。虽然这么想了，但朱灯的心仍有些乱。老闺女来过多次，和保安都熟了，可她来干吗，没一个人知道。她久久候于门外，就可能生出枝节。朱灯坐不住了，起身往外走。从十九层到六层，两分钟，竟然出了汗。

老闺女在沙发上坐着，办公室并未锁门。招呼一声，朱灯匆匆返回，他很是懊恼，有少许是因为老闺女，更多部分是对自己：记忆力不及朱红一半，从小就是。其实也没什么，可情绪瞬间低落，像犯了本该避免的过错。原本就没怎么听进去，被郁闷包裹，就更听不进去了。

社长似乎有意惩罚他，越难熬越要耗着，破天荒开到十二点半。宣布散会，朱灯如逢大赦，第一拨挤进电梯。这与他的日常不符。他盯着变幻的数字，待6落定，抢夺而出，和同一楼层的同事撞在一起。同事闪偏，让朱灯先下。朱灯这才惊觉自己的失常。没必要，不应该的，朱灯更加沮丧。

麻秆儿样的老闺女睡着了，头往后仰，细瘦的脖子青筋缠绕，似乎可以打结了。朱灯进屋，竟然没把她惊醒。盯着她蜡黄的如被烟熏过的脸，朱灯突然明白，他的恍惚，他的惶急，他的焦虑，皆源于她。没有疾风暴雨，但水滴石穿，他身上有了孔隙。即便这样，朱灯也没有恼怒。罗响对他有恩，他都记着。朱灯正欲拍她，老闺女忽然睁开眼睛。

我还以为你躲了呢，她幽幽道。

是的，躲这个字是老闺女先说出来的。朱灯略带歉意，让嫂子久等了，我这就去打饭。

说话时间自然比以往短，但和往常一样，钟点一到她便起身。再晚就赶不上班车了。

朱灯长长舒了口气，这一天真是难熬。但也就轻松一小会儿，一旦意识到她对他不易察觉却不容忽视的影响，胸腔便堵了棉絮，呼吸不那么顺畅了。他知道自己状态不对，没到下班时间便离开办公室。

走到小区门口，腿侧有震动，摸出手机，头皮突麻。但没有片刻迟疑，立即接通。小朱，我误车了。麻涩的脑袋顿时涨大，舌头也变得僵硬，咋……就误了？老闺女气呼呼的，有个开三轮的闯红灯，被公交撞倒，耽误了一大气。朱灯劝她别急，赶不上就住下，明早再回。老闺女迟迟疑疑地，说只带了路费。

朱灯赶过去，老闺女孤零零地站在长途汽车站外的广场上，像秋日荒野上的枯蒿，萧瑟，清冷。如果罗响看到，该是何等……那一瞬间，朱灯鼻子发酸，往过走的时候，感觉双脚绑了石条。

又折腾你了！老闺女满脸歉意。

朱灯说，嫂子这话说的，先吃饭。

在车站旁边的快餐馆对付一顿最为省时。或是刚才她凄楚无依的身影，也或是想起罗响，朱灯心中刺痛，走出二三百米，选定东北一锅炖。

寻常餐馆，不是很大，朱灯也没问有没有包间，择了敞厅靠窗的位置。老闺女也未提什么建议和要求。落座，她又歉意地，又让你破费了。朱灯笑笑，嫂子客气了，我自己也需要吃饭啊。老闺女说，下次我请你。朱灯的头立马又涨了。他认清了现实，不，是更加认清，她仍将无休无止。老闺女察觉，目光透着顽皮和淘气，烦我了吧？朱灯顿了一下，反问，嫂子不嫌累？老闺女便肃了脸，为了罗响，我可以搭上命。朱灯心一阵抽缩，嫂子这是何苦？老闺女说，我就是想知道真相。朱灯无奈地，如果你不相信我——老闺女打断，我来找你，就是相信你。末了强调，只相信你，除了你，任何人不信。朱灯说，我已经说了，可嫂子并不信啊。老闺女笑笑，有几分冷，因为你没说实话，你说假话，非让我相信？你把我当啥了？你把罗响当啥了？诘问毫无逻辑和道理，却难以辩驳，朱灯傻傻地瞪着她，一副懵逼样。老闺女说，我说过，就是弄个明白，不想咋样，你看我这副样，能咋的？意识一点点回归，朱灯很无奈地，我说的就是真话，你不信，叫我怎么办？我以我母亲的名义发誓，如果有一句假话——老闺女再次打断，得了吧，知道你是孝子，别把老娘抬出来，如果你说了真话，我干吗一趟又一趟跑？我闲得慌？还是钱没地儿花？朱灯说，不是——老闺女目光犀利，你认为我脑子出了毛病？朱灯发慌，我没这么认为。老闺女说，你不这么认为，你自然清楚我为什么来。朱灯脑子混乱不堪，如铁骑踏过的沙场。老闺女笃定地，无风不起浪。朱灯问，嫂子真的听到……到底听说了什么？老闺女冷笑，还要让我告诉你？真是滑稽。朱灯垂了头，我不知嫂子听了啥，反正我不相信，我只相信我知道的，而我知道的，都和你说了。老闺女说，你有难处，我明白。朱灯苦笑，随你怎么想，你就是砸烂我的头，我也不能瞎说。老闺女说，没让你瞎说。朱灯重重地呼了口气，不再劝说。毫无意义。

吃过饭，朱灯说就在车站旁边住下，明早方便坐车。老闺女有些愣怔，住宾馆？那不得花钱呀？朱灯哦一声，嫂子不用管，我来。老闺女眼神里满是责备，你的钱来得容易？朱灯笑了，世上哪有白住的店？老闺女说，不花这个冤枉钱，去你家对付一夜，我睡沙发就行。

轮到朱灯犯傻了。家里是有地方，可并不怎么方便。当护士的妻子正巧夜班，无论如何得和她过话。最重要的，这不是过夜的问题，而是不想让妻子知道老闺女和他的秘密交往。大半年时间，朱灯没透一点风，真话撒谎都不合适。就算妻子对这一切无视，老闺女住家里，也没住宾馆自在呀。也许老闺女认为去家里住，是不把她当外人。朱灯想起同事的父亲，因为被儿子安排到旅店，半夜爬起，步行回了九十里外的老家。毕竟是有血缘关系的父子，他和老闺女算哪门子事啊。

不乐意呀？老闺女瞧出朱灯犯难，我并不想去你家住，不是想着省点钱么。朱灯连忙否认，没有没有，主要是住宾馆方便，又不住星级，没多贵。老闺女说，那就住宾馆，你先垫上，我下次还。朱灯大松一口气,担心再生枝节,一路没敢和老闺女搭话。

安顿好老闺女,朱灯沿着古宏庙街往回走。车站在桥西,他住的小区在桥东,步行得一个多小时。他常熬夜创作,天生愚钝,行走艰难,但从未止步。可那晚情绪糟乱,没有任何写作欲望,就想走走。

开始挺轻松的,甚至因为甩脱老闺女而自喜。但走了一段,欣喜不再。老闺女不在身边,但钻进了脑子。这一发现令他惊悚,也令他郁闷。以往不是这样,她离开就消失了,而那个夜晚,麻秆儿样的身姿顽固地存在着。

行至大桥,朱灯立住,抚着栏杆,凝望波光粼粼的清水河。每次在夜幕下经过,他都会盯着清碧中的奇幻倒影,那一刻脑子常常是空的,只有跳闪的光亮、色彩和惊喜。那个夜晚,朱灯怀着急切的渴盼:清空脑子,回家还能干点什么。目光渐低渐沉,朱灯突然发现隐约而巨大的、难以描述形状的暗影。并非岸上的照明灯和建筑的倒影,那就是另一个世界,一个海市蜃楼般的世界。朱灯甚至想到传说中的龙宫。被自己的发现惊呆,朱灯很想和人分享,自然也想验证,扭头四望,只有行驶的车辆。回转头,已然消隐。朱灯有些失落,不过,总算把老闺女请走了。正当暗自庆幸时,疑问再生,老闺女究竟听说了什么,难道真有自己不知道的?

与此同时,他被吓着,在六月的温热中打了个寒噤。不是被可能的什么吓着,而是竟然和老闺女一样生疑了。他想起希腊神话中的阿伽门农。阿伽门农忤逆了宙斯,宙斯决定惩罚他,派人将错误的梦注入阿伽门农的脑袋,结果使阿伽门农在战场一败涂地。奇异而大胆的想象曾令朱灯激奋,他幻想有朝一日钻进母亲的梦里,如果有足够的法力,还想把那个梦从母亲脑袋移走。朱灯万万想不到,他未做成的事,老闺女做到了。老闺女成功地把她的怀疑植入朱灯的脑子。

这太可怕了。

3

躲避是不现实的。

老闺女没有规律,说来就来,总不能天天居家办公。躲到家里又如何?她照样摸得到,那样就更麻烦了。轰赶呵斥肯定不行,况且他做不出来。而且,"矛盾"激化,谁知会引发什么后果?他不愿也不敢破坏现有的"生态",能做的也就是态度冷淡。冷未能让她却步。她肯定没有意识到,已将她的怀疑植入朱灯脑袋,以为每次都是无功而返,若是知晓,会来得更加频繁。

朱灯想求助于罗响的女儿罗毕干,能劝说老闺女的也只有她了。打了两次电话都未通,便知她又进入了无人区。过几日再要拨,又犹豫了。罗毕干说与不说,结果如何,她多半不会放在心上,可老闺女的反应,朱灯拿不准。

罗毕干的故事没罗响多,也有一大堆。她综合了罗响和老闺女的长处,要貌有貌,要个有个。看起来文文静静,其实极度叛逆。从小就这样,越管越对着干。罗响回家少,教育的重担自然落在老闺女肩上,母女间常常爆发战争。开始尚能平局,后老闺女渐处下风,只得求助于罗响。罗响出马,偶尔有效,大多时候是耳旁风,甚至适得其反。不过罗响想得开,反过来劝说老闺女。罗响最初给女儿起的名字是罗汉花,自然不是随随便便的,老闺女未分娩,他就反复酝酿,名字寓意自然也和老闺女讲了。罗汉花五年级时,因为极小的事情,母女再次爆发"星际大战",老闺女败下阵,心有不甘,气急败坏地,你真枉费了这个名字。罗汉花愣住,这个名字怎么啦?在女儿排山倒海般的追问下,老闺女讲了罗响曾经的期冀。汉花,背负着家庭的希望。罗汉花撇撇嘴,隔日便改成罗毕干。老闺女向罗响告状,罗响哈哈大笑,毕干就毕干,也不赖。

罗响说起女儿,朱灯便会想起朱丹。朱丹也野,但远不及罗毕干。结婚后,朱丹便像任何一个豆庄人一样,正经地过日子了。罗毕干却是野到底的。罗毕干是资深驴友,中学时代起,每逢假期,别人忙着补课,她却扑进山野。老闺女已经没有话语权,就是想说也找不到人,也就和罗响发发牢骚。罗响职位再高,也不能捆了女儿的手脚,如往给老闺女说些宽心话。罗响真正着急,是罗毕干专科毕业后。以前玩就玩了,说到底还是学生,走上社会就该找份工作稳定下来。她自己找或他帮着找,都不成问题。罗毕干不肯,罗响第一次和罗毕干大动肝火。坊间传说，没有罗响搞不定的，有夸大成分，但大致不差。但就是搞不定罗毕干。罗响不再给罗毕干钱，以为没了经济来源，罗毕干会知难而退。罗响估料错了。罗毕干半年挣钱半年探险，工作不稳收入不多，除去吃穿用度，几近于无。就凭那点钱，她能连着消失半年，与野人无异。

罗响在某县任正职的次年，罗毕干带回一男友，罗响很是欣喜。待罗毕干说出目的，罗响的脸就僵了。那个县毗邻山西，遍布煤田。除了国有矿，还有十余家私营煤矿。关于煤老板的暴富及其他香艳故事，不分昼夜在街巷间传播。成了煤老板的，想把盘子做得更大，不是煤老板的，做着成为煤老板的梦。罗响一句话，罗毕干和男友便可成为神话般的人物。这是拴住女儿的绝佳机会，但罗响没应。事后，罗响说她不适合，那会毁了她。

罗毕干又回到没有轨道的生活中。

罗响猝去，她倒是回来过，老闺女几近瘫痪，有些事需要跟她商量。朱灯以为罗毕干要陪伴老闺女数月。他回县看望老闺女，没见到罗毕干的身影，问罗毕干住了多久。老闺女没正面回答，没好气地，她就是山上捉来的！似觉不妥，弱弱地补充，也就三五天吧，也好，再吵，没人拉架了。

终是没有拨出去，若母女俩干起来呢？朱灯就成了导火索，很可能卷入其中，那就更麻烦了。他甚至庆幸，还好前两次没拨通。

除了罗毕干，没有任何可求助的人。调往别的单位，比如文联,没有意义,老闺女同样找得到。须躲得远远的,即便老闺女知道,也难以频繁滋扰。确实,老闺女的行为已经对朱灯构成滋扰。况且费用方面老闺女也吃不消的,罗响没给她留下什么,她的拮据便是证明。可能她的怀疑也有这方面的原因,或者说起初没生疑,但被流言浸泡日久,曾经的坚定便动摇了。

去哪里,又怎么去?朱灯犯难了。躲是内心的理由,但不能偷偷摸摸,像逃犯一样潜藏深山老林。须大大方方,给妻儿给朋友给同事坚实的理由。最起码,须妻子赞同并支持。若为了躲避一种风险,承担另一种可能更大的风险,那就不明智了。

朱灯想过下海。师范的两个同学在九十年代初便辞职,一个做密封胶,另一个做药酒,都干得很大。尤其做药酒的,电视广告一向锚定黄金时段,时长三十八秒,广告词也豪壮,大意是有病治病,没病养生,延年益寿,可追彭祖。起初老同学回山城,还能聚聚,后来就见不到了,据说市长见都得预约。自己能做什么?结果把自个儿问住了。朱灯甚至想到二姨夫。二姨夫自是不能和两个老同学比,他的生意只在县城,但也相当了不起。那个县百分之八十的食品都是从二姨夫的批发站出的,还在繁华地段开了家饭馆,几十号人靠他吃饭。二姨再不用烟熏火呛地燎猪头了,想吃什么,一个电话的事儿。去二姨夫那儿找一份活不成问题,前提是须不计薪酬。二姨夫不养吃闲饭的,而他很可能成为二姨夫的累赘。

辞职需要勇气,更需要底气,这两项朱灯都没有。想来想去，也只能走工作调动。他从通讯录扒出几十个名字，按照熟识程度关系远近列出顺序，这么做的时候，有溺水拼命抓握稻草的感觉，极滑稽，也极……悲壮。精准打捞，但未有丁点收获。

某天接到老丁的电话，问朱灯在市里不，晚上聚一下。没有任何虚言和客套，直奔主题。朱灯也没问他几时过来的，说好呀，红焖羊肉？老丁嘎嘎笑，好好，肾亏得厉害，得补补。朱灯没把调离和老丁联系起来，而恰恰是老丁让朱灯踩到了彩带。只不过，彩带牵系的，并不全是运气。

4

朱灯调到市里后才和老丁认识。那年省农业厅在市里开育种会，老丁是随行摄影记者。老丁褐脸光头，不是剃的那种光，而是反光般铿亮，标准的不毛之地。他说话低沉，笑声却极为响亮，炸裂一般，而且不分地点不分场合，率性随性。朱灯一下就记住了他，称他丁老师。老丁纠正，叫老丁。晚饭敬酒，朱灯仍称丁老师。老丁很郑重地，这儿没有丁老师，只有老丁，你敬谁？朱灯只好说敬老丁。老丁笑，这就对了嘛，叫老丁，我自在。后来知道，几乎所有认识他的人都喊他老丁。其实他并不老，与罗响同年。

那年回家过中秋，母亲装了半帆布袋土豆给朱灯，朱灯不带，说市里什么都有。母亲强调给朱灯拿的是小白花，新品种，和以往的土豆不同，没有不沙的。母亲所言的沙是指淀粉含量高。一旁的父亲补充,产量也高。还说现在的科技真是能,在娘胎里就能让土豆变得好吃。朱灯便和父亲聊起种子的话题,说到两个人,一个是搞杂交水稻的袁隆平,父亲知道。另一个叫赵治海,搞杂交谷子的,父亲没听说过。父亲对赵治海更感兴趣,因为赵治海更近,而且家里种过谷子。只种了一年,产量不高,小米没有黏性,每次熬粥,汤米分离,合不到一处。对赵治海,朱灯也不是很清楚,只能讲个大概。父亲意犹未尽,就像他看到建筑和家具总想研究结构一样,有着刨根究底的嗜好,可朱灯实在说不出来。随后,父亲问了个朱灯感到好笑的问题,赵治海长啥样?父亲不是算命先生,但对面相着迷。其实朱灯也信的,常就面相推测某人是否可以相信,有时初遇便生出好感或防范,所谓的相由心生其实是心灵的投射。朱灯说,我哪知道?又没见过。父亲很是向往,说能见见就好了。

那次会议,朱灯见到了赵治海,突然想到父亲。他问老丁能不能给他和赵治海拍张合影。老丁说,这还叫事?你站过去。朱灯摇头,现在不可,一会儿找机会。赵治海身边不是这个领导就是那个专家,朱灯这时候凑过去不合适。老丁当然明白,却没有等,扛着"炮筒"跨过去。工作需要,大方而自然。老丁还让朱灯"帮忙",朱灯心愿得成。

散会,老丁没有随车返程,他想转转,罗响让朱灯作陪。朱灯问老丁想去哪里,老丁说蔚县,想拍蔚县的戏楼,又说亏得作家冯骥才多方呼吁,蔚县的古建筑保存工作做得还不错。朱灯眼睛闪了闪。老丁察觉，问朱灯是不是也喜欢古建筑。朱灯没敢说实话，也没法讲。关于蔚县戏楼，关于霍木匠和父亲，可言说的太多，却又无从说起。说蔚县的戏楼确实经典，三两日恐怕不够。老丁说，谁说三两日了？怎么也得过瘾。

就是那几天，朱灯始知，老丁并不仅仅是记者，还是摄影家。老丁给朱灯讲世界摄影大师的理论和作品，还能说出某幅作品是哪年拍的，及与作品有关的故事。摄影于朱灯是陌生领域，是老丁让他见识了另一天地的光彩。以"瞬间美学"理论著称的卡蒂埃·布列松，创下单幅影像作品拍卖纪录的安德烈亚斯·古尔斯基，因其肖像摄影作品而闻名的史蒂夫·麦凯瑞，"夜摄影"鼻祖布拉塞，不走常规路的马丁·帕尔……等待和凝视的老丁不苟言辞，甚至不吃不喝，非专注可以形容，收了工就是另一个样子。老丁嗜酒，还喜欢喝二场，晚上过了九点就敲朱灯的门，倒是没什么讲究，多是路边摊，酒也不挑，烈酒，不低于50度就可。

老丁在蔚县拍了六天。返省城的前一晚，罗响请老丁吃饭。罗响没架子，老丁不唯上，彼此投契，相谈甚欢。

老丁有着奇异的点燃能力，朱灯的一些奇思妙想与老丁有关。生活中的老丁让人轻松，几乎什么都对朱灯讲，包括他的种种艳遇。当然不是每桩都那么浪漫刺激，他被愚弄过，也有过惊险。在某情人家幽会，其夫归来，情急之下，他钻出窗户，扒住护栏，十二层，摔下去就是肉饼。若不是那男人拿了东西即离去，老丁就完蛋了。即便这样的糗事，老丁也讲得有声有色，仿佛是与他无关的笑话。朱灯想起在公开场合感谢妓女激发其创作灵感的诺奖作家奈保尔。也许有一类艺术家确实需要这样的"激发"。

也正因为这个，朱灯的名单上没列老丁。老丁这样的朋友闲聊可以，托事基本是靠不住的。

酒杯见底——朱灯和老丁一向二八开，朱灯欲去结账，老丁拦住他，咱得轮着来，要不以后不敢找你了。拉扯间，朱灯说，你再来，我很可能就不在了。老丁瞪他，啥意思？朱灯说，你先坐，稍后告诉你。

朱灯大略讲了，老丁一拍桌子，咋不早说？朱灯心里动了动，他嗅到了机遇的气息，但没敢接茬。老丁说省报年年招人，若朱灯想去，他给找社头。朱灯兴奋地，好呀。不过……老丁迟疑着，脸上现出难色。朱灯识趣，说如果需要准备什么，还请老丁直言。老丁摆手，不是这个，像朱灯这样的人才，省报求之不得，去是没问题，只是未必能给朱灯什么职务，都占着呢，去就得从普通编辑做起，和新进的大学生一样。于朱灯，这根本不是问题。市报副刊部主任，算不上什么职务，多了间透明的办公室而已。老丁保证，包我身上。

朱灯没抱太大希望，混合着酒精的话往往虎头蛇尾，尤其老丁这样的。当接到老丁的电话，朱灯被从天而降的喜讯击晕，好半天愣住了，牙齿舌头逃离了嘴巴，只剩下空荡荡的洞口。直到老丁问你在听吗，朱灯才连声道，谢谢谢谢。

5

朱灯站在地下书城入口处，在清早昏暗的光线中等待开门，还能捕捉到从斜坡滚落的杂音。待进入其中，不过几步之遥，就像突然进入另一个世界，如海底般沉寂，仿佛那一排排列队的书籍有着吸附、融化声响的奇异功能。

来省城已两年，每个月，定有一个周末的上午，朱灯在书城度过。这本翻一翻，那本读几页，他享受浸泡的感觉。曾经是防空洞，废弃了，老板将其改造成书城，极大，许久才能走到尽头。临近中午，朱灯才带着选好的书离开。私营书城开门早，这是朱灯喜欢来的缘由，加入会员，每本书还可八折，像朱灯这样经常购、积分多的，能七折。朱灯有能力买书了，但也很在意这个折扣。从另一个角度，说明他混得不怎么样。像万金，用豆庄人的话说，尿都可以炼油，买任何东西都不会问价。大有女人"骂"过万金，因为万金买楼像买白菜一样随便。大有两口子乘豪华游轮旅行过，来回一个多月。村里人问她好不，她满脸后悔，好啥？再也不去了，个个都是硬菜，白天黑夜摆着，不分钟点，吃不行呀！母亲和朱灯讲，彼时她笑颜如花。朱灯也笑，心却不是很平静。并非嫉妒，鹰翔蓝天，燕栖屋檐，各有各的追求，各有各的命运造化，只是有些惭愧，虽说到了省城，但荫泽不到家人。

调往省城三个月后，接到亲戚电话，亲戚的儿子因为伪造车祸骗保被抓。朱灯说自己没什么办法，亲戚很是生气，以为朱灯不肯帮忙。亲戚述起朱灯的父亲、祖父、曾祖父，证明彼此是近亲。朱灯想帮的，但确实无能为力。套了半天，亲戚终于冒火，我就问你，管还是不管？朱灯耐着性子，再次解释，不是不管，是没能力管。亲戚道，你给法院院长打个电话，让他管。没想到亲戚这样说，那个刹那，朱灯思维突然崩断。亲戚催问，咋样？朱灯这才回复，我不认识法院院长，甭说省院院长，就是县法院院长，我都不认识。亲戚气哼哼地，你看着办，咔嚓挂断。是的，朱灯听到了声响，如冰面崩裂。在亲戚的认知和逻辑中，朱灯到了省城，自然该有省一级的分量。后来知道朱灯连自己的亲弟亲妹都帮不到，才停止了对朱灯的抱怨。

清华美院的某位教授是老家出来的，极有名的画家。虽未能像毕加索、达芬奇、梵高、塞尚、高更、莫奈、马蒂斯、齐白石、徐悲鸿等大师那样自创流派，但有着鲜明而独特的风格。那片贫瘠的土地走出这样一位画家，也是县里的荣耀，每次还乡，县长都要请吃饭。画家的亲戚托画家办事，画家应了。一桩极小的事，拖延一年，也没弄成。亲戚改托村长，三天就解决了。其中的缘由和逻辑，亲戚琢磨不透的，但有一点还是明白了，画家没有村长好使。文友讲的，朱灯不认识画家，但感同身受。

虽然只是个编辑，没什么大的能量，但来省城还是对了。老闺女没追到省城，最后一次通话，是他拿到调令时。他曾想在春节给她打个电话，想想还是打消。再浓的雾也有消散的时候，她也该摆脱了那些流言。朱灯只能发自心底地祝福她。他以为日子就这样静静流淌，特别是被书包围的时候，用老丁的话说，和做爱一样美妙，孰不知漩涡就在前方。

那天，他抚摸，亲吻，还未进入，电话叫了。书城八点开门，彼时八点五分或六分。他摸出手机，是陌生号码，归属地是云南，便揿了断开键。买房、炒股、理财、诈骗，此类电话几乎每天都有。朱灯被骗过，本来借五千，他问够不，对方说那就一万吧。转账次日才知是冒牌货。朱灯没敢告诉妻子，只和老丁讲过。老丁大笑，旁边的女士被老丁的笑声惊着，食物卡在喉咙，几乎引发命案。再有陌生号码，朱灯就警惕了。

电话再响，再次挂断，随后收到一条短信：叔，我是罗毕干。朱灯有些意外，他和老闺女没联系，和罗毕干就更没有了，但存着罗毕干的号码，不是这个。愣怔数秒，正要回拨，罗毕干打过来了。

接通，罗毕干欢跃地，叔，我是罗毕干。朱灯边往外走边说，不知你换号了。罗毕干笑说，换过好几个了，不想烦你，就没告诉你，你现在不方便？朱灯说，我在书店，正往外走。那边没音了，朱灯也未再言，走至门外，朱灯叫了声毕干。罗毕干说，打扰叔了。朱灯说，说啥呢，我就是闲逛。罗毕干说，叔没想到是我吧。朱灯老实承认，又装出惊喜的样子，问她在哪儿。罗毕干笑说，说出来叔更要意外了，我在报社门口呢。朱灯明白了,但没有彻底明白,信马由缰的野人让他摸不着头脑,卡壳数秒,哪个报社?罗毕干反问,叔,你在哪个报社?朱灯这才醒过神儿,问她几时到的,咋不提前说一声。罗毕干笑说,现在也不晚呀。朱灯忙道,不晚不晚,你等着,我一会儿就到。罗毕干说,不急的叔,你慢点。罗毕干这份体贴是之前没有过的,哪怕是装。她不装,这点与罗响一模一样。

看到罗毕干只背个双肩包,说不清为啥,朱灯暗暗松了口气。她的装扮既像远涉归来,又像马上出发。她说过,所有的家当都在背包里。比上次见她更黝黑了些,但神采奕奕。短发浓密乌亮,稍有些乱,却让她看起来更有生机。朱灯还未站稳,罗毕干就说,叔,先找个地方吃口饭。朱灯赶忙说,前面路口就有。省城饭馆多,清早营业的少,没有像样的早餐馆。距报社近的安徽板面和羊汤烧饼,店面都不大,皆四人长桌,三腿圆凳。朱灯问罗毕干吃哪样,罗毕干说喝羊汤呀,我都闻见味了。

一碗汤,三个烧饼。罗毕干没狼吞虎咽,但朱灯看出她饿狠了。她来找他,应该不仅仅是为吃一顿早餐。他已知晓,探险刚刚结束,她即将进入休整、准备期。这个时刻来省城,绝不是心血来潮。不能问,那会让她看出他的紧张。只能等她说。罗毕干不会绕弯,更不要说扭捏了,他晓得。果然,碟碗清空,罗毕干便说,叔,我得找个地方睡一觉。朱灯说,好呀。罗毕干说,我只需要一张床,能睡就行。朱灯笑,那怎么行?不能委屈我们的探险家。朱灯很真诚,但也很虚。只是虚,不是伪。因为他知道，睡觉不是罗毕干的意图。罗毕干说，叔得听我的。朱灯还想说什么，罗毕干抢道，我住得起，叔掏不起，我可能要住上几天。朱灯心一沉，与此同时，鼻子竟有那么一点酸。

最终在二环边上找了家小旅店。旅店九个房间，其中一个还不够半间，没有卫生间，一张单人床，一张桌子，一把水壶。罗毕干选定这半间，朱灯说什么都不肯，不方便也不安全。罗毕干极拗，我住，就得听我的，我常年住帐篷，啥都经见过，这儿没虎没狼，挺好的。朱灯只得随她，说中午再来。罗毕干说，这都快中午了，还来啥？我要睡觉，叔甭打扰我，晚上！叔若有空，就过来。朱灯说，好的好的。罗毕干似乎很感慨，几年没见了，叔还这样！朱灯笑说，你也没变。罗毕干哈一声，叔哪里知道？我……打住！赶紧走！

罗毕干不是普通来客，或者说，就算她是寻常客人，他也该更热情一些，规格也应更高一些，毕竟他和罗响，和她整个家庭曾有过不同寻常的关系。他却把她安顿在那样一个地方，虽然是她竭力要求，他掰不过她。一个计较折扣的人，自然在乎旅店费用，这样的廉价店他求之不得，但走在大街上，朱灯却为自己的潦草感到内疚。待她睡醒，必须换一家，至少有个卫生间，想住几天住几天。心忽然抽缩，与几天无关，与费用无关。他揣测着她可能的来意，越想心越乱。不安渐渐盖过内疚。

妻子正洗衣服，见朱灯两手空空，半打趣道，今儿稀罕呢。她半年前调至省城，医院一般，但两人都很知足，就这也是老丁

583

帮了忙的，凭他和她，不知要做多少年鹊桥夫妻。她略有洁癖，可能是医护的通病，每每休息，洗衣机运转不停。朱灯极少和她讲自己的事，除非是惊喜，跟父母也是，报喜不报忧，特别是哑女事件后。朱灯淡淡地回应没上新书。他换拖鞋，妻子问，你怎么啦？朱灯反问，什么怎么啦？妻子说，你脸色不好看。朱灯惊异于她的敏感，但还算淡定，说昨晚没睡好，一夜乱梦。妻子瞟瞟他，没再吱声。

经验告诉他，即使存有疑问，她也不会追根究底。当然，就是追问，进而知道，也没什么。罗毕干来了，就这么简单。不是炮弹。当然不问最好。这不是什么秘密，朱灯就是不想让她知道。也许彼时他就有了预感，人生波澜再起，须在她和他之间筑起高墙。

6

傍晚时分，朱灯快到旅店时，给罗毕干发了条短信。罗毕干很快回复。待朱灯到那儿，罗毕干已在门口站着了。叔，我速度够快吧？朱灯问她想吃点啥，罗毕干指指斜对面的拉面馆，就那里。朱灯不同意，那不行，去个好一点的。罗毕干说，叔问我想吃啥，我就想吃拉面。朱灯还欲说什么，罗毕干抓了朱灯的胳膊，挟持般把他拐进拉面馆。不听劝，就来硬的，罗毕干扮着鬼脸。朱灯无奈，说这儿也好，吃利索点儿，吃完换个地方住。罗毕干瞪着朱灯，啥意思？朱灯说，换个像样一点的，安全。罗毕干嘘了声，害我的人还没生出来呢，就我这样子，没钱没首饰，光板一个，还能咋的？大不了被搞一下子，只要有这个本事。她漫不经心，似乎在说与她无关的人。虽说对罗毕干有一定了解，朱灯还是有些吃惊，半张了嘴不知怎么应对。把叔吓着了？坐呀！朱灯机械落座，似乎罗毕干是主人，而他是客人。如果不换地儿，那就换个房间，半晌，朱灯又说。罗毕干笑，叔过去可没这么啰唆，你还不老呀！住的事不要再提，没必要！现在说吃。朱灯说，那就随你。

罗毕干点的，两碗拉面，一盘牛肉，一份洋葱木耳，一份麻辣黄瓜，两瓶啤酒。朱灯知道罗毕干是有酒量的，因为她对酒精没感觉。直白了说，就是喝酒跟喝水一样。但并不嗜酒，更不多喝，用她的话说，浪费。不过两瓶似乎少了些。朱灯试探着问，两瓶够吗？罗毕干极干脆，不够再要。

朱灯和罗毕干坐在近门的位置，罗毕干换了衣服，还化了淡妆，朱灯静静地望着她，听她讲上个探险期的事。他很感兴趣，那是他想象不到的，甭说作为写作者，有探究的欲望，就是不写作也好奇。局外人永远不可能有且永远不可能理解的，那样的世界，那样的活法。但朱灯并不是很专注，目光不时从她脸上移开，瞟瞟门外。他意识到了，但不由自主。罗毕干有所察觉，停下来，笑说，叔想家了？朱灯佯装生气，说啥呢？脸却烫了，还好有酒精掩饰，不至于太尴尬。罗毕干盯着他，仍含着笑，朱灯耐不住，虚虚地，刚才是有点走神儿……我在想，你爸知道你这

585

么开心,肯定比你更开心。罗毕干说,但愿吧。笑不见了,但也不是很伤感。

朱灯脑子快速搜刮,想找个新话题,罗毕干突然道,我想问叔一个问题,可以不?罗毕干从未这么客气过,神色却不是小心翼翼,有几分严肃,甚至郑重。朱灯怔了怔,随即道,好呀,十个都可以问,只要我知道。罗毕干目光凌厉了些,叔得说实话。老闺女晃过脑子,朱灯心跳得不那么均匀了,但脸上还挂着笑,要发誓吗?罗毕干摇头,那倒不用。朱灯稳稳地凝着她的双眼,怕她看出他的紧张。罗毕干说,憋很久了,非问不可,望叔不要生气。拉面已上桌,还未动筷,朱灯却有吃撑的感觉,身体不自觉地倾斜。罗毕干征求朱灯的意见,要不咱先吃面?朱灯不再掩饰自己的急躁,别兜圈子了,马上讲!罗毕干浓眉挑了挑,目光也抬高了些,怪怪的,好像她真是毕干。

我爸是不是给我留了一笔钱?

罗毕干的声音并不高,于朱灯却如晴空惊雷。罗毕干的目光始终在朱灯脸上焊着,叔,你得说实话,留了多少?朱灯从半死的呆愕中反应过来,罗毕干还真是老闺女附体,没准就是老闺女派来的。就像武侠小说中的血债,要清算到底。朱灯冷了脸,你妈和你说的?罗毕干说,叔说好不生气的。朱灯做了个深呼吸,竭力让汹涌的波涛回落,至少,声音得平静。

我不知道,无可奉告。

罗毕干说,据说那笔钱一半存在别人名下,一半在某个地方藏着,你都知道。朱灯说,所谓的别人是说我吧。罗毕干倒坦然,是呀,说你调到省城就买了套豪宅。朱灯终于按捺不住,我是买了房,这和……我对天起誓!算了,说这些没用。毕干,我知道你和你妈都怀疑我,我……伤悲和愤怒水枪样喷射,他说不下去了。

罗毕干哈哈大笑,叔别急,我逗你呢。

朱灯再度犯愣,目光定在罗毕干脸上。

罗毕干双手捧着啤酒杯,冲朱灯作揖道,开个玩笑,让叔受惊了,对不起。

朱灯机械地和她碰了碰,只是玩笑?

罗毕干说,当然。我爸啥人,我还不知道?他绝不会的。这点叔比我更清楚。说起来,我对他是有意见的,一度怨恨过他。他不像个父亲,起码不是好父亲,也不是好丈夫。他走后,我慢慢想明白了,他不是不为我和我妈考虑,也考虑的,他把清白看得重,所以把最看重的留给我和我妈,他是对的。他不是不爱我和我妈,他爱的,这就是他的方式。就像我满世界疯,并不是和家庭生分,我也爱的,我有我的方式。逾出常规别人就不理解了。就像我爸,他完全可以在北京、上海这样的都市置办房产,就是去美国、英国、澳大利亚、新加坡置办也该没问题的,只要他想。但除了县里两套房,他没留下任何可以估价的,这是实情,可谁信呢?不相信,自然会有流言。我知道我妈找过你,叔调离市报,我妈才和我讲的。她开始不信的,但有个成语说什么来着？对，三人成虎。再细的雨，淋久了衣服也会湿。我妈就是这么给淋湿的。不过她现在好多了，不会再为这个事缠你了。叔，我怀疑你，就是怀疑我爸，怎么可能呢？只是一个大玩笑！

罗毕干条理清晰，朱灯的心落到实地儿，埋怨道，哪有这么开玩笑的？我都吓麻了。

罗毕干笑嘻嘻的，这要怪叔。

朱灯不解，怪我什么？

罗毕干说，我来，叔就紧张得不行，你知道我有事，想问又不敢，我瞧着乐，反正你是当叔的，吓唬吓唬你呗。

朱灯板了脸，以后可不能开这样的玩笑。对了，你不是来玩的吧？

罗毕干说，我的钱只够买一张车票，想起叔，就过来了。叔在，我不至于露宿街头。叔要有个准备，找上工作前，要吃叔的喝叔的。

朱灯问她打算干什么。罗毕干说只要挣钱，干什么都行。朱灯问她以往都干什么。罗毕干笑，干过的多了。然后说，她喜欢居住在不同的城市，每个地方干的不一样，游泳教练、代驾、送快递、餐馆服务员、装卸工、房产中介，等等。她眨眨眼，神情顽皮，我能干吧，叔？朱灯确实惊讶，不只是因为她的能干，更因她讲述时的欢愉，就像玩接力游戏。他举杯，我敬你。罗毕干说，就差干过那个了。朱灯突然呛住，连咳数声。待朱灯平息，罗毕干才不无嘲讽地，叔真是不经吓，做过又如何？朱灯说她可以向家里求援的。罗毕干嘘了声，拉倒吧，我怎么可能冲我妈要钱？就算她有，我也不会的，不能帮她已经不肖了。话说回来，我也没这个能力。朱灯说，她未必在乎这个……你该回去陪陪她。罗毕干说，我会回的，快出发的时候，现在可不行，她能把我烦死，催我成家，还四处张罗。朱灯说，这也没什么不对，当家长的，总要牵挂。罗毕干轻轻击击桌子，提醒或也有抗议的意味，说的是我哎，怎么过是我自己的事，如果一个人连这点自由都没有，那就不配这一撇一捺。朱灯极少与人争论，嘴拙，也怕彼此不快，可那晚没控制住，可能因为想起了罗响。我尊重你的自由，过自己想要的生活，每个人都奢望，不过个人问题，你也该考虑的。罗毕干毫不客气，我叫你叔，可没把你当长辈，别给我灌道理！

朱灯讪笑道，吃吧，都凉了。

各自低头吃面，朱灯吃饭快，罗毕干吃了一半，他已放下筷子。他默默地看着罗毕干，心情复杂。

罗毕干抬起头，朱灯问她还要啤酒不。罗毕干冲柜台招招手，再来两瓶！朱灯说他不能再喝了，罗毕干笑，叔放心，我不灌你。朱灯也笑，陪不了你。罗毕干说，能陪我喝到底的，还没碰到过呢。朱灯小心翼翼地，在外……也常喝？罗毕干点头，喝呀，不过不多喝，浪费，除非酒厂提供。叔，你别这么谨慎，刚才是我不对，吃叔的喝叔的，还冲叔发脾气，换作别人早恼了，叔不和我计较，也只有家人能这么容忍我。朱灯说，你确实有变化了。罗毕干又带了些顽皮,谁能不变呢?除非石头。叔,你只要不用教训口吻,说什么我都不计较。她虽这么说,朱灯还是顿了顿,才问她是否有过结婚的念头。确实,他好奇的。罗毕干说,目前还没有,以后……可能吧,一定是我乐意才成,我不乐意,谁都不可能逼我。朱灯说,那是,独来独往也好。罗毕干笑,叔,我有男朋友的。朱灯惊讶,咋没听你说?罗毕干说,不算大学的,我有过六个……都分手了,目前没有,说什么?叔别这个表情,我不是随便的人,合意就处,不合就分,总要试了才知道。朱灯忙说,我不是……我就是……罗毕干目光跳跃,又让叔受惊了,不是我要吓叔,都什么时代了?叔该换换脑筋哦,罗毕干打趣。朱灯嘴巴一下顺溜了,没准你是扯谎呢,我哪会当真?真的也没什么,你叔也没那么古板吧?罗毕干哈哈大笑,叔,你这态度,我喜欢!再给你倒一杯,咱得碰一下。

后来,朱灯又问了些老闺女的情况。

虽然被罗毕干那个天大的玩笑吓得不轻,但那晚很有收获,警报解除,朱灯倍感轻松。

朱灯外出吃饭,妻子很少问跟谁及聚会缘由,除非他状态不对劲儿,比如中午。

他回到家,如常换拖鞋,妻子瞥瞥他,问他跟谁吃饭。也许他轻松过度,她瞧出异常。也许就是随便问问,并无猜疑。朱灯没有任何迟疑,老丁。

妻子没再追问。其实算不上谎言,因为没有目的。朱灯自我安慰。

7

老丁约朱灯吃饭,是在罗毕干来省城半个月后。

罗毕干确实厉害,第三日便在游泳馆找了差事。她在城中村租了房子,什么样的,朱灯不知。租房要先付押金,押一付三,至少押一付一,不知罗毕干怎么说服房东的,竟同意她月底支付。朱灯说拿钱给她,她回绝,不需要!需要自然会找他。朱灯说抽空看她,罗毕干笑,本姑娘不在家中接待任何客人。朱灯不再多言,说那好吧。

她再没联系他,他倒是想问的,如果罗毕干在别的城市,他当然不会牵肠挂肚。现在不同,她是投奔他来的,他做不到忽略。若没什么理由,只是关心,又怕她厌烦他的长辈口吻。所以几次拨号,几次掐断。

老丁邀约,朱灯马上想起罗毕干。他说我得带个人,老丁大笑,带俩都行,若是女的,带三个四个都没问题。朱灯告诉他是罗响的女儿,老丁说是稀客呢,我得带点好酒。朱灯略一迟疑,说她不喝酒。老丁哪那么好哄?笑着揭穿,老子英雄儿好汉,她酒量了得吧?朱灯只好说,再大也大不过你。老丁说,我又不灌她,废话少说,晚上见!朱灯严肃而又乞求,老丁,管住点儿嘴哦。老丁再次大笑,想吃荤菜,还没有呢。

有理由,朱灯坦然多了,很不巧,罗毕干晚上有班。朱灯问几点结束，罗毕干说九点。朱灯问能不能调换一下，罗毕干笑说，叔就当我去吃了。朱灯说老丁是她爸爸的老友，也想见见她。这句话起了作用，罗毕干当即道，我看能不能调得开。直到中午也没回话。下午四点左右，朱灯又发短信，罗毕干回复：能过去。

老丁和朱灯什么都讲，或者说，不把自己的秘密当回事。把自己扒个底儿掉，不是炫耀或显摆，不过是作为下酒菜。但老丁从未提过他的家族，包括他的家庭，都是模糊的存在。进入省报，朱灯才知，老丁的家族了得，拥有全国闻名的医药企业。老丁若加入，很可能是掌门人，因为他是长子，有着世俗认可的优势。老丁是家族的异类，没有半丝兴趣，"连企业的门都不进的"。但终归是家族一员，远离并非割裂关系，老丁有股份，不过没有弟弟妹妹多。传说是四四二，于老丁这样喝酒不挑的人，活一千岁也足够了。报社那点薪水可以忽略，老丁之所以挂着，不是多喜欢，而是这份职业能提供进入另一世界的通道，那是他需要的。摄影跟世界脱节，那就死定了，他如是说。当然，老丁不必像别人那样朝九晚五，他能吊儿郎当，固然因为资深，但更重要的原因，还在于身后的家族。

所以，虽为同事，朱灯和老丁在单位不怎么碰面，基本是在饭局见。老丁约朱灯的时候多，如果是多人饭局，那就是吃吃喝喝，起码对朱灯是这样，谁请，为什么请，与他没什么关系，他只需要参加就可。这样的场合，嘴巴的功能多半是吃，老丁爱说，也不能全由他说，扯艺术就更不可能了。如果只有他俩，老丁也乱说，但一定会谈摄影。反过来的逻辑是这样：老丁想谈摄影了，就只约朱灯。

老丁订的还是二马驴宴，在槐北路上，小包间都没变。朱灯特意早到半小时，要了壶大麦茶，慢慢翻看菜谱。他和老丁以往吃得简单，一盘驴肉，一盘板肠，一盘花生米，一盘蔬菜。服务员也熟惯了，根本不用点，直接就上，朱灯没看过菜谱。刚翻两页，罗毕干到了。朱灯倒了杯水，把菜谱推给她，叫她看哪个菜对胃口。罗毕干笑，只要咬得动，啥都对胃口。朱灯说选一样嘛，这又不是野外，可以选的。罗毕干目光碾压着朱灯，野外生存不等于野人，也能选的呀。朱灯笑笑，就当我没说，那也要点一个。罗毕干扫了扫，点了名为黑白道的菜：黑豆腐炖山药。

老丁六点二十才到，朱灯介绍罗毕干，罗毕干叫了声叔。老丁和罗毕干握握手，很严肃地纠正，叫老丁。罗毕干看看朱灯，问老丁，可以？老丁说，太可以了。罗毕干也不客气，说老丁你来晚了。老丁爆笑，这是要罚酒哇，好，我认罚！老丁竟然拎了两瓶老白汾，他一边熟练地起瓶盖，一边嘴不歇着，我三岁就开始被父母罚了，因为尿床，上学后，罚站更是平常，如果连着三天没罚，别说我了，老师同学都觉得不正常。你们没被罚过，不知道有多开心。如果在课堂上，不听讲咋行？罚站就自由了，我才不老老实实戳着呢，像校长一样背着手心来回巡视，好几次摸到老师办公室大吃大喝，真他妈的爽！

罗毕干哈哈大笑。

老丁一本正经地，我为啥晚来？就想被罚么！他倒满茶杯，喝一大口，说声不错，又倒满。老丁和朱灯喝酒，从不用酒壶酒盅，只用150毫升的茶杯。朱灯叫他少给罗毕干倒点，老丁扫扫朱灯，毕干都没说话呢，倒就要倒满，喝不了我替。罗毕干说，一杯，可以的。老丁再扫朱灯，好像朱灯撒了弥天大谎。

基本是老丁和罗毕干说，朱灯插不上嘴，也无意插。乐意听，且懂，这一点尤令老丁喜欢。摄影当然是主题，有些老丁讲过，比如尤素福·卡什《怒吼的狮子》，杰利·尤斯曼《儿童房里的鸟》，他再次谈起，且讲得更细，自然因为罗毕干，准确地说，是罗毕干的专注。罗毕干的话是被老丁勾出来的，但没有老丁讲得精彩。老丁一旦进入状态，犹如神灵附体，神情蒸腾，目光烁亮。罗毕干的重点在于惊险，某次登山，眼见队友坠入崖底，她抓握不牢，差点送命。某次穿越密林，突然被藤条缠住，就像《西游记》中的树精，怎么也挣脱不开，央求不起作用，骂也无济于事。她以为必死无疑，反而不怕了，身心放松，竟然挣脱。朱灯也问过，但她轻描淡写。朱灯不知她屡屡悬在死亡边缘。老闺女若是知道，吓不死也得吓瘫。

你图啥？老丁问。这也是朱灯想问的。

两人同时望着罗毕干，罗毕干并不看朱灯，针一样刺着老丁，你又图啥？

老丁愣了愣，笑声炸裂，我明白了，好样的！干掉吧。

罗毕干一饮而尽，这已经是第二杯了。朱灯没拦住，也不好硬拦。老丁问能再来点不，朱灯抢在罗毕干前面说，可以了。老丁似乎没听见，只看着罗毕干。罗毕干说，我叔说可以了，那就是可以了。老丁再次爆笑，你还真把他当叔了？罗毕干说，必须的。老丁说，意思一下。罗毕干便把杯子推过去，老丁象征性地滴了几滴，说喝酒图痛快，咋痛快咋来。

罗毕干或许觉得朱灯太过沉默，让他也说几句。朱灯笑笑，你们说，我喜欢听。老丁说，你这个叔镶了满嘴钻石，生怕别人盗了去。罗毕干不理老丁，再催朱灯，仿佛是多重要的仪式。朱灯便端起杯，毕干，你陪我敬敬老丁，我调省里，全靠老丁。老丁摆手，我不过牵了个线。碰完，老丁说，你这思维有问题，不是你需要报社，是报社需要你。朱灯冲着罗毕干，他也是你叔，不对，叫伯，他比你爸大一个月，有什么事，也可以跟他讲，他比我能量大。老丁豪爽说，没问题！然后再次纠正，叫老丁！罗毕干朗笑，那肯定。朱灯问罗毕干明天要不要早起，罗毕干很干脆，不用！

老丁瞄瞄朱灯，问罗毕干目前在干什么。罗毕干也直白，游泳教练，混两月就开溜。老丁猛一拍桌子，太好了！朱灯和罗毕干没防住，都有些愣怔。罗毕干反应快，毫不客气，跳哪门子大神？魂儿都被你吓跑了。老丁大笑，我正愁呢，你就来了。罗毕干瞪住他，啥意思？老丁说他工作室的助理临近产期，调假了，他想找个临时顶替的，今天晚到就是因为这个，面试了两个没相中,毕干,帮个忙呗!罗毕干意外地,我?你觉得我能干了?老丁一本正经,当然,我觉得这世上没你干不了的,明儿去美国搞个总统,照样把世界玩得团团转。罗毕干不买账,少来!我可不喜欢高帽子。老丁说,真不是吹捧,这个忙,也只有你能帮,我实在找不上合适的。罗毕干反问,我不来呢?你的工作室就关门了?老丁接得极快,问题是你来了呀。你干吗不去别的城市,偏来这里?冲着朱灯这不假,这是你能想到的,还有想不到的呢,想不到的往往比想得到的重要,想想你的探险,是不是这样?

罗毕干不语,似乎被老丁击中了。老丁摸摸灯泡一样的脑袋,略显得意。半晌,罗毕干说,等我干够一个月。老丁说,你不要工资,老板还会拦你?罗毕干说,凭啥不要?我还指着吃饭呢,你给?老丁说,当然!如果因为你离开给游泳馆带来什么损失,我也补偿,人要挖,事不能做绝。

两人你来我往,仿佛朱灯是空气。直到这时,罗毕干才转向朱灯,没问,但有征询的意味。不待朱灯开口,她的目光便回到老丁脸上,老丁,本姑娘是有条件的。

8

九月的夜晚,朱灯沿着槐北路东行,脚步不怎么稳。从二马驴宴走到家,也就二十分钟,老丁选定这儿,很大程度是照顾朱灯。替朋友着想,这是老丁的好。老丁表面吊儿郎当,其实心蛮细的。距家近,醉了也无妨。何况只是浅醉。而且这浅醉有一半与酒无关，他以自己的方式帮了罗毕干。

似乎是自然而然，其实是有预谋的，说他导演的也不为过。朱灯欠老丁人情多，不好直接讲，而罗毕干那样的性子，也不会轻易接受施舍。所以，他约罗毕干出来，吃饭说话是次要的。也只能这样，伤不着谁的脸，可谓天衣无缝。唯一没想到的是老丁让罗毕干去他的工作室，他原想的是去老丁的家族企业。那儿用人多，待遇也不差。工作室当然更好，比药企轻松，对罗毕干这样视自由如天的人，更合适。

因而，朱灯的醉里有喜悦和得意的成分。罗毕干不需要他帮，但他需要，他的内心需要，她是罗响的女儿。如果她求他做不可能做到的事，比如给省法院院长打电话之类，拒绝是肯定的，还会躲着她，就如躲老闺女那样。但她没有，她是罗毕干。她越这样，朱灯的意愿越强烈。而且这也是对某些虚妄言词的无声反击。那与他无关，也与他有关。他不能声明和宣示，只能以这样的方式让某些人自打嘴巴。

路南路北皆有烧烤摊，笑语喧哗，香气流窜。开心是会传染的，在烟气蒸腾间穿越，朱灯渐渐兴奋起来，突然想给母亲打个电话。掏出手机，九点三十六分。朱灯和母亲通电话的时间基本是固定的，如果有饭局或其他什么事，会推迟，但不超九点。再晚就不打了。可今天不是开心么，他想大声说话，想大声和母亲说话。也许会把母亲吓一跳，但也许母亲正等着呢。

朱灯立住，正欲轻触那几个熟悉的数字，忽有什么从眼前飞过,与此同时,耳边似有声响。蚊子无疑,朱灯并未在意。再次飞至,几乎扑到脸上。朱灯挥手,没赶走,嗡鸣还在,更响了,显然是饿疯的蚊子。朱灯再次挥臂,一个细小但很实际的疑问突然刺进脑子,周遭声音撞击,怎会听见蚊子的鸣叫?还如此清晰?这不是多么重要的问题,但朱灯扭不过来。扭不过来,人就迟钝了。他不想在蚊鸣中和母亲说话。

入秋,蚊子格外多。不同于老家的灰蚊,省城的蚊子通体皆黑,进攻性极强。家里虽装着窗纱,但防不胜防。黑蚊白日躲在角落,熄灯之后便杀出来,花露水也喷,蚊香也用,基本不起作用。许多个夜晚,朱灯不堪其扰,光裸着和蚊子车轮大战。深夜寂静,朱灯也须竖着耳朵才能辨析鸣声,再以闪电速度攻击。室外不可能听到蚊鸣的,尤其嘈杂的地方。

穿过路口,朱灯立定,再次竖耳,那特有的鸣叫便嬉戏般闪跳着扑上来。竟然跟了过来!朱灯不愤怒不恐惧,但也不是那么平静,他无法形容彼时的心情,有一点躁,有一点点恼火。躲避一只蚊子。或者说,被蚊子追赶,很滑稽很可笑。可那个晚上,他就是这么……狼狈。

走得急,步子反而稳了,到小区门口,再次立定,没听到。终于!!好像不是甩掉一只蚊子,而是躲过了一场追杀。九点五十二分,有点儿晚了,朱灯忍住,没拨。

那晚前半段睡得不怎么好。他在梦中给母亲打电话,怎么也拨不通,不,是拨不对号。他一遍又一遍地拨,手机屏快戳烂了，还是不行。他焦躁、焦急，求助于路人，没料那人抓了他的手机便跑。朱灯突然惊醒。后半段不错，可谓香甜，若不是设了闹铃，肯定要睡过头。尽管只睡半段好觉，也休息透了，整个白日神清气爽，傍晚和母亲通了电话，比以往时间长。第二日第三日也都正常，第四日，出状况了。

四点后，朱灯没什么事，便扯出两张A4纸，写下一个名字，思考数秒，又写了一个。半个月前，朱灯构思了一篇小说，但一直没有动笔。不是没时间——仍是副刊编辑，市报一周一版，省报两周一版，无须加班——而是人物尚未有名字。他有个习惯或者说怪癖，人物名字如果不满意，就动不了笔。起名字很难，常常要想好久。他不翻字典，惯常的方法就是写出可能的名字，从中挑选。

一连写了十余个，扫来画去，没有一个特别中意。再要写的时候，脑袋有些卡，便又随意写下一个。若是天才，绝不会这么笨拙。他不是，从小就知道，哪方面都笨。但愚钝并不见得一事无成，笨人有笨人的方式。比如这人物的名字，他相信自己能想出来。还有些卡，他又随意写了一个，一个接一个，不需要思考的，直到写满，再无下笔处。朱灯翻看，发现只写了两个名字：罗毕干和老丁。起初是写了十余个名字，但已被罗毕干和老丁覆盖，不能辨认了。朱灯起初觉得好笑，脑袋不是卡壳，是彻底停止了运转。待目光再次落到纸上，惊愕从心底泛起，罗毕干和老丁从笔尖流出，朱灯并非没有意识，甚至可以说，他清清楚楚，但没想到两页纸双面写的全是罗毕干和老丁，而且层层叠叠，犹如一座名字的塔楼。塔楼的构造并不复杂，朱灯却有着强烈的探究欲望。先是低头翻看，接着靠住座椅，拉开距离，将塔楼托举至空中。

塔楼简单却神秘，朱灯没看明白，但他觉到或者说想到了什么。这个"什么"，朦胧而又清晰，如浓雾中的树影，忽隐忽现。他想起那个夜晚蚊子的袭扰，想起不可思议的嗡鸣。也许根本不是蚊子，是某种警示和提醒。也许确实是蚊子，而蚊子的袭扰让他忽视了更重要的东西。

从那一天开始，朱灯便有隐隐的不安。如果罗毕干去的是药企，和老丁见不着面，彼此毫不相干，什么事都不会有。在工作室，就得常见面。那又如何？！杂七杂八的念头生出，嘲弄、鄙视，甚至愤怒的声音便会诘问、痛斥他。老丁再花，再需要激发灵感，也不可能对罗毕干下手。再说，那可是罗毕干，老丁能咋的？除非他不要命。

胡思乱想，这是欠揍！确实，他揍自己了。每次揍完，既痛快又轻松，仿佛教训的是一个恶魔。但鬼使神差的，不安并未离去，如影随形。

终是不踏实，或者说是撑不住了，八九天后的一个下午，朱灯去了老丁的工作室。他觉得有必要提醒罗毕干，她和他终归是有关系的，从哪方面说都应该。她虽野虽疯，毕竟涉世不深。事先没告诉罗毕干，并非想搞突然袭击，而是不想那么正式，"碰巧路过，进来看看"。

老丁的工作室在公园一角，与之相邻的是古典建筑风格的茶室。数亩见方的水塘将房屋与公园的主体隔开，又有翠竹遮拦，有极佳的私密性。朱灯来过多次，轻车熟路。穿过小桥，进入藏在茂密竹林的石子路时，可能是过于幽静的缘故，竟然听得见心脏跳动的声音。

罗毕干喊声叔，朱灯读到了她眼里的惊喜，他极自然地抛出早就准备好的理由。随后突然意识到，罗毕干并没有问他为什么过来及从哪里过来，惊喜只是因为见到他。心中有鬼，所以画蛇添足。想到此，朱灯赶紧补充，想看看老丁有没有新展品，说着便往后走。前面两个房间，一间老丁自用，另一间用于接待、喝茶、聊天，后面是近三百平方米的展厅。展的多是老丁的个人作品，此外还有大师及朋友的作品。大师的作品不变，个人和朋友的，每隔一阵都要换。

罗毕干问要不要给老丁打电话，他说不要，看看就走。老丁不在，这意味着，他有说话的机会。罗毕干没有陪他，而他也没有看看就走。估摸时间差不多了，他折返回。罗毕干问他要不要喝杯茶，朱灯摇头，问她几点关门。罗毕干笑说老丁叫她看着办，随时可以关。朱灯说那锁门吧，一起吃个饭。罗毕干很干脆地应了，但必须她请。老丁预付了工资，她不再是穷人了。她问朱灯想吃什么，朱灯说吃面。罗毕干让朱灯说细点，兰州拉面、安徽板面、重庆小面、大同刀削面还是老北京炸酱面，面馆一条街上有二十几家。朱灯甚感意外,咋这么熟?罗毕干顽皮一笑,不是我熟,是你太不熟了,不远,五站公交。朱灯说先走,到了再说。

朱灯选了大同刀削面,缘由是有的,与吃无关,她没问,他自然也不会说。面很不错,价格也不贵,朱灯夸赞,罗毕干调皮地,我厉害吧,叔。朱灯说,确实厉害。罗毕干说不管到哪个城市,她都能找到最便宜但超好吃的东西。朱灯只是嗯嗯,因为嘴占着,也因心不在焉,或者说,有压力。

老丁是朱灯在省城最好的朋友,还是他的恩人。现在,他却要说老丁的坏话,胸口被负疚堵塞,呼吸不怎么顺畅。可是,另一种不安也在体内膨胀,非说不可。无论如何,不能直接说老丁的不是,只能用委婉的方式,且只能说好。老丁确实好,但好也伤人的。得让罗毕干自己感知,有点居心叵测的味道。

面吃完,汤也喝得干干净净。朱灯很随意地说,在老丁这儿自由吧。罗毕干极快地,在哪儿我都自由。朱灯笑笑,补充,在这儿更自由。罗毕干说,那倒是。朱灯说,老丁人不错。罗毕干附和,还有趣。朱灯嗯了一声,提到老丁另一优点:坦诚,有时坦诚得令人吃惊。

某年老丁去乌克兰,临行和老婆讲,乌克兰美女如云,他期望有一场艳遇,他还没和长腿的白种女人上过床呢。老婆闻言严厉警告,必须戴套,不能带了病回来。不是朱灯杜撰,老丁确实这么讲的。可以想见朱灯彼时的惊愕。不仅在于老丁的坦诚,更在于其妻的态度。

罗毕干哈哈大笑。

朱灯说，如果不是老丁亲口讲，打死我也不信的。

罗毕干说，他也不是对谁都讲吧，只和朋友。

朱灯说，可能吧，不过，他一向随便，喝了酒就更随便了。

某次，朱灯和老丁去一个地方参加活动，当晚宴请，次日上午安排参观。老丁上车不久脑袋便耷拉下去，一直睡到目的地。朱灯问他昨晚是不是没睡好，老丁说此地有他一女友，昨夜来看他，两人多年未见，一直好到黎明。然后问，你什么都没听见？朱灯摇头。他在老丁隔壁，但确实什么都没听到。老丁说，还以为影响了你呢，激情上来，啥都顾不得了。

罗毕干笑声爽朗，老丁还真可爱。

朱灯稍显愣怔，她的评价和他曾经的感受是一样的。随即，他微笑着附和，嗯，是有点可爱，那么随便，又那么不在乎自己的随便。

9

之后，朱灯和罗毕干、老丁聚过两次。朱灯再未单独见罗毕干。他给她透露了"信息"，做了该做的。也只能这样，绝不能再进一步，就这，还感觉对不住老丁。他不留痕迹地"出卖"了朋友。细究的话，有些卑鄙，不过，他没有害老丁的意思，那也并非老丁的私密，从另一方面讲，也是提防老丁犯错。他没有理由和能力让罗毕干离开工作室，只好出此下策。谁让他是当叔的呢？给罗毕干提醒是必要的。如此，也算不上背叛。在老丁冰川崩裂和罗毕干脆朗的笑声交响中，朱灯的轻笑不过是水沟，几无声息。但和老丁罗毕干一样，是自然生发，因为歉疚淡去，压力不存。

是的，老丁和罗毕干的笑声没有任何变化，言语、眼神、动作也无异常。他是他，她是她。

十一月中旬，朱灯去北京参加文学研修班。他是编辑，不是作家，请假费了老大的劲，前提是该做的版还要做。北京距老家更近，结业后，他回老家待了几天。老丁看过母亲的剪纸作品，严格地讲，那不叫作品，母亲纯属自娱自乐。但老丁极是震撼，用他的话说，母亲的剪纸，构图别致，想象奇诡，既传统又先锋。这样的评价何止是高，太过夸张，朱灯听得都脸热。可老丁是认真的，别的可以胡说，就艺术作品的评判，他从不说假话。他还半开玩笑地说，朱灯若有母亲的想象力和创造力，没准能获诺贝尔奖。真话未必就是对的。老丁的评说令朱灯惊喜和兴奋，但他也有足够的冷静和清醒。老丁提出在省城给母亲搞剪纸展览，并说费用他来想办法，朱灯没有立马同意。母亲剪得虽多，但不是每幅都可以展出。他说等母亲再剪一些，这样挑选的余地大。老丁点头，这样也好。所以，朱灯回家不只为看望父母，还附带有任务。朱灯没和母亲讲过老丁的计划，这也是老丁叮嘱的，不布置不催促，自由创作。

那次回家,朱灯没忍住,和母亲讲了,也因他觉得数量差不多了,年后即可带老丁挑选。被激奋驱赶,朱灯在回省城的路上给老丁打电话,老丁连声说好。他也在外地,过两日回来,约定三日后小聚。朱灯说喊上罗毕干,老丁大笑,那是当然。

因为马上要见了,朱灯也就没和罗毕干联系。但约定日期的前一天,朱灯忽然想去工作室转转,不是急于见到罗毕干,而是想拍些照片给母亲看。他当然会带她过来,但在这之前,他想让母亲对展览地点有个大致印象。老丁说了,首展就在他这儿。

或许因为休息日,那天公园的人格外多,闹哄哄的,待踏上竹林小径,喧嚣便被过滤掉,清雅幽静,仿佛进入另一个世界。确实,那就是另一个世界。

罗毕干没什么变化。朱灯拍了照,坐下喝茶,再次打量,才发觉她的眼睛多了点东西,或也可以说,是少了点东西。不明显,可以忽略的。朱灯确实想忽略掉,强力把闪跳的疑窦摁回去,只是目光仍含着自己也未意识到的探究。

叔,你这眼神儿快赶上我妈了,我哪里不对头吗?罗毕干笑问。

朱灯有些慌,有些脸热,没……没有……

罗毕干却顽皮地眨眨眼,有些戏耍的意思,真的吗?说实话!

朱灯讪笑摇头,你还是罗毕干。

嬉戏收敛,罗毕干神色沉静,叔,我怀孕了。

朱灯惊缩一下，继而笑道，你野得没边儿了。

罗毕干平静地望着朱灯，没和叔开玩笑。

仿佛罗毕干在念咒语，朱灯被施了魔法，突然间魂飞魄散，只剩下空空的僵硬的躯壳定在树根做成的凳子上。他想说话的，但空壳内巨大的旋风在舞，砂粒灰尘混杂，他说不出来。

叔，吓着你了？罗毕干神情惊讶而好笑。

旋风没那么猛烈了，朱灯总算活过来，但仍然紧张，嘴巴艰难启动，谁……那个人……

罗毕干没有半点迟疑，还能有谁？老丁呗。

还真是他。朱灯怒骂，老丁这个王八蛋！

罗毕干诧异地，叔，你生的哪门子气？

直到这时，朱灯似乎才注意到罗毕干的语气和态度，但如驶向岔道的火车，难以掉转，没有考虑就说出来，兔子还不吃窝边草呢。

罗毕干收敛笑脸，叔，你可是文人呢！他不是兔子，我也不是草。他没逼我，我喜欢他。我不愿意，甭说一个老丁，三个也没戏。非要用兔子和草来形容，我是兔子，他才是草。

朱灯惊愕地瞪着罗毕干。

罗毕干轻笑，叔，你太老套了。

朱灯说，他可是……且不说年龄，他是有家的人呀。

罗毕干没有任何波澜，我又没想拆散他的家庭，更没想嫁给他。

朱灯问，那你就这么跟着他，没有任何名分？

罗毕干像瞧怪物一样瞧着朱灯，谁说我要跟着他？凭什么女人就要跟着男人？为什么不是男人跟着女人？

朱灯脑子不够用了，莫非他要跟你……

罗毕干似乎有些烦，又有些无可奈何，皱眉道，没有谁跟谁这样的说法，他是他，我是我，各活各的。

朱灯哑然，不在一个维度，他跟不上她的思维。但不甘就此被她堵到角落，搜刮了好一会儿，才干巴巴地，有个伴儿，未必不好。

罗毕干毫不客气，也未必就好。

朱灯苦笑，可能吧，要试过才知道。

罗毕干反问，我为什么要试？

朱灯又卡住了，你这个性……老丁知道你……

罗毕干说，知道，我没想拿这个要挟他，永远不会。起初我有点慌，不知怎么办，然后就后悔了，没必要和他说的。该怎么样，我自己决定。

朱灯小心翼翼地，你想……

罗毕干豪壮而又干脆，当然生下来！我没有生娃的打算，既然怀上了，就要生下来，也许是天意……哈，叔，我忽然想起我妈常说的话，避孕措施失败，可不就是天意吗？每次见面，我妈都催命一样催我结婚。结婚我做不到，起码现在不行，生个娃，不比结婚更好？我想好了，生了交给我妈带，我陪不了她，留个

607

娃陪她。算不算天意？

朱灯轻轻咽了口唾沫，不知怎么接罗毕干的话。风暴息止，他彻底冷静下来。罗毕干有自己的活法，也有权利选择自己的活法，他无权干涉，也没想干涉。

罗毕干扑闪着如同罗响的大眼睛，顽皮地，叔，我是不是有点疯？不等朱灯回答，她便道，我不在乎别人的看法，只在意自己的感受。

朱灯问，老丁什么态度？

罗毕干说，我过我的，他过他的，他能有什么态度？有与没有，都与我无关。我要干啥，也与别人无关。

朱灯说，可毕竟——

罗毕干笑笑，叔，你不用替我操心，我会活得很好。像我这种野人，明天就是上街乞讨，也不会把自个儿整抑郁了，更不会喝药抹脖子，除非地球爆炸，到那个份上，谁都救不了谁不是？

朱灯便封住嘴巴。

朱灯终是放不下，或者说，不能彻底放下，离开工作室便给老丁打电话。老丁极敏感，不待朱灯说话便问，你见过毕干了？朱灯反问，你说呢？老丁说，本来打算见面告诉你的。朱灯叫，你怎么可以？老丁爆笑又起，仿佛朱灯问了什么弱智问题，兄弟，我什么人你不清楚？你也用不着动这么大的火，伤着肝，你酒量就更差了。朱灯差点噎住，又发狠道，既然……你不能躲！老丁说，我当然不会躲，谁说我要躲了？朱灯松了口气，自己都觉得滑稽，语气仍然严厉，你要记住你说的话！老丁笑，都让你吓到了，你是法官还是判官？朱灯说，必须记住。老丁说，能记住的不用你说，记不住的吓也没用！还有什么指示？朱灯说，见面再说。

面是见了，就在二马驴宴，但朱灯没有再多嘴，而且，极力闪避，仿佛那会咬着他。老丁和罗毕干比他还自然，谈笑如常。

罗毕干显怀时，老丁给她租了一套两居室，还给了她一张卡。数目还可以。罗毕干说算借老丁的，待有钱会还他。如果仅仅说说也没什么，她非要给老丁打个欠条。这就有些傻了，相当地傻。罗毕干后来跟朱灯讲，她并不是对钱有仇，而是想撇清和老丁的关系，准确地说，是撇清老丁和孩子的关系。似乎如此，老丁和孩子就没有任何关系了。她以为她能应对冰雹、飓风、寒流、峻岭、深涧、毒蛇、恶狼、树精、花妖，就可在人世间畅行无阻。没那么容易。

罗毕干产期临近，朱灯专程将老闺女接到省城。他因为罗响的事，千方百计躲她，而为了罗毕干，又一次次联系她。老丁早就不露面了，罗毕干不允许，他也无意愿，彼此称心。有些事只能朱灯去跑。朱灯倒无怨言，她们是罗响的家人，他该做的。只是老闺女的纠缠让朱灯头痛。老闺女不再问罗响的事，只讲罗毕干。罗毕干怀了孕，却没有丈夫，这是不可想象的。她想知道谁是孩子的父亲。从罗毕干那里问不出来，也不敢问，只能追朱灯，而且，她凭着直觉，咬定朱灯知道。朱灯多次否认，她不甘心，不停地给朱灯打电话，直到罗毕干分娩。

罗毕干生了个男娃，取名罗成。罗成七个月大，罗毕干将他丢给老闺女，踏上中断了近两年的探险旅程。

罗毕干住进老丁租的房子后，两人的故事基本就结束了。待老闺女把罗成抱回县城，罗毕干和老丁可以说是阳关独木，各行其道。至少，朱灯没听两人提到对方的名字，彼此都成了影子。如果说有一点点关系的话，就是罗毕干给老丁打了欠条。老丁应该撕了才对，但他没那么做。不知为什么，难道怕她还钱时索要？反正没撕，随意放在自己都想不起来的地方。如果老丁老婆没有发现这张欠条，或者说数额不是那么大，她或许也不在意。可那个数目令她吃惊，继而生疑。她知晓老丁也容忍老丁，但有两个前提，一个前提老丁说过，不能把病带回来，另一个前提老丁没讲，他可以花天酒地，但不能弄出孩子。女人总是有着惊人的直觉，她意识到出了大问题。老丁极痛快地承认，但强调和他没有任何关系了。也确实如此。但老丁老婆不这么想。这样，更大的问题就来了。

老丁老婆没有马上行动，因为她还揣着疑团。罗毕干为什么要写借条？这在情理上、逻辑上都说不通，除非她是个疯女人。老丁不会喜欢一个疯女人。她不疯，那么定然有其他企图。她绝不相信老丁的理由：罗毕干就那个性儿。扯淡，哄谁呢？想不通，求助于家人，家人也整不明白，但是一致认定，罗毕干不会就此罢休。那笔钱虽然不小，对老丁这样的家族可以无视，关键是别的，药企有老丁两成股份呢。也许有一天，罗毕干会抱着孩子跳出来，争抢继承权。欠条多半是麻痹老丁，似乎风平浪静，其实暗流涌动。她在下大棋呢。他们猜不准罗毕干如何落子，但预想了棋的终局。如此梳理，那张欠条就可以解释了。

老丁的老婆，老丁的家族岂能坐等？他们要防患于未然，摧毁罗毕干所有的企图。他们能量大，很快就摸清罗毕干罗成老闺女的所有信息，然后马不停蹄。罗毕干被惹毛了，反咬一口。老闺女被牵扯进来，终于知道罗成的父亲是谁，当然，朱灯作为证人，也没有逃脱。

密谋、谈判、争吵、恐吓、引诱、造谣……直到对簿公堂。

一年零两个月，朱灯几乎没睡过一天好觉，那个过程足可书写一部三五十万字的巨作。他想保护妻子的，但未能做到。毫无防备地，她被卷入这个超级漩涡。

第八章

1

新世纪第十二年的岁末，朱灯在回豆庄的路上，回顾过往，或凶或险，或艰或难，曾经认为过不去的沟渠或沟壑，不过是微波烟云，轻飘如羽，几可忽略。真正置身冰窟，才知寒冷的滋味。

转了两次火车，改乘中巴，再从五台坐松花江面的，至村已是日暮时分。面的停在院墙外，朱灯付了钱，环顾左右，像初到陌生的地方，须辨识方向，闻嗅气息，尽可能地将看到的一切，街道、房屋、树木、炊烟存储于大脑，从此成为记忆的一部分。街形未改，房屋焕新。土墙包了红砖，俗称砖包皮，顶皆红瓦，观感上，和全砖房没什么区别。一榆一杨，仍竖在院角。朱灯秋天回来过，榆肥杨秀。寒冬时节就没什么区别，冠稀枝秃，什么鸟都藏不住的。

停驻良久，朱灯深吸一口，再次摸摸裤子右侧兜里葫芦状的瓶子。路上他就把封盖揭了。必须以最快的速度倒出来，利落地塞进母亲嘴巴。他反复提醒，不是怕忘记，而是担心急慌出错。过程的想象让他紧张，但也有抓住稻草的踏实。

冬日的风犹如刀片，削割得双腮抽缩，扮笑脸很难，难也要笑，他不想进屋就被父母察觉。起码要等到晚饭后，得让父母吃饱。一只脚刚迈进院，屋门已开，母亲似乎就在门后候着，并通过观察孔瞭望，第一时间捕捉到他的身影。但朱灯清楚，其实比这更早，她听见并辨识出他的脚步特有的震动。不只他的，朱红、朱丹、父亲，她都听得出。似乎皱纹越多，她的耳朵越好使。就耳力，父亲远不及母亲。父亲甚至有些耳背了，和他说话得大声。有一次朱红在院里问父亲，母亲近来梦游没，父亲正忙，没听清，屋里的母亲却听到了，抢在父亲前面回答。朱红笑说娘的前世准是六耳猕猴，亏得没说娘的坏话。不想让母亲听见，须离她远远的，朱红跟朱灯及朱丹都说过。

跟你说别回来了，冷冬寒天，跑什么跑？！母亲责备着，却是满脸漾笑。朱灯开玩笑，会散了，我没地儿去。母亲去扯朱灯肩上的包，好像朱灯背负了千钧。朱灯闪开，笑说不用你管这个。朱灯将双肩包放至柜角，欲脱羽绒服，母亲拦住他，温一温再脱，这阵子尽是感冒的。父亲忍不住了，大声道，你该干啥干啥，这也用你管？母亲缩回手，好脾气道，都准备好了，还干啥？父亲笑问，你说干啥？吃生饭呀？母亲被提醒，急往外屋走，待至门口，又回过头。朱灯只是拉开了拉链，没有脱。父亲

613

将铁炉下边的封门取下，揭开炉盖，捅了几下，半眠的炭火被唤醒，呼呼地蹿起。父亲再从炉边的铁桶夹了几块鸡蛋大小的煤块投进去，拍拍手，帮母亲做饭去了。朱灯跟出去，看自己能干点什么，母亲说不用，父亲也说不用。

没一会儿，饭菜便上了桌，一盘炒鸡蛋，一盘肉炒黄花，两大盘饺子。饺子在他进门前就包好了。母亲不让他往回跑，却做着他要回来的准备。不同季节，不一样的菜，主食必定是饺子，三餐，有两餐如是。在母亲心里，世上没有哪样食物比饺子好吃。母亲让父亲尝尝放了盐没，父亲说不用尝，我见你放了的。淡了淡吃，咸了咸吃，上你的炕吧。母亲不相信父亲，拿起筷子各夹一口菜，又戳捅开饺子，很小心地舀了点馅，第一口没尝出来，第二口把烂饺子整个扒进嘴。父亲冲朱灯笑，你看你娘，连自个儿都信不过。确信放了盐，母亲才摘掉围裙，也朝朱灯笑笑，说，这几天也不知怎么了，心里一阵儿一阵儿地慌，像丢了魂，眼边界的事都记不住。朱灯顿时一惊，母亲或许是心理感应。他不知如何去接，下意识地瞄瞄父亲，父亲一锤定音，欠觉！半夜不睡——似乎被父亲揭了短，母亲没好气地截断父亲，谁半夜不睡了？越说越没谱，饺子也塞不住你的嘴。父亲龇龇牙，说，吃吧，一会儿凉了。母亲不再吱声，把菜盘和饺盘往朱灯的方向推了推，几至边缘。朱灯没移动，因为他推过去，母亲还会推回来。方桌不大，谁都够得着。

朱灯低头猛吃。他确实饿了，虽然中午填塞了一个大面包加两根火腿肠，但没到五台，肚子就跟心一样空空荡荡。也为让母亲高兴，她喜欢看他吃。有一次他回得突然，母亲来不及包饺子，擀了面条，卤几乎没什么味，朱灯不停地夹咸菜，一盘咸菜吃掉大半。母亲没去忙别的，就坐着看他吃，如听麻婆子说古那样专注，也不说话，朱灯问她才应。朱灯回省城后，某日和母亲通电话，她提到他吃面条的事，说忘给卤放盐了，难怪你不停地吃咸菜，你咋不说呢？朱灯由此知道，母亲不仅"观看"，还"回放"。朱灯当然不会因为母亲观看而故意表演。但今晚不同，必须装，装出如往的样子。

吃饱了。

朱灯吃饱了，父母吃饱了。盘碗撤去，桌上只剩水杯。该讲了。无论多难，都该讲了。他是回来报告的，没有退路。他吃力地将锋利、残忍的字一个一个拽至唇边，排列好队形，只需轻轻用力，便可破门而出。他硬心硬骨地做了，但没推动，反而嵌在嘴唇上。唇本就厚，现在几如缸沿。别无选择，只能撬了，从嘴唇上剜出来。不能再犹豫了。

待几天？父亲问。

朱灯说，一天，后天就得走。

母亲闻言，叫父亲别在炕上粘着了，去罗家端两块豆腐。父亲说，刚吃过饭，端豆腐做什么？母亲说明儿吃呀。父亲好笑地，那急什么，明早再端不迟。母亲说，端回来冻了，鲜豆腐不入味。朱灯赶忙制止，端什么豆腐，又不是没吃过。母亲说，能有罗家豆腐好吃？人家可是不掺半点假的。朱灯自己讲过的，母亲不过是用他的话堵他。朱灯说我去吧，正好走走。母亲斜父亲，父亲一边往炕边挪一边说，我去我去，刚买了新棉鞋，试试暖和不。临出门，父亲笑着回头，你娘现在很像当年的武三，权力大着呢，她指东就不能往西，她指南就不能往北，不听话，后果很严重。母亲催他，走你的吧，端块豆腐也这么多话，我能管得了你？再扯，豆腐的味儿都闻不到了。

父亲出屋，朱灯竟松了口气。不用讲了。暂时不用了。单独和母亲说，他想都没想过。

等父亲回来。

也好，能延迟一分是一分。

朱灯自认自然，正常，没有任何可疑，母亲还是有察觉，她的目光不是直的，带着长长短短的弯钩。朱灯没躲。不能躲。任由她钩拽。

饺馅不咸吧？母亲问。

朱灯作惊讶状，不咸呀，都吃完了，还问。

母亲笑笑，见你老喝水。

朱灯说，白天没怎么喝。

母亲问，回来没别的事？

朱灯很干脆地，没，就为吃罗家豆腐。

母亲轻笑，再问他累不，要不要躺会儿。待朱灯说不累，不需要躺后，她便拿出新剪出的窗花让朱灯看。

那年，朱灯说在省城为她举办艺术展时，母亲又喜又羞，连说使不得。旁边的父亲插话，她才不再摇头，问要花多少钱。朱灯说不需要花钱，也许还能挣钱，每幅都将标价。母亲说，我不过是剪着玩，啥都不像，谁买呀？朱灯没敢说老丁看上的正是"啥都不像"，说咱不操心这个，就当赶一趟会，买与不买都没啥损失。母亲没再问别的，自此，眼底便有了火苗。但艺术展因那场意外最终泡汤。朱灯和老丁仍旧来往，只是没那么频繁了。老丁帮过他，他会永远记着老丁的好。只是中间隔了屏障，再难如过去那样亲近和随便。其实老丁提过的，但他不愿再欠老丁人情。后来他和母亲说恐怕不能办了，母亲一副无所谓的样子，说不办就不办，我原来也没想，怪麻烦的。火苗不再，清水悠悠。母亲剪的一点不比过去少，甚至更多，也更大胆。耕种收秋都是机器了，夏日不用再一垄垄锄杂草，她有大把的时间。剪纸内容涉及面颇广，在传统的喜鹊登枝、鱼跃龙门、三羊开泰、凤舞九天、金鸡报晓之外，现在更多的是麻婆子讲过的神话、历史故事及民间传说，还有麻婆子本人。两年前，麻婆子归去，她的年龄和身世成了永远的谜。如果不被写进《五台杂记》，再不会被人提及。但母亲记得，在她的世界里，麻婆子仍然活着，骑鹤驾云，宛若神仙。

内容虽庞杂，但并不新奇，特别在于样式。母亲没按应有的样貌画剪，而是极度地变形与夸张。不是刻意追求什么风格，她脑里没有创作这个概念，就是玩，怎么乐怎么来。

比如白蛇与许仙，一幅是游仙境，美女白蛇丰乳肥臀，腰则如线一样又细又长，她戴着如孔雀翎的耳环，头发是一支支喇叭花；许仙身形魁梧，手执利剑，脑门像二郎神那样长了一只眼睛。夫妻皆生有双翼。一幅是相会图，在雷峰塔顶端莲花状的平台上，夫妻对坐，互诉衷肠，周遭蝶蜂环绕。蝶蜂是一个个汉字，细细分辨才能认出。比如穆桂英挂帅，"帅"是她的兵器，也是她的营帐，帅和人一样成为主角，可感可触。再如四郎探母，如连环画那样，共六幅图，合成完整的故事。最后一幅四郎和佘太君均拿着手机，眉开眼笑的样子。不同时期的人物，可在同一空间，而同一空间，白天和夜晚交汇交融，两人并排行走，一个头顶是灿烂的太阳，另一个头顶是清冷的月亮。初看似乎离谱，细细品味，甚有味道。

那个晚上，母亲让朱灯看的是《金陵十二钗》。六组七十二幅，每组主题不同。第一组十二钗为十二种不同的花，第二组化身各种庄稼，第三组皆是人面鱼身，第四组则弹奏着不同的乐器，第五组都化身女将军，分别跨着十二生肖坐骑，第六组在悬系于月亮和太阳的绳索上荡秋千。

朱灯想起老丁的话，确实，他的想象力不及母亲，天壤之别。父亲回来，朱灯正看第二遍。第一遍看个大概，第二遍须动脑子才能体味。十二钗化身哪种花朵或庄稼，母亲不是凭空想象，有自己的理由和逻辑。

父亲空手而归，没等母亲问，他便抢着说下午就卖光了。母亲略显失望，往常卖得没这么快呀。父亲说，年根了，都一锅一锅地端，明儿早点去，要多少都成。母亲问，一天一夜能冻透吧。父亲笑，哪用一天一夜？母亲少有的果断，那就端一锅。朱灯当然知晓母亲的意思，忙说我可不带。母亲说，少带几块，给你媳妇吃。父亲直朝朱灯使眼色，朱灯说行吧。母亲便让父亲准备装豆腐的包，朱灯说不急的，我明儿又不走。母亲说又不累，你看你的。朱灯再次埋头，但再不能专注。他是有任务的。如炸雷般突然出口，他试了，做不到。那么只能拐弯抹角，一点点地掏。朱灯试着一镢一镢刨挖，脑袋快掘空了，嘴巴依然锁着。

就这样拖到熄灯时分。也好，明天再说，让父母睡个好觉。

但母亲没有睡的意思，顶灯换成了台灯，显然要熬夜了。以前她可没这么"用功"，这就不是休闲了。父亲嘴快，戏谑道，你娘想进《五台杂记》呢。母亲扫扫父亲，羞赧道，别听你爹胡扯，这几天老睡不着觉，干躺着难受，忙活一会儿，好歹能眯个囫囵觉，你们睡你们的，我把光再调小点儿。朱灯忙说，不用调，我睡得着。母亲还是将台灯的旋钮拧了拧，同时说，有一丝儿亮就行。

父亲很快便起了轻微的鼾声。朱灯佯装睡着。甭说装了心事，没事也不会像父亲这般轻易入睡。父亲的鼾声让朱灯的思路变得清晰，先和父亲说，和父亲"联盟"，然后和母亲说。朱灯的心又一次抽缩，明天母亲怕是半分钟都不可能睡了，更不要说沉浸于想象的世界，而梦游症多半要复发的，这可是数九天呢。

619

冬日母亲也犯过的，父亲及时发觉，没出太大意外。而今父亲耳背，睡得又酣……朱灯不敢往下想了。

朱灯神思大乱之际，母亲那边有了声响。朱灯背对母亲，虽然轻微，还是听到了。朱灯估摸母亲要睡了，她要把台灯移走，搬掉方桌，然后才可铺展被褥。再小心也会弄出动静。确实，母亲是那么做的，但是……母亲熄了灯，推门出去了。

朱灯大为震惊和错愕，有那么几分钟，凝如土石，呼吸都停止了。稍顷，醒悟过来，赶紧摸索着穿衣服。没推父亲，他认为自己处理得了，母亲还没睡呢，自然不是梦游。朱灯不知母亲要干什么，也许躁烦不安，她想去院里站站，吞咽几口寒风。或许这几天，她夜夜如此，而父亲浑然不觉。朱灯实在想不出别的可能。

朱灯怕惊着母亲，蹑手蹑脚。院里并没有母亲，朱灯拔腿急追。朱灯没听说醒游症，除非痴癫呆傻，可母亲不痴不癫不呆不傻，咋会……疑团翻滚，脚步不稳，竟有几分踉跄。

追出村，就看见了前方的身影，确信那就是母亲。朱灯紧追不舍，但始终赶不上母亲。好一会儿，他意识到母亲不是纯粹地跑，她也在追……脑里闪出那只白雪一样的兔子。母亲或是出现了幻觉，所以没睡也跑，这更加糟糕。朱灯开始呼喊，逆风穿行，母亲根本听不到。该叫上父亲的……再喊父亲已经来不及，只能硬着头皮追赶。就这么跑下去，母亲非冻成冰棒不可。

跑了半小时，也可能一小时，朱灯不再寒冷，他舒了口气。

母亲定然也出了汗,不至于因冷冻而摔倒。但照这么跑下去,铁打的脚掌也受不了。

越过一个土包后,母亲蓦地立住。待朱灯追过去,她正小心翼翼地下蹲。朱灯喘着粗气,望向母亲的前方。什么也没有,或者说,有,但他看不见,而母亲是能看见的。她伸出的手掌告诉他,她看得见,不但能看见,且能摸到并搂在怀中。母亲万分欣喜,几乎雀跃。

朱灯像母亲那样伸出手,去拉拽沉于虚幻中的母亲,他有些不忍,所以如母亲那样小心。手指触及母亲的衣袖时,母亲突然消失。

2

清早,父亲拎着水桶去罗家端豆腐时,朱灯也跟了去。父亲说不用,朱灯说想去豆坊看看。转过院角,走了一段,父亲问,你是不是有事?朱灯压低声音,别回头,边走边说。父亲似乎没听清,往朱灯这边靠了靠,朱灯抓桶,父亲甩开。朱灯说,别停!又行数十步,朱灯立住,谨慎而小心地,朱丹的车出了点事。父亲的目光顿时变得粗硬,又闯祸了?朱灯说,撞人了。父亲急切地,撞伤?还是——朱灯摇摇头,不清楚。父亲变了脸色,咋会不知道?他跑了?朱灯左右扫扫,街道空空。跑了,他缓缓道。父亲气恼地,干吗要跑?跑就没事了?突然反应过来,他找你了?朱灯点点头,说朱丹把车弄回车队,连家都未回,便跑到省城找他。父亲更加来气,你没劝他?你咋不劝他?朱灯无奈地,劝不住,这次死活劝不住。又含着一点儿委屈,我能怎么办?总不能把他捆了吧?我也捆不住他呀。父亲责备道,干吗不给我打电话?这一跑麻烦大了,能往哪儿跑?早晚要逮回来,到时罪加一等。朱灯说了朱丹的躲藏地点,在云南腾冲深山里的村庄,交通不便,很难找。朱灯和云南一个佤族诗人是朋友,朋友在昆明工作,朋友的老家就是那个村的,很多人外出打工,空房子很多,而朋友的父母尚在村里,他们能照顾到朱丹。朱灯给他拿了钱,目前一切开销都不成问题。

  朱灯讲得极流利,末了又强调,已经这样了,现在不用管他,你想想咋跟我娘说。父亲声音低沉下去,能咋说,这种事能瞒?朱灯说,常年跑车,出事故也难免,夜里的视线不怎么好。又讲被撞的人骑着电动车,是逆行,不全怪朱丹。父亲问,附近没监控?朱灯迟疑一下,朱丹说他看过了,没有。父亲仍带着气,就他那粗糙样,能看清?朱灯说,公路的摄像头肯定安在明处,朱丹没看到,定是没有,这样就不会查到他的车。父亲反应快,查不到他的车,干吗要跑?朱灯说,出事地点没有监控,不能证明整条公路都没有,人家会查过往的车辆,万一……父亲打断他,没个查不到!朱灯说,怕就怕这个,不过人跑了,就是查到,最多把车扣了,躲上三五年,等没事了就可以回来。父亲重声道,哪有你想的那么简单!朱灯说,只能走一步看一步。

  有人经过,朱灯和父亲拔脚前行。父亲又问了一些问题,朱灯应对吃力，但都对上了。弥天大谎。凌晨时分，朱灯从梦中跌出，更改了主意。那个梦似乎给了他暗示，也给了他勇气。母亲肯定经受不住痛击，疯疯梦游还好，就怕她如风化去。必须把母亲阻隔在真相外。而要阻断母亲，须先阻断父亲。父亲不疑，母亲才会信。他不再摇摆，无须和朱红商量。童年少年直到成年，朱红始终挡在前面，现在必须他来。他决定，他承担，没有雄心宏愿，只想在母亲头顶撑一把伞。

　　返回的路上，朱灯说事故地点在津门里东区，公安局有他一朋友，朋友不在里东，但和里东的警察都熟，这个朋友能量很大。父亲哼了一声，能量再大，也不能阻止调查，你尽快和朱丹联系，让他回来自首。朱灯说，那个村没信号，打不通，只能让我那个朋友回去一趟，回一趟要好几天，就算人家抽得开时间，朱丹能听？父亲脱口道，我去，绑也要绑回来！朱灯慌道，那可不行……随即补充，现在不可以。父亲反问，什么不可以？朱灯说就算现在回来，也算肇事逃逸，他问过朋友的。父亲说，总比一直躲着强吧？朱灯说，那可不一定，先等等朋友的消息再说，现在还不知道被撞那个人是死是活，是轻伤还是重伤。父亲不解，这有啥关系？咋样都是撞了。朱灯说，但还没查到朱丹头上，急什么？除了你我，现在没有任何人知道，连毛莉他都没告诉。父亲立马揪住朱灯话里的漏洞，你没和公安里的朋友说？没说咋帮你？朱灯又一惊，那时快到院门口了，他极快地说，你不必担心这个，他是我的铁杆朋友，半个字都不会泄露，我有百分之百把握,当务之急是把我娘稳住。父亲神色凝重,饭前就别提了。

早餐两个菜,豆腐炖粉条,炝炒萝卜丝,主食是蒸饺,现包的。母亲将醋壶放在桌角,又拿了一头蒜,边搓皮边说,着三不着四的,昨儿忘拿了。朱灯将母亲递过的蒜推给父亲,说近来上火,不敢吃。母亲立即望向父亲,你也别吃了。父亲哈一声,打趣母亲,他要不吃饺子,我是不是也不能吃?母亲笑,抬什么杠?饺子和蒜是一回事?朱灯说,想吃就吃,自个儿家忌讳啥?母亲不吱声了,父亲已经拿了一瓣,却又放下,说,你娘喜欢算后账。母亲目光带刺,就你能扯!父亲夸张地,瞧瞧,这就开始了?母亲恨恨地,你咋不改呢?饭也堵不住嘴?父亲笑,皇帝也得允许老百姓说话呀,嘴最大的用处是说话,不是吃饭,只吃不说,那就真成了饭桶。母亲把蒸屉往朱灯这边移了移,你不是饭桶,你先说吧!父亲夹了几个饺子,笑得更灿,不吃哪有力气说?母亲不理父亲,问朱灯一会儿还出去不。朱灯说,我得去看看老叔,娘有事呀?母亲连说没事。父亲插话,你娘还藏着宝呢。母亲目光锋芒再起,父亲笑道,没人偷没人抢,有啥紧张的?朱灯立即明白,母亲还剪了别的,说坐一会儿就回来了。

看完母亲所有新剪的作品再说,朱灯如是打算,挨一会儿是一会儿。等母亲洗涮完毕,解下围裙,朱灯又改了主意。须在白日,以防意外。石头老在心上压着,他也有点承受不住。所以,母亲问咋还不出去时,朱灯说先跟娘说几句话。朱灯的语气并不沉重，可母亲马上警觉，目光飞快地掠过父亲，随后盯住朱灯，脸上浮着笑，眼睛深处则透着惊惧。

朱灯被母亲的目光咬疼，使了极大的劲，才挤出一丝笑，娘，朱红这几天打电话没？

母亲有点反应不过来，迟迟疑疑地，前天……不对，是大前天，怎么了？

朱灯说，没怎么，我跟娘说的事很重要，你不能告诉任何人，朱红也不能。

浮笑消逝，母亲的脸慌而白，眼底则多了重狐疑。

朱灯说，不是信不过朱红，知道的人越少越好，娘一定得保守秘密呀。

母亲瞥瞥父亲，极肯定地，我不乱讲，什么事？

父亲说，你甭看我，我管得住。

母亲不理父亲，大气不出地盯着朱灯。

朱灯再次摸摸裤兜里的葫芦瓶，语速极快，不是啥大事，朱丹的车出了点意外，但他人好好的。

母亲摇晃了一下，随即站稳，惊问，和别车撞了？

朱灯说，一个骑电动车的逆行……

母亲惊叫一声，似乎她就在现场，目击了整个过程。人虽立着，但浑身都在颤抖。

朱灯强调，朱丹没事的。

母亲似乎要说话的，但嘴唇不能碰合，于是乞求地望向父亲。父亲说,那个人的情况还不知道,也许没啥事。

母亲转而盯住朱灯,朱灯说,我正在打听,兴许没事。

父亲说,常年跑车,哪有不磕碰的。

母亲不再看父亲,也不再盯朱灯,泪水如泉,触碰数下才摸住炕沿。父亲去扶,被她推开。从炕的西端行至东端,不足三米,她歇了两次。东墙靠近炕的位置有一把人造革面的靠椅,椅子左侧是她的缝纫机。母亲主要的精力用来剪纸,缝纫机偶尔用一下,平时罩着套,犹如桌台。白天,尤其夏日,那把刻了龙凤图案的椅子和简陋的桌台就是母亲的专有领地。用父亲的话说,往那里一坐,地震都不带动的。母亲摸见了她的椅子,跌坐下去,整张脸已如淋洗。待坐定,她突然哭出声,似乎坐下去,就不用再顾忌。

朱灯看看父亲,突然明白,父亲的担心一点不比他少,甚至更多,因为父亲更了解母亲。

编谎是对的,于母亲,这已是重击,再大,她肯定承受不住。

母亲哭声渐止,朱灯讲了事情的"经过"。朱丹好好的,就是不能和家人常见面了。又讲某朋友的儿子去德国留学,十年没回来,还有鱼精的儿女也是如此。朱灯清楚,什么样的例子,任何的宽心话,对此时的母亲都不会起到慰藉作用,但说总比沉默强。不只是让母亲听,也是让父亲听的。

母亲没问什么,神思惊乱,怀疑能力也丧失了。倒是父亲又问了几句,朱灯应答过,故作轻松,有我呢,放心吧。天不早了,我去看看老叔。

3

就像老丁是丁氏家族的异类一样,老叔是朱家乃至整个豆庄的异人。当然不是生下就这样,二十岁之前,他寻常而普通。作为老幺,吃穿方面享受特别待遇,但也就是别人半肚,他满肚,哥哥姐姐衣服上补丁多,他补丁少而已,不知山珍海味,未见绫罗绸缎。活计方面,他没有任何特殊,六岁拾柴,七岁拾粪,八岁挑水,一样不少,什么都得干。他性格和善,为人仁厚,从小到大没吵过架,也未与人争斗。在需要争抢的世界,什么都有可能遇到,但老叔凡事避让,自然难起冲突。

老叔采黄花,手都触到了,身后有人喊,他先看见的,就是没老叔腿快。若换成五叔,没准儿就干起来了。老叔支起腰,不争执不争辩,去往更远处采摘。看电影,老叔去得早,就想占个好位置。可后到的说老叔挡了他,老叔便往旁边闪挪,有时要挪好几次。好在老叔视力好,在外围也看得清。

类似的事太多了。有的说老叔老实,有的说老叔大智看得开。褒贬于老叔没有任何影响,哪怕当着面说,他也只是笑笑,不解释不分辩。

老叔是否大智,难有定论,可以明确的是,老叔绝非傻子,虽然有些时候冒傻气,但换个角度,那不过是他的特别之处,就如不争和避让。老叔"傻气"最突出的表现是轻信某些说辞。听说野驴河鲫鱼翻跳,笊篱都捞得上,老叔摸黑便爬起来,听说有飞机在五台降落,老叔没借上自行车,徒步往返。没有谁故意捉弄,老叔只是听说。他似乎有着无尽的好奇。没捞上鲫鱼,也没看到飞机,可喜形于色,就像捞上看到一样。有人问,他慢悠悠地,反正没白跑。怎么个没白跑,他懒得说。所以也就没人知道他的乐从何来。

性格有别,行事不同,但再怎么不同,老叔也是常人,在尘世的逻辑范畴,祖母不为他发愁。二十岁那年,老叔结识了一个叫双花的姑娘,从此踏上殊途。

那是一九八〇年冬日,二姐家杀猪,老叔送老娘去米庄吃肉。老叔原想送到即返,但二姐不依。若是平时不吃也罢,她家杀了猪,老叔空腹返回,那就不对了。二姐坚决,老叔就留下来等着吃杀猪菜。老叔进院,杀猪匠刚把拔出的尖刀插至腰间的皮套,还是老叔帮着把猪抬往冒着腾腾热气的大铁锅。一干人忙活,老叔看了一会儿,便走开了。褪毛,开膛,卸割,杀猪菜上桌少说要三小时后了。

老叔在街上转了转,发现米庄虽然没豆庄大,却比豆庄多一口井。井台结着厚厚的冰,最隆的地方近一尺了。豆庄的井台也结冰,但没这么厚。厚到一定程度,自然有人铲。老叔就铲过。显然,米庄的井台没铲过。被冰封包的井台危险不说,因为井口太小,打水还困难。老叔不知米庄人为什么不铲井台的冰,这算不得什么问题,问二姐就可以,但老叔好奇心重,喜欢自己琢磨。在一口井观察一会儿,再去下一口井。

第三次行至村西,看到了正在提水的双花。井台外放着两只空水桶,一根扁担,自然水还没拎上来。从井里拎水的胶皮斗比水桶小,两胶皮斗才能灌满一桶。这是满水的情况下,如果胶皮斗不满,就需要多次重复。当然,这得有相当经验,不然重复一百遍也打不上半点水。

双花黑裤花袄,裤不是纯黑,是混了蓝和灰的黑,袄绿是纯绿,红是纯红。时至正午,阳光正浓,井台的厚冰在日光的映照下熠熠生辉,双花立于光圈中心,通体流波,似乎不是头顶泼洒,也不是脚底反射,而是她的身体迸溅出来的。那一刻的双花,在老叔看来,如同踩着莲花的观音。

双花闪滑,老叔从迷梦中惊醒,他喊声别慌,快步过去。双花没摔倒,显然吓着了,看老叔的目光如风中细柳。她中等个,杏仁眼,双眉细长,嘴角微翘,并无太出众的地方,可就是这样一张脸,数秒之间摄走了老叔的魂魄。

水不是这么打法,老叔说着,从双花手中抓过斗绳,给她示范。提水光有力气不行,得靠技巧甚至感觉,尤其积了厚冰的井台,腿须叉开,与肩同宽。摇晃斗绳只能臂腕动,身子万万不能摇摆,身斜腿就斜,定然打滑。看不见水面,所以水斗是否进水要凭感觉,若进了水就要耐心等,若未进水,还须再次甩绳。

老叔利落地提上两斗水,交给双花前,在胶皮斗把手处结了两个疙瘩,这样就更容易进水,而不是如先前那样漂浮于水面。双花已镇定下来,按照老叔教的方法,很轻松地拎上来。

双花往水桶倒水,老叔便拿了扁担,双花有些羞,说我自己来。老叔说我闲着也是闲着,你走前面就行。老叔一米八的个子,一家人里最高的,能挑双扁担,两桶水于他,跟玩差不多。老叔步子大,双花跟不上,所以她不是带路,而是指路。水缸见底,两桶未及一半,老叔挑了三次。井台离双花家二百来米,数遭也不及千米,老叔和双花说了没几句话。

挑满缸,老叔问双花,她家有无钢锥,或者其他铲冰工具,若不清掉井台上的冰,孙悟空站上去也难免打滑。双花摇头,她家没有,也没听说谁家有。都习惯了,她说。老叔笑笑,离开。老叔回去问二姐,也没有。米庄人确实是习惯了。但老叔不习惯。如果没遇到双花,老叔也不操这份心,现在他做不到习惯。

次日吃过饭,老叔拎着钢锥,直奔米庄西井台。昨天吃了杀猪菜,后劲还足,一鼓作气将井台的冰清理干净。有人经过,甚为惊讶,你不是米庄的人呀。老叔笑说我姐是。

两日后,老叔再往米庄。心牵梦系,在井台边站一会儿,便往双花家走,准确地说是门口。当然不会傻子一样戳着,走过去再折回来。双花瞥见老叔的身影,挑了水桶出来。

半个月后,老叔和双花开始在豆庄和米庄中间的林带见面。寒风刺骨,说一会儿话双花就得回返。老叔不远不近地跟着,直到她进村。至此,老叔隔一段就跑到米庄铲井台,但双花不再让老叔帮她挑水。去村外见面，是双花先说的，老叔欣喜若狂。

双花和老叔约定，十余日后去五台见面。老叔没等够，每日都如百年。老叔感觉自己要长出胡子了。第六日，跑到米庄，在双花院门口来回走。双花挑水桶出来，叫老叔先往五台，她随后跟上。

老叔出村百米便停下来。走不动了。双花就像一块巨大的磁石，老叔被磁石的魔力吸引，每行一步都异常艰难。站着也艰难，得使出大劲，不然可能被拖拽回去。双花终于出来，老叔绷得没那么紧了。双花靠近，略有责备，不够十天呀。老叔目光如炬，我实在等不到了。双花小声道，你可真疯。确实，因为双花，老叔几近癫狂。

早在去年，就有人给老叔提亲了，但老叔都没看上。老叔算是有福的，成分淡去，不再低人一等。这福，说得具体一点，就是老叔有资格挑了。

给双花提亲的更多，也更早。有双花中意的，但都没成。没成不是因为双花，而是因为双花父亲。双花父亲当过队长，也曾像武三那样说一不二，如今威风不再，但气势犹存，没如武三那样委顿。他对形势有着惊人的判断能力，清楚世道变了，改回从前恐怕再无可能，即便逆转，他也未必等得到，皇帝活不过彭祖，他就更活不过。生于现世，就要适应现世，超过现世。他不是哲学家，但有着不逊于哲学家的大脑，运转迅速，思虑深远。世道变成花变成草变成树木，仍会有少数与多数，软硬大小粗细之分，核心在于，你想抓哪样，怎么抓，能不能抓住。当然，前提是判断要准确。现世，钱是最重要的，有钱，不当队长，别人也会仰视。他没有赚钱的门道，只有双花。两个曾经也算高干的儿子根本指望不上，有双花就足够了。想娶双花，先拿一万元过来。如此，他瞬间就成为万元户。至于双花要啥，要多要少，他不管。只这一条，就成了拦路虎。双花父亲不急不愁，总有拿得出的。他不能在村里发号施令了，但在家里，他还是长，独断专行。

到了五台，双花主动挑明。老叔看上了她——何止，她也看上了老叔。但看上归看上，父亲要的，一分也不能少，她特意强调，不能赊欠不能分期。接下来就简单了：凑钱。老母亲发话，哥哥姐姐各尽己力，但直到来年春天也未凑够，而双花那边却出现了新情况，又有提亲的了。男方家在内蒙古包头，酱菜厂工人，愿出天价。男方不聋不哑，个儿矮一些，左脚微跛。双方见面，双花父亲很满意，虽说矮一些跛一点，但什么都不影响，如果不是这个，一个工人哪会到乡村讨老婆？何况男方许诺，把双花转成非农业户口，而且还可以去酱菜厂上班。

男方上门前，双花约老叔见面，不是私奔，而是告知。双花没说一定，只说很可能。因为她还没见到男方，一切都是未知数。老叔尽管知道形势严峻，但还是揣着念想，直到双花订婚。

老叔跑去米庄，在双花家门口走了两遭，双花再次出来，不忧不喜，神色出奇地平静。她没随老叔往村外走，就在院门外和老叔道别。老叔什么都让着别人，唯独双花，他想争一争。他不能拿礼金、非农业户口、上班之类的争，只能拿他这个人，拿他的心争，尤其是他熊熊燃烧的心。结局可知，但老叔不甘，双花转身的时候，他以从未有过的音量呼喊，我非你不娶！双花停顿片刻，但没有回头。她不疯狂。

至此，于双花已画上句号，秋日她便出嫁了。而于老叔，一切才开始。要说也没有太大变化，照旧吃喝照旧干活，遇事不急不抢，但论及婚事，老叔极拗，只要双花。双花是嫁了人，但他可以等。半傻半疯，又傻又疯。

一日日就这么过来了。

一九八八年，曾说朱光枝有后福的二先生回米庄，家人让他算算老叔何年成家。二先生说缘到自成。追问究竟何年，二先生说这得修行呢，善行必有善果。关于老叔的未来，二先生含含糊糊，对老叔的前世，倒说得明明白白。老叔已七世为人，曾经的一世，当过三年零六个月皇帝。何朝何代，昏君明君，二先生没讲，只说那一世老叔享过豆庄人从未享过的福，睡过的女人能从豆庄排到野驴河。

二先生信口开河，但未能化解家人的焦忧。两年后，烦请双花出马。双花以为老叔只是说说，未想老叔一等十年。她甚为惊诧，也很感动，有些许不安，极轻微。没和老叔海誓山盟，没承诺过什么，该说的早已说清，老叔不过是一厢情愿。

双花想象老叔的样子，是有些紧张的。但她面前的老叔举止

633

正常，没有半点癫狂，双目比过去还有神儿。双花温言软语，老叔淡笑，除了你，我谁也不娶。双花只得放狠，当初不完全是被父亲逼迫，她也中意的。男人许诺的全兑现了，户口、工作，对她也好。她生了一对双胞胎儿子，幸福的四口之家，她绝不可能弃家跟他，她和他没有半点可能，他等到胡子白了，等到天荒地老也没用。每句话都是锋利的尖刀，每一刀都戳在要害处，但老叔不为所动，平静中透着刚毅，我愿意，这你就甭管了。

双花的劝说非但未能将老叔斩断，反让老叔生出行动的念头，每年收秋后都要去一趟包头。他没有鲁莽出格的举止，只为看看双花，如果可能，说几句话，仅此而已。

又几年，双花夫妻双双下岗，日子一落千丈。丈夫打零工，双花租了不足两米的柜台卖自制酱菜。丈夫因脚有残，重活干不了，一个月有半个月闲着，家庭收入基本靠双花，生意清淡，渐渐入不敷出。相反，老叔年年有盈余，特别是改种蔬菜后，每年收入六到八万，有一年种的香菜赶上行情，挣了十二万多。老叔基本没有开销，自给自足，身体又好，偶然感冒，一碗姜汤即愈。所以老叔的钱犹如钢铁，锛斧都劈不开的，只一个人能用，就是双花。

双花生活困顿，老叔自然要帮。起初双花不接受，日子难，还没到过不下去的份上。双花第一次跟老叔借钱是丈夫股骨头坏死要做手术，她实在凑不够，万般无奈。她再三保证，有了就还。她未能还上，而且后续还得再借。

某年秋日的傍晚，双花跟在老叔身后走进旅店。老叔正要摁开关，双花抓住他的手腕。她把他的胳膊移离，再抱了他的腰。如遭电击，老叔颤了颤，终又立稳。摁着灯，直视着双花，我不偷摸，我要等你嫁给我。双花叹口气，你这傻子。老叔说，我非你不娶。双花问，你就不担心你的钱打了水漂？老叔说，那就是给你的。双花哽咽，来世——老叔打断她，今生今世，会有那一天的！

4

朱灯进院时，老叔正往电动三轮车上铺草垫，知道这是要捡粪去了。骑电动车捡粪，很奇幻，就新潮，老叔不逊于任何人。豆庄再没有第二人捡拾牛粪了，地里有的是柴火。老叔捡粪也不为取暖，而是用作肥料。老叔包了别人的地，加上自己的，近五十亩。别家种菜全是化肥，老叔多用农家肥。种菜忙半年闲半年，老叔忙四季。还专门挖了一个沤粪坑。

朱灯叫声老叔，老叔回头，问朱灯多会儿回来，拍了拍手，往屋里走。朱灯说，这么冷的天，也不歇着？老叔笑笑，不动一动，哪儿哪儿都皱巴，城里人去健身房，我往野滩跑，说起来都是一回事，只不过他们花钱，我不花。朱灯乐道，老叔还挣钱呢。老叔说，这就不好比了。朱灯欲说老叔也不差，想到母亲的话，及时刹住。"和你叔啥都能讲，就是不能提钱。"母亲对老叔有些看法，朱丹逢牢狱之灾，她向老叔借钱，老叔只拿出二百。

可是，从老叔的角度说，也没什么不对，他的钱是为双花挣的，首先得保证双花的需求，还要存够将来和双花一起生活的费用。如果没有双花，老叔不会铆这么足的劲，很可能家徒四壁。甭说二百，二十可能也拿不出来。

老叔沏水，朱灯说刚刚在家喝过，不渴。老叔问，下午跟我吃？我刚学会用酵母发面。朱灯摆手，我就坐会儿。老叔便又拿起壶，咋也得喝杯水，尝尝茶叶怎样，从包头带回的。说这话时，老叔双目亮了许多。双花在包头，包头也便有了光，世上没有哪座城市如包头这样吸引老叔。茶叶即便不是双花送的，但和包头相关，也便有了非凡的意义。朱灯笑说那我得尝尝。老叔有些兴奋，说，现在发面，两三个小时就可以盘卷子，尝尝我的手艺？朱灯再次摆手，说下次，年根儿还要回来。老叔说那就喝水吧。

朱灯端杯，闻了闻，说很香。从右手移到左手，往高举了举，环视一圈。老叔说，喝茶有讲究的吧？朱灯说，信那没完，好喝就行。

朱灯其实在端详杯。普通的青釉瓷杯，没有纹饰和图案，只在杯口处有一环状浅凹。朱灯注目，是因为太洁净了，没有半点污渍。想必这茶杯也是从包头带回，老叔珍爱，所以时时拂拭，使其不惹半粒尘埃。当然，其他物件，即便不是从包头带回，即便不是纤尘不染，也绝对洁净。

这就要说到老叔的另一面了。挣钱，老叔是好手，论过日子，老叔也不差。可以说，比村里多半人都强。邋遢、肮脏、马虎、凑合、讨吃等之类的词汇，没有一个和老叔有关联。老叔的家一向整洁，而且老叔会做各种饭食，比朱灯强多了，缝补也不差，起初姐姐们逢农闲上门拆洗被褥，后来他谁也不用，以至于有人说老叔是双体，一半男人一半女人。朱灯也曾胡乱想过，双花摄走老叔的魂，她的魂也附着于老叔的身体，她其实早就和老叔过日子了，别人看不到而已。

每次读《霍乱时期的爱情》，朱灯都会想起老叔。老叔和主角阿里萨有很多相似，阿里萨等了心爱的女人费尔明娜五十一年，老叔等双花也已三十一年，很可能打破阿里萨的记录。相比阿里萨，老叔有些亏。阿里萨在五十余年中，共有六百二十条恋爱记录，还不包括无数的短暂艳遇，老叔至今守身如玉。有一次，老叔问朱灯，为啥管那种女人叫黄米。老叔的好奇令朱灯惊讶，朱灯没有马上回答，想了想说，可能她们喜欢染黄头发吧。老叔摇摇头，恐怕不是吧。朱灯来了兴致，问老叔什么看法。老叔说，黄米黏性大呗。老叔的说法令朱灯浮想联翩，他趁机追问，老叔说出的话令朱灯目瞪口呆：你老婶看着呢。

就此，谁不认为老叔愚蠢？

除此，谁又敢说老叔痴傻？

老叔，你越来越年轻了。朱灯望着老叔茂盛乌黑的头发，就像染的。并非虚言，朱灯的确羡慕老叔。

老叔飞快地，我可不花那闲钱。

朱灯笑，你当然不会。

老叔说，白了也不染，咋生咋长。

朱灯严肃地，老叔，这话可不要说得太早，有人让你染呢。

老叔摸摸后颈，染也是自个儿染。

朱灯哈一声，老叔真是能，咋也得给染发的留口饭吧。

老叔目光仰起，似乎看到了遥远的未来，那就看情况了。

聊了一阵，老叔没有问起朱丹，朱灯断定村里人尚未知情。黄毛没和黄全讲，若黄全知道，定然传开。如是，再鲁莽的人也不会问父母，但多半会跟老叔求证。

朱灯暗暗舒口气，抢在"洪水"来袭前构筑堤坝，老叔是很重要的基石。老叔，我这次回来是因为朱丹……他出事了。朱灯声音低沉，但未显伤悲。老叔惊道，咋？又砸人啦？朱灯说，以后我会告诉老叔，现在……你知道的越少越好。老叔点点头，随即问，需要钱是吧？多少？朱灯苦涩一笑，不是来跟老叔借钱。老叔有些犯疑，那，要我做啥？朱灯说，有几句话，老叔要记住。你可能会听到朱丹的传闻，甭管听到啥，你都不要插话，不要打听，任何人向你询问，你都说不知道，你也确实不知道。老叔问，你爹你娘要问呢？朱灯说，任何人，包括他们，顿了顿，又强调，尤其他们。老叔说，我记住了。朱灯说，不是什么都可以跟亲人讲，有些只能捂在自己心里，就像你和双花——老叔打断，那是你婶呢。朱灯赶忙改口，对，我婶，你和我婶，别人知道的只是一小部分，大半秘密，你连我这个侄儿也不讲，对不对？老叔羞涩地摸摸头，不承认也不否认。朱灯竖竖拇指，老叔做得好！

从老叔家出来，路过五叔的房子，抬脚望了望。自然看不到什么，院子空荡，门窗紧闭。老二给五叔五婶在县城买了房，五叔五婶夏日回村住几个月，入秋便回县了。此时，五叔和五婶在星光宾馆守着呢。万金给父母买的房子在市里，据说还雇了保姆，大有两口子只在清明回来一趟，给祖宗烧点冥币，磕几个头，便返回市里享福。其实，父母也可以像五叔五婶那样当候鸟，朱灯没这个能力，但朱红可以。父母不肯，他们更愿意住在村里。朱灯寻思，如果他能做到，父母或许就到县上住了。他们——尤其母亲，心思杂重，思虑太多。不过豆庄也好，街巷、田野、草地、树林，哪一处也不会有疾驰的汽车，若母亲犯病，不用担心其他。

西南角，与村庄隔着距离的房子已经不存，就如麻婆子养着的宠物，因主人的离去而伤悲过度，终是追随主人而去。某个清早，没有任何征兆地塌掉。距麻婆子过世正好一年，不免令人惊奇。风一日一日地消磨，废墟渐矮渐烬，春夏蒿草疯长，秋冬时节枯秆摇摆撞击，沙沙的声响似乎在讲述过往。

每次回来，朱灯都要在街上游逛。和老二、万金的衣锦还乡不同，他无金可炫。就是纯粹的走。可能与梦幻有关，也可能与年龄有关。身影距豆庄越来越远，情感则愈来愈浓。有些东西带不走，他不能，别人也未必能。只是别人无视，他珍惜。这或许是写作者的病症。要说也有目的,走一走,嗅一嗅,身心舒畅。他享受。

在这个寒冷的冬日,呼吸皆是哀伤,他反而行走更久。父亲比他会劝。父亲劝得越透,他的压力越小。他惦念母亲,但更想借用这个空间,在沉重凝滞的脑瓜里搜刮出能彻底瞒住父母的主意。事实上,已经想出了,但对其杀伤力没有把握,举棋难定,须反复推演,一切周密才有勇气踏入家门。

朱灯进屋,母亲仍团在雕了龙凤的椅子上,似乎沉下去就再没动过,甚至姿势都没变,只是不再哭泣,父亲劝慰起效,也或许泪囊已枯。她双眼红肿,目光纷乱,不是被飓风摧残的乱,是弱小生物张皇逃窜的乱,东奔西走,不辨方向的乱。父亲半跨炕沿,手里修着一把不知从哪儿捡来的锈迹斑斑的锁。父亲很少干木工活儿了,更多精力用在雕刻上。多半的地包了出去,留了少许种些土豆之类自给,简单省时,所以父亲和母亲有大把时间。各有喜好,不挣钱,但都干得起劲。作为木匠,父亲也许过时,但作为雕匠,他和母亲一样,有着令人惊叹的想象力和创造力。只不过,父亲不像母亲会主动拿出来给朱灯看。房屋翻新时,又续了一间,用于陈放木工工具和他的作品。霍木匠去世后,家人遵其遗嘱,把所有的工具给了父亲,所以,那是父亲的宝屋。既有霍木匠给父亲传下来的锛、斧、刨、锯,也有父亲花高价买的电刨机器;既有早期偷摸完成的九脊顶戏楼,也有后来从容雕刻的六边形塔。父亲没有雕刻,而是修一把毫无用处的锁,自然心如浪涌。父亲的脸很平静，朱灯知道，那是装给母亲的。

两人的目光不约而同地扫过来，朱灯便明白，他们在等他。他意识到，在街上耗的时间有些久了。

我那个朋友来电话了！朱灯大声说，像宣布什么喜讯，他神色活络，透着夸张的兴奋，那个人没有死！

那就好！父亲比朱灯的声音更高，不出人命，咋也好办！

母亲霞光闪现，赶紧给朱丹捎话！

父亲说，回来自首，还不晚。

朱灯吃力地，我还没说完呢，伤得很重，还在抢救……

母亲的脸顿时转白，父亲的神情也暗下去。

朱灯强调，是公安的朋友说的，就算自首，但逃逸在前，抹不掉。最关键的是朱丹和他拿了钱，他属于包庇窝藏，他的工作可能保不住了。

母亲惊呼，那可咋办？

父亲责备朱灯，说起是读书人，做事不动脑子。

疼痛如冰雹袭过，但朱灯也松了口气，他成功地将焦点转移了。其实是加重了父母的忧虑，所谓的转移，不过是暂时分散父母的注意力，不过是他计划的一个环节。有了这些铺垫，后面的话就可以说出来：刚告知村里，朱丹离世，可以销户。这样，父母某一天听到，就不会震惊了，因为那是朱灯散布的"假消息"，他们早就"清楚"。

母亲瞪着朱灯，一动不动，凝如坚冰。

父亲恼急，你这是干吗？咋不和我商量？不让朱丹回村了？

朱灯看着母亲，我怕连累了我呀。然后转向父亲，无奈的语气夹着质询，你想让我因为他丢掉工作？

父亲噎住。顿了足有一分钟，然后缓缓地，非得这么说？

朱灯心如锥绞，你们也得为我考虑。

……

朱灯说，我不受影响，才能帮他。

……

朱灯说，我会想出办法的，放心吧。

父亲叹口气，那就这样吧，走一步看一步，尽量想周全了。

朱灯说，记住，跟谁都不能透露朱丹的藏匿地点，朱红也不能讲。她要问起，就说不知道，以后我会跟她解释。

父亲沉默，母亲抽泣。

5

哥，怎样了？

平安，放心。见面详说。

6

天尚黑着，母亲便爬起来，父亲随后。朱灯坐起，母亲说你再躺会儿吧，朱灯没应。他穿戴利落，母亲已从柜里翻出存款单，共六张，一万三张，五万一张，两万和三万各两张。昨晚父母商定了的,叫朱灯想办法把这笔钱给"那个人"的家人。

到得早了些,等了二十余分钟,农行营业厅才开门。存期有长有短,那张五万的是三年,再有两个月就到期了。营业员连说可惜了,母亲说有急用呢。十八万,全部转到朱灯银行卡上,父母紧绷的脸似乎松了些。

朱灯的心依然沉重,但不再堵塞得透不过气,甚至有些悲壮。挺可笑的,他不是英雄,更不是侠客,没有拯救人类和世界的宏愿义举,不过是撒了一个谎,只为双亲,无关他人,微不足道。他确信,自己的抉择是对的。

回来时,他没往窗外看,也可能看了,但什么都没看到。冬日的原野虽旷,可不是空无一物。因为眼里空,所以看什么都是空的。从五台坐上去市里的中巴后,朱灯时时望向窗外。喜鹊常在杨树的枝杈筑巢,树高矮不同,巢的数目也不同,少则三五,多则七八。喜鹊的窝和燕巢不同,燕衔泥筑巢于房檐下或房梁间,精致精巧,喜鹊只筑在树间,简单简陋。既不挡风又不避寒,但就这样度过一个又一个寒冬。日光透射,枝杈疏朗,鹊巢愈显密繁,加之高低错落,远望如一座座悬于空中的雕楼。再一程,又是另一番景致了,白雪皑皑,松柏苍翠。

中途闭了会儿眼,夜里没睡好,想眯一会儿的,但心潮起伏,便又睁开。父亲曾陪五叔去内蒙古买马,为节省费用,日夜兼程,五叔骑在马上竟然睡着了,父亲发觉,大声吆喝,依然没叫醒,便用鞭梢轻抽五叔后背,不料五叔纸片般从马背飘落。五叔落地未动，父亲吓坏了，扶起猛掐。父亲由此得出结论，人在睡梦中身体会变轻，睡得越沉，身体越轻。虽无科学依据，但朱灯认可，因为母亲梦游时轻盈如羽，步履如风。父亲还说，困得厉害，站着都能睡着。朱灯也曾相信，后来发现不是那么回事，越困入睡越艰难，起码他是这样。比如现在，眯一分钟，哪怕半分钟都不可能。睡意强烈，反难如愿，甚至生出恐惧。妻子的高中同学，平时成绩本来不错，但高考临近，彻夜不眠，结果可知。

到了火车站，被嘈杂的声音泡着，眼皮倒打架了。也可能是刚吃过东西，加之吃得又多，一桶康师傅牛肉面，一个夹心桃李面包，一颗茶叶蛋。还得转一次火车，中间没时间吃饭，得多塞点。确实也饿了。他不想睡的，也没地方睡，硬塑椅几乎没有空隙，座位间横着行李，迈步都困难。但脑袋渐混渐重，看看表，还有一个半小时发车，便花十块钱买了把马扎，去往角落坐下。买的站票，火车上还用得着。设了闹钟，合上眼。

可能睡着了，也可能没睡着，他不确切，因为能听见一步之外的妇女说话，还能猜出手机那端和她是什么关系，也许太吵闹，她生怕那端听不清，情话带着宣誓的意味，威猛，炽烈，旁若无人。但与此同时，他在走，恍恍惚惚，仿佛他有分身术或突然长出几十只眼睛，竟然在同一时刻进入了不同的场所，看到不同的面孔。他想停，可停不下来，直到铃声响起。不是闹铃，是来电。正要接的，下意识地瞅瞅表，忽然就慌了，扯了背包，拎起马扎，冲往检票口。再晚几分钟检票口就关了。闹铃响了的，他没听到。那个电话来得及时，当然，也因其锲而不舍。

登上火车，在车厢连接处支了马扎，朱灯掏出手机。

陌生号码，显示为津门。朱灯略一寻思，正要回拨，电话再次打进来。是朱灯吧，男性，声音低沉。朱灯问你是谁，那端很神秘地，说你现在还不认识我。朱灯警觉，问他什么事。神秘人说，我能帮到你，我手上有东西。朱灯问，什么东西？神秘人似乎笑了一下，电话里没法说，得见面讲，你在星光宾馆吗？朱灯说不在。神秘人说你回了宾馆告诉我，我过去，咱们见个面，你放心，我是帮你的。

直觉告诉朱灯，这不是诈骗电话，所以没如以往那样立即挂断，而是耐心听着。显然与朱丹有关，神秘人知道朱灯所不知道的，掌握朱灯所不掌握的。神秘人没有透露身份，但肯定有其目的，和物流公司结怨，借朱灯之手报复；或者用内幕和朱灯做什么交易。他能弄到朱灯的电话号码，且知朱灯住在星光，显然有些手段，又或者，他放的是烟幕弹，实为物流公司雇佣，约朱灯见面，目的是恐吓、威胁或者直接……朱灯随后否掉了这种可能。朗朗乾坤，不至于的。虽猜不到神秘人的真实意图，但有一点朱灯清楚，没有免费的午餐。朱灯本打算置之不理，可甩不掉神秘人的话：我手上有东西。脑子杂乱，心便烦躁，再坐不住。

旁边站着的男子见状，问他能坐会儿不，朱灯说随便。男子说声谢谢，约摸二十分钟，他主动站起，朱灯说你坐吧，我就想站会儿。男人便又把屁股稳上去,随后仰头搭讪。朱灯没心情,草草回应。男人仍望着他,朱灯便礼貌地问他干哪行。他也是这么问朱灯的,朱灯没说具体职业,只说做文字工作。某次乘坐火车,也是闲聊,那妇女闻知朱灯是记者,便开始痛诉她遭遇的不幸,仿佛朱灯手握生死大权。她如实控告,他便会除暴安良。起初朱灯还有耐心,或者说,那是写作者的癖好,总想捕捉足够多的隐秘,作为自己的储备。可妇女滔滔不绝,越说越杂,由她的遭遇扯到女儿的男友,朱灯有些撑不住,打断说帮不了她,她得找律师。妇女转而控诉律师。朱灯借口上厕所,躲开了。自此再不说自己是记者。

朱灯既没心情说,也没心情听,朱灯的淡漠,男人不可能无感知,但他不怎么识趣,让朱灯猜。男子三十几岁,阔脸隆鼻。朱灯摇头,猜不出,也没兴致猜。男人笑,猜不出就对了,我就没职业。朱灯问他靠啥挣钱。男子嘿嘿,没职业不见得就不能挣钱。男人不义愤不悲苦,讲起过往,坦然平静。男子曾是高速公路收费员,那是他的黄金时代,工资一般,但外快可观,主要在票据上做文章。若车主不要收据,就可以少交。自然落进自己腰包。特别是那些大货车,多为私车,没有要收据的。胆小的一年轻轻松松弄个三四十万,他胆子大,哪年都弄五六十万。后来事发,钱被没收,还坐了半年牢。多半同事比他幸运,没有牢狱之灾,但自装了监控,弄钱就没那么容易了,特别是改成电子收费后,更无可能。他后来干的就多了,基本一年一换。朱灯被男人的讲述吸引，不时插话询问。对完全陌生的人如此敞开，想来男子已不是第一次。朱灯感兴趣，是因为他不了解那一行，也因为那一行当与弟弟有着某种关系。他不知道的多了，不是对什么都刨根问底。

男子再次起身让"座"，快至终点了，他连声致歉，朱灯说马扎太矮，坐着憋，男子便又坐下。朱灯问男子后悔过没，要是不那么干，现在至少有份稳定的工作。男子反问，换作你，后悔吗？朱灯说，当然。男子笑，我可不，若说后悔，我后悔脑子笨，把蛋放在一个筐里，被一窝端了。不过话说回来，命里不该有那钱呗，藏别处也未必有用，哥说是不？朱灯笑笑，说你想得开。男人嘴咧得更大，哥，你说得没错，人活着，谁不遇三沟两坎的？想得开，那算个×！

7

朱灯后来回想，生出诸多疑团，男人很可能编了一个故事，或是讲述他人的故事，自然免不了添油加醋。不过再夸张也不算骗，和麻婆子讲的那些故事没什么区别，年代不同罢了，相信不相信都无所谓。内心里，朱灯挺感激他的，因他的讲述，路程缩短。时间如纸张，很容易翻页，更关键的是，他平抚了陌生电话带给朱灯的纠结和躁乱。从北京再次转乘，朱灯心绪尚稳，直到那个电话再次打进。

那会儿快八点了，朱灯在前往星光宾馆的出租车上。朱灯迟疑一下，接了，神秘人没绕弯子，问朱灯回宾馆没。朱灯惊讶神秘人时间把握得精准，似乎朱灯的行踪尽在其掌控。朱灯说没，神秘人说我在宾馆门口等你。朱灯说今天怕是不行了……明天，我和你联系。神秘人说明天可能就晚了，就几句话，我是帮你的！朱灯模棱两可地，一会儿看情况。

距宾馆尚有百米，朱灯便下了出租，谨慎或者说警惕，边走边张望。路人皆步履匆匆，没有哪个注意他。宾馆门口更是空空荡荡，朱灯暗忖，也许神秘人在诓他。

朱红在等他。朱灯想进房间放下包袱去找她，没想她已在门口候着。做那个重大决定时，朱灯没想朱红，或者说，他清楚她的态度，有意忽略了她。现在，必须正视，且必须说服她。

朱灯想放下包就和朱红谈的，并非急可不待，而是他身体里积蓄了太多的力气和情感，那是一支庞大神勇的队伍。他担心一夜之后，甚至半杯茶喝下，兵丁溃散，队伍不存。

洗把脸，先去吃饭！没等朱灯扯包，朱红便说。朱灯不想自己的部署就此打乱，说路上吃过了，不饿。朱红说路上哪吃得好？下楼！朱灯郑重地，先说会儿话。朱红扯朱灯胳膊，边吃边说，一会儿饭馆关门了。朱灯甩开，吃饭有什么当紧？朱红愣住。朱灯意识到自己生硬了，放缓语气，一会儿泡碗面就行，冷飕飕的，不想往外跑了。朱红反更为坚定，哥歇着，我买了回来。朱灯拦她，没必要，真的没必要。朱红说，又不是神仙，天塌了也得吃饭，要么下去，要么我买回来。

就在此时，朱灯的电话响了。还是神秘人，紧追不舍啊。朱灯没接，朱红问谁，朱灯择要讲了。朱红略一思索，说见见，看他说什么，咱正好吃个饭，哥，我也饿了，算你陪我，好不好？朱灯突然鼻酸，无言点头。

朱灯在大厅回拨神秘人电话，问他在哪里，神秘人说在宾馆门口。出门却不见人，正要再拨，一个灵巧的身影从对面的树后闪出，仿佛原本就在树洞里藏着。个儿不高，极瘦，头套显大，几乎遮住眉毛，也许有意为之。瘪腮短唇，不怎么端正，但亦不凶恶。

神秘人似乎比朱灯还警惕，彼此确认，他说借一步说话。兄妹俩便跟他身后。十余米后，他立住，没宾馆门口亮，朦朦胧胧，双方面孔模糊。

我知道所有的内幕，有一些你们永远不会知道，我能帮到你们。神秘人单刀直入，当然，前提是你们需要。朱红道，说来听听。神秘人说，三两句说不清，我约你们见面，是想告诉你们，我不是骗子，你们信我，再谈怎么合作。朱红说，你先说怎么合作吧，不说怎么信你？神秘人没有迟疑，说两种方式，第一种是他将相关证据转给他们，他只收个材料费；第二种是深度合作，将此事转包给他，由他操作，收益二八开，这方面他更有经验，绝对要高于他们的底限。神秘人特意强调，并非只他自己，有团队的。

原来如此，和混社会的合作，朱灯就是有心，也没那份胆子。不过，如果能从神秘人这里掏出点材料，倒是可以。朱灯犹豫着要不要问，朱红抢先道，你什么都了解，为什么不直接和他们谈？神秘人说，我们不是家属，他们不怕的。朱红说，知道了，谢谢你，自家的事，我们自己解决。神秘人没有纠缠，颇有礼貌地，打扰了，如有需要，随时联系。

朱红走得极快，朱灯紧追，有些气喘。朱红不至于怕，该是厌烦。

彼此无言，直至走过两个街口，在一家名为大清花蒸饺的馆子坐定，朱红翻过菜谱，点餐完毕，才抬头道，再晚，饭馆就打烊了。朱灯说，也不是非吃不可。朱红说，非吃不可！哥，你得向二姨学，刀架在脖子上，也得先把肚子伺候好了。朱灯说，那不是想学就能学的，像娘，能赶上二姨一半就好了。朱红盯住朱灯，娘咋样？朱灯说，快哭碎了，还好，没出意外。朱红说，这几天，娘没给我打过电话。朱灯没接话茬，改说神秘人，说吃哪行饭的都有。朱红说，林子大了，不奇怪。朱灯说，我还以为他……朱红说，再打电话，直接挂断。朱灯点头，那个刘健，到现在，连一个信息也没有。朱红说，这是要耗你呢，先不说他，娘没嚷着跟你来？还有爹呢？他也不来？

朱灯想回到宾馆再讲的，可朱红目如利箭，朱灯不能再躲闪。他声音不高，感伤，也有些紧张。朱红没有说话，甚至不动，只有微红的目光在摇摆，如暴风雨来袭时的垂柳杨枝，柔韧但极有力度。朱灯不知那是恼怒、责怨、无奈、失望还是其他，他没有疼痛的感觉，只是有些慌乱，就像儿时，面对那篮打碎的鸡蛋。但终是稳住，没有溃逃，强调，肇事逃逸娘就这样了，知道真相，她活不过去，这次要听我的，必须听我的。

风暴止息，朱红出奇地平静，我猜到了。朱灯说，一切我扛着。朱红嘴唇微翘，若有若无地笑笑，这不是谁扛的问题，是能否瞒得住，能瞒多久？朱灯极快地，走一步算一步，瞒几时算几时。又讲了母亲取钱的事。朱红说，好吧，我听哥的，亲戚们那儿，我来安排告知。顿了顿，又道，能想到的人，都得过句话。

朱灯以为要费些口舌，没想朱红迅疾摁下停止键，成为他的"同谋和共犯"。他清楚，不是他的激昂震服了她，而是她认可他的做法，她极有可能生出过类似的念头，就像别的双胞胎那样，他们有着神奇的感应。朱灯石头坠地，信心陡增，就势再提另一个曾经的想法。如果对簿公堂，耗日太久，来来回回，父母那里就可能听到风声。不错，朱灯怵头打官司，他自私、怯懦，他不否认，但这是次要原因。

朱红没接茬，抑或在想别的问题，她目光倾斜，凝结不动。直到饺子上桌，朱红才苏醒过来，笑说这个饺子馆还是二姨找见的。宾馆的伙食没变化，她吃腻了，自个儿跑出来吃了两顿。周边有几家饭馆，什么特色，二姨摸得清清楚楚。末了感叹，二姨洒脱呀，这个年龄了，顿顿半斤酒，头不晕身不晃。朱灯附和，要是娘这样就好了。朱红不动声色地挡回来，哥，咱们先吃饭，好不好？朱灯便埋下头。味道确实不错。

回到宾馆,朱红先回房拿了烟。个别亲戚,如二姨夫,因事离开了,多半亲戚都在。还有新来的,如毛莉的姨姨。长辈们或看电视或闲聊,几个年轻同辈在打扑克。朱红每晚按人头发烟,不分男女,抽与不抽,每人一盒。瓜子则是按屋送,另外还备了些常用药。这是朱灯想不到的,也没这个精力。细枝末节也重要的,不得不说,朱红思虑周全。

　　转完,朱红看朱灯,不等他说,她便往他的房间走。朱灯跟在后面,脚步沉重,如戴了镣铐,似乎即将赴法庭接受审判。

　　进屋,他试探着问,把毛莉也喊过来吧。朱红笑,哥,你看看几点了。朱灯抬腕,十一点五十二分。朱红说,又不是背着她干啥,非得她在场,我去喊。朱灯犹豫一下,说算了。朱红坐下去,哥,这官司我打定了,明儿剥了皮脱了骨,我也要打,必须打!语气平静,但不容置疑。朱灯欲言,朱红制止,哥,我还没说完,先按你的来,和他们达成赔偿协议,都了结了,过个三两月,我再起诉。哥放心,咱不是明星,有点事就能嚷遍全世界,没有谁操这个闲心,凑这份热闹,甭说打一年,就是打三年五年,也溅不起水泡,爹和娘不会知道的。

　　朱灯哑然。显然,她不是临时决定。这样可谓两全,朱红敢想敢干,并非不计后果,不只牵系父母,也替他着想,只是……朱灯迟疑着,如果和物流公司达成协议,回头再起诉,就违约了。朱红哼了哼,哥不用顾虑这个,看对什么人,和善人打交道,当然要守信,对恶人讲信用,那叫蠢。赔偿属于民事责任,我还要让他们负刑事责任!

几个回合,朱灯认可了朱红的方案。她强调,后边的事和他基本没关系了,和任何人都没关系,那是她一个人的战斗。而眼前的谈判,他是主力。朱红问他咋打算的,朱灯说明天和刘健联系,先看他怎么说。朱红冷笑,他还能怎么说,拉锯呗。你我耗得住,亲戚们耗不起,我不需要证据了,不用再和他们兜兜转转,他打电话你也甭接。我明早打电话,再叫些亲戚,人多些,直接去物流公司。哥,你只管想怎么和他们谈,其他的交给我!

第九章

1

女人叫杨青，与朱丹是邻居，中间仅隔一处院子。许多人外出打工，只在年根回来几天，甚至年根儿也不回，房屋常年空着，院里杂草遍生。

房子是租的，其实跟白住没什么区别，独门独院，每月也就五十块钱。房子住了人，也就有了活气，哪怕是一个人，哪怕没养鸡鸭没喂猪狗，因为一个人的世界也会有晨炊暮烟，会有吞噬暗夜的灯火。旁边的房屋其实更新些，但门封窗堵，昼夜无息，便有了垂老之危象，似乎随时都可能被疯长的黄蒿吞没。空院安静，沉寂，朱丹可以很清晰地听到隔院的声响，准确地说，是杨青的。她说话，她哼唱，他都听得见。有时清晰有时隐约。那与天气风向有关，也与她彼时的心情有关吧。

朱丹的生活极有规律，吃过早饭便去老夫妇家里学竹艺，中午回住处，下午再去，直到黄昏。除了去小卖部买日用品，去村西的石潭拎水，他几乎足不出户。院里堆了两垛橡棒，房主留下的，用两三年怕都没问题。

朱丹就是提水时认识杨青的。也许这么说并不准确，先前多次迎头遇上，但没说过话，目光碰碰便各自闪开。自瞒天过海，逃到这个大山里的村庄，朱丹完全换了个人，曾经的他粗糙狂野，咋咋呼呼嘻嘻哈哈，无拘无束，现在他谨慎小心，与周遭保持着距离，绝不轻易搭讪。目光闪开，人却没淡去。杨青个子不高，体型略丰，不是虚胖，很瓷实。但即便如此，朱丹还是有些惊讶。她拎得轻松，行走自如，仿佛那是两只花篮。桶的大小与朱丹的差不多，就是朱丹，走一会儿也觉吃力。朱丹好奇，她何以有这么大的力气？除了自用，朱丹还要给恩人兼师傅一家提水，他后来知道，杨青也是负责两家的。她公婆住在东端，她要走更远的路。

村里没有井，饮用水全靠从大山深处涌出的清泉。泉眼不大，但四季不绝，那石潭永远是满的。水质也好，清澈，甘甜。朱丹以往不怎么爱喝水，渴了就一通猛灌，所有的水，哪怕是牌子极响的矿泉水，于他都是一个味道。但村子的山泉不同，是真的好。也可能，他有了大把时间，可以慢慢品味。还有可能，与杨青有关。因为她，他拎水的次数渐多，并由双桶改为单桶。

不是每天都能见到杨青。好奇却是不分昼夜，野蛮生长，似乎还夹着其他东西，模模糊糊，昏暗不明。于是，他开始倾听。边听边饮，边饮边听，有时竟忘了生火做饭。虽然看不到，但声音响起,她的面容便变得清晰,黝黑的圆脸,浓粗的眉毛,沉暗的目光。她该揣着什么心事或者秘密,像他一样。她哼唱多,从没听她笑过。他见过她的儿女,但没见过她的丈夫。他因好奇而猜想,猜想令他更加好奇。这不应该,他知道的。他收敛野性,隐姓埋名,但不想变成石头。

来年春天,朱丹出徒,能从竹艺坊领活了。这就意味着,他有了生计。出逃时带了些钱,但终究有限。当然挣不了多少,否则那么多人就不会外出,村里也不会有这么多空屋了。再者,手上有个捣鼓的,心也会安稳些。

杨青也从竹艺坊领活,朱丹就是在那儿知道她的名字的。再一次在水潭之外遇上,她没有躲闪,冲他点了点头,他颔首回应。

六月的一个午后,雨过天晴,朱丹突然想到外面走走。自躲避至此,他去得最远的地方就是取水清潭。他牢记兄长叮嘱,绝不冒险远足。那日也并非忘记,他没想去镇上或县上,不过在村后转转。

山里空气本就清新,落雨后,格外鲜润。上山路多,朱丹特意选了一条瘦细的,碰到人的可能性不大。朱丹警惕,放松但没有放任。草树繁茂,鸟雀欢鸣。其中一棵树倒伏在地,遍身绿苔,枯木无疑,但开裂处又长出一棵小树,胳膊粗细,冠为两杈,一杈斜向天空,一杈平行伸展。叶片椭圆,大如巴掌,像跃出水面的鱼群,每条鱼都背负着晶莹的水珠。朱丹不由俯身,吸吮数下。

相距七八米处,横了一截树杈。朱丹立身,刚欲迈步,树杈动了一下。朱丹以为眼花,定睛细瞅,树杈的一端略略仰起。脑顶突然发麻,是蛇!朱丹见过蛇的,但均隔着玻璃,面对面,没有任何阻隔,还是第一次。朱丹惊惧,却没有逃,只是瞪着。蛇没有冲他过来,但也没有逃窜。朱丹渐渐镇定下来,掉头回去,自然平安无虞,不回,就得绕行。他终究还是喜欢冒险,退后数米,折了一根树棍。蛇打七寸,他听过的。他不知七寸在哪儿,更不想把蛇杀死,只想把蛇吓跑,给他让路。

终是有些犹豫,木棍停在空中,如果蛇跳起来反噬,他多半逃不脱的。

正在左右摇摆,听得有人呼喊,别!

朱丹转身,杨青肩背竹篓,急赶过来。

似乎担心他鲁莽,再喊,千万不能!至前,夺了他的树棍,可别这样,又没咬你,你这是干吗?朱丹愣怔数秒,辩解,我没想伤它,就是想赶它走。杨青说,把它劝走就是了。她没说打吓轰赶,是劝,极温和也极温暖。朱丹有些呆,你懂蛇语?杨青没理他,以树棍击打山路,声音不高,但很有节奏。那蛇先是仰头,仿佛在倾听,大约一分钟,慢吞吞地游窜进树丛。朱丹思忖,蛇不是被树棍的抽打惊走的,很可能是收到了"买路钱",有节奏的击打如同音乐,抑或,它凭借这样的方式辨识敌友。

知道了吧,不咬人的。朱丹醒过神儿,笑笑,谢谢你啊。杨青没有躲避朱丹的目光,说以后遇见蛇就这样,千万别生歪念头。她的目光不再阴暗,亮闪闪的。朱丹想和她说说话的,她已经转身。走出几步,又回头说,别把树棍扔了,边走边敲。朱丹应了,黏黏地望着她,总觉得她还会回头,但转瞬间她便消失在转弯处。朱丹看着手里的树棍,再瞅瞅脚下的路,感觉刚从梦中醒来。他没有迟疑太久,三两分钟后,便急步追赶。

一程下来,朱丹后背全是汗,但未赶上杨青。朱丹略略失望,但想到杨青和他说话了,心渐渐被欢愉填满。他不愿和别人说话,但杨青不同。他愿意的,相当愿意。

原想转转就回,因为与杨青相遇,他流连甚久。返回时,朱丹看到路侧树根处的白蘑,五朵相拥,宛若莲团。豆庄草野也生有蘑菇,没有大过拳头的。朱丹端详一会儿,小心采了。够他吃两顿了。如果再遇杨青,可以分她一半。

接近村子时,听到脚步声,很轻,他的心跳突然加快。回头,果然是杨青。他立住,佯装歇息。待她近身,就把这个礼物送给她。还未等他开口,她先叫起来,这是毒蘑,不能吃的。她抢过去扔掉,随后摘了竹篓,全部倒出来,说想吃菌菇,得先会识辨。很耐心地告诉他每种叫什么名字,又告诉他什么样的可食用,什么样的有毒。末了问朱丹记住没。朱丹僵硬点头,当然没记全。太多了,只记住了松茸、牛肝菌、青头菌、鸡油菌、奶浆菌这几样。临行,杨青拿了些给朱丹,朱丹也不客气,她采多半篓呢。

若非遇上杨青，朱丹没准就送命了。不足半日，她救他两次。拎水再遇，朱丹主动招呼，杨青依然点头回应。目光倒是不那么暗了，但也平平常常。朱丹明白，想和她说话，只能去山野。这样，每隔三五日，朱丹便出村一趟。采撷菌菇，这是极好的理由。不但可以跟她说话，还可以短时间跟着她，以便当场请教。也就是说，他能和她相处了。朱丹没想更进一步，他没忘记自己的身份。

又一次相遇，在七月末，他跟着她，走得远了些。山里的天气，变幻无常，忽晴忽雨。那日原本艳阳高照，一朵黑云游弋过来，霎时暴雨倾盆。杨青说跟我走，一溜小跑。朱丹擅长平地跑，山路就差多了。杨青怕他跟不上，中途停了两次。好在不远，转过弯便到了。算不上山洞，因为并不深，也不是很大，更像个凹槽。一个人还有余量，两人就显得挤了。行至洞口，杨青略迟疑了一下，随即摘下背篓，挂于洞口的枝杈处，同时冲朱丹喊，进啊。朱丹未动，他壮实的身躯堵进去，杨青怕是没地儿了。杨青先入，喊他，他才躬了腰。洞比目测大一点，一壮一娇，刚刚好。

空间狭仄，都默默的。洞口雨帘阻隔，天地茫茫。一个闷雷滚过，似乎接到信息，两人同时有了变化，身体先是转僵，就像两块巨大的磁石，因为吸引力大，撞击出了声响。朱丹往旁边挪挪，很艰难，没有空间，加之身体愈加笨重。他惊讶地发现，她也随他移了。他不再动，杨青似乎也不愿这样，努力地往石壁上靠。只是，两人未能分开半毫米，严丝合缝，如同连体。他和她不再尝试挪移，身体渐渐变软。湿冷中，太需要温暖了。意外的是，软化并没有终止，有了加速的倾向。温度也在升高，如柳枝，似绸缎，转瞬成了沸腾的水。

村中相遇，朱丹和杨青仍点头擦肩，似乎比以往还冷了些。他们的热在村外，任何一片密林，都可以成为燃烧的场所。没有暗号，他和她均凭着神奇的感觉，没有一次空返。

燃烧之外，当然也说话。她说得多，他更喜欢听。两年前，她的丈夫因病去世，公婆允许其改嫁，但不让她带走孙子孙女。她舍不得儿女，又争不过公婆。娘家劝她招婿，入赘，公婆倒不反对，但她没碰到合适的。话到此处，她就不说了。他不接，没法接。那一刻，他有些紧张。她没问过他的经历和身世。不能问，没必要问。

如果始终这样，也算风平浪静，然而有一天，杨青告诉他，她怀孕了。

2

客车驶入县境，朱灯摸出手机。瞥见屏幕上的数字，目光忽地跳闪。一九八四年的这一天，他踏上中巴，开始了人生的远行。此后，不止一次返回豆庄，朱丹躲至云南深山后，他更是频频往返于省城与豆庄之间。他不择日子，有空就背起背包。自己开车或先坐火车再改乘中巴。也许，某年的八月二十五日，他也回来过，只是没在意。但在这个清爽的秋天，他撞见并注意到这个日期。如遇沧桑老友，温暖欣喜，而又不无酸楚。

流光容易把人抛，三十六个春秋已经飞逝。算来，朱丹藏匿他乡已近九载。也就是说，九年，他不停地编谎。追查、交涉、谈判，及随后的官司，很煎熬，但终是画上句号。就如那条无名的河流，已然模糊，而他的编织年年更新，从无中断，从无休止。

朱灯未能成为自己想成为的人，至今不过是个业余作者，距他的梦尚有着遥远的距离。原因是多方面的，难以尽述，但最重要也能说清的原因是他缺乏虚构和想象的能力。可对于朱丹的出逃故事，他有着惊人的创造，不但有细节丰盈、情节合理、环环相扣的故事，还有评论和阐释，兼具作家和评论家的身份。"朱丹命里有这一劫，咋也躲不掉的""他和那个女人该是前世有缘分""多个儿子，没什么不好"……还有例证，许仙与白蛇，牛郎与织女。他们的相遇就是上天注定。再如某富豪养了一百个情妇，计划生二百个儿子，未能如愿，但也生了一百多个，比梁山好汉还多。朱丹与人家比，差得远呢。一本正经，或半正经半玩笑。

把本事用在这方面，有些滑稽，很像命运的嘲讽。但再一想，这有何不可，也该庆幸的吧，亏得有这项本事，算是命运的赏赐。

让一个故事活着并且生长，并不容易，而他的天赋终究有限。在朱丹和杨青的儿子一周岁后,让他们去缅甸做玉石生意去了。越境极简,花费不足两千。故事当然不会结束,在他乡扎根,在他乡生活,以另一种方式。

后来,朱灯惊讶地发现,随着时间一年年累积,他似乎也相信了,且为此欣慰。进而他意识到,故事枝蔓横生,他超常发挥只是表面缘由,深层原因,是父母心牵意念。前者不过是形式,后者则是故事的灵魂所在。或也可能,父母在一日日的思念中,渐渐有所猜测,只是不忍戳穿,揣着伤悲陪他演戏。他想让他们安好,他们就把安好演给他看。

不管怎样,他"成功"了,虽然时常被内疚啮噬,但他不悔。在逐梦之外,他还从未如此坚定。也可以讲,这是他的另一个梦。他从不敢和朱红比,但就坚定,他终于和她持平,或者说,他和她相像了。这是母亲的夙愿,也是生命谜题。

朱灯原计划从五台下车,如以往那样。镇上打车方便,皆是水泥路,十余分钟就可到家。只有一次久了些,车主话痨,越说越熟——他们竟然是初中同学。意外相遇,同学极兴奋,硬是把朱灯拉到他在馒头庄的家。同学后来时不时打电话,叫朱灯回来一定告诉他,直到有一天,同学提到女儿即将大学毕业,拜托朱灯联系单位。朱灯明知无望,还是打了数个电话,无果。就是欢欢和乐乐,他也帮不上的,当然,她们也不需要他帮。朱灯再未接到同学电话,也再未碰到他,猜他转行了。

寻常但又特别的数字触动了朱灯,他叫停中巴。他想走着回去，沿着朱红送他读师范那条路。红日斜吊，正是好时光。步行，要比从五台近许多。朱灯不是图近，也不为怀旧——用老丁的话说，那就是吮吸干瘪的奶子，他雄风不再的那天，可能会自杀，但绝不徒劳回想旧日荣光。朱灯做不到老丁那样决绝，但也不会沉醉于往昔的酒糟。没有什么明确目的，至少，他说不清楚，就想走走。他没有特别的锻炼方式，走路而已，每天一万步，今天还没够呢。背包不重，毫无妨碍。

从公路拐下，朱灯看见两侧的菜田，不由想起老叔。老叔终于等到了双花，不是搭伴，扯了结婚证的。老叔开始了快乐的候鸟生活，五至九月回豆庄种菜，收秋之后便去往包头。楼房多年前就买下了，下手快与眼光无关，在于老叔的大气或者说深情，钱到了双花手上，双花换成了楼。老叔无疑创造了一个奇迹，至少豆庄、五台从未有过的。不过，仍有人认为老叔傻，在朱姓家族里，也不乏这样的声音。按照某种逻辑及其计算方式，老叔确实不怎么划算。但老叔有自己的算法。

再往前，与菜田相接的，是黄澄澄的莜麦，余晖抚照，如镀了金粉。小莜麦早就收割了，这该是大莜麦，分娩在望。有些作物不再种了，比如小麦，另一些作物则成为宠儿，如藜麦。莜麦、胡麻、豌豆、黄豆算不上宠儿，但仍是大地上重要的角色，不只关涉收益，说起来挺复杂的。

转过两片树林，杂草覆地，路几乎消隐。朱灯走过不止一次，无须辨识。老路旧途，但仍新鲜，甚至期待，目光左右摇摆。他不知自己想看什么,也许是路边的野葵,或掠过树梢的鸟影。更或许,只是一个写作者无可救药的癖好。他没有细究,也没工夫细究。因为很快就到了,似乎豆庄也正朝着他走,中途相遇。

昨晚,朱灯和母亲通话,没说今日要回,突然现身,母亲稍显意外,目光摇了摇,半疑惑半欢喜地责备,咋昨个不说?朱灯说,没事,回来看看。母亲笑起来,随即有些慌,说啥也没准备。朱灯皱眉,有啥准备的?你们吃啥,我跟着吃啥。母亲却不依,叫父亲剁馅,她张罗和面。父亲说冰柜里有呀,母亲迟疑一下,笑着拍拍额头,说记性真是不行了。几天前朱红回来过,饺子是那时包的。从冰柜翻出白色的塑料袋,母亲又拍拍额头,以为吃完了呢。

饺子如定海神针,母亲不再慌乱,吩咐父亲去园子里拔青菜和葱。朱灯说他去,母亲说,你知道哪棵嫩,我这牙吃老青菜费劲儿。朱灯便不动了。父亲出屋,母亲舀水的同时,回头轻扫朱灯。朱灯说,挺好的。很模糊很笼统,但母亲懂。朱灯是准备了续集,但不是次次都讲,除非父母追问。最艰难的时候过去了,在时间的腌渍中,挂念不减,忧虑却渐稀渐淡。"没有消息就是最好的消息""在哪儿活不是活"。朱灯三言两语,甚至一句话就可以交卷。

母亲话音很轻,如花瓣飘落,好就好。随之又歉意地,冻饺子不经煮,一煮就烂。朱灯说,那就当馄饨吃。母亲说,一样的手法，朱红包的就结实，煮破肯定都是我包的。并非自贬，母亲说的是实情。朱灯说，我还不会包呢。母亲笑笑，不接茬了。

吃过饭，朱灯去看望老叔。老叔已在做迁徙准备，朱灯坐了一会儿便离开了。刚至街上，朱红打来电话，张口就问，还在老叔家？朱灯惊讶，你咋知道？朱红笑，掐算的。朱灯跟着笑了，说才出来。朱红问朱灯待多久，到县城不。朱灯说三五日，不去县上了。朱红当即道，我明儿上午回去！朱灯说，这么远……要是没事——朱红直截了当，有事！以为过去呢，不过一脚油门！

3

钉完最后一粒纽扣，朱红耳根突然发热，如气息流淌。

她蓦然回首。

几年前，朱红将对门买下，原想给父母住，父母不来，朱红便做了自己的工作室。欢欢和乐乐薪资可观，都劝她关了裁缝铺。她没听。七八个人呢，关了于她无妨，她们就失业了。只是她不再如过去那样和她们一起踩踏缝纫了，更多时候耗在工作室。还是干活，一个人，设计，裁剪，锁边，缝纫，钉扣。沉浸其间，她喜欢，也享受。偶尔做些老客户的特别定制，除此，基本是率性而为。裙裤、夹克、衬衫、背心、胸罩、挎包……什么都做，除了个别不满意的，大半都送出去了，家人，亲友，甚至亲友的亲友。不需要量尺寸，全凭印象或感觉。那天毛莉来电话，说在贵州一古镇看上了蜡染布裙，可惜号都小，她试遍了，没有一件穿得上。朱丹在时，毛莉不怎么和朱红联系，朱丹离去，两人常常通话。有时闲聊，有时毛莉遇到事拿不定主意，便给朱红打电话。她信服朱红。朱红网购了蜡染布料，做了件百褶裙，快递给她。毛莉穿上，给朱红发了视频，效果很好，完美遮蔽了毛莉的身材缺陷。毛莉说她外甥女也很喜欢。朱红让她把外甥女的照片发过来，随后给女孩做了件裙子。用毛莉的话说，不肥不瘦不大不小，合适得不能再合适了。毛莉没再说别的，这些年，朱红为亲友做衣服，都是包工包料包运费。

身后空空。

当然不会有，这里独属于她。可刚才的感觉真真切切，绝非幻象。朱红摇摇头，心底酸涩翻滚。她习惯了，自己品尝，自己回味。

朱红起身抓了熨斗，顺势拨开窗帘。案台紧靠西窗，午后干活，须将纱帘拉上，否则西晒。合上窗帘还有一个好处，房间更聚气，杂念不存。但日暮时分定然拉开，她喜欢看霞光满天。

西天正赤。

几乎同时，朱红看见了空中旋舞的微尘。朱红日日清扫、擦拭，奈何灰尘不绝。裁剪缝纫，均有线绒。白日不显，霞光映照，线绒便现出原形。朱红是见惯了的，但在这个寻常秋日，朱红看到的是不寻常的图景：飘舞的线绒不像是尘埃，倒更像玻璃碎屑或散裂的珠玉，晶莹剔透。朱红抓起手机。那个号码，不在通讯录，没有备注，藏在心底，想都不用想，手指自会拨过去。

定了片刻，终又放弃。此情此景，怎么描述呢？

看见了吗？

没。

别睁，肉眼是看不到的，只有心眼能看见。

你妈我没长心眼。

别打岔，要专注！

……

看见了吗？

看见了。

某个春节，欢欢给朱红讲平行宇宙，并让她想象。朱红自认不笨，可那天摒除杂念，拼了全力，也没想象出天外天。天就是天，无边无际，天外怎么还会有天？她只是不忍扫欢欢的兴。但在这个八月的黄昏，朱红突有感悟，女儿的话并非无凭无据。该是这个样子吧？她的确看见了。直到霞光消隐，朱红才意识到自己尚抓着熨斗。

熨烫，平整，朱红神色沉静，但心潮奔涌。欢欢不只描述了那个世界，还讲了其他。朱红笑着，并不当真。看不到，自然不信。现在她信了。天外有天，那么在天外，就可能有他。

在那之后，母亲面对朱红又多了份愧意，她觉得不该对朱红隐瞒。某个中秋，母亲终于撑不住，悄悄对朱红说，有个事，娘不是不跟你说，是不能说，等能说了再告诉你。朱红什么也没问，只点点头，随后转移话题。朱红配合朱灯，但并不认可，母亲如此讲，朱红更觉难过。好在母亲除了梦游这个病症，身体没大毛病。父母安好，比什么都好。这么一想，心上的结便不那么抽缩了。

哥是对的。也就是认同而已，任怎样时光也不会倒流。朱红一向冷静，但在这个秋夜，她脑洞大开。

终于，她抓起手机。

4

挂断电话，朱灯沿街走了走。弯月斜沉，房屋和树木朦朦胧胧，宛若剪影。偶有夜风拂过，寒凉却浓郁。一些朱灯能嗅出，不惧霜杀的灯盏菊，逆时疯长的香青兰，熟透了的红娘子，凋枯的节毛飞廉，自然还有蔬菜和作物的气息。另一些他难以识辨，也许是豆庄土生土长，也许是从遥远的天际荡过来的。

转回家，母亲已将剪纸摆在桌上。中断数月后，她便又进入自己的世界。那晚母亲展示的剪纸一米多宽，两米多长，算不上巨幅，但内容更丰杂。朱灯先由上而下，再由下往上。下为八仙过海，汉钟离、张果老、韩湘子、铁拐李、吕洞宾、何仙姑、蓝采和、曹国舅各持法器，或坐或立。海浪汹涌，群鱼翻舞。中部左侧为依山而建的楼阁，阁中一对男女，男者捧书，女者抚琴，童子静侍其后。右侧地势平坦，一男子头戴草帽，拎水而行，他的前方是高矮相间的梅兰竹菊。上部层层叠叠的莲花上观音盘坐，一龙一凤环绕莲侧，外围是仙鹤、喜鹊，飞姿各异，皆衔奇花。

朱灯说要把这幅带走,母亲像得了赏赐,连说你拿你拿。他问母亲剪了多久,母亲说哪能记住,闲了就剪。随后又羞涩地笑笑,不剪,手痒呢。

反复看了几个来回,天已经不早了,但父母要问什么,仍可问的。睡觉有什么当紧?谁也没问。朱灯并不诧异。好就好,这其实就是问题,也是答案,二者同体双生。

心静,入睡就快,但乱梦纷杂。其中一梦,母亲生翼,白兔带羽,她和它腾空而起,消失在茫茫浩宇。朱灯惊醒,翻身屏息,确信父母都在安睡。不由想起了罗响和老娘的故事,他一直想写,但自觉吃力,一直搁置。翻腾许久,重又睡去,直至听见母亲的欢呼。

突然就惊呆了。

母亲立于地上,紧靠炕沿,怀里搂抱一只雪团般的兔子。喜气蒸腾,母亲的脸有着不真实的光晕。朱灯以为在梦中,直到母亲让他猜,朱灯才清醒,却更加反应不过来。他懵怔着,那情景像极了多年前识辨核桃,不同的是,核桃变成了白兔,他的眼睛瞪得更大。

母亲不再卖关子,说今早推门,便看到院里的白兔,她和父亲逮了好一会儿呢。

真有白兔的,我不是在做梦,这下你们信了吧?母亲甚是得意。

这不可能！这怎么可能？即便母亲讲述了经过，即便白兔就卧于母亲怀中，朱灯也难以相信，他困惑甚至感到奇诡。

一束强光射进混沌的脑子，朱灯快速转向父亲。

父亲立站旁侧，柔慈的目光笼着母亲，笑纹绽放，如菩提盛开。